主编简介

杨守森　1955年生，1982年2月山东师范大学中文系毕业留校任教。曾参与操办山东省青年社会科学工作者协会会刊《青年思想家》近20年，现为山东师范大学教授、文艺学学科博士生导师，山东省人民政府文史馆馆员。已出版学术著作《艺术想象论》《审美本体否定论》《穿过历史的烟云——20世纪中国文学问题》《灵魂的守护》《艺术境界论》《追寻诗性之光》《生命存在与文学艺术》等，发表学术论文百余篇，主编或参与主编《20世纪中国作家心态史》《中国当代作家的心灵历程》《数字化时代与文学艺术》《诗歌精华读本》《莫言研究三十年》及中国人民大学出版社出版的《新编西方文论教程（第二版）》《文学理论实用教程（第二版）》等。

孙书文　1974年生，山东师范大学文学院教授，博士生导师，兼山东省作家协会副主席、全国毛泽东文艺思想研究会副会长，代表成果有《文学张力：理论建构与批评实践》《文学与革命——周扬文艺思想研究》等。

内容简介

西方文论是中文系专业基础课程之一，西方文论影响着中国包括文学在内的社会生活的各个方面。本教材精选自古希腊以来西方文论中的重要理论家和理论思想进行分析、展示，梳理出西方文学理论发展的清晰脉络，并配以精彩的案例分析和丰富的相关资料，最终实现知识性、理论性、趣味性和操作性的有机统一。

本次修订，指导思想不变，大的框架不变，主要是结合着学术界最新的研究成果对某些内容进行了深化，更新了阅读书目，校正了发现的问题，进一步打磨字句。

目　录

导 论

现已成为中国当代文艺学研究领域一个重要分支学科的"西方文论"，内容主要是指自古希腊以来，在欧美各国历史上出现的产生了重大影响的各种文艺见解及相关思潮。由于文化背景、地域环境、历史进程、社会格局、思维方式、文艺创作等方面的差异，与中国文论相比，西方文论有着不同的发展历程，形成了许多不同的见解、主张与概念范畴。

与儒、道两大文化支柱相关，在中国文论的历史发展过程中，集中贯穿着两种价值取向：一是社会功利价值，即将文学艺术视为经世致用、进行政治与道德教化、推动社会进步的工具；二是自我调适价值，即将文学艺术视为抒发情怀、抚慰心灵、挣脱尘世束缚的重要途径。前者比较突出地体现于先秦时代孔子提出的学诗可以"事父""事君"，魏晋南北朝时期曹丕提出的文学乃"经国之大业"、刘勰所主张的"征圣""宗经"，唐代白居易所主张的"文章合为时而著，歌诗合为事而作"，宋代周敦颐明确提出的"文以载道"，一直到清代沈德潜的"正"格调，黄遵宪、康有为、梁启超等人所呼吁的"诗界革命""小说革命"，以及20世纪以来的"革命文学论""政治工具论"等文学观念中。后者可以在中国文论史上产生了重大影响的老庄的"虚静"说，南北朝时期钟嵘在《诗品》中所强调的诗之妙处在"感荡心灵"，能"使味之者无极，闻之者动心"，唐代皎然所主张的"高逸"，宋人严羽所注重的"兴趣超诣""吟咏情性"，明代袁宏道所主张的"独抒性灵"，清代王渔洋提出的"神韵说"，以及"五四"时代"创造社"的诗人、作家所推崇的"为艺术而艺术"等文学观念为标志。

在中国文论史上，这两种价值取向虽有局部性的浮沉与对立，但从整体上看，一直互渗交错，并行不悖，甚或共存于同一作家的创作追求、同一学者的理论体系中。由此而形成的中国文论的特点是：稳固封闭，少见真正具有颠覆性的观念变革，未能如西方文论史那样，拓展出如人文主义、新古典主义、浪漫主义、现实主义、象征主义、唯美主义之类颇具理论声势，且有引人注目的相应创作实绩的文学思潮；理论形态的时段性变化亦不明显，多见的是以"复古"为旗号的理论主张的循环。但因其理论视点与价值取向的集中，在某些具体问题与理论范畴的探讨方面，中国文论则往往呈现出西人难以企及的精微与深邃。如关于文学作品的"言意""言象"之间的关系问题，从《易传·系辞上》中所说的"立象以尽意"到庄子所说的"得意而忘言"，从刘勰在《文心雕龙·神思》中所说的"窥意象而运斤"到司空图提出的"象外之象，景外之景""不著一字，尽得风流"，从严羽所说的诗之妙处"如空中之音，相中之色，水中之月，镜中之象，言有尽而意无穷"到刘熙载的"离形得似"，其相关研究竟延续数千年而不衰，形成了中国文论中自成格局、具有丰富内涵与重要价值的"意象"与"意境"理论。另如"文气"、"风骨"、"感兴"、文与质的关系、情与理的关系等方面的问题，亦经由长期的反复探讨，得到了不断的丰富与完善。

与中国文论不同，西方文论呈现出更为多元的理论视点与价值取向，既有为社会的、为艺术的，又有宗教神学的、实证科学的、心理学的、人类学的，以及不同哲学体系的等等。由于理论视点的差异与价值取向之间常存对立，故而在西方文论史上，深层观念的变革剧烈，时段性的变化亦较明显。从时段来看，古希腊、古罗马时代高度肯定的是文学艺术的教育与认知功能；至中世纪，文艺则被视为“宗教的奴婢”；文艺复兴时期，则以反叛宗教神学、个性解放为旨归；至20世纪，“非理性”一度成为许多文艺思潮的主导特征。从具体观念来看，可以看到更多自成系统或相互形成鲜明对比的理论主张。如亚里士多德的“摹仿”说与柏拉图的“理式”说截然相反；19世纪的浪漫主义与现实主义判然有别；车尔尼雪夫斯基的“美是生活”与黑格尔“艺术美高于自然美”的论断大相径庭；尼采虽深受叔本华哲学思想的影响，但其文论思想中却喧腾着不同于叔本华悲观主义的“强力意志”。尤其是20世纪以来，表现主义与形式主义、存在主义与结构主义、解构主义与建构主义、现代主义与后现代主义、阐释学与反对阐释，以及女性主义、后殖民主义、生态主义等“主义”与“思潮”，此起彼伏，异彩纷呈。这些“主义”与“思潮”，虽不无偏激与纷乱，但均以其独特视点与价值取向拓展了文艺学研究的空间，丰富了人类的文艺智慧。

我们还应注意到的是，中国文论自有其独特的源流、体系、论题等，形成光辉灿烂、群星闪耀的中国文论史，但由于文化背景、哲学观念等方面的差异，某些重要文艺理论问题在中国文论中未能像在西方文论中那样得到充分重视。如关于人性与文学艺术的关系，本应是文艺学的重要问题之一，但或许是与儒家文化强调的“人性善”相关，中国文论中的相关探讨较为薄弱；而在西方文论中，则一直是探讨文艺学问题的重要出发点。早在古希腊时代，柏拉图即由是否有利于人性培育着眼，极力贬斥“摹仿性”艺术，而极力推崇“代神立言”的“迷狂”之作。或与《圣经》中“原罪”说的影响有关，压抑人性曾成为中世纪文论的主导原则，并终于引发了以反抗人性压抑为旗帜的文艺复兴浪潮。在后来的历史上，席勒亦正是着眼于人性反思，由建构感性与理性和谐统一的“美的人性”这一目的出发，论述了文学艺术的美育功能；弗洛伊德的精神分析文艺观，其理论基点亦是人的本性欲望。正是由于对人性的关注，在西方的文学艺术作品中，亦有着中国文学艺术中少见的人性反思及自我忏悔意识。另如悲剧，本是人类文学艺术的重要形态之一，但或许是与“乐天知命，故不忧”（《周易·系辞上》）、“乐而不淫，哀而不伤”（《论语·八佾》）之类传统思想的影响有关，在中国文论中对之亦乏关注，而在西方文论史上，亚里士多德、黑格尔、叔本华、尼采等理论大家，对此均有过深入系统的分析探讨。

尽管在发展历程、理论视角与价值取向等方面存在差异，但不论中国人还是西方人，面对的毕竟是许多共同的文艺现象，因而关于文学艺术的见解与主张，又是存在共通性的，尤其表现在以下几个方面。第一，均注重文学艺术的政治功能。中国文论特别注重文艺经世致用的政治功能，“文以载道”一直备受推崇。实际上，此一功能视角，在西方文论中同样显赫。如柏拉图的文艺主张，就是立足于为他设计的理想国服务的；法国新古典主义文论，亦是着眼于国家的政治需求；萨特则更为明确地主张文艺为政治服务；当代西方马克思主义、女性主义、后殖民主义等文艺思潮，实质上亦即政治思潮。第二，均注重文学艺术与人的生命存在之间的关联。如古罗马的朗吉弩斯认为文学作品的崇高风格是“伟大心灵的回声”，柏格森认为文学是生命绵延与生命冲动的直觉形式，海德格尔认为优秀的文艺作品是诗人、作家“本真生命”的呈现，当代女性主义文论则提出了“身体写作”“双性同体写作”之类的主张。与西方人的生命视点相同，在中国文论史上，有曹丕“文以气为主”之说，有刘勰“人禀七情，应物斯感”

之论，有李贽的“童心说”、袁枚的“性灵说”等等。第三，均注重关于文学特性的探讨。西方有贺拉斯的“寓教于乐”说，中国有孔子的“善美”统一说；西方有黑格尔的“理念的感性显现”说、别林斯基的“形象思维”说，中国早在《周易》中就有与之相通的“立象以尽意”之论，又有刘勰的“文质相称”说等。第四，均注重对文本形式的探讨。西方有英加登提出的文本层次论，中国也早已不乏关于“言、象、意”之间关系的探讨；西方有重在叙事技巧、叙事结构研究的叙事学，在中国的李渔、王骥德、金圣叹等人那儿，对小说、戏剧之类叙事性作品的结构之类问题，亦早有深入细致的探讨。

我们研究西方文论的重要意义在于：其一，通过对西方历史上不同时代、不同国度出现的理论主张与理论思潮的分析与研判，可以明了其成就与不足，以及与中国文论之间的差异，既不夜郎自大，亦不盲目崇洋，而是以冷静科学的态度，力避其偏颇，吸收其营养，以助我国文学艺术事业的繁荣与发展。其二，我们可据此看清西方文论与中国文论之间的共通性，这有助于我们以超民族、超地域的理论视野，进一步认识文学艺术的奥妙以及某些普世价值与发展规律，从而使我们的理论与创作更具世界性意义。其三，西方文论是西方文明智慧的重要组成部分，自然不只属于西方，亦是全人类的一笔宝贵精神财富。其意义与价值，自然亦不仅止于文学艺术，而是关乎人类精神文明的构建。因此，对其进行研究与探讨，不仅可丰富我们的文学艺术知识，拓展我们的文艺学视野，还可扩充我们的文化结构，丰富我们的文化人格，从而促进中华民族的伟大复兴。

第一章 古希腊文论

概　述

古希腊是人类文化的发祥地之一，早在公元前20世纪左右，爱琴海地区的克里特岛上就已出现了最早的国家。公元前11—前9世纪，其社会形态就已完成了由原始社会向奴隶社会的过渡。公元前8—前7世纪，奴隶社会进一步形成。公元前6—前4世纪，许多城邦在政治、经济、思想文化等方面，均已达到高度繁荣的境况。其中，以斯巴达和雅典最为强盛。在政治方面，雅典形成了比较开明的奴隶主民主制；斯巴达形成了制衡权力独裁的双王制及公民大会制度。在经济方面，手工业逐渐从农业中分离出来，海外贸易、各城邦之间的贸易亦蓬勃发展。在思想文化方面，先后出现了毕达哥拉斯（前580至前570—约前500）、赫拉克利特（约前540—前480至前470）、苏格拉底（前469—前399）、德谟克利特（约前460—约前370）、欧几里得（约前450—约前374）、柏拉图（前427—前347）、亚里士多德（前384—前322）等著名哲学家、科学家。毕达哥拉斯最早发现了勾股定理，并提出了"数字和谐"的宇宙观；赫拉克利特最早提出了"万物皆动"的"朴素辩证法"思想；苏格拉底开创了关注人类本身的"伦理哲学"；德谟克利特创建了"原子唯物论哲学"；欧几里得是几何学的奠基人；柏拉图创建了旨在认识世界本质的"理式哲学"，以及以"理想国"为标志的"政治哲学"；亚里士多德创建了朴素的唯物主义哲学，并在物理学、生物学、伦理学等方面都有杰出贡献。

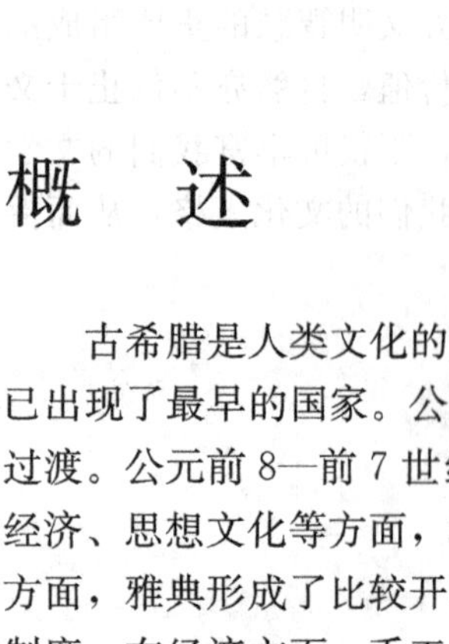

《荷马史诗·伊利亚特》书影

与政治、经济、文化的兴盛同步，古希腊的文学艺术也极为繁荣，形成了西方文学艺术史上的第一个辉煌高峰。早在公元前9—前8世纪，荷马史诗已广为流传，至公元前6世纪已有定本完成。此后，卓有成就的诗人、作家、艺术家不断涌现，如著名诗人赫西俄德、萨福、品达，伟大的寓言作家伊索，三大悲剧家埃斯库罗斯、索福克勒斯、欧里庇得斯，三大喜剧家克拉提诺斯、欧波利斯、阿里斯托芬，三大雕刻家米隆、菲迪亚斯、波利克里托斯，等等。

与文学艺术的繁荣相关，古希腊人也早就开始了关于文艺起源、文艺特征、文艺技巧、文艺功能等问题的思考。如毕达哥拉斯学派最早提出了“美是和谐统一”的见解，并具体指出：“音乐是对立因素的和谐的统一，把杂多导至统一，把不协调导至协调。”[①] 赫拉克利特最早提出了“艺术摹仿自然”的见解，认为“自然是由联合对立物造成最初的和谐，而不是由联合同类的东西。艺术也是这样造成和谐的，显然是由于摹仿自然”[②]。德谟克利特进一步发展了赫拉克利特的“摹仿”说，更为明确地强调：“在许多重要的事情上，我们是摹仿禽兽，作禽兽的小学生的。从蜘蛛我们学会了织布和缝补；从燕子学会了造房子；从天鹅和黄莺等歌唱的鸟学会了唱歌。”[③] 此外，德谟克利特还注意到了文艺作品的美与创作主体的情感状态及心灵境界之间的密切关联，认为“一位诗人以热情并在神圣的灵感之下所作的一切诗句，当然是美的”[④]。特别值得重视的是，德谟克利特有过对文艺作品审美功能的思考，认为人类有着超越动物的大的快乐追求，而这“大的快乐”，是“来自对美的作品的瞻仰”[⑤]。德谟克利特的这些见解，至今看来仍具重要启示意义。

古希腊时代的文艺思想更为集中地见之于苏格拉底、柏拉图、亚里士多德三位相继有着师生关系的哲学家的著述中。但因苏格拉底很少有著作传世，其文艺思想主要见于其弟子柏拉图的对话录，并为柏拉图所传承，故本章主要介绍柏拉图与亚里士多德的文艺观。

第一节 柏拉图的文艺观

柏拉图（Platon，前427—前347）出生于雅典的一个贵族之家，父母两系都可以上溯到雅典过去的国王或执政官。因幼年丧父，柏拉图的青少年时代是在他的继父家里度过的。因继父曾经担任过雅典政界要员，柏拉图自幼受到了良好的教育。在20岁时，柏拉图投奔到苏格拉底门下，从学达8年之久。苏格拉底被判处死刑之后，他曾四处游历。据说，在西西里岛，由于得罪了国王，他曾被卖为奴隶，后被一个朋友赎回。公元前387年，返回雅典后的柏拉图，在雅典城外建立了自己的学园，开始收徒讲学，同时撰写对话录，直到去世。柏拉图所写的对话录，涉及政治、伦理、教育、哲学、美学、文学艺术等许多领域的重要问题。其文艺思想集中见于《大希庇阿斯》《伊

柏拉图

① 北京大学哲学系美学教研室．西方美学家论美和美感．北京：商务印书馆，1980：14.

② 同①：15.

③ 伍蠡甫．西方文论选：上卷．上海：上海译文出版社，1979：4-5.

④ 同③：4.

⑤ 同③：5.

安篇》《高吉阿斯》《会饮篇》《斐德若篇》《理想国》《斐利布斯篇》《法律篇》等。具体见解主要表现在以下三个方面。

一、理式与文艺作品的本源

文艺与现实的关系是文艺学的基本问题之一。在这一基本问题上，古希腊时代长期盛行的是赫拉克利特、德谟克利特等人所主张的“摹仿说”，认为文艺作品是对现实世界的摹仿。柏拉图承认这类“摹仿性”作品的存在，但他从自己的哲学观出发，认为这类作品是不真实的，是“摹本的摹本”“影子的影子”，是“和真理隔着三层”的“幻象”。在他看来，真正优秀的文艺作品不应是“摹仿”的产物，而应是诗人凭借某种神力，在“迷狂”状态中创作出来的。这样的作品当然不是源于摹仿，而只能是以他所说的“理式”为本源的。

在哲学观方面，柏拉图的看法是，宇宙万物存在两种形态：一是独立于主体之外，但又非物质实体的理式。此类理式，见之于天外境界，无生无灭，无声无色，不可捉摸，是一种超时空的绝对存在。二是具体可感的事物，即我们可以看到、听到、触摸到，有生有灭，不断发生变化的现实世界。柏拉图认为，这类可感的事物正是由理式派生出来的，而派生万物的理式世界不是一般人能够知晓的，只有那些因为有着绝对美德而羽翼丰满，能够飞得最高的灵魂才能更多洞见。而这样的灵魂，“附到一个人的种子，这个人注定成为一个爱智慧者、爱美者，或是诗神和爱神的顶礼者”①。按柏拉图的见解，显然，只有这样曾经有过丰满羽翼的灵魂者，只有这样的诗神顶礼者，才有可能凭依神力，直达理式，从而写出真正值得肯定的作品。而这样的作品，从根本上说，当然是源于理式世界。

柏拉图之所以对“摹仿”性诗人大加指责，认为其作品不真实，从根本上来说，正是因其远离了理式世界。在《理想国》中，柏拉图曾以床为例指出，床有三种，即神制造的、木匠制造的与画家制造的。神所制造的乃本然的床，也是唯一的床，即床之所以为床的理式；木匠制造的是个别的床；画家的床则是对木匠制造的床的摹仿。在这三种床中，只有神所制造的“理式”的床是真实的。木匠所造之床，由于是对理式之床的摹仿，故而已经不真实了。而当画家摹仿木匠所造之床时，是对摹仿的摹仿，就更加不真实了。由于同样的原因，柏拉图认为，“悲剧家既然也是一个摹仿者”，因而在本质上，其作品“和真理也隔着三层”②。正是由柏拉图对“摹仿”性的文艺作品的不满，我们可进一步看出，在柏拉图心目中，文艺作品的本源应是理式世界，而不是现实世界。

柏拉图对超时空的理式世界的描述自然是荒谬的。但细察柏拉图的论述可知，他所说的理式，是神的创造，并不等于神本身，因此，他有时又将“理式”称为“事物的本体”“真实存在”“真理”“真理大原”等等。据此又可明确看出，在柏拉图反对摹仿的见解中，是包含着注重主体创造，注重文艺作品的内在意蕴与精神境界之类的合理成分的。这可以启示艺术家，目光不要仅仅停留于现实性的可感世界，而要探究可感世界背后的更为深刻的东西。

---

① 柏拉图文艺对话集．朱光潜，译．北京：人民文学出版社，1963：123.

② 同①：71.

深度思考

柏拉图从文艺作品应有的社会功能出发，反对如镜子般直接映照而生成的“摹仿性”艺术，是有一定积极意义的，但他对“摹仿性”作品的认识与评判，又是不无片面性的。实际上，文艺创作是复杂的，即使侧重于摹仿现实之作，也不可能是如镜子般直接映照的产物，总会伴随着作者的情感意绪。也许正因认识方面的局限，在柏拉图的见解中，是存在自我矛盾的。如在《伊安篇》中，他曾借苏格拉底之口，称颂“荷马真是一位最伟大、最神圣的诗人”，并希望伊安“不但要熟读他的辞句，而且还要彻底了解他的思想”①。但在《理想国》中，柏拉图同样是借苏格拉底之口，却指责荷马是一位摹仿诗人，其作品“只得到影像，并不曾抓住真理”②。

二、迷狂与文艺创作的心理特征

与反对“摹仿”相关，柏拉图认为，“凡是高明的诗人，无论在史诗或抒情诗方面，都不是凭技艺来做成他们的优美的诗歌，而是因为他们得到灵感，有神力凭附着”③。正是在“神力”作用下，诗人兴高采烈，神飞色舞，处于“迷狂”状态。那些颂赞古代英雄的丰功伟绩、能够垂范后世的优美诗歌，就是在此“迷狂”状态中创造出来的。柏拉图强调：“若是没有这种诗神的迷狂，无论谁去敲诗歌的门，他和他的作品都永远站在诗歌的门外，尽管他自己妄想单凭诗的艺术就可以成为一个诗人。他的神志清醒的诗遇到迷狂的诗就黯然无光了。”④

诗人何以会有“神力”凭附？又何以会进入“迷狂”般的“灵感”状态？柏拉图的解释是，这种“神力”实际上是人的灵魂的回忆能力。柏拉图认为，凡是人的灵魂，都曾天然地“观照过永恒真实界，否则它就不会附到人体上来”⑤。但因当初灵魂飞升程度与所见“永恒真实界”的程度的差异，人们的回忆能力是不一样的。“凡是对于上界事物只暂时约略窥见的那些灵魂不易做到这一点，凡是下地之后不幸习染尘世罪恶而忘掉上界伟大景象的那些灵魂也不易做到这一点。”⑥ 而只有那些羽翼丰满，能够高飞远举，能够更多看见“永恒真实界”的灵魂，才有此回忆能力，才能在见到上界事物在下界的摹本之后，惊喜不能自制，而陷入迷狂状态。在柏拉图心目中，哲学家和那些“高明的诗人”就是拥有此类灵魂的人。故而哲学家能够

① 柏拉图文艺对话集．朱光潜，译．北京：人民文学出版社，1963：2.
② 同①：76.
③ 同①：8.
④ 同①：118.
⑤ 同①：125.
⑥ 同①：125－126.

透过现实看到事物的真相，“高明的诗人”不必凭借技艺即可创作出优美的诗歌。

柏拉图关于“神力凭附”“灵魂回忆”之类的神秘说法，显然是在当时的文化条件下，对文艺创作奥妙的一种主观臆测。他对创作过程中理智与技艺因素的排斥及否定显然也是错误的。但是他的论述无疑又包含着值得肯定的下列见解：一是充分肯定了文艺活动中的“灵感”“迷狂”之类现象。事实证明，一位诗人、作家、艺术家，只有进入心醉神迷的“灵感”“迷狂”状态，才有可能创作出优秀作品。因此，就柏拉图对“灵感”“迷狂”本身的推崇而言，是符合实际的。二是明确强调了艺术与技艺的区别。在当时希腊的文艺界，以及在后来的西方文论史上，许多人将艺术等同于技艺，更注重对修辞规则、艺术手法之类的探讨。柏拉图则认为“灵感”才是艺术创作得以成功的关键。这一见解是有助于认识艺术活动的内在特质的。三是强调了文学艺术与人格修养之间的关系。柏拉图所说的“神灵附体”，虽玄虚莫测，但他亦曾明确地指出：“所谓神灵的就是美、智、善以及一切类似的品质。灵魂的羽翼要靠这些品质来培养生展，遇到丑、恶和类似的相反品质，就要遭损毁。”① 他还在对话录中，反复强调过道德人格之于一位诗人的重要性。柏拉图的出发点虽是为其理想国服务的，但对于文艺创作来说，这类主张本身是有重要意义的。

理论辨析

在许多人心目中，柏拉图仇视诗人，因为他曾坚决主张要将诗人驱逐出他所设计的理想国，这显然是一种误解。由柏拉图的具体论述可知，他并非要驱逐所有诗人，正如朱光潜先生曾指出的：“柏拉图并非不要诗和艺术，只是不要当时流行的那种诗和艺术。”② 柏拉图自己也曾说得很明确：“除掉颂神的和赞美好人的诗歌以外，不准一切诗歌闯入国境。”③ 实际上，在柏拉图心目中有两类诗人，一是神志清醒的“摹仿性”诗人，二是凭依神力创作的“迷狂性”诗人，或称“高明的诗人”。他要驱逐的只是“摹仿性”诗人，他所反对的只是出于“摹仿性”诗人之手的缺乏真理性的作品，尤其是那些对题材不加选择，逢迎低劣人性的作品。而对于“颂神的和赞美好人的诗歌”，他是大加赞赏、极力推崇的。

三、理想国与文学艺术的功能

柏拉图是一位有着强烈现实责任感与宏伟政治抱负的哲学家，出于对希腊城邦已分裂为“富人之国”与“穷人之国”的忧虑，他提出了理想国的构想。他所设计的理想国是由三个等级的公民构成的。最高等级是治国者，治国者应由哲学家和具有哲学头脑的政治家承担，他们

① 柏拉图文艺对话集．朱光潜，译．北京：人民文学出版社．1963：121.
② 同①：319.
③ 同①：87.

应当是理性与智慧的化身；中间等级是保卫者，由武力阶层构成，其道德准则是勇敢与忠诚；下层等级是农民和其他技工等劳动者，对他们的要求是节制与守法。

正是基于理想国的构想，柏拉图特别重视文艺作品的政治教育与道德教育功能，他强调文艺作品必须要有助于培养国民理性、勇敢、忠诚、节制、守法之类的人格素质。为此，他为文艺创作制定了诸多禁令。主要有：第一，禁止“谩神”。例如不能在文艺作品中描写神的说谎、贪婪、偷情之类，更要禁止写神和神搏斗、神谋害神之类的故事。因为“神不是一切事物的因，只是好的事物的因”①。如果让人们在文艺作品中看到神也失去了“神圣性”，人性势必会受其影响，进而败坏。第二，禁止在文艺作品中描写英雄与其亲友之间的争吵，以及伟大人物的痛哭哀号之类失去理性的部分。甚至不准“诗人把一个好人写成轻易就发笑，尤其不能把神们写成这样”②，因为这不利于培养人的理性素质。第三，禁止阴森恐怖之作，甚至主张在文艺作品中要避免诸如“呜咽河”“泉下鬼”“枯魂”之类令人毛骨悚然的字眼，因为这不利于培养人的勇敢气概，尤其对儿童有害。例如有的故事讲神乔装成许多异方人的形状，在黑夜里到处游行，柏拉图认为这样的故事就“不仅渎犯了神，也使儿童们变怯懦了”③。第四，禁止逢迎低劣人性的淫靡之作，因为这类作品会使群众养成无法无天、胆大无耻之类的习气。柏拉图虽承认快感是艺术美的体现，但强调这快感不应该是随便哪一个张三李四的快感，而应是以道德为基准的“较高的快感”，应是最好的和受到最好教育的人所喜爱的快感。

柏拉图之所以反对“摹仿性”诗人，是因为依据他的禁令，“摹仿性”作品存在两大罪状：一是不真实，远离了作为“真理大原”的“理式”。这类作品往往以谎言亵渎神明，贬低英雄，丑化好人。二是败坏人性。柏拉图认为，在摹仿性艺术中，诗人为了讨好群众，往往是在逢迎人性中的低劣因素。

柏拉图为文艺创作制定的各种禁忌，显然有碍文学艺术的发展。可以想象，如果严格实施柏拉图的创作主张，诗人、艺术家必会顾虑重重，难以施展才华。但柏拉图充分注意到了文学艺术在培育健康人格、高尚人性方面的作用，特别是他指出的文艺作品对不谙世事的儿童的心理影响，至今看来，仍是值得重视的。

尤其值得注意的是，在文艺观方面，柏拉图并非仅是一位狭隘的功利主义者，除了注重文艺作品的政治、道德教育功能之外，他还注意到了文艺作品的美育作用。他曾这样深入地论述过音乐美的效果：“节奏与乐调有最强烈的力量浸入心灵的最深处，如果教育的方式适合，它们就会拿美来浸润心灵，使它也就因而美化；如果没有这种适合的教育，心灵也就因而丑化。其次，受过这种良好的音乐教育的人可以很敏捷地看出一切艺术作品和自然界事物的丑陋，很正确地加以厌恶；但是一看到美的东西，他就会赞赏它们，很快乐地把它们吸收到心灵里，作为滋养，因此自己性格也变成高尚优美。”④ 他还曾主张：“应该寻找一些有本领的艺术家，把自然的优美方面描绘出来，使我们的青年们像住在风和日暖的地带一样，四围一切都对健康有益，天天耳濡目染于优美的作品，像从一种清幽境界呼吸一阵清风，来呼吸它们的好影响，使他们不知不觉地从小就培养起对于美的爱好，并且培养起融美于心灵的习惯。”⑤ 他的这样一

① 柏拉图文艺对话集．朱光潜，译．北京：人民文学出版社．1963：28.

② 同①：39.

③ 同①：30.

④ 同①：62－63.

⑤ 同①：62.

类思考在西方美育思想史上亦是具有开创性意义的。

深度思考

在我国学术界，柏拉图的文艺观曾长期遭到批判，有学者甚至认为："柏拉图的艺术理论在历史上起的不是进步作用，而是反动作用，它不能促进文学艺术的发展，反而成为文学艺术前进路上的障碍。"① 现在看来，这评判是有失公正的。柏拉图的文艺观固然有其荒谬之处，但他重视的"灵感""迷狂"之类，当是触及了人类文艺活动的深层奥妙的。他对镜子般的摹仿性作品的反对，也是有助于文艺创作发展的。俄国19世纪著名文艺理论家车尔尼雪夫斯基曾经指出："亚里士多德是第一个以独立体系阐明美学概念的人，他的概念竟雄霸了二千余年；但是柏拉图的著作比亚里士多德的具有更多真正伟大的思想，或许他的理论不仅更深刻而且更充分。"② 车尔尼雪夫斯基的这一评价也许不够严谨，但有助于矫正我国学术界长期存在的贬抑柏拉图而过分推崇亚里士多德的偏颇。

第二节 亚里士多德的文艺观

亚里士多德（Aristotle，前384—前322）出生于希腊北部属于马其顿城邦的斯塔吉拉城，父亲曾是马其顿国王阿明塔斯的御医和朋友。少年时期的亚里士多德随父亲在马其顿宫廷里生活过，自幼得到过多方面的良好教育。17岁时，他奔赴雅典，进入柏拉图学园，随柏拉图学习达20年之久。柏拉图去世之后，亚里士多德离开了雅典，曾先后赴小亚细亚的阿塔尔纽斯、莱斯沃斯岛上的米蒂利尼等地讲学。公元前343年，应马其顿国王腓力二世的邀请，亚里士多德回到了自己的城邦，担任了王子亚历山大的老师。公元前335年，亚里士多德再度返回雅典，进入当时已颇有名气的吕克昂学园任教。公元前323年，在雅典人联合其他城邦发起的反马其顿运动中，身为马其顿人，且曾是马其顿王师的亚里士多德，因遭到通缉而不得不匆忙逃离雅典。公元前322年，亚里士多德病死于逃亡之地的埃维亚岛，终年63岁。

亚里士多德是西方历史上最伟大、最博学的思想家之一，在哲学、自然科学、政治学、伦理学、心理学、修辞学、诗学等诸多领域都做出了重大贡献。据记载，他一生著述共达164种。由于社会动乱，其著作大多散失，但传世的仍有34种。亚里士多德的文艺思想，集中见于幸存下来的

① 汝信，夏森．西方美学史论丛．上海：上海人民出版社，1963：73．

② 车尔尼雪夫斯基．美学论文选．缪灵珠，译．北京：人民文学出版社，1957：129．

《诗学》之中，亦散见于《政治学》《修辞学》等其他著作中。其具体的文艺观点，有的是与柏拉图相通的，如同样重视文艺在培育人格、操修心灵方面的功能，主张要杜绝不利于美好人性的“秽亵的图画展览”和“秽亵”“能引致邪慝和恶毒性情的各种表演”等等。[①] 但在文艺本质问题上，他则反叛了自己的老师，提出了与之截然相反的见解。此外，在悲剧理论、文学艺术的语言特性等方面，亚里士多德亦有着自己的独到思考。其见解在西方文艺理论史上产生了极为深远的影响。

亚里士多德

一、诗学的首要原理

柏拉图曾在《理想国》卷十中表示：如果有人能为“摹仿性”作品辩护，则说明其有用，还可以允许其回到理想国来。亚里士多德似乎是在有意回应老师的挑战，在《诗学》中，他强调文艺的本质即是摹仿，并从多方面为“摹仿性”艺术进行了辩护。

首先，与柏拉图“理式”本源说不同，亚里士多德由“一事物的真相就是这事物的本身”[②] 这一朴素的唯物立场出发，认为文艺作品的本源乃可感性的现实存在，故而文艺作品只能是摹仿自然及现实生活的产物。他在《诗学》第一章中即明确宣称“摹仿”乃诗学的“首要原理”，认为“史诗和悲剧、喜剧和酒神颂以及大部分双管箫乐和竖琴乐——这一切实际上是摹仿”[③]，只不过所用媒介、所取对象、所用的方式不同而已。他又在第九章中强调，一个人“他所以成为诗的创作者，是因为他能摹仿，而他所摹仿的就是行动”[④]。值得注意的是，亚里士多德还进而从发生学的角度论证了“摹仿”文艺与人类起源之间的必然性关联。

首先，他认为，人与禽兽的本质区别之一在于人最善于摹仿，人从孩提时候起就有摹仿的本能，人们最初的知识就是从摹仿得来的。正是因为存在摹仿本能，故而人们在欣赏摹仿性的作品时总会得到快感，人类的文学艺术正是在此基础上逐渐形成的。亚里士多德的见解不仅在知识本源方面颠覆了柏拉图的“理式”说，亦为“摹仿性”艺术的合理性提供了坚实的生命根据。

其次，与柏拉图将摹仿视为镜子般的映照不同，亚里士多德认为摹仿本身即具有创造性。在《诗学》中，亚里士多德曾明确强调：“诗人的职责不在于描述已发生的事，而在于描述可能发生的事，即按照可然律和必然律可能发生的事。”[⑤] 亚里士多德认为，一切艺术家，作为一个摹仿者，“他必须摹仿下列三种对象之一：过去有的或现在有的事、传说中的或人们相信的事、应当有的事”[⑥]。他还进一步指出，从艺术效果来看，“一桩不可能发生而可能成为可信的事，比一桩可能发生而不可能成为可信的事更为可取”[⑦]，并据此肯定了虚构在艺术创作中的合理性，认为“阿伽同的《安透斯》，其中的事件与人物都是虚构的，可是仍然使人喜

---

① 亚里士多德．政治学．吴寿彭，译．北京：商务印书馆，1965：404－405.
② 亚里士多德．形而上学．吴寿彭，译．北京：商务印书馆，1959：158.
③ 亚里士多德，贺拉斯．诗学·诗艺．罗念生，杨周翰，译．北京：人民文学出版社，1962：3.
④ 同③：30.
⑤ 同③：28.
⑥ 同③：92.
⑦ 同①：89－90.

爱”[①]。亚里士多德的这些见解，不仅切合文艺创作的实际，亦从诗人是创作者的角度，反驳了柏拉图对“摹仿性”艺术的贬斥。

最后，与柏拉图鄙视“摹仿性”艺术，认为“摹仿性”艺术不真实的看法针锋相对，亚里士多德认为“摹仿性”艺术中存在着更具普遍意义的真实性。为了证明自己的观点，亚里士多德将诗人与历史学家进行了比较。他认为诗人与历史学家的著作虽都与摹仿相关，但历史学家只是叙述已发生的事、个别的事，而诗人则可以描述可能发生的事，可以描述带有普遍性的事。因而，在亚里士多德看来，“写诗这种活动比写历史更富于哲学意味，更被严肃地对待”[②]。与其见解相关，亚里士多德显然不同意柏拉图对荷马的尖锐指责，而称颂荷马“是个真正的诗人，因为唯有他的摹仿既尽善尽美，又有戏剧性”[③]。

亚里士多德的“摹仿”说通常被视为西方现实主义文论的源头，但这个评价似乎低估了其意义。亚里士多德虽特别注重文艺摹仿现实，主张要“按照人本来的样子来描写”，但同时认为也可“按照人应当有的样子来描写”[④]，可以将“应当有的事”“不可能发生而可能成为可信的事”作为摹仿对象。亚里士多德明确宣称：“一般说来，写不可能发生的事，可用‘为了诗的效果’‘比实际更理想’‘人们相信’这些话来辩护。”[⑤] 这类追求“应当有”的“理想化”主张，似亦切合浪漫主义文学的特征。如被视为浪漫主义之作的中国古代小说《西游记》、法国作家雨果的《巴黎圣母院》等，不正符合他所说的特征吗？更为重要的是，他所强调的摹仿过程中的虚构性、创造性，实际上亦是人类文学艺术活动的普遍规则。

理论辨析

亚里士多德在《诗学》中论及艺术摹仿对象时，曾反复强调对于“人的行动的摹仿”。这一主张也存在着忽视人的内在心理活动的缺陷，正如英国文艺理论家福斯特在《小说面面观》中指出的，亚里士多德对内在活动从不感兴趣，甚至认为心灵像条管子，里面的一切意念终要被抽出来看。[⑥] 文艺复兴时期的一些学者也对亚里士多德的此类见解提出过质疑，如瓦尔齐认为“行动”应该包括“情绪和心理习惯”，达·芬奇也认为诗应涉及精神哲学，要“描绘心的活动”，只有如此，才能使那些以描写主观心态为主的抒情诗（如帕屈拉克的诗歌）获得合法地位。[⑦] 而当时的某些保守派人物，正是借助《诗学》的有关教条，否定一些有创新精神的作品。由此可见，亚里士多德片面强调“行动摹仿”的观念，也曾在西方文学艺术史上产生过消极影响。

① 亚里士多德，贺拉斯．诗学·诗艺．罗念生，杨周翰，译．北京：人民文学出版社，1962：29.

② 同①：29.

③ 同①：12－13.

④ 同①：94.

⑤ 同①：101.

⑥ 福斯特．小说面面观．苏炳文，译．广州：花城出版社，1984：73－74.

⑦ 朱光潜．西方美学史：上卷．北京：人民文学出版社，1979：161.

二、悲剧比史诗优越

在古希腊时代，最为兴盛的文学艺术门类是史诗与悲剧，但亚里士多德更为看重的是悲剧，认为“悲剧比史诗优越，因为它比史诗更容易达到它的目的”[①]。亚里士多德开列的具体理由是：悲剧不仅具备史诗所有的各种成分，它还具备史诗所无的音乐，最能加强人们的快感；不论阅读或看戏，悲剧都能给人们很鲜明的印象；悲剧能在较短时间内达到摹仿的目的。由于对悲剧的看重，亚里士多德在《诗学》中关于悲剧的论述也尤为集中。

何谓悲剧？亚里士多德的界定是：“悲剧是对于一个严肃、完整、有一定长度的行动的摹仿；它的媒介是语言，具有各种悦耳之音，分别在剧的各部分使用；摹仿方式是借人物的动作来表达，而不是采用叙述法；借引起怜悯与恐惧来使这种情感得到陶冶。”[②] 在这一界定中，他用“严肃”一语，将悲剧与史诗及喜剧和讽刺诗的题材区别开来；用“完整、有一定长度的行动”，指明悲剧不像史诗那样头绪繁多，篇幅冗长；他所说的“悦耳之音”，是指悲剧有着史诗所无的音乐感；他用“借人物的动作来表达”区分了悲剧不同于史诗的摹仿方式；他用“怜悯与恐惧”，指明了悲剧特有的艺术效果。亚里士多德正是围绕这样一些悲剧特征，对悲剧人物与悲剧构成、悲剧的情节设计、悲剧功能等相关的重要问题进行了深入细致的探讨。

关于悲剧人物与悲剧构成，亚里士多德认为：“第一，不应写好人由顺境转入逆境，因为这只能使人厌恶，不能引起恐惧或怜悯之情；第二，不应写坏人由逆境转入顺境，因为这最违背悲剧的精神——不合悲剧的要求，既不能打动慈善之心，更不能引起怜悯或恐惧之情；第三，不应写极恶的人由顺境转入逆境，因为怜悯是由一个人遭受不应遭受的厄运而引起的。”[③] 亚里士多德的结论是，最适于作为悲剧人物的是“比我们今天的人好的人”[④]，即首先应是好人，但又不是好到极点的人，而是“不十分善良，也不十分公正”[⑤] 的人。这样一个人，不是因为作恶，而是因为不慎犯了某种错误而遭到厄运。亚里士多德的这种看法，被后来的文论史家们称为悲剧的“过失”说。亚里士多德对悲剧人物的这类要求，当是有利于加强悲剧效果的。他所说的“比我们今天的人好的人”，也就是说和我们一般人差不多的人。由于与剧中人物大致相似，人们自然会担心亦遭遇类似厄运，因而也就易于产生情感共鸣，易于产生恐惧与怜悯。

在悲剧的情节设计方面，亚里士多德认为关键环节是突转与发现。所谓突转，是指剧中主人公由顺境陷入逆境之类的情势突变；所谓发现，是指从不知到知的转变，或剧中的一个人物被另一个人物“发现”，或双方互相“发现”。亚里士多德指出，在悲剧中，导致突转的发现方式常见以下五种：一是标记，如身体上的伤痕、身外之物的项圈等；二是拼凑，如借助一封信，或让剧中人自己讲出来之类；三是回忆，如一个人看见什么或听见什么时有所领悟；四是推断，即由剧中人的自我推断而形成；五是合乎可然律的事件，即由情节本身自然产生而引起观众的惊奇的发现。而在上述五种发现方式中，亚里士多德认为一、二两种是最缺乏艺术性的，缺乏才能的诗人才会使用；三、四两种也不理想；只有第五种最为可取，如索福克勒斯在

---

① 亚里士多德，贺拉斯．诗学·诗艺．罗念生，杨周翰，译．北京：人民文学出版社，1962：107.

② 同①：19.

③ 同①：37－38.

④ 同①：9.

⑤ 同①：38.

《俄狄浦斯王》剧照

其《俄狄浦斯王》和欧里庇得斯在《伊菲革涅亚在陶洛人里》等优秀悲剧中，运用的就是这样一种“最好的从情节本身产生的”[①] 发现。关于悲剧结构，亚里士多德的见解无疑是透辟细致而切中实际的。在悲剧的情节设计中，突转与发现是否高妙，不仅关乎艺术魅力的高低，甚至关乎整部作品的成败。标记、拼凑之类“发现”极易给人虚假造作之感，自然难以真正打动人；回忆、推断之类亦笨拙牵强；只有从情节本身自然产生的发现才真切可信，引人入胜。现在看来，亚里士多德所分析的突转与发现不只见于悲剧，也常见于后来的正剧、小说，以及现代的影视作品，因而也就仍具现实性与普遍性的创作启示意义。

文艺作品本应给人以情感愉悦，给人以审美享受，而悲剧则会令人伤心痛苦、惊恐不安。这种伤心痛苦、惊恐不安有何意义？对此，柏拉图是持否定态度的，认为这不利于理想国国民勇敢素质的培养。亚里士多德的看法则是，人们可以通过悲剧，“借引起怜悯与恐惧来使这种情感得到陶冶”[②]。“陶冶”之原文为“卡塔西斯”（katharsis），又含有“净化”“宣泄”之类意思。《诗学》译者罗念生先生认为，在亚里士多德看来，“恐惧与怜悯太强太弱都不好，须求其适度。亚里士多德认为悲剧的卡塔西斯作用就是使它们成为适度的情感”，“借此获得心理的健康”[③]。朱光潜也认为，“净化”的要义在于“通过音乐或其他艺术，使某种过分强烈的情绪因宣泄而达到平静，因此恢复和保持住心理的健康”[④]。联系亚里士多德关于悲剧人物与悲剧构成，以及在《政治学》中关于“音乐净化”功能之类相关论述可知，这类解释是符合亚里士多德本意的。亚里士多德关于悲剧之“卡塔西斯”作用的论述，不仅最早高度肯定了悲剧的独特价值，也从心理功能角度揭示了人们之所以喜爱悲剧的原因。

分析举例

在被视为“革命样板戏”的我国现代京剧《红灯记》中，李玉和一家三代“本不是一家人”的“突转与发现”，体现的即是亚里士多德所说的“让剧中人自己讲出来”的“拼凑”方式，故而实现这一“突转与发现”的“痛说革命家史”一场最为枯燥乏味。在2010年产生了重大反响的中国电影《唐山大地震》中，离散多年的方登、方达姐弟在四川抗震现场重逢的“突转与发现”，体现的亦是亚里士多德所说的比较低级的“回忆”方式，故而这部电影虽收获了巨大票房，但艺术水准并不高。

---

① 亚里士多德，贺拉斯．诗学·诗艺．罗念生，杨周翰，译．北京：人民文学出版社，1962：55.

② 同①：19.

③ 同①：119，121.

④ 朱光潜．西方美学史：上卷．北京：人民文学出版社，1979：88.

深度思考

在西方文论史上，亚里士多德虽然最早对悲剧进行了系统的论述，提出了一系列有价值的见解，但与后人相比，有的看法尚比较浅显。如他所重视的悲剧成因的“过失”说，就远不如后来黑格尔所推崇的“心灵性差异”、叔本华所推崇的“个人意志差异”之类悲剧成因深刻，也不如由此构成的悲剧具有震撼力。

三、诗是语言的艺术

文学艺术的本质特征是什么？这一直是文艺理论中备受重视的基本问题之一。在亚里士多德的文艺观中，特别值得注意的是，他不仅根据叙述“已发生的事”“个别的事”与描述“可能发生的事”“带有普遍性的事”这样两类不同的摹仿对象，最早确立了诗人不同于历史学家的独立地位，还在《诗学》《修辞学》中，结合史诗、戏剧之类作品，最早从语言角度深入论证了文学艺术的特征、文学语言的特点，以及文学语言技巧之于文学创作的重要性等有关问题。

他在《诗学》的第一章中明确指出，与绘画、音乐等其他门类的艺术作品相比，史诗、悲剧、喜剧之类文学作品的突出特征在于，它们是以语言为“摹仿”媒介的。在第六章中进而强调，对语言技巧的掌握是从事诗歌创作的首要条件，那些“初学写诗的人总是在学会安排情节之前，就学会了写言词与刻画‘性格’”①。在《修辞学》中，他还径直认为，文学艺术之生成，从根本上说，即依赖于诗人对语言表现力的重视。他的发现是：作为人类的声音，在我们所有的官能中，语言是最富有表现力的。而正因诗人使用了这种“最富有表现力的”语言，故而“诵诗和戏剧的艺术，还有其他的艺术，形成了起来”②。

关于文学语言的特点，亚里士多德的思考亦较深入。他认为，诗歌虽属“韵文”，但这并非文学语言与非文学语言的本质区别，如“医学或自然哲学的论著”，即使用“韵文”写成，其作者也不能说是“诗人”，而只能称为“自然哲学家”。他通过对诗与一般散文的比较，从内在特质与修辞手法等方面，分析了文学语言的特点。比如：诗的语言，在风格方面，既要明晰，又要“高雅而不平凡”③。他主张诗人在创作过程中，要通过积极的修饰、词汇的选择、用法的变化，“使语言显得格外堂皇美丽”，“要给平常的语言赋予一种不平常的气氛”。同时指出，这类诗的语言不适于散文，“因为诗歌当中的人物和事件，都和日常生活隔得较远”。而

---

① 亚里士多德，贺拉斯．诗学·诗艺．罗念生，杨周翰，译．北京：人民文学出版社，1962：22.

② 伍蠡甫．西方文论选：上卷．上海：上海译文出版社，1979：89.

③ 同②：77.

“散文的题材，没有那么高雅”[①]。此外，与散文不同，在诗中，常见隐喻、明喻之类修辞手法的使用。正是这类修辞手法，可以增强描绘能力，“可以使我们最好地获得某些新鲜的东西”[②]。

在作品评价方面，亚里士多德亦十分注重语言水准。他之所以高度称赞荷马的史诗，重要原因之一即是因其不仅结构高超，人物各有性格，“言词与‘思想’也登峰造极”[③]。在论及一些戏剧家的才能时，他甚至将语言表现能力看得比作品的思想内容还重要，认为“他们取得胜利，正如善于演说的演说家取得胜利一样，因为写下来的语言的效果，更多地取决于文体，而不是思想内容”[④]。他还举例说：“一个充满了感情的演说者，常常使听众和他一起感动，哪怕他说的什么内容都没有。”[⑤] 正是根据文学语言的特点，亚里士多德认为：“诗的艺术与其说是疯狂的人的事业，毋宁说是有天才的人的事业，因为前者不正常，后者很灵敏。”[⑥] 他所说的诗的天才与灵敏，亦主要是指诗人能够运用各种语言方式，将剧中情景、人物情态真实生动地描写出来。

亚里士多德由语言入手对文学本质特征的论述是颇具超前性的。其有关见解甚至叫人联想到20世纪俄国的形式主义文论。其具体言论也许不无偏颇，但就其主旨而言，是抓住了文学是语言的艺术这一根本问题的。

相关知识

我国魏晋时代的曹丕曾在《典论·论文》中指出：“夫文本同而末异，盖奏议宜雅，书论宜理，铭诔尚实，诗赋欲丽。”意思是说，诗、赋与其他文体不同，更讲究辞藻华丽。这类与亚里士多德颇具相通之处的见解，被鲁迅视为中国“文学自觉时代”的标志。20世纪的俄国形式主义文论家什克洛夫斯基、雅柯布逊等人认为，文学形式的自足性最终具体体现在文学语言方面。在他们看来，对于文学艺术来说，语言外壳要比语言内容重要，正是修辞技巧、句式组合之类的“陌生化”语言特征决定了文学之为文学。这类见解，亦给人以与亚里士多德遥相呼应之感。

【本章关键词】

理式（idea）：柏拉图哲学中的核心概念，指不依存于人的意识的一种超时空的绝对存在。根据柏拉图的解释，这类“理式”存在于天外境界，无生无灭，无声无色，不可捉摸。柏拉图认为，现实中可见的事物，均是以“理式”为蓝本形成的。柏拉图对“理式”的解释虽然比较神秘，但在哲学意义上，实际上是指“事物的本体”“事物的真相”。故而在柏拉图的理论中，他有时又用“真实存在”“真理”“真理大原”之类术语指称“理式”。

迷狂（madness）：指失去正常理智时的精神迷乱状态。在《斐德若篇》中，柏拉图分析了

① 伍蠡甫．西方文论选：上卷．上海：上海译文出版社，1979：90.
② 同①：94.
③ 亚里士多德，贺拉斯．诗学·诗艺．罗念生，杨周翰，译．北京：人民文学出版社，1962：85.
④ 同①：89.
⑤ 同①：93.
⑥ 同③：56.

四种“迷狂”。一是预言迷狂，即受神感召而能预言的人呈现出的迷狂；二是除灾迷狂，即为了禳除灾祸而祷告神灵的人陷入的迷狂；三是灵感迷狂，即诗人因诗神附体而呈现出的迷狂；四是回忆迷狂，即那些完全摆脱了现实束缚，一心向往善与美的“理式者”，沉浸于“理式”回忆之境时呈现出的迷狂。

陶冶（katharsis）：亚里士多德在《诗学》中论述悲剧功能时所用的术语。“陶冶”系罗念生先生在《诗学》译文中的译语，朱光潜先生则将其译为“净化”。其基本含义是：悲剧所激起的观众的怜悯与恐惧之情，有助于观众原有的此类情感的宣泄，有助于恢复和保持其心理健康。

【推荐阅读】

王宏文，宋洁人．柏拉图研究．济南：山东人民出版社，1991.
李平．神祇时代的诗学．上海：上海人民出版社，2004.
赖辉亮．柏拉图传．石家庄：河北人民出版社，1996.
靳希平．亚里士多德传．石家庄：河北人民出版社，1996.
阎丽杰．对柏拉图迷狂说的破译．文艺理论研究，1992（5）.
刁克利．柏拉图诗人论的矛盾及其启示．中国人民大学学报，2005（1）.
王钦峰．柏拉图与二十世纪文艺思潮．外国文学评论，1996（3）.
杨振．关于《诗学》悲剧定义的理解问题．外国文学研究，1997（3）.
姚介厚．论亚里士多德的《诗学》．中国社会科学院研究生院学报，2001（5）.
杨守森．柏拉图、亚里士多德文艺观比较．外国文学研究，1987（2）.

【思考题】

1. 柏拉图是如何论述文艺作品本源的？
2. 柏拉图是怎样论述创作特征的？
3. 柏拉图是怎样论述文艺功能的？
4. 亚里士多德是怎样论述“摹仿说”的？
5. 试论亚里士多德的悲剧观。
6. 亚里士多德是怎样论述语言与诗的关系的？
7. 试比较柏拉图与亚里士多德的文艺观。

第二章

古罗马文论

概　述

古罗马文论，主要是指从公元前27年罗马进入帝国时代到公元3世纪之间贺拉斯、朗吉弩斯等人所创建的文艺思想。罗马文学是在希腊文学的影响下发展起来的。随着罗马帝国的建立，社会出现繁荣稳定的局面，统治者希望通过加强文化建设稳固自己的统治。贺拉斯的文学理论著作《诗艺》就是在这种情况下产生的。他在总结自己创作经验的基础上提出了自己对文学的认识，希望通过对艺术技巧的研究促进罗马文学的繁荣。与时代及统治者的要求相适应，贺拉斯强调诗人的理性、责任，重视文学的社会作用。罗马在由共和时代走向帝国时代的过程中，经历过无数次激烈的政治斗争，激情的演讲是当时政治生活的重要组成部分。为了追求演讲效果，修辞成了当时学者们的重要研究内容。对修辞的重视直接影响了当时的文论思想。在《论崇高》的作者朗吉弩斯生活的时期，罗马文学已度过了自己的“黄金时代”，走向了颓废没落。在这种情况下，朗吉弩斯提出文学应追求崇高的风格，强调文学作品应有伟大的思想，追求强烈的艺术效果。其相关见解既反映了作者对当时文学创作状况的不满，也体现了演讲术与修辞研究对作者文论思想的影响。古罗马后期出现的著名哲学家普罗提诺亦从神学立场关注过文艺问题。普罗提诺被视为新柏拉图主义的创立者，他修正发展了柏拉图的哲学美学思想，提出了“流溢”说，认为宇宙万物的本源是“太一”，万事万物都是由它流溢出来形成的。他所谓的“太一”，也就是“神”。普罗提诺认为神乃美与艺术的源泉，但他对文艺创作没有多少具体论述，因此，本章主要介绍贺拉斯、朗吉弩斯的文艺观。

第一节 贺拉斯的文艺观

贺拉斯

贺拉斯（Quintus Horatius Flaccus，前 65—前 8），出生于意大利南部的一个获释奴隶家庭。由于家境宽裕，他受到过很好的教育。他所生活的时代是罗马文学的黄金时代，维吉尔、瓦留斯两位著名的罗马诗人都活跃于这一时期，贺拉斯本人也是一位很有影响的讽刺诗人和抒情诗人。他的文学观点集中地体现在他写给罗马贵族皮索父子论诗的一封书信中。这封书信后来被 1 世纪的罗马修辞学家、演说家昆提利阿努斯命名为《诗艺》。贺拉斯的文艺观即主要见于这封书信。

一、诗的创作要妥帖得体

文学创作应妥帖得体，是贺拉斯最为基本的文艺主张。他所强调的“妥帖得体”，是指导文学创作的总原则，涵括文学创作的各个方面。

在《诗艺》中，作者首先强调了形象塑造的妥帖性。贺拉斯以一个形象的比喻表明了自己的认识：“如果画家作了这样一幅画像：上面是个美女的头，长在马颈上，四肢是由各种动物的肢体拼凑起来的，四肢上又复盖着各色羽毛，下面长着一条又黑又丑的鱼尾巴，朋友们，如果你们有缘看见这幅图画，能不捧腹大笑么?”① 贺拉斯不否认艺术家有创造的权利，但他强调艺术的创造必须符合生活的真实，符合人们对社会生活的理解。因此，在艺术形象的塑造方面，贺拉斯主张不但要注意细节的真实，更要追求整体效果的妥帖。

贺拉斯文学创作应“妥帖得体”的主张，更为充分地体现在他关于人物塑造的论述中。贺拉斯强调，在描写人物时，人物的语言设计必须符合其身份，因为“神说话，英雄说话，经验丰富的老人说话，青春、热情的少年说话，贵族妇女说话，好管闲事的乳媪说话，走四方的货郎说话，碧绿的田垄里耕地的农夫说话，科尔科斯人说话，亚述人说话，生长在忒拜的人、生长在阿耳戈斯的人说话，其间都大不相同”②。如果人物的语言与他的身份不合，那么“罗马

---

① 亚里士多德，贺拉斯．诗学·诗艺．罗念生，杨周翰，译．北京：人民文学出版社，1962：137.
② 同①：143.

的观众不论贵贱都将大声哄笑”①。对于人物性格的塑造，贺拉斯认为也应符合人们的惯常认识，“你想在舞台上再现阿喀琉斯受尊崇的故事，你必须把他写得急躁、暴戾、无情、尖刻，写他拒绝受法律的约束，写他处处要诉诸武力。写美狄亚要写得凶狠、剽悍；写伊诺要写她哭哭啼啼；写伊克西翁要写他不守信义；写伊俄要写她流浪；写俄瑞斯忒斯要写他悲哀”②。贺拉斯认为这些传统题材中的人物性格特征已在人们心目中留下了深刻印象，如果在新的作品中出现这些传统形象，就要服从原有的性格特征，而不能在作品中出现与其性格相悖的不妥帖现象。贺拉斯的这类具体主张未免褊狭拘泥，但他关于人物描写要符合人物性格特征的主张是对的。现在看来，这不过是文学理论的常识罢了，但考虑到贺拉斯所处的时代，我们还是应当充分肯定其主张对当时文学创作的指导意义。

在《诗艺》中，贺拉斯对“妥帖得体”的强调是贯穿始终的。除形象塑造、语言设计、性格刻画之外，在词语安排、结构设置以及诗格的运用与材料的选择等方面，贺拉斯都一再强调文学创作的这一要求。

由于贺拉斯特别强调尊崇传统，恪守规范，其文艺思想又曾为法国17世纪的古典主义所进一步弘扬，人们在评述时便往往不满其保守性。贺拉斯的文艺主张的确不无此类局限。作为奥古斯都时期的一位宫廷诗人和理论家，如何规范文艺创作，如何服务于罗马统治者文化建设的需要，是贺拉斯理论思考的重要基点，这自然不能不影响他的理论视野。如果严守贺拉斯所说的“妥帖得体”原则，在人类后来的历史上，大概也就不会出现重视变形、荒诞、夸张、反讽之类新的艺术追求，不会出现异彩纷呈的现代文学艺术景观。

但我们又应看到，贺拉斯所主张的“妥帖得体”，毕竟是立足于他自己的创作经验，有助于真实地反映现实生活，对促进当时的文艺发展是有积极意义的。他尊崇传统的主张，主要意旨也是在于鼓励人们通过品味经典去学习如何做到“妥帖得体”，从而创作出优秀作品。更值得注意的是，在他的论述中，传统并没有被作为不能或者无法超越的边界。他在《诗艺》中就曾颇为自信地说过：“我们的诗人对于各种类型都曾尝试过，他们敢于不落希腊人的窠臼，并且（在作品中）歌颂本国的事迹，以本国的题材写成悲剧或喜剧，赢得了很大的荣誉。此外，我们罗马在文学方面（的成就）也决不会落在我们的光辉的军威和武功之后，只要我们的每一个诗人都肯花工夫、花劳力去琢磨他的作品。”③ 在对语词的运用、题材的选择等方面的论述中，贺拉斯也都在不违背“妥帖得体”的原则下，鼓励积极创新。

相关知识

在西方文论史上，古罗马时代的文艺观被称为古典主义，贺拉斯被视为古典主义的奠基人。所谓古典主义，主要指的就是贺拉斯所强调的罗马文艺要向古希腊的文艺学习，并以之为创作典范的文艺主张。至17世纪，法国文艺理论家布瓦洛等人进一步继承发展了贺拉斯的有关主张，强调当时的法国文艺要以古希腊、古罗马文艺为典范，因而被称为新古典主义。

---

① 亚里士多德，贺拉斯．诗学·诗艺．罗念生，杨周翰，译．北京：人民文学出版社，1962：143.

② 同①：143.

③ 同①：152.

二、诗人要给人益处与乐趣

由于贺拉斯对文艺的思考主要着眼于服务罗马统治者文化建设的需要，他特别重视文艺的社会作用。贺拉斯认为文艺的社会作用能否很好地实现的关键在于其能否给接受者以“乐趣”。他在《诗艺》中说，“诗人的愿望应该是给人益处和乐趣，他写的东西应该给人以快感，同时对生活有帮助”[①]，认为文学创作应“寓教于乐，既劝谕读者，又使他喜爱，才能符合众望”[②]。

对于如何才能使文学创作既给人益处又给人乐趣，贺拉斯认为，关键在于“真实”。他这样讲：“如果你希望观众赞赏，并且一直坐到终场升幕，直到唱歌人（‘唱歌人’是罗马喜剧中伴随音乐和演员舞蹈的歌者，在戏剧终场时由他喊‘鼓掌’，以示收场。——编者按）喊‘鼓掌’，那你必须（在创作的时候）注意不同年龄的习性，给不同的性格和年龄以恰如其分的修饰……不要把青年写成个老人的性格，也不要把儿童写成个成年人的性格，我们必须永远坚定不移地把年龄和特点恰当配合起来。”[③] 显然，在贺拉斯看来，“真实”是文艺作品能够给接受者带来乐趣的根本原因。同样，也正是因为“真实”，文艺作品才能够给人以教益，做到“寓教于乐”。他不否认文学创作需要虚构，但强调“不可随意虚构”[④]，“虚构的目的在引人喜欢，因此必须切近真实”[⑤]。而要切近“真实”，贺拉斯认为，就需要作家具有“判断力”。在贺拉斯看来，“懂得他对于他的国家和朋友的责任是什么，懂得怎样去爱父兄、爱宾客，懂得元老和法官的职务是什么，派往战场的将领的作用是什么，那么他一定也懂得怎样把这些人物写得合情合理”[⑥]。显然，贺拉斯所强调的“判断力”是指艺术家要有正确地认识生活、反映生活的能力。只有具备这样的“判断力”，作家才能准确地把握人物性格，才能始终清楚自己的创作动机，才知道采用什么样的技巧能够做到使虚构“切近真实”。

贺拉斯强调的“判断力”，实际上就是我们通常所说的理性认识能力。文艺创作的成功当然离不开理性认识能力，但文艺创作是复杂的，理性的过于强盛也必会窒息创作生机，导致作品枯燥乏味。一位有成就的诗人当然会深明此理，故而贺拉斯在强调这样一种理性认识能力的同时，亦注意到感性在文艺创作过程中的重要性。他这里所说的“理性”与后来的古典主义所强调的“理性”是不尽相同的，他并不像后来的古典主义那样排斥“感性”，相反，还充分肯定“感性”的作用。他既强调“感性”对读者接受的影响，又强调“感性”对艺术创作的影响。对于艺术家来说，贺拉斯认为“你自己先要笑，才能引起别人脸上的笑，同样，你自己得哭，才能在别人脸上引起哭的反应。你要我哭，首先你自己得感觉悲痛”[⑦]。他在强调理性认识的前提下显然也很重视艺术家的情感活跃。能够有这样的认识，与他本人丰富的创作经验有很大关系。正是因为既重视文学的“益”又重视文学的“趣”，强调两者的有机结合，贺拉斯才同时重视理性与感性。

---

① 亚里士多德，贺拉斯．诗学·诗艺．罗念生，杨周翰，译．北京：人民文学出版社，1962：155.
② 同①：155.
③ 同①：145－146.
④ 同①：155.
⑤ 同①：155.
⑥ 同①：154.
⑦ 同①：142.

在西方文论史上，贺拉斯第一次强调了“教”与“乐”的统一，他在重视文学社会作用的同时强调文学的娱乐价值，更指出了“乐”是“教”的前提，只有让接受者有了“乐”，才能很好地实现“教”的目的。

深度思考

在文艺创作中，感性与理性的关系是一个相当复杂的问题。古希腊时代的柏拉图虽注意到了文艺创作过程中的“迷狂”现象，但他又坚决反对诗人表现感性情感。亚里士多德重视文艺的认知功能，特别强调了“理性”之于文艺创作的重要性，认为文艺创作是“心之理性的生产”①。从文艺创作的实际情况来看，柏拉图与亚里士多德的见解都是存在片面性的。如果仅就感性与理性的关系而言，贺拉斯的看法无疑更为辩证。他既重视感性情感的表现，又重视理性判断力的作用；既重视理性的“教”，又重视感性的“乐”。尤其值得注意的是，在西方文论史上，贺拉斯由理性与感性的统一观出发，最早提出了“寓教于乐”这一至今仍值得重视的著名见解。

三、诗人的平庸不能容忍

作为一位优秀的诗人，贺拉斯对文艺创作有着近乎苛刻的要求，他认为：“世界上只有某些事物犯了平庸的毛病还可以勉强容忍。（例如）中等的律师和诉讼师纵然不及麦萨拉那样雄辩，纵然不及奥路斯·卡斯开留斯那样博学，但是他还是有一定的价值。唯独诗人若只能达到平庸，无论天、人或柱石都不能容忍。”② 在贺拉斯看来，诗的创作无论是思想内容还是艺术形式，都应追求完美，优秀的诗人不能允许自己的作品存在任何瑕疵。

贺拉斯并没有具体描述何为“平庸”，但他却通过形象的比喻表达了自己对完美的推崇：“在欢乐宴会上，乐队如果演奏得不和谐，香膏如果太厚，罂粟子如果配的是萨丁尼亚的蜂蜜，必然大煞风景，宴会没有它们也可以进行；同样，一首诗歌的产生和创作原是要使人心旷神怡，但是它若是功亏一篑不能臻于最上乘，那便等于一败涂地。”③ 显然，在贺拉斯看来，力求使自己的作品“臻于最上乘”应当是诗人的根本追求，而容忍作品的任何瑕疵即会导致平庸。

对于如何避免平庸，贺拉斯有着详尽的论述。他认为诗人避免平庸的最好方法是树立正确的创作态度与重视技巧的锤炼。在创作态度上，贺拉斯强调诗人一定要有创作最上乘作品的追求，并且能够听取别人的建议与批评，能够下苦功夫反复琢磨、修改自己的作品。他这样告诉

① Aristotle. The Nicomachean Ethics. David Ross, trans. Oxford: Oxford University Press, 2009: 105.
② 亚里士多德，贺拉斯．诗学·诗艺．罗念生，杨周翰，译．北京：人民文学出版社，1962：156.
③ 同②：156－157.

读者："你们若见到什么诗歌，不是下过许多天苦功写的，没有经过多次的涂改，没有（像一座雕像，被雕塑家的）磨光了的指甲修正过十次，那你们就要批评它。"① 他这样奉劝诗人：对自己认为不成功的作品，"你是可以销毁的：一言既出，驷马难追"②。在艺术技巧方面，贺拉斯强调应立足于实践，认真研究，无论是戏剧情节的设置，还是叙述的技巧，乃至诗的格律，都需要千锤百炼。贺拉斯虽然不否认天才对艺术创作的重要作用，但他绝不像古希腊哲学家德谟克利特那样认为诗的创作可以仅凭天才，他要求作家们"应当日日夜夜把玩希腊的范例"③，在对经典的反复品味中提高自己的艺术技巧。

贺拉斯认为，诗人要避免平庸，还需具有审美的人生态度。他这样说："诗神把天才，把完美的表达能力，赐给了希腊人；他们别无所求，只求获得荣誉。而我们罗马人从幼就长期学习算术，学会怎样把一斤分成一百份……当这种铜锈和贪得的欲望腐蚀了人的心灵，我们怎能希望创作出来的诗歌还值得涂上杉脂，保存在光洁的柏木匣里呢？"④ 显然，贺拉斯虽然注重文艺服务现实的社会功能，但他同时意识到，只有超越世俗功利，在审美的人生状态中才能写出优秀作品。

与之相关，在艺术情趣方面，贺拉斯反对迎合观众或读者的低级趣味，强调要维护艺术的尊严。他强调"诗歌也指示了生活的道路"⑤，认为文艺应在带给人们欢乐的同时充分发挥其道德教化作用，使它有助于"划分公私，划分敬渎，禁止淫乱，制定夫妇礼法"⑥，正是在这个意义上，"诗人和诗歌都被人看作神圣的，享受荣誉和令名"⑦。贺拉斯的某些言论虽亦流露出对当时下层劳动人民的歧视与偏见，但单就他强调艺术不应当迎合低级趣味这一点来说，无疑是合理的，与他要求诗人应避免平庸的思想也是一致的。

深度思考

贺拉斯关于诗人要有审美的人生态度才能避免创作平庸的见解，对我们今天的文学创作仍具有积极的启示意义。从贺拉斯的陈述来看，他所说的审美的人生态度与艺术家的功利追求是相对立的。不过他所强调的无功利性与康德所强调的审美活动的无功利性是不同的，贺拉斯关注的是艺术家的精神修养，强调的是精神境界的提升，他认为艺术家只有具有了超脱于功利追求的对美的真诚向往，才会持有正确的创作态度，才会有自觉的对艺术技巧的不懈追求，也才能达到艺术的完美，避免平庸。

---

① 亚里士多德，贺拉斯．诗学·诗艺．罗念生，杨周翰，译．北京：人民文学出版社，1962：152－153.
② 同①：157.
③ 同①：151.
④ 同①：154－155.
⑤ 同①：158.
⑥ 同①：158.
⑦ 同①：158.

第二节 朗吉弩斯的文艺观

朗吉弩斯（Casius Longinus，约 213—273），据传是罗马时期重要文论著作《论崇高》的作者。《论崇高》这份文献 16 世纪才被人发现，成文年代与作者尚无定论。1554 年，意大利文艺复兴时期的学者罗伯特洛在刊行此文时署名为“狄奥尼修斯或朗吉弩斯”。狄奥尼修斯是公元前 1 世纪的希腊修辞学家，在奥古斯都时期曾长期居住于罗马，写有罗马史和许多修辞学及文学批评的文章。但他的作品无论是从行文风格还是从文艺主张上来看，都与《论崇高》一文有明显差异。朗吉弩斯是公元 3 世纪叙利亚女王的谏议大臣，是一位政治人物。《论崇高》所引证的文献都是公元 1 世纪以前的作品，与朗吉弩斯的生活背景不符。因此将他认定为《论崇高》的作者也明显欠妥。从文章的内容来看，作者可能生活于比贺拉斯稍晚的公元 1 世纪，是一位居住于罗马的希腊修辞学家。在西方文论史上，人们在谈及《论崇高》时，已约定俗成地认为它的作者叫朗吉弩斯，在此我们也沿用这个惯例。

从具体内容来看，《论崇高》是作者写给一位叫作特仑天的罗马贵族的一封信。在这封信中，作者集中探讨了如何才能使创作表现出崇高的风格。他所强调的“崇高”，主要是指一种强烈的艺术效果，诸如作品给予读者的强烈情感震撼、思想冲击，以及雄浑、庄严、激越的情感体验等。在与贺拉斯一样重视艺术技巧的同时，朗吉弩斯更为注重对创作主体的思想境界与创作激情的强调。从这个意义上来看，朗吉弩斯的思想开启了西方浪漫主义的先声。

一、崇高是伟大心灵的回声

朗吉弩斯谈论崇高这个话题，起因于他对当时一位名叫凯齐留斯的修辞学家的一篇名为“论崇高”的论文的不满。他认为，一篇学术论文须有两个必要之点：首先，作者应该阐明当前的主题；其次，而这点是更重要的，他必须指出，我们要凭什么方法来达到目的。凯齐留斯一方面竭力举出成千个例子来阐明崇高的性质，好像我们在这点上无知似的；另一方面，关于我们应如何修养，使我们的性情达到崇高的境界，他却一字不提。① 显然，朗吉弩斯之所以写下《论崇高》，就是要解决凯齐留斯未能解决的问题，即如何才能使文艺创作表现出崇高的风格。从上面所引的朗吉弩斯的那段话中可以看出，他认为，人们通过自己的修养可以提高自己的人格境界，而这种性情的崇高对于文艺创作是至关重要的。这一认识在他对崇高来源的论述中得到了进一步的强调。他认为崇高的来源有五个：一是庄严伟大的思想；二是强烈而激动的情感；三是运用藻饰的技术；四是高雅的措辞；五是堂皇卓越的结构。朗吉弩斯认为庄严伟大的思想是文艺创作达致崇高的首要条件，而庄严伟大的思想，在他看来，只能来自伟大的心

---

① 章安祺．缪灵珠美学译文集：第一卷．北京：中国人民大学出版社，1987：79.

灵。所以，朗吉弩斯说："崇高的风格是一颗伟大心灵的回声。"①

综合朗吉弩斯的论述来看，他所说的"伟大心灵"的主要特点是胸襟旷达、志向远大，具有不断探求更高精神境界的无限热情。在论及人才的培养与社会环境的关系时，他这样讲："自由能培养有能者的智力，感发他们的高尚的希望，彼此竞争的精神和争取高位的雄心随着自由而展开。"② 在谈及崇高的来源时他这样说："一个真正的演讲家绝不应有卑鄙龌龊的心灵。因为，一个终生墨守着狭隘的、奴从的思想和习惯的人，决不可能说出令人击节称赏和永垂不朽的言词。是的，雄伟的风格乃是重大的思想之自然结果，崇高的谈吐往往出自胸襟旷达志气远大的人。"③ 从这两处的论述来看，朗吉弩斯认为胸襟旷达、有着不懈的精神追求是伟大心灵的核心要素。在赞扬柏拉图的伟大时，他动情地说："天之生人，不是要我们做卑鄙下流的动物；它带我们到生活中来，到森罗万象的宇宙中来，仿佛引我们去参加盛会，要我们做造化万物的观光者，做追求荣誉的竞赛者，所以它一开始便在我们心灵中植下一种不可抵抗的热情——对一切伟大的、比我们更神圣的事物的渴望。所以，对于人类的观照和思想所及的范围，整个宇宙也不够宽广，我们的思想往往超过周围的界限。你试环视你周围的生活，看见万物的丰富、雄伟、美丽是多么惊人，你便立刻明白人生的目的究竟何在。"④ 在这里，朗吉弩斯再一次表达了对胸襟博大、追求高远的推崇。显然，他的饱富激情的赞颂是针对"伟大心灵"的。

在朗吉弩斯看来，只有拥有伟大的心灵才能具有高远的思想，才能言之有物，才有可能创作出具有崇高风格的作品。他这样讲："在日常生活中，凡是伟大心灵所鄙弃的东西，决不会是真正伟大的，譬如说，财富、荣誉、名声、权势，以及虚有其表的荣华，在有识者看来，决不是人生之大幸，因为鄙弃它们反而是一种好处；不错，享有富贵的人就远不及虽能获得但意志远大敝屣浮华的人之受人敬仰。这个原则也可用来评衡诗和散文。我们要看一看，某些篇章是否徒有堂皇的外表，端赖添上一些雕琢的藻饰，但一经细听，就发现它内容空洞，倒值得鄙视，不值得赞美。因为真正崇高的文章自然能使我们扬举，襟怀磊落，慷慨激昂，充满了快乐的自豪感，仿佛是我们自己创作了那篇文章。所以，如果一个颇有见识而熟识文艺的人再三听取一篇文章，但觉得它不能使人心胸豁达，意志昂扬，或者听过后不能留下一点思想，值得低徊寻味，而愈仔细研究，愈觉得它无甚可取，那么，那就未必是真正的崇高。"⑤ 朗吉弩斯认为，有了崇高的思想，作家才有创作的激情，才有表达的需要，才谈得上技巧，也才能够使作品表现出崇高的风格。

那么，一位诗人、作家如何才能拥有"伟大心灵"呢？朗吉弩斯的看法是："虽然这是天生而非学来的能力"，但"我们也要努力陶冶我们的性情，使之达到高远的意境，仿佛使之孕育着高尚的灵感"⑥。也就是说，他一方面意识到伟大心灵与先天因素有关，同时又觉察到自我修养的重要。他曾特别强调，民主自由的政治环境有利于卓越的文学才能的培养，在这样的环境中成长起来的作者才更能够创作出具有崇高风格的作品，而专制下的奴性教育则会成为限

---

① 章安祺．缪灵珠美学译文集：第一卷．北京：中国人民大学出版社，1987：87.

② 同①：133.

③ 同①：88.

④ 同①：123－124.

⑤ 同①：85.

⑥ 同①：87.

制心灵健康成长的桎梏，不利于伟大心灵的养成。他形象地说：“那些豢养所谓侏儒或矮子的铁笼，不但阻碍被囚者的成长，而且，由于压抑其肉体的桎梏，他甚至日渐变得短小；同样，任何奴隶状态，不论它如何合理，都可以比作心灵的铁笼，人人的监狱。”① 像贺拉斯一样，朗吉弩斯也明确反对庸俗、功利的人生态度，认为人们一旦为利欲所控制，“他们灵魂中的伟大品质开始衰退，凋萎而枯槁，因为他们只重视必腐必朽的肉体，却不珍惜不朽的灵魂的发展”②。所以他在自己的论述中一再反对人们执着于对财富、荣誉、名声、权势等的占有，充满激情地劝告人们要有更为高远的人生追求。朗吉弩斯的这类主张是很有见地的，在他之前，还没有人如此郑重而详尽地论述创作主体的精神修养问题。

相关知识

朗吉弩斯关于崇高的论述在西方文论史、美学史上产生了深远的影响。正是在朗吉弩斯崇高理论的影响下，18 世纪的英国经验主义哲学家柏克，在《论崇高与美》一文中通过对崇高与美的比较分析，最早使崇高成为一个独立的美学范畴。与柏克的影响有关，德国哲学家康德亦高度重视崇高，强调崇高可以把我们的精神力量提高到超出平常的尺度，并进而探讨了崇高的性质、产生根源等问题。康德认为，崇高感是一种只能间接产生的愉快，它先经历一种生命力在一瞬间受到阻滞的感觉，然后立刻继之以生命力的更为强烈的迸发。关于崇高的根源，康德的看法是：“不存于自然界的任何物内，而是内在于我们的心里。”③ 是“思想样式把崇高性带进自然的表象里去”④。在关于崇高形成根源的见解中，我们可以更为清楚地看出康德的主张与朗吉弩斯思想的内在关联。

二、诗的意象要使人惊心动魄

与贺拉斯相同，朗吉弩斯亦重视文学作品的妥帖得体，这可以从他对各种修辞技巧与审美效果近乎苛刻的强调中看出来。但与贺拉斯不同，他更重视与崇高相关的强烈的艺术效果，认为即使是带有瑕疵的崇高之作也远超才情平庸的完美之作。他曾明确宣称“天才不仅在于能说服听众，且亦在于使人心荡神驰”⑤，主张“诗的意象以使人惊心动魄为目的”⑥。从朗吉弩斯的论述来看，他所说的“惊心动魄”，是指文学作品所塑造的栩栩如生的艺术形象，能够以其雄浑的气势、庄严的品格、令人惊叹的思想包蕴与情感包蕴给读者带来强烈的情感震撼。这可以从他所列举的一系列为他所赞赏的作品中明显地看出来。朗吉弩斯极为欣赏荷马史诗《伊利亚特》，在文章中多次引用这部史诗的一些章节来表明自己对崇高的理解。从他所列举的这些章节来看，他所看重的正是生动的艺术形象带给读者的思想冲击力和情感震撼力。

---

① 章安祺．缪灵珠美学译文集：第一卷．北京：中国人民大学出版社，1987：133.
② 同①：134.
③ 康德．判断力批判：上卷．宗白华，译．北京：商务印书馆，1964：104.
④ 同③：85.
⑤ 同①：80.
⑥ 同①：99.

由“诗的意象以使人惊心动魄为目的”这一主张可以看出，朗吉弩斯不仅重视崇高，而且意识到文艺作品中的崇高有自己特殊的表现方式，这就是“诗的意象”。作为一位有见解的文艺理论家，朗吉弩斯深知意象营造对作品艺术风格的影响，在《论崇高》中，他这样说：“风格的庄严、雄浑、遒劲，年青人啊，多半是赖‘意象’产生的。”为了说明诗的这一特征，他还将诗与演讲进行了比较，认为与诗歌意象所追求的惊心动魄目的不同，“演讲的意象却是为了使观念明晰”①。朗吉弩斯对作品意象营造的这种要求，自然不只切合崇高形态的作品，就其不同于演讲的观念性这一意象特征而言，亦触及了文艺作品的共有本质。

对于如何才能使诗的意象营造达到“惊心动魄”的效果，朗吉弩斯亦有进一步论述。他认为，作为创作主体，除了要有一颗“伟大心灵”之外，具有激情，也是一个重要的决定因素。在谈到凯齐留斯对激情的忽视时，他这样说：“有助于风格之雄浑者，莫过于恰到好处的真情。它仿佛呼出迷狂的气息和神圣的灵感，而感发了你的语言。”② 他对古希腊雄辩家狄摩西尼的夸赞，亦主要是从激情着眼的。他评论说，一旦狄摩西尼有了激情，“便显出伟大才华登峰造极的优点：崇高的格调，生动的热情，丰富，敏感，恰到好处的迅速，使人望尘莫及的劲势和力量，并且集中了一切堪称神授的（称为人性的就不敬了）奇妙的品赋在自己身上，从而以他所独有的优点战胜所有对手，仿佛为了补救他所没有的优点，他以迅雷疾电之势打倒世世代代的雄辩家。真的，你宁可睁开眼看着雷霆轰击，而不愿注视他那不断爆发的激情”③。显然，在朗吉弩斯看来，只有饱含激情的意象才会有使人惊心动魄的效果。

此外，朗吉弩斯还强调了想象与夸张之类技巧的重要。在《论崇高》中，他以古希腊的欧里庇得斯、埃斯库罗斯、索福克勒斯等人的作品为例，指出诗人只有尽力借助想象，才能使诗的意象更富于英雄气息和生动传神，从而达到惊心动魄的艺术效果。为了追求这样的艺术效果，朗吉弩斯甚至高度肯定了古希腊诗人“有点神话似的夸张，远远超过可信的限度”④ 之类的手法。

在朗吉弩斯注重激情与想象、推崇夸张手法之类的论述中，我们似已看到后世浪漫主义文艺思想的萌芽。

分析举例

基于诗人创作追求与所要传达情感的性质的不同，诗歌意象营造的审美追求是多样的。由于朗吉弩斯追求、推崇的“崇高”即庄严、雄浑、遒劲的艺术效果，因而他要求诗的意象要使人惊心动魄，强调作品的情感、思想的震撼力与冲击力。古希腊悲剧《俄狄浦斯王》在意象营造上是十分符合朗吉弩斯的这一要求的。当剧情达到高潮时，热爱邦国、智慧超群、正直勇敢的俄狄浦斯不得不面对

① 章安祺．缪灵珠美学译文集：第一卷．北京：中国人民大学出版社，1987：99.
② 同①：87.
③ 同①：123.
④ 同①：101.

自己在命运的捉弄下成了一个杀父娶母的“罪人”的悲惨现实，他的妻子，即他的母亲悲痛自尽，百感交集的俄狄浦斯也刺瞎了自己的双眼，自我放逐。诗的意象无疑是惊心动魄的，诗的意象与诗人对命运的思考对读者形成了巨大的思想冲击与情感震撼。在朗吉弩斯看来，作者索福克勒斯之所以能达到这样的崇高境界，根本原因在于他那勇于探索、不懈追求的“伟大心灵”。

三、天才应受技巧的约束

朗吉弩斯虽然承认一位崇高诗人所需要的“伟大心灵”具有“天生”性，但他并没有忽视艺术技巧的作用。相反，在他看来，崇高的天才并不等于崇高的技巧，不论是何等天才，只有借助于各种艺术技巧，才能达到强烈的艺术效果。他从人性与人生关系的角度指出：“人的性情固然往往不知守法，但仍不是天马行空，不可羁縻，可见他们的道理适得其反……激昂的情绪，若不以理性控制，任其盲目冲动，随波逐流，有若无舵之舟，定必更加危险。”① 朗吉弩斯认为，文学道理同此，“天才常常需要刺激，也常常需要羁縻”②，“在文学方面有些仅凭天分的效果，我们也只能从技巧上学来”③。

关于文学艺术技巧，朗吉弩斯主要论及过题材选取、结构安排等问题。在题材的选取方面，朗吉弩斯认为应当“能够选择最适当的本质成分，而使之组成一个有机的整体”④。他曾指出，古希腊著名女抒情诗人萨福的诗歌之所以吸引读者，重要原因即在于“她能选择和组织那些最主要最动人的征候……她要表现的不单是一种感情，而是许多感情的结合。所有钟情的男女都显出这些征候，而萨福的卓越的优点，我曾说过，在于她独能选择最动人的地方，而使之组成一个整体”⑤。关于结构安排，朗吉弩斯以人体为喻进行了论述：“正如人体，没有一个部分可以离开其他部分而独自有其价值。但是所有部分彼此配合则构成了一个尽善尽美的有机体；同样，假如雄伟的成分彼此分离，各散东西，崇高感也就烟消云散……许多散文家和诗人，虽没有崇高的品赋，甚或绝无雄伟的才华，而且多半使用一般的通俗的词儿，而这些词儿也没有什么不平凡的意义，可是单凭文章的结构和字句的调和，便产生尊严、卓越、不同凡响的印象。”⑥ 朗吉弩斯这种重视结构的有机统一、追求作品的整体艺术效果的思想与亚里士多德、贺拉斯等人是一致的。

虽然朗吉弩斯在强调天才的同时也充分重视艺术技巧的作用，但我们必须注意到，他所推

---

① 章安祺．缪灵珠美学译文集：第一卷．北京：中国人民大学出版社，1987：80.
② 同①：80.
③ 同①：81.
④ 同①：92.
⑤ 同①：92-93.
⑥ 同①：129.

《奥德赛》插图

崇的艺术技巧并不都是适合文学创作的。由于朗吉弩斯把优秀的演讲词亦看作崇高作品的重要组成部分，他在对技巧的论述中，更为关注的是表达技巧。朗吉弩斯在《论崇高》一文的开头曾对他的讲述对象特伦天这样说："你既然叮嘱我把关于崇高感的意见辑录起来，哪怕是为你所用，我也得看看，我的见解对一从事政治活动的人是否真的有用。"① 由此看来，他关注"崇高"问题的主要出发点是服务于政治活动，这也是他将优秀演讲词作为崇高作品的重要组成部分的主要原因。与这一原因相应，他关于艺术技巧的认识并不都是适合于文学创作的。由于关注的重点是表达的艺术效果，强调的是作品的情感震撼力与思想冲击力，故朗吉弩斯不主张文学创作着力于性格塑造，认为在故事叙述中塑造人物性格是作者缺少激情与才华的表现。朗吉弩斯的这种认识鲜明地体现在他对荷马史诗的评论中。他认为《伊利亚特》写于诗人才华全盛的时代，所以全篇生气蓬勃，富有戏剧性的动作，而《奥德赛》写于荷马的老年，这时诗人才华衰退，开始沦于性格刻画。这种对人物性格刻画的轻视，反映了朗吉弩斯文艺思想的局限。

深度思考

朗吉弩斯强调，在诗的创作中要"选择最适当的本质成分，而使之组成一个有机的整体"。朗吉弩斯所说的"最适当的本质成分"，指的是最能体现诗人的审美情感，最能烘托诗歌的情感氛围，能够直达读者灵魂的核心意象与情感切入点。在朗吉弩斯看来，诗的创作应紧紧围绕"本质成分"进行意象的营造，不能有任何分散读者感觉的败笔杂于其中。只有这样，才能保证作品的崇高品性。朗吉弩斯所说的这样一种崇高品性，显然不是一般意义的崇高，而是就诗歌的动人程度及完美程度而言的，因此，这类见解也就具有了更具普遍性的文学价值尺度意义。

【本章关键词】

妥帖得体（decorum）：贺拉斯所强调的文学创作的总原则。具体所指是：从形象塑造到词语安排，从结构设置到人物语言设计，从诗格的运用到材料的选择等，都要合适得当。

判断力（good sense）：贺拉斯强调的"判断力"，就是我们通常所说的理性认识能力。基于文艺创作应"妥帖得体"的认识，贺拉斯认为写作要成功，离不开判断力。创作主体只有具有相应的"判断力"，才能真正地认识生活，才能知道如何塑造形象，怎样给人提供教益，以及

---

① 章安祺．缪灵珠美学译文集：第一卷．北京：中国人民大学出版社，1987：79.

采用什么样的叙述技巧等，从而做到各个方面的“妥帖得体”。

崇高（sublime）：审美范畴之一。主要指对象以其粗犷博大的感性姿态、雄伟的气势、劲健的物质力量和精神气度等，给人以心灵的震撼，使之受到强烈的鼓舞和激越，促使人们产生敬仰和赞叹的情怀，从而提升和扩展人的精神境界。朗吉弩斯所说的“崇高”，主要是就艺术效果而言的，即作品能够带给读者强烈的情感震撼与思想冲击，能够使之产生雄浑、庄严、激越的情感体验。在朗吉弩斯这里，崇高还没有被上升为一种审美范畴，但他对“崇高”的描绘已部分地符合了现代人对崇高范畴的认识。

【推荐阅读】

阎国忠．古希腊罗马美学．北京：北京大学出版社，1983.

王焕生．古罗马文艺批评史纲．南京：译林出版社，1998.

塔塔科维兹．古代美学．杨力，等，译．北京：中国社会科学出版社，1990.

鲍桑葵．美学史．张今，译．北京：商务印书馆，1985.

【思考题】

1. 如何认识贺拉斯所提出的诗的创作应“妥帖得体”的思想？
2. 怎样理解贺拉斯所说的“判断力”是写作成功的开端与源泉？
3. 如何理解朗吉弩斯所说的“崇高”？
4. 依照朗吉弩斯的看法，如何才能达到文艺创作的崇高？

第三章

中世纪文论

概　述

中世纪文论，是指从公元4世纪基督教在罗马帝国确立权威地位至文艺复兴时期的一千年左右的历史中，由奥古斯丁、厄里根纳、阿伯拉尔、托马斯·阿奎那等基督教神学家创建的文艺思想。这一时期素有“黑暗的中世纪”之称，公元4世纪被立为罗马帝国国教的基督教，在当时的政治生活和精神生活等一切上层建筑领域占据了至高无上的地位。世俗政权与经济权力为教会所控制，教育也依赖于神父这一知识阶层。一些学者认为，在中世纪，神学压垮了文艺，因而也就基本上无文艺思想可言；还有学者认为，中世纪基督教文艺理论与近代意义上的文艺思想相距甚远，根本不值一提。这些看法值得辨析。

中世纪的神学家们在完善自己的思想体系时，不论有意还是无意，不论视角如何，都是将文艺思想作为自己理论的一个有机组成部分的；在阐发神学观念或诠释《圣经》的过程中，亦提出了一些值得关注的文艺学见解。如早期的教父哲学的代表人物奥古斯丁虽从神学立场出发，认为使人敬神的是好艺术，使人渎神的是坏艺术，但亦肯定了“文艺是有意作假”这一重要特征；后期经院哲学的代表人物托马斯·阿奎那，在提出“领悟了上帝智慧的艺术家才能创造美的艺术”之类主张的同时，又意识到艺术与道德无关等。这个时期还有两个人非常值得注意。一是爱尔兰的约翰·司各脱·厄里根纳。他认为一切艺术品都有两层意义，即表面义和象征义，后者比前者有更高更深的一层意义，这种学说给中世纪文艺思想开辟了一条与“摹仿说”不同的道路。二是法国哲学家、神学家皮埃尔·阿伯拉尔。他主张文艺不应做神学的奴婢，诗神要从上帝宝座下解放，强调感情在文艺创作和文艺欣赏中的作用。从整体上看，在中世纪的文艺思想史上，产生了重大影响的当然还是作为宗教神学代表人物的奥古斯丁与托马斯·阿奎那，因而本章主要介绍这两个人的文艺观。

第一节 奥古斯丁的文艺观

奥古斯丁

奥古斯丁（Aurelius Augustinus，354—430）生于北非的塔加斯特城，青年时代在修辞学校读书时成为摩尼教追随者。从修辞学校毕业后，先在迦太基城，后到罗马等地教授修辞和演讲术。在青年时期，他生活放荡，但求知欲强，一度醉心于柏拉图主义。33 岁那年的一天，他与一位朋友在一个花园里漫步时，突然意识到自己沉溺于世俗生活、放荡不羁的罪恶，痛苦不堪地倒在一棵无花果树之下，泪流不止。在经历了这一“花园里的奇迹”之后，奥古斯丁痛下决心，皈依了基督教，开始了清心寡欲的修道士生活。37 岁升为神甫，41 岁任希波大主教。由于在组织修会、讲经布道等方面的突出贡献，被教会封为“伟大的圣师”，被后世视为中世纪基督教哲学的奠基人，亦被认为是参与塑造了西方精神的少数巨人之一。奥古斯丁长于论辩，著述甚丰，据他 427 年自述，毕生论著共 93 种 232 部。奥古斯丁也是中世纪文论的开启者，其所著的《论美和适宜》（已佚）、《论音乐》、《论秩序》、《论灵魂的量》、《独语录》、《论自由意志》、《论真宗教》、《忏悔录》、《论三位一体》、《上帝之城》和《教义手册》中有着丰富的文论思想。

一、敬神的好艺术与渎神的坏艺术

基督教神学主张因信称义，所以皈依基督之后的奥古斯丁将能否促使人们信仰上帝视为区分好艺术与坏艺术的根本标准。他明确主张，劝人敬神的便是好艺术，使人渎神的则是坏艺术。

奥古斯丁在《上帝之城》卷十七题为《大卫著〈诗篇〉所思》的第十四章中，即给出好艺术一例。他列举了大卫的诗篇：“我心里涌出美辞；我论到我为王做的事。我的舌头是快手笔。你的形体比世人更美；在你的嘴里满有恩惠。所以上帝赐福到你，直到永远……”（《旧约·诗篇》第 45 篇）大卫精于歌唱，酷爱音乐。他的音乐，有着不同声音比例有序的和声，使人如闻上帝之城中的井然秩序。奥古斯丁认为这便是好艺术的典范。

《忏悔录》书影

与劝人敬神的好艺术相对，奥古斯丁在《忏悔录》和《上帝之城》中列举了另一类艺术，判定此类艺术的最大罪状是诱导人不敬神明。在奥古斯丁看来，荷马史诗及罗马喜剧作家泰伦斯的作品即属此类。他指出："荷马编造这些故事，把神写成无恶不作的人，使罪恶不成为罪恶，使人犯罪作恶，不以为仿效坏人，而自以为取法于天上神灵。"① 他批评罗马喜剧作家泰伦斯曾在作品中描写一个浪漫青年看见朱庇特化身为金雨与阿耳戈斯王之女达那厄交合的壁画，便奉朱庇特为奸淫的榜样，放纵风流。奥古斯丁认为，这类渎神的艺术宣扬的是世人低俗的欲望，为坏艺术树立了样板。

与其批评标准相关，奥古斯丁曾结合自己的体验这样论及人们观看悲剧之时的感受："我被充满着我的悲惨生活的写照和燃炽我欲火的炉灶一般的戏剧攫取了。人们愿意看自己不愿遭遇的悲惨故事而伤心，这究竟为了什么？一人愿意从看戏引起悲痛，而这悲痛就作为他的乐趣。这岂非一种可怜的变态？一个人越不能摆脱这些情感，越容易被它感动。一人自身受苦，人们说他不幸；如果同情别人的痛苦，便说这人有恻隐之心。但对于虚构的戏剧，恻隐之心究竟是什么？戏剧并不鼓励观众帮助别人，不过引逗观众的伤心，观众越感到伤心，编剧者越能受到赞赏。如果看了历史上的或竟是捕风捉影的悲剧而毫不动情，那就败兴出场，批评指摘，假如能感到回肠荡气，便看得津津有味，自觉高兴。"② 关于悲剧的作用，亚里士多德曾给予过正面的高度肯定，认为悲剧能够激起观众的怜悯与恐惧，有助于观众原有的此类情感的宣泄，有助于恢复和保持其心理健康。奥古斯丁则认为，悲剧所引发的同情心充其量是种不怀好意的慈悲心：希望别人遭遇不幸，借以显示对这人的同情。在他看来，这种虚伪的同情心与上帝的真正同情是背道而驰的，上帝的同情心才是无限纯洁、无穷完美的真正慈悲。

理论辨析

在对世俗艺术的责难方面，奥古斯丁与柏拉图如出一辙，但其出发点是不一样的：柏拉图由建立理想国的目的出发，痛恨世俗文艺不利于培养理性、勇敢、忠诚、节制之类的国民性；奥古斯丁则由基督教教义出发，认为上帝是永恒不变的至善至美的最高存在，世上的一切事物无不散射着上帝的光辉，因而文学艺术只能赞美上帝，而不能诱人堕落，损害上帝的声誉。奥古斯丁的这类主张成为中世纪文艺观的主导，后来进而发展为彻底反对艺术、破坏偶像之类的极端思潮。

二、文艺是有意作假

奥古斯丁虽然极力否定世俗文艺的价值，但他对文学艺术的关注与切身体验，又使他提出切合艺术规律的有价值的见解。尤为值得注意的是，他虽然不满荷马史诗之类作品通过虚构，把神写成无恶不作的人，但他又肯定了艺术创作中"虚构"的重要性，甚至认为文学艺术的本

① 奥古斯丁．忏悔录．周士良，译．北京：商务印书馆，1963：19.
② 同①：36－37.

质特点就是有意作假。

奥古斯丁曾以当时著名演员罗西乌斯的艺术表演为例进行了辨析：罗西乌斯在舞台上扮演了赫库巴、普里亚姆等人，演员本人与他所扮演的角色实际上是一真一假。他的结论是，演员只有有意作假才能成为他所扮演的角色，并进而为文艺活动中的“假”进行了如下辩护：“因为想要是假的是一回事，而不能是真的则是很不相同的另一回事。所以我们可以把人的作品，比如喜剧、悲剧、哑剧和其他这类东西，同画家和雕刻家的作品分为一类。不过一个画中人虽然也倾向于人的形象，却不可能像喜剧作家笔下的那些东西一样逼真。这些东西都不是通过它们自己的愿望成为假的，它们自身也不是假的，却是被一种必然性所迫使，尽可能地服从于艺术家的意志。”① 他还曾更为明确地强调：“如果我所说的罗斯科斯不想成为虚构的赫克托，他又何以成为一个真正的悲剧演员呢？……如果一幅画中的马不是虚构的马，它又如何成为真正的绘画呢？”② 由此可见，在奥古斯丁看来，艺术离不开虚构，没有虚构就没有艺术。所有的艺术只能是部分的真实，部分的虚假；虚假与真实并非自相矛盾，而是“两面可判”，处于一个两相依赖的辩证关系之中。

奥古斯丁的上述见解，实际上触及了文艺理论中人们时常论及的艺术真实问题。就其所处的时代而言，他对不同于生活真实的艺术真实的肯定，是有维护艺术自身价值的积极意义的；从理论上来说，也有助于加深人们对文艺特征的认识。亚里士多德主张，艺术是通过个别表现一般，诗比历史更有哲学意味。奥古斯丁所提出的艺术有意作假，亦可看作对亚里士多德所言哲学意味的丰富与发展。

分析举例

中外文学艺术史上有许多伟大作品，如法国古代作家拉伯雷的《巨人传》、奥地利现代作家卡夫卡的《变形记》、西班牙画家毕加索的绘画名作《格尔尼卡》、中国文学史上的《西游记》等，无疑极为切合奥古斯丁的论断——均是作者有意作假的产物。面对这类作品，人们明知其假，却又会不由自主地沉浸其中。这类作品可启发我们进一步认识文学艺术的奥妙以及生活真实与艺术真实之间的关系。

三、“语象”能带给读者更大“乐趣”

《圣经》中充满了象征，如狮子、豹子、熊等。何以这些象征能带给人快感？奥古斯丁的回答是：“我以最大的乐趣，瞻仰圣人纯洁之身似被剪剃的绵羊……但为什么我看见他们

① 奥古斯丁．独语录．成官泯，译．上海：上海社会科学院出版社，1997：51－52.
② 塔塔科维兹．中世纪美学．褚朔维，等，译．北京：中国社会科学出版社，1991：79.

做绵羊，便使我的乐趣盎然，苟若圣书无有绵羊为语象不先赋我以成见——圣人虽依旧是圣人——而我的乐趣便较小了，这是另外一问题，且属很难解答的。然而，没有人会怀疑下述事实的真实性，当在某种情况之下，知识用语象表达，常能产生较大乐趣；另一事实，凡属艰苦追寻的东西，一旦到手则乐趣也更大。”① 奥古斯丁使用的“语象”一词，指的是《圣经》中用象征、隐喻等手法所塑造的形象，如以剪剃的绵羊来指称圣人。“语象”一词后为新批评派所运用，英文为“verbal image”。这个词可直译为“用文字的物质材料制成的像”，指的是不脱离语词或词组的具词性形象，区别于脱离语言后在意识和想象中留存的形象。

为什么《圣经》中会出现“语象”？奥古斯丁认为，《圣经》中“有些事物的概念已经确切规定，世世相传，绝无增损，犹如智慧与知识的光明”，但因这些概论同时又牵连到“繁衍的、各式各样的物质行动，在你天主祝福之下，彼此相生，孳乳繁息”，所以它可“使唯一的真理，通过肉体的行动，在我们的思想中构成形形色色的想象而表达于外”②。也就是说，同一个概念所指的具体事物可以用众多方式表达出来，具体事物的一个概念也能用各种方式去领会。由此可见，奥古斯丁所说的“语象”，是由象征生成的。对此，他曾以《创世记》中的“孳生繁殖”一语为例做过解释，认为如果“仅仅着眼于具体，则一切从‘种子’产生的，都符合‘滋［孳］生繁殖’一语”，但从象征意义来理解，则意指精神和物质、灵魂、人类社会等各个方面，在这个词中“我们都能找到芸芸众生”③。《圣经》中之所以出现一系列“语象”，正是为了更好地向世人传达上帝的意旨。

象征性的“语象”何以能给人带来更大的乐趣？奥古斯丁的看法是：这种乐趣并非源于“语象”的形象性、生动性，而在于读者理解“语象”的“艰难”。读者要获悉“语象”的真正含义，必须调动想象力、知觉力才行。比如，“孳生繁殖”以植物、动物的繁殖来象征世人社会的各种情状，以剪剃的绵羊来象征圣人的纤尘不染。乐趣正是源于人们在理解这类“语象”的含义时，基于人生积累与人格修习而进行的苦苦追寻、体悟以及终有所得。奥古斯丁所说的“语象”所产生的乐趣，虽是就理解《圣经》而言的，但因《圣经》本身亦是具有文学性的作品，而且其见解亦完全适于对一般文学作品的阅读理解，因而他所论及的，实际上也是一个重要的关于文学艺术的接受与阐释问题。

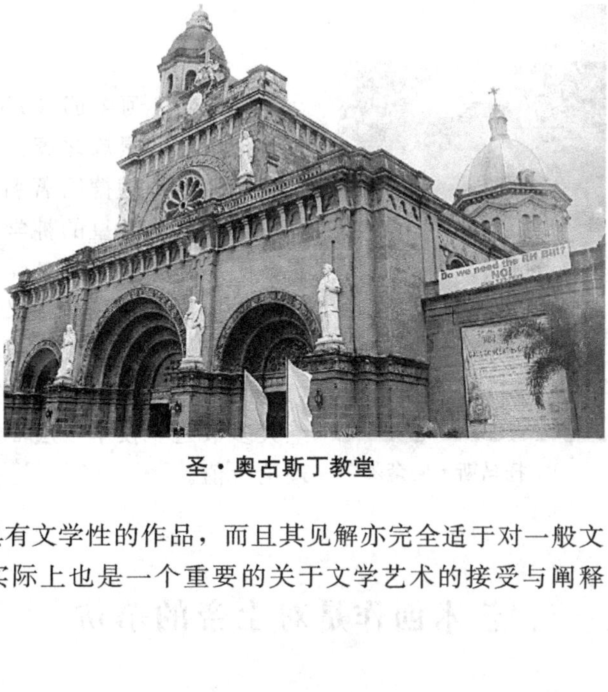

圣·奥古斯丁教堂

① 卫姆塞特，布鲁克斯．西洋文学批评史．颜元叔，译．台北：志文出版社，1984：111.
② 奥古斯丁．忏悔录．周士良，译．北京：商务印书馆，1963：307.
③ 同②：314.

相关知识

世界结构上的层次性决定了象征产生的可能性：世界是一个呈等级化的系统结构，即一个由品位不同的层面依照等级形成的整体，经验世界是最低的层面，上面有一个形而上层，有一个最高层。而这一最高层次只有通过非理性的途径才能达到，这就是象征。象征可以引发灵感、顿悟。叶燮在《原诗》中曾说："可言之理，人人能言之，又安诗人之言之？可征之事，人人能述之，又安诗人之述之？必有不可言之理，不可述之事，遇之于默会意象之表，灿然于前者也。"这段话指明了艺术中象征的必然性。象征给读者带来极大乐趣。鉴赏者由于有所解而兴奋，而意象又不断地发射出新的审美信息让人猜不透，"思而咀之，感而契之"，最终只能感叹"邈哉深矣"，"绝议论而穷思维，引人于冥漠恍惚之境"，以至"言语道断，思维路绝"（叶燮《原诗·内篇下》）。这也正如康德在《判断力批判》中所说，构成文学作品的审美表象，能够"生起许多思想而没有任何一特定的思想，即一个概念能和它相切合，因此没有言语能够完全企及它，把它表达出来"①。

第二节 阿奎那的文艺观

托马斯·阿奎那

托马斯·阿奎那（Thomas Aquinas，约1225—1274），生于意大利阿奎那的贵族之家。年轻时受教于蒙特卡西诺修道院，后在巴黎和科隆跟随德国著名的哲学家、神学家大阿尔伯特学习。33岁后担任罗马教皇的神学顾问和皇帝的政治顾问。他被认为是基督教史上影响最大的神学家，是中世纪最重要的经院哲学家。他的学说被称为托马斯主义。作为神学家的托马斯·阿奎那没有专门的文艺论著，他的文艺思想散见于其《论真理》《神学大全》《反异教大全》等神学著作之中。须注意的是，他所说的"艺术"绝大多数是"技术"层面的"艺术"，但这并不影响其学说的重要理论价值。

一、艺术创作是对上帝的摹仿

艺术家如何创造了艺术作品？在西方文论发展史上，摹仿论长期占据重要位置。托马斯·

① 康德．判断力批判：上卷．宗白华，译．北京：商务印书馆，1964：160.

阿奎那奉亚里士多德的哲学为圭臬，亦承袭了其“摹仿”说，但与亚里士多德的具体见解又有根本区别：亚里士多德主张的是艺术摹仿自然；阿奎那则认为，艺术作品源于人的心灵，心灵又是上帝的形象和创造物，因而从根本上来说，艺术家的创作是对上帝的摹仿。

阿奎那的观点虽基于宗教神学，但其见解对于文艺理论也有着重要价值，这就是：他赋予创作者一定程度的能动性。他这样阐述过艺术创作过程：在艺术家创作之前，“在每一个艺术家的心中，已经存在着他将凭其艺术加以创造的那件东西的概念”。虽然阿奎那认为这种概念“具有一个范本、艺术或理念的性质”①，只能源于神的智慧，具有支配性的“法律的性质”，但毕竟有限度地承认了艺术家的主观参与。他曾强调，艺术家是在神的启示下，首先在心里形成所要制造东西的观念，然后仿照神的技巧，从他所掌握的关于这个事物的“知识”中“流出”艺术形式，使之“注入外在的材料之中，从而构成艺术作品”②。因此，艺术要学习神造自然的技巧，不在于摹仿客观自然，而在于摹仿艺术家心中的观念。由此可进一步看出，摹仿说在阿奎那这里，已由亚里士多德的自然摹仿说转变为主观观念的摹仿说。在他看来，艺术所写的自然已不是纯粹客观的实在，而是经过艺术家心灵改造的主观化的自然。艺术创作的过程，是艺术家心灵外化的过程。这一观念的转变自然也有益于艺术创作的发展。

那么，以上帝的智慧看来，什么是美的艺术，艺术家应朝着什么方向进行创作？阿奎那提出美的事物应具有三个要素：“第一，完整性或全备性，因为破碎残缺的东西就是丑的；第二，适当的匀称与调和；第三，光辉和色彩。”③ 这是阿奎那对艺术形式理论的一个扩展。他所说的第一个要素——完整性或全备性，是指事物与自身性质之间要有一种和谐关系，事物要适合于它们在心中的理念。艺术形式与人体美一样，都是和谐的有机体。他提出的第二个要素——适当的匀称与调和，紧接第一个要素而来，论述得也格外精彩。阿奎那在对亚里士多德的一段话作评注时，对音乐中声音的比例与和谐做了精到的分析。亚里士多德曾说：“如果声音是一种和谐，如果声音与对它的听觉在某种意义上说是一回事情——虽然在另一种意义上又并非如此，如果和谐总是意谓比例，那么被听到的，就是一种协调（ratio）。”阿奎那的注释是：“亚里士多德说，有鉴和声，这是说，一个和音和比例有序的声音，是一种声音，有鉴声音在某种意义上说是被听到的东西，有鉴和声就是一种比例，那么显而易见，被听到的东西就是一种比例（proportion）。”④ 阿奎那以音乐为例，指出文艺的比例或和谐不只表现在各元素的相互关系之中，而且更深入地存在于感官和感知对象之间。色彩只有合乎比例才能被眼睛感知到，声响只有合乎比例才能被耳朵感知到。这给艺术的审美接受提供了一种心理基础。阿奎那对第三个要素的论证是：是神赋予事物以光辉和色彩，使此事物在外观形式上区别于其他事物，因此，只有在艺术中塑造鲜明的形象，才能再现神的意志。

阿奎那认为，这样的艺术具有两个方面的重要价值。其一是完善，由于艺术家领悟了上帝的智慧，因而他们创造的艺术不但足以分享自然物的完美的形式结构，而且摹仿本身的完善也成为艺术美的一个重要保证。即使本来的事物是丑的，由于完美地再造摹仿，也可被称作美的。其二，展现了上帝所造自然的合目的性特征。艺术是对上帝所造自然的摹仿，因而在本体论上其地位不及自然，美的艺术不能也无法代替自然本身，但因艺术创作是在学习上

---

① 阿奎那．阿奎那政治著作选．马清槐，译．北京：商务印书馆，1963：110－111.

② 伍蠡甫．西方文论选：上卷．上海：上海译文出版社，1979：151.

③ 同②：149.

④ 蒋孔阳，朱立元．西方美学通史：第二卷．上海：上海文艺出版社，1999：226.

帝的智慧，是在依据自然本身的内在规律创造一个有机统一的整体，因而也就别有一番价值与意义。

理论辨析

阿奎那与亚里士多德两人都曾论及艺术摹仿。他们的摹仿论有相通之处，又有很大的不同。在摹仿的对象上，两人的相通之处在于：都认为要摹仿广义上的“自然”，包括了自然界、人类社会。不同之处在于：亚里士多德不承认脱离具体实物的神灵，因而艺术摹仿的是现实的自然；阿奎那则认为，最终的摹仿对象是超验的上帝。在艺术摹仿的效果上，两人的相通之处在于：都承认艺术的摹仿具有超越性，亚里士多德提出文艺求其相似但又比原物更美，阿奎那则提出美的事物的三要素。不同之处在于：亚里士多德认为艺术的摹仿具有认识论的价值，是对可然性与必然性的认识；阿奎那则认为，艺术摹仿是要领会上帝的意志。对于摹仿的运作机制问题，两人都承认摹仿者主观能动性的作用，区别在于：阿奎那把摹仿者的主观能动性置于上帝的绝对权威之下。从中可以看出，阿奎那把亚里士多德的理论作为自己的哲学基础和方法论基础，这是两人摹仿论相通的深层根源；阿奎那把亚里士多德的理论加以神学改造，这是两人艺术摹仿论不同的原因所在。

二、艺术与道德无关

艺术与道德有着千丝万缕的联系，道德评价是艺术评价的一个重要角度。柏拉图认为“摹仿性”艺术败坏人的心灵，奥古斯丁认为坏艺术使人渎神，都是基于道德观念对艺术做出的评价。与此不同，阿奎那刻意对艺术与道德做出了区分。在《神学大全》中，他提出：“对于艺术品和道德的情况，我们所采取的态度是不同的。在前一场合，我们要体味一种特殊的目的；在后一场合，我们面对整个人生的一般的目的。”① 也就是说，人们在面对艺术作品时，不能以道德目光视之，而要依据艺术的“特殊的目的”来做出判断。从他的相关论述来看，他所说的“特殊目的”，就是艺术欣赏过程中的“审美目的”。阿奎那正是由艺术美着眼，为艺术划定了特定的领域，使艺术具有了独立的位置。

值得注意的是，阿奎那正是从上述文艺观出发，较早对美与善进行了区分。在他看来，“善为一切人所希冀想望的东西；而美的本质就在于只需知道它和看到它，便可满足这种要求”；“善是能使欲望要求得到满足的东西，而美的事物一被觉察即能予人以快感”②。也就是说，善与人的功利目的相关，追求的是实际欲望的满足；而美则是非功利性的，追求的只是感

① 伍蠡甫．西方文论选：上卷．上海：上海译文出版社，1979：153.

② 同①：150.

觉性的满足。往深处追究，阿奎那对美与善的区分则源于他的哲学体系。他讲过："善与欲望相对应，其作用恰如最后因，而美则与知识相对应，其作用有如形式因。各种事物能使人一见而生快感即称为美。"① 阿奎那这里实际是借鉴了亚里士多德的"四因说"——质料因、形式因、动力因、目的因——对美与善所处的不同位置进行了厘定。他认为，善与最后因即目的因相关，故与欲望相对应；美对应的则是形式因，与知识相关，主要诉诸视觉与听觉。因而，善与功利性直接相关，而美则是让人一见即生快感。阿奎那所说的艺术与道德无关，显然正是源于他对美与善进行的区分。

理论辨析

关于文艺与道德的问题，在文艺理论史上主要存在着两种截然不同的观点。一种观点认为，文艺与道德有着密切的联系；另一种观点则认为，文艺与道德无关，而且道德会损害文艺。持第一种观点的理论家认为：道德问题为文艺提供了丰富的材料，尤其是由道德矛盾所生发的心灵冲突是文学的一大源泉；道德评价是对作品的一个重要评价，如中国古代的孔子以"思无邪"评价《诗经》，即是一个典型的例子；道德教化是文艺的重要的功用，如"劝善惩恶"之类主张。持相反观点的理论家则认为，大量艺术作品与道德无关，如纯粹写景状物的小品文、抒情散文等等；甚至认为，道德会损害文艺。歌德就认为，向艺术家要求道德目的，"等于毁坏他的手艺"；王尔德更是直言"诗歌无所谓道德不道德"，只有好与不好的区别。从实际来看，由于与人生密切关联，文艺是不可能完全脱离道德的。但文艺中包含多层次因素，道德只是其中之一，因而也不能将文艺简单化为道德教化的工具。

三、"诗用隐喻生产一种再现"

一般认为，最早提出隐喻之类相关见解的是但丁。其实，早生于但丁40年的阿奎那在这方面已有丰富的论述。阿奎那在《神学大全》中，围绕《圣经》能不能使用隐喻这一问题进行论述时，即已提出了关于隐喻的思想。当时，一种意见称《圣经》不可运用隐喻。因为类比、修辞是诗的专利，而诗在一切科学中是最低微的；运用于最低微的科学——诗中的隐喻，不会适用于最高级的科学——《圣经》。阿奎那则针锋相对地提出："诗用隐喻生产一种再现，因为人自然而然从再现中得到快感。但《圣经》运用隐喻，既是必然，又在效用。"② 上帝按照事物的本性来创造万物，人类自然可以通过感性事物来达到神的真理。

隐喻是一个重要的文艺理论问题。隐喻是指用一物来代指另一物，如在基督教神学中用牧

① 伍蠡甫．西方文论选：上卷．上海：上海译文出版社，1979：149.

② 蒋孔阳，朱立元．西方美学通史：第二卷．上海：上海文艺出版社，1999：263.

羊人来指称上帝，在中国文学中用梅、兰、竹、菊来指称君子。象征是其中极为重要的一种具体运作手段。阿奎那在论述隐喻的必要性时，也继承并发展了奥古斯丁关于象征的观点。他认为，诗与神学都需借用象征来表达："凭诗的知识处理的事物，因诗本身欠缺真理，所以不能以理性掌握之；只用貌合神离的辞藻来蒙弄理性。相反的，凭神学处理的事物，则超于理性之上。所以，两者的讨论皆用同样的象征方式；两者皆不能以理性推求。"① 诗与神学都不属于理性范畴，因此须运用象征诉诸感性形象。

阿奎那对文艺隐喻的问题论述不多，也未把解经的文字看作文艺的一个分支。但他在对《圣经》的解读中，对隐喻本身的论述是深刻的。他明确指出，《圣经》中的每个词都具有字面义和精神义两个方面。精神义寄寓于字面义之中。精神义又可分为寓言义、道德义和奥秘义等。他认为："《圣经》的作者是上帝，在他的力量之内，他能以文字（如常人一样），更可以事物本身，表达他的意义。所以，其他的学问都得依赖文字表达意义；但在这种学问里，用文字表达的事物，其本身还有表达意义的功能。所以，用文字表达事物意义的方式，是史迹性或字义性的。而被文字表达的事物，其本身另有表达意义的功能，这种表达方式是精神性的；精神意义基于文字的意义，却存在于文字的意义之先。"② 在这段论述中，阿奎那进一步说明的是：文字本身有文字义，文字又指向所表达的事物，而表达的事物又具有延伸向外的意义，于是《圣经》的意义可多向度向外延伸，甚至具有无限的意义。他的这一见解虽不是针对文艺，但他显然注意到了隐喻亦是文艺的重要修辞手法，故有"诗用隐喻生产一种再现"之论。对诗之隐喻，他虽乏进一步论述，但他对《圣经》隐喻特征的分析，与文艺作品是不无相通之处的。

相关知识

托马斯·阿奎那对西方文明发展的影响是深远的，也是整体性的。1999 年 9 月，英国广播公司（BBC）用民意测验的方式评出第二个千年中的十大思想家，托马斯·阿奎那名列第五，紧随马克思、爱因斯坦、牛顿、达尔文之后，霍金、康德、笛卡尔、麦克斯韦尔、尼采都排在他的身后。他的神学、哲学体系被称为托马斯主义，在 19 世纪末又有新托马斯主义之说。就文艺思想而言，他对 20 世纪的文艺理论也有重要影响。如他对著名的新托马斯主义者——法国的雅克·马利坦就产生了全面的影响。马利坦认为，文艺的本源是上帝，因而艺术应是超验的，应讲求思想和精神的内涵。据此，他认为，20 世纪的文艺作品追求形式上的变异求新，却忽略了"诗性的意义"，远离了人的心灵。马利坦承接托马斯·阿奎那的理论，强调文艺的超验性与沉思的维度，是引人深思的。

【本章关键词】

基督教神学（christian theology）：以信仰上帝为核心观念，以《圣经》为核心经典的神学观念。基督教神学以三位一体论、上帝创世论、原罪与救赎为最主要的内容，是希伯来一神信仰与古希腊哲学理性神学结合的产物。基督教神学对西方文明精神的塑造起到了极为重要的

① 卫姆塞特，布鲁克斯．西洋文学批评史．颜元叔，译．台北：志文出版社，1984：116.
② 同①：129.

作用。

隐喻（metaphor）：隐喻是以想象的方式将某物等同于另一物，是在一类事物的暗示下谈论另一类事物，或将前者的特性施加于后者，或将与后者相关的情感和想象赋予前者。隐喻是一种语言修辞，又是一种认知现象。20世纪80年代，莱可夫和约翰逊在他们合著的《我们赖以生存的隐喻》一书中，把隐喻的功能提到了前所未有的高度——我们的生存离不开隐喻。他们认为：隐喻不仅贯穿于语言，而且贯穿于我们的思维和行为中，日常生活中充满了隐喻。隐喻具有多义性、可变性等特征，在神学、艺术中这种特征更加突出。

【推荐阅读】

陆扬．西方美学通史：第二卷．上海：上海文艺出版社，1999.

塔塔科维兹．中世纪美学．褚朔维，等，译．北京：中国社会科学出版社，1991.

诺雷斯，潘克特．奥古斯丁图传．李瑞萍，译．北京：北京出版社，2007.

凯，汤姆森．奥古斯丁．周伟驰，译．北京：中华书局，2002.

【思考题】

1. 试比较柏拉图与奥古斯丁的文艺观。
2. 如何评价奥古斯丁“艺术是有意作假”的观点？
3. 为什么说托马斯·阿奎那赋予艺术家较大的主观能动性？
4. 谈谈你对艺术与道德关系的认识。

第四章

文艺复兴至启蒙运动文论

概 述

13 世纪末，在地中海沿岸商业发达城市，资产阶级开始出现。这一新兴阶级渐渐发展壮大，与封建势力的对立越来越强。与之相关，在文艺方面，他们不满于封建专制和教会神权的桎梏，渴求建立属于自己的新型文艺。因此，一些作家和文艺理论家在先后兴起的文艺复兴、新古典主义和启蒙主义运动中，鲜明地提出了自己的主张。

文艺复兴是 13 世纪末至 16 世纪在西欧各国出现的一场思想文化运动，是新兴的资产阶级发动的第一场反对封建主义的革命运动。顾名思义，文艺复兴是要复兴被埋没的古代文化。实际上它并不是真的要退回到古希腊、古罗马去，而是打着“复古”的旗帜反封建、反教会，以建立属于资产阶级自己的新型文化。资产阶级的艺术家、理论家们站在人文主义和科学主义的旗帜下，用人性反对神性，用现世生活对抗来世主义，用个性解放反对禁欲主义，用科学理性反对蒙昧主义。他们力图将文艺由天国拉回到人间，强调文艺要反映现实生活，要表现感性世界，要重视对艺术规律本身的探索。意大利作为文艺复兴的策源地，涌现出大批文化巨人和艺术巨匠，其文艺理论成就也是最突出的。主要代表人物有但丁、达·芬奇、卡斯特尔维特罗等。

但丁

但丁（Dante Alighieri，1265—1321）是意大利最伟大的诗人，欧洲文艺复兴思想的先驱，意大利民族文学和文艺理论的奠基者。恩格斯称他为中世纪最后一个诗人，同时又是新世纪的最初一个诗人。他出生于佛罗伦萨的没落贵族家庭，在政治上始终站在市民阶层一边，曾任佛罗伦萨的行政官。后因罗马教皇插手政权而被终生放逐。他的主要诗作有用意大利语写成的诗集《新生》和长篇叙事诗《神曲》等。他的文艺理论著作主要有《致斯加拉大亲王书》《论俗语》《飨宴》等。主要见解有：第一，“四义”说与“诗为寓言”说。他继承了中世纪流行的解释圣经文学的“四义”说，即语言有四种含义——字面义、寓言义、道德义和奥秘义，并提出诗的语言也是如此，从而为文学艺术的合法性奠定了基础。他又指出，字面意义以外的意义都可以叫作寓言义，进而提出了“诗为寓言”的理论，并认为寓言的意义比字面意义更为重要。他解释《神曲》说：“从寓言意义看，则其主题是人，人们在运用其自由选择的意志时，由于他们的善行和恶行，将得到善报或恶报。”① 可见，其“诗为寓言”说的目的是揭示诗的现实意义，强调人的主观意志，具有鲜明的人文主义思想。第二，民族语言理论。中世纪以来，拉丁语是教会指定的官方语言，文人写作也不得不使用它。但是这种语言脱离大众、死板僵化，只有贵族和僧侣才懂得，因此但丁呼吁以民族语言取而代之。《飨宴》是第一部用意大利俗语写成的学术论著，其第一卷是但丁对意大利俗语的辩护。他指出，意大利俗语既能畅晓地传情达意，又能被广大民众理解，应该是文学语言发展的方向。《论俗语》是但丁用拉丁文写的最早一部关于意大利语言的专著，为意大利民族语言和文学语言的发展奠定了理论基础。他提出，要在各地俗语的基础上加以提炼，以“光辉的、基本的、宫廷的、法庭的”为标准，去掉其中粗野的、繁杂的、错误的成分，使之成为表述正确、优美流畅、完整清晰的通用语言。

达·芬奇（Leonardo da Vinci，1452—1519）是意大利文艺复兴时期著名的画家和自然科学家。其艺术理论主要集中在后人根据其笔记手稿编纂而成的《绘画论》和《达·芬奇笔记》中。主要观点有：第一，“镜子”说。达·芬奇在继承亚里士多德摹仿说的基础上，提出：“画家的心应当像一面镜子，……如实摄进摆在面前所有物体的形象。”② 他把艺术比作镜子，形象地阐明了艺术应该再现自然、反映现实的普遍规律，对后世现实主义艺术产生了积极影响。第二，“第二自然”说。达·芬奇提出“镜子”说并不是赞同单纯地照镜子或简单抄袭，而是要求艺术家充分发挥主观能动性。他强调：“画家应该研究普遍的自然，就眼睛所看到的东西多加思索，要运用组成每一事物的类型的那些优美的部分。用这种办法，他的心就会像一面镜子真实地反映面前的一切，就会变成好像是第二自然。”③ 他所提出的“第二自然”实际上就是在自然的基础上经过艺术化加工处理之后的艺术成果，它源于自然但高于自然。这种在强调艺术摹仿自然的基础上肯定艺术创造性的美学思想，对后世同样有重要启发意义。

卡斯特尔维特罗（Lodovico Castelvetro，1505—1571）是意大利文艺复兴时期著名的批评家和文艺理论家，代表作是《亚里士多德〈诗学〉诠释》。主要理论见解有：第一，“娱乐”说。对于诗的目的和作用，卡斯特尔维特罗既不赞成亚里士多德的“净化”说，也不认同贺拉斯“寓教于乐”的观点，而是另辟蹊径，提出“诗的发明原是专为娱乐和消遣的，而这娱乐和消遣的对象我说是一般没有文化教养的人民大众”④。其主张虽不无偏颇，但在当时的历史条件下，起到了反对将文艺变成为统治者服务和宣扬基督教教义工具的作用。对文艺服务对象应该是“人民大众”的强调，也符合新兴的资产阶级的需要，具有一定的进步意义。第二，“三一律”。卡斯特尔维特罗在解读亚里士多德《诗学》的基础上，将其原有的“情节整一律”扩展为情节、时间、地点都要求整一的“三一律”。他提出，在悲剧中，“事件的地点必须不变”“事件的时间应当不超过十二小时”⑤。尽管这是对亚里士多德原意的“误读”，但在当时戏剧普遍存在情节散漫纷杂、地点变动不居、时间混乱漫长现象的情况下，是有着艺术规范和革新作用的。

---

① 伍蠡甫．西方文论选：上卷．上海：上海译文出版社，1979：160.
② 芬奇．芬奇论绘画．戴勉，译．北京：人民美术出版社，1979：41.
③ 同①：183.
④ 同①：193.
⑤ 同①：194－195.

由于与欧洲大陆相隔，英国的文艺复兴运动开始得比较晚，但是很快就异军突起，把运动推向辉煌，在创作实践方面出现了像莎士比亚这样的大师。伴随着文学创作的繁荣，文艺理论也迅速发展起来，锡德尼（Philip Sidney，1554—1586）即是英国理论家的杰出代表。在其影响颇大的《为诗辩护》这一论著中，锡德尼站在人文主义立场，阐述了自己的文艺观点。第一，诗的地位高于历史和哲学。他声称："诗是一切人类学问中最古老、最原始的。因为从它，别的学问曾经获得它们的开端。因为它是如此普遍，以至于没有一个有学问的民族鄙弃它，也没有一个野蛮民族没有它。"① 第二，诗的性质是创造。锡德尼虽承认亚里士多德的"摹仿"说，但他更强调诗是一种创造，并不受制于自然，而是能够凭借想象和虚构提升自然，创造出高于自然的新形象。第三，诗的目的是怡情与教育。锡德尼指出，诗人的"创作是为了摹仿；摹仿是既为了怡情，也为了教育；怡情是为了感动人们去实践他们本来会逃避的善行，教育则是为了使人们了解那个感动他们，使他们向往的善行"②。他认为，诗以其形象性和审美特性达到愉悦和感动人们向善的效果，实现怡情和教育的双重目的，必然优于其他学科。

综上所述，可以看出，自文艺复兴时代开始，文学才成为真正意义上的"人学"。这一时期的文艺理论探索卓有成效地破除了神学为文艺之路设置的种种障碍，出色地完成了自己的历史使命。但也应看到，这一时期的文论毕竟还处于酝酿和探索阶段，其主张尚比较纷乱，感性体悟往往超过理性思辨。而至17世纪新古典主义时期，特别是在18世纪的启蒙运动中，情况则大不相同了。新古典主义时期的法国学者布瓦洛，在其理论专著《诗的艺术》中，依据时代要求，系统地提出了自己的文艺主张。启蒙运动时期的法国思想家狄德罗、德国思想家莱辛、意大利思想家维柯，更是以其开阔的视野、深邃的思考，结合对具体作品的分析研究，提出了许多至今仍具实践意义与理论启示意义的重要见解。因此，本章主要介绍布瓦洛、狄德罗、莱辛和维柯四人的文艺观。

第一节 布瓦洛的文艺观

布瓦洛

尼古拉·布瓦洛·戴普雷奥（Nicolas Boileau-Despréaux，1636—1711）出生于法国巴黎，其父是法国最高法院的主庭书记官。他早年曾遵从父命攻读过神学和法律。父亲去世后，他专心致力于文学创作和文艺研究。他在《讽刺诗集》等作品中，曾将矛头直指封建贵族和宫廷。后迫于压力，开始与权势人物交往，力图寻求王室的庇护。而法王路易十四也有意笼络文人为己所用，故而摆出一副宽宏大度、礼贤下士的姿态。布瓦洛大受感动，遂投桃报李，挥笔写出了为王朝服务的《诗的艺术》和《诗简集》等著作。尤其是在花费五年时间创作的诗体论文《诗的艺术》中，布瓦洛力图按照封建王权的政治需求

① 锡德尼．为诗辩护．钱学熙，译．北京：人民文学出版社，1964：40.
② 同①：13-14.

和艺术趣味来规范艺术，从而使这部著作被视为法国新古典主义的“法典”。布瓦洛的文艺见解虽有时代局限，但以历史的眼光来看，亦有许多方面值得肯定。

一、理性是最高准则

和 17 世纪其他的新古典主义者一样，布瓦洛也把笛卡尔的唯理主义作为自己的哲学基础和指导思想。他在《诗的艺术》中明确宣称：“首须爱理性：愿你的一切文章，永远只凭着理性获得价值和光芒。”[①] 他所说的理性也可译为“义理”，指人先天具有的“良知”，即一种存在于每个人心底的判断是非、辨别美丑的能力，这种能力是普遍的、绝对的、永恒的，是超越时代、民族和阶级差异的。故而，布瓦洛在面对艺术创作涉及的许多永恒的矛盾（如情与理、形式与内容、技巧与思想等的关系）时，始终以理性为出发点，强调要用理性来认识一切，把理性看作艺术的最高标准和归宿。

作为诗人，布瓦洛并不反对艺术表现情感，他认为“文词里就要有热情激荡，直钻进人的胸臆，燃烧、震撼着心房”[②]。但是，他又强调模糊的冲动、泛滥的感情和放纵的想象会造成文思晦暗、言辞迂滞。因此，只有以理性统率情感，才能实现艺术的完美。在他看来，理性远比情感重要，艺术创作必须以理性克制情感。

与重理性相关，布瓦洛明确提出：“情理和韵脚永远地互相配合，二者似乎是仇敌却并非不能相容；韵脚不过是奴隶，其职责只是服从。……韵不能束缚义理，义理得韵而愈明。但是你忽于理性，韵就会不如人意；你越想以理就韵就越会以韵害义。”[③] 这里的“情理”“义理”指的都是作品要表现的内容，而“韵”是指作品形式因素中的语言问题。可见他强调的是，在文艺创作中，形式要服从内容。布瓦洛不仅主张艺术形式要服从作品内容的理性要求，而且强调艺术形式本身也需要符合理性原则。他要求一部作品“必须里面的一切都能够布置得宜；必须开端和结尾都能和中间相配；必须用精湛技巧求得段落的匀称，把不同的各部门构成统一和完整”[④]。为此，他为各种文体的形式都制定了严格的规则，其中最为著名的就是戏剧创作的“三一律”，即“要用一地、一天内完成的一个故事，从开头直到末尾维持着舞台充实”[⑤]。

从法国新古典主义时期的实际情况来看，随着时间的推移，布瓦洛高度推崇理性的文艺主张的公式化、教条化弊端日益明显，并逐渐成为艺术发展的桎梏。此外，布瓦洛所说的理性未免抽象与绝对，因为在现实中，他无法摆脱社会和阶级的影响，他的理性在很大程度上是为专制君主服务的“理性”。但是，他所强调的理性原则，在一定程度上有利于艺术的规范化建设，尤其对遏制文艺复兴以来出现的情欲泛滥的势头有积极意义。同时，在文学语言方面，他所要求的“典雅”“细致”，提出的要“提高格调”“要从工巧求朴质，要崇高而不骄矜，要隽雅而

---

① 布瓦洛．诗的艺术．任典，译．北京：人民文学出版社，2009：5.

② 同①：31.

③ 同①：5.

④ 同①：14.

⑤ 同①：32－33.

无虚饰”[①] 等主张，对当时社会上追求浮华矫饰的文风也是有警示意义的。

相关知识

理性（reason）：reason源自拉丁文reri（意为“思考”）的词根。原有两种含义：一是指陈述理由、解释、说明；二是指人类所具有的前后连贯的思想与理解能力。但后来它的内涵不断发展变化，在中世纪的神学用语中，其含义包括神所赋予的人的智能，有别于纯粹的“世俗理性”；在17世纪的用语中，则有“适度或节制”的含义；到了18世纪，一些思想家认为，凡是符合人性的就是理性，同时也有部分人开始强调其与情感相对的含义，即属于判断和推理的思想活动。

二、摹仿自然的原则

布瓦洛除了强调文艺创作要接受理性的控制之外，还要求文艺必须遵守另一诗学原则，这就是摹仿自然。其意旨是“永远不稍涉荒诞”，“永远也不能和自然寸步相离”[②]。这一要求在理论上是源于亚里士多德和贺拉斯的艺术摹仿自然观，但布瓦洛赋予了“自然”这一术语以特殊的含义。

布瓦洛所说的“自然”，既不是指我们惯常所理解的自然风景或大千世界，也不是指客观现实中人的社会生活，而是指“常情常理”[③]，也就是现实生活中带有普遍性、规律性的事物，或者说是一种恒常而合乎情理的真。这种“自然”是由理性统率的。布瓦洛要摹仿自然，并不是因为自然客观存在，而是想借此体会真理。他认为，艺术只有表现这种符合理性的“常情常理”才能打动观众，才是美的。所以他声称：“只有自然才是真，一接触就能感到：一切里面只有它能得人喜欢、赞美。”[④]

布瓦洛进而指出，艺术的“真”不同于生活的“真”，他提出：“切莫演出一件事使观众难以置信：有时候真实的事很可能不像真情。我绝对不能欣赏一个背理的神奇，感动人的绝不是人所不信的东西。”[⑤] 在这里，“真实的事”指的是事实，是现实中偶然发生的事件，是个别的“真”；而所谓“像真情”是指普遍的、必然的、符合“常情常理”的事件，是一般的“真”。布瓦洛认为，艺术必须真实可信才能打动读者或观众，但这不意味着对现实原封不动地照搬照抄，因为有时现实中的事虽然是真的，却太过“神奇”，可能“背理”，令人难以置信，也就不能被欣赏和接纳。因此，他追求的是一种经过艺术家理性改造之后的具有“像真情”的真实，它比现实更真实。也就是说，艺术表现一种理想化、概念化的现实，也就是他所谓的“自然”。

作为一位诗人，布瓦洛是深谙艺术规律的，但其维护封建王权的立场，又致使其理论不无自我矛盾。如他虽主张摹仿自然，但同时强调诗人要“好好地研究宫廷，好好地认识都市，二

---

① 布瓦洛．诗的艺术．任典，译．北京：人民文学出版社，2009：9.
② 同①：55.
③ 同①：55.
④ 同①：105.
⑤ 同①：33.

者都是经常充满人性的典式”①。他注重的是表现贵族阶级和资产阶级的生活，而反对涉及普通下层人民的生活。他虽意识到了艺术真实与生活真实的差别，肯定艺术真实比生活真实更高，更具普遍性，主张要表现生活中的“常情常理”，但又强调作家的创作要符合封建贵族、上流社会的“常情常理”，并将其奉为“典式”，这导致了其理论的保守性与局限性。

理论辨析

“像真情”是布瓦洛在《诗的艺术》中提出的一个美学概念。他认为，艺术摹仿的标准在于像真，而不在于写真；文学的可信性在于艺术的“像真情”，而不在于生活本身的真实性。这一概念的提出，一方面表现出布瓦洛认识到艺术真实比生活真实更高、更具普遍性，强调了艺术的典型化，重视了艺术的能动性。但另一方面，他把“像真情”解释为合乎理性的绝对性、恒常性和普遍性，而拒斥相对的、偶然的、个别的事物，其中亦不无片面性。这样易导致文学背离现实，亦会使文学丧失应有的丰富性。

三、崇尚古典的原则

布瓦洛在《诗的艺术》中宣称，要遵循理性、摹仿自然，最好的方法就是以古希腊、古罗马的作品为典范。他高度推崇古典艺术，要求艺术家对古典作品“应该爱不释手，日夜地加以揣摩”②。布瓦洛之所以要求当世作家崇尚和学习古典艺术，主要是因为：

第一，布瓦洛认为艺术要符合理性，而理性是普遍的、永恒的，艺术也就应该具有普遍永恒的标准，因此判断作品的优劣就要看它是否经得起时间的考验。而历史已经证明，荷马、维吉尔等人的作品是毋庸置疑的经典之作，正如布瓦洛自己在《朗吉弩斯〈论崇高〉读后感》中所说的：“我尊敬这类作家，并不是因为他们的作品流传得这样长久，而是因为它们在这样长久的时期里博得人们的赞赏。”③

第二，布瓦洛认为古典本身就是自然，学习古典就是学习古人摹仿自然的本领。他相信古希腊、古罗马诗人对自然的摹仿达到了最高程度，“荷马之令人倾倒是从大自然学来的，他仿佛向维纳斯盗得了百媚宝带”④。所以摹仿古典也就成为摹仿自然的最好方法。

第三，布瓦洛通过对当世作家的研究，认为法国当时最优秀的作品都是成功地借鉴和仿效了古希腊、古罗马经典作品的成果。他说：“形成拉辛的是索福克勒斯和欧里庇德斯，莫里哀

---

① 布瓦洛．诗的艺术．任典，译．北京：人民文学出版社，2009：54.
② 同①：19.
③ 伍蠡甫．西方文论选：上卷．上海：上海译文出版社，1979：304-305.
④ 同①：49.

是从普拉图斯和泰伦斯那里学得他的艺术里最精妙的东西的。”①

值得注意的是，布瓦洛尊崇古典，但并非严守古典规范，他曾以赞许的口吻这样评价过高乃依的作品：他的“许多最美的剧本……越出了亚里士多德的一些规则，没有想到要像古代悲剧诗人那样去引起哀怜和恐惧，而是要凭借思想的崇高与情致的优美，去在观众的心灵里引起一种惊赞（或欣羡），对于许多人，特别是青年人来说，这种惊赞（或欣羡）还比真正的悲剧情绪更合口胃”②。可见，布瓦洛在强调学习和摹仿古典的时候，并不完全要求复古，同时也以进取的视野强调了文艺的创造性与超越性。

理论辨析

布瓦洛《诗的艺术》中崇尚古典、崇尚理性以及与之相关的许多具体主张，基本直接照搬了贺拉斯的《诗艺》。但与贺拉斯相比又有明显区别。例如，贺拉斯认为“理智判断”可以经过后天的学习和锻炼培养形成，而布瓦洛认为理性是与生俱来的良知良能，与实践经验并不相关；贺拉斯把古希腊文学作为典范，同时也重视其中的情感和想象，而布瓦洛更尊崇古罗马文学，竭力主张情感要受理性规范，只字不提想象的功能，等等。这些差异是布瓦洛用笛卡尔的唯理主义重新梳理贺拉斯观点的结果，目的是为法国封建王朝服务。笛卡尔的唯理主义主张排斥感觉、轻视想象、强调理性，适应了当时法国封建统治阶级维护和强化王权的要求。所以，布瓦洛几乎全盘接受了笛卡尔主义，并将其运用到了自己的文论主张中。

四、遵循道德的原则

在布瓦洛看来，真善美是统一的，创作的目的就是“处处能把善和真与趣味融成一片”③。因此，艺术要达到至善至美的境地，除了服从理性、摹仿自然、崇尚古典之外，还必须遵循道德。这就需要作家提高自身的修养。

布瓦洛认为，一位成功的作家必须有高尚的道德修养和健康的审美情趣。这两者是密不可分的，只有保证前者，才能拥有后者：“一个有德的作家，具有无邪的诗品，能使人耳怡目悦而绝不腐蚀人心：他的热情绝不会引起欲火的灾殃。因此你要爱道德，使灵魂得到修养。”④他要求作家自尊自爱，不可因贪生妒，更莫要在权贵门前摇尾乞怜，做出一副钻营丑相。他

---

① 伍蠡甫．西方文论选：上卷．上海：上海译文出版社，1979：304－305.

② 同①：305－306.

③ 布瓦洛．诗的艺术．任典，译．北京：人民文学出版社，2009：62.

④ 同③：63.

说："一个卓越的作家绝不能贪图金钱，把利得看成身价。"①

与重道德相关，布瓦洛主张作家要有社会责任感，他告诫作家："你的作品反映着你的品格和心灵，因此你只能示人以你的高尚小影。危害风化的作家，我实在不能赞赏，因为他们在诗里把荣誉丢到一旁，他们背叛着道德，满纸都是诲盗诲淫，写罪恶如火如荼，使读者喜之不尽。"② 他明确要求作家时时以国家利益为重，克制个人私欲与情感；要把圣明君主、贵族英雄作为艺术描写的对象而摒弃"低级滑稽"的市井平民生活；要在作品中多反映崇高和真善美而回避卑劣与假恶丑；要高雅而不可低俗。他特别强调艺术要"适度"，要"合体"，要"讲分寸"，不允许在舞台上公然展示暴力、恐怖、卑鄙等，即使不得不有所涉及，也只能通过人物的台词一带而过，即所谓的"只应该供之于耳而不能陈之于目"③。

布瓦洛所强调的道德原则虽然是从维护封建王权的立场出发的，但他鄙视钻营、傲视权贵、超脱利欲、反对低俗之类的主张无疑又具有超时代的积极意义。中外文学史上的许多事实证明，作家只有如此才能创作出真正优秀的作品。

深度思考

17 世纪的欧洲诸国正处于从封建主义向资本主义的过渡期，此时新兴资产阶级虽对仍然得势的封建王权有所不满，但国家的统一与社会秩序的完善毕竟是人心所向，因而理性思潮的兴盛也就具有了历史必然性。从文学发展史的角度来看，17 世纪的新古典主义是对文艺复兴以来文学艺术中欲望和情感泛滥之势的一种反驳，对整饬文坛上的混乱局面、建立统一的民族文学也有一定贡献。只有结合这样的历史背景，我们才能对布瓦洛重理性的文艺观予以正确评价。

第二节 狄德罗的文艺观

德尼·狄德罗（Denis Diderot，1713—1784）出生于法国外省的一个手工业者家庭。受家庭影响，他 10 岁进入本城耶稣会学校学习，15 岁又前往巴黎耶稣会学院继续深造。但在巴黎，他渐渐对上帝产生了怀疑，走向了自然神论和无神论。1746 年，他开始和达朗贝编撰《百科

① 布瓦洛．诗的艺术．任典，译．北京：人民文学出版社，2009：64.

② 同①：62.

③ 同①：33.

狄德罗

全书》，邀请了当时法国几乎所有先进的思想家和各领域的精英学者参与撰写。《百科全书》很快成为法国启蒙运动强有力的思想武器，并因此受到了教会和封建势力的攻击，多次被禁。达朗贝迫于压力，于1758年退出了编辑部。而狄德罗以惊人的毅力、勇气和热情坚持了21年，终于完成了这项盛举。狄德罗在文学、哲学和美学等方面都有著述，剧本代表作有《私生子》《一家之主》，小说代表作有《修女》《拉摩的侄子》，哲学代表作有《哲学沉思录》《关于物质和运动的哲学原理》等。他的最大成就还是在艺术理论方面，其思想观点主要见于《关于美的根源及其本质的哲学探讨》①《画论》以及《关于〈私生子〉的谈话》《论戏剧诗》等著述中。

一、"美在关系"与艺术美

狄德罗的文艺观是以"美在关系"说为核心的。在《关于美的根源及其本质的哲学探讨》一文中，狄德罗首先梳理了柏拉图等前辈对美的根源和美的本质的看法，如"美在理念""美在实用""美在快感""美在和谐""美在有机统一""美在对称和比例的恰当"等，并一一予以驳斥。他在此基础上明确提出，美"只能是这样一个品质：它存在，一切物体就美，它常在或不常在——如果它有可能这样的话，物体就美得多些或少些，它不在，物体便不再美了；它改变性质，美也随之改变类别；与它相反的品质会使最美的东西变得讨厌和丑陋。总而言之，是这样一个品质，美因它而产生，而增长，而千变万化，而衰退，而消失"②。这个品质是什么呢？狄德罗称之为"关系"。

"关系"又是什么呢？狄德罗将其定义为"一种悟性的活动"，他强调"尽管从感觉上说，关系只存在于我们的悟性里，但它的基础则在客观事物之中"③。也就是说，它是存在于事物本身的具体的、真实的关系，只是需要人们借助感官去感悟而已。这样，美的概念就从单一事物的内部结构拓展到形成美感的一切主客观条件（包括历史条件、社会条件和个人的主观条件等），有了更为宽泛的含义。从人类审美活动的实际来看，狄德罗的"关系"视角无疑更为准确也更为深刻地触及了美的本质，在美学史上具有重大的突破意义。

首先，与历史上重主观或重客观的美学观念不同，狄德罗既强调了美的客观实在性，又注意到了审美主体的积极因素。狄德罗提出存在着两种美——"真实的美"和"见到的美"。所谓"真实的美"，也就是具有客观性的"外在于我的美"；而"见到的美"，也就是具有主观性的"关系到我的美"。狄德罗以卢浮宫门面的美为例指出："我的悟性不往物体里加进任何东西，也不从它那里取走任何东西。不论我想到还是没想到卢浮宫的门面，其一切组成部分依然具有原来的这种或那种形状，其各部分之间依然是原有的这种或那种安排；不管有人还是没有

① 本文又名《论美》，是狄德罗为《百科全书》撰写的"美"的词条。
② 狄德罗．狄德罗美学论文选．张冠尧，等，译．北京：人民文学出版社，1984：24-25.
③ 同②：30.

人，它并不因此而减其美……”[①] 这种美就是“真实的美”、客观的美，它因自身固有的属性而美，不受人的主体因素的影响。狄德罗同时指出，美都是与人相关的，绝对的、客观的美实际上是不存在的。如卢浮宫的美，只能是进入了人的主体意识之中，被“悟性”感知到的“见到的美”。也就是说，排除了人的因素，事物就无所谓美不美了。狄德罗的看法无疑是辩证的，既强调了美是一种主观意识，又强调主观意识是以客观存在为条件的。

其次，他将运动观念和整体观念引进了美学领域。狄德罗认为，美总是随着关系“而产生，而增长，而千变万化，而衰退，而消失”[②]，从而打破了观察和感悟美时孤立的、静止的观点。狄德罗肯定世界是物质的，物质是运动的，而且任何事物都是一个有机统一体，其任何一部分的改变都会影响到其他部分，进而影响整体的形态。这种哲学思想体现在他的美学观上，就是：“美并不永远产生于某种智力的原因：运动常常建立起多得出奇的令人惊异的关系，它们或者存在于被孤立地观察的物体中，或者存在于好几个相互比较的物体之间。……关系就是各种偶然结合的结果……”[③] 狄德罗认为艺术美同样如此，他曾以高乃依的剧本《贺拉斯》中的一句台词“让他死！”为例指出，如果孤立地看这句话，它是既不美也不丑的。而在戏剧中，由于这句话是老主人公在两个儿子已经战死沙场，最后一个儿子仍在战场上与敌人作战的情况下说出的，在这样特定的整体关系中，可以见出老人不惜为祖国和家族荣誉而牺牲儿子的高贵品质，这句话中美的含义也就显现出来了。狄德罗又提到，如果把这句话搬到意大利舞台上，从老贺拉斯口中搬到司卡班[④]口中，它就将变成滑稽的了。

最后，狄德罗注意到了美与社会生活的关系。历史上的西方美学家们在研究美的性质时往往仅局限于对审美客体的某种物质属性（如对称、和谐）或精神属性（如理念、上帝）的探讨，而狄德罗把美放在关系中进行分析，也就开始涉及对审美对象与社会环境等的研究。在《关于〈私生子〉的谈话》中，狄德罗明确提出，人物性格要由“情境”来决定，而所谓“情境”就是指人物的社会地位、义务、社会处境等，显然，这就把关系延伸到了复杂而多重的社会生活领域中。在《画论》中，狄德罗曾不断呼吁让学生“走出画室，深入生活”，只有这样才能摆脱矫揉造作，创作出真正伟大的美的作品。可以说，狄德罗是从社会生活出发探讨美的本质的先驱者。

深度思考

狄德罗虽提出了“美在关系”，但并非认为事物的任何关系都是美的。他把关系分为三个方面——真实的关系、见到的关系和智力的或虚构的关系。真实的关系是根本，见到的关系是借助我们的感官察知到的真实的关系，智力的或虚构的关系是由我们的想象移植过去，被人的悟性放进事物里的关系。由此

---

① 狄德罗．狄德罗美学论文选．张冠尧，等，译．北京：人民文学出版社，1984：25.

② 同①：24-25.

③ 同①：41.

④ 原系意大利戏剧里狡猾而爱搬弄是非的仆人，后成为莫里哀喜剧《司卡班的诡计》中的主人公。

可见，他所谓美的“关系”是指由主体感官知觉到事物的一定形式而为“悟性”所察知的实在关系。这样，狄德罗就区分了美的“关系”和一般的“关系”，不仅坚持了美感和艺术是实在关系的反映，还强调了人的主观因素。因此，狄德罗的关系概念虽然未免空泛、有片面性，但其中既唯物又辩证的分析在当时是具有进步意义的。

二、艺术真实与理想范本

与历史上的亚里士多德、布瓦洛等许多理论家相同，狄德罗亦把自然看作艺术的第一范本，强调“艺术摹仿自然”①。但他所说的“自然”与前人所说的不同，含义更为广泛，既包括客观存在的物质世界，也包括人类社会的历史、现实以及精神生活等一切客观存在的现象。因此，摹仿自然实际上等同于摹仿现实。他所说的“摹仿”，亦非实录式的抄袭，而是要在某些方面进行超越，要追求更具本质意义的美，以及更为本质的艺术真实。

狄德罗所强调的本质意义的美，是源于其“关系论”的美学思想。他认为：美就要真，真就要如实地摹仿自然，而艺术所摹仿的自然又必须能够揭示出事物的本质联系和普遍规律，即最美的关系。他认为：“只有建立在和自然万物的关系上的美才是持久的美。……艺术中的美和哲学中的真理有着共同的基础。真理是什么？就是我们的判断符合事物的实际。摹仿的美是什么？就是形象与实体相吻合。”②

狄德罗所强调的本质真实，也是指对事物之“关系”的真实反映。在他看来，艺术的真不同于生活（或历史）的真。他在《论戏剧诗》中明确提出：“在自然界中我们往往不能发觉事件之间的联系，同时由于我们不认识事物的整体，我们只在事实中看到命定的相随关系，而诗人却要在他的作品的整个结构中贯穿一个明显而容易觉察的联系。所以比起历史学家来，他的真实性虽少些，而逼真性却多些。”③ 因此他主张艺术家不能只拘泥于自然的、表面的事实，而应该去追求更深层、更普遍、更突出、更动人的真实。也就是说，艺术既要摹仿自然，又要超越自然。在《演员奇谈》中，他进一步提出：“戏剧里所谓真是什么意思，指的是不是按照事物的本来面目表现它们？绝对不是。要这么理解，真就成了普通常见的。那么舞台上的真到底是什么东西呢？这里指的是剧中人的行动、言词、面容、声音、动作、姿态与诗人想象中的理想范本保持一致，而且演员往往还要夸大这个理想范本。”④ 这里所谓的“理想范本”，不是照葫芦画瓢的结果，而是高度艺术概括的创造性产物。这样的“理想范本”当然要比现实生活中的形象更为鲜明，更为丰富。

狄德罗所说的艺术真实及与之相关的“理想范本”，为后来的现实主义文论提供了理论资源。依据其相关见解，甚至可以说，狄德罗是西方历史上现实主义文艺理论的奠基人之一。

---

① 狄德罗．狄德罗美学论文选．张冠尧，等，译．北京：人民文学出版社，1984：86.

② 同①：114.

③ 同①：157.

④ 同①：291.

相关知识

“理想范本”是狄德罗提出的一个重要概念，指的是经过艺术家长期观察、选择加工、逐渐接近的形象，是最完善、最理想的“最高限度的美”。它不同于柏拉图的“理式”，因为它来自现实，是理想和现实的结合。在戏剧中，狄德罗的“理想范本”近似于“典型”的概念，是经过艺术家从特殊到一般、从个别到概括的处理过程创造出来的理想化的形象，能够以某一个人的肖像显示出某一类人的最普遍最显著的特点。“理想范本”的概念虽然存有类型化的倾向，但作为反映论的结晶，对后世现实主义文论有重要启迪意义。

三、崇尚激情与重视想象

尽管狄德罗文艺观的主要主张是现实主义的，但因其产生于18世纪从新古典主义向浪漫主义的过渡时期，所以我们也不能忽视其理论中崇尚激情与重视想象的浪漫主义倾向。

个性热情、感情充沛的狄德罗非常注重创作中的情感问题，他曾说：“如果没有热情，人们就缺乏真正的思想，即使偶然遇到，也无法追踪……”① 他认为，充满激情是天才艺术家的重要特征，艺术创作需要灵感、需要激情，艺术和文学的目的就是要感动人。他还指出，在文学鉴赏中情感的作用也十分重要：“懂得感情与不懂得感情的人对艺术家的作品有截然不同的看法。第二种人对作品根本不懂。”② 同时指出，艺术的情感效果也非常重要，艺术要打动人心，就必须表现紧张激烈的情绪，描写震撼人心的激情。因此，他欣赏麦克白夫人梦游的情景，喜爱索福克勒斯悲剧中的呼号哀叫，反对新古典主义戏剧回避在舞台上施暴流血的做法，呼吁艺术家要体验人的七情六欲，学会捕捉“每种热情的表情”，认识各种“激情的颜色”③。

狄德罗把大自然看作热情的产地、灵感的源泉，而且他大力提倡的是一种不加雕饰的、原始粗犷的、有情感强度的美。他说：“自然在什么时候为艺术提供范本呢？是在这样一些情景发生的时候：……当神祇渴欲一饮人血，必待看到鲜血流淌才安定下来；当淫乱的女巫手持魔杖在森林里徜徉，引起了沿路遇到的异教徒的恐怖；当另一些淫妇无耻地脱光了衣服，看到随便哪个男人走来，就伸开两臂把他抱住，满足淫欲，等等。我不说这些是善良的风尚，可是我认为这些风尚是富有诗意的。”④ 他看到了所谓的文明给予人类的桎梏，旗帜鲜明地反对上流社会那种矫饰的、不动声色的审美趣味，声称：“一般说来，一个民族愈文明，愈彬彬有礼，他们的风尚就愈缺乏诗意。”⑤ 他自问自答说：“诗人需要的是什么？是未经雕琢的自然，还是加过工的自然；是平静的自然，还是动荡的自然？……诗需要的是巨大的、野蛮的、粗犷的气

---

① 狄德罗．狄德罗美学论文选．张冠尧，等，译．北京：人民文学出版社，1984：59.

② 同①：517.

③ 同①：377.

④ 同①：206.

⑤ 同①：205.

魄。”① 他由此得出结论：“什么时代产生诗人？那是在经历了大灾难和大忧患之后，当困乏的人民开始喘息的时候。”相反，“如果一个民族的风尚萎靡、琐屑、造作”②，那么是绝对产生不出伟大的诗和诗人的。狄德罗崇尚激情、强调原始粗犷的主张，与19世纪兴起的浪漫主义文学思潮是相通的。

正是在这种情感论的基础上，狄德罗还特别强调了想象的作用。他宣称：“想象，这是一种素质，没有它，人既不能成为诗人，也不能成为哲学家、有思想的人、有理性的生物，甚至不能算是一个人。”③ 他进而分析了艺术想象的特征，这就是：与一般想象不同，它可以根据假设进行推理，即“从某一假定现象出发，而把一系列的形象按照它们在自然中必有的前后顺序思索出来”④。他还主张，在戏剧创作过程中，假使历史事实不够惊奇，可以“用异常的情节来把它加强”⑤。在狄德罗对“假定”手法的肯定，对“异常情节”的赞许中，我们可以进一步看出他对能够大胆超越现实的艺术想象力的看重，也可以感受到后来兴盛的浪漫主义思潮的气息。

深度思考

狄德罗常常不由自主地由感情出发，超越理性，冲破清规戒律，将美从善的窠臼中撕扯出来。他宣称：“我不说这些是善良的风尚，可是我认为这些风尚是富有诗意的。”⑥ 这是美学史上第一次明确地把“善”和“富有诗意”（即美）区别开来，可谓浪漫主义的先声。因为浪漫主义运动的一个主要目标就是艺术摆脱道德而独立，没有这一区别，就不可能有整个浪漫主义运动。不过，我们也要看到，狄德罗的浪漫主义理论往往是不自觉的。通常情况下，他仍是真善美统一论者，认为艺术的美必须以真和善为基础，而且强调用理性对情感和想象加以控制。这些复杂丰富的主张既与其活跃的思想、多变的个性相关，更与其所处的风云变幻的时代密不可分。

四、戏剧改革与倡导“严肃剧”

狄德罗是法国乃至整个西方现代戏剧理论的奠基人之一，戏剧理论是他整个文艺理论体系中的重要组成部分。在戏剧理论方面，狄德罗的重要贡献是批评了17世纪主要为宫廷服

① 狄德罗．狄德罗美学论文选．张冠尧，等，译．北京：人民文学出版社，1984：206.
② 同①：207.
③ 同①：161.
④ 伍蠡甫．西方文论选：上卷．上海：上海译文出版社，1979：358.
⑤ 同④：359.
⑥ 同①：206.

务的新古典主义戏剧的保守倾向，探索戏剧改革，提出了符合资产阶级理想的“严肃剧”的主张。

自古希腊开始，西方的戏剧一直分为悲剧和喜剧两种。16 世纪，英国的莎士比亚开始打破悲剧、喜剧的绝对界限，意大利的理论家瓜里尼[1]和西班牙的维加[2]等也提出了悲剧、喜剧混合的问题，但都未真正得以实现。到了 17 世纪，法国新古典主义的戏剧观念趋向倒退，戏剧又被严格地限定为悲剧与喜剧两种，并制定了一系列清规戒律。如强调悲剧要用来表现王公贵族们的美德和功绩，歌颂他们的高贵情操；喜剧则用来讽刺和嘲弄下层社会小人物的可笑和卑琐。在狄德罗生活的 18 世纪，这类新古典主义的戏剧主张仍然盛行，连伏尔泰也曾严格遵守其教条。

狄德罗认为，新古典主义的戏剧理论与相关的戏剧格局不符合时代的精神与人民的要求，他站在启蒙运动的立场上向其发出了挑战：他要求戏剧能够表现平民生活，应使第三等级的人物成为正面角色；倡导打破悲剧、喜剧的严格界限，建立一种新型的戏剧。狄德罗指出：“一切精神事物都有中间和两极之分。一切戏剧活动都是精神事物，因此似乎也应该有个中间类型和两个极端类型。两极我们有了，就是喜剧和悲剧。但是人不至于永远不是痛苦便是快乐的。因此喜剧和悲剧之间一定有个中心地带。”他还认为，这种介乎悲剧和喜剧之间的剧种，应以“生活中最普遍的行动”为对象，因而也“应该是最有益、最具普遍性的剧种”，他将这一新的剧种称为“严肃剧”[3]。

狄德罗所构想的“严肃剧”的主要特点有四：一是主题严肃，格调健康，具有道德教化的积极作用；二是题材现实，要着力于表现具有普遍性的人的日常生活，要反映具有普遍性的人的所思所想；三是语言自然，风格清新，提倡散文体和口语化；四是形式活泼，兼顾两极，既具有悲剧的严肃性，又有喜剧的诙谐性。狄德罗还进一步指出，严肃剧具体包括严肃喜剧和家庭悲剧两类，前者以普通人的美德和责任为对象，后者重在反映普通人的苦乐与不幸。实际上，不论是严肃喜剧还是家庭悲剧，狄德罗都强调以市民的日常生活和风俗习尚为描写内容，因而狄德罗所说的“严肃剧”也被人们称为“市民剧”。

狄德罗对新古典主义的反叛，对于“严肃剧”的倡导，以及对有关戏剧理论问题的深入探讨，不仅有助于打破僵化的戏剧观念，体现了自由平等的启蒙运动的时代精神，具有重要的历史进步意义，而且对于促进西方戏剧艺术的发展具有重要的实践指导意义。

相关知识

在探讨戏剧构成时，狄德罗特别提出了情境的重要性。狄德罗发现，在传统戏剧中，人物性格是主要对象，情境未能得到重视。而在他看来，戏剧中的情境更为重要，因为它是人物性格形成的基础，也是作品的基础。因此，他主张在戏剧中强调性格与情境之间的对比冲突，这样才能塑造出更为具体、丰富的人物形象。狄德罗的这类见解，对后来黑格尔的戏剧冲突说以及现实主义的典型人物与典型环境理论产生了直接影响。

---

① 瓜里尼（Battista Guarini，1538—1612），意大利文艺复兴时期的理论家。

② 维加（Lope Félix de Vega Carpio，1562—1635），西班牙戏剧之父。

③ 狄德罗．狄德罗美学论文选．张冠尧，等，译．北京：人民文学出版社，1984：90.

第三节
莱辛的文艺观

莱辛

高特荷德·埃夫拉姆·莱辛（Gotthold Ephraim Lessing，1729—1781）出生于德国的萨克森，父亲是位牧师。少年时代曾在拉丁文学校学习古代语言。1746年进入莱比锡大学学习神学，1748年前往柏林，开始了文学生涯。戏剧方面的代表作是《萨拉·萨姆逊小姐》《爱米丽雅·迦洛蒂》《智者纳旦》。主要理论著作有《拉奥孔》（或称《论绘画与诗的界限》）与《汉堡剧评》，其文艺观主要集中在这两部理论著作中。

一、批判新古典主义的艺术趣味

《拉奥孔》是莱辛的美学名著，在这部著作中，莱辛深入辨析了诗与画的不同艺术特征，并以此为依据，批判了以温克尔曼为代表的新古典主义艺术趣味。

与莱辛同时代的德国艺术史家温克尔曼在论及希腊化时期的拉奥孔雕塑时，将其动人的审美效果归功于主人公在激情下表现出的“高贵的单纯和静穆的伟大”，并认为这是古典艺术中最理想的美，并将其视为艺术的最高标准。莱辛从当时的启蒙精神出发，认为这种宣扬克制忍耐的观点实际上是在鼓吹抹杀个性，反映的是宫廷贵族的艺术趣味。这类主张只能引导艺术家脱离现实的斗争生活，削弱艺术的审美教育作用。在他看来，应该赞赏的是有血有肉、敢爱敢恨、亦歌亦哭，有个性、有勇气的所谓“有人气的英雄”，他认为“这种人是智慧所能造就的最高产品，也是艺术所能摹仿的最高对象”①。英雄同样有软弱哀号的时候，但并不妨碍他的行为是英雄的行为。而恰恰因为英雄具有这些人性的特征，他们才更容易激起观众的共鸣。既然如此，那么拉奥孔雕塑为什么在痛苦下不动声色呢？莱辛认为这主要是因雕塑之类造型艺术与史诗追求的目的不同：造型艺术的最高原则是美，诗的最高原则是真。他指出，拉奥孔雕塑之所以不表现激烈的情绪，是因为“在古希腊人看来，美是造型艺术的最高法律。……凡是为造型艺术所追求的其他东西，如果和美不相容，就须让路给美；如果和美相容，也至少须服从美”②。也就是说，造型艺术要服从美之最高法律，追求形体和表情的美。所以雕塑不能表现激烈的情绪，否则会造成表情扭曲、形体痉挛，显示出丑态，这就不符合美的原则了。而诗则

① 莱辛．拉奥孔．朱光潜，译．北京：人民文学出版社，1979：30.
② 同①：14.

不然，诗运用的是语言符号，有着更广阔的表现空间和更大的自由度，其目的是更真实地表现世界或揭示人类的心灵。所以维吉尔的诗中拉奥孔可以尽情地哀号、挣扎。我们不能因此厚此薄彼，妄加评断。

莱辛还以大量生动的实例对画与诗进行了比较研究，指出："画和诗无论是从摹仿的对象来看，还是从摹仿的方式来看，却都有区别。"① 应该注意的是，莱辛所说的画与诗不同于中国古典文论中的写意画与山水诗，他的诗的含义应该包括一般的叙事文学和戏剧，画则包括雕塑与绘画等造型艺术。莱辛主要从三个方面阐明了二者的界限。第一，摹仿的对象不同。画适宜描绘"在空间中并列的事物"，而诗适合表现"在时间中先后承续的事物"②。前者的特有题材是静态物体，主要表现静态的美；后者的特有题材则是动作过程，主要表现动态的美。第二，摹仿的媒介不同。画以空间中的形状和颜色为媒介，诗以在时间中的声音和语言为媒介，"前者是自然的符号，后者是人为的符号"③。第三，艺术效果不同。画作用于人的视觉，诗作用于人的听觉。前者以造型、色彩引发美感享受，后者以声音、语言构筑无限联想。

雕塑《拉奥孔》

莱辛将画与诗分称为空间艺术和时间艺术，探讨了它们各自的特殊规律，但同时又辩证地指出画与诗中时间与空间的区别只是相对的，不是绝对的："一切物体不仅在空间中存在，而且也在时间中存在。物体持续着，在持续期的每一顷刻中可以现出不同的样子，处在不同的组合里。每一个这样顷刻间的显现和组合是前一顷刻的显现和组合的后果，而且也能成为后一顷刻的显现和组合的原因，因此仿佛成为一个动作的中心。"④ 按照这种观点，画擅长表现静态物体，但通过物体也可以暗示其动态美的一面；诗擅长表现动作，而动作的承载者都是物体，因此通过动作也可以暗示物体。由此，他提出了艺术要选择表现"孕育最丰富的那一顷刻"⑤，这一顷刻在时间流程中承上启下，可以最深刻地理解前一顷刻，想象后一顷刻。拉奥孔雕塑正是因为没有直接描绘激情的顶点，给想象留出了驰骋的空间，所以产生了最美的效果。这一见解不仅适用于造型艺术，对叙事艺术也同样有效。诗和戏剧也没有必要一切都从头说起，适当的省略往往会产生意料不到的成功效果。

---

① 莱辛．拉奥孔．朱光潜，译．北京：人民文学出版社，1979：3.

② 同①：82.

③ 同①：181.

④ 同①：182.

⑤ 同①：182.

相关知识

莱辛在《拉奥孔》中辨析诗与画的界限时，首次提出了艺术中的人为符号和自然符号的概念，并具体阐述了两种符号各自的特征、优越性和局限性，以及二者的结合问题。这种关于人为符号和自然符号区别和联系的研究，不仅开了近代美学中符号学、语义学研究的先河，而且对研究绘画、诗歌、音乐、雕塑、戏剧等艺术的不同审美特征都很有意义。

二、大力倡导市民戏剧

莱辛从理论和实践上都为德国建立新型的戏剧做出了卓越贡献。《汉堡剧评》即是反映其大力倡导建立市民戏剧，批判新古典主义的戏剧理论的一部名著。其主要论点如下：

第一，反对宫廷趣味，主张面向市民写作。首先，莱辛反对新古典主义仅把王侯将相当作主角的做法，主张戏剧的主人公应该来自广大的市民阶层，认为戏剧应该真实自然地表现市民阶层的喜怒哀乐、所思所想。他声称："王公和英雄人物的名字可以为戏剧带来华丽和威严，却不能令人感动。我们周围人的不幸自然会深深侵入我们的灵魂；倘若我们对国王们产生同情，那是因为我们把他们当作人，并非当作国王之故。"① 针对布瓦洛"研究宫廷"的号召，他断然宣称，"宫廷不是作家研究天性的地方"②。其次，莱辛对新古典主义戏剧为了迎合贵族口味而要求的高贵典雅、华丽雕琢的语言风格也大加鞭挞。他认为这种审美要求是完全违反了人的天性的："感情绝对不能与一种精心选择的、高贵的、雍容造作的语言同时产生，这种语言既不能表现感情，也不能产生感情。然而感情却是同最朴素、最通俗、最浅显明白的词汇和语言风格相一致的。"③ 他主张运用朴素自然、通俗易懂的语言，也就是日常生活语言。最后，莱辛还明确提出作家应该为自己的时代写作："一个有才能的作家，不管他选择哪种形式，只要不单单是为了炫耀自己的机智、学识而写作，他总是着眼于他的时代，着眼于他国家的最光辉、最优秀的人，并且着力描写为他们所喜欢，为他们所感动的事物。"④

第二，打破清规戒律，呼吁创立新型戏剧。莱辛对新古典主义戏剧为适应贵族的繁文缛节和所谓高雅风尚而制定的一整套清规戒律深恶痛绝，尤其是对其中的"三一律"展开了彻底坚决的斗争。他深入研究了亚里士多德的《诗学》，认为新古典主义对古希腊戏剧的摹仿只追求形似而忽略神似，得到了形式，却丢掉了精神。他注意到了"行动整一律是古人的第一条规则；时间整一律和地点整一律仿佛只是它的延续，古人对待后者并不像对待前者那样严格"⑤。而新古典主义的导师——法国人本末倒置，拿着鸡毛当令箭，对真正的行动整一不感兴趣，反把时间和地点的整一看作演出本身不可或缺的要求，成为规则的奴隶。莱辛批判他们对古人生吞活剥的摹仿，不懂得与时俱进，提出德国戏剧应把以莎士比亚为代表的英国戏剧作为借鉴的榜样。

---

① 莱辛．汉堡剧评．张黎，译．上海：上海译文出版社，2002：73.
② 同①：305.
③ 同①：304.
④ 同①：9.
⑤ 同①：237.

第三，提倡戏剧的审美教育功能。莱辛把剧院看作“道德世界的大课堂”①，认为优秀的艺术家的写作必须“包含着远大的目的”：“即教导我们应该做什么或者允许做什么的目的；教导我们认识善与恶、文明与可笑的特殊标志的目的……”② 他重视美与善的统一，提倡戏剧艺术应该提供一种健康的、理性的、符合启蒙精神的教育。他还分别考察了喜剧和悲剧在审美教育功能中的不同特点和途径。对于喜剧，他提出：“喜剧要通过笑来改善，但不是通过嘲笑；既不是通过喜剧用以引人发笑的那种恶习，更不是仅仅使这种可笑的恶习照见自己的那种恶习。它的真正的、具有普遍意义的裨益在于笑本身，在于训练我们发现可笑的事物的本领。在各种热情和时尚的掩盖之下，在五花八门的恶劣的或者善良的本性之中，甚至在庄严肃穆之中，轻易而敏捷地发现可笑的事物。”③ 由此可见，他反对嘲笑，提出喜剧的教化手段应该是“笑”，以笑声来培养人们的判断力和道德感，预防恶行。莱辛反对把市民阶层作为嘲笑的对象在当时显然有进步意义，但由此在喜剧中取消嘲笑却未免矫枉过正。莱辛更为看重悲剧的教育功能，他认为，悲剧的特殊性就在于它的“净化”作用，即通过引起恐惧和怜悯来使这种情感得到净化，达到陶冶情操的目的。他反驳了高乃依等人关于恐惧和怜悯是为剧中人而发的观点，认为这些感情是由于观众跟受难者相似而感受到的，因此共鸣感更强，效果也就更为显著。他还指出了“净化”作用对观众太强或太弱的感情进行的锻炼：“简单说来，亦即这种净化只存在于激情向道德的完善的转化中，然而每一种道德，按照我们的哲学家的意思，都有两个极端，道德就在这两个极端之间。所以，如果悲剧要把我们的怜悯转化为道德，就得从怜悯的两个极端来净化我们。关于恐惧，也应该这样理解。就怜悯而言，悲剧性的怜悯不只是净化过多地感觉到怜悯的人的心灵，也要净化极少感觉到怜悯的人的心灵。就恐惧而言，悲剧性的恐惧不只是净化根本不惧怕任何厄运的人的心灵，而且也要净化对任何厄运，即使是遥远的厄运，甚至连最不可能发生的厄运都感到恐惧的人的心灵。”④ 他认为悲剧使人的感情得到锻炼，从而达到适度，达到一种平静健康的状态。

莱辛在提倡艺术的审美教育功能的同时也没有忽略艺术本身的特殊性。他反对把戏剧变成抽象的道德说教，反对全剧为最后的一句格言而存在，主张通过描写真实而生动的情节自然而然地感染观众。

相关知识

在《拉奥孔》和《汉堡剧评》中，莱辛充分运用了比较的方法。其中既有国别和不同民族之间的平行比较，又有二者之间相互影响的比较；既有不同艺术类型之间的比较，又有相同艺术类型内部不同艺术种类的比较；另外还有理论上的比较研究。这些比较论证不仅纵横交错、清晰明了，而且鞭辟入里。作为一种方法论的比较文学在20世纪以后才得到广泛运用，而18世纪的莱辛已在研究与批评实践中充分运用了这一方法。在这个意义上，莱辛可以说是比较文学的先驱。

---

① 莱辛．汉堡剧评．张黎，译．上海：上海译文出版社，2002：10.

② 同①：178.

③ 同①：149.

④ 同①：396.

第四节
维柯的文艺观

维柯

乔瓦尼·巴蒂斯塔·维柯（Giovanni Battista Vico，1668—1744）出生于意大利的那不勒斯，自幼好学，兴趣广泛，虽只断断续续上过几天学校，但是他擅长自学，思路开阔，能不拘守一家之言，终成大家，曾任那不勒斯大学修辞学教授和王室史官。他早年主要从事法学研究，著有《君士坦丁法学》；后来转向历史、神学和哲学等研究。其代表性学术著作是《新科学》，其内容涉及历史、法律、经济、民俗、心理、语言、神话、哲学和美学等领域，堪称18世纪西方人文社会科学的一部百科全书。维柯主要的文论观点也包含于其中。

一、诗起源于人类的想象本能

人类何以创造了文学艺术？在《新科学》中，维柯宣称：历史是由人类自己创造的，因此人能从内部理解关于自身历史的真理。维柯自己亦正是从“内部理解”入手，在分析人类自身的形成时，论及了文学艺术的起源问题。

维柯认为，人类是由想象开始自己的历史进程的。在原始阶段，处于儿童期的人类尚未形成理性思维能力，全凭本能生活，浑身有着“强旺的感觉力和生动的想象力”。他们不能理解一些自然现象（如电闪雷鸣、四季交替等）产生的原因，于是便以“以己度物”的思维方式，运用想象创造了“神”。在维柯看来，这种想象活动也就是诗的活动；运用想象创造出的“神”，本质上也就是诗。维柯正是据此断言，诗是原始人类“生而就有的一种功能（因为他们生而就有这些感官和想象力）；他们生来就对各种原因无知。无知是惊奇之母，使一切事物对于一无所知的人们而言都是新奇的”[①]。也就是说，诗具有“源始性”，是人类本能性的想象智慧的产物。

在原始人类那里，所有的生活活动都与想象创造有关，故而维柯在《新科学》中几乎是用“诗性”界定了人类原始文明的一切方面，如诗性伦理、诗性政治、诗性天文、诗性地理等。至于作为人类经验直接呈现物的人类最早的语言，维柯认为那即是诗的语言。维柯甚至从更为

① 维柯．新科学．朱光潜，译．北京：人民文学出版社，1986：161-162.

根本的意义上宣称："在世界的童年时期，人们按本性就是些崇高的诗人。"①

在文学起源问题方面，历史上曾先后出现过以亚里士多德为代表的"摹仿"说、以康德与席勒等人为代表的"游戏"说、以泰勒与弗雷泽为代表的"巫术"说、以普列汉诺夫为代表的"劳动"说等，这些见解的共同特征是，它们关注的主要是人类的外在活动。维柯则是从人类的想象本能着眼的，是从人类源初意识的生成入手探讨的，因而是更具内在性的，也更为切近人类的文学艺术作为精神活动的特质。

在维柯生活的年代，笛卡尔的唯理主义风行，想象被极大地贬抑和禁锢了，正如维柯所说，这是"一个被分析方法搞得太细碎、被苛刻标准搞得太僵滞的时代。使这个时代僵滞的是一种哲学，它麻痹了心灵里一切来自肉体的功能，尤其是想象；想象在今天被憎厌为人类各种错误之母"②。而维柯从文学起源的角度，将想象视为一种本源性质的创造力，无疑有其冲击僵滞的唯理主义思潮的积极意义。此外，与狄德罗对想象的推崇相同，这也为后世的浪漫主义文学思潮提供了理论铺垫。

相关知识

维柯认为人类发展经历了三个阶段：神的时代、英雄的时代和人的时代。神的时代指的是人类由想象创造"神"的原始时代，也是诗性智慧萌生的人类的童年时代。在神的时代末期，一些在原始社会中能够克服艰险、获得功绩的人取代了神，他们以自身行动影响整个部落、民族或人类命运，被称为理想的英雄人物，人类因而进入了英雄的时代。维柯指出，英雄的时代是诗性智慧的发达时代，见之于英雄的时代的"英雄的语言"中，很少有抽象的表示概念的词语，绝大部分是"以物拟人"，多用歌唱来表达强烈的感情。如荷马就是一位英雄的时代的诗人，其诗中表现出的特征是，"心智薄弱像儿童，想象强烈像妇女，热情奔放像狂暴的年轻人"③。他认为，随着年代的推移及人类心智的发展，历史推进到了人的时代，这时人学会了抽象思维，神话被遗忘了，宗教变成了工具，哲学和散文随之出现。

二、文学是诗性智慧的产物

"诗性智慧"是维柯理论的基石，也是其文艺观的核心。维柯说，"诗性的"原义就是"创造的"，"'诗人'在希腊文里就是'创造者'"④。因此，"诗性智慧"就是指创造性的智慧，它是原始人建立在感觉和想象基础上的认识世界、创造世界的智慧，既是一种思维认知模式，也是一种行为方式。

维柯所说的诗性智慧主要具有以下特点：一是想象性和创造性。维柯把生动的想象力看作

① 维柯．新科学．朱光潜，译．北京：人民文学出版社，1986：98.

② 中国社会科学院外国文学研究所外国文学研究资料丛刊编辑委员会．外国理论家、作家论形象思维．北京：中国社会科学出版社，1979：24.

③ 同①：415.

④ 同①：162.

诗性智慧产生的基础和推动力，认为处在人类儿童期的原始人正是在无知中“只凭一种完全肉体方面的想象力”去进行创造的，想象是他们的天然表现。他们认识事物的过程也就是创造事物的过程。二是情感性和形象性。维柯指出，诗性思维是以肉体感觉和情感体验为认识基础的。也就是说，当原始人无法理解事物时，他们就“以己度物”，“把自己的本性移加到那些事物上去，……把自己当作衡量宇宙的标准”①。他说：“诗的最崇高的工作就是赋感觉和情欲于本无感觉的事物。”② 所以，拥有诗性智慧的原始人几乎把一切都拟人化，如雷电在“咆哮”，波浪在“呜咽”等，都具有强烈的情感色彩。同时，由于他们认识事物是以自身为核心和出发点的，缺乏从众相中抽象出事物普遍性质的能力，因而他们只能以形象鲜明的个别事物来代表同类事物，或者用具体形象来表示抽象的概念。维柯将其称为“想象性的类概念”③。例如，用阿喀琉斯来代称一切勇猛好斗、暴躁易怒的英雄，用尤利西斯来归结一切警惕性高、狡猾机灵的谋士或智慧的英雄等。

维柯进一步强调，不能将诗性智慧和玄奥智慧混为一谈。二者的区别在于：首先，它们具有不同的需要。诗性智慧是凡俗智慧，面向大众，意欲在娱乐中教化百姓；而玄奥智慧则是思辨智慧，面向学者，只为少数人所用。其次，它们在语言特征和认知方式上存在着深刻的差异。“诗性语句是凭情欲和恩爱的感触来形成的，至于哲学的语句却不同，是凭思索和推理来形成的。哲学语句愈升向共相，就愈接近真理；而诗性语句却愈掌握住殊相，就愈确凿可凭。”④ 也就是说，诗性智慧是沉浸在感官中的，以热情、想象为基础，用具体的形象来表达自己；而玄奥智慧是理智的，离不开推理和逻辑，热衷于从具体中抽象出普遍的真实。显然，维柯所说的诗性智慧和玄奥智慧，实际上也就是后来人们通常所说的形象思维与逻辑思维。

在维柯看来，人类的文学艺术正是诗性智慧最直接的产物。他所指出的诗性智慧所拥有的想象性与创造性、情感性与形象性等特点，亦正是诗人、作家、艺术家思维活动的突出特征。离开了这些，自然也就没有了文学艺术。与之相关，维柯认为文学与哲学之间是存在清晰界限的：文学源于诗性智慧，哲学源于玄奥智慧。正因思维方式不同，维柯认为诗人与哲学家难以兼于一身，他曾以荷马为例指出，“按照诗的本性，任何人都不可能同时既是高明的诗人，又是高明的玄学家（即哲学家——编者按），因为玄学要把心智从各种感官方面抽开，而诗的功能却把整个心灵沉浸到感官里去；玄学飞向共相，而诗的功能却要深深地沉浸到殊相里去”⑤。维柯将文学与哲学、诗性智慧与玄奥智慧完全对立起来未免有失偏颇，但他对诗性智慧与人类文学艺术关系的论述以及对二者功能与特征的比较，是有助于我们认识人类文学艺术的本质特征的。

---

① 维柯．新科学．朱光潜，译．北京：人民文学出版社，1986：97.
② 同①：98.
③ 同①：103.
④ 同①：105.
⑤ 同①：429.

理论辨析

在维柯的《新科学》中，亦不乏“诗不过是摹仿”，“各种艺术都只是对自然的摹仿，因此，在某种意义上都是实物的诗”① 之类论断。但他说的“摹仿”与传统的“摹仿”说是有一定区别的。从根本上来说，他重视的还是想象。维柯把原始民族比作人类的儿童，他说，儿童们的记忆力最强，他们凭感官认识外部事物，然后储存在记忆中，这就成为摹仿的材料，但他同时强调，这也是想象的材料。他还指出，当原始民族遇到自己不能理解的事物时，由于不善于抽象思维，他们就运用想象来处理，他们的“想象特别生动，因为想象不过是扩大的或复合的记忆”②，而且他们往往对想象出来的事信以为真。他这里所说的“扩大的或复合的记忆”虽与摹仿有关，但实际上已是超越了摹仿的夸张或变形；他所说的“信以为真”的事，就更是想象创造的产物了。

【本章关键词】

文艺复兴（renaissance）：13 世纪末至 16 世纪发源于意大利，后扩展到西欧各国的一场文化运动，是新兴的资产阶级发动的反对封建主义的思想解放运动，其核心是人文主义精神。公元 1453 年，东罗马帝国首都拜占庭被土耳其人攻陷，那里的大批学者携带着古希罗文明成果逃到意大利讲学，掀起了搜集、研究古籍抄本和古代艺术作品的高潮，很多青年人提出“回到希腊去”，声称要把被埋没的古典文化“复兴”起来，“文艺复兴”由此而得名。其实他们是借古人的亡魂宣扬新的思想意识，即“人文主义”。

新古典主义（neoclassicism）：17 世纪初产生于法国的一种文艺思潮，后来影响扩展到欧洲各国，一直持续到 18 世纪初，其哲学基础是笛卡尔的唯理主义，在创作实践上以古希腊、古罗马文艺为典范。其主要特征是具有为君主专制王权服务的鲜明倾向，注重理性，摹仿古代，重视格律，追求宫廷趣味，语言华丽典雅。

启蒙（enlightenment）：原义指光亮穿透阴暗。后用来指借心智之光（即笛卡尔所说的“自然之光”）驱散黑暗愚昧，扫除迷信无知，使思想得以解放。当其第一个字母大写时，特指产生了现代思想的启蒙运动。启蒙运动是 18 世纪继文艺复兴之后第二次全欧性的反封建、反宗教的资产阶级思想文化运动。其目的是启迪被教会和封建愚民政策蒙蔽的人民，用理性和知识照亮人民的思想。

【推荐阅读】

崔莉．欧洲文艺复兴史：文学卷．北京：人民出版社，2010.

北京大学哲学系外国哲学史教研室．十八世纪法国哲学．北京：商务印书馆，1979.

---

① 维柯．新科学．朱光潜，译．北京：人民文学出版社，1986：231.

② 同①：104.

尚杰．尚杰讲狄德罗．北京：北京文学出版社，2008.
朱光潜．维柯的《新科学》及其对中西美学的影响．贵阳：贵州人民出版社，2009.
比利．狄德罗传．张本，译．北京：商务印书馆，1984.
韦勒克．近代文学批评史：第一卷．杨岂深，杨自伍，译．上海：上海译文出版社，2009.

【思考题】

1. 何为“文艺复兴”？这一时期文论的基本特征是什么？
2. 什么是“三一律”？应如何评价它？
3. 如何评价新古典主义文学理论？
4. 何为“启蒙运动”？这一时期文论的基本特征是什么？
5. 如何评价布瓦洛的文艺观？
6. 如何理解狄德罗的“美在关系”说？
7. 如何理解莱辛对诗画一致论的批判？
8. 维柯是怎样论述诗之起源的？
9. 维柯是怎样论述“诗性智慧”与文学艺术的关系的？

第五章 德国古典文艺理论

概　述

德国古典文艺理论主要是指18世纪中叶至19世纪初在德国古典哲学背景下由康德、黑格尔、歌德和席勒等人创建的文艺思想。康德与黑格尔本身即是伟大的哲学家，他们是从人类主体精神的解放、自由与必然、感性与理性的关系，以及道德自律与人格完善等哲学高度论述人类文学的审美及艺术活动规律的，他们的美学观与文艺观本身即是其哲学体系的重要组成部分，因而表现出深邃的思想、宏大的理论气势以及完备的体系性。歌德与席勒本身即卓有成就的诗人、作家，他们对文学艺术的本质、价值构成、思维特征等方面的思考，既是自身创作经验的总结，又洋溢着关注人类命运的理性光辉。

他们的具体见解，如康德关于“艺术美是审美观念的表现”、艺术“游戏”说，黑格尔关于“美是理念的感性显现”以及艺术发展史类型的分析，歌德关于文艺创作要“抓住特殊”、艺术家要有“伟大人格”的主张，席勒关于诗要有助于“美的人性”“审美王国”建构等方面的分析探讨，均在西方文论史上产生了深远影响。当然，由于时代的局限，他们的文艺思想也存在着明显不足，如他们所关注的人性解放还只停留在精神领域。他们虽然重视人的主观能动性，重视文学艺术在人性解放中的作用，但忽视了更为根本的实践性改造社会的方式，并由此影响后来的唯意志主义、形式主义、神秘主义等文艺思潮，使之产生偏颇。对于这类不足，我们需要站在科学的立场上予以批判扬弃。

第一节 康德的文艺观

伊曼努尔·康德（Immanuel Kant，1724—1804）出生于东普鲁士的滨海城市哥尼斯堡的

康德

一个小手工业者家庭，16岁考入哥尼斯堡大学，主要攻读自然科学、哲学与神学等。毕业后，康德先是做了9年的家庭教师，继而于1755年受聘重回哥尼斯堡大学，成为一名编外讲师。1770年始升任为编内正教授，主讲过“逻辑学”与“形而上学”等课程。1788年被任命为哥尼斯堡大学校长，1794年被俄国当局聘选为彼得堡科学院院士。1796年退休之后，康德仍著述不辍，直到1804年去世。其代表作有《纯粹理性批判》《实践理性批判》与《判断力批判》等。其文艺思想集中见于《判断力批判》，主要见解如下。

一、审美观念是艺术的本质

艺术作品的本质是什么？艺术作品何以会给人美感？艺术与非艺术的区别何在？这一系列相关问题一直是难以回答的。康德的看法是：审美观念是艺术的本质，是审美观念构成了艺术作品之美。何谓审美观念？康德自己的解释是：“我所了解的审美观念就是想象力里的那一表象，它生起许多思想而没有任何一特定的思想，即一个概念能和它相切合，因此没有言语能够完全企及它，把它表达出来。”[①] 由“表象”能生出“许多思想”，又不对应于任何“概念”可知，康德所说的审美观念指的既不是一般的感性形象，亦不是抽象的思想观念，而是感性形象与思想观念凝为一体的中介物。康德举例说：“诗人敢于把不可见的东西的观念，例如极乐世界、地狱世界、永恒界、创世等等来具体化；或把那些在经验界内固然有着事例的东西，如死、忌妒及一切恶德，又如爱、荣誉等等，由一种想象力的媒介超过了经验的界限——这种想象力在努力达到最伟大东西的过程里追迹着理性的前奏——在完全性里来具体化，这些东西在自然里是找不到范例的。本质上只是诗的艺术，在它里面审美诸观念的机能才可以全量地表示出来。”[②] 据此可进一步看出，在康德看来，艺术的本质特点就是经由想象而形成的观念的具体化，而这观念的具体化即审美观念。

而这样一种审美观念，又何以会构成艺术作品的美呢？康德是这样分析的：第一，艺术作品总是在“美丽地描写着自然的事物，不论它们是美还是丑。狂暴、疾病、战祸等等作为灾害都能很美地被描写出来，甚至于在绘画里被表现出来”[③]。也就是说，不论何种事物，当化为作家、艺术家创作过程中的审美观念之后，即已与客观存在物不同，而具有了人的主观意愿所赋予的美的质素。第二，艺术作品是作家、艺术家有意图的主体创造，但因这思想意图已化为“像似无意图”、能够使人生出“许多思想”的审美表象，而不是概念意义上的“逻辑状形词”，故而可以诱人自由想象，可以使人在生理与心理机能方面得享自由的愉悦，而这种自由的愉

① 康德．判断力批判：上卷．宗白华，译．北京：商务印书馆，1964：160.
② 同①：160－161.
③ 同①：158.

悦，也正是通常所说的艺术作品的美感。康德所说的“审美观念”这一特点，与中国古代诗论中所强调的“只可意会，不可言传”“言有尽而意无穷”之类诗艺特点是相通的，应当说是合乎艺术创作的普遍规则的。显然，在艺术创作活动中，也只有注重对这样一种审美观念的把握，才能避免枯燥乏味的抽象说教，给人以审美愉悦。

正是立足于审美观念，康德曾将艺术与非艺术的自然、科学、手工艺之类进行了比较，进一步阐明了艺术的特点。首先，艺术不同于自然。自然本身虽也可以给人美感，但因不是人的有意图的“审美观念”的创造物，故而不是艺术。康德举例说，蜜蜂造的蜂窝虽然看起来也很有艺术感，但那只不过是蜜蜂本能活动的结果，不是基于理性思考，因而不能将其称为艺术品。而当人们探查一沼泽时见到的一块被削正的木头，尽管粗糙不堪，但因含有人的理性意图，就已不再是简单的自然成品，而是艺术的产物了。康德正是据此得出结论：“人们根本上所称为艺术作品的，总是理解为人的一个创造物，以便把它和自然作用的结果区别开来。”① 其次，艺术不同于科学。艺术是“审美观念”的创造，是以求美为目的的，而科学追求的只是真，与“审美观念”无关，当然也无所谓美丑。对此，康德说得很明确：“若作为科学而被认为是美的话，它将是一怪物。”② 最后，艺术不同于手工艺。在艺术活动中，审美观念的创造是出自艺术家个人的自由意愿，因而自身是愉快的，而手工艺生产往往是雇佣性劳动，有其被迫性，是困苦的、无快乐可言的。因此，在康德心目中，是否出于自由意愿，是否伴随着快乐，也就成了衡量艺术活动与非艺术活动的重要标志。

研究进行时

20世纪以来，随着西方反本质主义哲学思潮的兴盛，“艺术定义”“艺术本质”之类问题越来越模糊难辨了。当代西方有些学者甚至断言：艺术是无法界定的。如英国文艺理论家约翰·凯里在《艺术有什么用?》一书中认为：“艺术品之所以成为艺术品，是因为有人认为它是艺术品。”但艺术毕竟是人类的一种独特文化现象，有着相对独立的本质特征。在这方面，康德对于艺术与非艺术的比较分析，至今看来，对于我们理解“何为艺术”仍是有重要启发意义的。

二、艺术是自由的感性游戏

在西方文论史上关于人类艺术活动的根本特点的研究方面，“游戏”说是有重大影响的见解之一。这一见解最早即是由康德提出的。康德曾经断言：无论语言艺术、造型艺术还是其他艺术，都是“诸感觉（作为外界感官印象）的自由游戏”③。仅由此论断来看，似有轻视艺术

① 康德．判断力批判：上卷．宗白华，译．北京：商务印书馆，1964：148－149.
② 同①：150.
③ 同①：167.

之嫌，但分析其相关论述可知，康德的意思并不是将人类的艺术活动简单化地等同于一般的游戏娱乐，他只是就艺术活动的“自由”这一根本特征，强调其与“游戏”之间的相通性。

康德自己说得很清楚：“没有这自由就没有美的艺术，甚至不可能有对于它正确评判的鉴赏。”① 对此，朱光潜先生的看法是切合康德的本意的：“康德把自由看作艺术的精髓，正是在自由这一点上，艺术与游戏是相通的。”② 康德的具体看法是：人之所以喜欢游戏，是因为生命的自由运动是人的天性欲求，只有在自由运动中，人才能体现出健康的生命，才能领略到生命的乐趣。而游戏活动正是这样一种没有什么功利目的，也不受任何外在概念及外在规则支配，能够使游戏者的生命得以自由呈现的活动。这种自由性也正是人类正常的艺术活动体现出来的特征，也是艺术创作获得成功的基本前提。人类艺术创作活动的实践表明，康德的见解是正确的。一位诗人、作家、艺术家只有发自个人意愿，率性而为，近乎游戏时，才能展开自由想象，才能创造出情采飞扬的艺术世界。否则，一旦受制于某种外在观念，受制于某种外在功利目的，有规则悬在眼前，艺术家的灵性也就窒息了，也就难以创造出优秀作品了。在此情况下，即使进行创作，产生的也只能是康德所说的“应用艺术”或“机械性的有意图的艺术”。

值得注意的是，康德在论述艺术创作时，并没有否定艺术家的目的性。相反，他认为“天才作为艺术才能是以一个关于作品作为目的的概念为前提的”③。康德强调的只是这个目的性概念不应是别人强加的，而应是发自个人悟性的，是与艺术活动自由自在地相会合着的。用康德自己的话说，艺术“尽管它也是有意图的，却须像似无意图的，这就是说，美的艺术须被看作是自然，尽管人们知道它是艺术”。“我们在它身上可以看到它完全符合着一切规则，却不见有一切死板固执的地方，这就是说，不露出一点人工的痕迹来。”④ 康德的“游戏”说归结为一句话就是：艺术要自由地、审美地表现目的。康德的这类论述不仅正确地揭示了人类文学艺术活动的本质特征，同时也包含着对人的主体价值的高度肯定，切合了资产阶级启蒙主义思想运动的主旨，体现了进步的人性解放的时代要求。

理论辨析

在西方，康德的美学及文艺观曾被不少学者视为“形式主义”。在我国更是一度将其定性为“抽掉一切内容”的“反动的形式主义”而予以批判否定，如宗白华先生在其《康德美学思想述评》一文中即表达了此类观点。这类囿于某种艺术立场或时代语境而得出的见解，显然是不符合康德理论的实际的。康德所强调的“审美观念”中的“表象”能够“生起许多思想”之“思想”，艺术作品总是在“美丽地描写着自然的事物”之“美丽”等，不就是艺术作品的“内容”吗？由康德的具体论述可知，他所反对的只是“表象”与某种“概念”的简单对应，而这恰恰是正确的文艺主张。

---

① 康德．判断力批判：上卷．宗白华，译．北京：商务印书馆，1964：203－204.
② 朱光潜．西方美学史：下卷．北京：人民文学出版社，1979：35.
③ 同①：164.
④ 同①：152－153.

三、艺术创作需要天才

人类的文学艺术活动是否需要天才？这至今仍是一个玄妙莫测的问题。对此，康德的看法很明确，他认为文艺创作离不开天才，断言“天才是天生的心灵禀赋，通过它自然给艺术制定法规”①，并具体论述了艺术天才的下列特征。

一是独创性。康德所说的艺术天才主要是指艺术家的想象力。他认为想象力“是创造性的，并且比别的能力更少受到规则的强制”，因此也就“更有独创力”②。康德认为，这样一种创造性的心灵禀赋是不能按照任何法规来学习的，也是无法通过摹仿他人而获得的。一些创造了优秀作品的作家、艺术家常常表现出来的正是与之相关的不拘成式、违犯常规的做法。康德同时强调，这样一种天才只能体现于艺术活动，而不能见之于科学技术。在他看来，在科学技术领域，即使像牛顿这样伟大的物理学家，也不能算是天才，因为“一切科技仍是人们能学会的，仍是在研究与思索的天然的道路上按照法规可以达到的，而且是和人们通过勤恳的学习可以获致的东西没有种别的区分”③。而艺术活动则不同，尽管有许多详尽的诗法著作和优秀典范可供学习借鉴，但人们仍不能巧妙地学会作出好诗。

二是典范性。康德认为，天才之作不是摹仿他人，也不是某种既定规则的产物，因而是不可重复的，是独一无二的。这样的作品自然会有典范性，能够为艺术提供新的规则，能够为评判别人的作品提供尺度与准绳。

三是不可传授性。在康德看来，天才是一个人在诞生之时，上天赋予的守护与指导的精灵，因此是无法用科学理论予以解释的。甚至天才作家、艺术家本人，例如荷马等，也说不清是怎样创造出自己的作品的，更说不清“幻想丰满而同时思想富饶的观念是怎样从他们的头脑里生出来并集合到一起的，因为他们自己也不知道”④。这样一种天才能力当然也就无法传授给别人了。

康德当然清楚，艺术创作的成功，仅靠神秘莫测的天才是不行的，因此，他也这样强调过：“每种艺术都需要一定的机械性的基本规则，需要使作品与配置给它的那个理念相适合，亦即需要在表现那被视为对象的东西时有真实性。这就是必须通过严格训练才能学到的了。当然也是摹仿的结果。”“如果让想象力连这样一种强制也摆脱掉，让独特的才能甚至违反自然地、毫无规则地乱撞和东游西荡，那么这也许可以看作原始的狂乱，但决不是典范式的，因而也不能被说成是天才。”⑤ 但显然，康德这里所说的“基本规则”之类，与不受强制、不可传授的“想象力”之类是有本质不同的。诸如通过学习、摹仿与训练等掌握的规则，尚只是一般的艺术才能，而不是他所说的想象力之类的艺术天才。康德关于艺术天才本身的构成、内在机制等，虽然尚欠更为深入的探讨，但他对艺术天才诸特点的分析以及艺术天才与艺术才能的区分等，是触及了人类艺术活动的深层奥妙的。

---

① 康德．判断力批判：上卷．宗白华，译．北京：商务印书馆，1964：152－153.

② 康德．康德文集．刘克苏，等，译．北京：改革出版社，1997：552.

③ 同①：154.

④ 同①：155.

⑤ 同②：552－553.

研究进行时

艺术天才问题本是文艺学的重要问题之一，但在我国，因其极易引发与唯心主义之间的牵连，曾长期为人所讳言，至今仍乏深入探讨。但艺术活动中的“天才”现象，恐是难以否定的。值得注意的是，现代脑科学、生命科学，特别是基因科学已经证明，与生理机制相关，人的感觉、想象、记忆、推理等方面的才能是不一样的。如脑科学发现，人的左右脑存在“侧性化”现象，右脑“侧性化”具艺术创作优势，左脑“侧性化”具科学研究优势。可以相信，随着现代科学的发展，艺术天才之谜将进一步得以索解。

相关知识

在《判断力批判》中，康德将人们称为美的对象分作两类，即自由美与附庸美。自由美，又叫纯粹美、形式美，康德列举的例子主要有花、鸟类、海产贝类等。康德关于人类审美特点的著名论断“无目的的合目的性”，主要是就此类审美对象而言的。所谓“无目的”，是说人们面对花鸟之类的事物产生美感时，是没什么功利目的的；所谓“合目的性”，是指人们之所以产生美感，是因为对象的某些特征耦合了人们的某种意愿。正是据此，康德又提出了“美是道德的象征”这一重要见解。附庸美，又叫依存美。康德认为，与自由美相反，附庸美是以功利性及对象的完满性概念为前提的，实际上是善与美结合的产物，一个人、一匹马或一座建筑物的美即如此。艺术作品由于是艺术家“有意图”的“审美观念”的产物，亦属附庸美。在康德的心目中，附庸美虽不如自由美纯粹，但因体现了人的审美理想，故而又高于自由美。对康德美学思想的整体把握，可使我们更为准确地理解其文艺观。

第二节 黑格尔的文艺观

格奥尔格·威廉·弗里德里希·黑格尔（Georg Wilhelm Friedrich Hegel，1770—1831）出生于德意志西部符腾堡公国的首府斯图加特城，1793 年大学毕业后，先后担任过耶拿大学的编外讲师、纽伦堡文科中学校长等职。1816 年被聘为海德堡大学哲学教授，两年后又被普鲁士国王任命为柏林大学教授。1829 年当选为柏林大学校长，

1831 年 11 月 14 日，因染上流行性霍乱而去世。黑格尔是德国古典哲学、美学与文艺学的集大成者，一生著述甚丰，生前出版的著作有《精神现象学》《逻辑学》《哲学全书》《法哲学原理》等；去世后，又由学生整理出版了《历史哲学》《宗教哲学》《哲学史讲演录》《美学》等。黑格尔的文艺思想是其哲学体系中精神哲学的重要组成部分，主要体现于《美学》一书。在这部著作中，黑格尔从自己的哲学与美学观出发，对艺术美的本质特征、艺术发展的历史类型、艺术作品中的人物塑造、悲剧冲突等重要问题进行了深入系统的分析探讨。

黑格尔

一、美是理念的感性显现

在《美学》中，黑格尔给美下过一个著名的定义："美就是理念的感性显现。"[①] 黑格尔曾自称他所探讨的"美学"实即"艺术哲学"，因此，他的这个定义亦主要是就艺术美而言的。根据黑格尔的论述，他所说的"美就是理念的感性显现"，主要包括以下两层意思。

第一，艺术作品的内容是"理念"。"理念"本是黑格尔哲学体系的核心范畴，但黑格尔曾特别强调，他所说的构成艺术美的"理念"，与在逻辑哲学中作为"绝对"来了解的那种"理念"是不同的，指的是"化为现实的具体形象"，是"与现实结合成为直接的妥帖的统一体的那种理念"[②]。这样一种与现实化为统一体的艺术美"理念"，自然既不同于一般所说的抽象概念，也不同于柏拉图哲学中那个脱离客观存在的抽象理式，而是一种经由理性把握到的"具体化"的"理念"。

黑格尔所说的这样一种艺术美"理念"，实际上指的是人的心灵创造的产物，颇似康德所说的"审美观念"。正是着眼于心灵创造，黑格尔断言："艺术美高于自然。因为艺术美是由心灵产生和再生的美，心灵和它的产品比自然和它的现象高多少，艺术美也就比自然美高多少。从形式看，任何一个无聊的幻想，它既然是经过了人的头脑，也就比任何一个自然的产品要高些，因为这种幻想见出心灵活动和自由。"[③] 他举例说，与艺术相比，即使是受到人们赞美的太阳，本身也是无足轻重的，因为太阳本身不是自由的，是没有自我意识的。由此可见，与康德相同，黑格尔的艺术理念论继承与张扬的亦是文艺复兴以来对人的主体价值的尊崇与肯定。

第二，"理念"要显现于具体可感的形象（即"感性形式"）。根据朱光潜先生的解释，黑格尔"美的定义中所说的'显现'有'现外形'和'放光辉'的意思，它与'存在'是对立的。比如说，画马只取马的外在形象，不把马当作实际存在的可骑行的东西来看待。如果舍形

① 黑格尔．美学：第一卷．朱光潜，译．北京：商务印书馆，1979：142.
② 同①：92.
③ 同①：4.

象而穷究‘存在’的实质，那就成为哲学的抽象思考，就失去艺术所必有的‘直接性’了”①。也就是说，黑格尔在这儿强调的是：艺术作品的产生过程，就是理念通过恰当的形式，得以感性显现的过程。艺术美的本质，正在于这样一种理念内容与感性显现的完满统一。

完满显现了“理念”的“感性形式”，何以就具有了“美”？对此，黑格尔首先从人性哲学的角度予以分析论述。黑格尔认为，与自然存在不同，人能够通过意识到自己的存在而得到心灵的满足。具体有两种方式：一是理论方式，即通过思想认识自己；二是实践方式。黑格尔举例说：“一个小男孩把石头抛在河水里，以惊奇的神色去看水中所现的圆圈，觉得这是一个作品，在这作品中他看出他自己活动的结果。”② 黑格尔认为，艺术活动属于第二种方式。在艺术活动中，理念显现为感性形象的过程，也就是人通过改造外物复现自己、认识自己、肯定自己，实现自我心灵满足的过程，艺术之美也就由此产生了。其次，在黑格尔看来，由于“理念”是“化为现实的具体形象”，构成的作品是“灌注生气”的有机整体，二者结合可以给人以自由丰富的体验与感受，此亦即美感之源。

黑格尔的这类主张无疑是正确的。在创作过程中，如果作者把握到的只是“概念”而非“理念”，必致作品抽象乏味；如无得体的感性形式，无论怎样有价值的“理念”，也都难以得到充分显现，作者也就难以实现自我心灵的满足，作品也就不可能有美感了；如无理念内容，无论怎样的感性形式，也都不可能动人，同样无美可言。

分析举例

某些标语化、口号化的诗歌，如“天下既是劳动人民的天下，赶快建成社会主义的中华”（郭沫若《百花诗》），以及“天地一笼统，井口黑窟窿。黄狗身上白，白狗身上肿”之类的打油诗，之所以不够艺术，缺乏美感，按黑格尔的见解，即因前者传达的只是抽象概念而非具体化“理念”，且乏感性形式，后者虽有感性形式，但亦缺乏“理念”内涵。

二、艺术类型与“一般艺术的解体”

与“美就是理念的感性显现”相关，黑格尔发现，在人类艺术发展的不同时期，艺术作品中的理念内容与物象形式之间的关系是不一样的。黑格尔正是以此为据，从历史发展的角度，将艺术分为象征型、古典型与浪漫型三种。

第一，象征型。黑格尔认为象征型艺术的本质特点是物象形式压倒理性内容、客体掩抑主

① 朱光潜．西方美学史：下卷．北京：人民文学出版社，1979：478.

② 黑格尔．美学：第一卷．朱光潜，译．北京：商务印书馆，1979：39.

体，是人类初创阶段的艺术所体现出来的特征。在这一阶段，由于理念尚处于发端时期，自身还是不确定的，还未能找到能够显现自身的得体形象，还只是生硬地黏附于自然形态的物质外壳上，因而给人以“嵌合”“拼凑”之感。黑格尔将建筑视为象征型艺术的典范形式，认为由于建筑所使用的主要是物质材料，即受机械规律制约的笨重的物质堆，建筑的形式也还没有脱离无机自然的形式，还只是按照凭知解力认识的抽象的对称关系之类来安排的，因而建筑艺术还不能使客观事物成为精神的绝对完满的表现，呈现出来的正是客体掩抑主体的象征型艺术的特点。

第二，古典型。黑格尔认为古典型艺术的本质特点是理念内容与物象形式的完满统一，是“用恰当的表现方式实现了按照艺术概念的真正的艺术”①。也就是说，古典型艺术已克服了象征型艺术物质形式压倒理念内容的缺陷，理念已自由地妥当地体现于在本质上就特别适合这一理念的形象中。黑格尔将雕刻视为古典型艺术的典范形式，认为与建筑不同，在雕刻艺术中，由于物性形式与实用功利性因素的减少，作为精神来掌握的内容已很明晰，从中“所看到的正是处在精神离开有体积的物质而回到精神本身的道路上”② 的特征。正是根据理念与感性形式完满统一的程度，黑格尔认为古典型艺术是最为理想的艺术，是人类艺术发展至黄金时代的产物。

黑格尔同时又意识到，雕刻艺术尽管“好像特别善于保持自然真相”，但“这种通过笨重物质来表现出的肉体的外在自然面貌”，仍“不能表现精神之所以为精神的本质”③。也就是说，在古典型艺术中，心灵仍不能按照它的真正概念表现，感性形象仍在一定程度上制约着理念向自身的完满回归。因此，就理念自身不断挣脱形式束缚的要求来看，黑格尔认为，浪漫型艺术才是最高级的艺术，因为它更多地表现了理念精神的胜利。

雕塑《掷铁饼者》

第三，浪漫型。黑格尔所说的浪漫型艺术的本质特点是理念内容压过了感性形式，是“在较高的阶段上回到象征型艺术所没有克服的理念与现实的差异和对立”④。其标志性艺术门类是绘画、音乐与诗（即语言艺术）。黑格尔又进而指出，在这几门艺术中，由于理念内容与感性形式之间仍然存在差异，故而所达到的艺术境界又各有不同。绘画能够“把形象的实在外表转化成观念性较强的颜色现象，而且把内在心灵当作描绘的中心”⑤，因此，在精神观念的表现方面，它要优于古典型的雕塑艺术。音乐是以无形的声音为材料的，其内容意义更为直接地体现为精神主体性，理念内容可以得到极大限度的体现，因此，音乐是最富于浪漫品性的艺术门类。但按黑格尔理性与感性完美统一的美学尺度，绘画与音乐均有不足：绘画的造型性仍在压抑理念，音乐形象在显

---

① 黑格尔．美学：第二卷．朱光潜，译．北京：商务印书馆，1979：157.

② 黑格尔．美学：第三卷上册．朱光潜，译．北京：商务印书馆，1979：109.

③ 同②：111.

④ 黑格尔．美学：第一卷．朱光潜，译．北京：商务印书馆，1979：99.

⑤ 黑格尔．美学：第三卷下册．朱光潜，译．北京：商务印书馆，1981：3.

现理念方面则缺乏明确可感性。因此，黑格尔认为诗才是最高级的、能够将精神作为精神来表现的艺术。

黑格尔是这样描述诗之特征的："一方面诗和音乐一样，也根据把内心生活作为内心生活来领会的原则，而这个原则却是建筑、雕刻和绘画都无须遵守的。另一方面从内心的观照和情感领域伸展到一种客观世界，既不完全丧失雕刻与绘画的明确性，又能比任何其他艺术都更完满地展示一个事件的全貌，一系列事件的先后承续，心情活动，情绪和思想的转变以及一种动作情节的完整过程。"① 可见，在黑格尔心目中，诗乃人类艺术史上出现的最高境界的艺术。故而他曾断言："到了诗，艺术本身就开始解体。从哲学观点来看，这是艺术的转折点：一方面转到纯然宗教性的表象，另一方面转到科学思维的散文。"②

就具体形态来看，诗又有史诗、抒情诗、戏剧体诗之分。戏剧体诗又分为悲剧、喜剧与正剧。黑格尔认为，在这些不同形态中，理念内容与感性形象之间的关系及其艺术境界也还是不一样的。由于史诗是以叙事为主，故感性形象仍要大于理念内容；由于抒情诗以表现心灵为主，故理念内容要大于感性形象；相比而言，既有叙事又有抒情的戏剧体诗更趋于理念内容与感性形象的统一。在戏剧体诗中，由于正剧的界限难以划定，故而正剧显得不很重要；悲剧是重要的，但悲剧通过对矛盾双方片面性的否定来显示永恒正义的胜利，因而理念的显现仍要受到局限；而喜剧则不同，经由喜剧人物自己的笑声，即可直达对"永恒理念"与"绝对真理"的肯定。因而，从理念自身的发展来看，黑格尔认为喜剧才是一切艺术的顶峰。黑格尔所说的艺术解体的终端环节，正在于诗之具体形态之一的喜剧。黑格尔说得很明确，到了这个顶峰，"喜剧就马上导致一般艺术的解体"③。

黑格尔对人类艺术史及发展类型的分析，与他整体哲学体系存在的缺陷相同，未免有让史实服从自己的理论构架之弊，但他归纳的艺术发展史上形成的三种艺术类型及其相关特点以及"艺术解体"论，均是富有创见性的，是有重要启示意义的。他所指出的理念在人类文学艺术史上不断上升的趋向，也是符合实际的。在他之后出现的浪漫主义文学思潮，特别是现代意识流小说、抽象绘画之类艺术现象，可谓是其主张的充分证据。

理论辨析

黑格尔在论述艺术类型时，一方面肯定古典型艺术是最理想的艺术，另一方面又认为浪漫型艺术才是最高级的艺术。这两种判断似乎是自相矛盾的。实际上，其中体现出的是黑格尔评价艺术的两种视点，即"理念内容与感性形式的统一"与"理念挣脱形式束缚而回归自身的程度"。当他着眼于前者时，推崇的是古典型艺术；当他着眼于后者时，推崇的则是浪漫型艺术了。

---

① 黑格尔．美学：第三卷下册．朱光潜，译．北京：商务印书馆，1981：4－5.
② 同①：15.
③ 同①：334.

研究进行时

美国学者阿瑟·丹托在其1986年出版的《艺术的终结》一书中提出：艺术的概念已从内部耗尽了，艺术的时代已从内部瓦解了，艺术实际上已完结了，并宣称这是黑格尔早就提出的命题。丹托此论颇遭非议。不少学者认为，黑格尔所说的“艺术解体”，绝非指“艺术终结”。黑格尔所说的“艺术解体”，只是在逻辑层面上，仅就三种艺术类型中理念精神的不断突围而终于超越艺术而言的。这类见解是对的，但在黑格尔关于“艺术解体”的具体论述中，以及“散文气味的现代情况不利于艺术的发展”之类相关论述中，我们又的确不难体会到他对人类艺术前景的担忧。20世纪以来，随着非理性观念的极度膨胀，艺术与非艺术的界限更为模糊，艺术应有的影响力也在日渐下降，所有这些，似乎也在应验着黑格尔的担忧。

三、人物性格是“艺术表现的真正中心”

在叙事性文学作品中，人物性格的塑造成功与否，往往决定着作品的成败。黑格尔特别重视人物性格的创造，他曾强调“性格就是理想艺术表现的真正中心”①，并对如何写出有个性的人物进行了深入探讨。黑格尔认为，成功的人物性格塑造必须符合下列特点。

其一，丰富性与整体性。也就是说，理想性格应是一具有性格的多面性的完满整体。黑格尔认为，人的心胸有着广大的情致，能够包罗“许多神”的力量，因此，文学作品中的人物只有体现出性格的多面性才生动有趣。同时，这种多面性又必须凝铸于一个主体，而不是杂乱肤浅的东西的拼凑，也只有这样，才能使作品中“每一个人都是整体，本身就是一个世界，每个人都是完满的有生气的人，而不是某种孤立的性格特征的寓言式的抽象品”②。黑格尔举例说，荷马笔下的人物正有这样的理想性格，其中的每个英雄都是许多性格特征的充满生气的总和。如阿喀琉斯既勇敢、忠实于朋友、尊敬老人，又容易发火、凶狠残暴。荷马正是借种种不同的情境，将人物的多方面性格揭示了出来。

其二，特殊性与明确性。也就是说，理想性格不仅表现为丰富性与整体性，同时还必须有某种特殊的情致，这样才能使人物具有鲜明的个性。黑格尔认为，像莎士比亚笔下的朱丽叶这样的形象的性格，就是合乎上述特点的理想性格。在不同的情境中，朱丽叶虽有不同的性格表现，却始终只有一种情致，即她的热烈的爱，正是这热烈的爱，渗透而且支撑起她整个的性格。

其三，坚定性与一贯性。也就是说，人物性格不论如何复杂，都要合乎自我性格发展的逻辑，都要根据自己的意志行动，而不受其他因素的影响。否则人物性格就会是一盘散沙，毫无

① 黑格尔．美学：第一卷．朱光潜，译．北京：商务印书馆，1979：300.

② 同①：303.

《熙德》剧照

意义。黑格尔认为，高乃依《熙德》中的人物即存在这样的缺陷：心灵分裂，时而由抽象的荣誉转到爱情，时而又由抽象的爱情转到荣誉，这样地翻来覆去，就违反了人物性格应有的逻辑统一性。而莎士比亚笔下的人物之所以成功，便正是"在于他把人物性格描绘得果断而坚强，纵然写的是些坏人物，他们单在形式方面也是伟大而坚定的。哈姆雷特固然没有决断，但是他所犹疑的不是应该做什么，而是应该怎样去做"①。

此外，黑格尔还进一步探讨了理想性格与环境之间的辩证关系，认为人物的个性"必须能与自然和一切外在关系相安，才显得是自由的"②。在艺术作品中同样如此，要使某一个人物显得真实可信，必须使带有主观性的人物本身与他的外在环境"融合为一个整体"③。黑格尔这里所说的环境，主要包括自然环境、人化环境及复杂的精神关系三个方面。黑格尔具体指出，在艺术作品中，外在自然环境必须是真实的、明确的，而不是枯燥空洞的，模糊不清的。同时还要注意，不能为了妙肖自然而追求妙肖自然，而是要写出人化的自然。另外，还要注意将人物置于由国家的组织形式、宪法、法律、家庭、公共生活与私生活等多方面因素构成的复杂的精神关系网中予以把握。黑格尔强调，只有将人物置于这样一种与环境的密切关联中，其性格才能得以更好地体现。

深度思考

从中外文学史来看，许多成功的人物形象是符合黑格尔所分析的相关特点的。事实证明，在叙事作品中，只有按黑格尔所揭示的人物塑造的规则，才能创造出如同阿喀琉斯、哈姆雷特、贾宝玉、林黛玉这样不朽的文学形象。可惜在当今时代，黑格尔的这些见解似已不再为人所重视了。这或许正是在整个世界范围内文学作品的数量剧增，却很少有成功的人物形象被塑造出来的重要原因。

四、悲剧冲突与"永恒正义的胜利"

在分析艺术发展史的类型时，黑格尔虽然将喜剧看作一切艺术的顶峰，但依据理念内容与

① 黑格尔．美学：第一卷．朱光潜，译．北京：商务印书馆，1979：310－311.
② 同①：322.
③ 同①：325.

感性形象统一的艺术尺度，他更重视的还是悲剧。他曾联系西方文学史上许多悲剧作品，对悲剧冲突以及与之相关的悲剧作用等问题进行了深入独到的探讨。关于悲剧冲突，黑格尔认为最常见的有以下三种类型。

第一，由疾病、罪孽和灾害之类物理的或自然的情况导致的冲突。例如欧里庇得斯的悲剧《阿尔克斯提斯》即是以阿德默特的病为前提的；索福克勒斯的悲剧《斐罗克特》的冲突是以身体遭遇的灾祸为基础的。黑格尔认为，这类主要由外在自然力量或人力难以抗拒的可怕事件构成的冲突本身没什么意义，因而也就构不成真正有价值的悲剧冲突。

第二，由亲属关系、继承权、出身差别或妒忌、野心、贪婪之类天生情欲引起的冲突。如莎士比亚的《麦克白》中因争夺王位而导致的冲突，《奥赛罗》中因奥赛罗的"妒忌"产生的冲突等。黑格尔认为这样的悲剧冲突只能构成悲剧冲突的基础和背景，仍不能构成本质性的悲剧冲突。因为权力争夺之类虽也会造成悲惨的不幸，但这类纠纷实际上是偶然的，本身并无绝对必然性。在黑格尔看来，解决这类冲突的方式应该是：个人必须凭他的心灵方面的优点跳过这种自然界限，或凭内心的自由去反抗这种障碍，不受它的约束，或放弃合理的斗争，以恢复主体自由的形式的独立自足性。如果将其直接体现于悲剧艺术，则是"违反审美性的，与艺术理想的概念是相矛盾的，尽管它是人们爱采用的而且用起来也是很容易的"①。天生情欲之类仍属外在的自然力量，在心灵的旨趣和矛盾中仍不是本质的东西，故而由此导致的冲突同样缺乏真正的悲剧意义。

第三，由心灵性的差异导致的分裂。黑格尔认为这才是最深刻、最合乎理想艺术的要求，也是最具本质意义的悲剧冲突。具体又可分为三种情况。一是由无意识的行动导致的冲突，如索福克勒斯笔下的俄狄浦斯在无意之中杀父娶母，在明白事情的真相后而陷入的内心冲突。二是有意识的行动导致的内心冲突，如阿伽门农的儿子蓄意为父报仇，杀害自己母亲时的心灵冲突。三是行动本身并不引起冲突，但其他关系与情境造成人物的内心冲突，如罗密欧与朱丽叶的恋爱本身并不破坏什么，只是双方家庭的世仇使之形成冲突。黑格尔认为这类冲突的特点是"当事人所争求的对象本身是道德的、真实的、神圣的"②。其行动都有正确的理由，但在现实生活中，又难以避免会破坏或损害其对立面，因而又是片面的、抽象的、不完全符合理念的。因此，这样的冲突也就最能表现理念在自我发展过程中所遭遇的各种困难和斗争。黑格尔认为，正是在这样的悲剧冲突中，个人的牺牲好像都是无辜的，但就整个世界秩序来看，就"永恒正义"的追求来看，主人公的苦难与不幸往往又是罪有应得，是对其片面性的一种合理的惩罚。也就是说，在黑格尔看来，悲剧的真正意义不在于表现人间的苦难，而是通过具有某种片面性的悲剧人物的毁灭，伸张"永恒正义"。与之相关，在黑格尔看来，悲剧的作用也不再是亚里士多德所说的因"恐惧与怜悯"而产生的心灵陶冶，而是因体味到"永恒正义"的胜利而引发的愉快和兴奋。

黑格尔关于悲剧冲突的见解虽有忽视社会现实基础、取消了与社会历史发展相关的是非标准之类的缺陷，但他的见解无疑又是深刻独到的。与人与自然、人与现实关系导致的冲突相比，人与人之间精神层次的冲突所造成的悲剧的确是人间更难避免、更为深重，也更具永恒意味的悲剧。从人类文学艺术史来看，在诸如《哈姆雷特》《红楼梦》这样的伟大作品中，蕴含

---

① 黑格尔．美学：第一卷．朱光潜，译．北京：商务印书馆，1979：268.

② 同①：272.

着的正是这样一种更深层次的悲剧意味。而又正是这类伟大作品，在启示着一代一代的读者正视人类的处境，思考人性的局限，不懈地探寻人类的精神出路。

深度思考

黑格尔认为，人类认识事物的过程是：感性⟶知性⟶理性。感性认识是认识的开端，是对事物的直接的低级性认识，得到的还只是关于事物的混沌表象。知性认识是对事物的间接性抽象认识，是经由推论对事物各部分进行的单独认识。理性认识则是整体的把握事物的方法，其特点是认识与概念之间不是彼此分离、相互隔绝的，而是相互联系的，其对立双方是共处于统一体之中的，得到的是对事物的全面的、具体普遍的认识。这样一种认识的结果也就是黑格尔所说的“理念”。黑格尔将这样一种理念视为艺术美的本质，对于艺术创作来说，无疑是有重要指导意义的。它既可避免因侧重于感性认识而导致的感官化、肤浅化，又可避免因侧重于知性思维而导致的简单化、片面化、抽象化。

第三节 歌德的文艺观

约翰·沃尔夫冈·歌德（Johann Wolfgang von Goethe，1749—1832），德国最伟大的诗人、作家，代表作有《少年维特之烦恼》《浮士德》等。其文艺观主要见于《论德意志建筑艺术》《说不尽的莎士比亚》《格言和感想集》《诗与真》《歌德谈话录》等。具体见解主要集中于以下几点。

一、艺术创作要“抓住特殊”

在歌德所处的时代，由于柏拉图理式论的深远影响，从一般观念出发的创作思潮较为盛行，致使文坛上存在着“类型化”的“伪古典主义”倾向。包括席勒的创作，亦因其“为一般而找特殊”的创作方法，而导致了为马克思所批评的“把人物当作时代精神传声筒”的弊端。在这样一种局面中，歌德力倡“诗人应该抓住特殊”①。在与爱克曼的谈话中，他曾多次强调，

① 爱克曼．歌德谈话录．朱光潜，译．北京：人民文学出版社，1978：90.

艺术的真正生命正在于对个别特殊事物的掌握与描述，只有抓住特殊，作品的形象才能生动鲜明，为人所喜爱。也只有这样，一位艺术家才可以算是真正跨进了艺术“圣殿的大门”①。如果只是为一般而找特殊，则只能导致作品的类型化、概念化。

油画《歌德在罗马郊外的坎帕尼亚》

优秀的艺术作品当然要有普遍意义，要在特殊中显现一般，但在歌德看来，世界上的“每一种情况，乃至每一顷刻，都有无限的价值，都是整个永恒世界的代表”②。也就是说，这“普遍意义”、这“一般”，原本就在“特殊”之中，因此用不着艺术家过分介意。他正是这样告诫爱克曼的：“不用担心个别特殊引不起同情共鸣。每种人物性格，不管多么个别特殊，每一件描绘出来的东西，从顽石到人，都有些普遍性。”③

作为一位伟大的诗人、作家，歌德的这类主张实际上是对自己创作经验的总结。他的切身体会正是，只有“到了描述个别特殊这个阶段，人们称为‘写作’的工作也就开始了”④。他曾以讥讽的口吻回答人们“《浮士德》要体现什么观念”之类的提问：“倘若我在《浮士德》里所描绘的那丰富多彩、变化多端的生活能够用贯穿始终的观念这样一条细绳串在一起，那倒是一件绝妙的玩艺儿哩！”“仿佛以为我自己懂得这是什么而且说得出来！从天上下来，通过世界，下到地狱，这当然不是空的，但这不是观念，而是动作情节的过程。”⑤

正因立足于自己的创作实践，歌德所强调的由个别出发、“抓住特殊”的主张是有说服力与可信性的。这不仅使后期的席勒在他的影响下克服了“时代精神传声筒”的缺陷，还对“伪古典主义”的“类型化”起了补偏救弊的作用，并为后来别林斯基等人的现实主义典型理论打下了基础。

相关知识

由于“为政治服务”，乃至“为政策服务”之类指导思想的影响，在我国当代文学史上，曾长期存在着类乎歌德所批评的“为一般而找特殊”的创作弊端。作家们常常被要求按照某种既定的创作主题，通过所谓体验生活（实即寻找特殊）完成自己的作品。“文革”期间，甚至形成了“领导出思想，群众出生活，作家出技巧”的所谓“三结合”创作模式。事实证明，这是违背艺术创作规律的，由此产生的作品，是缺乏真实性与生命力的，甚或只能成为图解某种思想观念的宣传品。

---

① 歌德，等．文学风格论．王元化，译．上海：上海译文出版社，1982：5.
② 爱克曼．歌德谈话录．朱光潜，译．北京：人民文学出版社，1978：12.
③ 同②：10.
④ 同②：10.
⑤ 同②：147.

二、艺术家要有“伟大人格”

歌德当然清楚，在艺术创作过程中，并不是随意抓取个别，被动地摹仿自然，就能写出成功之作。艺术的真正意义，亦并不是在广度和深度上与自然竞赛，如果只是执着于细节的描绘，而不向着整体的概念破浪前进，“就会一败涂地地失去了目标”[①]。因此他又强调，“艺术家对于自然有着双重关系：他既是自然的奴隶，又是自然的主宰”[②]。与之相关，歌德进而提出艺术家要有伟大人格。歌德所说的伟大人格，主要有以下特点。

一是要有能够把握事物深层意蕴的足够智慧。也就是说，能够将自然作为自己的材料宝库，然后通过对自然正确而深入的研究，通过对形象的一览无遗的观察，把各种具有不同特点的形体结合起来，予以融会贯通的摹仿。他曾举例说，古希腊艺术家雕出了比现在地球上任何一匹马都更完美的马头，绝不要误认为这些艺术家是按照比现在更完美的自然马雕刻这件作品的，而是由于时代和艺术的进展，艺术家们自己的人格得到了陶冶，“他们是凭着自己的伟大人格去对待自然的”[③]。他认为莎士比亚之所以写出了许多“巨人般的伟大性格”，就是因为莎士比亚是以自己的智力，“吹醒了”这些人物的“生命”。[④] 他还结合自己在《少年维特之烦恼》中对绿蒂这个人物的塑造总结说：“我也把许多美女的容貌和特征，用来作为我的绿蒂的原型。虽然主要的特征，还是从我所最喜欢的女人那儿取来的。”[⑤] 由以上相关论述可知，歌德所强调的“事物的深层意蕴”，绝非他所反对的先在“观念”，而是指对“特殊”的更高层次的把握，亦即“主宰”自然的结果。歌德所强调的艺术家的这一伟大人格，无疑是十分重要的。如果缺乏这样的人格，在描写特殊时，也就只能是“自然的奴隶”了，其作品也就缺少“创作”意义了。正如他所批评的：有些人是在“凭着人格的软弱和艺术上的无能去摹仿自然”，结果，这些人“自以为做出了成绩，其实他们比自然还低下”[⑥]。

二是纯洁高尚而不是迎合世俗。歌德认为，艺术家只有具备纯洁高尚的伟大人格才能创作出高境界的作品。如他所指出的，高乃依的剧作之所以在培育民族品格方面产生了那么大的影响，是因为剧作家“同时具有创造才能和内在的强烈而高尚的思想情感，并把它渗透到他的全部作品里”，从而使作品中所表现的灵魂变成了“民族的灵魂”[⑦]。他对下列文学现象深表厌恨：“一个有才能的青年作家想收到效果，博得公众承认，而又不够伟大，不能走自己的路，就只得迎合当时流行的文艺趣味，而且还要努力在描写恐怖情节方面胜过前人。在这种追求表面效果的竞赛中，一切深入研究、一切循序渐进的才能发展和内心修养，都抛到九霄云外去了。对一个有才能的作家来说，这是最大的祸害，尽管对一般文学来说，它会从这种暂时倾向

---

① 歌德，等．文学风格论．王元化，译．上海：上海译文出版社，1982：5.

② 爱克曼．歌德谈话录．朱光潜，译．北京：人民文学出版社，1978：137.

③ 同②：174.

④ 伍蠡甫．西方文论选：上卷．上海：上海译文出版社，1979：456.

⑤ 蒋孔阳．德国古典美学．北京：商务印书馆，1980：169.

⑥ 同②：174.

⑦ 同②：128.

中获得益处。”他坚信“目前暂抛开的真正纯洁高尚的东西，到将来还会被群众更热烈地追求”①。诚如歌德所言，在文学艺术史上，那些真正经得起时间考验，富有久远生命力的伟大作品，往往是与作家、艺术家“纯洁高尚”的精神追求有关的。

深度思考

关于艺术家的伟大人格，人们通常更多关注的是其道德人格，而歌德显然注意到了一般伟大人格与作为艺术家的伟大人格之别。正是由艺术家的特殊性着眼，除“纯洁高尚”的道德人格之外，歌德同时强调：要有“主宰”自然、把握事物深层意蕴的智慧与能力。据此或许可以解释，在历史上，有不少诗人、作家、艺术家，其人格虽说不上“纯洁高尚”，但也创作出了伟大作品。

三、艺术家要有“世界精神”

与德意志民族渴望统一的时代背景相关，歌德曾经深切关注民族文学的建立，但他同时强调，真正民族的文学，并非仅仅属于某一民族所有，而应具有普遍性的世界意义。他曾这样赞美莎士比亚：“不是轻而易举地就能找到一个人，他能像莎士比亚那样洞察世界，也并不是能轻而易举地就能找到一个人，他能像莎士比亚那样说出自己内心深处的见解，并且让读者跟他一起在更高的程度上领悟世界。”他认为莎士比亚的伟大之处正在于，能够与“世界精神结伴”，能够“像世界精神一样看透了这个世界，什么都不能瞒过他”②。晚年的歌德更是真诚地说：“我愈来愈深信，诗是人类的共同财产。……民族文学在现代算不了很大一回事，世界文学的时代已快来临了。”③

莎士比亚

正是基于对“世界文学”的向往，歌德尖锐批判过“民族仇恨”之类文化心理，甚至对“爱国主义”也持质疑态度。他曾这样指出：“一般说来，民族仇恨有些奇怪。你会发现在文化水平最低的地方，民族仇恨最强烈。”他主张人民应在某种程度上站在超民族的地位，把邻国人民的哀乐看成自己的哀乐，以此来消弭民族仇恨。他明确宣称：“这种文化水平正适合我的性格。我在六十岁之前，就早已坚定地站在这种文化水平上面了。”④ 他曾这样断言：“并不存在爱国主义艺术和爱国主义科学这种东西。艺术和科学，跟一

① 爱克曼．歌德谈话录．朱光潜，译．北京：人民文学出版社，1978：208.

② 歌德．论文学艺术．范大灿，安书祉，黄燎宇，等，译．上海：上海人民出版社，2005：217，220.

③ 同①：113.

④ 同②：214.

切伟大而美好的事物一样，都属于整个世界。”①

如他自己所宣称的，在许多问题上，歌德都表现出一种世界文化的视野。他特别注意分析其他民族的长处，比如对中国人的文化与文学优势，歌德即给予了充分肯定。他认为中国人在思想、行为和情感方面，不仅与德国人相似，而且比德国人更明朗、更纯洁，也更合乎道德。中国人的文学作品，往往“穿插着无数的典故，援用起来很像格言”，且许多“都涉及道德和礼仪”②。对本民族文化方面的某些不足，歌德亦不回避。他在与爱克曼谈话时提到，德国人往往“各按自己的心意行事，只求满足自己，不管旁人如何”③。他认为德国人固然已受过一个世纪的正当的文化教养，但是还要再过几个世纪，才能具有足够多和足够普遍的精神和高度文化，才“能像希腊人一样欣赏美，能受到一首好歌的感发兴起”④。因此，德国人更应该跳开周围环境的小圈子，向外面看一看，才能避免学究气的昏头昏脑，才能促进民族文化与民族文学的建设。

综上所述，可以看出，歌德所推崇的“世界精神”，指的是能够超越民族仇恨、超越极端、狭隘的爱国主义的文化眼光与精神追求。他所主张的“世界文学”亦即这样一种世界精神的产物。歌德这种超越狭隘民族主义立场的世界文学观，对于已进入“地球村”时代的当今人类而言，其意义益显重要。

第四节 席勒的文艺观

约翰·克利斯托夫·弗里德里希·冯·席勒（Johann Christoph Friedrich von Schiller，1759—1805），德国著名诗人、剧作家，狂飙突进运动的代表人物之一。其著名诗歌作品有《欢乐颂》，剧作有《强盗》《阴谋与爱情》《威廉·退尔》等。其文艺思想主要见于《论美书简》《审美教育书简》《论素朴的诗与感伤的诗》等。其值得重视的理论主张主要表现在以下几个方面。

一、理想艺术与“美的人性”

如何通过理想化的文学艺术解决现实社会中人性的分裂，一直是席勒思考文学艺术问题的出发点。在其著名论文《论素朴的诗与感伤的诗》中，席勒力图探寻的就是这样一种理想艺术的创作之路。

席勒所说的素朴的诗主要是指，源于诗人同自然（现实）的和谐一致，重在“摹仿自然”，

---

① 蒋孔阳，朱立元．西方美学通史：第四卷．上海：上海文艺出版社，1999：554.
② 爱克曼．歌德谈话录．朱光潜，译．北京：人民文学出版社，1978：112.
③ 同②：190.
④ 同②：143.

席勒

能够令人愉快的，能够使人纯洁与平静的诗；感伤的诗是指，源于诗人同自然（现实）的对立，重在内心情感及“主观理念”的表现，能够令人陷入感觉与印象的冲突之中的诗。“素朴的诗”之“素朴”，意近“现实主义”；“感伤的诗”之“感伤”，意近“理想主义”。席勒对这两类诗的评价是：素朴的诗属于古代诗歌形式，诗人的创作态度是客观的、现实的、冷静的，与其作品中描写的自然是一致的；感伤的诗属于近代诗歌形式，诗人的创作态度是主观的、理想的、动情的，因其超越感性对象，其中的精神内容是丰富的。但也各有不足：素朴的诗，因侧重摹仿自然（现实），故难以摆脱感性自然（现实）的有限性，且易导致平庸无聊；感伤的诗，则因沉溺于幻想而容易使人陷入空虚。总之，这两类诗，前者偏重感性，后者偏重理性，“单独来看，都不能完全包括美的人性这个观念”①。

席勒正是据此提出了素朴的诗与感伤的诗相结合的主张，认为只有在这二者的密切结合中，才能实现感性与理性的和谐统一这一“美的人性”，由此而构成的才是有利于社会发展与人类进步的理想艺术。席勒进一步指出，就人类的现状来看，劳动阶层偏重于物质，故重视素朴的诗，知识阶层偏重于沉思，故重视感伤的诗，二者的结合尚难实现。因此，这样一种结合尚需要一个既不劳动又能积极面对现实的新的阶层的产生。席勒设想：“在这一阶层（我在这里仅仅把它作为一种观念提出来，而绝不是指一个实际存在的东西）中间，素朴的性格同感伤的性格可以这样结合起来，以致双方都相互提防走向极端，前者提防心灵走向夸张的地步，后者提防心灵走到松弛的地步。”② 也就是说，只有这样一个新的阶层才能集素朴性格与感伤性格于一身，才能保持人性美的统一，才能创作出素朴与感伤相统一的诗。根据席勒的判断，在当时的德国，这种理想形态的诗尚未出现，但他乐观地相信将来会出现，且认为歌德的《少年维特之烦恼》之类优秀作品已经表现出这种结合的迹象。

深度思考

席勒对于素朴的诗与感伤的诗的界分，也许不尽符合实际；他所向往的诗歌的理想形态迄今是否已经出现，也还难以判断。但他孜孜以求的人的感性与理性的和谐统一，人类挣脱自由与必然的对立以获得最大限度的人性解放，确是文学艺术应该追求的伟大目标。

① 伍蠡甫，胡经之．西方文艺理论名著选编：上卷．北京：北京大学出版社，1985：495.

② 同①：495.

二、审美活动与“游戏冲动”

与追求人性解放的宏大目标相关，席勒在论述文学艺术问题时，进一步发展了康德在《判断力批判》中提出的艺术“游戏”说。席勒认为，人身上存在着感性冲动与理性冲动两种对立因素。感性冲动源于人的物质存在或者说是感性天性，是一种力图将内在理性变为感性现实的欲求；理性冲动（或称形式冲动）源于人的理性天性，是一种力图使感性内容获得某种和谐的理性形式的欲求。就理想人格而言，在一个人身上，这两种冲动应是统一为一体的，即人既要感到自己是物质，又要认识到自己是精神。否则，“如果人仅仅是在感觉，他的人格或绝对存在对他就永远是个秘密，同样，如果人仅仅是在思维，他在时间中的存在或他的状态对他就永远是个秘密”①。也就是说，仅有感性冲动，或仅有理性冲动，人还不能称为完全意义上的人。席勒认为，不幸的是，在已有的人类文明中，这两种冲动常常呈现出分离状态。感性冲动通过自然法则，从主体中排斥着理性冲动；理性冲动则通过精神法则，从主体中排斥着感性冲动。这两种冲动都在强制着人心，都使人陷入了不自由的困境。正是面对这一困境，席勒提出，只有通过第三种冲动才能使自然的强制与精神的强制相互抵消，才能使人的生存达到尽善尽美的地步。席勒认为这种新的冲动乃“游戏冲动”。席勒说：“说到底，只有当人是完全意义上的人时，他才游戏；只有当人游戏时，他才完全是人。”②

席勒所说的“游戏冲动”实际上是指以美为对象的冲动。席勒认为，美是感性冲动与理性冲动的共同对象，也正是游戏的对象。这样一种游戏冲动既不同于感性冲动，也不同于理性冲动，它“力争要这样来感受，就像自己创造一样，力争要这样来创造，就像感官在感受一样”③。自然，正是在这样的游戏冲动中，人既可得到感性冲动的满足，又可产生自由创造的欣悦；既可避免自然法则也可避免理性法则的强制，在精神方面和物质方面都可获得自由。席勒举例说：“当我们怀着情欲去拥抱一个理应被鄙视的人，我们痛苦地感到自然的强制；当我们敌视一个我们不得不尊敬的人，我们就痛苦地感到理性的强制。但是如果一个人既赢得我们的爱慕，又博得我们的尊敬，感觉的强迫以及理性的强迫就消失了，我们就开始爱他，就是说，同时既同我们的爱慕也同我们的尊敬一起游戏。”④ 席勒认为，这种自由创造的游戏状态更为充分地体现在人类的艺术活动中。席勒指出，感性冲动的对象是“生活”，即一切物质存在及一切直接呈现于感官的东西；理性冲动的对象是“形象”，即事物的一切形式特性以及事物对思维力的一切关系。游戏冲动的对象则是“活的形象”，即“生活”与“形象”的统一、实在与形式的统一，亦是感性与理性的统一、受动与自由的统一。而文学艺术中的艺术形象正是这样一种“活的形象”。因此，人的艺术活动是满足人的游戏冲动的重要方式，而这也正是文学艺术的价值所在。

就其谋求人性的自由解放这一理论基点而言，席勒的“游戏”说与康德的见解之间并无根本的区别，但席勒从感性冲动与理性冲动的关系入手进行的论述，比康德的见解更为充分，也

---

① 席勒．审美教育书简．冯至，范大灿，译．北京：北京大学出版社，1985：73.

② 同①：80.

③ 同①：74.

④ 同①：74.

更为深入。此外，与康德不同，席勒进一步阐述了人类“游戏冲动”产生的原因，即“剩余精力说”。席勒以动物为例说，吃饱之后的狮子在沙漠上吼叫，昆虫在太阳光下无目的地飞来飞去，鸟儿发出的并非欲求的悦耳啼鸣，就是剩余的生命精力刺激的行动，而这行动便是游戏。席勒当然也意识到，人与动物不同，不仅有体力的“剩余”，更有超出物质需求的精神力量的“剩余”，正是这两种“剩余”，促使人开始了不同于动物的“审美游戏”。席勒这里实际上是从一个独特的角度，揭示了人类审美活动与艺术活动的起源。

相关知识

席勒提出的“游戏”说曾被19世纪英国哲学家赫伯特·斯宾塞予以丰富发挥，故在西方文论史上，“游戏”说又被称为“席勒-斯宾塞理论”。关于“游戏”说，后来的德国哲学家卡尔·谷鲁斯又提出过新的见解，认为席勒所说的“剩余生命力”尚难以解释人们在游戏类型上的选择性与专注性。谷鲁斯认为，游戏的产生另有原因，这就是受一种为以后活动做准备的本能冲动的驱使，如小猫抓线团是在练习抓老鼠，小女孩给布娃娃喂饭是在练习当母亲等，艺术的产生同样与此本能冲动有关。谷鲁斯的见解有助于人们对艺术起源问题进行更为深入的探讨。

三、审美教育与“审美王国”

席勒所向往的人类理想社会，是一个没有了感性与理性对立，人格高尚、自由和谐的审美王国。席勒认为，要建造这样一个审美王国，道德教育及法律制度固然不可缺少，但道德教育及法律制度之类毕竟又是对人性的束缚，对人的感性生命的压抑。因此，更为有效的手段应该是审美教育。

席勒认为，审美教育的作用首先在于，可通过艺术作品中“活的形象”及“审美外观”来净化与教育人民。席勒以人类社会生活中最为基本的两性关系为例指出，正是由于“审美外观”的作用，男女双方的眼睛可以脱离开阴郁的情欲枷锁，使感官得到的卑下的好处受到蔑视，使自私的交换快乐变成宽宏大度的相互爱慕。而更为重要的是，审美活动不仅能够解决两性的永恒对立，同时也能解决更为错综复杂的社会冲突：它正是按照在男性的力与女性的柔之间建立起来的自由结合的模式，来调和道德世界中一切柔和与强烈的事物，使柔弱变为神圣、暴力变为耻辱、仇恨化为宽恕的。总之，“在审美王国中，一切东西，甚至供使用的工具，都是自由的公民，他同最高贵者具有平等的权利”①。席勒进而指出，由于感性快乐只能由个人来享受，理性快乐只能由族类来享受，因而无论感性活动还是理性活动，都必然导致个人与集体的对立。而审美活动则因既是感性的，也是理性的，所以可与所有成员的共同点发生关系，成为个体与族类共同的享受，因而也只有审美活动才能使社会成员更好地沟通，才能建造出能够使人类社会更为和谐的“审美王国”。

在西方美学史与文艺理论史上，席勒首次提出了“美育”命题，其贡献与影响是巨大的。

---

① 席勒．审美教育书简．冯至，范大灿，译．北京：北京大学出版社，1985：153.

他所指出的美育之于人性分裂与堕落的救治作用，是值得进一步重视的。但我们也应意识到，人类理想王国的建造，离不开科学的、政治的、道德的等多种方式的综合作用，像席勒那样过分夸大艺术的审美功能也是不切实际的。

相关知识

席勒的美育思想在我国产生了重要影响。“五四”时期，蔡元培提出的“以美育代宗教”的设想即与席勒的影响有关。在中国现代史上，另一位在美育方面做出重大贡献的是张竞生。张竞生在《美的人生观》《美的社会组织法》及其主编的《性史》等著作中，结合当时中国的实际，从宏阔的文化视野出发，以诗人般的激情，从人生观、政府观、社会组织观等多方面提出了实施美育的具体主张，其中的许多见解，至今看来仍极具现实意义。

【本章关键词】

审美观念（asthetische idee）：或译为审美意象，指的既非一般的感性形象，亦非抽象的思想观念，而是在审美活动中所见到的具体意象，是感性形象与思想观念凝为一体的中介物。

理念（idee）：在黑格尔哲学中，理念就是绝对精神，是最高真实，黑格尔有时又将其称为“神”“普遍的力量”等。黑格尔曾反复申明：理念绝不等于概念，是与实体统一为一体的。故而他所说的构成艺术美的理念，类乎康德所说的“审美观念”。

感性显现（emotionale zeigen）：指“理念”显现于具体可感的形象（即“感性形式”）。黑格尔在这里强调的是，艺术作品的产生过程，就是理念通过恰当的形式得以感性显现的过程。艺术美的本质，正在于这样一种理念内容与感性显现的完满统一。

世界精神（spirit welt）：由歌德的相关言论可知，他所说的与“世界文学”相关的“世界精神”指的是能够超越民族仇恨、超越狭隘的爱国主义之类的文化眼光与精神追求。

审美教育（sthetische erziehung）：此即通常所说的美育，指通过审美活动实现的对人性的化育。在席勒的理论中，主要是指通过文学艺术之美实现的对人性的培育。

【推荐阅读】

蒋孔阳．德国古典美学．北京：商务印书馆，1980.

李泽厚．批判哲学的批判：再修订本．合肥：安徽文艺出版社，1994.

薛华．黑格尔与艺术难题．北京：中国社会科学出版社，1986.

冯至．论歌德．上海：上海文艺出版社，1986.

张玉能．席勒美学论稿．武汉：华中师范大学出版社，2009.

库恩．康德传．黄添盛，译．上海：上海人民出版社，2008.

古留加．黑格尔传．刘半九，等，译．北京：商务印书馆，1997.

丹托．艺术的终结．欧阳英，译．南京：江苏人民出版社，2001.

卡罗尔．今日艺术理论．殷曼楟，郑从容，译．南京：南京大学出版社，2010.

【思考题】

1. 康德是怎样论述艺术的本质特征的?
2. 如何评价康德的“艺术天才论”?
3. 怎样理解黑格尔所说的“美就是理念的感性显现”?
4. 黑格尔是怎样论述艺术发展的历史类型的?
5. 如何评价黑格尔的悲剧观?
6. 歌德是怎样论述艺术家的“伟大人格”的?
7. 试论歌德的“世界文学”与“世界精神”。
8. 如何理解席勒所说的“美的人性”与艺术之间的关系?
9. 比较席勒与康德的“游戏”说。
10. 试评席勒的审美教育观。

第六章

浪漫主义与现实主义文论

概　述

西方浪漫主义文论最早产生于德国，施莱格尔兄弟创办的刊物《雅典娜神殿》（1798—1800）被认为是德国浪漫派兴起的标志性文献，以此刊物为中心，形成了由诺瓦利斯、蒂克、瓦肯罗德尔等人参与的重视浪漫主义批评理论的耶拿学派。受德国的影响，在英国，华兹华斯和柯勒律治合写的《抒情歌谣集》（1798），以及华兹华斯在1800年又增添的序言被认为是英国浪漫主义兴起的标志，他们和骚塞形成了被认为是浪漫主义的湖畔诗派。相比德、英两国，法国浪漫主义来得稍迟，它脱胎于在大革命失败以及卢梭思想影响下产生的流亡文学，代表人物包括夏多布里昂、贡斯当、斯塔尔夫人、巴朗特等。夏多布里昂从艺术和诗的角度为基督教辩护，其主张实际上和倡导主体性美学的德国耶拿学派具有相似的浪漫主义倾向。1813年，斯塔尔夫人在她那本著名的《论德国》中阐述了古典和浪漫之争，区分了欧洲南北方文学的不同，为法国浪漫主义文学运动揭开了序幕，运动的高潮则是随着雨果的那篇被认为是法国浪漫主义宣言书的《〈克伦威尔〉序言》（1827）的发表和剧本《欧那尼》（1830）的成功上演到来的。

浪漫主义运动尽管有着地域、文化和个体的诸多差异，但仍然有着共同的特征，概括地讲主要有以下几点：第一，反对新古典主义信条。浪漫主义者普遍厌弃服从理性、遵守法则之类的新古典主义原则，力倡激情与想象。第二，倡导自我意志的绝对自由。浪漫主义者特别强调主体“自我”的独立性，主张“自我”是整个自然的唯一法则。第三，强调创新。浪漫主义者无论是在生活还是在艺术上，都不断追求突破传统的宗教、政治、社会习俗加诸其上的樊篱，倡导不断开拓新的生活空间和精神空间、新的艺术题材和形式。

从思想史上来看，欧洲浪漫主义是紧跟启蒙运动而来的一种文化思潮，它与启蒙运动之间既有相通性又有对立之处。其相通性是：反抗僵化的政治、宗教、习俗，向往自由、文明和进步。其对立性是：不满启蒙运动对理性的过分推崇及对人的情感和意志自由的忽略，认为审美直觉和艺术想象高于理性，力图以审美反驳启蒙运动所倡导的理性主义大合唱。

现实主义与浪漫主义虽有某些理论观点方面的交叉，但从整体上看，是随浪漫主义而兴起的一种新的文艺思潮，其理论源头可以追溯到古希腊时代亚里士多德等人的“摹仿”说。作为19世纪的一种文艺思潮，现实主义通常将法国作家司汤达于1823年、1825年写作出版的两本小册子合集《拉辛与莎士比亚》视为理论宣言。1857年，法国作家兼批评家尚弗勒里出版的文集《现实主义》进一步深化了现实主义的文艺主张，扩大了现实主义的影响。与其理论思潮相应，一大批现实主义文学大师涌现于19世纪的西方文坛，如法国的司汤达、巴尔扎克、莫泊桑，英国的狄更斯、萨克雷、夏洛蒂·勃朗特，美国的马克·吐温、杰克·伦敦、欧·亨利，俄国的果戈理、屠格涅夫、托尔斯泰、契诃夫等。现实主义的文学批评与理论亦随其创作的兴盛而不断深入。如法国文艺理论家泰纳从实证主义立场出发，为现实主义文学批评提供了更为系统和颇富影响力的阐释；俄国文艺理论家别林斯基、车尔尼雪夫斯基等人结合作品批评，对现实主义文学的主要特征及创作原则进行了深入系统的探讨，在促进现实主义文学的繁荣与发展方面做出了重大贡献。

浪漫主义与现实主义是主导19世纪西方文学的两大文艺思潮，不仅作家众多，批评与理论也异常活跃。本章将主要介绍产生了深远影响的重要理论代表人物雨果、别林斯基、车尔尼雪夫斯基与泰纳的文艺观。

第一节 雨果的文艺观

雨果

雨果（Victor Hugo，1802—1885），法国浪漫主义作家、诗人、戏剧家、文艺理论家。出生于军官家庭，早年思想保守，肯定君主制度，拥护波旁王朝复辟，后来思想转向同情革命。1826年，他与大仲马、诺迪埃、维尼、缪塞组成“第二文社”，反对古典主义，开始倡导浪漫主义创作原则。七月王朝时曾当选为法兰西院士，1848年革命后因反对波拿巴称帝而被迫流亡国外19年。普法战争中他曾以极大的爱国热忱投身于保家卫国，1871年当选国民议会议员。这些经历使其文学创作体现了革命时代的社会精神，其创作实绩和批评论述将浪漫主义运动推向高潮。后期创作中则体现出现实主义倾向。其代表作品有长篇小说《巴黎圣母院》《悲惨世界》《海上劳工》《笑面人》《九三年》，诗集《惩罚集》《凶年集》，剧本《克伦威尔》《欧那尼》等。其文艺观主要见于批评理论著作《〈克伦威尔〉序言》和《莎士比亚论》等。

一、历史分期与文学特征

受达尔文进化论的影响，雨果将文学艺术的发展放到了西方文明史的宏观框架中来审视，将其分为生长、发展和成熟三个阶段，依次对应人类社会的原始时代（又称神话时代）、古典时代与近代时期，并分别探讨了不同时代的相关特征。

雨果认为，在原始时代，人刚刚觉醒，对看到的一切都充满着新鲜和惊奇，日常所说的语言即是一种赞美歌，诗的意识也就随之而觉醒了。雨果对这一时代的描绘，契合了在西方艺术史上源远流长的一种对黄金国的乌托邦想象，只不过他把这种想象和宗教理想结合了起来。他认为原始时代的人离上帝最近，那个时代“所有的沉思都出神入化，一切遐想都成为神的启示。他抒发内心之情，他歌唱犹如呼吸，他的竖琴只有三根弦，上帝、心灵和创造，但是这三种奥妙包括一切，这三位一体的思想孕含万象”①。在那样一个没有家庭、父母、国王、法律、私有财产、战争和冲突的时代，人类没有任何的约束，人们只需要绝对自由地纵情生活，故而那时的人就是最初的诗人，他们过着像天空中的云彩一样随风自由飘荡变幻的生活，“他年轻、富有诗情。祈求是他全部的宗教，歌谣是他所有的诗章”②。雨果认为《圣经·创世记》中抒情诗人创作的歌谣正是反映这一时期历史的代表诗作，其突出的审美品格是纯朴，其精神维度是指向永恒的。

而至古典时期，早期的原始群落逐渐发展成部落、民族及国家，随之有了摩擦、冲突、侵略和战争，同时也有了民族的迁徙和流浪。在这一时代背景下，“诗反映这些巨大的事件；它由抒发思想过渡到描写事物。它歌唱这些世纪、人民和国家”③。雨果认为正是在这一时期诞生了史诗，其具体形式有荷马史诗、品达的抒情诗以及某些历史著作。在此时雨果的观念中，写作了《历史》一书的古希腊的希罗多德就是另一个荷马。雨果认为，由于这一时期史诗与历史的融合，其作品最能够体现某一地域某一时期的文化特征。也就是说，在古典时代，史诗是最能凸显文化特征的艺术形式。雨果进而指出，与原始时代的诗歌不同，史诗的突出审美品格是单纯，其精神维度是取向历史的。

雨果认为近代时期的文化特征是史诗精神的衰落和基督教精神的诞生。他认识到维系这一时代的宗教精神，是教义和仪式，这本身就富有道德性。而且基督教相比于其他一元宗教，它所启示的最为重要的真理，是承认二元性，尤其是生命的二元性。正是基于其二元性，才产生了二元的人性观和社会观。就二元的社会观而言，由于基督教承认“生命有两种，一种是暂时的，一种是不朽的；一种是尘世的，一种是天国的”④。这就为“恺撒的归恺撒，上帝的归上帝”，即精神和世俗各有所依提供了基础，也为人类的精神追求提供了根基和归宿。就二元人性观而言，它承认人“是二元的，有一种兽性，也有一种灵性；有灵魂，也有肉体”⑤，肉体通向人的物欲性，而灵魂则可以通向上帝。换而言之，这种二元的人性观实际上承认的是人性的复杂性，人既有天使的一面，也有魔鬼的一面。雨果认为，拥有这种二元人性观，才能避免文艺创作中将人单纯地理解为只有天使的一面或者只有魔鬼的一面，也才能创作出他所向往的美与丑强烈对比的人物。如同他自己所强调的：“基督教把诗引到真理。近代的诗艺也会如同基督教一样以高瞻远瞩的目光来看待事物，它会感觉到万物中的一切并非都是合乎人情的美，感觉

---

① 伍蠡甫．西方文论选：下卷．上海：上海译文出版社，1979：180.

② 同①：181.

③ 同①：181.

④ 同①：182.

⑤ 同①：182.

到丑就在美的旁边，畸形靠近着优美，粗俗藏在崇高的背后，恶与善并存，黑暗与光明相共。”①雨果指出，从文学特征来看，这一时期的艺术形式主要是戏剧，小说家是史诗诗人向戏剧诗人的过渡；其作品人物多是些凡人，如哈姆雷特、奥赛罗等；其精神取向为人性的真实，其代表是莎士比亚的作品。

雨果之所以将文明史分出三个时期，其目的是为诗的历史演变划分提供一种社会精神变迁的依托，因为诗总是建筑在社会之上。三个时期体现出三种精神特征：“抒情短歌靠理想而生活，史诗借雄伟而存在，戏剧以真实来维持。”② 雨果的论述隐含着一定的现实主义倾向，尤其是注重历史和社会因素的批评精神。但这种划分过于粗略，而且其划分依据——宏观的时代精神特征也过于笼统，其中涉及很多有争议的问题。所以后来的批评史家大多对其不以为然，如勃兰兑斯认为这一体系谬误百出，而韦勒克（又译为威莱克）则认为这种划分只不过是继承了18世纪臆测性史学的方法，其先驱是维柯的《新科学》中论述的历史思想，其严谨性根本经不起科学的检查。比如他把近代时期设定为基督教时期，明显忽略了文艺复兴前后文艺发展的不同。但不管怎么说，雨果的历史分期中仍然包含着一些重要的文艺思想见解，比如他对文艺和历史、人生、信仰、社会精神相互渗透参照做历史性梳理的观念，对后来的社会实证主义批评不无影响，尤其是对文艺中荒诞和丑的强调，更成为浪漫主义反对新古典主义创作原则的最重要内容。

相关知识

关于人类文明史和精神史的分期，以及其中涉及的审美和艺术精神的变迁，不同时代的思想家有许多丰富的论述。意大利哲学家维柯把人类历史分为神的时代、英雄的时代和人的时代；与雨果大约同时代的孔德有神学时代、形而上时代和科学时代之分；摩尔根有蒙昧时代、野蛮时代和文明时代之分；德国现代思想家本雅明提出了史前时代、史诗时代和散文化时代之分。由于观念不同，划分的依据也不同，对文艺批评也都产生过不同程度的影响。

二、滑稽丑怪与浪漫主义

雨果对滑稽丑怪的推崇源于他对文学的历史分期的看法，是从基督教二元对立的人性观中推导出来的。在他看来，与古典主义看重崇高与优美不同，近代文学要着眼于滑稽丑怪之类可笑可怕的事情，这是浪漫主义文学和古典主义文学的最大区别。雨果认为，作为一种审美对象，滑稽与丑怪的价值体现在以下几个方面。

首先，滑稽丑怪可以作为崇高优美的配角，是艺术创作的丰富源泉。在雨果看来，崇高和崇高的风格并列，艺术作品很难使人产生对照，而滑稽穿插其中，则会让欣赏者从中有一个休息的间隙。同理，美也是如此，在审美欣赏中，滑稽作为一种与美相对比的存在，能够使欣赏者带着一种更为新鲜和敏锐的感觉朝着美升华。反之，在一部戏剧中，如果只有崇高或优美的形象，没有反衬，就不会有很强的感染力。古典主义宫廷戏剧的缺陷正在于此：缺少配角，只

---

① 伍蠡甫．西方文论选：下卷．上海：上海译文出版社，1979：183.

② 伍蠡甫．西方古今文论选．上海：复旦大学出版社，1984：205.

有几个小丑重复出现，故而给人单调厌烦之感。

《巴黎圣母院》书影

其次，有利于艺术创新。雨果认为，美只有一种形式，而丑则千变万化，而且“它是一个不为我们所了解的庞然整体的细部，它与万物协调和谐，而不是与人协调和谐，这就是它为什么经常不断呈现出崭新的然而不完整的面貌”①。因此，在雨果看来，就促进文学艺术的发展而言，滑稽丑怪比崇高优美更占优势。雨果的这类主张有助于使文学更贴近人性的真实面目，亦为浪漫主义打开了新的创作视野。

最后，雨果认为，作为崇高优美对立面的滑稽丑怪可使浪漫主义文学中多种质素共存，建立一种新的平衡。这种平衡特性可充分见于莎士比亚的戏剧作品。正是在此意义上，雨果认为莎士比亚的作品是近代文学发展的顶点。

雨果本人并不承认自己是浪漫主义者，且曾一再声称自己丝毫不知道古典文学和浪漫派文学到底是怎么一回事，他只承认：“每种文学都从它所表现的国家的气候、风俗和历史接受或强或弱的印象，这是大家都承认的事实。大卫、荷马、维吉尔、塔索、弥尔顿、高乃依，每个人都代表一种文学、一个国家，他们唯一的共同之处是他们都是天才。”② 但他在《〈克伦威尔〉序言》中，曾用夸张而充满激情的辞藻高度推崇滑稽丑怪的审美价值，并将此主张具体体现于自己的《巴黎圣母院》等小说中。雨果本人也正因这类主张与创作实践明显不同于曾长期占据西方文坛主导地位的古典主义而被后来的文学史家、文学理论家们视为浪漫主义者。

研究进行时

在西方文论史上，关于是否有一场可称为“浪漫主义”的运动，一直存在争议。这主要是因为“浪漫主义”这一概念所涵盖的那些人物、流派、主张过于复杂多样且变化多端，有的甚至是完全对立的。美国观念史家洛夫乔伊就持一种否定的态度，他认为“浪漫主义”作为一个指称不可能同时代表两种对立的东西，即既代表激情、野性，崇尚新奇和创造性，同时又推崇尚古主义、崇尚自然等等。而在英国思想家以赛亚·伯林看来，这些对立和冲突恰恰体现了浪漫主义的特征，因为它们都可以纳入反对古典主义这一大的框架之内。在伯林看来，正是浪漫主义时代的文学艺术家们在精神价值领域里的开拓，使人们的价值理念发生了深刻的转变。美国当代文论家韦勒克也认为：“只要我们进行一番通盘考察并把普遍摒弃新古典主义信条视为一个公约数，就该承认可谓有一场普遍性的欧洲浪漫主义运动。”③

---

① 伍蠡甫．西方古今文论选．上海：复旦大学出版社，1984：203.
② 同①：221.
③ 韦勒克．近代文学批评史：第二卷．杨自伍，译．上海：上海译文出版社，1989：2.

三、审美追求与艺术标准

如何评定文学作品的优劣？雨果依据自己对文学发展史的体察、对文学作品的批评分析以及自己的审美追求，提出了以下标准。

一是真实。雨果在这里强调的主要是艺术真实，他曾明确指出，因为艺术真实并不提供原物，所以它并不是一种绝对的生活真实。雨果正是据此反对照搬自然的摹仿论的，并举戏剧的例子加以批驳，比如他指出，在戏剧《熙德》的演出中，一位主张摹仿原物的观察者，会首先质疑剧中人物说话用诗，是不真实的；进而会指责剧中人物不应该讲法国话，而应讲本国语即西班牙语；甚至还会进一步质疑剧中的熙德不是历史上真正的熙德，为什么用台灯作为道具表示太阳，等等。雨果认为，这些拘泥于生活真实的指责显然都是荒唐的。在此基础上，雨果进一步批驳了将戏剧比作反映自然的镜子的观点。他认为镜子只是一个刻板的平面，只能忠实地映照出事物毫无光彩的平面；而戏剧则应是一种特殊的镜子，“应该是一面集中的镜子，它不仅不减弱原来的颜色和光彩，反而把它们集中起来，凝聚起来，把微光化为光明，把光明化为火光”①。具体来说，戏剧舞台只是艺术家借以反映万事万物的视觉中心，他们可以通过自己的艺术，“历观各世纪和自然界，穷究历史，尽力再现事物的真实，特别是再现比事物更确凿、更少矛盾的风俗和性格的真实，它启用编年史家所节略的材料……并且赋予它们以产生幻想的、真实和活力的生命，也就是那种现实的魔力，它能激起观众的热情，而且首先激起诗人自己的热情，因为诗人是具有良知的”②。雨果在这里高度肯定的“比事物更确凿、更少矛盾的风俗和性格的真实”和具有感染力的真实，也就是我们通常所说的艺术真实。雨果的“火光”之喻，也正是后来美国学者艾布拉姆斯把浪漫主义比作灯的观点之本源。

二是伟大。在雨果的艺术观念中，伟大和真实不可分，它们是激起观众激情的两个必备要素——伟大支配观众，真实攫住个人。雨果强调，一个艺术家进行创作，首要目的应该是追求伟大和真实。他说：“天才所能攀登的最高峰就是同时达到伟大和真实，像莎士比亚一样，真实之中有伟大，伟大之中有真实。”③ 雨果还认为，真实的暗疾是渺小，伟大的暗疾是虚伪，真实和伟大有时可能是对立的，但天才的作家能够将之汇集调和起来，比如莎士比亚就创作出了伟大而又与生活同一的哈姆雷特这一形象。雨果认为，这样一种伟大和真实应是衡量艺术作品价值高低的重要标尺。艺术家应该追求的正是通过真实充分地写出伟大，通过伟大充分地写出真实。

三是独特。雨果认为，艺术家在努力追求将广阔的生活和丰富的内心世界交织在一起的前提下，更应该关注特征。在他看来，特征的重要性甚至超过了美。雨果对艺术独特性的理解有三个层面的含义。首先，他认为不应像一些平庸的作品那样，只是依靠增加一些外在的地方特色吸引观众，而是要将地方特色融入艺术本身之中。他仍以戏剧为例指出：“地方色彩不该在

---

① 伍蠡甫．西方古今文论选．上海：复旦大学出版社，1984：206-207.

② 同①：207.

③ 同①：212.

戏剧的表面，而该在作品的内部，甚至在作品的中心，地方色彩生动地从那里自然而均匀地流到外面来，也可以说流布到戏剧的各个部分，好像养分从根茎一直输送到最尖端的树叶。”① 其次，他认为一切艺术形象都应该特色鲜明、富有个性。甚至庸俗和平凡的东西也应该各有自己的特点。这种鲜明的个性源于艺术家独特的性格，以及将自己的独特性运用到创作中的各个方面的能力，每一个人物、每一个细节都应烙印上艺术家的个性。最后，他强调，艺术作品还应该有独特的表达。雨果提倡一种自由、明晓而诚实的韵文风格。这种风格要求完全体现在断句、节奏、韵律和结构方面，他认为由此而构成的艺术形式才会有无穷的表现力与高雅风韵。

雨果提出的上述标准虽具一定普适性，但毕竟是雨果自我审美追求的产物，亦代表了雨果所处时代新的艺术理想，因而从整体上看，体现的是雨果所理解的浪漫主义的艺术品格与美学风格。

深度思考

雨果关于浪漫主义文艺价值标准的论述，在当今时代仍具有创作与批评方面的重要理论意义与实践意义。许多世界一流作品证明，艺术中的真实是重要的，但真实只是艺术的必要条件而非充分条件。也就是说，作品并非只要存在真实性，就一定会成为杰出之作，尚需要雨果所说的“具有感染力的真实”，要做到“真实之中有伟大，伟大之中有真实”。

第二节 别林斯基的文艺观

维萨里昂·格里戈里耶维奇·别林斯基（Виссарион Григорьевич Белинский，1811—1848），俄国著名文艺批评家、哲学家、政论家，革命民主主义美学的创始人。他出生于军医家庭，大学时曾因创作反农奴制的剧本而被开除。早年受到赫尔德、歌德、席勒、施莱格尔、谢林、黑格尔等德国浪漫主义美学思想家的影响，主张通过启蒙变革社会。1833 年开始为《望远镜》杂志增刊《杂谈》撰稿，并参加编辑工作，之后又在《莫斯科观察家》《祖国纪事》《现代人》等杂志工作，以文学批评为武器，宣传进步思想。他最早为人所熟知的作品是《文学的幻想》，宣称文学应当成为民族精神的表现和民族内心生活的象征，另有《论俄国中篇小说和果戈理君的中篇小说》《诗歌的分类和分科》《1847 年俄国文学一瞥》等重要论著。特别

① 伍蠡甫．西方古今文论选．上海：复旦大学出版社，1984：207.

是他的《给果戈理的一封信》，成为影响俄国整整一代人的民主主义宣言书。别林斯基思想敏锐，能够将文学批评和社会现实相结合，又能够凭着良好的审美判断力评鉴作品。事实上，俄国有一大批作家正是因为他的批评才声名鹊起，如普希金、果戈理、莱蒙托夫等。他对文学批评价值的强调，对文学社会作用、文艺与现实的关系以及文艺批评一般规律的思考，深刻影响了一代批评家，车尔尼雪夫斯基、杜勃罗留波夫直接继承了他的思想遗产和批评精神。别林斯基不仅为俄国批评开辟了新纪元，还广泛影响了许多国家的批评发展，如“五四”之后的中国文学批评就深受其影响。别林斯基的文艺观主要可概括为以下几点。

别林斯基

一、现实主义的主导特征

别林斯基是俄国现实主义文艺观的奠基者，强调艺术应该真实地反映现实生活，认为艺术和现实之间的关系，应该像植物和它所生活的环境的关系一样。换而言之，文学艺术必须深深植根于它所反映的环境之中。与其他形态的文艺观相比，别林斯基认为现实主义文艺观有以下两个方面的主导特征。

一是真实性。别林斯基指出，现实主义的真实性是与理想性相对立的，后者是艺术家根据自己对生活的世界、时代、民族的理想看法来再造生活，而现实主义艺术则是艺术家忠实于现实生活中的一切细节来再现生活的。由此可见，在别林斯基的视野中，现实主义和浪漫主义是两种不同的创作观念。同时，别林斯基又强调，现实主义的创作也应重视按照生活本身的规律来反映现实，这种现实当是一种可能性的现实。这一见解又将现实主义与机械教条地照搬现实的创作原则区分开来。

二是典型性。别林斯基强调，现实主义的真实性必须通过塑造独特的、个性化的典型形象和典型环境来达到。别林斯基认为，没有典型化，也就没有真正的现实主义艺术。别林斯基所说的典型化具体是指普遍性与特殊性、共性与个性的统一。别林斯基曾以“熟悉的陌生人”指称文学作品中的典型人物，其中之“熟悉”，正是缘于人物形象所体现的许多人共有的某些普遍性特征；其中之“陌生”，正是缘于人物形象的独特性与个别性。别林斯基所论述的典型形象，除了体现为个性、独创性之外，亦具理想性特征，但他所说的现实主义之“理想性”，主要是指“作者适应其作品所想发挥的思想把所创造的各色典型安排在里面的各色关系”①。可见，如此之“理想性”，与浪漫主义之“理想性”截然不同，是仅就作家的主体意识与人物关系的合理设计而言的。

别林斯基现实主义文艺观的形成有着特殊的历史背景。18 世纪以来，俄国的文学创作深受国外创作风格和流派的影响。在别林斯基看来，那些亦步亦趋摹仿国外创作方法和观念而形

① 别林斯基．别林斯基选集：第二卷．满涛，译．上海：时代出版社，1953：400.

成的作品，只不过是将国外的植物移植到俄罗斯民族文化的土壤中，由于缺乏民族个性，因而是没有生命力的。他认为，只有如普希金和果戈理那样，扎根于本民族的文化土壤之中，真实地反映俄国的现实生活，才能创作出具有民族风格的优秀作品。别林斯基正是据此提出现实主义文艺主张的。在当时的特定历史背景中，别林斯基对文艺的现实性也就是民族性的强调，是有积极意义的，但他忽略了歌德曾经强调的文艺超越民族性的一面，因而又是有时代局限性的。

理论辨析

长期以来，文艺的真实性问题一直是文艺理论研究领域的难题。实际上，无论何种形态的文艺作品，都离不开真实性，只不过视点有别而已。如现实主义的真实性主要是指像似现实生活的真实性，浪漫主义的真实性则主要体现在情感与理想表现的真实性，它们之间相通的地方是，其真实性都必须经由接受者的审美体验来检验。在这个意义上，无论是浪漫主义还是现实主义，其真实性都是一种接受美学意义上的真实感，而非实证意义的真实性。由此可见，别林斯基将真实性仅视为现实主义文艺的重要特征，亦是不无片面性的。

二、艺术思维是一种形象思维

作为一位革命民主主义思想家，别林斯基特别重视文学作品的思想内容，认为每一部诗情作品都应是笼罩着诗人的那种强大思想的果实，同时又从文学艺术的特征着眼，强调这种思想的形成不同于一般意义上的那种理智运动，而是一种形象思维。他曾这样明确指出：“用言辞、声响、线条、色彩把大自然一般生活的理念描写出来，再现出来，这便是艺术的唯一而永恒的课题！”① 在《1847年俄国文学一瞥》一文中，他曾更为充分地论述道：“哲学家用三段论法，诗人则用形象和图画说话，然而他们说的都是同一件事。政治经济学家被统计材料武装着，诉诸读者或听众的理智，证明社会中某一阶级的状况，由于某些原因，业已大为改善，或者大为恶化。诗人被生动而鲜明的现实描绘武装着，诉诸读者的想象，在真实的图画里面显示社会中某一阶级的状况，由于某些原因，业已大为改善，或者大为恶化。一个是证明，另一个是显示，可是他们都是说服，所不同的只是一个用逻辑结论，另一个用图画而已。”② 可见，在别林斯基看来，仅就内容而言，文学与哲学、政治经济学等学术研究之间并无本质区别，区别只在于思维方式，即艺术思维是形象思维，是用感性形象去呈现理念，是以直观的方式去把握真理；哲学、政治经济学之类采用的是论证性的逻辑思维。

别林斯基关于艺术思维是一种形象思维的观点，显然受到了黑格尔“美是理念的感性显

① 别林斯基．别林斯基选集：第一卷．满涛，译．上海：上海译文出版社，1979：21.

② 别林斯基．别林斯基选集：第一卷．满涛，译．上海：时代出版社，1953：429.

现”的影响，当然，二者之间又有很大区别：黑格尔重视的是“绝对精神”意义的“理念”，别林斯基关注的则是与社会现实生活相关的“真理”；黑格尔论述的主要是美学问题，别林斯基探讨的则是一般的艺术创作规律。别林斯基的这一艺术思维观既强调了文学作品的“真理”性，又强调了文学作品的“形象”性；既重视了文学作品的思想价值，又重视了文学作品的艺术价值。就其效果来看，既可避免文学艺术的抽象化、概念化，又可避免文学艺术的非意义化、单纯的游戏化，因而是有积极的时代进步意义的，也是有助于从整体上把握文学艺术之特征的。

但从实际来看，人类在文学艺术创作过程中的思维活动是复杂的，常常伴随着连作者本人有时也难以掌控的“灵感”爆发现象。尤其是诗歌创作，常常是诗人触景生情、有感而发的产物，很难说是一种以“形象”表达某种“理念”的结果。由此可见，别林斯基对于“形象思维”的论述与推崇，亦不无简单化与片面化的弊端，他忽视了创作过程中时常可见的无意识性、自发性，亦即非理性层面。这种偏颇自然也是不利于文学艺术发展的，故而至 20 世纪，在俄国文论界兴盛一时的以什克洛夫斯基等人为代表的形式主义思潮的重要出发点之一，即是反叛源于别林斯基的“形象思维”论。

深度思考

在人类的文艺创作过程中，意识与无意识、理性与非理性常常是错综复杂、相互交织的。这对于艺术作品的成功亦是具有重要作用的。如果像别林斯基的“形象思维”论那样片面强调理性，势必会导致创作过程的拘谨与僵滞，会窒息作家的生命活力；如果像现代、后现代的某些理论主张那样彻底反叛理性，任凭非理性泛滥，亦会导致作品的非意义化，甚至会导致文学艺术的衰亡。因此，如何把握创作过程中意识与无意识、理性与非理性的关系，仍是文艺学应进一步探讨的问题。

三、文学批评是美学批评与历史批评的统一

与“形象思维”论中既重视艺术价值又重视思想价值的见解一致，作为一位文学批评家，别林斯基最早提出了美学批评与历史批评相统一的主张。他认为“不涉及美学的历史的批评，以及反之，不涉及历史的美学的批评，都将是片面的，因而也是错误的”①。也就是说，批评应该首先确立一部作品的美学优点，这被视为批评的第一要务，因为如果一部作品经受不住美学的评论，就不值得对其进行历史的批评了。但仅有美学的批评，往往无法发现艺术作品所具有的历史价值。别林斯基在自己的批评实践中正是以此为准则的。比如在对罗蒙诺索夫小说的

① 别林斯基．别林斯基选集：第三卷．满涛，译．上海：上海译文出版社，1980：595.

批评中，别林斯基指出，由于受到一种琐碎主义的影响，其作品是缺乏艺术的审美特性的，与其说是艺术，还不如说是学术，因而也就不值得对其进行文学评价了。在对果戈理小说的评价中，别林斯基在肯定其美学价值的同时，亦对作品中那种拥护农奴制的历史倾向进行了严厉批评。在那封著名的《给果戈理的一封信》中，他曾一针见血地指出，作家“在宗教的庇护下和鞭子的防卫下把谎言和不道德当作真理和美德来宣传”①，这种为专制政体唱赞美诗的思想态度是恶劣的，体现不出任何历史进步价值。

为了实施正确的批评原则，别林斯基进而对批评家的素质进行了探讨，强调文学批评家必须有“深刻的感觉，对艺术的热烈的爱，严格的多方面的研究，才智的客观性——这是公正无私的态度的源泉——不受外界诱引的本领”②。具体说来，别林斯基认为，作为一名合格的文学批评家，要做到下列几个方面。

首先，要做到客观公正。在别林斯基看来，批评家要做到客观公正地评价作品，就必须排除那些谦虚、斯文、温和等乡愿态度。要摆脱各种外在因素的影响和利益的诱惑，同时还要有对艺术和真理的纯洁的爱以及认真研究的态度，这些都是客观评价一部作品的前提。

其次，要正确处理好理论和批评实践之间的关系。批评需要有具体的理论的指导，否则批评行为就会变得随心所欲；但如果仅从理论出发来决定作品的价值，又往往会犯削足适履的错误。因此，别林斯基主张，批评家既要有理论的指导，又不能教条化地遵循一切理论法则。

最后，要摆脱先入为主的批评偏颇。别林斯基归纳了三种偏颇的批评态度：一是坚守某种信念的真诚批评；二是抱有打算的做买卖式的批评；三是通过知识进行的批评。别林斯基认为，第一种态度虽有可取之处，但并不总是正确。因为信念和真理并不是一个东西，过于强烈的信念也往往会影响判断的客观性。一个人身上所拥有的值得人赞赏和肯定的真诚信念越是强烈，人就越容易做出错误的批评。第二种态度则是完全错误的。第三种态度亦需要辨析，知识对于批评固然有重要作用，但这并不意味着丰富的知识就是鉴赏批评的源泉。事实上，很多博学的人往往会忽略文学作品中的美学因素，在批评方面会犯幼稚的错误。

此外，别林斯基认为，批评家应尊重作家，应该将作家作为批评和考察的对象，诚恳地倾听他们内心的声音。由于“你所考察的那个诗人，作为一个被评判的对象，常常是无法答辩的，他不能在你做了歪曲解释的时候拦阻你，向你证明，你把他理解错了”③，故而批评家不应该扮演审判官和演员的角色，而应扮演一个不相干的富有好奇心的目睹者和观众，以便冷静客观地面对作家。在别林斯基看来，这是对作家最好的尊重。

别林斯基所倡导的批评原则，是建立在对艺术和真理的热爱、对现实社会的关切和批判基础上的。这些原则是别林斯基作为一个现实主义文学批评家通过自己的批评实践提炼出来的。其中，对美学因素和历史因素的同等重视，既是对西方文论史上某些偏重纯文艺批评观念的纠偏，也是对从机械唯物主义出发片面注重历史价值的批评观念的规避，至今看来，仍是值得重视的文艺批评原则。

---

① 别林斯基．别林斯基文学论文选．满涛，辛未艾，译．上海：上海译文出版社，2000：581.

② 别林斯基．别林斯基选集：第一卷．满涛，译．上海：上海译文出版社，1979：324.

③ 同①：590.

相关知识

长期以来，在我国文论界，人们论及“美学观点和历史观点相统一”这一文学批评原则时，往往援引恩格斯在1847年发表的《诗歌和散文中的德国社会主义》一文，以及1859年致拉萨尔信中的相关论述，并将其视为马克思主义的文艺批评标准。而实际上，这一批评原则，别林斯基在1842年的《关于批评的讲话》一文中就已提出，作为专业文艺批评家，其某些具体论述亦比恩格斯更为详尽。[①]

第三节 车尔尼雪夫斯基的文艺观

车尔尼雪夫斯基

车尔尼雪夫斯基（Николай Гаврилович Чернышевский，1828—1889），俄国著名美学家、文学批评家、作家。出生于牧师家庭，早年深受别林斯基、赫尔岑的影响，大学期间接触空想社会主义，曾因鼓动农民武装起义反对沙皇政府而被逮捕，后遭流放长达22年之久。主要代表作品有长篇小说《怎么办?》《序幕》，理论著作《艺术与现实的审美关系》，文艺批评著作《俄国文学果戈理时期概观》等。在文艺理论方面，车尔尼雪夫斯基的重要贡献是：深入探讨了艺术与现实生活的关系、艺术的本质与功能以及文学批评的使命等问题。

一、现实美高于艺术美

在艺术与现实生活的关系方面，车尔尼雪夫斯基明确提出了现实美高于艺术美的观点。这一观点的形成与以下原因有关：一是要反对黑格尔抬高艺术美贬低自然美的观念；二是要肯定费尔巴哈的机械唯物主义和人本主义，要把人的生物本能感觉放到第一位；三是继承了别林斯基的立场，要批判消极的浪漫主义和纯艺术，肯定现实主义的价值。

就其直接来源看，车尔尼雪夫斯基的这一观点是建立在他对美的本质的认识基础上的，即“美是生活”。正是从这一美学观出发，车尔尼雪夫斯基全面肯定了现实生活的美，认为“任何

① 吴元迈．对19世纪俄罗斯文学的再认识．外国文学评论，2006（1）．

事物，凡是根据我们的见解我们从其中看到应当这样生活的，这就是美的；任何对象，凡是其中表现了生活，并且使我们想起生活来的，这就是美的"①。他强调"人在现实世界中正是真正的、最高的美，而不是为艺术所创造的美"②。尽管车尔尼雪夫斯基也承认，在体现人的主观意图方面，现实美并不如艺术那样能动和自由，但他又认为，艺术无论如何能动和自由，"迄今为止还创造不出甚至像橙子或者苹果这样的东西来"③。另外，车尔尼雪夫斯基还批驳了艺术比现实中的美更加永恒这样传统的观点，强调看一幅绘画中人的脸，无论它多么生动，看一刻钟就会生厌，而看一个活人的脸你可以连续看几个小时。事实上，车尔尼雪夫斯基对艺术最大的指责就是认为它不如现实有活力，比如他认为绘画和雕塑相比活生生的现实，最大的缺陷就是它们是静止的、死板的。

车尔尼雪夫斯基肯定现实美，根本目的当然并非要完全贬低艺术的价值，而是旨在强调相比于艺术而言，生活永远都是第一性的。尽管他在论证时所说的艺术"创造不出甚至像橙子或者苹果这样的东西来"未免牵强，他对黑格尔"美是理念的感性显现"的反驳亦不无偏颇，但不能否认其观点所包含的真理性。他的观点，尤其对于那些拘泥于僵化教条的浪漫主义唯美观念，确有纠偏之效。车尔尼雪夫斯基心目中的"生活"概念的核心元素是"生命"，如果剔除其思想中的狭隘的阶级论和机械的唯物论因素，他对生活和生命价值的肯定是值得重视的。

在艺术和生活之间的关系方面，车尔尼雪夫斯基的看法自然亦未免简单化，正如朱光潜先生曾经批评的，车尔尼雪夫斯基将生活和艺术对立起来，"过分地强调它们的对立而没有充分地认识到它们的辩证的统一"④。而且，车尔尼雪夫斯基还拿历史与艺术做对比，认为诗人只不过是一个历史学家和回忆录作家，艺术与生活的关系完全像历史与生活的关系一样。这样一来也就抹杀了历史和艺术之间的区别，忽视了历史叙事和艺术叙事、历史的真实和艺术的真实之间所存在的差异性。此外，由于过分强调现实生活较之艺术的第一性地位，忽视了现实与艺术之间的辩证关系，车尔尼雪夫斯基虽在一定程度上发展了别林斯基的现实主义文艺观，却未能像别林斯基那样，意识到典型化手法之于艺术创造的重要性。

深度思考

在西方文论史上，艺术与生活的关系一直是备受关注的重要命题。在现象学诞生之后，这一命题又有了新的发展。胡塞尔认为，生活是人的内在意识经验到的世界，"它是一个交互主体性的世界，是为每个人在此存在着的世界"⑤。哈贝马斯则从中推论道："生活世界是对我们再熟悉不过的整个世界的基础加以追问的自然源头。由此，哲学的基本问题才和整体发生了关系，并获得了整

① 车尔尼雪夫斯基．车尔尼雪夫斯基文学论文选．辛未艾，译．上海：上海译文出版社，1998：9-10.
② 同①：16.
③ 同①：61.
④ 朱光潜．西方美学史：下卷．北京：人民文学出版社，1979：592.
⑤ 胡塞尔．生活世界现象学．倪梁康，等，译．上海：上海译文出版社，2005：156.

合和终极的特征。”① 生活世界可以为人类提供一种“前理论性”的东西，那种对生活世界的日常生命体现，亦正是哈维尔用来建构人类价值判断网络基础的“本来世界”的根源。艺术创作所提供的生活世界维度，恰是使人认识到这种本源性和丰富性的最好平台。与车尔尼雪夫斯基将生活与艺术简单对立起来的看法相比，这类揭示了艺术和生活之间存在更为丰富关联的见解显然是更为深刻、更为科学的。

二、艺术美是对现实美的弥补

车尔尼雪夫斯基虽然肯定生活美高于艺术美，但并未否定艺术本身的价值，而是以此为前提，分析探讨了艺术所发挥的独特功能，其基本见解是：艺术美是对现实美的弥补。

车尔尼雪夫斯基认为：“自然与生活高于艺术；然而艺术却能竭力满足我们的爱好，而现实却不可能服从我们的这种愿望。”② 尤其是当人们没有注意到现实的美时，容易变得空虚，这时人们就会去寻求艺术的弥补。在艺术美弥补生活美之不足的方面，车尔尼雪夫斯基有过一个精妙的比喻，他说：“在我们的人生道路上撒满了金币，但是我们并没有发现这些金币，因为我们只想着这次上路的目的，没有去注意躺在我们脚下的道路。就是发现了，我们也不可能弯下身去，把金币拾起来，因为‘生活之车’将不可阻挡地带着我们向前进——我们对现实的关系就是这样。然而当我们来到驿站，在气闷地等待马匹而走来走去的时候，我们就会仔细地去观察每一块也许不值得去注意的铁牌儿——这就是我们与艺术的关系。”③ 这里不仅道出了相比于艺术，现实美对于人更重要，还表明艺术的功能正是对现实美的一种弥补。

《车尔尼雪夫斯基文学论文选》书影

车尔尼雪夫斯基进而认为，艺术的起源也是与之相关的，即正因人们对现实感到不满，才激发了人们的艺术创作，形成了人类的艺术活动。这就好比大海是美的，但并不是所有人都居住在离海很近的地方，那些一生中没有看见过大海而又希望看到大海的人，可以通过观看艺术作品中的大海而得以满足，于是描绘大海的绘画也就产生了。车尔尼雪夫斯基正是据此得出了“艺术起源于对美的渴望”的结论。

此外，车尔尼雪夫斯基还指出了艺术的另外两种功能，即解释生活和判断生活。就前者而言，这是所有艺术

---

① 哈贝马斯．后形而上学思想．曹卫东，等，译．南京：译林出版社，2001：17.

② 车尔尼雪夫斯基．车尔尼雪夫斯基文学论文选．辛未艾，译．上海：上海译文出版社，1998：61.

③ 同②：120.

都能够做到的，且在这方面，艺术要强于普通的纪实，因为艺术比普通的纪实更为生动，更为有血有肉，也更容易让人产生认识的兴趣。而艺术的判断功能是源于艺术家对他感兴趣的内容不自觉涌起的愿望，当然，这是指那些智力较为优秀的艺术家或诗人。在车尔尼雪夫斯基看来，这类艺术家在做判断时其实就是思想家，这种判断往往具有道德的、历史的和科学的意义。车尔尼雪夫斯基还区分了艺术和历史对待生活态度的不同："历史叙述关于人类的生活，特别关心实际的真理，而艺术则是叙述人的生活，在这种叙述中，忠实于心理的与精神的真理就将实际的真理取代了。"① 由此可见，车尔尼雪夫斯基所说的判断功能，亦包含着作家对生活的向往与追求。

总而言之，车尔尼雪夫斯基把艺术的功能理解为再现生活中使人感兴趣的一切事物，以弥补人们对现实美感受的不足。他所说的解释生活和判断生活，只是艺术的附带功能。这种艺术观从根本上来说，仍是基于对生活美本身的肯定。由于受到现实美高于艺术美这一前提的制约，车尔尼雪夫斯基未能充分认识到艺术超越现实生活的拓展与创造审美空间之类更多的重要价值。

理论辨析

车尔尼雪夫斯基"美是生活"的命题，与美国现代实用主义哲学家杜威重视日常生活审美的"经验美学"之间似有相通之处，而实质上则是截然不同的。杜威的看法是：生活与艺术之间不存在壁垒，由生活中获得的审美经验与艺术审美经验是相同的，都是一种活的经验。杜威是在超越艺术和生活二元对立的意义上论述审美经验的，其目的是希望将艺术性的经验融入生活。车尔尼雪夫斯基则是在二元对立的基础上静态地看待艺术美的，没有认识到生活审美经验与艺术审美经验之间的内在一致性。

第四节 泰纳的文艺观

泰纳（Hippolyte Adolphe Taine，又译为丹纳，1828—1893），法国文艺理论家、批评家、史学家，生于律师家庭，一生深受浪漫主义、黑格尔、圣西门和孔德的实证主义哲学及生物进化论的影响。1878 年当选为法兰西院士，1883 年进入巴黎美术学校讲授艺术史和美学，用自然科学和达尔文进化论的观点解释文学艺术现象。理论代表作有《拉·封丹和他的寓言诗》《英国文学史》《艺术哲学》《现代法兰西渊源》等。在西方文论研究领域，泰纳通常被视为自

① 车尔尼雪夫斯基．车尔尼雪夫斯基文学论文选．辛未艾，译．上海：上海译文出版社，1998：142.

然主义批评理论的奠基者，但事实上，就其批评精神的实质而言，他也体现出浪漫主义的一面，这不仅因为他的思想深受黑格尔气势恢宏的历史辩证法体系的影响，还因为，像圣伯夫一样，他们都是1830年法国浪漫主义理想的继承者，以至于美国文艺批评家白璧德认为泰纳的《巴尔扎克论》比《〈克伦威尔〉序言》更有资格作为浪漫主义的宣言书。但从理论体系、有影响的具体见解以及批评方法来看，泰纳的文艺观体现的主要还是科学实证主义立场。

一、文学发展的三要素

在西方文论史上，泰纳引人注目的成就是：他一直致力于艺术社会学体系的构建。关于文艺作品的特征，泰纳的基本看法是：文艺作品既是个人想象力的发挥，同时也是一个时代人情风俗的再现。其生成与发展、价值与意义，与种族、环境、时代这三个要素密切相关。这三个要素也就成为泰纳艺术社会学体系建立的三个支柱。

在《英国文学史》序言中，泰纳将种族界定为“天生和遗传的那些倾向，人带着它们来到这个世界上，而且它们通常更和身体的气质与结构所含的明显差别相结合”①。泰纳认为，种族作为一种先天因素，会决定事物的一些不变属性，比如有些狗生来会打猎，有些生来会放牧，这些都是先天决定的。同样，这种生物习性也可见于人类，如古希腊人的民族习性决定了他们具有开朗、活泼、恬静、健康的精神个性。一个古老民族尽管会经历历史演变，但其骨子里总会保留种族的相似习性。而种族和民族的这种相似习性也必会决定其文学艺术的相似性。

泰纳所说的环境既包括自然环境，也包括社会环境。自然环境是由生活的气候、地理条件等因素构成的。泰纳正是由这些自然环境因素的差异入手，区分了希腊-拉丁民族和日耳曼民族在精神个性及文学艺术方面的差异性。他认为，阳光明媚的地中海气候使得希腊民族的精神气质与文学艺术中亦表现出开朗、外向、乐观之类特征；相反，生活于寒冷潮湿地带的日耳曼民族，则体现出忧郁、好战之类的性格特征。从社会环境方面看，泰纳主要强调的是政治、宗教、道德环境，认为这些也会影响到文学艺术的特征和发展。

《艺术哲学》书影

泰纳所说的时代主要是指时代精神。泰纳认为，作为一种精神气候，时代精神是文学艺术赖以发展的后天条件，会使文学艺术打上特定时代的印记。如埃斯库罗斯时代和欧里庇得斯时代的希腊文学艺术，达·芬奇时代和乔托时代的意大利文学艺术，高乃依时代和伏尔泰时代的法国文学艺术，都体现出与不同时代氛围相关的精神差异。

泰纳认为，上述三要素中，种族是内部原因，环境是外部压力，时代则是后天动力。泰纳相信，在研究文学艺术时，只要有对三种要素的考察，就能找到作品之所以诞生的所有力量。我们在作品中找到的人的心理，同时也是一个时代和一个种族的心理。在泰纳看来，这

① 伍蠡甫．西方文论选：下卷．上海：上海译文出版社，1979：236．

也正是文学艺术重要性的体现，即文艺作品是作家留给后人去解读和理解他所处时代的精神的素材。与之相关，一部文学作品越能够表达它那个时代深刻和伟大的情感，其文学价值也就越高。也正是基于这种认识，泰纳将文学的认识价值抬高到了历史之上，他甚至说，一首伟大的诗、一篇优美的小说、一部高尚人物的忏悔录能够提供给人们的教益要远胜过历史著作。

泰纳所强调的三要素对人类文学艺术的影响是有重要理论意义的，在某些方面也是切合客观实际的，但将之绝对化地视为文学发展的普遍规律，就不无片面性了。如通过考察三要素，的确有利于区分不同种族、不同环境、不同时代的文学艺术的特征，但如果拘泥于此，则难以解释同一民族、同一环境、同一时代的诗人、作家、艺术家又何以会有不同的个性特征。

深度思考

通过文学艺术作品中提供的内容来研究一个时代、一个民族或一种文化，如今已成为一种近乎常识性的研究方法。然而这种研究方法实际上是存在严重问题的，这就是：容易产生简单化的机械决定论弊端。像泰纳所主张的那样，将艺术作品完全看作由时代、环境或种族意识决定的产物，虽然有助于理解作品的厚重意蕴，但会忽视作家独一无二的个人创造性。正如白璧德所批评的，泰纳“把自己限制得太死了，以至于他在历史中就没看到个体的行动，而只看到与之相比个体近于无力的集体原因”①。事实上，许多“伟大的作家总拒绝被局限于他们的环境。他们要辐射影响，而不是接受影响”②。

二、理想艺术的标准

什么是理想的艺术作品？这是泰纳关注的另一重要问题。对此问题，泰纳的基本看法是，是否为理想的艺术作品的重要标准是：某一显著特征是否居于支配地位。越接近这个标准，艺术作品也就越完美。具体来看，泰纳所说的这一标准又有三个重要指标。

第一，特征是否重要。泰纳对以精神生活为对象的文学艺术特征的重要性的评价，完全是根据生物学的类比原则来分析的。正如生物学中某一种属的生物都有代表其突出特征的种类和属类，泰纳给人的精神也分出了时间和重要性的类别：一是只能持续三四年的流行风气；二是可以持续几十年，能够代表一代人精神气质的时代特征；三是可持续几个世纪的一段历史时期的精神风貌，如古希腊、中世纪、文艺复兴、启蒙运动时期等；四是更为久远的代表着一个民族的精神；五是创造文明的高等种族所固有的特性，即创立社会、哲学、宗教、艺术的特性

① 白璧德．法国现代批评大师．孙宜学，译．桂林：广西师范大学出版社，2002：166.

② 同①：167-168.

等。泰纳认为：无论在生物界还是在人类中，“特性从属的原理所确立的是同样的等级；最稳定的特性占据最高最重要的地位；而特征之所以更稳定，是因为更接近本质，在更大的范围内出现，只能由更剧烈的变革加以铲除”①。同此道理，文学作品的力量和寿命与它所触及的相关特征的精神层面有关，触及越深刻、越持久，作品就越伟大。泰纳曾具体论述说：“越是伟大的艺术家，越是把他本民族的气质表现得深刻。”②

第二，特征是否有益。在泰纳看来，特征的重要与有益实际是一个特性的两个面，这个特性就是“力”，即特征是否有益，要看其特性是在削弱自己还是具有帮助自己生长之“力”。用于评价艺术作品，就是特征越重要，也就越有益。这样的特征不仅决定着艺术的价值，也决定着艺术发展的方向。当泰纳将决定发展方向的“力”理解为“有时，特征是一种原始的机械力，这种力便是事物的本质；有时，特征是一种后起的、能扩大的力，这种力就表明世界的动向”③时，可以更为明显地看出生物决定论对他的影响。事实上，决定艺术发展的动力要远比泰纳理解的复杂。泰纳的错误是太喜欢从一个大的抽象的观念去简化艺术发展，这种抽象必然会导致为思想的形式去牺牲现实的弊端。

第三，效果是否集中。泰纳所说的效果集中，实际上是强调艺术作品中的各要素应集中为一个统一的整体，个别要素不能用错，更不能喧宾夺主，这样才能更有效地体现出艺术的突出特征。比如“一幅画，一个雕像，一首诗，一所建筑物，一曲交响乐，其中所有的效果都应当集中。集中的程度决定作品的地位”④。在泰纳看来，只有做到效果集中，艺术作品所表现的世界才能比现实世界更分明，才能发挥最为充分的艺术力量。泰纳这里强调的效果集中，尽管主要侧重于外在形式方面，带有机械论的倾向，但他所强调的艺术作品的感染力是以整体形式起作用的见解是正确的。那个著名的罗丹因学生夸奖而砍去其作品《巴尔扎克》手臂的故事正说明了这一点。

理论辨析

在泰纳关于理想艺术标准的论述中，不乏真知灼见。他所提出的特征层次，对于理解艺术精神价值的高下也是有重要启示意义的。其内在意旨与歌德曾经论及的世界文学和民族文学的关系有相通之处。泰纳更为明确地强调：民族文学在最深层的特征意义上是与世界文学具有相同精神内涵的。这类论述可进一步证明文学艺术为什么“越是民族的就越是世界的”。另外，泰纳提出的使一显著特征居于支配地位的艺术理想，亦含有艺术典型范畴的精神实质。

① 丹纳．艺术哲学．傅雷，译．北京：人民文学出版社，1983：357.

② 同①：372.

③ 同①：393.

④ 同①：394.

三、总体性文学批评观

泰纳对文学的理解决定了他的批评观，其突出特征是“总体性”，具体表现在以下三个方面。

其一，将不同的作品作为一个总体来理解。用他的话说，不同的作品，就好比一个父亲的儿女，相互之间必然有相像之处。对其相像之处的考察，可以为理解其内容、认识其价值提供方便，可以更为准确地判定他所说的“艺术品等级的高低”，“它表现的历史特征或心理特征的重要、稳定与深刻的程度”①。显然，这样一种批评观仍是根源于他所重视的影响文学发展的种族、环境、时代“三要素”的。

其二，将社会、作家、作品联系贯穿，作为一个总体来理解。泰纳自己的批评实践正是从这样的批评方法出发，常常将一部虚构的文学作品描绘成一幅象征性的时代画面。如他在《拉·封丹和他的寓言诗》中，将拉·封丹分析为由于气质缘故而脱离同时代人的某种漂泊者。在《巴尔扎克论》中，将巴尔扎克的贪财、好色、有雄心、勤奋、有才干与他所生存的社会、他想象中的世界以及他的哲学观贯穿起来分析，从而令人信服地呈现出作家、作品与他所处的时代、社会之间对立而又有机的联系。《英国文学史》的论述也始终贯穿着社会、作家、作品相互交织论证的批评方法，并借此更为深刻地揭示出英国的民族特性。

其三，将他所处时代的各种复杂思想融合统一，综合用于文学批评。在文艺研究方面，泰纳希望建立一个集生物学、实证科学、心理学、历史学和文学于一体的艺术社会学体系，正如其所言：“我的方法的出发点是在于认定一件艺术品不是孤立的，在于找出艺术品所从属的，并且能解释艺术品的总体。”② 在具体的批评实践中，泰纳正是由此总体观出发，力图通过对一个时代的政治、地理、宗教、文化等方面的考察，探究作品的精神。

在重视理论概括与对宏阔文艺精神的把握方面，泰纳的确体现出一个体系性批评家的才华。其立足于艺术社会学体系的总体性批评观，至今亦仍具重要理论启示与批评实践意义。但实证主义立场所伴生的决定论弊端，以及重普遍精神的把握而忽视具体作品分析的不足也是明显的。对此，美国批评家欧文·白璧德的批评不无道理：“任何东西一旦进入他的批评榨汁机，他就会从它身上挤出最后一滴对他来说是普遍真理的东西。”③

深度思考

如果以泰纳提出的“三要素”说来分析他自身的批评理论的话，就会发现泰纳的批评观有着特殊时代因素的影响，这种影响虽导致其具有一定历史局限，但又使其有超越历史、开拓未来的独创性的一面。他在一个伪浪漫主义的时代崇尚科学主义、实证主义，实际上为后来更为合理的批评观念提供了理论基

---

① 丹纳．艺术哲学．傅雷，译．北京：人民文学出版社，1983：364.

② 同①：4.

③ 白璧德．法国现代批评大师．孙宜学，译．桂林：广西师范大学出版社，2002：148.

础。后来美国文论家艾布拉姆斯在《镜与灯》中提出的文学四要素（作家、作品、读者和世界）及其对四者之间相互关系的强调，与泰纳的“三要素”及艺术社会学体系之间应当是存在某种内在关联的。

【本章关键词】

浪漫主义（romanticism）：发轫于18世纪末的德国，后席卷整个欧洲的文艺思潮。其特征是：反对新古典主义的创作原则，崇尚自我意志的绝对自由，倡导激情、创新和想象力，不断突破传统的樊篱，注重开拓新的生活和精神空间、新的题材和艺术形式。

现实主义（realism）：继浪漫主义而兴起的一种新的文艺思潮，其理论源头可追溯至古希腊亚里士多德的“摹仿”说。现实主义通常将法国作家司汤达于1823—1825年写作出版的论著《拉辛与莎士比亚》视为理论宣言。现实主义的主张是：真实地描绘社会生活和现实人生，注重人物和环境的细节和典型刻画。

形象思维（imagery thinking）：俄国批评家别林斯基提出的重要文论概念。别林斯基认为，人类的文学艺术活动与哲学、政治经济学等其他学科的理论研究相比，有不同的思维方式。后者运用的是论证性的逻辑思维，前者运用的是显示性的形象思维，即用感性形象去呈现理念，以直观的方式去把握真理。

文学发展三要素：指种族、环境、时代，是法国理论家泰纳提出来的重要文艺观念。种族是指先天遗传因素，环境指自然和社会环境，时代指的是影响文艺发展的精神氛围。泰纳认为，三要素中，种族是内部原因，环境是外部压力，时代则是后天动力。泰纳“三要素”说揭示了文艺发展的一些普遍规律，具有深远的影响。

【推荐阅读】

巴尊．古典的、浪漫的、现代的．侯蓓，译．南京：江苏教育出版社，2005.
伯林．浪漫主义的根源．吕梁，等，译．南京：译林出版社，2008.
雨果．雨果论文学．柳鸣九，译．上海：上海译文出版社，1980.
别林斯基．别林斯基文学论文选．满涛，辛未艾，译．上海：上海译文出版社，2000.
车尔尼雪夫斯基．车尔尼雪夫斯基文学论文选．辛未艾，译．上海：上海译文出版社，1998.
丹纳．艺术哲学．傅雷，译．北京：人民文学出版社，1983.
白璧德．法国现代批评大师．孙宜学，译．桂林：广西师范大学出版社，2002.

【思考题】

1. 雨果是如何论述滑稽丑怪的美学意义的？
2. 如何评价别林斯基的现实主义文艺观？
3. 如何评价别林斯基的“形象思维”论？
4. 如何评价别林斯基提出的美学和历史相统一的批评标准？
5. 如何评价车尔尼雪夫斯基“美是生活”的观点？
6. 如何评价泰纳文学发展的“三要素”说？

第七章

唯意志主义文论

概　述

唯意志主义文论主要是指19世纪中叶到20世纪初，由德国唯意志主义哲学家叔本华和尼采创立的文艺思想。作为一种哲学思潮，唯意志主义直接源于叔本华。叔本华对长期占据西方哲学主流的理性主义传统提出挑战，主张意志是世界的基础和终极的实在，认为理性应当服从神秘的、盲目的意志的支配。唯意志主义又是一种人生哲学，它认为人的本质就在于有所追求的意志，而意志的追求是永远无法满足的，因此生命便充满了痛苦。叔本华将其哲学观念引入艺术理论之中，认为艺术是意志的直接客体化，能够超然地显示生命意志的冲动，从而挣脱人生的苦难。尼采的哲学理论与文艺观受到叔本华的影响，但又与叔本华的悲观主义不同，他把“生命意志”改造为“权力意志”，张扬个体的欲望与人的精神力量。围绕着“权力意志”，尼采提出了“酒神精神”“日神精神”以及悲剧理论等文论观点，在西方产生了深远的影响。唯意志主义直接为西方现代文艺理论中的各种非理性思潮提供了理论基础，而且是非理性文艺思想的重要组成部分。狄尔泰、柏格森等人倡导的生命哲学，基本上是沿着唯意志哲学的思想脉络发展的；在存在主义的演进过程中，唯意志主义亦占据了重要地位；在精神分析学学说中，诸如“梦”“无意识”以及“原始意象”等概念，也都受到了唯意志哲学的深刻影响。在探讨文学艺术的精神构成、功能特质及创作规律等方面，唯意志主义文论是有重要深化意义的，但其对理性的过分否定也是偏颇的。此外，它对艺术社会现实功能的忽视，也在无形中缩小了艺术空间，不利于艺术的发展。

第一节 叔本华的文艺观

阿瑟·叔本华（Arthur Schopenhauer，1788—1860），德国哲学家，唯意志哲学和直觉主义美学的奠基者。叔本华出生于但泽的一个富商家庭。1809 年进入哥本哈根大学攻读医学，但很快其兴趣点转向了哲学。叔本华 1818 年完成了代表作《作为意志和表象的世界》，凭这部著作，获得了柏林大学编外教授的资格。1832 年退出讲坛，定居法兰克福，成为一名职业哲学家。1860 年 8 月 21 日去世。他的主要著作另有《充足理由律的四重根》《视觉和色彩》《论处于自然界中的意志》以及《伦理学的两个基本问题》等。叔本华是位涉猎广泛的思想家，但没有专门的美学和文艺理论著作。他的美学观与文艺观都体现在他的哲学著作中。他提出，世界是我的表象，而表象世界不过是意志的客体化。认识由意志产生，因此世界不过是我的意志。作为一个悲观主义者，他认为意志是人生的苦难之源，而艺术是解除人类痛苦的一个重要途径。

叔本华

一、艺术的本质是复制理念

叔本华认为，在对世界的认识上，艺术高于科学。科学以根据律为基础，以把握现象的规律及相互关系为目标。这里所谓的根据律是指，存在于人的先天意识中的客体一切形式的共同表述。科学研究无法认识世界和事物的本质，而只有通过审美直观以及由审美直观形成的艺术才能达到这一目的。因为在他看来，艺术以独立于根据律之外的观察事物的方式传达对理念的认识，也就是把对象从时空、因果等一切现象关系中和根据律束缚中抽离出来，从而只剩下理念。艺术的本质即“复制着由纯粹观审而掌握的永恒理念，复制着世界一切现象中本质的和常住的东西……艺术的唯一源泉就是对理念的认识，它唯一的目标就是传达这一认识”①。

叔本华接受了柏拉图的理式论，用唯意志论对理念的内涵进行了改造。在柏拉图的哲学中，理念具有本体论的意义，它赋予万物以形式，是事物之所以成为该事物的最终根据；它赋予万物以目的，是事物发展的终极目标。但是理念与现象的沟通却是难以克服的问题。理念形成了一个自在的本体世界，永恒不变，而现象世界则变动不居，二者之间存在着不可弥合的鸿沟。叔本华的理念论承认理念是事物的永恒形式，是在根据律之外的、永恒不变的存在，但是他不同意把理念作为本体看待。现象界的一切事物虽以理念为原型，但理念只是意志客体化的

① 叔本华．作为意志和表象的世界．石冲白，译．北京：商务印书馆，1982：258.

不同级别，不具有本体的地位。在叔本华看来，意志是一种感性、实在的欲望冲动，通过理念客体化的过程，把自己彰显于现实世界的万物之中。“理念，就其显著的原始性说，只能是从生活自身，从大自然，从这个世界汲取来的……只有从这样的直接感受中才能产生真正的、拥有永久生命力的作品。”① 理念是意志的直接客体化，意志正是通过理念显示出了最本质的特征。

叔本华宣称，艺术的目的就是传达理念。他试图通过说明理念的特点来界定艺术的本质。他曾明确指出，作为艺术的对象，理念与概念完全不同。“概念，尽管它对于生活是这样有益，对于科学是这样有用，这样必要，这样富于后果，对于艺术却永远是不生发的。与此相反，被体会了的理念是任何地道艺术作品真正的和唯一的源泉。”② 叔本华进而这样分析了理念的特点及其与艺术的关系：第一，理念是直观的对象，在直观中只要直接面对客体，无须通过抽象思维和概念认知即可把握世界的本质。真正的艺术正是从具体可感的事物出发，把对象从世界进程的洪流中抽取出来，把它从各种琐碎的复杂的关系中孤立凸显出来，通过艺术的感性形式表达世界之普遍意义的。第二，对于理念的直观需要主体超越一切欲念，成为纯粹的主体。此时的主体已不再是现实中的某一个具体的人，而是代表整个人类的人的理念的体现。与之相关，艺术家不是仅仅在反映现实生活和体现自我情感，而是在进行对事物的先验本质的复制，他总是能在具体现象和因果联系中发现超越永恒而普遍的理念。第三，理念根植于生活自身，就像一个有生命的、自我生长的、拥有繁殖力的有机体。艺术同样是具有生命力的存在，艺术往往比它所呈现的具有更多的意蕴和内涵。因此，叔本华反对“表现时代精神”说，他认为时代精神即概念。“时代精神，也就是一些流行的概念，已自变换了，而那些作品本就只能在这些概念上生根的。只有真正的杰作，那是从自然，从生活中直接汲取来的，才能和自然本身一样永垂不朽，而常保有其原始的感动力。”③

正是基于以上分析，叔本华认为真正的艺术是超越了时空界限，表现了普遍永恒的理念的，是不朽的和属于全人类的，因为“理念并不仅是摆脱了时间，而且也摆脱了空间”④。叔本华的这一观点是对西方传统文论中“摹仿”说的反驳。“摹仿”说把外部世界的感性形象作为艺术的源泉，把逼真与酷似作为艺术创作的最高标准。叔本华则认为个别的事物是变化的、非本质的，不具有普遍性。艺术家在经验具体的事物之前就应该有美的理念，这可以用来衡量一切事物。因此艺术不应摹仿个别的事物，而应该对理念进行认识和复制。叔本华将文学艺术的认识和表现对象转向人的深层精神世界，表现出非常明显的轻视感性世界、重视超验世界的特点。叔本华的这种艺术观念为后来西方现代主义文艺思潮所进一步发展。

相关知识

叔本华的唯意志论对后世的非理性主义文艺思潮产生了巨大影响。法国直觉主义哲学家柏格森提出，艺术应该抛弃理性认识形式而进行“直接的理智交融”，“完满地”“单纯地”把握对象，以掌握世界的整体性本质为目的；尼采视意志为人生的原动力，提出以“权力意志”拯

① 叔本华．作为意志和表象的世界．石冲白，译．北京：商务印书馆，1982：326.
② 同①：326.
③ 同①：327.
④ 同①：292.

救苦难的人生；胡塞尔提出从个人特殊经验向经验的本质结构还原的“描述现象学”；马利坦则主张创造性直觉，认为创造性直觉能够让诗人在自我的世界中不断把握未被认识的真实；等等。这些理论观点都从不同的角度延伸了叔本华的非理性观念。

二、艺术只能从直观认识出发

叔本华提出，作为审美直观对象的理念就是美，直观是艺术把握理念的唯一方式。他认为，理性认识是运用概念、判断等逻辑形式所进行的认识活动，只能按照根据律的原则获得表象之间的相互关系。理性认识是一种间接性的认识，它“不过是把从别的方面接受过来的东西又提到认识之前，所以它并不是真正扩大了我们的认识，只是赋予这种认识另外一种形式罢了”①。

由于经由理性概念无法到达真理的本源，只有直观性的艺术才能认识理念，故而叔本华强调：“一切真正的艺术只能从直观认识出发，而决不能从概念出发。”② 在叔本华看来，在艺术活动中，理性几乎是无能为力的，而只有通过直观认识才能获得成功，这是由艺术活动自身的特点决定的。首先，艺术是艺术家基于独立自由意志的个体性而非集体性活动。集体性活动要依靠相互传达与个体间的协作，因而需要通过理性思索才能完成。个体性活动则相反，思索会妨碍行动，如他所说的，当“独自一人想要在不间断的活动中完成什么的时候，知、理性的应用，思索，反而可能常是障碍”③。因此，与集体性活动不同，在个体性的艺术活动中，主体可经由悟性直观获得对世界本质的独特体验。其次，艺术需要真情实感。艺术活动是真诚的个人经验与个体生命的自在状态，而理性思索则是对真实情感的束缚与改造，故而往往给人以虚饰感。他曾指出：“一切伪装的假情假意都是思索的产物，但是不能继续持久而不露破绽。”④ 因此，作为艺术之必需的情感，不能源于理性概念，而只能出于直观感受。最后，艺术需借有限表达无限。而概念是有限的，直观才是无限的。在叔本华看来，直观是一切证据的最高源泉，“直观永远是概念可近而不可即的极限”⑤。理性思维虽以感性直观为前提，但它对直观却一无所知，因此，只有通过直观，艺术中才有绝对的真理。总之，叔本华的看法是：直观认识是艺术得以成功的关键。虽然叔本华也注意到了理性在艺术活动中的支撑作用，他也这样说过——“在主要的方面，理性固然无能为力，但可以支持艺术工作的进展，因为（人的）天才是不能随时随刻招之即来的。而一件作品却要一部分一部分地去完成才能圆满地结束整个的工程”⑥，但他这里所说的理性作用尚是外在的，从艺术活动的本质来看，他更强调的还是非理性的直观。他曾更为明确地指出，“在艺术中不能用概念获得良好成绩”，“如果一位歌唱家或音乐家用反复思索来指导他的演出，那就会是死症。这种情况在作曲家、画家，乃至诗人身上，也是一样的真实。概念用于艺术总是无结果的”⑦。

---

① 叔本华．作为意志和表象的世界．石冲白，译．北京：商务印书馆，1982：93.
② 同①：114.
③ 同①：96－97.
④ 同①：98－99.
⑤ 同①：98.
⑥ 同①：100.
⑦ 同①：98.

在叔本华看来，直观的最高形式是审美观审，它是感性个体认识世界和把握世界的根本方式。要实现审美观审的目标，认识主体必须抛弃理性的认识原则，摆脱意志的束缚，要作为纯粹的观审主体进入审美观审的状态。叔本华认为，艺术的直观使主体从意志的奴役中解放出来，在直观中忘记自我的存在，陶醉于物我两忘之中。在此状态中，“主体已不再仅仅是个体而是认识的纯粹而不带意志的主体了。这种主体已不再按根据律来推敲那些关系了，而是栖息于，浸沉于眼前对象的亲切观审中，超然于该对象和其他对象的关系之外”①。由于主体把自我完全放弃，变成了纯粹的主体，在他面前的对象也就不再是日常之物。在这种陶然忘我的审美境界中，对象中能够引起人的欲望的个别性被涤除，而只留下了理念。叔本华称这种对理念的直观认识为“体会理念”，认为一旦我们获得了这种体会，就能把甚至最微不足道的事物提升为理念，就能把握到其中所蕴含的美。在此基础上，付之以各种艺术技巧，即可创作出优秀作品。

叔本华之所以高度重视艺术天才的问题，亦与其重直觉相关。他认为：“天才的性能就是立于纯粹直观地位的本领，在直观中遗忘自己，而使原来服务于意志的认识现在摆脱这种劳役，即是说完全不在自己的兴趣、意欲和目的上着眼，从而一时完全撤销了自己的人格，以便（在撤销人格后）剩了为认识着的纯粹主体，明亮的世界眼。”② 天才正是凭借超强的艺术直观能力，才能够长时间地超越于意志的掌控，通过艺术创作和艺术鉴赏而否定生命意志。天才由于摆脱了根据律的束缚，因此能够透过表象把握理念，能够在个别中发现全体。天才真正的对象不是个别的事物，而是将自己显现于其中的理念。在叔本华看来，所有这些正是艺术天才的特征。

叔本华曾将艺术美分为三种形态，即优美、壮美和媚美。他认为，在优美感中，意志和直观没有发生任何冲突，主体以纯粹自由的姿态沉浸于对理念的观赏中；壮美则是直观意识与生命意志发生冲突，并且战胜了生命意志的产物；媚美则缺乏审美直观，而只是引起人的食欲和性欲，因而是不配称为艺术的。叔本华通过这些分析论述，进一步强调了直观认识与艺术之间的密切关联。

叔本华的艺术理论是以人生意志的寂灭为旨归的，透露出的是彻底悲观主义的人生态度，这是应当予以批判的。但是他把超功利、无利害的直观认识视为艺术活动的要则，则是切近了艺术美之本质的。另外，叔本华所主张的非理性的直觉认识，打破了理性在文艺领域中的长期专断统治，无疑具有反叛传统的划时代意义。

理论辨析

叔本华强调艺术是艺术家基于独立自由意志的个体性活动，艺术要表现真情实感，要借有限表达无限。这表明艺术毕竟是在肯定个性生命、肯定个人意志、肯定生活的美。但叔本华又认为，艺术是在以直观的方式摆脱意志，毁灭生命。这样一来，实际上也就等于又否定了艺术，否定了美。可见，叔本华的艺术观是存在着深刻的自我矛盾的。

---

① 叔本华．作为意志和表象的世界．石冲白，译．北京：商务印书馆，1982：249.

② 同①：259－260.

三、艺术是对生命意志的短暂超越

叔本华认为，人的生存离不开欲望，而欲望永远无法满足，一个欲求满足了又会有新的欲望产生，于是人生永远充满了痛苦。人要从生存的痛苦中摆脱出来，有两条路可走：一是选择死亡或投身禁欲主义的宗教，二是从事艺术活动。二者都可摆脱意志与欲望的束缚，只不过前者是永久性的根本解脱，后者是对生命意志的短暂超越。

叔本华所说的艺术超越的原理是：在艺术直观中，主体必须超越对表象世界的认知，从由根据律所限定的各种关系中解脱出来。因而此时的主体，“已不再仅仅是个体，而是认识的纯粹而不带意志的主体了。这种主体已不再按根据律来推敲那些关系了，而是栖息于、浸沉于眼前对象的亲切观审中，超然于该对象和其他对象的关系之外”[①]。“人在这时，按一句有意味的德国成语来说，就是人们自失于对象之中了，也即人们忘记了他的个体，忘记了他的意志。他已仅仅作为纯粹的主体，作为客体的镜子而存在。好像只有对象的存在而没有觉知这对象的人了，所以人们也不能再把直观者（其人）和直观（本身）分开来了，两者已经合一了，同时即整个意识完全为一个单一的直观景象所充满，所占据。”[②] 也就是说，在叔本华看来，体现于艺术直观中的纯粹主体，由于摆脱了意志的束缚，已不同于有着生命欲望的日常生活中的现实个体，而是在直观到世界本质，认识到生存的无意义和世界本来面目的同时，消解了个体化的存在，忘记了自我的存在，陶醉于物我两忘之中。这时，自然也就暂时忘记了自己的生命欲求，而获得了一种超越个体生命的自由感觉。与之相关，叔本华认为，真正的艺术品能使“时间的齿轮停顿”，“保持常住的现在”，从而具有永恒的价值。

但是，现实中的人毕竟身处特定的时空中，他只能在艺术欣赏中暂时脱离生存的苦难，却无法彻底摆脱人生的悲剧性。故而叔本华又指出，艺术“不是意志的清静剂，不是把他永远解脱了，而只是在某些瞬间把他从生活中解脱一会儿。所以这认识不是使他能够脱离生命的道路，而只是生命中一时的安慰”[③]。也就是说，艺术给予人的满足感是短暂的，不可能让这种满足感充满整个生命。各种艺术作品都只能表现为为幸福而进行的斗争，绝不能达致永恒的完满的幸福。因此，在叔本华看来，只有彻底地否定人生，回归虚无，才能从人生的悲剧中得到彻底解脱。由此可以看出叔本华思想中强烈的虚无主义和悲观主义情绪。

深度思考

叔本华的哲学宗旨是探索生存意志的真谛和整个世界的底蕴。与之相关，他的艺术观与亚里士多德的“摹仿”说相比，更强调艺术本身的功能；与黑格尔

---

① 叔本华．作为意志和表象的世界．石冲白，译．北京：商务印书馆，1982：249.

② 同①：250.

③ 同①：370.

"美是理念的感性显现"相比，更推崇艺术的自由自在性。看起来，叔本华似乎更为关注艺术的本体特征。但其艺术观念是源于对西方哲学危机的体认，是对恢复人的自然感性生命的回应，是在其哲学自身的逻辑延伸中走向艺术的，而非艺术本身的召唤，因而艺术在他的思想体系中仍不具有本体地位，即艺术只是手段而非目的。

四、悲剧是艺术的最高形式

在各种艺术体裁中，叔本华把悲剧放到了首要位置，认为悲剧是艺术的最高形式。他的悲剧艺术观是与其悲剧人生观互为表里的。依据他的悲剧人生观，人必须弃绝一切欲求，毁灭生存意志，而悲剧恰恰是以反映人生的苦痛和虚无为目的的。"我们在悲剧里看到那些最高尚的（人物）或是在漫长的斗争和痛苦之后，最后永远放弃了他们前此热烈追求的目的，永远放弃了人生一切的享乐；或是自愿的，乐于为之而放弃过一切。……他们都是经过苦难的净化而死的，即他们的生命意志已消逝于先，然后死的。"① 叔本华认为，意志是一切不幸、痛苦和灾难的原罪，悲剧就是让人经历悲惨和苦难，让人看穿世界的本质和人生的真谛，自觉地放弃和否定生命意志，从而达到一种无我的境地。叔本华正是依据这些理由而高度肯定悲剧的。

但叔本华并没有肯定所有的悲剧。他认为悲剧的具体情况各有不同，最常见的是这样三种类型：一是由剧中人异乎寻常的恶毒造成的悲剧，如莎士比亚悲剧《奥赛罗》中的伊阿古、《威尼斯商人》中的夏洛克等；二是由盲目的命运和偶然性导致的悲剧，如古希腊索福克勒斯的悲剧《俄狄浦斯王》；三是由剧中人彼此的地位和关系造成的悲剧，在此类悲剧中，"明明看到却互为对方制造灾祸，同时还不能说单是一方面不对"②，如《哈姆雷特》的主人公与奥菲莉娅、雷欧提斯之间的关系等。

叔本华最为欣赏的是第三类悲剧，认为这类悲剧的高妙之处在于：第一，最为深刻。在这类悲剧中，作者不是把不幸当作例外指给我们看，而是暗示了宇宙人生的本来性质。用叔本华自己的话说，这类悲剧"指给我们看的那些破坏幸福和生命的力量却又是一种性质。这些力量光临到我们这儿的道路随时都是畅通无阻的。我们看到最大的痛苦，都是在本质上我们自己的命运也难免的复杂关系和我们自己也可能干出来的行为带来的"③。也就是说，这类悲剧是一种轻易自发的，从我们的性格中产生的，几乎是因人的本质而产生的必然结果。第二，最具悲剧效应。这类悲剧"几乎是当作（人的）本质上要产生的东西，这就是不幸也和我们接近到可怕的程度了"④。这样一类悲剧自然会使人"不寒而栗，觉得自己已到地狱中来了"⑤。与之相关，人们也就无须为不公平而抱怨，会明白活着只是一场噩梦，必须抛弃生命意志才能从噩梦中清

① 叔本华．作为意志和表象的世界．石冲白，译．北京：商务印书馆，1982：351.
② 同①：352.
③ 同①：353.
④ 同①：353.
⑤ 同①：353.

醒过来，才能从根本上解除人生的痛苦。正是在这个意义上，叔本华将悲剧称为“意志的清静剂”。第三，最为难得。叔本华认为，与借助坏人或命运之类构成的前两类悲剧相比，第三类悲剧由于“要以最小量的剧情设计和推动行为的原因，仅仅用剧中人的地位和配搭而求得最大的效果”，故而创作难度最大，“所以，即令是在最优秀的悲剧中也有很多都躲避了这一困难”①。

叔本华的悲剧观显然是其悲观主义人生哲学的延伸，体现出极端的否定人生的虚无主义色调。但他对悲剧的分析是深刻的，特别是对第三类悲剧的推崇是切合实际的。在中外文学史上出现的那些最优秀的悲剧作品，体现出的正是他所说的第三类悲剧的特点。

相关知识

叔本华的文艺观在我国产生了深刻影响，王国维就接受了叔本华的悲剧见解并用其研究《红楼梦》。他曾这样分析评价《红楼梦》：“金玉以之合，木石以之离，又岂有蛇蝎之人物，非常之变故，行于其间哉？不过通常之道德，通常之人情，通常之境遇为之而已。由此观之，《红楼梦》者，可谓悲剧中之悲剧也。”② 与叔本华对他所看重的第三类悲剧的论述加以比较，即可明显看出，王国维所分析的《红楼梦》的悲剧特征，以及“悲剧中之悲剧”的高度评价，借用的正是叔本华的相关见解。

第二节 尼采的文艺观

尼采

弗里德里希·威廉·尼采（Friedrich Wilhelm Nietzsche，1844—1900），德国著名哲学家、美学家，同时也是卓越的诗人与散文家。尼采出生于普鲁士萨克森州的一个乡村牧师家庭，1864年在波恩大学主修神学与古典文献学，后又转入莱比锡大学。尼采受到了叔本华的哲学思想和瓦格纳音乐精神的深刻影响，逐渐摆脱了基督教的束缚，提出“重估一切价值”的命题，成为西方文化的颠覆者。1869年尼采被聘为瑞士巴塞尔大学古典语言学教授。1872年，他出版了第一部专著《悲剧的诞生》，形成了其一生主要的哲学思想。在这部著作中，尼采提出以“酒神精神”作为生命意志的表现方式，通过艺术来拯救人生，并且赋予生命一种积极的、审美的意义。1879年，尼采辞去了巴塞尔大学的教职，开始了十年的漫游生涯。其间写作了《查拉图斯特拉如是说》《瓦格纳事件》《偶像的黄昏》《瞧，这个人》等著作。后期的尼采逐

① 叔本华．作为意志和表象的世界．石冲白，译．北京：商务印书馆，1982：353.
② 干春松，孟彦弘．王国维学术经典集：上卷．南昌：江西人民出版社，1997：60-61.

步摆脱了叔本华和瓦格纳的影响，开始反思早期的非理性思想，重视对艺术审美经验的分析，进行“艺术生理学”的研究，构建起自己的学说体系。尼采在后期哲学与艺术观念中，力倡“权力意志”，强调要以旺盛的生命力去战胜苦痛，征服弱者，超越自我，成为超人，这是他全部思想的一个总结。1889 年，尼采罹患精神疾病，1900 年于魏玛辞世。

一、艺术是人生的救赎

德国启蒙运动的代表人物，如歌德、席勒、温克尔曼等人都认为古希腊文明是高贵、单纯、优雅、宏伟的，古希腊艺术的繁荣源自人与自然、理性与感性的和谐。在《悲剧的诞生》中，尼采亦将古希腊艺术视为典范，但他一反传统见解，对艺术的存在价值提出了自己的观点。他认为，希腊人认识到了生命的苦难，他们从森林之神那里懂得了人生的悲剧性，但希腊人并没有因人生的悲剧性而放弃生命，而是在通过艺术进行抗争。他曾这样指出：“希腊人知道并且感觉到生存的恐怖和可怕，为了能够活下去，他们必须在它面前安排奥林匹斯众神的光辉梦境之诞生。”① 他赞叹希腊人“深思熟虑，独能感受最细腻、最惨重的痛苦……他们大胆的目光直视所谓世界史的可怕的浩劫，直视大自然的残酷，陷于渴求佛教涅槃的危险之中。艺术拯救他们，生命则通过艺术拯救他们而自救”②。尼采正是通过对古希腊艺术特征的总结，得出结论：艺术的本质就是拯救，就是要给予苦难的人生以慰藉。艺术可以美化人生，会使痛苦转化为极乐的一种形式，会使人感受到世界生命本体的永恒，从而把现实的苦难转化为生命的伟大激情。尼采还指出，拯救人生的苦难正是古希腊艺术产生的深层心理根源。

在哲学方面，尼采接受了叔本华的悲剧人生观，但与叔本华有本质区别——他并未因人生的悲剧性而否定生命。叔本华认为，意志是盲目的不可遏制的生命力，在无目的的意志与无止境的欲望的驱遣下，人生充满了求而不得的苦难与不幸。只有自觉地否定生命意志，回归虚无，人生才能获得解脱。尼采则把叔本华的生命意志改造为权力意志，认为这是人的生命的原始动力，是最高形态的力量呈现。世界是变异的、令人眩晕的，但是永恒的权力意志却可以激发人的无穷力量，赋予人的存在以无限的价值和意义。在尼采的思想中，作为本体的生命意志，已由叔本华所说的盲目挣扎的消极力量变成了生生不息的创造力。尼采通过权力意志构造出人类生存的坚实基础，将人生的悲剧性转化为崇高和惊喜。从权力意志出发，尼采的见解不仅有别于叔本华，亦对西方传统的形而上学提出了挑战。在他看来，传统形而上学所谓的“存在的世界”是虚幻的，其目的就是制造永恒的假象。包括神在内的一切命题，都是“人的造物”，本身并不自在。不是神创造了生命，而是生命创造了神。尼采否定了宗教，也不相信理性，更不相信道德，他力图从艺术中探寻人生追求的意义。

尼采视艺术为生命的本能冲动，是权力意志的一种表现形式。在他看来，艺术不只是对现实的摹仿，而且是对自然现实的形而上学的补充，是为了克服自然现实而与它并列的。正是在此意义上，尼采明确宣称“艺术是生命的最高使命和生命本来的形而上活动”③，认为正是作

① 尼采．悲剧的诞生．周国平，译．北京：三联书店，1986：11.
② 同①：28.
③ 同①：2.

为形而上学的艺术构成了对人生和现象世界的辩护，使人生值得度过。人能因艺术而坦然地面对痛苦，能感受到人生的永恒和生命的伟大，感受到生存的价值与意义。艺术使生命变得完满、充实，这种意义才是人所需要的最终根本。与之相关，艺术中代表生命力的意志体现也就成为评判艺术品之美学价值的标准。据此，尼采批判了唯美主义艺术论，对康德等人的传统美学也不以为然。他认为康德美学是从“观察家”的角度思考艺术与美学问题的，消解掉了人所特有的感受、欲望、惊叹和陶醉，而美应属于“有用的、慈善的、增强生命之物具有的生物学价值的一般范畴之内，以致若干来自远方眷恋有用之物和状态的刺激就会给我们美的感受，也就是增强权力感的感受——不单纯指事物，而且指事物的伴随感，或者是它们的象征”①。美必须体现人的意志的“意愿”，一切艺术与审美活动都应包含着全身心的陶醉和占有对象的权力意志。因此，尼采曾称颂法国小说家司汤达说出了美的真理，“美许诺幸福”。

尼采赋予艺术以形而上的意义，否定传统的道德和理性对艺术的钳制，张扬艺术对人生的积极意义。这些观念极大地影响了西方现代文论，开启了向潜意识、生命冲动、意识流发展的趋势。但尼采过于强调非理性的精神本能，亦具有唯心主义与神秘主义的局限。

相关知识

艺术研究的主旨，尼采强调，在于为人生创造一种纯粹审美的评价。尼采之所以痛恨宗教，抨击科学，正是与其对艺术价值的认识相关的。在他看来，基督教视生命本能为罪恶，科学则促使人追求物质利益，都回避了人生的根本问题，而只有艺术才能担当起挽救人的生存的重任。艺术作为权力意志的最高体现，能够抗拒形而上学和虚无主义，是人类生命真实的写照。尼采的这类见解得到了20世纪许多学者的呼应，如德国哲学家伽达默尔亦曾强调：“作为一种成功的作品和创造物，诗不是理念，而是一种能再次激起无限生命的精神。”②

二、日神精神与酒神精神

日神精神与酒神精神是尼采文艺观中的重要术语。尼采借此进一步阐释了艺术的起源、本质及其对人的生命的意义。尼采所说的日神精神和酒神精神，是指人源于生命苦难而产生的两种艺术冲动。尼采认为，具有拯救人生意义的艺术，从根本上说，即源于这样两种冲动。

在古希腊神话中，日神阿波罗是光明之神、造型之神，它把光辉洒向万物而使万物呈现出美的外观，同时也支配着人内心的幻想世界。尼采所说的日神精神，具体来说，即人类沉湎于外观的幻觉，不再追究本体，企图用美的面纱遮盖人生悲剧面貌的精神冲动。尼采认为，因日神是光明之神，它的光辉使万物呈现为美的外观，而这外观实际上是人的一种幻觉，但人们愿意沉湎于这种幻觉，流连于稍纵即逝的欢乐中。由此而形成的日神艺术主要有以下几个特征：第一，日神精神是安静、祥和适度的审美境界。它具有庄严肃穆的气质，使得艺术呈现出平静祥和的特征，能够给人以静止和谐的感受。在日神精神中，个体通过幻觉使自身凸显出来，而

① 尼采．权力意志．张念东，凌素心，译．北京：中央编译出版社，2000：171.

② 伽达默尔．真理与方法．洪汉鼎，译．上海：上海译文出版社，1992：428.

个体的凸显也就意味着秩序的建立。因此日神精神严格遏制无节制的激情，反对放纵自己的情感，追求完善与美的世界。第二，日神精神具有光明、灿烂、梦幻的审美外观。尼采用日神来象征人赋予世界和人生以美丽外观的能力，他认为："日神本身理应被看作个体化原理的壮丽的神圣形象，他的表情和目光向我们表明了'外观'的全部喜悦、智慧及其美丽。"[①] 第三，日神精神是对人生悲剧性的暂时忘却，可以使人通过审美的幻觉来获得心灵的解脱。尼采以梦来喻指日神的状态，他认为人在梦境中可以暂时脱离现实人生的苦痛，遮掩人生丑恶的面目。在日神的驱使下，人们自己营造梦境并沉迷于梦境中，并且通过提供虚幻的审美愉悦而使自己忘却人生的悲剧性本质，解脱人生的痛苦与冲突。第四，不同的个体可凭借日神的力量改造现实，创造美的形象，这就决定了不同的艺术家的作品必然具有个体化的特征，从而营造出绚丽多彩的艺术世界。

酒神狄俄尼索斯雕像

尼采显然清楚，梦境虽然能够给人带来审美愉悦，但梦总是暂时的，而且人也不会仅仅满足于幻想。当人们从日神状态中清醒过来，便会体会到人生的苦难。于是，尼采提出了与日神精神并重的酒神精神之说。在古希腊神话中，酒神狄俄尼索斯的特征是放纵与迷狂，尼采正是借此将酒神精神界定为个体的人自我否定而复归世界本体的精神冲动，并具体指出了其下列特征：第一，酒神精神是一种能够使原始生命力得以释放的酣醉狂放的精神状态。与日神精神不同，酒神精神打破了人生外观幻觉，揭开了生命悲剧的面纱，直视了人生的真相，令人在醉意蒙眬中放纵自我，得到一种不可言明的快感。第二，在醉态中，"个体化原则"被破坏，人失去了自主与理智，个体仿佛荡然无存（即个体否定），而完全进入了集体状态的忘我之境。用尼采自己的话说："在酒神的魔力之下，不但人与人重新团结了，而且疏远、敌对、被奴役的大自然也重新庆祝她同她的浪子人类和解的节日……"[②] 第三，酒神精神是一种特殊的肯定人生的态度，它直面人生的痛苦，化苦难为审美快乐。对人而言，个体的解体与否定原本应是最大的痛苦，但在个体消解的同时，也会感受到与世界本体的沟通，会体味到生命意志的不朽，即会意识到，旧个体毁灭了，新个体马上会产生。因此，在酒神状态中，人类体验到的不是痛苦的悲剧感，而是一种与世界本体融合的最高欢乐，是一种痛苦与狂喜交织的癫狂状态，是一种复归原始自然的美好体验。许多艺术作品之所以具有拯救人生之效，足以抗衡人生的悲剧，即因其中汹涌着酒神精神。由以上论述可进一步看出，面对个体毁灭的不可避免的命运，尼采极力张扬的是与叔本华虚无主义截然不同的昂然不屈的人生精神。

尼采正是根据日神精神和酒神精神将艺术进行了独特的分类。他将神话传奇、史诗、绘画、雕塑等具有造型性的艺术归于日神艺术，认为在这类艺术中，人们正可以借助造型艺术的外观幻觉获得审美享受，以此抵御人生的悲剧性。他将以抒情见长的悲剧、抒情诗归于酒神艺术，将音乐称为最纯粹的酒神艺术。尼采认为在这类艺术中，人们可以通过突破形象的束缚，情感迷醉，而达到与生命本原的融合。尼采亦论及，在具体的艺术作品中，日神精神与酒神精

① 尼采．悲剧的诞生．周国平，译．北京：三联书店，1986：5.
② 同①：6.

神又不无互生共存性，如悲剧和抒情诗，其精神实质虽系酒神精神，但在形式上则是日神的，因为无论是抒情诗的叙述还是悲剧的舞台、情节、动作等都是日神精神所营造的幻象。

理论辨析

在西方文论史上，亚里士多德的悲剧理论曾长期占据主导地位。亚里士多德认为艺术的本质在于摹仿，悲剧即摹仿生活中令人伤心的事情，由此而使人产生怜悯与恐惧的情感；悲剧之价值在于使人的心灵得以净化或陶冶。尼采则从酒神精神出发，揭示了悲剧形而上的心灵慰藉，以及拯救人生苦难、抗拒人生虚无的功能。与亚里士多德相比，尼采的见解无疑更见人生哲学的深度以及关于文学价值的启示意义；与叔本华虚无主义的悲剧观相比，亦更具有益于人类生存的精神震撼力。

三、悲剧是生命的兴奋剂与强壮剂

叔本华认为悲剧是对生活痛苦和空虚的洞悉，是“意志的清静剂”而尼采认为悲剧是生命的“兴奋剂与强壮剂”。尼采认为，在悲剧艺术中，个体的毁灭解除了人的一切痛苦，个体与天地自然融为一体，由此产生的是肯定生命而不是否定生命的审美快感。这种审美快感能够使人的生命得以兴奋与强壮。

尼采是从悲剧起源入手探讨悲剧之特有功能的。尼采认为，悲剧以酒神精神为本原，产生于祭祀酒神的颂歌。悲剧在萌芽时仅仅是酒神颂歌中的萨提儿歌队，这类歌队正是悲剧的雏形，其中已有酒神精神的充分体现。在尼采看来，萨提儿即“人的本真形象，人的最高最强冲动的表达，是因为靠近神灵而兴高采烈的醉心者，是与神灵共患难的难友，是宣告自然至深胸怀中的智慧的先知，是自然界中性的万能力量的象征”①。他们的音乐引起的便是人们对酒神精神和人间苦难的譬喻性直观，体现出的便是世界与生命本原的融合，能够给人以感悟生存永恒的乐趣。酒神歌队的成员在迷狂的状态中涌出的即生命的冲动，这种由生命冲动向可感的形象之幻化，便是悲剧产生的基础。尼采的具体分析是：“希腊人替歌队制造了一座虚构的自然状态的空中楼阁，又在其中安置了虚构的自然生灵。悲剧是在这一基础上成长起来的，因而，当然一开始就使痛苦的写照免去了现实性。”②

尼采认为，悲剧是古希腊艺术发展的巅峰，也是日神的梦幻力量与酒神的放纵力量相互结合的产物。酒神精神中狂放不羁的迷醉，不可遏制的生命冲动，是悲剧的真谛之所在。但是在悲剧中，酒神精神需要依靠日神精神来显现。正是借助日神的力量，酒神精神以幻象现身，悲剧亦随着这一幻象而产生。在尼采看来，悲剧是酒神状态的日神式完成，日神精神则赋予酒神

① 尼采．悲剧的诞生．周国平，译．北京：三联书店，1986：6.
② 同①：27.

精神以感性外观，而此感性形象便构成了戏剧的基础。在戏剧中，舞台、悲剧人物、对白、情节、动作等要素，都不过是酒神精神幻化出来的形象。因此，他认为："悲剧的本质只能被解释为酒神状态的显露和形象化，为音乐的象征表现，为酒神陶醉的梦境。"①

在此基础上，尼采进一步扣住酒神精神的实质论述了悲剧的功能。他认为，不能将悲剧当作医学或道德现象来对待，而忽视其独特的审美功能。这功能即悲剧通过展示个体的痛苦与毁灭，让人产生独特的审美快感。他认为这种快感"乃是本能的无意识的酒神智慧向形象世界的一种移植"②。也就是说，在欣赏悲剧时，一种形而上的慰藉可使我们暂时逃脱世态变迁的纷扰。个体虽然失败或毁灭了，但我们会感觉到世界生命本体的不可遏止的生存欲望，会感到不论世界的现象如何变化，生命本体处于永恒的创造之中，会使我们产生生存的勇气与快乐。正是在此意义上，尼采宣称："只有作为一种审美现象，人生和世界才显得是有充足理由的。在这个意义上，悲剧神话恰好要使我们相信，甚至丑与不和谐也是意志在其永远洋溢的快乐中借以自娱的一种审美游戏。"③

尼采依据自己的悲剧标准指出，在古希腊悲剧达到巅峰时代之后，随着科学和理想哲学的不断发展，悲剧走上了乐观主义、辩证法和自我意识的道路，并因此而走向衰落。他曾批评欧里庇得斯是悲剧死亡的始作俑者，因为欧里庇得斯在悲剧中往往以现实人物代替酒神幻象，以乐观主义代替悲剧精神。他指责苏格拉底更为直接地导致了悲剧的毁灭，因为苏格拉底推崇理性，将人生的意义归结为追求知识，将符合真理作为评判艺术的唯一标准。其结果是："乐观主义辩证法挥动三段论的鞭子，将音乐赶出了悲剧，这就是说，它毁灭了悲剧的本质。"④ 由此可见，尼采所强调的悲剧观的实质是非理性的，是其反叛理性的唯意志主义哲学观的具体体现，也是其必然产物。

深度思考

在尼采之前，关于悲剧效果，西方文论史上形成了两种对立的观点——以叔本华为代表的悲观主义和以黑格尔为代表的乐观主义。与叔本华的悲观论不同，黑格尔从他的绝对理念出发，认为悲剧冲突源于人的理念差异，而悲剧之结局，体现的恰是值得庆贺的绝对理念作为"永恒正义"的胜利。显然，黑格尔对悲剧的乐观主义的推崇，是以牺牲人的存在和个体感性为代价的，因此在本质上还只是空洞的、抽象的乐观主义。尼采的悲剧理论既是对叔本华的改造，又是对黑格尔的扬弃。他既承认悲剧解脱人生痛苦之效，又肯定人生的价值；他勇于直面人生痛苦，又力倡"权力意志"的积极乐观的人生态度。其见解在悲剧理论史上是更为深邃的，也是极具理论原创性之意义的。

① 尼采．悲剧的诞生．周国平，译．北京：三联书店，1986：61.
② 同①：70.
③ 同①：105.
④ 同①：95.

【本章关键词】

永恒理念（eternal ideal）：叔本华哲学中的重要术语，指时空和根据律之外的存在，同时又是经验世界的产物，是意志的直接客体化。叔本华认为，一切现象皆以理念为原型，亦是构成艺术作品内涵的本原。

艺术直观（artistic intuition）：叔本华艺术理论中的术语，指通过对表象的把握，超越了由根据律建立的认知方式，是关于对象的直接的整体性认识。叔本华认为，艺术作品是艺术直观的产物，因而体现出非功利性特征。

酒神精神（dionysian spirit）：指个体的人自我否定而复归世界本体的精神冲动。尼采认为，酒神精神可使人超越个体生命的痛苦，在沉醉中体会生命力的充盈与审美的快乐，并将其称为“永恒的本原的艺术力量”。

日神精神（apollo spirit）：指人类沉湎于外观的幻觉，不再追究本体，企图用美的面纱遮盖人生悲剧面貌的精神冲动。尼采认为，这样一种冲动，亦是构成人类艺术活动的本原动力之一。

【推荐阅读】

雅斯贝尔斯．尼采其人其说．鲁路，译．北京：社会科学文献出版社，2001.

金惠敏，薛晓源．评说“超人”：尼采在中国的百年解读．北京：社会科学文献出版社，2001.

萨弗兰斯基．尼采思想传记．卫茂平，译．上海：华东师范大学出版社，2010.

阎嘉．洞悉人生痛苦的智者：叔本华．成都：四川人民出版社，1997.

金惠敏．意志与超越：叔本华美学思想研究．北京：中国社会科学出版社，1999.

高瑞泉．天命的没落：中国近代唯意志论思潮研究．上海：上海人民出版社，1991.

【思考题】

1. 叔本华是怎样论述“艺术直观”的？
2. 如何评价叔本华的悲剧理论？
3. 如何认识尼采艺术救赎的观点？
4. 尼采是如何论述悲剧的？
5. 尼采是如何论述“酒神精神”与文学艺术之关系的？
6. 尼采是如何论述“日神精神”与文学艺术之关系的？

第八章 唯美主义与象征主义文论

概　述

唯美主义与象征主义是19世纪下半叶出现的，有着内在关联的两种文艺思潮。19世纪中后期的法、英等欧洲国家政治逆流不断，“自由、平等、博爱”的乌托邦理想破灭，工业文明高度发展，社会物质财富巨量增加，使“物质至上”和“唯利是图”的社会风气盛行。这让有理想的艺术家颇感失落，社会上普遍存在悲观颓废、玩世不恭甚至绝望幻灭的心态。既然无力对抗世俗，逃避便成为顺理成章的选择。部分艺术家远离现实，躲进艺术的象牙塔，把“纯艺术”作为自己的最高目标，强调“为艺术而艺术”，反对以道德标准衡量艺术，轻视艺术的社会教育功能，反对当时居主导地位的现实主义以及自然主义的创作方法，强调运用感应、暗示、通感之类的艺术技巧，由此形成了唯美主义和象征主义文艺思潮。

唯美主义和象征主义均起源于法国，后兴盛于欧洲，并对全世界产生了深远影响。法国诗人、小说家泰奥菲尔·戈蒂埃（Théophile Gautier，1811—1872）是唯美主义的最早倡导者。在《莫般小姐》的序言中，他宣言式地提出了“为艺术而艺术”的理论主张。唯美主义的集大成者是英国小说家王尔德，王尔德更为明确地强调艺术高于生活，艺术美超凡脱俗，不存在于生活与自然之中。

从内在关联来看，象征主义直接来源于唯美主义，实际上是在唯美主义的理论基础上形成的。如象征主义诗歌的代表人物波德莱尔早期就是一位唯美主义者。“象征主义”作为一个文艺理论术语，最早出现在长期居住在法国的希腊年轻诗人、剧作家让·莫雷亚斯1886年出版的《短歌集》序言中。同年9月，莫雷亚斯又专门发表了《象征主义宣言》，象征主义由此而为人瞩目。

真正扩大象征主义声势，显示出象征主义创作实绩的则是法国诗人波德莱尔、马拉美、魏尔伦、兰波等人。本章拟重点介绍王尔德、波德莱尔和马拉美的文艺思想。

第一节 王尔德的文艺观

王尔德

奥斯卡·王尔德（Oscar Wilde，1854—1900），英国著名作家、理论家，出生于爱尔兰的都柏林市。其父亲有着爵士头衔并且是当地著名的外科医生，还是爱尔兰科学院主席，母亲是当时颇有名气的诗人兼作家。王尔德在艺术氛围浓厚的家庭环境中长大，从小就对文学、艺术、考古、科学深感兴趣。1871 年，17 岁的王尔德以优异成绩考入都柏林大学的三一学院，凭其聪明才智赢得奖学金和许多其他奖励。1874 年，王尔德进入牛津大学的马格丹努学院学习，其唯美主义艺术思想即形成于牛津大学学习时期。

与唯美主义追求相关，王尔德相信艺术优于生活，并致力于把自己的生命转化为艺术。他常常穿着刻意彰显唯美的服装，手执向日葵或百合花，以雄辩滔滔的华美言辞，出入各种社交场所。王尔德特立独行的性格与生活方式最终超出了世俗的忍耐底线。1895 年，他因与道格拉斯的同性恋行为而被判“有伤风化罪”，入狱两年，妻子因此而离开了他，大多数朋友也对他敬而远之。晚年的王尔德穷困潦倒，四处漂泊，最后客死于巴黎一家小旅馆。王尔德的唯美主义文艺思想主要表现在他的《英国的文艺复兴》《谎言的衰朽》《作为艺术家的批评家》《〈道连·格雷的画像〉自序》等文章中，并在其小说、童话、信件等作品中有所体现。

一、生活摹仿艺术

关于文学艺术与现实生活的关系，王尔德明确宣称：“我视艺术为最高的现实，而生活不过是一个虚构的形态。”① 在他看来，文学总是先于生活，而不是生活先于文学；文学不是摹仿生活的产物，而是生活在摹仿艺术。他以巴尔扎克的作品为例指出，艺术家规划设计生活蓝图，我们仅仅照章行事而已，如“我们的吕西安·德·吕旁普瑞们，我们的拉斯蒂涅们以及德·马赛们，最初都是在《人间喜剧》的舞台上出现的。我们只是以脚注和不必要的补充，在实现一个伟大小说家的怪念头，或幻想，或创作幻象”②。不可否认，成功的艺术形象确实对观众的生活观及世界观有一定影响，这是由于艺术形象来源于生活又反作用于生活。但王尔德把这种现象看成艺术对生活的浇铸，是艺术在创造生活，则夸大了艺术的作用，有本末倒置之嫌。

① 王尔德．王尔德作品集．黄源深，等，译．北京：人民文学出版社，2000：668.

② 赵澧，徐京安．唯美主义．北京：中国人民大学出版社，1988：129－130.

与反对艺术摹仿生活的主张相关，王尔德强调艺术应是超时代的。艺术家及艺术作品要能经得住时间的检验。他不无自信地将自己比于拜伦，宣称：“拜伦曾是个象征性人物，但他象征的是他那个时代的激情及其激情的委顿。我所象征的则更为崇高，更为永恒，更为重大，更为广博。”①

王尔德的文艺主张，从根本上来说，正是源于其唯美主义的人生态度。王尔德崇尚超越现实的理想人生，认为现实人生往往平庸世俗、抱残守缺，这样的生活“是破坏艺术的溶化剂，是蹂躏其家园的敌人”②。这样的生活不值得予以艺术加工。王尔德据此评价莎士比亚说：“莎士比亚绝不是一位完美无缺的艺术家。”③ 因为在莎士比亚的剧本里，“有些段落——而且为数还不少——语言粗鲁、庸俗、夸大、怪诞，甚至淫猥，这都是由于生活要求为它自己的声音寻求反响，……他过于喜欢直接走向生活，并借用生活的朴质语言”④。就算是莎士比亚这样伟大的剧作家，如果描写生活真实，在作品中可以看到生活的影子，也照样会受到王尔德的严厉批评。

王尔德对现实生活的贬低虽然失之偏颇，但也有一定的意义。他的关于生活摹仿艺术的主张，其根本目的是要抗拒卑俗的现实，寻求灵魂得以栖息的精神家园。王尔德明确表示：“在这动荡和纷乱的时代，在这纷争和绝望的可怕时刻，只有美的无忧的殿堂，可以使人忘却，使人欢乐。我们不去往美的殿堂还能去往何方呢？只能到一部古代意大利异教经典称作 Cilla divina（圣城）的地方去，在那里一个人至少可以暂时摆脱尘世的纷扰与恐怖，也可以暂时逃避世俗的选择。”⑤

这种“躲进小楼成一统，管他春夏与秋冬”的追求固然产生于逃避心理，但无疑也是对现实的反抗，同时，客观上也起到了对艺术的保护作用。

王尔德颠倒艺术与生活的关系，割断艺术与现实之间的联系，使艺术成为无源之水，无本之木，其弊端是不言而喻的。但值得重视的是，他充分注意到了艺术对生活的反作用。更为重要的是，他对艺术独立于生活并高于生活的强调，在一定程度上体现了艺术的本质特征。艺术通过特定的形象，表达对人生的向往、理想与追求，从而提升人们的审美素质，促进社会的进步。因此，文学艺术固然离不开某一时代的现实生活，但又绝不能被动地摹仿生活，而要超越时代生活。纵观中外文艺史，许多优秀作品体现的正是这种超越性。

理论辨析

仅就反对艺术摹仿生活的主张来看，王尔德的观点颇类于古希腊时代的柏拉图。但从艺术追求的最终目的来看，二者又有不同。柏拉图视“理式”为终极真理，王尔德推崇的则是艺术本身。与王尔德相似，文艺复兴时代的达·芬奇亦强

---

① 王尔德．王尔德作品集．黄源深，等，译．北京：人民文学出版社，2000：668.
② 赵澧，徐京安．唯美主义．北京：中国人民大学出版社，1988：119.
③ 同②：121.
④ 同②：121.
⑤ 同②：100.

调艺术是高于客观真实的“第二自然”，主张画家要“与自然竞赛，并胜过自然”①。但二者的理论实质亦有很大区别。达·芬奇主张在现实基础上的创新，而王尔德则基于自己的唯美追求，希望在艺术中建构一个完全独立的想象王国。

二、艺术独立于道德

在文艺理论史上，艺术与道德的关系也一直为学者们所重视。王尔德强调不涉道德的纯艺术论，宣称“书无所谓道德的或不道德的。书有写得好的或写得糟的。仅此而已”②。“艺术家没有伦理上的好恶。艺术家如在伦理上有所臧否，那是不可原谅的矫揉造作。”③ 在王尔德看来，艺术作品有着自己的独立生命，与道德无关。

王尔德在其名为《英国的文艺复兴》的演讲稿中，第一次谈到艺术不涉道德的观点：“文学所需要的，不是增强道德感和道德控制，实际上诗歌无所谓道德不道德——诗歌只有写得好和不好的，仅此而已。艺术表现任何道德因素，或是隐隐提到善恶标准，常常是某种程度的想象力不完美的特征，标志着艺术创作中和谐之错乱。”④ 显然，在王尔德看来，诗歌追求的只是纯粹的艺术效果，而不是道德说教，任何涉及价值标准的诗歌都破坏了这种纯粹。

既然审美是判断艺术优劣的唯一标准，艺术创作也就不必囿于道德判断。王尔德申言，只要予以美的目的，艺术家什么都可以表现，不仅可以写美德，也可以写丑陋、邪恶。他以古希腊的悲剧《俄狄浦斯王》为例，指出弑父娶母是有违道德的一种恶，但整个《俄狄浦斯王》的故事却是唯美的。如果艺术家因道德顾忌而避免描写这样的故事情节，我们就无缘看到《俄狄浦斯王》这样唯美的悲剧故事了。王尔德还以颜料和画家的关系为例指出，一个艺术家应该是毫无道德同情的，应该消除善恶意识。对于一位艺术家来说，善恶应“完全就像画家调色板上的颜料一样，无所谓轻重、主次之分。他知道凭借它们能够产生某种艺术效果，他就把这种艺术效果产生出来”⑤。王尔德还从单纯的艺术唯美观出发，看重恶人的形象，认为“从艺术角度看，恶人是有趣的，他们代表色彩、变化和奇特。好人则增强人们的理智，坏人则煽动人们的想象”⑥。

王尔德代表作《莎乐美》插图

① 芬奇．达·芬奇论绘画．戴勉，译．桂林：广西师范大学出版社，2003：30.
② 赵澧，徐京安．唯美主义．北京：中国人民大学出版社，1988：179.
③ 同②：180.
④ 同②：97.
⑤ 同②：182.
⑥ 同②：184.

王尔德把道德从艺术中剥离出来的努力，是对当时社会庸俗、道德堕落的风气的反抗。王尔德试图在艺术创作中按照自己的唯美主义原则塑造艺术形象，但事实上，从他的作品来看，他所谓唯美的艺术形象，也不可能完全脱离社会的道德现实。

理论辨析

生活在保守的维多利亚时代的王尔德，因其特立独行而广遭道德诟病，故而他对道德判断极为厌恨，力主艺术与道德判断的势不两立。在这方面，与其同时代的德国哲学家尼采表现得更为激烈，尼采认为一切道德原则都是以不道德为基础的，疾呼重估一切价值。这些思想主张在反抗人性压抑方面的历史进步意义是毋庸置疑的。但人类的道德毕竟是人类文明的主体构成，极端化地否定道德也是有违人类文明的。艺术价值固然不同于道德价值，但艺术又毕竟是人类文明的载体，因而，像王尔德那样，力图让艺术与道德绝缘，也是不利于艺术健康发展的。

三、讲述美而不真实的故事

王尔德极为重视艺术的虚构性，认为“撒谎——讲述美而不真实的故事，乃是艺术的真正目的”①。他宣称“我们必须培养失去的撒谎艺术”，这样就可以“歌唱优美而不可能的事物，歌唱可爱而从未发生的事情，歌唱不存在而应该存在的东西”②。

王尔德从自己的唯美主张出发，高度推崇善于撒谎的谎言家，认为“无论他叫什么名字或属于哪一种族，他确实是真正的社交缔造者。因为谎言家的目的就是让人着迷，使人欣喜，给人娱乐。他是文明社会的真正基础，没有他，即使是伟人邸宅里的宴席，也会像皇家学会的演讲，或作家协会的辩论，或伯南特先生的一场滑稽喜剧那样乏味”③。但令他深感遗憾的是，撒谎作为一门艺术、一门科学和一种社会乐趣，现今已衰朽了。因为现代的小说总是以事实为基础，缺乏想象力。在王尔德看来，这样的局面已经影响了人类的发展。他指出：“事实不仅正在历史中找到立足点，而且正在篡夺想象力的领地，侵入浪漫文学的王国中来。它们那种令人打寒战的触角无孔不入。它们正在使人类庸俗化。”④ 王尔德还举例说，美国把一个自称不会撒谎的人（指乔治·华盛顿）选定为自己的民族英雄，从而使美国人想象力和理想匮乏。

王尔德为之辩护的艺术谎言，实际上是指艺术想象。但需要注意的是，王尔德所重视的想象是一种远离生活与时代的想象。他曾明确强调：“每一个艺术家应该避免的两件事是形式的

① 赵澧，徐京安．唯美主义．北京：中国人民大学出版社，1988：144.

② 同①：142.

③ 同①：125.

④ 同①：124.

现代性和题材的现代性。对我们生活在19世纪的人来说，除了我们的世纪之外，任何一个世纪都是一个合适的艺术主题。”[1] 王尔德认为，通过这般想象，艺术家不仅可以改变艺术内容还可以改变艺术形式，目的就是使其笔之所至的事物以美的形态展现出来，如他自己所宣称的：“我改变人的心灵、物的颜色。我所言所行，无不使人惊叹。戏剧，这本是最为客观的艺术形式，在我手里却成为像抒情诗和十四行诗那样抒个人情怀的表达方式，同时范围更为广阔、人物更为丰富。戏剧、小说、韵律诗、散文诗、微妙含蓄或天马行空的对白，我笔之所至，无不以美的新形态展现其美。”[2] 王尔德还以自己推进了艺术家的想象力而自豪：“我唤醒了这个世纪的想象力，它便在我身边创造神话与传奇。”[3]

王尔德对谎言的推崇其实是对文艺创造性的重视，如他自己所说：“想象从本质上讲是创造性的，并且总是寻求一种新的形式。”[4] 王尔德从其“为艺术而艺术”的唯美主义艺术观出发，力图使艺术想象完全脱离于现实，强调的是一种完全凭空的想象。由此主张中，既可以看到王尔德反抗现实的用意，又可见出其思想的逃避性。

相关知识

关于艺术的创造性，早在古希腊时代，亚里士多德就提出了艺术家应该描写“合情合理的不可能”的艺术主张，“就作诗的需要而言，一件不可能发生但可信的事，比一件可能发生但不可信的事更为可取”[5]。其后的朗吉弩斯亦进而强调用颠倒乾坤般的夸张、天马行空般的想象来创造艺术形象，用“神话般的、无从信以为真的夸张”来达到惊心动魄的效果。如荷马“写天马行空，引吭长嘶，一跃就跨过天涯海角；写神的战斗，笳声响彻长空，山岳动摇，大地震荡，天翻地覆，颠倒乾坤……”[6] 王尔德熟悉古典文学，难免受其影响，我们也确实可以从王尔德的艺术观中见到先哲的影子。不同的是，王尔德从“为艺术而艺术”的文艺观出发，不无片面性地否定了艺术想象的现实基础。

第二节
波德莱尔的文艺观

夏尔·皮埃尔·波德莱尔（Charles Pierre Baudelaire，1821—1867），19世纪法国最为著名的现代派诗人，象征主义诗歌的先驱。波德莱尔身世凄凉，幼年失怙，随母改嫁，因与继父性格不合等原因，内心常常孤独忧郁。成年后一度穷困潦倒，放浪形骸。波德莱尔才华出众，

---

① 赵澧，徐京安．唯美主义．北京：中国人民大学出版社，1988：668.

② 王尔德．王尔德作品集．黄源深，等，译．北京：人民文学出版社，2000：668.

③ 同②：668.

④ 同①：129.

⑤ 亚里士多德．诗学．陈中梅，译．北京：商务印书馆，1996：180.

⑥ 阎国忠．古希腊罗马美学．北京：北京大学出版社，1983：284.

既是伟大的诗人又是著名的文学评论家。在理论主张与创作实践方面，他上承浪漫主义，下启象征主义，其十四行诗《应和》被视为“象征派的宪章”。其代表性作品有诗集《恶之花》，文学批评集《浪漫派的艺术》等。

一、象征主义的“应和”理念

波德莱尔

波德莱尔认为人具有追求“美”的本能，认为“正是这种对于美的令人赞叹的、永生不死的本能，使我们把人间及其众生相看作上天的一览，看作上天的应和。人生所揭示出来的对于彼岸的一切的一种不可满足的渴望是我们的不朽之最生动的证据。正是由于诗，同时也通过诗，由于音乐，同时也通过音乐，灵魂窥见了坟墓后面的光辉”①。波德莱尔这里强调的是：第一，美是超验的，在“彼岸”，在“坟墓后面”。第二，这种超验的美与现实客观美也并不是毫无关联的，现实事物与超验世界存在一种应和关系，正确解读这种应和关系就可以窥见美。这一应和思想，是波德莱尔对瑞典神秘主义哲学家斯威登堡的“对应论”的继承发展。斯威登堡强调人的各种感官之间以及世界万物与人的灵魂世界可以息息相通，相互应和，物我之间存在着一种隐秘的“象征”关系。所以波德莱尔在评论雨果的文章中赞同以下观点：“天是一个很伟大的人，一切，形式，运动，数，颜色，芳香，在精神上如同在自然上，都是有意味的，相互的，交流的，应和的。”② 第三，诗是窥见“美”的光辉的媒介。

波德莱尔主张以诗为媒介，尝试解读超验世界与现实人世之间的应和关系，以寻找最高的美。这一主张集中表现在他的十四行诗《应和》中：

自然是座庙宇，那里活的柱子
有时说出了模模糊糊的话音；
人从那里过，穿越象征的森林，
森林用熟识的目光将他注视。

如同悠长的回声遥遥地汇合
在一个混沌深邃的统一体中
广大浩漫好像黑夜连着光明——
芳香、颜色和声音在互相应和。

有的芳香新鲜若儿童的肌肤，

---

① 波德莱尔．波德莱尔美学论文选．郭宏安，译．北京：人民文学出版社，1987：206.

② 同①：97.

柔和如双簧管，青翠如绿草场，
——别的则朽腐、浓郁，涵盖了万物，

像无极无限的东西四散飞扬，
如同龙涎香、麝香、安息香、乳香
那样歌唱精神与感觉的激昂。①

这首诗的法文标题“correspondence”源自拉丁语“correspondere”一词，意为“应和”“回应”“应答”“符合”等，含“相互应答”“相互对应”“相互沟通”之意，强调不同事物之间的对应与相通。“应和”是象征主义创作的指导思想，透过《应和》一诗，我们可以看出，波德莱尔所说的“应和”主要表现在以下三个层面。

第一，横向层面的应和，即同级别感觉器官之间的互通关联。波德莱尔在其文章《论色彩》中表示：“当我听见音乐的时候，我就发现颜色、声音和香味之间有一种类比性和隐秘的融合。”②《应和》一诗中亦点明：“芳香、颜色和声音在互相应和。”也就是说，嗅觉、视觉和听觉之间可以互相融通。这种情况，也就是中国文论中所说的“通感”。

第二，纵向层面的应和，即生理感觉和心理感受之间、外在客观世界与主观精神世界之间的互通关联。波德莱尔在评论雨果的文章中言及，“在优秀的诗人那里，隐喻、明喻和形容无不数学般准确地适应于现实的环境，因为这些隐喻、明喻和形容都是取之于普遍的相似性这一取之不尽的宝库，而不能取之于别处”③。也就是说，在波德莱尔看来，优秀的诗人能够读懂大自然这个巨大的象征的森林，可以通过诗歌来把握它。而正是在这样的诗中，读者才会感受到彼岸的美。

第三，超验层面的应和，即精神世界与超验世界的互通关联，这是波德莱尔“应和论”的关键部分。波德莱尔认为，诗人有能力通过诗歌，在大地上重新建造起天堂的象征，从而使人一览上天最高的美，一窥“坟墓后面的光辉”。他强调，与终极混而为一，成为“混沌深邃的统一体”的一部分，才是诗歌的终极目标。

波德莱尔将美分为客观世界存在的真实的美和其背后超验世界中的“最高的美”，认为一个好的诗人可以发现这两个世界间存在的隐秘的应和关系，并通过自己的诗歌表达出来。波德莱尔之所以高度赞赏雨果，是因为在他看来，雨果的诗歌达到了他所说的超验的应和境界：他“不仅善于为人的灵魂表达出它得自可见的自然的最直接的快乐，而且善于表达通过可见之物、通过无生命的自然（或所谓的无生命的自然）传递的最短暂的、最复杂的、最道德的感觉（我特意提到道德的感觉）”④。“法语词汇从他嘴里出来就变成了一个世界，一个彩色的、悦耳的、运动的天地。”⑤ 波德莱尔甚至宣称，与德国的歌德、英国的莎士比亚和拜伦一样，法国的雨果是被上天召唤来用他的诗来征服、统治这个世界的。

波德莱尔所追求的超验的美感是具有很强的神秘意味的，而神秘性正是象征主义不可分割

---

① 波德莱尔．恶之花．郭宏安，译．桂林：广西师范大学出版社，2002：207.

② 波德莱尔．波德莱尔美学论文选．郭宏安，译．北京：人民文学出版社，1987：223.

③ 同②：97.

④ 同②：96.

⑤ 同②：97-98.

的一部分，正如英国评论家西蒙斯所言：“所有象征主义文学都同神秘主义学说有密切关系，都在很大程度上表现了神秘主义。神秘主义学说给予我们的，不是行为的指导，不是实现幸福的计划，不是关于任何神秘事物的解释，而是一种人生的理论。”① 显然，象征主义之所以表现为神秘主义，又正是与其作为思维模式的“应和”主张相关的。

深度思考

要准确把握象征主义“应和”理论包含的象征思想内涵，厘清象征主义与传统象征手法的区别是必要的。传统的象征手法所表现的对象往往是明晰的、确定的，从对象中能够轻易把握作者的情感取向。如十字架是基督教的象征，星条旗是美国的象征，中国传统诗歌中的“香草美人”常常是贤臣的象征，等等。而由波德莱尔的“应和”之类主张可见，象征主义之“象征”，不仅是一种艺术方法，更是一种创作理念和思维模式。在象征主义诗歌中，诗人的象征源于个体独特的内心感受，其对象是幽暗隐晦的内心世界和深藏在表象世界之后的纯粹本质，其目的是挖掘二者之间曲折隐秘的应和关系，因而其内涵是不确定的，其语言是具有很强的模糊性的。

二、想象力是各种能力的王后

为了创造“最高的美”，波德莱尔反对现实主义的再现论、摹仿说，认为“描绘存在的东西是无用的，是枯燥乏味的”，刻画自然“是艺术的敌人”②。与之相关，波德莱尔更为重视艺术想象力。

在《一八五九年的沙龙》一文中，波德莱尔宣称“想象力创造了世界，所以它统治这个世界”③。他将这样一种想象力誉为“各种能力的王后”，认为这是“一种神秘的能力！它和其他一切能力有关，它激励它们，派它们去打仗。有时候，它和它们相像到化而为一的程度，但它永远是它自己。那些没有受到它鼓动的人是很容易认出来的，一种不知是什么的诅咒使他们的作品像福音书中的无花果树一样枯萎凋零”④。也就是说，在波德莱尔看来，只有借助想象力的驱动，诗人的各种创造力才会被激发出来，从而使作品精彩绝伦，如果“没有它，一切能力无论多么坚实，也等于乌有”⑤。

与对想象力的重视相反，波德莱尔认为“自然不过是一部词典”。在艺术创作活动中，那

---

① 黄晋凯，等．象征主义·意象派．北京：中国人民大学出版社，1989：102.

② 波德莱尔．波德莱尔美学论文选．郭宏安，译．北京：人民文学出版社，1987：404.

③ 同②：407.

④ 同②：404.

⑤ 同②：405.

些缺乏想象力的人只会抄袭词典，只是“在其中寻找词义、词的演变、词源，最后，人们从中提取组成一句话或一篇文章的全部成分，但是从来没有人把词典看作一种组成，在这个词的诗的意义上的一种组成”①。这样做的结果只能导致创作的平庸。具有想象力的艺术家则不同，如“服从想象力的画家在他们的词典中寻找与他们的构思一致的成分，他们在以某种艺术调整这些成分的时候，就赋予它们以一种全新的面貌了”②。在这里，波德莱尔明确指出了自然与艺术创作的关系：不是抄袭自然，而是通过想象力重造自然。这样才能创作出优秀的文艺作品。

波德莱尔进而指出，他所说的想象与浪漫主义的想象不同：浪漫主义的想象是感情借以驰骋的手段，是情感表达的工具；他所说的想象，则不只是一种艺术创造力，而且是一种包括分析、综合、感受诸种能力在内的创造世界的思维方式。显而易见，波德莱尔这里所说的想象特征，亦正是对他象征主义文艺观的进一步阐释，即文艺作品正是通过想象，才能体现客观自然与虚构世界之间的应和关系，才能实现物质世界与精神世界的融合，才能告诉人们“颜色、声音、香味所具有的精神上的含义”③，才能穿越纷繁世界光怪陆离的表象，洞悉幽暗隐晦的象征本质，发掘出深奥隐秘的超自然的意境，从而创造出具有“最高的美”的艺术世界。

作为一位象征主义的先驱诗人，波德莱尔自己正是依据自己的理论从事创作的。在诗集《恶之花》中，波德莱尔一改浪漫主义对自然的讴歌，着重通过对城市生活的想象体验，展示了个人的内心世界；一反传统的注重情感抒发的格局而转向了理性探索，重在寻求客观世界与虚构世界之间的应和关系。波德莱尔的理论与实践，对文学思潮从浪漫主义向象征主义的过渡起了重要的推动作用，对许多后来者产生了重大影响。正如瓦莱里所评价的：“波德莱尔的最大的光荣……无疑就是他产生了几位十分伟大的诗人。魏尔伦、马拉美、韩波等，如果未在有决定性的年龄读了《恶之花》，那么他们也许不会有这样的成就。……魏尔伦和韩波在情感和感觉方面继续了波德莱尔，马拉美却在完美和诗的纯粹的领域中延长了他（韩波即兰波——编者按）。”④

相关知识

1886 年 9 月 18 日，当莫雷亚斯在《费加罗报》上发表《象征主义宣言》时，他自己也许不会想到，由他首创的“象征主义”这一概念会迅速走出法国并产生世界性影响，甚至影响了整个文学发展历程。其实《象征主义宣言》一文本身并没有太多值得圈点的地方。正如后人评论的：“在文献上讲，这篇文章没有什么重要的，而且无论从思想还是从语言方面看，混乱处比比皆是。然而它的优点就是把当时正在摸索前进的各种倾向，在象征主义这个语词的周围凝结起来。”⑤ 莫雷亚斯这一概括并没有征求过该派成员甚至是主要成员的意见，象征主义派的主将魏尔伦就曾惊呼：“象征主义？没听说过！这大约是个德国字吧！”魏尔伦还专门写诗以示对这一术语的厌恶。

---

① 波德莱尔．波德莱尔美学论文选．郭宏安，译．北京：人民文学出版社，1987：409.
② 同①：409.
③ 同①：404－405.
④ 戴望舒．戴望舒译诗集．长沙：湖南人民出版社，1983：117－118.
⑤ 黄晋凯，等．象征主义·意象派．北京：中国人民大学出版社，1989：712.

第三节 马拉美的文艺观

马拉美

斯特芳·马拉美（Stéphane Mallarmé，1842—1898），法国著名象征主义诗人、散文家。出生于巴黎一个公务员之家，4岁失恃，个性孤独忧郁。从中学时就爱好写诗，受爱伦·坡和波德莱尔的影响较大。一生大部分时间以教书为生，并致力于诗歌创作和理论研究。马拉美是继波德莱尔之后法国象征主义诗派的重要代表人物，被认为是“象征主义的高级传教士”①。有一段时间，他在自己的寓所组织著名的“周二聚会”，漫谈诗歌和艺术问题，一度盛况空前，成为法国文坛的中心，推动了象征主义思想的发展。韦勒克曾经指出，在象征主义作家群中，“只有波德莱尔和马拉美两位作家合乎连贯性和独创性的检验标准”②。在理论主张方面，马拉美的主要见解有以下几点。

一、文学的目的是召唤事物

马拉美在《谈文学运动》一文中强调：“在诗歌中应该永远存在着难解之谜，文学的目的在于召唤事物，而不能有其他目的。”③“召唤事物”一词被马拉美强调指出，可见其对这一文学目的的重视。他所说的“召唤事物”，意思是指“诗人以精深的艺术手法，魔术般地使事物得其神似，可望而不可即”④。在其相关论述中，马拉美具体指出：召唤事物的方法是暗示、造梦。

马拉美摒弃了传统文论主张的真实地再现生活的创作原则，认为“在诗歌中只能有隐语的存在”⑤，强调“与直接表现对象相反，我认为必须去暗示。对于对象的观照，以及由对象引起梦幻而产生的形象，这种观照和形象——就是歌。……指出对象无疑是把诗的乐趣四去其三。诗写出来原就是叫人一点一点地去猜想，这就是暗示，即梦幻。这就是这种神秘性的完美的应用，象征就是由这种神秘性构成的：一点一点地把对象暗示出来，用以表现一种心灵状态”⑥。在马拉美看来，诗人创造出的这个梦幻般的诗境，是人心灵的最佳状态。从中我们可以看清马拉美主张“召唤事物”的逻辑线索：象征主义要展示人的心灵状态，心灵的最佳状态

① 查德维克．象征主义．肖聿，译．太原：北岳文艺出版社，1989：63.
② 韦勒克．近代文学批评史：第四卷．杨自伍，译．上海：上海译文出版社，1997：509-510.
③ 黄晋凯，等．象征主义·意象派．北京：中国人民大学出版社，1989：42.
④ 同③：42.
⑤ 同③：42.
⑥ 伍蠡甫．西方古今文论选．上海：复旦大学出版社，1984：267.

是梦幻，由此，诗歌的目的就是造梦，以使读者能从这一梦幻中产生美感，这也就是象征主义诗歌应该达到的效果。

马拉美曾经颇为自信地宣称："只要精心选择几个庄严的号角向天堂发出的音响，就足以魔幻般地建造出那座理想的、唯一可居住的宫殿——由不可触摸的石头建成的宫殿。"① 马拉美理论主张的依据是："客观事物本来就存在，我们不必去创造它们，我们只需把握它们的关系。"② 马拉美的这类主张，实质上是对波德莱尔文艺观的继承，其宗旨亦是波德莱尔所强调的，通过象征主义的暗示手法，揭示隐藏在平凡事物背后的"绝对世界"。借用英国学者查德维克在《马拉美与无限》一文中的分析，马拉美的具体创作特征是："有意识地将头脑里一切以现实为基础的意象排除干净，并且同样有意识地建立他的'不存在的花'和'纯粹的观念'的意象。"③ 这"不存在的花"，这"纯粹的观念"意象，以及马拉美自己所说的"由不可触摸的石头建成的宫殿"，正是象征主义诗人们所向往的乌托邦天堂。

深度思考

关于"象征"一词的意义，我们可以参考德国哲学家伽达默尔的研究。伽达默尔系统考察过"象征"一词的原始内涵：象征最先是希腊语言中的专门性术语，指的是具有识记用途的一分为二的碎陶片，那是"古代的通行证"，"它是人们凭借它把某人当作故旧来相认的东西"④。伽达默尔以柏拉图《会饮篇》中关于象征的故事为例，强调象征不是指一种一目了然的、完全无道理的、冷冰冰的、非艺术的蕴涵，而是为了用"这如半片信物一样的个别的、特殊的东西显示出与它的对应物相契合而补全为整体的希望，或者说，为了补全整体而被寻找的始终是作为它的生命片断的另一部分"⑤。也就是说，象征从其本原意义上说，就具有对整体性意境的追求，是对一种有可能恢复的永恒的秩序的呼唤。法国象征主义文艺理论中的"象征"，体现的仍是这一本原意旨。

二、文学是音乐的源泉

与创造梦幻乌托邦的意旨相关，马拉美强调诗歌语言不同于作为交流工具的日常语言。在他看来，日常语言只能传递"卑微和直接的目的"⑥，无法接近理念世界；而诗歌语言则要幻

---

① 袁可嘉，等．现代主义文学研究：上卷．北京：中国社会科学出版社，1989：346.

② 伍蠡甫．西方古今文论选．上海：复旦大学出版社，1984：269.

③ 查德维克．象征主义．肖聿，译．太原：北岳文艺出版社，1989：68.

④ 伽达默尔．美的现实性——作为游戏、象征、节日的艺术．张志扬，等，译．北京：三联书店，1991：51.

⑤ 同④：52.

⑥ 同①：349.

化所有具体所指，通过其象征暗示功能揭示客观世界的纯粹本质。对此，马拉美自己的论述是："在民众手里，语言同金钱一样有着简单和便利的效用。而在诗人手中，它首先却变成了梦和歌；诗是依赖虚构为生的，它艺术的组合特点及要求使语言在这里取得了最佳效果。"①正是由于对诗歌语言的这种象征暗示功能的强调，因而马拉美特别强调诗歌的音乐性。

关于诗歌与音乐的关系的看法，马拉美受爱伦·坡的影响较大。爱伦·坡曾在《诗歌原理》中指出："音乐通过它的格律、节奏和韵的种种方式，成为诗中的如此重大的契机，以致拒绝了它便不明智——音乐是如此重要的一个附属物，谁要谢绝它的帮助，谁就简直是愚蠢。所以我现在毫不犹豫地坚持它的重要性。也许正是在音乐中，诗的感情才被激动，从而使灵魂的斗争最最逼近那个巨大的目标——神圣美的创造。"② 马拉美在爱伦·坡的基础上更进了一步：在爱伦·坡那里，音乐还是诗的一个附属物，尽管是非常重要的一个附属物，而在马拉美这里，文学被视为音乐的真正源泉。他曾如此指出："音乐真正的源泉不应是铜管乐、弦乐和木管乐的基本音调，而是充分展示其光彩和充满理性的文学——这是最丰富和明晰的音乐，是普遍关系的总和。"③

马拉美之所以重视诗歌的音乐性，是出于追求灵魂自由的需要。他认为，与语词仅仅诉诸人的知性判断力不同，音乐可以对人的灵魂形成冲击，能够解放人内心深处的情感体验，能够满足长期压抑的情感需求。马拉美追求尘世没有的纯粹美，理想与现实的落差让他倍感痛苦，他说："对于我，作为一个诗人，在这个不允许诗人生存的社会里，我作为诗人的处境，正是一个为自己凿墓穴的孤独者的处境。……从内心来说，我是一个孤独者。"④ 在现实中，诗人是孤独者，是不自由的。而通过音乐般的诗，孤独的灵魂能够挣脱禁锢，实现精神自由。这也就是马拉美所说的："它释放出我们称之为灵魂的那种飘逸散漫的东西，那种除了具有普遍意义的音乐性之外别无所求的东西，使它超越一切尘土以及其他实际的禁锢，超越诗集本身，超越诗文本身。"⑤

马拉美坚持把诗的音乐性视为引人进入梦幻的门径，并积极地在自己的创作中付诸实践，将其作为自己的毕生追求。难怪后期象征主义诗人瓦莱里评价他说："我们知道，终生萦绕着马拉美的问题，他始终思考和孜孜以求的对象，就是还诗歌以伟大的现代音乐从它那里夺去的同等力量。"⑥ 马拉美在其晚年作品《骰子一掷绝不会破坏偶然》中，为了体现诗歌的音乐性和造型美，曾按照乐曲的结构安排版面。他运用瓦格纳创作音乐主旋律的方法，把题目"骰子一掷绝不会破坏偶然"分成四个词组，以最大字号拼成单词在诗中轮换出场，一如乐曲反复演奏的主旋律。这首诗里面的文字字号各异，深浅不一，以乐谱形式排列，诗页上留着大片的空白。在这首诗中，文字是乐符，作家以文字谱写出了一阕具有纯粹美感的与上天的韵律神秘应和的辉煌乐章。正是在这样的诗歌中，马拉美营造出自己的理想王国，实现了真正的精神自由。

马拉美将诗与音乐连为一体，强调二者的密切关系，不仅有助于增强诗歌的审美效应，亦

---

① 袁可嘉，等．现代主义文学研究：上卷．北京：中国社会科学出版社，1989：349.
② 伍蠡甫．西方古今文论选．上海：复旦大学出版社，1984：369-370.
③ 同①：349.
④ 同②：268.
⑤ 同①：347.
⑥ 瓦莱里．文艺杂谈．段映虹，译．天津：百花文艺出版社，2002：223.

为诗歌创作提供了多样化的形式。对马拉美在理论与创作方面的独特贡献，当代学者袁可嘉的评价是："马拉美是被称为'象征主义之象征'的。他处在这个文学运动承上启下的核心地位。他在理论和创作两方面把象征主义中的诸种因素（如直觉、梦幻、暗示、象征、音乐性）条理化、系统化，并推进到了一个绝对的程度。"①

深度思考

马拉美重视诗歌的音乐性，认为音乐可以使诗歌取得暗示象征的最佳效果。马拉美对诗歌音乐性的追求充分表现在他的《海洛狄亚德》《骰子一掷绝不会破坏偶然》《牧神的午后》等作品中。马拉美在一次接受记者采访时说，我们应该在诗歌中放进较多的空气，在不同诗句之间创造一种流动的、变化的东西。这种流动的、变化的东西即音乐性。马拉美所主张的诗歌音乐的"暗示"性，自然会导致诗歌文本中大量"空白"的存在。而正是这种意义不确定的"空白"，进一步消解了传统文论中的摹仿再现说，更为突出地体现了象征主义之追求。

【本章关键词】

唯美主义（aestheticism）：唯美主义运动是19世纪后期起源于法国，兴盛于英美，并对全世界产生深远影响的一场组织松散的对社会具有反叛性质的运动。这一流派追求"纯艺术"，主张"为艺术而艺术"；宣称艺术高于生活，生活摹仿艺术；强调艺术不涉道德与政治；重视艺术的形式美；尝试建立一个独立于平庸世俗的唯美艺术王国。王尔德是这一流派的主要代表，也是其集大成者。

谎言的衰朽（decay of lying）：王尔德强调艺术的虚构性，即艺术的谎言。王尔德强调："撒谎——讲述美而不真实的故事，乃是艺术的真正目的。"但在王尔德看来，这样一门艺术、一门科学和一种社会乐趣，现今毫无疑义地衰朽了。因为现代的小说总是以事实为基础而缺乏想象力。

象征主义（symbolism）：欧美现代主义文学早期的一个流派，起源于19世纪80年代的法国，后迅速遍及欧美。该流派文论家以诗人为主，强调文学的象征本质，反对情感的直抒胸臆及伦理的道德说教，主张情与理的统一，强调通过象征暗示传达作者微妙复杂的情感体验，追求理念世界纯粹虚幻的美。

【推荐阅读】

赵澧，徐京安．唯美主义．北京：中国人民大学出版社，1988.

王尔德．王尔德作品集．黄源深，等，译．北京：人民文学出版社，2000.

---

① 袁可嘉．欧美现代派文学概论．上海：上海文艺出版社，1993：120.

黄晋凯，等．象征主义·意象派．北京：中国人民大学出版社，1989.
查德维克．象征主义．肖聿，译．太原：北岳文艺出版社，1989.
丁子春．欧美现代主义文艺思潮新论．杭州：杭州大学出版社，1992.
李思孝．从古典主义到现代主义：欧洲近代文艺思潮论．北京：首都师范大学出版社，1997.
袁可嘉．欧美现代派文学概论．上海：上海文艺出版社，1993.

【思考题】

1. 王尔德是怎样看待艺术与生活之间的关系的？
2. 怎样理解王尔德艺术无涉道德的观点？
3. 怎么理解王尔德的谎言的艺术？
4. 波德莱尔“应和”理论的内涵是什么？
5. 马拉美所主张的文学召唤事物的特点是什么？

第九章

直觉主义与表现主义文论

概　述

直觉主义与表现主义是活跃于20世纪上半叶的两种西方现代文艺思潮。前者的代表人物是法国哲学家柏格森，后者的代表人物是意大利哲学家克罗齐、英国文艺理论家科林伍德。直觉主义突出强调艺术创作过程中的直觉性、非理性、无意识等，其思想的形成与叔本华、尼采的唯意志论哲学有关。叔本华认为万物的本质即生存意志，可通过哲学沉思、纯粹审美观照以及艺术直觉予以把握。尼采进而推崇权力意志说，将权力意志视为生命的本质，将作为生命意志体现的审美直觉形态的酒神精神和日神精神视为两种艺术冲动力。与叔本华、尼采的哲学相通，柏格森亦将生命冲动视为万物及宇宙运行的本质，将生命直觉视为参透、体察生命冲动绵延之流的力量，并在此基础上提出了艺术活动即直觉活动的见解。其后，克罗齐则更为直截了当地指出艺术即直觉，认为艺术是一种“心灵的综合作用”，是一种纯粹的直觉性精神活动。与克罗齐一脉相承，科林伍德进而提出了“艺术是一种富于想象力的表现”的著名命题。在西方文论史上，这些见解被称为表现主义。从思想关联来看，表现主义实际上是直觉主义的进一步发展。

第一节
柏格森的文艺观

亨利·柏格森（Henri Bergson，1859—1941），1859年10月18日出生于巴黎，父母均为犹太人。1878年进入巴黎高等师范学校读书，1889年获哲学博士学位，1897年被聘为巴黎高等师范学校讲师，1901年当选为伦理政治科学院的研究员，1914年当选为该科学院主席，并当选为法兰西科学院院士，1928年获得诺贝尔文学奖。作为伟大的生命哲学家，柏格森的

柏格森

“绵延”和“直觉”理论被视为现代西方整个社会思潮从理性主义向非理性主义转折的里程碑。其代表作有《时间与自由意志》《笑》《形而上学导言》《创造进化论》等。

“直觉”是柏格森文艺美学思想的一个核心概念。柏格森的直觉主义是对自柏拉图以来西方古典理性主义哲学的颠覆和超越，也是对古希腊早期以感觉为认知起点的自然主义哲学传统的回归。当然，柏格森的直觉主义蕴含了更为丰富的内涵：一方面，他是现代西方非理性主义哲学的重要代表人物；另一方面，由于其鲜明地体现了西方现代人本主义思潮，因此，柏格森的直觉主义本质上又属于现代启蒙哲学的产物。柏格森由直觉主义哲学出发，深入思考了文学艺术的本质，提出了以下独到的美学见解。

一、艺术作为一种生命直觉活动

要了解艺术作为一种生命直觉活动，首先需弄清柏格森提出的另一重要美学概念：绵延(duree)。绵延是柏格森生命哲学观的一个核心概念，它源于柏格森对时间的理解。在柏格森看来，存在着两种不同的时间：一种是物理学意义上的通过钟表来度量的时间，即“空间时间”；另一种是体验性时间，即“心理时间”。柏格森认为，前者是一种实用的、抽象化了的时间概念，因而是非真实的；而真正的时间是通过记忆，把过去、现在、未来交汇、融合的一个完整的不间断的时间之“流”，即绵延。与这种“心理时间”观念相一致，柏格森认为绵延是一切事物存在的共有本质：“宇宙是绵延的，每个分离的意识是绵延的，同样，活生生的有机体也是绵延的。”[①] 柏格森指出，世界的本质是一种生生不息的“生命之流”，它永远处于变动不居之中，并不存在一个确定的、亘古不变的确定性存在，也就是说，所谓世界的本质不过是某种超越具体存在的绵延之“流”。绵延只存在于自我精神领域，是一种纯粹心理体验，自我之外无绵延。在柏格森看来，绵延并非一种单纯的时间意识，在其更深层次上它是一个生命概念，是一种对生命本质的重新认知和界定。

然而，柏格森认为对绵延的把握并非理性所能够完成的，而是靠另一种认知、把握世界的方式，即直觉（intuition）。何谓直觉？柏格森的看法是，直觉即超越理智的本能：“它使我们置身于对象的内部，以便与对象中那个独一无二、不可言传的东西相契合。”[②] 简言之，直觉就是对事物瞬间本能的、直接的、整体性的把握，是人类所特有的“直接掌握原物”的能力，是一种本能，是“本能的最佳状态”。柏格森认为，直觉是与分析、逻辑等理性思维相对立的另一把握世界的方法，与传统的分析方法相比，其区别在于：分析的方法（即运用概念、符号的方法）本质上是一种“转述”，“进行分析就是把一件东西用某种不是它本身的东西表达出

① 柏格森．创造进化论．王珍丽，余习广，译．长沙：湖南人民出版社，1989：16.
② 张德兴．二十世纪西方美学经典文本：第一卷．上海：复旦大学出版社，2000：198.

来。所以，任何一项分析都是一种转述，一种使用符号的阐述”[①]。作为一种感应和本能，直觉能够不借助概念、符号，直接把我们引到生命的内部即绵延之流，抵达生命本质的认识领域。

为何直觉而非理性能够参透生命内部的绵延之流，认识生命的本质呢？柏格森认为，理性是一种符号化的逻辑认知过程，即通过概念把认知对象符号化，但是概念、符号与真实事物相距甚远，符号只能表达事物的一般性外部特征，而无法把握和反映事物的独特性。符号是静止的、僵硬的，而事物是流动的、变化的，因此，静止的符号无法表达流动的事物的本质，只有直觉才是认识、把握宇宙本质的唯一可能。因为，直觉能够深入对象的内在生命之中，达到与生命之流的交融。在柏格森看来，理智既然无法把握事物的本质，也就无法把握艺术的本质，对于一切艺术形式，只有运用直觉的方式，才能穿越表象，融入内部，把握实质。故柏格森认为艺术直觉对于艺术思维来说是十分重要的，艺术主体通过直觉与认知客体直接融为一体，当主、客体达到某种无差别境界时，艺术认识就达到了一个绝对的领域。

柏格森在《时间与自由意志》中还进一步论述了艺术直觉的创造性特质。他认为艺术源于内在生命本体，其本质不是对自然的摹仿，而在于表现艺术家的“生命之流”，所有的艺术形式都是生命本质的外在体现，艺术的目的在于表达一种具有个性体悟的新颖的经验，即艺术是一种生命直觉活动，艺术与科学的本质区别在于艺术通过感性形象对内在生命冲动即“生命之流”进行直接显现，而科学则必须借助概念、推理的过程，完成对世界的认知。由此，柏格森认为，创造性是一切艺术的本质特征。艺术家与工匠的根本区别在于，前者具有创造性，后者的工作则是一种机械化、模式化的过程。所以，艺术家必须努力使他的作品像自然界任何事物一样无拘无束，自然自由，而不能因原则、功利等考量牺牲了作品的创造性。柏格森说，任何事物都是矛盾的存在，都存在着如机械与自由、僵硬与生动等相互对立的两种性质，而事物的本质又必然被僵硬、机械的外在形式遮蔽，真正的艺术家就是要穿越理智的蔽障，通过直觉，进入自由的“生命本质”。因此，在柏格森看来，直觉就是用心灵直接感知、把握对象的内在本质，是一门“不用符号的科学”。

深度思考

柏格森的直觉主义是对以概念为基础的理性主义认知方式的超越。在人类认知方式的演进中，理性主义是对原始以感觉为基础的认知方式的超越，但理性主义过于专势，排他性强，使人的主体性逐渐沦为符号、概念和分析、推理的奴隶。而柏格森认为，概念是不可靠的，因为概念的方式本质上是一种简单化和片面化，是对事物之完整性和复杂性的简化，甚至是一种危险的歪曲化表达。再者，理性主义并非人类认知世界的唯一方式，随着现代科学特别是脑科学、心理学的发展，人们逐渐认识到直觉同样是认知世界的一种重要方式和途径。直觉主义不仅是一种对世界的认知方式，在更深的意义上，它还体现了一种对“人”的本体价值的体认。

---

① 洪谦．西方现代资产阶级哲学论著选辑．北京：商务印书馆，1982：137.

二、艺术与直觉的相通性

柏格森在《形而上学导言》中详细论述了艺术与直觉的关系，通过对小说阅读过程的分析，他否定了传统的由外及里的小说分析方法，提倡一种由内向外的直觉式方法。他指出，艺术就是在刹那间把握“直截了当、不可分割的感受”。关于艺术与直觉的相通性，柏格森认为主要表现为以下几个方面。

首先，柏格森认为，直觉并非一种完全孤立的神秘存在，而是表现为一种艺术冲动。当然，这种艺术冲动并非空穴来风，而是建立在对外部事物长期接触的基础上，以在这种长期接触中所得到的主观感受为材料，然后借助想象力加以完成。想象力是直觉产生的重要媒介，因为只有想象力才能穿越符号、材料等表层，进入事物内部，完成认知主体与认知对象的融合——其过程类似于波德莱尔所说的“契合”与“交感”——进而理解和探索事物的内在本质。柏格森以小说为例，分析了直觉活动的这一特点，他指出尽管小说家在其作品中可以堆砌种种性格特点，可以尽量让他的主人公说话和行动，“但是这一切根本不能与我在一刹那间与这个人物打成一片时所得到的那种直截了当、不可分割的感受相提并论。有了这种感受，我就会看到那些行为举止和言语非常自然地从本源中奔流而出。它们就不再是一种附加在我对这个人物所形成的观点上面，并且不断地充实这个观点却永远不能达到完满地步的东西。我就一下子得到了这个人物的全貌……唯有与人物本身打成一片，才会使我得到绝对”①。

其次，艺术与直觉的另一相通之处在于它们的超功利性。柏格森指出，在现实生活中，人们通常根据现实原则即“需要”来把握事物，人们只接受对事物“有用”的印象，而其他“无用”的印象就变得暗淡、模糊不清甚至被忽略或扼杀。因为在日常生活中，人在外界的所见所闻都不过是感官选择、指导行为的结果，即感官和意识显示给我们的现实只不过是实用的、简化了的现实，“在感官和意识为我提供的关于事物和我自己的景象中，对人无用的差异被抹杀了，对人有用的类同之处被强调了，我的行为应该遵循的道路预先就被指出来了”②。事实上，在大自然和我们之间，在我们和意识之间，垂着一层厚而重的“帷幕”，而这层“帷幕”对艺术家和诗人来说是“薄得几乎透明的”，因为艺术家所遵循的并非常人的“有用”原则，而是艺术的原则。在柏格森看来，“艺术唯一的目的就是除去那些实际也是功利性的象征符号，除去那些社会约定俗成的一般概念，总之是除去掩盖现实的一切东西，使我们面对现实本身”③。故柏格森认为作为艺术表现形式的直觉是一种超越功利目的的活动，他甚至指出追求功利就不会有直觉的发生，因为理性是具有明确的功利目的的。如果把功利主义的先入之见和大量的概念铺盖到对象上，就会遮蔽了对象的本来面目。因此，要想把握实在，必须首先去除功利目的对事物本来面目的遮蔽，以纯粹的审美眼光去观照和体察事物，只有用这种超然的审美态度，才能产生真正的艺术。所以，柏格森认为，艺术的目的之一，就是让人们忘掉功利以及一切符

---

① 张德兴．二十世纪西方美学经典文本：第一卷．上海：复旦大学出版社，2000：197.

② 同①：210.

③ 同①：213.

号、成规的遮蔽，以纯粹无碍的心态，体悟生命冲动的真相，而这一过程是通过直觉实现的。与之相应，艺术价值则取决于艺术家对生命冲动的直觉体悟和表现能力。

最后，艺术与直觉的相通性还表现在它们所具有的鲜明个性特点上。按照柏格森的观点，一切艺术总是以“个人的”东西为表现对象：“画家在画布上绘出的图像，是他在某地、某日、某时所见到的，带有他人再也见不到的色调。诗人所吟唱的是他自己而不是别人的某种心态，这种心态转瞬即逝，绝不会一丝不差地重现。戏剧大师展现在我们面前的是某种心灵活动，是情感和事件活灵活现的编排，归根结底是可一不可再的某件事。”① 故艺术具有不可重复性和独创性，这种艺术的独创性源于艺术家直觉的个体性，也就是说，真正的艺术和直觉是独一无二的，具有不可摹仿性。

相关知识

从艺术和直觉的个体性和不可重复性出发，柏格森对文学与语言的关系也进行了重新思考。他认为文学与艺术的本质在于传达一种神秘莫测的体验，而这种体验是通过直觉实现的。我们通常认为文学是语言艺术，是通过语言来完成的，但是柏格森并不这样认为，他甚至认为语言恰恰在一定意义上“谋杀”了文学，因为在他看来，语言并不能传达直觉，所有人都用相同的词语指代那些相同的一成不变的事物或状态，因此语言只能框拘我们的经验和情感，只能表达客观和非个性化方面的东西。呆板、生硬的语言，方方正正的秩序只能传达出内在思想的壅滞，而不是直觉的产物。

三、喜剧是艺术与生活之间的“中间物”

在西方文论史上，悲剧与喜剧一直被视为最为基本的戏剧类型。柏格森则从自己的直觉艺术观出发，在《笑》这部著作中，通过对“笑”与“滑稽”的研究，对喜剧的艺术价值提出了质疑。柏格森认为，“笑”与“滑稽”是喜剧的根本特点，但在他看来，笑与滑稽是作为直觉的对立面出现的，是不自然、不合生命本质的东西。

首先，在柏格森看来，笑的前提条件是一种“不动感情的心理状态”，是纯粹诉诸理智的活动。他指出：“笑的最大敌人莫过于情感了。我并不是说我们不能笑一个引起我们怜悯甚至爱慕的人，然而当我们笑他的时候，必须在顷刻间忘掉这份爱慕，遏制这份怜悯才行。在一个纯粹理智的社会里，人们也许不再哭泣，然而他们可能笑得更多；而在另外一个社会里，如果人们的心毫无例外的感情丰富，生活都和谐协调，一切事情都会引起感情的共鸣，那他们是不会认识也不会理解笑的。”② 其次，柏格森指出，笑具有鲜明的社会性和明确的功利目的，他说：“要理解笑，就得把笑放在它的自然环境里，也就是放在社会之中，特别应该确定笑的功利的作用，也就是它的社会作用。”③ 故他认为“笑是自然和社会生活的长期习惯装在我们身

---

① 勒维尔．柏格森的美学思想．陈圣生，译．北京社会科学，2002（3）．
② 张德兴．二十世纪西方美学经典文本：第一卷．上海：复旦大学出版社，2000：203－204．
③ 张德兴．二十世纪西方美学经典文本：第一卷．上海：复旦大学出版社，2000：204－205．

上的一种机械装置所产生的效果”[①]。

与之相应，柏格森认为滑稽也是“镶嵌在活的东西上面的机械的东西”，它源于某种“机械动作和僵硬性”。由于某种机械或僵硬，也就是说当事物要求有所改变的时候，如果还在进行原来的活动，就产生了滑稽。因此，他认为“僵硬”既是构成滑稽的前提条件，更是滑稽的本质。他说：“在任何人的身体上，我们的想象都看得出某一种精神按照自己的心意赋予物质以一定形式而做的努力。这种精神无限灵活，恒动不息……它以羽翼般的轻盈给它赐予生命的那个物体注入一点东西：这种注入物质中去的灵气就叫作雅。然而物质却拒不接受。它把这个高等本质的永远生动活泼的活力拽将过去，把它化为毫无生气的东西，使之蜕化为机械的动作。……凡是在物质能够像这样子从外部麻痹心灵的使命，冻结心灵的活动，妨碍心灵的典雅的地方，就使人的身体产生一个滑稽的效果。”[②] 从生命哲学的角度来看，滑稽的本质在于其机械性、僵硬与不断变化的“生命之流”所产生的某种不和谐。故柏格森认为，凡是“类型”——缺乏个性和灵动性的存在，都包含着滑稽的成分：“一切性格都是滑稽的，如果我们把性格理解为人身上预先制成的东西，理解为如果人的身子上了发条，就能自动地运转起来的机械的东西的话。”[③] 鉴于此，柏格森高度警惕“框子”，指出：“一个人钻进了一个现成的框子，那就滑稽。而最滑稽的莫过于使自己成为别人很容易钻进去的框子，莫过于使自己僵化为某一类型的性格。”[④] 至此，可以看出，柏格森关于滑稽的论述具有了某种批判性和精神解构意义，在更深层面上，是对其作为一种不和谐、不自然、不合生命本质的异化力量的清醒的认知和洞察。

柏格森进而指出，与真正的艺术相比，笑、滑稽最多属于“半艺术”，由此而构成的喜剧也只能是介乎艺术与生活之间的“中间物”，并不属于严格意义上的艺术。因为在他看来，第一，构成喜剧的笑与滑稽，本质特点即“机械的僵硬”，这与“生命的冲动”恰恰相反，是对生命自身创造力的否定和破坏。第二，笑与滑稽都具有某种“社会姿态”和功利目的，因此，都不属于审美范畴。第三，在各种艺术类型之中，唯有喜剧是以“一般性”为目标的艺术。尤其是与悲剧相比，喜剧的这一不足更为明显，如悲剧表现的是个人，喜剧表现的则是类型。柏格森发现，仅从作品的标题中，就会看到这样一个有趣的现象：喜剧的标题大都是一个表示类别的名词，如《吝啬鬼》《赌徒》等，而悲剧则是以一个人的名字作为题目的，如《哈姆雷特》《麦克白》等。

柏格森对笑与滑稽产生的深层机制的阐释，特别是对笑与滑稽本质特征的阐释，显然是与其重直觉的生命哲学紧密相关的，是有一定社会批判意义的。柏格森关于喜剧的论述，是出于他对自己“艺术即直觉”的美学主张的捍卫，其中同样闪烁着生命哲学的光辉。

---

① 马新国．西方文论史．北京：高等教育出版社，2002：311.

② 陈炎．反理性思潮的反思——现代西方哲学美学述评．济南：山东大学出版社，1994：194.

③ 同①：209.

④ 同①：209.

深度思考

与重直觉相关，柏格森曾提出“美在轻松”的命题，与这一命题相反，他认为滑稽是僵硬的代名词。鉴于对滑稽本质的认识，柏格森把“统一性”看作艺术的生命，他认为没有统一性就没有艺术。他曾以楼房为例，阐述了“统一性”之于艺术的意义。他认为三层以下的楼房是美的，因为它预示着一个完整的住宅；三层以上的房子之所以不美，是因为它缺乏统一性，给人一种叠加的感觉。显然，在柏格森看来，“统一性”也就是自然美，也即艺术的前提，因此，“美在统一”当是柏格森的一个重要美学观念。

第二节 克罗齐的文艺观

贝奈戴托·克罗齐（Benedetto Croce，1866—1952）出生在意大利南部那不勒斯一个富裕家庭，因继承了祖上殷实的家产而得以有优越条件潜心致力于学术研究。克罗齐早期曾积极参政，做过意大利公共教育部部长、参议院议员。第一次世界大战期间曾公开反对意大利参战，认为这是一次自杀性的贸易战争。第二次世界大战期间，因拒绝发誓效忠墨索里尼法西斯政权，被意大利学院除名，并被撤去部长职务，其学术成果也遭到了封杀。克罗齐一生著述颇丰，是意大利著名文艺批评家、历史学家、哲学家。其代表性著作是四卷本的《精神哲学》，包括《美学》《逻辑学》《实践哲学》以及《历史学》。其他有影响的美学著作还有《美学原理 美学纲要》等。

在哲学观方面，克罗齐把人类的心灵活动分为认识和实践两大类，认为认识包括直觉和概念两部分，实践包括经济和道德两部分。在他看来，直觉、概念、经济、道德这四种心灵活动构成了人类全部的精神活动。这四种活动各有其价值与反价值。直觉产生个别意象，正反价值为美与丑；概念产生普遍认知，正反价值为真与伪；经济活动产生个别利益，正反价值为利与害；道德活动产生普遍利益，正反价值为善与恶。与这四种活动相对应产生了四门科学：美学、逻辑学、经济学与伦理学。克罗齐还认为，作为心灵活动的直觉，可以不依赖于其他任何一种心灵活动，但其他任何一种心灵活动却都离不开直觉，故而研究直觉的美学就成了克罗齐全部心灵哲学的基础。克罗齐的文艺观即包含在他的

克罗齐

直觉美学中。

一、艺术的四个否定性界定

人类的文学艺术究竟有何本质特点？为了能够得出正确的结论，克罗齐立足于自己的直觉观，采用论证中的排除法，从以下四个方面进行了分析。

第一，艺术不是物理事实。克罗齐指出，人们由于爱慕美的事物，喜欢从外部自然中寻找事物美的原因，如对某种颜色、形状或声音美的赞叹等。在他看来，这种从事物的物理事实中寻求事物美的根源的做法是错误的。与之相关，他认为艺术是一种心灵的活动，唯有艺术是真实的，物理事实不是真实的。以此为逻辑，他做出以下推断："物理事实并不拥有现实，而许多人为之献出毕生精力并从中得到崇高乐趣的艺术则是高度真实的；物理事实是不真实的，因此，艺术不可能是物理事实。"① 克罗齐还进一步阐释道："当我们要去看透艺术活动的本质和方式的时候，用物理的方法构成艺术完全是无用的。"② 显然，他认为艺术创作只与心灵有关，而且只存在于心灵之中，至于随之产生的文学、绘画和雕刻作品，它们均属于与艺术无关的物理事实，充其量不过是真正艺术品的物质记号和备忘的工具，所以它们是不真实的。

第二，艺术不是功利活动。克罗齐认为艺术活动是一种直觉"观照"性的认识活动，因而不能是一种功利性活动。因为功利性活动总是倾向于求得快感而避免痛感，而快感本身不是艺术的特点，如"喝水解渴的快感，露天散步、伸展一下四肢以便使血液循环更加畅通的快感，或者获得盼望已久的工作岗位以使我们工作岗位安顿下来的那种快感等等，都与艺术无关"③。他还举例说，一幅画可能是丑的，但因这幅画所画的人物是我们所熟悉的一位朋友，会给我们带来美好的回忆，所以这幅画带给我们的不是美感，而是快感。相反，一幅画是美的，带给了我们美感，但若这幅画为我们的对手所利用，带给我们的就是愤怒。因而，美感和快感具有不同的性质，艺术应该给人以美感，而不是低层次的功利性快感。

第三，艺术不是道德活动。克罗齐将艺术和道德也做了区分，认为"加给艺术的目的，如把人们引向善良、使人们憎恨邪恶、纠正或改善风俗习惯等，都是道德学说的派生物；在对下层阶级的教育中要求艺术家给予合作，去加强人民的民族性、战斗性，去传播勤劳朴素的生活理想，这也是道德学说的派生物。这些事情是艺术所做不到的，正像几何学也做不到一样"④。他以审美意象为例指出，尽管审美意象可能会显现出一个道德上可褒或可贬的行动，但是这个意象本身却不是在道德上可褒或可贬的，因意象保持着一种独立自足性。他甚至形象地阐释说，世间没有一条刑律可以判一个意象死刑或是判它下狱；世间也没有一个有理性的人做出的裁判可以用意象作为他进行道德评判的对象。他认为，若说判定但丁的佛兰切斯卡是不道德的，或是判定莎士比亚的考地利亚是道德的，就无异于说判定一个方形是道德的，或一个三角形是不道德的。他还进一步强调说："善良的意志能造就一个诚实的人，却不见得能造就一个

① 克罗齐．美学原理　美学纲要．朱光潜，译．北京：外国文学出版社，1983：210.
② 同①：211.
③ 李卫华．20世纪西方文论选讲．石家庄：河北人民出版社，2007：17-18.
④ 同①：214.

艺术家。”①

第四，艺术不是概念或逻辑活动。克罗齐主要是由意象性着眼，否定艺术的概念性与逻辑性的。他指出：“意象性是艺术固有的优点：意象性中刚一产生出思考和判断，艺术就消散，就死去；他死在变成批评家的艺术家身上，死在那些冥想者身上，他们由着迷艺术的欣赏者变成了冷静观察生活的人。”② 在他看来，艺术中的意象是直觉活动的产物，而直觉本身是先于概念且不依存于概念而存在的，所以艺术就绝不同于概念性、逻辑性的哲学或科学活动。正是从这一立场出发，他对文学批评也持否定态度，因为文学批评离不开经由概念进行的思考和判断。

克罗齐站在维护艺术纯粹性的立场上，严格区分了艺术表现和物理事实，反对给文艺强加各种道德说教的附加值，主张在艺术中“去概念化”，其见解自有深刻之处。但他全然否定艺术所蕴含的道德力量也是不妥当的。他对艺术与哲学和科学之间联系的否定的做法也是片面的。

研究进行时

艺术独立性价值是西方美学关注的重要命题之一，在西方美学史上，自柏拉图到黑格尔，均用哲学的绝对理念贬斥诗和艺术的价值，认为艺术以直接的感性形式表现“绝对理念”，因而总是有限的。在克罗齐看来，值得推崇的是康德，是康德将美学研究从客观世界转移到主观世界，确立了艺术的主体性原则。所以克罗齐从维护艺术独立性价值出发，称赞康德是“发现、解决或接近带来解决美学科学问题的人”。他还批驳了黑格尔用哲学取代艺术的观点，认为“黑格尔美学是艺术死亡的悼词”，“其哲学为它们写下了碑文”。从中可以看出他对艺术独立性价值的推崇。

二、艺术即直觉

与柏格森相同，在克罗齐的文艺思想体系中，“直觉”亦是其核心概念。但克罗齐所阐释的直觉概念，在内涵上与柏格森的理解又有很大的不同，它主要是指一系列心灵的、情感的“造作”“赋形”“加工润色”等创造性活动。

在克罗齐看来，“知识有两种形式：不是直觉的，就是逻辑的；不是从想象得来的，就是从理智得来的；不是关于个体的，就是关于共相的；不是关于诸个别事物的，就是关于它们中间关系的。总之，知识所产生的不是意象，就是概念。”③ 他认为，西方学界一向重视对理性

① 克罗齐．美学原理　美学纲要．朱光潜，译．北京：外国文学出版社，1983：213.

② 同①：217.

③ 张德兴．二十世纪西方美学经典文本：第一卷．上海：复旦大学出版社，2000：5.

知识的研究，专门有一种研究理性知识的科学，即逻辑，但研究直觉知识的人却甚少。他还指出，直觉的知识一直受到逻辑的知识的压制："逻辑的知识占据了最大的份儿，如果逻辑没有完全把她的伙伴宰杀吞噬，也只是悭吝地让她处于奴婢或守门人的卑位。"① 克罗齐坚决捍卫直觉的独立性，指出："直觉知识并不需要主子，也不要依赖任何人，她无须从旁人借眼睛，她自己就有很好的眼睛。"② 故他认为直觉可以离开理智、概念、逻辑等知识而独立存在。正是为了确立其独立地位，克罗齐进而将直觉与一般意义上的感受、表象（或意象）、想象、联想等进行了区分。

首先，直觉不同于一般意义上的感受。克罗齐认为不能把直觉和感受混为一谈，直觉不是一种简单意义上的感受，他把感受视为在直觉界限以下的一种无形式的物质，需要心灵给它赋予形式、纳入形式才能提升至直觉的层次。而这个形式即一种心灵化的过程。他指出："物质，在脱去形式而只是抽象概念时，就只是机械的和被动的东西，只是心灵所领受的，而不是心灵所创造的东西。没有物质就不能有人的知识或活动；但是仅有物质也就只能产生兽性，只产生人的一切近于禽兽的冲动的东西；它不能产生心灵的统辖，心灵的统辖才是人性。"③ 由此可以看出克罗齐把感受视为"心灵所领受"的"机械的和被动的东西"，而直觉则是一种"心灵所创造的东西"。

其次，直觉不同于一般意义上的表象或意象。如何区分直觉和表象呢？克罗齐认为表象是一个很含混的词，他指出："如果它指已从诸感受品的心理基础分割出来的、超然独立的一种东西，那么表象就是直觉。如果它被看成复杂的感受品，我们又回到生糙的感受，感受终是感受，它的特质并不随它的繁简而变，也不随它所出现的有机体是原始的，还是高度发达的，带着许多过去感受品的遗痕的这个分别而变。"④ 在克罗齐看来，一般意义上的表象或意象尚只是生糙的感受品，尽管它在形态上也会呈现为复杂的、发达的样态，但毕竟尚停留在感觉的层面。

《美学原理　美学纲要》书影

最后，直觉不同于一般意义上的联想。克罗齐认为若把联想视为"下意识的诸元素的连贯"，那么联想"就还未脱离感受和自然的境界"。若把它视为"记忆的联络"或"有意识的回想"，则直觉必参与其中的心灵活动过程，"在这个意义之下，说把本来未经直觉、未经分辨、未经心灵以某种方式获取、未经意识造作的一些元素在记忆里连贯起来，那似是不可思议的"⑤。他认为真正有价值的是一种创造性的联想，"因为创造性的联想已不是感受主义者所了解的联想，而是综合，是心灵的活动。综合可称为联想，但是既有了创造一个意思，就已假定有被动与主动、感受与直觉的分别了"⑥。克罗齐在此强调创造性的联想是一种心灵的综合性的、主动性的、创造性的活动，即一种直觉活动。

由上述分析可以看出，克罗齐之所以把直觉分别和一般意义

① 张德兴．二十世纪西方美学经典文本：第一卷．上海：复旦大学出版社，2000：5.
② 同①：6.
③ 同①：8-9.
④ 同①：10.
⑤ 同①：10.
⑥ 同①：10.

上的感受、表象（或意象）、联想做了区分，是为了强调直觉的独特性。他指出后者是人类思维的原始化、生糙化、被动化的状态，只是一些印象、感觉、冲动、情绪类的东西，还没有达到心灵的境界，而直觉则是一种经由心灵“赋形”的创造性的精神活动。克罗齐把这种经心灵“造作”“加工润色”的过程称为“赋形”，认为直觉就是一个对杂乱无章的物质世界赋予形式，把它纳入形式的过程。总之，在克罗齐看来，直觉远远超越低层次的感觉、情感、联想的机械式反应，从本质上讲是一种心灵的创造性、赋形性活动，而这样一种直觉正是艺术活动的特点。

理论辨析

在克罗齐的阐释中，物质和形式具有特殊的内涵。在他看来，物质不是一种客观自然存在物，而是特指一种抽象的概念；形式也不同于我们普通意义上理解的内容之外在载体，而是指一种特殊的心灵的活动。他认为直觉和表现即一种心灵赋予物质以形式，使之对象化并产生具体形象的心灵活动的过程。因此，形式也是我们理解克罗齐“艺术即直觉和表现”这一文艺主张的重要概念。

三、艺术即表现

克罗齐认为直觉与表现是密不可分的，“每一个真直觉或表象同时也是表现”[①]，这一表现是区分心灵的真实与机械的、被动的、自然的事实的一个重要标志。他进一步指出，人们通常把表现一词理解为“文字的表现”，这过于狭隘。在他看来，还应包括非文字的线条、颜色、声音的表现，每一种形式的表现对于直觉都是不可缺少的。“每个人都经验过，在把自己的印象和感觉抓住而且表达出来时，心中都有一种光辉焕发；但是如果没有抓住和表达它们，就不能有这种内心的光辉焕发。所以感觉或印象，借文字的助力，从心灵的浑暗地带提升到凝神观照界的明朗。在这个认识的过程中，直觉与表现是不可分的，此出现则彼同时出现，因为它们并非二物而是一体。”[②] 但他又认为，普通人所直觉到的世界只是一些窄小的表现品，“由微细的直觉品转到较深广的直觉品，逐渐达到最广大最崇高的直觉品。这个转变有时很不容易”[③]，因为这需要精神持续的凝聚。他举例说，达·芬奇在创作《最后的晚餐》时，在画布前呆视了很多天，也不动手画一笔，这印证了达·芬奇的一句名言：“大天才的心灵最活跃的创造，是当他们在外表最不起劲做工作的时候。”[④] 在克罗齐看来，达·芬奇的这种数日的“呆视”正是一种真正的直觉过程，也就是艺术表现过程。克罗齐认为，所谓艺术，本质即在于这样一种直觉表现，至于最后完成的绘画作品倒是无关紧要的。所以克罗齐曾提出贝多芬的第九交响曲

① 张德兴．二十世纪西方美学经典文本：第一卷．上海：复旦大学出版社，2000：11.
② 同①：11.
③ 同①：12.
④ 同①：12.

不是他的直觉品，而他的直觉品也不是第九交响曲的独到观点。

鉴于此，克罗齐把通常意义上的“艺术表现”分为四个阶段。第一个阶段是诸印象；第二个阶段是表现，也即审美的综合作用；第三个阶段是审美的快感；第四个阶段是由审美事实到物理现象的转换。[①] 在克罗齐看来，第二个阶段才是真正意义上的艺术表现，它是一个把诸印象借心灵的综合审美能力，提升至有机、整一体的精神创造过程。他指出：“审美的事实在对诸印象作表现的加工之中就已完成了。我们在心中作成了文章，明确地构思了一个形状或雕像，或者找到一个乐曲的时候，表现品就已产生而且完成了，此外并不需要什么。如果在此之后，我们要开口——意志要开口说话，……这都是后来附加的工作，另一种事实，比起表现活动来，遵循着另一套不同的规律。”[②] 所以，在克罗齐看来，表现就是一种融杂多印象于一个有机整体的纯粹的心灵综合审美活动，即“综合杂多为整一”的精神创造活动。一旦外化形成物理、技术层面的东西，就不是审美活动了。因而他强调：“不论是这些声音和音响，还是绘画、雕刻和建筑的符号，它们都不是艺术作品，因为艺术作品不存在于任何别的地方，只存在于创造这些作品的或再创造这些作品的人的心目中”[③]。故克罗齐认为艺术表现就是一种纯粹的精神内在创造活动，这和上文所谈到的直觉的“造作”“赋形”过程是一致的，而这种精神活动所衍生的作品在他看来则是不重要的。

深度思考

克罗齐认为美学是一门心灵科学，他把心灵看作世界的本原。他认为心灵的活动就是全部的现实，心灵具有统辖世界的力量。他主张“艺术即直觉和表现”，核心意旨亦在于强调艺术是心灵的创造性活动。由于克罗齐把心灵世界同客观世界完全等同了起来，他自然难免被视为一个极端的主观唯心主义者，但他站在弘扬主体性的角度，充分肯定艺术活动中的心灵因素与创造性，又是难能可贵的。

第三节 科林伍德的文艺观

罗宾·乔治·科林伍德（Robin George Collingwood，1889—1943），英国哲学家、历史学

① 李卫华. 20世纪西方文论选讲. 石家庄：河北人民出版社，2007：22.

② 伍蠡甫. 西方古今文论选. 上海：复旦大学出版社，1984：485.

③ 克罗齐. 美学或艺术和语言哲学. 黄文捷，译. 北京：中国社会科学出版社，1992：17.

家和美学家，表现主义美学的主要代表人物之一。毕业于牛津大学哲学系，后留校做研究和任教。主要著作有《宗教与哲学》《心灵的思辨》《艺术原理》《历史的观念》。在文艺观方面，科林伍德在克罗齐"艺术即直觉和表现"的基础上，进一步提出了"艺术是一种富于想象力的表现"的著名命题，具体见解如下。

一、作为再现艺术的伪艺术

为了探讨艺术的本质，科林伍德将艺术分为表现艺术与再现艺术。他认为表现艺术以情感表现本身为目的，乃真正的艺术；再现艺术则是一种技艺艺术，其艺术只是达到其他功利目的的手段，因而并非真正的艺术，而是伪艺术。在科林伍德看来，再现艺术主要又有两类：一是巫术艺术，二是娱乐艺术。他认为这两类艺术的共同特征，即服从于某种功利目的，而非重在情感表现。

科林伍德

科林伍德所说的巫术艺术主要指由歌曲、舞蹈和戏剧等构成的乡村民间艺术，如赞美诗、圆舞曲、宗教艺术等。科林伍德认为，在这些巫术艺术中，虽也含有舞蹈、歌唱、绘画或造型之类表现因素，就其激发情感而言，亦与表现艺术相通，但上述巫术艺术的共同特点是追求一种实用性目的。他指出："巫术艺术是一种再现艺术，因而属于激发情感的艺术，它出于预定的目的唤起某些情感而不唤起另外一些情感，为的是把唤起的情感释放到实际生活中去。"[①] 他还举例说，原始部落在打仗之前先跳某种舞，其目的就是激起部落成员的好战情绪，战士们跳着这种舞蹈就逐渐相信自己是战无不胜的了。正因服从于实用目的，故而在科林伍德看来，巫术艺术尽管也带有一定的审美因素，但只能说是一种技艺，而非真正的艺术。

科林伍德所说的娱乐艺术的特征是："如果一件制造品的设计意在激起一种情感，并且不想使这种情感释放在日常生活的事务之中，而要作为本身有价值的某种东西加以享受，那么，这种制造品的功能就在于娱乐或消遣。"[②] 他认为娱乐艺术旨在通过在观众身上唤起某些情感，达到满足感官需要的目的，为此，科林伍德批判了表现情欲主题的娱乐艺术，特别是其中最粗俗的色情艺术。科林伍德指出："情欲是高度适合这种目的的，它很容易得到兴奋，又很容易因为虚拟对象而得到释放。因此，这类艺术是非常普及而又常见的，其中最粗俗也最兽性的那一种被称为色情艺术。"[③] 科林伍德认为，这种色情艺术，如欧洲文艺复兴时期裸体绘画和雕刻，以及基于情欲主题的小说或故事，实质上都是在满足观众的色欲情感。此外，以爱情为主题的电影、杂志和报纸的封面设计、新闻节目、小说和广告，以及恐怖、谋杀、堕落、血腥、狂乱的宣泄与行为表现等，也都属于娱乐艺术。[④] 在科林伍德看来，娱乐艺术虽不像巫术艺术那样将唤起的情感用于实用的目的，但娱乐艺术也是以满足感官需要为目的的。因此，与巫术

---

① 科林伍德．艺术原理．王至元，陈华中，译．北京：中国社会科学出版社，1985：70.

② 同①：80.

③ 同①：86.

④ 朱立元．当代西方文艺理论．上海：华东师范大学出版社，2005：34.

艺术相同，娱乐艺术也是一种技艺性的再现艺术。

总之，科林伍德认为，巫术艺术和娱乐艺术都属于再现性的艺术，它们均借一定的艺术形式来达到某种或实用或刺激感官的目的，而真正的艺术应是无功利、无目的性的，应是一种表现情感的艺术。

理论辨析

由科林伍德对巫术艺术与娱乐艺术的比较分析可知，他所使用的“再现”一语，不是就艺术与现实的关系而言的，而是就某种功利目的的实现而言的。因此，他所说的“再现艺术”，也就不同于人们一般所说的重在反映客观生活的艺术，而是指服从于某种功利目的的艺术。

二、作为表现的纯艺术

科林伍德在《艺术原理》第六章中重点转向了对真正艺术——纯艺术的主题的探讨，并提出艺术表现情感的美学主张。科林伍德是这样分析艺术表现情感的具体过程的：在表现之前，艺术家意识到内心存在着一种情感，但并没有意识到那是一种什么情感，“他所意识到的一切只是他感觉到在自身之内有一种不安或激动。而对它的性质却毫无所知”①。只有当借助语言将这种情感表现出来时，他才真正清楚地意识到了它，并且“他通过我们称之为表现自己的活动把自己从无可奈何的压抑的境地中解放出来”②。从上面这番话中可以看出，科林伍德认为艺术创作是一个把无意识的、模糊的情感在表现过程中逐渐明晰化，使之变成有意识的创造、升华活动的行为。

为了进一步阐明艺术表现情感的本质特征，科林伍德还提出了表现情感的四个否定命题。首先，表现情感不是激发情感。他认为激发情感只是单向的技巧性的演说策略，而表现情感则是双向的情感交流：“一个激发情感的人企图以某种方式影响听众而自己却不必受影响。他和听众对同一行为处于完全不同的关系中，就像开药的医生和吃药的患者对于药物处于完全不同的关系中一样。反之，一个表现情感的人则以同样的方式对待自己和听众，他在力图使听众了解自己的情感时，对自己也在做着同样的事情。”③ 就是说作为一个激发情感的人，其目的在于通过某种方式感动观众，达到一种影响效果，尽管他本人并不必然被感动。而一个表现情感的人却一方面向听众展现了自己的情感，另一方面也在这一过程中更深入地了解了自己内心的情感。所以科林伍德认为表现情感和激发情感的本质区别是“表现是一种完全可以不要技巧的

① 张德兴．二十世纪西方美学经典文本：第一卷．上海：复旦大学出版社，2000：29.

② 同①：29.

③ 同①：30.

活动"[①]，而激发情感却是一种需要依靠手段、目的或技巧的技艺活动，而这正是"把作为表现情感的纯艺术同旨在激发情感的技艺鲜明而清楚地区分开的焦点"[②]。

其次，表现情感不是描述情感。科林伍德指出"我愤怒了"是描述一个人的情感，但并不是表现它。因为用来表现这种情感的言辞，不需要包含任何涉及愤怒本身的字眼。这类似于我国古代文论所说的"不著一字，尽得风流"。他举例说，作者在诗歌或散文中为追求表现力而使用形容词是危险的，比如形容恐惧常用的"可怕的"一类形容词，那是在描述情感而不是表现情感，这样语言就会失去表现力。因此"描述不仅丝毫无助于表现，实际上反而损坏了表现，原因在于，描述是一种概括活动。描述一件事物就是认为它是这样一个事物和这样一类事物，就是把它置于一个概念之下加以分类。相反，表现却是一种个性化活动"[③]。鉴于此，科林伍德认为亚里士多德的《诗学》只是一种再现艺术，它并没有涉及真正的表现艺术，因为《诗学》所阐述的创作规则仅限于一般类型化的描述，而忽略了对彰显个别与具体之丰富性的表现。而"真正的艺术家全力以赴地解决的是表现某一个情感的问题"，"他所要的不是某一类东西，而是某一个东西"[④]。故科林伍德认为纯艺术表现的是具有鲜明的个性特征的情感。

再次，表现情感不是选择情感。科林伍德认为，对于真正的纯艺术而言，任何可表现的东西都是可以表现的。那种试图将情感区分为适合艺术表现的情感和不适合艺术表现的情感的做法是不恰当的，因为"艺术家不能挑肥拣瘦，给他选中的情感以特殊优待"[⑤]。同时，科林伍德也不赞成根据表现情感的类型，把艺术划分为悲剧和喜剧，他指出："没有一个艺术家——只要他是真正的艺术家——可以有意识地创作出一出喜剧，一出悲剧，一首挽歌，等等。只要他是一个真正的艺术家，他就能够写出这些艺术类型的任何一种。"[⑥] 总之，科林伍德认为运用何种体裁表现何种情感并不重要，重要的是艺术家在表现自己的情感时要"绝对坦率"，而且言论必须是"绝对自由"的。

最后，表现情感不是发泄情感。科林伍德认为发泄情感只是展示情感的种种症状，真正的表现情感是一种探索情感的过程。他举例说，一个人害怕时就脸色发白、张口结舌，或是生气时就脸色发红、大声咆哮等，像这样一些现象固然也是一种表现，但只是发泄情感，并不是一种纯粹意义上的情感表现。而"纯粹表现的特殊标志是清晰性或可理解性；一个人表现了某种东西并由此对它有所意识，同时还使别的人在他身上以及他们自己身上意识到它"[⑦]。同样，在他看来，若一个演员通过发泄情感的方法去达到唤起情感的目的，就不是艺术。他以演员表演一个哀婉动人的场面激动到流下眼泪为例分析道："在这种情况下，优秀演员的标志就不是她那流出真眼泪的本事，而是她向自己和观众表明眼泪是为何而流。"[⑧] 因而，科林伍德认为真正的艺术家的使命不是娱乐而是艺术，"他所追求的目的不是令观众产生预期的情感效果，而是运用系统的表现或语言"[⑨] 来探索自身的情感，进而发现自己尚未察觉到的种种情感，同

① 张德兴．二十世纪西方美学经典文本：第一卷．上海：复旦大学出版社，2000：31.
② 同①：32.
③ 科林伍德．艺术原理．王至元，陈华中，译．北京：中国社会科学出版社，1985：115.
④ 同①：32.
⑤ 同①：33.
⑥ 同①：33.
⑦ 同①：37.
⑧ 同①：38.
⑨ 同①：37.

时把观众当作这种发现的见证人，使他们在自己身上也进行一种类似的发现。

综上所述，科林伍德认为艺术的根本任务是表现情感，而艺术所表现的情感不同于一种技巧性的激发情感，或概念类型化的描述情感，或带有选择性的表现情感，以及出于生理反应的发泄情感，真正的艺术表现的情感是艺术家及观众共同探索、发现并产生艺术共鸣的情感。

相关知识

科林伍德认为只有表现情感的艺术才是“真正的艺术”。在艺术创作与欣赏的关系问题上，他打破了创作与欣赏的界限，认为欣赏实际上是欣赏者在想象中体验艺术家感情的过程，欣赏与创作是一回事。他指出，一个人读一首诗的时候，他所理解的不仅仅是诗人的自我表现和情感，他在诗人的词句中表现了自己的情感。他援引柯勒律治的观点表达了类似的主张：“一个人是诗人仅仅因为他使我们大家都成为诗人，我们知道诗人在表现自己的情感仅仅因为他能够使我们表现自己的情感。”科林伍德甚至指出，若我们承认艺术是一种表现情感的活动，那么读者和作者一样都是艺术家。区别在于作者在表现的首创性方面的能力是独一无二的，读者只有在对他显示出如何表现的时候才能表现它。科林伍德的上述主张揭示了艺术创作和欣赏过程中艺术家和读者情感表现和体验的相通性，但他混淆艺术创作和鉴赏以及艺术家和读者的界限的看法又是片面的，毕竟创作和鉴赏是两种机制不同的艺术思维活动。

三、作为想象的纯艺术

在强调艺术即表现情感的同时，科林伍德进而提出纯艺术是一种想象性创造活动产物的美学主张。科林伍德首先区分了“创造”与“制造”内涵的不同，认为制造是一种需要以某种手段或方式达到预期性的目的的技艺性活动，而创造则是一种非技艺性的、有意识的思维活动，他强调说“创造某个东西就意味着非技艺地制造它，但仍然是有意识的、自觉的”①，并且还指出：“只要它们是纯艺术品，就不是作为某一目的之手段而创造的；它们不是根据一个预想的计划创造的；它们也不是以赋予一既定质料以新形式的方式创造的。然而它们是被蓄意地和负责任地创造的，它们是被那些知道自己在干什么的人创造的，尽管他们事先并不知道这种创造活动会产生什么结果。”② 在此，科林伍德强调了艺术是一种有别于技艺制造的创造性活动的观点，认为尽管艺术也是一种有意识的、自觉的活动，但不是根据某种预想计划或功利性目的而进行的活动，而是一种把“艺术的作用提高到神圣境地”的精神创造性活动。

科林伍德还进一步区分了艺术的创造与我们在生活中制造某些具体、真实的人工制品的不同。他以音乐家创造一首乐曲和桥梁工程师建造一座桥梁为例指出“艺术作品仅仅存在于艺术家的心灵中时，就可以被完全地创造出来”③，但是工程师建造桥梁，在没有画出图纸或实施任何行动时，这座仅仅存在于工程师头脑中的桥梁只是一座想象中的桥梁，只有当桥梁落成，

---

① 张德兴．二十世纪西方美学经典文本：第一卷．上海：复旦大学出版社，2000：40.
② 同①：40.
③ 同①：41.

这座桥梁在世界上才成为真实的存在。而音乐家的创造与建筑师的建造截然不同。音乐家创造一首乐曲，虽然他也可以将乐曲写在纸上，但是只要乐曲已在他的大脑中构思成型，就可以说这首乐曲已经被创造出来了。

在科林伍德看来，真正的艺术品是艺术家想象、创造的产物，他指出："纯艺术作品不是看到或听到的什么东西，而是某种想象到的东西。"① 艺术家可以通过各种物质媒介将艺术品展现或表达给观众，目的是唤起观众的想象，让观众在头脑中重新构建艺术家想象的东西，建立一种艺术家和观众之间的联系。他以演奏音乐为例，指出："音乐、艺术作品，不是音响的集合而是音乐家头脑中的曲调。演奏家所奏出的以及听众听到的音响根本不是音乐，它们仅仅是观众——如果他们理智地倾听——所借以为自己重建艺术家头脑中的想象曲调的手段。"② 科林伍德的看法是，艺术创作和欣赏是双重想象的活动：一方面，音乐家运用想象在脑中演奏自己创作的音乐；另一方面，听众在鉴赏音乐时又在头脑中重建自己的想象，体验音乐家表现的情感，由此打通了艺术创造性想象和表现情感之间的内在联系。

此外，科林伍德还提出了"绝对活动的想象经验"这一术语，用以描述艺术鉴赏的特点。他认为艺术鉴赏经验可以分为两部分，一是"一种特殊化的感官经验，根据具体情形而定或是听觉经验或是视觉经验"，二是"另一种非特殊化的想象经验，按照想象的方式，不仅包含与构成感官经验同质的因素，而且包含着与它们异质的因素"③。人们在欣赏艺术品时，第一类鉴赏经验是初级的感官性的听觉或视觉经验，如视觉、触觉、嗅觉、运动感觉经验等，而第二类鉴赏经验则是一种远远超越此类感官经验，充分发挥各种想象力的综合性审美经验，即如他所说"这种想象的经验同其特殊的感官基础如此遥远，以至于我们可以称之为一种绝对活动的想象经验"④。为了进一步阐明这种"绝对活动的想象经验"的内涵，他具体分析了诗歌和音乐鉴赏审美想象性经验的特点。就诗歌鉴赏而言，他认为"诗所给予我们的不仅是构成'诗'可感结构的声音，它还能够产生其他的声音和视像，以及触觉和运动的经验，有时甚至还有气味，在听诗歌朗诵时，我们就在想象中拥有这一切"⑤。同样，就音乐鉴赏而言，他指出鉴赏者所"经验的就不只是音响"，"他还在想象中经验一切形式的意向和运动：海洋，天空，星辰，降雨，刮风，风暴，潺潺溪水，跳舞，拥抱和战争"⑥。故在科林伍德看来，"绝对活动的想象经验"是一种超越单纯的感官经验的综合性审美想象经验，在想象过程中，主体的想象力以各种形式运动着，形成一种集各种感觉于一体的总体活动的想象经验。科林伍德由此得出了以下结论："任何一部特定的艺术作品的价值，对于一个有充分资格鉴赏其价值的人来说，并不是它作为艺术作品现实地存在于其中的感官因素的快乐，而是这些感官因素在他身上唤起的想象经验的快乐。艺术作品只是服务于一个目的的手段，这个目的就是艺术作品可以使我们享受到的这种绝对的想象经验。"⑦ 由此可以看出，科林伍德认为，艺术的真正价值不在于满足人们低级感官因素的快乐，而在于使鉴赏者享受到真正的绝对想象的快乐。

---

① 张德兴．二十世纪西方美学经典文本：第一卷．上海：复旦大学出版社，2000：47－48.
② 同①：47.
③ 同①：50.
④ 同①：50.
⑤ 同①：50.
⑥ 同①：50.
⑦ 同①：50－51.

艺术想象问题历来都是美学、艺术、文学领域的研究热点之一。研究者试图从不同层面和角度去揭示艺术想象的复杂内涵、心理机制及活动规律。科林伍德从艺术鉴赏的角度将其阐释为一种“绝对活动的想象经验”，一种特殊的想象性的精神活动，并且把它视为体现艺术价值的一个重要因素，这种美学观点对揭示艺术的本质特征具有独到的价值。

理论辨析

在科林伍德看来，想象和艺术一样具有纯粹和不纯粹两种意义。他认为纯粹的想象与虚拟具有根本性的不同，因为虚拟活动背后总有一个满足实际目的的动机，而纯粹的想象就不存在这样的动机。因而他反对把想象和虚拟混淆，反对弗洛伊德等精神分析学家所提出的艺术创造是虚拟的欲望满足的理论。这反映了他维护艺术与想象纯粹性的一以贯之的美学主张。

【本章关键词】

绵延（duration）：既是柏格森对“时间”状态的理解，更是其对事物本质的把握。按照柏格森的理解，真正的时间不是物理学上的空间化描述，而是通过记忆将过去、现在、未来连接为一个整体的一种绵延之“流”。因此，世界的本质是一种生生不息的“绵延”之流（生命之流、精神之流）。

直觉（intuition）：柏格森和克罗齐美学思想中的核心理念。柏格森认为，直觉是人类所特有的一种认知能力，是一种超越符号、概念、分析，瞬间直接掌握原物的能力，以及用心灵直接感知、把握对象的内在本质的一种体验型的认知方式。克罗齐则把直觉视为对杂乱无章的物质世界赋予形式，认为通过“赋形化”的过程，机械的、被动的物质可转换成一种心灵的主动的、创造性的力量。

滑稽（comicality）：在柏格森看来，滑稽是镶嵌在活的东西上面的机械的东西，滑稽源于机械动作和僵硬性。他认为由于某种机械或僵硬，当情况要求有所改变的时候，机体还在进行原来的活动，于是产生了滑稽。滑稽的机械性、僵硬化特点与不断变化的“生命之流”产生了内在的不和谐。

表现（expression）：克罗齐和科林伍德均提出了“艺术即表现”的美学主张，在克罗齐看来，每一个直觉或表象同时也是表现，没有在表现中对象化的东西就不是直觉或表象，就还只是感受和自然的事实，直觉的知识就是表现的知识。科林伍德则认为艺术的根本任务是表现情感，只有表现情感的艺术才是“真正的艺术”。他还进一步明确了表现情感不是激发情感、描述情感、选择情感和发泄情感，而是探索情感等艺术观点。

绝对活动的想象经验（the imaginary experience of absolute activity）：科林伍德美学理论中的一个重要术语，指人们在欣赏艺术品时，获得的并不仅仅是艺术品本身所提供的听觉或视觉感官经验，还有集各种领域的想象性经验如视觉、触觉、嗅觉、运动感觉等于一体的综合审美经验，这些构成了他所说的“绝对活动的想象经验”。

【推荐阅读】

朱光潜．文艺心理学．上海：复旦大学出版社，2009.

伍蠡甫．现代西方文论选．上海：上海译文出版社，1980.

陈卫平，施志伟．柏格森和他的哲学——生命的冲动．上海：上海三联书店，1988.

柏格森．时间与自由意志．吴士栋，译．北京：商务印书馆，2010.

克罗齐．美学原理　美学纲要．朱光潜，译．北京：外国文学出版社，1983.

克罗齐．美学或艺术和语言哲学．黄文捷，译．北京：中国社会科学出版社，1992.

科林伍德．艺术原理．王至元，陈华中，译．北京：中国社会科学出版社，1985.

科林伍德．历史的观念．何兆武，张文杰，译．北京：商务印书馆，1997.

【思考题】

1. 如何理解柏格森的“绵延”论？
2. 如何评价柏格森的“艺术直觉论”？
3. 怎样理解柏格森的笑和滑稽理论？
4. 柏格森是怎样论述艺术和直觉的超功利性的？
5. 如何理解克罗齐关于“艺术的四个否定性评价”的美学观点？
6. 如何评价克罗齐的“美学是心灵的科学”的理论主张？
7. 比较柏格森和克罗齐的“艺术直觉论”。
8. 试论科林伍德美学思想中“作为表现情感的纯艺术”的内涵。
9. 如何评价科林伍德的“绝对活动的想象经验”？
10. 比较克罗齐和科林伍德的“艺术表现论”。

第十章 精神分析与原型批评文论

概　述

精神分析与原型批评文论主要是指在19世纪末和20世纪的自然科学、人文科学影响下，由弗洛伊德、荣格和弗莱等人创建的文艺思想。该理论与心理学、人类学等学科有密切关系，呈现出跨学科的特征。弗洛伊德和荣格以人的无意识为基点，探寻了艺术创作、艺术欣赏的基本规律。他们的文艺观本身既是其心理学和精神分析理论的重要组成部分，又是其理论研究的佐证，同时也开辟了文艺研究的新领域。其中的某些具体见解，如弗洛伊德的“升华说”和“俄狄浦斯情结”说，荣格的“原型论”等都对20世纪的文艺研究产生了极大影响。加拿大文艺理论家诺思洛普·弗莱则直接在文学领域内将荣格的“原型论”发扬光大，又借助人类学等学科资源，建立了“神话-原型批评”，对文学批评学科的建立做出了重要贡献。当然，任何一种理论都不可能完美，精神分析与原型批评文论也存在一定不足。医学的学理背景和研究文艺的目的之一是佐证精神分析的某种理论等因素的限制，使得某些分析和探讨类似于临床诊断，无形中削弱了文学艺术的魅力。更应注意到的是，他们的欲望转移和原型显现理论在一定程度上忽视了文学艺术与社会生活之间的关系，将复杂的艺术活动简单化了。这些都是我们在运用相关理论进行文艺研究时要避免的。

第一节 弗洛伊德的文艺观

西格蒙德·弗洛伊德（Sigmund Freud，1856—1939），奥地利精神分析学家，精神分析学派的创始人。他出生于捷克一个犹太商人家庭，1873 年进入维也纳大学医学院学习，1881 年获得医学博士学位，此后长期从事精神病医疗与研究工作，代表作有《梦的解析》（又译《释梦》）、《图腾与禁忌》、《精神分析引论》等。在对精神病理现象进行研究的过程中，弗洛伊德注意到人类的潜意识与文学艺术之间的密切关联，力图以心理分析的方法阐释文学艺术，又希望用文学艺术去印证心理分析的相关理论。他的理论著述中有着对文学艺术问题的某些原创性见解，这些见解在后来的文艺理论与文艺批评中产生了极大影响，同时也引起了不少争议。弗洛伊德的文艺思想主要表现在以下几个方面。

弗洛伊德

一、"力比多"的转移

人类为什么要创作文学艺术？这是文艺理论史上许多人着力探讨的重要问题之一。弗洛伊德的看法是：艺术创作的动力和源泉存在于人类潜意识中的"力比多"（libido）。弗洛伊德所说的"力比多"即性欲。他认为，力比多作为一种动力性因素，需要释放，但由于现实中的种种限制与压抑，力比多逐渐沉积成为潜意识。潜意识并非静态的存在，而是流动的动态性结构，若在某一方向上受到压抑或者阻碍就会通过自我调节改变释放的渠道，弗洛伊德将其称为"转移"。弗洛伊德进而认为，文学艺术是被压抑的"力比多"转移的重要方式之一。

在弗洛伊德看来，艺术家首先是遭受被压抑的欲望痛苦折磨的人，有着要宣泄被压抑欲望的强烈冲动。其次，艺术家对其压抑在潜意识里的欲望体验极为丰富而深刻。在这一点上，艺术家与神经病患者是很相似的，因为艺术家也具有一种内向的性格，往往要受到强烈的内在本能需求的折磨。弗洛伊德将艺术家与神经病患者相类比为人所诟病。实际上，弗洛伊德强调的主要是艺术家对于人类心理和精神需求的体验深度以及受到深层心理体验冲击的强度。而这两点正是艺术家与普通人的区别。弗洛伊德认为，正是在潜意识的强力推动下，艺术家对潜意识和幻想才会具有丰富的感情。这里所说的"丰富的感情"主要是指被压抑欲望的强烈程度。在他看来，当创作者的某种欲望被过度压抑，强烈要求释放时便会爆发出来，"变形"而表现为文艺作品。

如果不考虑弗洛伊德所坚持的"力比多"的狭隘的生理性质的话，那么他对艺术创作的情感强度的强调是极为合理的。强烈炽热的情感本就是艺术创作动机的重要组成部分，没有表达的欲望显然也就不会有创作，即便是勉为其难的创作，也会因为作品缺乏激情而流于平淡，苍白乏力。

相关知识

在我国文艺理论史上，与弗洛伊德的"转移"说相近，汉代的司马迁早就指出，"人皆意有所郁结，不得通其道也，故述往事，思来者”（《太史公自序》）；东汉桓谭认为，“贾谊不左迁失志，则文采不发”；南北朝时期的钟嵘认为，“使穷贱易安，幽居靡闷，莫尚于诗”（《诗品·序》）；唐代韩愈亦有“不平则鸣”之说，宋代欧阳修又有“穷而后工”之论。这些见解虽不像弗洛伊德那样着眼于“力比多”的转移，但在关注内心压抑与创作动力之间的关系方面，与之是有相通之处的。

二、白日梦的升华

弗洛伊德认为，存在于潜意识中的欲望常有两种得以表现和满足的方式：一是梦幻，二是文学艺术。在弗洛伊德看来，梦幻和艺术有着共同的根源，那就是潜意识。梦幻和艺术都是受潜意识支配的，因此解释梦有助于解释文学。弗洛伊德认为，作家、艺术家类似于做白日梦者，其创作心理和创作过程亦与白日梦类似。弗洛伊德所说的“白日梦”，实际上是指人受内在欲望的驱遣，在无意识状态下产生的幻想。在《作家与白日梦》一文中，弗洛伊德正是通过论述游戏、幻想与创作三者之间的关系阐释了他的白日梦理论。

弗洛伊德认为，创作与游戏相类似。孩子在游戏中认真地用自己喜爱的方式重新组合他想象中的那个世界里的事物，从而创造出一个自己的世界。作家创作与之类似，也是“付出了极大的热情”，“构造出一个幻想的世界”，并“严肃对待”①。艺术家的创作不仅类似于游戏，同时也是幻想世界的呈现。弗洛伊德认为幻想有以下两个特点：首先，幻想的内在动力是未被满足的愿望，“我们可以确定，一个幸福的人从不幻想，只有未得到满足的人才这样做。……每一个单一的幻想都是愿望的满足，都是对令人不满意的现实的纠正”②。其次，幻想会随着主体对生活印象的变化而改变，带有时间的印记，幻想能够把过去、现在和未来串联起来，心理活动所“创造出来的东西就是白日梦或幻想，它带着从激发它的情境和记忆中而来的踪迹。这样，过去、现在和将来便被串在一起，正如愿望贯穿之线”③。弗洛伊德认为富有想象力的创作正类似于做白日梦。这在文学作品中可以找到例证。在文学作品中，总有一个能赢得同情的主角，所有的女人总是都要爱上主人公，故事中的人物总是明显地分为好人和坏人。这些都不是现实生活的写照，而是“白日梦的必要成分”。他还认为许多英雄故事的主人公其实就是白日梦的主角。因此，“一篇作品就像一场白日梦一样，是童年期游戏的继续和替代”④。但是，弗洛伊德又补充说，并非所有的创作都类似于白日梦。根据创作过程中获取材料途径的不同，弗洛伊德把作家分为两种类型：一种是像写英雄史诗的古代作家那样的作家，他们接收现成的材料；另一种则是创造性作家，他们创造自己的材料。弗洛伊德认为前一种创作离白日梦差得远，后一种富于想象力、创造力的创作才与白日梦相似，这类作家也与“光天化日”之下的梦幻者相似。

弗洛伊德当然明白，虽然作家创作类似于普通人做白日梦，但是白日梦不等同于作品本

---

① 弗洛伊德．论艺术与文学．常宏，等，译．北京：国际文化出版公司，2007：94.

② 同①：96.

③ 同①：97.

④ 同①：101.

身。他认为原因有两个：一是白日梦者羞于展示自己的幻想，二是因为即便将白日梦直白地展示出来，“也不能给我们丝毫快乐”，甚至会让我们“感到厌恶”[①]。因此，由白日梦变为艺术还需要条件，那就是通过艺术技巧予以“升华”。故而弗洛伊德强调：“诗歌艺术最根本的诀窍在于一种克服我们内心反感的技巧。”[②] 弗洛伊德所说的“升华”，是指“舍弃性的目标而转向其他种类较为高尚的社会目标”[③]，就是将潜意识的欲望以能得到社会承认、理解的方式进行转变。它与纯粹欲望的不同之处在于：纯粹欲望是一个隐私的世界，成年人往往会以某些白日梦为耻，因此总想隐藏其内容，而升华便正是艺术家将自己的全部兴趣和冲动转移到能够为社会所认可的幻想世界的创造中去的良方。用弗洛伊德的话说，一个真正的艺术家，“懂得如何加工他的白日梦，以使它们失去任何个人的色彩，从而可为他人所共同欣赏。他也知道怎样润饰它们，使那些不道德的根源不容易被人看出来”[④]。

弗洛伊德认为，在文艺创作过程中，“升华”是必需的。只有通过“升华”，作品才可以去除作家的个人色彩，使不道德的根源不为人所识破从而为社会所接受，同时又可以在幻想的观念中表达出作者要求得到满足的愿望，并引起与之相应的快乐（虽然是一种潜意识的快乐）。这样，经过作家的“升华”作用，作家和他的读者们就可以不受责备地享受这种潜意识中性的满足。弗洛伊德曾分析了文学史上的三部名著——《俄狄浦斯王》《哈姆雷特》《卡拉马佐夫兄弟》，认为这三部作品虽表现方法不同，但涉及的“恋母情结”主题是相同的，且都经过了作家的升华，从而将这一为社会伦理所不容的主题以社会可以接受的形式表现了出来。

既然升华如此重要，那么是不是所有人都可以通过升华来展示自己的白日梦呢？当然不是。弗洛伊德指出，艺术升华的能力是艺术家所特有的，普通人并不具备。正因如此，同样是受到被压抑欲望的冲击，艺术家可以在幻想中无限地享受自己愿望的满足，而且可以使鉴赏者从对自己作品的欣赏中享受这种幻想的满足，而缺乏艺术升华能力的人只能受着压抑，不能主动地从幻想中得到满足。

弗洛伊德关于艺术“升华”的观点是非常重要的，他指出了个人体验与艺术体验的不同。个人体验是艺术的基础和来源，但是只有经过“伪装”和改造之后，粗粝的个人体验才能成为艺术。个人经验的直白展示、纯粹隐私的直接暴露并不是艺术。这对我们思考目前将直白书写、私人经验的展示等作为艺术的现象是有启发的。当前的许多作品缺乏生命力和艺术性，与单纯直白书写私人经验、缺乏升华不无关系。

理论辨析

弗洛伊德的理论为人所诟病，主要在于两点：一是将欲望仅仅理解为性欲；二是将艺术家比为做白日梦者、精神病患者。这类批评是有一定道理的。但是判断一种文艺理论是否有价值，关键要看它是否在一定程度上解决了艺术问题，

---

① 弗洛伊德．论艺术与文学．常宏，等，译．北京：国际文化出版公司，2007：101.

② 同①：102.

③ 弗洛伊德．精神分析导论讲演．周泉，等，译．北京：国际文化出版公司，2007：10.

④ 同③：329－330.

正如美国文论家艾布拉姆斯曾经指出的，好的批评理论自有其正确性。评价标准不在于它的各个命题是否可以得到科学证实，而在于用它对艺术作品进行考察时，其广度、准确性和连贯性如何，以及能否用它来说明多种多样的艺术。联系人类文艺创作的实际，可以看出，弗洛伊德关于潜意识能量通过艺术进行转移和艺术家在创作过程中要倾注全部感情、对幻想世界秉持认真态度等的论断，是不无道理的。

三、精神紧张的消除

弗洛伊德由本能欲望出发，不仅分析了文艺创作的奥妙，还进而分析了文艺作品魅力构成的原因。他认为文艺作品之所以会令人着迷，给人以享受和满足，根本原因在于欣赏者从艺术作品中得到了本能欲望的满足。也就是说，在欣赏过程中，欣赏者窥见了艺术家的幻想世界，这个世界在无意中引导了欣赏者的无意识活动，满足了欣赏者被压抑的无意识，所以欣赏者感到了愉悦。弗洛伊德这样描述作者与读者、创作与欣赏之间的关系："作家通过改变和伪装而软化了他的利己主义的白日梦的性质，他通过纯形式的——亦即美学的——乐趣取悦于我们，这种乐趣他在表达自己的幻想时提供给我们。"① 他还明确强调，作家的创作就是要使我们深层精神世界中的快感得以释放，一部"富有想象力的作品给予我们的实际享受来自我们精神紧张的消除"②。

弗洛伊德认为，作家的创作之所以能有如此效果，是因为"作家使我们开始能够享受自己的白日梦而不必自我责备或感到难为情"③。这里，弗洛伊德所说的"享受自己的白日梦"这一点，实际上是艺术家与欣赏者之间的心理共鸣问题。显然，在艺术欣赏中，只有当欣赏者理解了作品的深刻内涵并与艺术家产生共鸣时，才会被感动并真正获得美的享受。

值得注意的是，关于艺术功能，弗洛伊德还从游戏娱乐与本能欲求角度进一步指出，艺术不仅具有补偿现实缺憾的功能，还具有在现实活动中不可能具有的功能，比如，在艺术中，人们可以快乐地体验痛苦等情感。他认为，很多事情如果发生在现实生活中，比如神秘和恐怖，并不能给人快感，但是在游戏及艺术中，却能给人带来愉悦。为什么人在艺术中对痛苦的体验会不同于在现实生活中对痛苦的体验呢？弗洛伊德说，这是因为"我们对现实经验采取一种始终如一的被动态度"④。换句话说，在现实的痛苦事件中，人始终处于被动的地位，容易被痛苦体验压倒。而在艺术中，我们实际上是将这种体验当作一场游戏来重复，尽管这也是一种不愉快的经验，但是我们却处于主动的地位。换言之，想象中的痛苦体验之所以会产生快感，是因为我们是在"主动"体验而非被动承受。在主动体验中，我们要求"控制他人"的本能即"要求自主"的本能得到了满足。这样，人主动体验痛苦的行为也就合乎了人的自主要求，于是也

---

① 弗洛伊德．论艺术与文学．常宏，等，译．北京：国际文化出版公司，2007：102.
② 同①：102.
③ 同①：102.
④ 同①：278.

就能够使人产生快感体验。

深度思考

在文艺作品中，常常出现惨烈的故事与痛苦的场景，尤其是在战争、犯罪、灾难之类题材的作品中。这类作品的审美意义何在？对此，在文艺理论史上占据主导地位的见解是亚里士多德的“悲剧净化”说、康德的“崇高体验”说，等等。与之相比，弗洛伊德的观点，也就是欣赏者在这类作品中得到满足，重要原因在于一种本能欲求性的主动体验而非被动承受，是一种游戏性的“再体验”之类的看法，应当是别具一番启示意义的。

四、艺术的永恒主题

在古今中外的文艺作品中，有一些反复出现的主题，它们被称为永恒主题。弗洛伊德认为“俄狄浦斯情结”即这样的永恒主题之一。他所说的“俄狄浦斯情结”是指：人们内心深处普遍存在的如同古希腊悲剧《俄狄浦斯王》体现的那样一种“恋母情结”。在弗洛伊德看来，这一情结是人类罪恶感的来源，是宗教和道德的起因，也是“富有想象力”的文学作品中的一个永恒主题，这个主题往往经过“修饰、变化和伪装”而广泛见于许多作品。他举例说，从《俄狄浦斯王》到《哈姆雷特》，再到《卡拉马佐夫兄弟》，都根源于同一主题，那就是“杀父娶母”。

弗洛伊德认为，在文艺作品中，俄狄浦斯情结至少具有两个方面的重要意义。

第一，是文艺欣赏的前提和基础，是文艺作品之所以能打动人的魅力之源。如俄狄浦斯王的悲剧故事感动现代观众的力量之所以不亚于感动当时的希腊人，“唯一可能的解释只能是，这种效果并不出于命运与人类意志之间的冲突，而是在于其所举出的冲突情节中的某种特殊天性。在我们的内心中必定也有某种呼声，随时与俄狄浦斯王命运中那种强制力量发生共鸣。……他的命运能打动我们，只是因为它也是我们大家共同的命运——因为和他一样，在我们出生以前，神谕已把同样的诅咒加诸我们身上了”①。

第二，是理解作品和进行批评的关键。弗洛伊德认为有些作品如果不用俄狄浦斯情结去分析就是难以理解的。他举例说，在戏剧《哈姆雷特》中，哈姆雷特将要完成任务时反而犹豫不决，这一点使很多人感到困惑。如果用俄狄浦斯情结去解释就不难理解了：原因并不在于哈姆雷特缺乏行动力或者说性格优柔寡断，而是因为他的叔父向他展示了他自己被压抑的“杀父娶母”的愿望，使他看到自己并不比叔父好多少，从而受到良心的谴责而迟疑不决。对于批评来说，俄狄浦斯情结也非常关键。批评者应该抓住这一情结来分析作品，用艺术家

---

① 弗洛伊德．释梦．孙名之，译．北京：商务印书馆，2003：262.

《卡拉马佐夫兄弟》书影

的本能升华原理来分析和评价人物的塑造，否则就抓不住根本。弗洛伊德进而批评过去的研究者都没有抓住《俄狄浦斯王》《哈姆雷特》《卡拉马佐夫兄弟》的根本，所以造成了各种各样的误读，只有他自己才真正抓住了这几部作品的悲剧成因，并做出了独特的解释。

显而易见，弗洛伊德关于“俄狄浦斯情结”的论述，同样存在着将作品丰富的内容及作者丰富的精神世界单纯归结为作者性压抑的简单化弊端，但是它至少开拓性地揭示了三个重要心理事实：人类的脆弱性和依赖性、儿童发展阶段中特殊事件的构成性意义、人类对权威和父辈根深蒂固的忤逆心理。弗洛伊德明确并深化了这些心理事实，也深深地影响了其后的艺术创作与研究。

研究进行时

作为20世纪西方文论史上的重要思潮之一，弗洛伊德创立的精神分析理论在我国有着深广影响。早在20世纪30年代，朱光潜在《文艺心理学》《变态心理学》等著作中，即对其予以评述介绍。郭沫若、周作人等人曾分别运用相关理论分析过《西厢记》和《沉沦》。至今，在我国的文艺学研究与批评中，精神分析仍是颇受重视的理论资源之一。蓝棣之将相关理论用于批评实践，形成了“症候式分析法”。精神分析理论的视角在许多评论文章中亦时常可见。总体上看，精神分析理论虽存在某些局限，但在透视人类的文学艺术现象时所达到的心灵深度，毕竟又是其他理论与方法难以比拟的。

第二节
荣格的文艺观

卡尔·古斯塔夫·荣格（Carl Gustav Jung，1875—1961），瑞士心理学家和精神分析医师，曾先后任教于苏黎世大学和巴塞尔大学。荣格的家庭宗教氛围浓厚，对他的性格及理论影响很大。他早年曾与弗洛伊德合作，并共同创立了国际精神分析学会。后因见解不同，二人决裂。晚年的荣格隐居于苏黎世湖旁自己设计建造的塔楼结构的房子里，专注于为现代人的精神困境寻找出路。荣格的“集体无意识”理论在一定程度上克服了弗洛伊德“个人无意识”理论的片面性，但他的“集体人”也是抽象、朦胧、难以把握的，具有神秘性。荣格的著作主要有《心理类型》《心理学与文学》《现代灵魂的自我拯救》等。其基本文艺思想涉及艺术本质、艺术功能、艺术家等几个方面。

一、艺术本质：原型的象征性表述

荣格

荣格不同意弗洛伊德以“性欲”来解释无意识的基本性质。他认为源于生命本能的性并不是人类生活中最基本、最重要的需要，相反，对于宗教、神话和艺术的精神需要要比“饮食男女”的本性欲求更为根本。这一需要不仅涉及人生意义这一终极问题，还涉及人应该以什么目的、什么方式共同生活的问题。荣格认为，如果仅赋予人类纯粹的生物性质，就失去了人之为人的精神特征。即使仅仅从基本生存这一需要出发，人类也不能忽视宗教、神话和艺术在人类生活中的重大作用。

从这一点出发，荣格将人格结构分为三个层次：意识、个人无意识和集体无意识。他认为，集体无意识中储存了人类生存的所有密码和人类最深层的渴望，是人类心灵的源泉。那么集体无意识如何表现出来，与艺术的关系又是怎样的呢？荣格认为，集体无意识几乎是一片混沌，无法直接表现，所以它要通过原型表现出来。原型是一切心理反应的先验形式，总是通过一种超验的和有无穷象征意义的形式表现出来，比如神话就是原型的一种主要表达方式。荣格认为原型与艺术的关系非常密切。艺术创作从根本上说就是原型的激活，创作过程“就在于从无意识中激活原型意象，并对它加工造型精心制作，使之成为一部完整的作品。通过这种造型，艺术家把它翻译成了我们今天的语言，并因而使我们有可能找到一条道路以返回生命的最深的泉源”①。从这一表述我们可以看出，荣格几乎是把原型当作艺术的密码，创作就是用现代的语言翻译原型。

荣格认为，原型对艺术具有决定性的意义，在原型的控制下，创作是非自主性和非个人性的。所谓创作的非自主性，是指作家、诗人的体验及其构思过程是超出自身控制的，仿佛有一种超人的力量、“更高的律令”在强迫他写作，艺术家的“手被捉住了，他的笔写的是他惊奇地沉浸于其中的事情；……他只能服从他自己这种显然异己的冲动，任凭它把他引向哪里”②。因而作品仿佛不是作者创作的，而是“完全打扮好了才来到这个世界，就像雅典娜从宙斯的脑袋中跳出来那样”③。艺术家好像是创作工具，他执行天赋的指令，“不是歌德创造了《浮士德》，而是《浮士德》创造了歌德”④。换句话说，艺术家不是由于他的自主的行为而是由于他的被迫的工具般的职能才成为艺术家的。

荣格所说的创作的非个人性，同上述非自主性是密切相连的，指创作体验及构思过程的超个体的性质。这种超个体的性质同上述非自主性一起，都是由集体无意识也即荣格所标举的作为艺术体验的真正本体决定的。由于艺术家要超越此在境遇、超越个体意识，退回或潜入集体无意识深处去搜寻活跃于冥冥之中的原型，但这些原型只有超个体的、属于全人类的“集体

① 荣格．荣格文集．冯川，苏克，译．北京：改革出版社，1997：227-228.
② 同①：216.
③ 同①：216.
④ 同①：248.

人”方能偶然瞥见，因而艺术创作是非自主性的和非个人性的。

值得注意的是，荣格对艺术创作非个人性和非自主性的强调虽然有些神秘，从表面上看也有忽略艺术家主体能动性的嫌疑，但在客观上也强调了艺术的深厚内蕴的价值以及艺术对现代人物质过剩、精神匮乏状态的补偿调节作用，有其合理之处。

相关知识

在西方古典神学、宗教和哲学中，“原型”“上帝形象”等被当成我们这个物质世界的精神本源。柏拉图的“理式”、康德的“先验范畴”、列维·布留尔的“集体表象”等都有类似的含义。其中柏拉图和康德二人对荣格的影响最大，荣格“原型”理论的构建与柏拉图的“理式”及康德的“先验范畴”有密切关联。

深度思考

荣格对创作非自主性的强调是在新的基点上复活了柏拉图的“迷狂”概念。他所说的创作源于天赋原型与柏拉图所说的创作中的迷狂源于神赐类似，二者对创作内容的本源构成的看法虽有差异，但他们“超越个人”、“与技艺无关”、服从“更高的律令”之类关于文艺创作特征的看法是一致的。荣格对创作非个人性的强调，亦暗合了尼采、柏格森等人的永恒大生命立场。荣格的这类见解，对弗洛伊德极端强调个体无意识的理论是一种纠正，对流行于欧美的浪漫主义的“自我表现”说也有一种补偏救弊的作用。

二、艺术功能：现代人精神的补偿

艺术的功能是什么？这几乎是文论史上的永恒问题之一。荣格对这一问题的看法是：艺术可以补偿和调节现代人的精神匮乏。他认为，现代人在物质方面收获颇丰，而在精神方面却日益匮乏，人们难以找到生存的意义和价值，从而变得日益焦躁和不安。在此情形下，艺术就成了引领现代人寻找心灵归宿的途径。人的精神中有什么样的需求，艺术就会通过相应的形式表达出来，一方面补偿人的精神匮乏，另一方面也对人的精神生活起到指引作用。关于这一点，荣格这样写道：“人类文化开创以来，智者、救星和救世主的原型意象就埋藏和蛰伏在人们的无意识中，一旦时代发生动乱，人类社会陷入严重的谬误，它就被重新唤醒。每当人们误入歧途，他们总感到需要一个向导、导师甚至医生。这类原型意象举不胜举，然而除非由于普遍观念的动摇，它们绝不可能被召唤出来，显现在人们的梦和艺术作品中。每当意识生活明显地具有片面性和某种虚伪倾向的时候，它们就被激活——甚至不妨说是‘本能地’被激活——并显现于人们的梦境和艺术家先知者们的幻觉中，这样也就恢复了这一时代的心理平衡。”① 艺术就以这种方式满足了社会的精神需要。

在荣格看来，艺术的社会意义主要就在于“不停地致力于陶冶时代的灵魂，凭借魔力召唤出这个时代最缺乏的形式。艺术家得不到满足的渴望，一直追溯到位于无意识深处的原始意象，这些原始意象最好地补偿了我们今天的片面和匮乏”②。艺术之所以能担此重任，是因为在他看来，艺术既然是原型的象征性表述，而原型中又积淀了人类的所有精神力量，那么艺术就成了任何生命、任何文化不可或缺的一部分。这样，艺术就不仅不是可有可无的，而且也不是个人情绪的宣泄，而是灿烂生命的绽现，与艺术为伴——无论是创作还是鉴赏——就必然可以使紧张的精神得到放松，使空虚的灵魂寻找到归宿，充实而丰盈。可以看到，荣格高扬优秀艺术的功能，并且已经把对艺术功能的探询与对人类自身命运的探询紧紧地连在一起了。

与上述观点相关联，荣格还认为，艺术根本不是现实的反映形式，而毋宁说是对抗现实的手段。因为艺术既然是原型的显现，而原型又属于集体无意识，那么艺术与意识及外在的现实世界在一定程度上是对立的，艺术是对现实的否定、批判和拒绝。当某一类艺术出现或者盛行时，我们可以从中看到现实生活的偏颇和失衡。而艺术也正是通过对现实的否定和批判，使人清楚地认识到自己的真正需求，从而回归心灵，找到精神的源泉和归宿。简而言之，荣格倡导人们要追寻神话原型并强调，艺术的强大功能的主要目的就是倡导现代人要从由科学、技术和理性构成的制式化生活中适当后退，重新获得真切的生命体验。这与海德格尔所主张的超越“日常平均状态”的观点基本上是一致的。

荣格的上述思想将艺术功能与人类自身的发展密切联系在一起，一方面强调了艺术拯救人类灵魂的强大功能，另一方面也从一个崭新的角度阐释了伟大艺术具有永恒魅力的原因：创造或欣赏优秀艺术就是在与每个人的内心对话，是认清自己的真正精神需求并塑造自我的途径。

理论辨析

在西方近代文论中，有不少理论是把艺术与人类自身命运联系起来进行考察的。比如海德格尔认为，在现实生活中，事物缘其有用性而致其真相被“遮蔽”，本体沉沦于冥冥深夜。而文学则如一束光芒驱散了一切遮蔽物。在此瞬间，一块“空地”亮出来，真理、本体被显示。这与荣格对艺术本质的论述是一致的。荣格关于艺术是对抗现实手段的论断也在一定程度上与尼采不谋而合。尼采认为，现有的文明、价值观念和偶像都是人的桎梏，艺术应当以其特有的酒神式沉醉，去唤起人的生命活力，使之走向更美好的生活。假如没有艺术中的真正“惯常的陶醉”“青春的活力”，我们便会在这个虚无的世界中消失。这些思想对于我们思考当代的“快餐性”艺术以及偏重于在形式上标新立异的艺术不乏启示意义。

---

① 荣格．荣格文集．冯川，苏克，译．北京：改革出版社，1997：249.

② 同①：228.

三、艺术家：常态个人与集体人

既然艺术是对原型的翻译，艺术又担当着引领精神匮乏的现代人回归心灵泉源的重任，那么艺术对于艺术家势必也要有更高的要求。遵循着这一研究思路，荣格区分了作为艺术家的个人（the man as an artist）和作为个人的艺术家（the artist as a man）。前者指的是艺术家越出此在樊篱之后的超越性人格风范，后者是指艺术家的日常此在情形，即与普通人无异的状态。在此基础上荣格强调，艺术家应该是“作为艺术家的个人”而非“作为个人的艺术家”。当艺术家作为前者时，其所创作的艺术作品才是艺术的有机成分；而作为后者时，其创作与真正的艺术无关。荣格更进一步明确指出，作为艺术家的个人与常态的个人不同，他/她带有普遍性并超越个人性，因此就成为中性的人，或谓“集体人”（collective man）。而作为集体人就意味着，艺术家是“客观的、无个性的（甚至是非人的）”①。

荣格反复强调艺术家的非个人性，其意旨仍在于强调文艺作品引领心灵的精神作用，因此他也一再强调，文艺作品一定要去除个人色彩，“一部艺术作品并不是一个人，而是某种超越个人的东西。……一部真正的艺术作品的特殊意义正在于：它避免了个人的局限并且超越于作者个人的考虑之外”②。如果在作品中表露太多个人色彩的话，那么作品就是失败的，因为“渗透到艺术作品中的个人癖性，并不能说明艺术的本质；事实上，作品中个人的东西越多，也就越不成其为艺术。艺术作品的本质在于它超越了个人生活领域而以艺术家的心灵向全人类的心灵说话。个人色彩在艺术中是一种局限甚至是一种罪孽”③。

在区分了两类艺术家的基础上，荣格进而根据创作素材来源的不同，把艺术分为相应的两种类型：心理型和幻觉型。心理型艺术也可称为意识型艺术或经验型艺术，其素材主要来自个人的“意识王国”，比如情感体验、生活教训等。荣格认为这类艺术作品由于仅仅涉及个体表层经验，因而比较肤浅，容易理解。与之相比，幻觉型艺术的素材不是来自个人性的日常经验，而是集体性的“幻觉经验”，是来自“人的心灵深处的陌生的东西”④。这些素材由于远远超出个人经验、情感之域，直接指向人类远古的深层集体无意识的神秘“深渊”，在性质上类似于神经症患者产生的幻象，因而具有模糊性的特点，一般读者很难把握其内涵，甚至有时会因为它触动了读者心灵深处的阴暗之处而拒绝这类作品。但是荣格认为，“幻觉代表着一种比人类的激情更深刻更难忘的体验”⑤。幻觉型艺术揭示的是人类的集体无意识，揭示的是被意识否定、排斥和压抑的深层体验，只有这类艺术才可以将“片面的、不正常的或者危险的意识状态引入一种平衡”⑥，因而也就比一般心理型艺术更深刻、更强烈、更令人震撼。

通过上述分析可以看出，荣格盛赞幻觉型艺术，肯定的是幻觉型艺术的价值。这与

---

① 荣格．荣格文集．冯川，苏克，译．北京：改革出版社，1997：246.

② 同①：214－215.

③ 同①：246.

④ 荣格．未发现的自我．赵蕾，等，译．北京：国际文化出版公司，2001：229.

⑤ 同④：234.

⑥ 同④：238.

他所强调的艺术家在创作过程中应该站在“人”的角度而非“个人”的角度来进行创作，应该尽可能地削弱个人色彩之类的主张是一致的。荣格肯定幻觉型艺术的原因，从艺术本身来讲，是因为这类艺术的确可以给人更强烈的心灵冲击，但更重要的原因则是：这类艺术不仅与集体无意识相契合，也与荣格所极力追求的为现代人寻找灵魂归途的目的相一致。

深度思考

从创作实际来看，一位作家、艺术家的主体创造性，如对生活的个人性的揣度、发现与领悟是十分重要的，这往往是决定作品成就高低的关键。荣格彻底否定创作的个人性未免是不切实际的。但其见解亦有利于启发作家、艺术家以更为广阔的胸怀与视野去塑造人物、描述事件。

第三节 弗莱的文艺观

诺思洛普·弗莱（Northrop Frye，1912—1991），加拿大文艺理论家，曾任教于加拿大多伦多大学。主要著作有《批评的剖析》《伟大的代码》《神力的语言》等。弗莱是第一个真正将原型理论自觉运用于文学批评的学者。作为一位文学批评家，弗莱努力要证明的是“文学批评是一门自成一体但难以穷究的学科”[①]，因此他反对两点：一是如新批评那样对文本过细解读；二是将文学作为历史现象进行研究，将文学作品等同于阐明文学以外事件的文献。因此，他把心理学、人类学的相关理论自觉运用到文学批评和文学研究中去，建立了自己的神话-原型批评理论体系，在20世纪五六十年代的西方理论界，这一理论一度与马克思主义文论和精神分析批评形成“三足鼎立”的局面，为文学批评成为一门独立学科做出了重大贡献。弗莱主要的文艺思想有以下几点。

诺思洛普·弗莱

① 弗莱．神力的语言．吴持哲，译．北京：社会科学文献出版社，2004：序言，7.

一、文学是一个自足系统

弗莱认为，文学是一个自足的系统，具有“形式的连续性”①。所谓“形式的连续性”，是指文学是一个在形式上前后相承的系统，具体表现在以下两个方面。

首先，文学自身是一种“独立存在的词语结构”，它不以社会环境等外在事物为基础，也不附属于任何文学之外的其他事物。这一点在他对待文学与历史的态度上集中表现出来。弗莱提出，从理论上讲，文学与历史是两种性质不同的存在，二者的衡量标准不同：历史是“完全‘真实’的‘纯’历史，意思是指一种文字结构，与实际发生的事件严格或基本相符”；而文学则“并不打算包含‘真实事件’的故事，‘仅属故事’而已，它们可能非常富于幻想，多半不可能或据我们所知根本不可能发生”②。也就是说，历史是以真实为标准的，其衡量标准是外在于文学的客观事实，而文学则是以幻想为基本特征的，衡量的标准不是外在的客观事实而是文学的内在因素。因此，“在某种意义上，历史性是神话性的对立面”，“当我们顺着这种偏离历史的线索前进时，我们便会发现自己进入了严格意义上的文学之中”③。弗莱通过对文学和历史的区分，把文学看作一个完整自足、与外在因素无关的独立系统。与此相应，文学语言与其他语言也是不同的，是“一种自足的语辞结构”④。这样，无论是从文学的本质还是文学语言上看，文学都不受诸如外在社会环境等因素的控制，是独立自足的。

其次，文学作为一个独立自足的体系具有自身独特的运行规律。弗莱认为，文学自身是成体系的，它并非零散作品的汇集，而是按照某些规律活动的。这个规律就是原型。从弗莱的表述来看，原型是指文学中反复出现的意象或者结构、主题等。这些原型都与神话模式相关，文学就是一直遵循着神话模式而发展的，如同基本的几何图形规约着绘画一样。弗莱又认为，在最高的层次中，神话的运动是与自然同构的，神话的存在也遵循着一定的“原型”，那就是自然的循环。于是，自然又成了“神话”的原型。由于文学由神话发展而来，因而文学也是与自然同构的，所以在更深的层面上，诗歌所摹仿的自然，就不像在形式层面那样仅仅意味着结构或系统，而是还代表着周期性。正是以上述思想（整个文学活动存在原型，并且自然是神话的原型，神话又是文学的原型）为前提，弗莱进一步提出了文学活动的几个有限的范畴，也就是他在《批评的剖析》中所推出的几种范畴：神话、传奇、喜剧、悲剧和反讽。在弗莱的思想中，这几个范畴是先于文学类型而存在的。范畴先于具体事物而存在——这显然是源于柏拉图、康德、黑格尔等人的逻辑。

单从表面看，弗莱的文学自足观具有强烈的形式主义特征，但是有两点值得注意。其一，原型批评理论形式主义特征的独特性。相较于形式主义文论“具体而微”的形式研究来看，原型批评理论对文学形式的研究是宏阔而又完整的。它所关注的不是单一作品的形式，而是作为整体的文学艺术的形式。它包括了文学形式的方方面面，如作品主题、叙事结构、体裁类型等等，可以说是对文学形式全方位的考察。原型批评理论这种“大而全”的形式研究，相较于

① 弗莱．神力的语言．吴持哲，译．北京：社会科学文献出版社，2004：4.
② 吴持哲．诺思洛普·弗莱文论选集．北京：中国社会科学出版社，1997：189.
③ 同②：190.
④ 弗莱．批评的剖析．陈慧，等，译．天津：百花文艺出版社，1998：65.

"小而精"的形式研究，无疑显得恢宏大气，也更符合文学自身的复杂性。其二，原型批评理论追求形式主义有其特殊原因。弗莱强调文学自足性的目的，一是要强调文学的独立性，避免"外在决定论"；二是强调文学批评的独立性，为文学批评正名；三是弗莱认为"文学是无法教的"，能教的只能是一种系统的知识结构。因此，只有当文学批评成为一种系统的知识结构时，文学教育才能成功地进行，文学才能走向大众，才能达到文化教育的目的。换言之，弗莱的原型批评理论对文学深层结构的形式主义追求并未妨碍其对文学的社会功能的关注。

相关知识

根据"能指"与"所指"关系的不同，弗莱将文字结构区分为描述模式、概念模式、意识形态模式和神话模式。描述模式的特征是文字与事实一致，文字只具有字面含义，比如历史；概念模式的特征是思辨性强，需要通过论证证明所表达的含义，比如形而上学；意识形态模式是一种修辞术，具有社会权威性但不需要论证，比如演讲、宣传和广告；神话模式主要关乎人类的想象力，主要用于表达人类高于或深于现实的想象世界。文学的文字结构属于神话模式，是在神话时代消失之后为人类提供"超越生活又不在生活前畏怯的生存观"的文字结构。

二、文学是历史进程的一部分

虽然弗莱的理论具有显著的形式主义特征，但值得注意的是，他始终坚持认为文学具有重要的社会功能。在弗莱看来，文学的"活力"来自人为自己确立的"无法实现的宏伟目标"，换句话说，文学之所以存在，是因为人要通过文学来实现在现实中无法实现的理想。因此，弗莱认为文学"应有的位置"是"联结社会和它的首要关怀的中心交流纽带"①。这里所谓的"首要关怀"（也译作初级关怀）是指人类富足生存的必需品，包括"（1）饮食及相关的人体需要；（2）性的生活；（3）财产（property），指金钱、物品、住房、衣服，以及一切属生活特有（proper to life）的东西；（4）行动的自由"②。弗莱认为，除首要关怀之外的一切看起来非常重要的东西，比如信仰、忠诚的感情等都是属于意识形态性质的，并不是人类的最根本需求，因为当人类过着丰裕、自由的生活时，就不再需要信仰或者忠诚之类的情感了。人类为追求自由和富足，自然会设想一个自由、秩序、无阶级和等级差别的社会，但这样的社会在现实中是不存在的，人类由此产生了各种各样的焦虑，文学和艺术表达的主要就是这种焦虑。从以上表述可以看出，在弗莱心目中，充满创造性和想象力的艺术是人类实现自己的理想——生活得更富裕——的唯一途径，也只有在艺术中，人类才可以充分表达自己的焦虑和向往。显然，是首要关怀和社会的矛盾为文学和艺术的存在提供了土壤，文学与社会是不可分割的。综观弗莱的著述可以清楚地看到，他一直在强调文学与社会和历史的联系，他始终认为文学不可能脱离社会和历史而存在。他曾明确强调："文学是历史进程的一部分，因此那个进程作为一个整体组成

① 王宁，徐燕红．弗莱研究：中国与西方．北京：中国社会科学出版社，1996：112.
② 弗莱．神力的语言．吴持哲，译．北京：社会科学文献出版社，2004：45.

真正的文学语境。”[①]“与社会背景完全割裂的幻想作品是不可能写出来的：任何人的思想都无法如此超脱其所处的社会环境。”[②]

弗莱一方面强调文学的自足性，一方面又强调文学与文化、社会背景不可分割，表面看来似乎是矛盾的，但实际上从弗莱的总体表述来看，他的文艺观原本就包含两层意思：第一，文学是在整个文化背景上形成的独立的系统，它有自己的发展运行规律，不能用其他外在的规则来规约文学；第二，文化背景和整个社会环境是文学存在和发展的大环境，但文学并不是平面镜，不是当下社会环境和历史事实的直接映照。

理论辨析

弗莱的原型批评理论是丰富驳杂的。它既强调文学和文学批评的独立性和自足性，又具有明显的文化研究的特征；它既强调文学的形式连续性因而具有明显的形式主义特征，又强调文学自足及心灵自由从而具有显著的浪漫主义特征。造成这种丰富性的重要原因是：弗莱既汲取了弗雷泽人类学和荣格心理学中的人文因素，也借鉴了弗雷泽从仪式中概括普遍结构以及荣格的原型形式分析方法。此外，弗莱还深受布莱克的浪漫主义和康德的形式主义的影响。

三、文学批评应拒绝价值判断

弗莱从自己的原型观出发，认为文学批评不是创作的附庸，而是一项独立于文学创作的活动，因此必须保持理论的自觉。他以此作为自己原型批评理论建设的依据。在他看来，一种批评理论“首先要说明文学经验的主要现象，其次要导致对文学在整个文明中的地位的某种看法”[③]。那么，既然文学是一个具有“形式连续性”的自足系统，文学研究就必须追寻文学的“内在系统”，也就是文学的“深层结构”，只有这样才可能既说明文学现象，又对这一现象在整个文学系统中的地位进行阐释。

弗莱认为，文学作为一个统一体，每篇具体的作品都不是一个孤立的存在，而是与其他同类的作品之间存在着或隐或显的联系。这样，文学作为“一种辞章体系”，“构成每一部特定作品的首要背景”[④]，要理解一部作品就必须把握一个与之相关的整体文学系统。他以弥尔顿的悼亡挽歌《黎西达斯》为例分析指出，如果一个读者不了解相关牧歌的历史传统，以及构成“这首诗之背景的传统意念或观念的结构”[⑤]，或者，若不了解“整个文学的系统内部，某些结

① 弗莱．批评之路．王逢振，秦明利，译．北京：北京大学出版社，1998：5.
② 吴持哲．诺思洛普·弗莱文论选集．北京：中国社会科学出版社，1997：190.
③ 同①：1.
④ 同②：350.
⑤ 同②：343.

构和文体的原理、某些叙述及形象的组合，以及某些传统手法及惯用语”[①] 的话，则《黎西达斯》就势必会被认为是“‘节外生枝’的离题描写太多”，而沦为“支离破碎的东西”[②]。由此，弗莱认为，具体的单个文学作品的意义依赖于整体文学的“辞章体系”。那么，是什么将作家与整个文学传统联系起来的呢？弗莱认为是“原型”。因为原型是在文学系统中反复出现的因素，其中积淀着丰富的文学传统，从而它可以将某一作品与整个文学体系联结起来，所以只有在充分理解与特定原型有关的文化背景基础上才可能真正地、完整地理解作品。

弗莱认为，文学研究本身很难做到完全局限于具体、单一的文学现象，换句话说，文学研究很难成为纯粹局限于具体文学现象的所谓“个性”研究。文学研究终归要成为一种“整体”研究，不管这种“整体性”所涉及的是诗歌的传统，还是一个诗人的整体创作，抑或是诗人与其时代的关系。应该说，弗莱关于文学批评整体性的观点是颇有道理的。它一方面廓清了文学在文化中的整体性和独立性的地位，另一方面也建立了文学批评的独立王国，为建立独立的文学批评学科做出了重要贡献。

为建立科学、独立的批评学科，弗莱还进一步提出，要改变传统文学批评中的价值判断倾向。他指出，传统的文学批评大部分是评价式的，人们往往用各自的标准去衡量作品的优劣高低。这样一来，评价标准一旦改变，对作品的评价也必然会相应改变。于是文学作品就出现了如同置身于股票市场一样身价忽涨忽跌的现象，这是非常不科学的。

弗莱主张，文学批评应该如物理学、历史学等学科一样，成为一门独立的学科，其方法就是“到文学内部去为批评找到一个概念框架”，也就是“阅读文学，对他自己的领域做一个归纳性的概览，并从他关于那个领域的知识中自行产生出他的那些批评原则来”[③]。这些原则包括两个方面：首先，承认文学的系统性；其次，对文学中的系统性因素进行客观的“分析”或“发现”。前者是批评的前提，后者则是批评的方法。在弗莱看来，在承认文学系统性的前提下，批评的要义就在于对文学艺术的系统性因素即文学的结构和形象进行客观分析。在任何时候，批评家的任务都是“争取文学艺术的自主”，因此“在任何情况下也不要受艺术的种种附着因素的干扰去对作品做出肯定或否定的判断”[④]。概而言之，批评家应该与批评本身保持距离，剔除个人因素，保证批评的客观性。弗莱曾经用一个形象的比喻来阐释他的这个主张：“文化现象应在没有当代观念的干扰下按照它们自己的来龙去脉去阅读。我们研究文化现象如同我们研究星星，观察它们的相互关系，但并不向它们走近。”[⑤]

而价值判断或者评价式批评显然是与以上原则相违背的。首先，价值判断是一种主观行为，带有很大的随意性，很难形成一致的看法；其次，价值判断从属性上讲，属于“正在进行的实验性设想的范畴，尚待进一步验证”[⑥]，这也不符合原型理论所主张的文学批评应该客观地“发现”文学系统的旨归；最后，对文学进行价值判断的标准显然也不是从文学内部建立起来的，而是以其他外在的标准为基础的，在文学中每一种有意建立起来的价值等级，都“是以

---

① 吴持哲．诺思洛普·弗莱文论选集．北京：中国社会科学出版社，1997：350.
② 同①：345.
③ 弗莱．批评的剖析．陈慧，等，译．天津：百花文艺出版社，1998：6－7.
④ 同①：36.
⑤ 同③：31.
⑥ 弗莱．伟大的代码．郝振益，等，译．北京：北京大学出版社，1998：7.

一种隐藏的社会、道德或智力的对比为基础的"①，因此，系统批评绝不能成为价值判断的"附庸"。

总之，在弗莱眼中，如果文学批评做不到拒绝价值判断这一点，批评就会显得过于随意。过于随意的批评只能是一种"假冒的批评"，是"无意义的批评"，是"发展一门真正的诗学"应该摒弃的。

当然，文学批评要完全拒绝价值判断是不可能的。弗莱决然地提倡批评应拒绝价值判断，实际上是反对对文学的无原则、无标准的随意的批评，主张文学批评应该有相对一致的标准，那就是文学传统，是从传统而来的文学的"形式的连续性"。这与他建立独立的文学批评学科的努力是一致的。

深度思考

神话-原型批评理论非常重视传统文化的力量，认为积淀着深厚传统文化的原型具有强大的力量，是任何人都不能回避也无法回避的。这一点无论是荣格还是弗莱都多次强调过。该理论认为，传统文化的影响在每个人身上都是根深蒂固的，无视这一点既不符合事实，也无益于具有深刻性和普遍性的文学作品的诞生。这一点对于文学研究也有重要意义，尤其值得中国古典文学研究、吸收、借鉴。

理论辨析

弗莱的原型已经与荣格的原型有很大的不同。相较于荣格，弗莱赋予了原型更为具体的内容：它可以是典型人物，也可以是典型意象、叙事结构、主题等。弗莱把原型概念引入文学研究中，使抽象的原型范畴确有所指，从而有效地去除了荣格原型的神秘性，这是弗莱的创举，也是他对传统原型概念所做的最大的改造。同时，也因为有具体的文学要素可依凭，弗莱的原型论也最受欢迎。从我国的情况来看，在过去30多年的文学批评实践中，对具体的文学现象的原型研究最为普遍，成果也是比较多的。但这样做的负面影响也随之而来：对弗莱原型概念理解的简单化。这一方面影响了对弗莱思想的整体、全面把握，另一方面也造成了部分文学批评实践的模式化、简单化现象。

---

① 弗莱．批评的剖析．陈慧，等，译．天津：百花文艺出版社，1998：29.

【本章关键词】

俄狄浦斯情结（Oedipus complex）：源出于古希腊悲剧《俄狄浦斯王》。意为儿子生来即存在的对母亲的占有欲望，对父亲的嫉妒甚至怨恨。弗洛伊德借用这一概念，强调人的性本能的普遍性和根深蒂固，并认为这是人类罪恶感的来源，也是在多子女家庭中影响个人生活的重要因素之一。

升华（sublimation）：在物理学中，指物质从固态直接变成气态的过程。弗洛伊德运用升华概念，指本能冲动以能被社会承认或者接受的方式转变。艺术想象具有升华的功能，能使羞于见人、难为社会所容的纯粹本能欲望以社会所允许的方式展示出来，使艺术家和欣赏者被压抑的欲望得到宣泄和满足。

集体无意识（collective unconscious）：指先天存在于每个人心灵中的深层无意识，具有集体性和普遍性，与个人经验无关。荣格强调，集体无意识决定着人类心理和精神运行的一般模式，是人类精神的重要组成部分。

原型（archetype）：原型观念在西方有深厚的思想渊源。宗教学、神学、哲学中都有相关思想。从词源学上看，“arche-”这一词头本身是“最初”“起始”的意思。从荣格的表述看，它是指一种反应倾向或领悟模式。从弗莱的表述看，原型是文学中反复出现的意象或者结构、主题等。

【推荐阅读】

茅盾．茅盾说神话．上海：上海古籍出版社，1999.

叶舒宪．高唐神女与维纳斯：中西文化中的爱与美主题．西安：陕西人民出版社，2005.

陆扬．精神分析文论．济南：山东教育出版社，1998.

王小章，郭本禹．潜意识的诠释：从弗洛伊德主义到后弗洛伊德主义．北京：中国社会科学出版社，1998.

蓝棣之．现代文学经典：症候式分析．北京：人民文学出版社，2006.

胡志毅．神话与仪式：戏剧的原型阐释．上海：学林出版社，2001.

【思考题】

1. 何谓“俄狄浦斯情结”？你怎样理解这一理论对文学批评的意义？
2. 弗洛伊德是如何论述艺术本质的？应如何评价？
3. 荣格是怎样论述艺术功能的？应如何评价？
4. 荣格的“幻觉型艺术”有哪些特征？意义何在？
5. 如何评价弗莱的文学批评观？
6. 原型批评的基本特征是什么？
7. 如何理解弗莱所提出的文学具有“联结社会和首要关怀”功能这一论断？

第十一章

现象学与存在主义文论

概　述

“现象学”一词最早是由18世纪德国哲学家朗贝尔特提出的，但他认为现象学只是“假象学”。随后德国文学批评家赫尔德试图建立一个“充实的伟大科学——美的现象学”。康德进而设置“现象学一般”来划分感性与理性的界限。19世纪现象学向着体系化发展，黑格尔从现象与本质的统一性出发，提出了精神现象学。费希特则建构了“自我的现象学说”。18—19世纪的现象学被广泛地运用在心理学、自然科学、历史科学方面，现象学之现象既指自然现象，也可指意识现象。20世纪现象学概念外延缩小，胡塞尔、盖格尔、舍勒等人基于某个维度建构现象学，努力地将现象学变成一门科学。1905年在哥廷根逐渐形成了以胡塞尔为首的哥廷根现象学派。胡塞尔为摆脱心理主义以及欧洲科学危机，提出先验的现象学。胡塞尔认为现象就是本质，现象学只研究纯粹意识。现象学任务只是面向事实本身，把握其中的本质要素和它们之间的联系。其目的是解决认识如何可能为自然认识提供基础和说明。其方法是现象学还原之中的直观和本质直观，它的研究领域是全部纯粹意识。本章所论及的现象学文论，主要是指在胡塞尔先验现象学影响下，波兰美学家英加登与法国美学家杜夫海纳提出的有关文艺见解。

存在主义是产生于20世纪20年代的德国，后兴盛于整个欧美的一种哲学思潮，是一种把人的存在作为思想基础和出发点的哲学。主要代表人物有德国哲学家海德格尔、雅斯贝尔斯，法国哲学家萨特、加缪、马塞尔、梅洛-庞蒂等人。其中影响最大的是海德格尔与萨特。从思想渊源来看，存在主义可追溯到叔本华的唯意志哲学、克尔凯郭尔的孤独个体、尼采的权力意志，而更为直接的思想基础则是胡塞尔的现象学。被视为存在主义哲学开创者的海德格尔就曾是胡塞尔的学生。海德格尔正是沿着胡塞尔力图“返回事物自身”的思想轨迹，以探求存在的“意义”为中心，以界分“存在”与“存在者”为理论基点，走上了存在主义道路，创建了存在主义思想体系的。萨特虽与海德格尔不同，关注的重心是人本身的“存在”问题，但他确立的“存在先于本质”的理论基点，亦与胡塞尔现象学的影响有关。海德格尔与萨特的共同特点是：都特别关注人类的文学艺术现象。他们依据自己不同的“存在主义”哲学观，就文学艺术的本体存在、本源构成及功能等重要问题，提出了自己有影响的理论见解。

第一节 英加登的文艺观

英加登

罗曼·英加登（Roman Ingarden，1893—1970）出生于波兰的克拉科夫，师从于现象学创始人胡塞尔，是现象学美学的主要代表人物。英加登的文艺观建基于胡塞尔的意向性理论和盖格尔的审美价值理论之上，其理论构架是由艺术本体论、艺术认识论和审美价值论组成的。主要著作有《文学的艺术作品》《对文学的艺术作品的认识》《艺术本体论研究》《经验、艺术作品与价值》等。英加登“对一种系统连贯的文学理论作出了重要贡献”，“对作品结构的分析，在文学理论的一些问题上前进了一大步”①。

一、意向性客体与文学存在

为了解决历史上客观论与主观论长期对立的哲学危机，胡塞尔在布伦塔诺意向性概念的基础上提出了现象学的意向性理论。所谓“意向性”，是指意识的客体关联性，即主客体互动的意向选择。意向性与被给予性密切相关。胡塞尔悬置了客体的先天假设，还原了主体的纯粹意识，用“意向性”消解了主客体一元决定论的纷争。英加登继承了胡塞尔的意向性理论，赋予“意向性”本体地位，将“意向性客体”视为文学作品的存在方式。英加登认为“文学作品是一个纯粹意向性构成（a purely intentional formation），它存在的根源是作家意识的创造活动，它存在的物理基础是以书面形式记录的本文或通过其他可能的物理复制手段（例如录音磁带）。由于它的语言具有双重层次，它既是主体间际可接近的又是可以复制的，所以作品成为主体间际的意向客体”②。英加登对意向性的研究是基于文学作品本体存在意义之上的，主要表现在以下几个方面。

第一，符号语词是意向性存在。英加登认为每一个语词都属于一个确定的纯粹意向客体

① 韦勒克．西方四大批评家．林骧华，译．上海：复旦大学出版社，1983：97，102.

② 英加登．对文学的艺术作品的认识．陈燕谷，晓未，译．北京：中国文联出版公司，1988：12.

(intentional objection)，它的存在、形式、材料确定性贮存都依赖于语词的意义，而由语词构成的句群也是作为一个纯粹意向性关联物而存在的。意向性活动再把句群的意向性关联物编织成意向性的再现世界。在理解文本时，句群的意义意向就呈现为一种图式化形式。文学作品是由符号语词“具体化”生成的，而符号语词又是意向性存在，这也就决定了文学作品的意向性存在。从符号语词存在角度看，意向性客体是文学存在的方式。

第二，创作接受是意向性活动。文学作品的存在根源是“作家意识的创造活动”，创作意识是作家对客体的投射，而意识又是通过意向性活动构成世界的。意向性活动包括意识对象和意识作用，意识对象是作家的意向关联物，意识作用是作家对意识对象的意向选取活动。所以说创作是意向性的创造活动。英加登将接受分为积极接受和消极接受，并认为任何接受都是意向性的接受。英加登说：“每一种阅读都是读者有意识进行的活动，而不仅仅是对某种东西的经验或接受……这些对象永远是句子意义自动的意向投射。然而，在纯粹消极的阅读中，人们没有试图理解它们，特别是没有综合地构成它们。”① 英加登强调接受的意向性，当然也没有否定接受的确定性，“因为事物和人物不应当仅仅由文学的艺术作品的语言手段意向性地投射；它们也应该通过适当选择的图式化外观呈现给读者。读者的作用就在于使自己适合于作品的暗示和指示，不是现实化地随意选择的什么外观，而是现实化由作品暗示的那些外观”②。

第三，文学变体是意向性形式。英加登将文学变体分为口头流传形式和书面固定形式。英加登认为，一旦文学以手抄本以及后来的印刷形式记录下来，从而主要是供阅读而不是听的，这种纯粹的语音学性质就改变了。“然而在这些变体中，基本本文作为同源的核心世代流传下来。”③ 印刷品不属于文学的艺术作品本身的要素，而仅仅构成它的物理基础。英加登认为文学作品既不是纯粹的理念存在，也不是纯粹的物理存在，而是意向性的存在。他认为，如果艺术是物理性的，维纳斯雕像将不能被称为艺术。作为维纳斯雕像物理基础的石头显得有点粗糙，“鼻子”上有一个斑点，甚至“乳房”被水侵蚀了，左边“乳头”上也有一块“损伤”。如果我们紧盯这些物理基础，没有形成审美意向，维纳斯就只是块陋石，而非艺术作品。我们认定维纳斯的艺术性就根源于维纳斯的审美意向性形式。意向性能唤起原始的情感从而形成审美的态度，从审美的态度审视作品才能使之成为艺术作品。但不管文学物理基础如何改变，意向性“作为同源的核心世代流传下来”。

从本体的静态角度看，供阅读的文学作品是符号语词的意向性存在；从认识发展的动态角度看，文学作品不仅在创造接受的活动中是意向性存在，而且在自身的变体发展中也是意向性的存在。意识总是意向性的意识，文学作品作为创造和认识的对象必然是意向性的存在。意向性理论消解了主体和客体之间的鸿沟，对文学存在的方式给予了全新的认识，具有较强的说服力，对后世的影响也很大。但意识的意向性如何调和作品的确定性这一矛盾？关于这个问题的思考，英加登本人似乎也陷入了两难之境。英加登继承了胡塞尔的意向理论，但终止了本质还原，从文学作品的“意向性理论”转向了对“美学质素”的确定性研究，似乎又陷入了历史悖论的旋涡。

---

① 英加登．对文学的艺术作品的认识．陈燕谷，晓未，译．北京：中国文联出版公司，1988：36.

② 同①：57.

③ 同①：13.

相关知识

《孟子·万章上》云："故说《诗》者，不以文害辞，不以辞害志。以意逆志，是为得之。"汉代赵岐注《孟子》曰："志，诗人志所欲之事。意，学者之心意也。"朱熹《四书集注》曰："当以己意迎取作者之志，乃可得之。"孟子的"以意逆志"与英加登的"意向性理论"，孟子所说的"不以辞害志"与英加登所说的"现实化由作品暗示的那些外观"，似有相通之处，可以互证。

二、文学作品的多层次构成

英加登对于文学作品的认识与研究，是围绕着"什么是文学作品的基本结构和方式"而展开的。他认为如果我们对认识对象的基本构成加以考察，对认识过程的分析就会比较容易了。所以我们的研究从考察文学作品的基本特征与结构开始是很有必要的。

英加登认为文学作品的本体是一种现象学意义上的客观"结构"，其结构又是一个多层次的构成。"它包括（a）语词声音和语音构成以及一个更高级现象的层次。（b）意群层次：句子意义和全部句群意义的层次。（c）图式化外观层次，作品描绘的各种对象通过这些外观呈现出来。（d）在句子投射的意向事态中描绘的客体层次。"① 我们一般将英加登的文学作品四层次简称为语音层、意义层、图式外观层、再现客体层，而伟大的作品又具有"形而上质层"。

语音层是文学作品的物质载体，语音层是由字、词和句构成的声音和现象。英加登认为阅读文学作品的第一个基本过程不是一个简单的纯粹感性知觉，而是超出这个知觉，把注意力集中在语词的物理的或纯粹语音学形式的典型特征上。意义层是主观意识活动的结果。英加登认为人们不是首先理解语词声音然后再理解语词意义的。在理解语词声音时，人们就理解了语词意义，同时积极地意指这个意义。图式外观层是"潜在的待机状态"。英加登说："'外观'层次在文学的艺术作品中发挥着极其重要的作用，特别是对于在具体化中构成审美价值方面有着重要的作用。因此，在阅读过程中图式化外观的现实化和具体化发生的方式，对于文学的艺术作品的审美理解有着极大的重要性。"② 再现客体层是虚构的一个想象性的世界，包含着若干"不定点"。再现客体与图式外观并没有本质的区别，二者在具体化过程中是同时进行的。

另外，英加登还认为文学作品的层次有"两个维度"：在一个维度中所有层次的总体贮存同时展开，在此意义上说，图式外观层和再现客体层就没有先后之分。而在另一个维度中各部分则相继展开，是一种时间的展开。英加登的文学作品四层次是互为异质的，又是形式统一的总体构成。通常而言，文学作品四层次是在一个时间过程中完成的，一般是由物理的语音层开始，经由意义层到达图式外观层和再现客体层。

英加登文学作品层次的划分，不仅从文本阅读的时间性展开，还从总体贮存的逻辑性展开；不仅是文论的创新，还具有科学实践的意义。正如韦勒克和沃伦在《文学理论》中所说："波兰哲学家英格丹（即英加登。——编者按）在其对文学作品明智的、专业性很强的分析中采用了胡塞尔的'现象学'方法明确地区分了这些层面。我们用不着详述他的方法的每一个细

① 英加登．对文学的艺术作品的认识．陈燕谷，晓未，译．北京：中国文联出版公司，1988：10.

② 同①：56.

节就可以看出，他对这些层面的总的区分是稳妥的、有用的。”① 但也不容否认，受科学思维影响至深的英加登对文本层次的划分亦有值得商榷之处。有些问题，如文学文本能否科学分析，结构层次是静态先在的还是动态生成的，都还有待进一步探讨。

分析举例

李白的《宣州谢朓楼饯别校书叔云》：“弃我去者，昨日之日不可留。乱我心者，今日之日多烦忧。长风万里送秋雁，对此可以酣高楼。蓬莱文章建安骨，中间小谢又清发。俱怀逸兴壮思飞，欲上青天揽明月。抽刀断水水更流，举杯消愁愁更愁。人生在世不称意，明朝散发弄扁舟。”此诗为ou韵平声，《玉钥匙歌诀》云：“平声平道莫低昂”（音最长，高起高收），这种语音层声调先在地互涉了诗的基调，而声音、节奏的转换又表现了情感波折。此外，诗的首联句式错落也指向了“情”的纷乱感。由词构成句群则形成意义，词既有所指，又有能指。“杯”的所指有其客观意义，但在句群“举杯欢庆”和“举杯消愁愁更愁”中就形成了不同的能指意义。后者是人生两难的境遇象征。句群连缀又再现了一个苍凉悲愤又慷慨豪迈的图式化外观。当然，此诗作为“伟大的作品”还有“形而上质”——人生时空感悟的意蕴。

三、具体化与文学审美价值

英加登认为，由于作家创作文学作品是意向性的投射，作品先天地留下众多的“空白”和“未定点”，需要读者在阅读过程中予以填充，这个“填充”过程就是具体化。在英加登看来，未经阅读的作品只是一种潜在的可能性存在，这样一种存在没有审美价值而只有艺术价值元素，只有经过阅读，只有经过具体化，作品才能由潜在转为实在，才具有审美价值。所以说具体化是作品实现所必需的条件。

那么，如何实现这样一种具体化呢？英加登的主张是：

第一，尽量积极阅读，防止消极阅读。英加登所说的消极阅读是指机械地“一个句子接着一个句子”地读，理解的范围也往往限于所读的句子本身，而“未能达到对刚读过的句子同其他句子（有时离开得相当远）进行综合地结合”；积极阅读则是“人们不仅理解句子意义，而且理解它们的对象并同它们进行一种交流”②。在英加登看来，消极阅读主要是由于读者太拘泥于作品的物理基础而游离了文本世界。在这样的阅读中，具体化是很难实现的。而只有积极

① 韦勒克，沃伦．文学理论．刘象愚，等，译．北京：三联书店，1984：158-159.

② 英加登．对文学的艺术作品的认识．陈燕谷，晓未，译．北京：中国文联出版公司，1988：37.

阅读，才能实现与文本世界交流对话，才能“得意忘言”，使文学作品的审美价值得以显现。

第二，要采用审美态度，避免功利干扰。英加登认为观照事物有三种态度：一是认识的态度，二是实践的态度，三是审美的态度。英加登举例说：“如果某人买了一幅古典大师的画，他就是以‘实践的’态度来从事这笔交易的。同样，当他把这幅画悬挂在书房的墙上时，他的态度也是‘实践的’。但是当他要研究自己是否被卖主欺骗，买了一个赝品的时候，他就采取了研究的‘认识的’态度，并力图获得关于他买的这幅画的一系列特点和特征的知识。最后当他倒在沙发上，陷入观照之中，并试图在其艺术形式中观看作品的整体，只有在这时他才采取‘审美的’态度，并且在‘审美体验’过程中发现作品的全部个性以及呈现出来的价值。”① 英加登强调，只有力避功利因素，以审美态度面对作品本身，才能进入“填充”过程，才能使文学作品实现具体化，从而使其审美价值得以显现。

第三，预备情绪情感，介入审美经验。英加登认为，对文学的艺术作品的认识需要经过“前审美”和审美两个阶段才能完成。“预备情绪”指的是一种“前审美”的心理状态，是读者受文本基本特质的激发而产生的一种特殊的情绪。这种预备情绪所唤起的原始审美情感有助于具体化文本。在此基础上才能以审美的方式面对作品，才能使审美经验不断介入和生成，进而实现文学作品的具体化。

英加登认为对同一部作品的具体化可以有重大的区别，甚至由同一个读者在不同的阅读中完成的具体化也是不同的。客体层次具体化的不同方式必然导致整个作品的多样的具体化。引入客体层次的审美价值质素能够在作品其他层次的审美相关性质中带来新的关系。“一千个读者就有一千个哈姆雷特”现象的产生，就是基于文学作品具体化的多样性。

总之，从本体上说，文学作品是意向性客体存在。从认识论上看，文学作品是多层次的构成。从价值论意义上看，具体化是文学审美价值显现的先决条件。这三者互相联系，具体化是作品层次时间展开的具体化，文学作品的意向性存在又是具体化使然。

深度思考

英加登的见解是符合实际的：文学作品作为潜在的符号化存在，只有经过具体化才能被经验感知，才能满足人类的精神生存需要。在西方文论史上，不管是柏拉图的“理念分有”、康德的“审美判断”、黑格尔的“美是理念的感性显现”，还是海德格尔所说的“艺术作品是真理无蔽的敞开”，体现的实质都是为构建具体化的经验世界所做的努力。从某种意义上说，具体化是人类重要的生存方式之一。当然，这种生存方式的美好，又需如英加登所说的：要以审美态度为导向。人类当前的生存危机——“人之死”以及“文学之死”，与具体化的生存方式不无关系。由于感性泛滥，理性缺失，具体化失去了航标，只能导致人之不“人”了。同理，与其说“文学之死”，不如说这是具体化方式的失效。

① 英加登．对文学的艺术作品的认识．陈燕谷，晓未，译．北京：中国文联出版公司，1988：181.

第二节
杜夫海纳的文艺观

米盖尔·杜夫海纳（Mikel Dufrenne，1910—1995），法国哲学家，知觉现象学的主要代表人物。被学界誉为“现象学美学巨擘”“现象学美学集大成者”。杜夫海纳早年接受柏格森的生命哲学，后专注于胡塞尔的现象学，亲历第二次世界大战的残酷现实后更加关注存在问题，曾潜心研读过克尔凯郭尔、雅斯贝尔斯等人的著作。杜夫海纳认为审美经验是人类与世界最深刻和最亲密的关系，是美学和存在的首要问题。在文艺观方面，杜夫海纳把文本意向性转变为文本经验化，对艺术作品以及艺术的特质做了深入的剖析，提出了很多有见地的文艺思想。杜夫海纳的著作主要有《审美经验现象学》《先天的概念》《诗学》《为了人类》《美学与哲学》等，其中《审美经验现象学》是其最重要的代表作。

《美学与哲学》书影

一、艺术作品是潜在的审美对象

形式主义文论认为艺术作品是自足性的存在，文本具有本体地位。杜夫海纳则认为艺术作品只是潜在的审美对象，它只有经过一系列的具体化才具有实际的审美意义。杜夫海纳在《审美经验现象学》中说：“艺术作品就是审美对象未被感知时留存下来的东西——在显现以前处于可能状态的审美对象。……作品只有一种潜在的或抽象的存在，一种充满感性、可供下次演出的符号系统的存在；它存在于纸上，听候召唤，它是潜在的。”[①] 艺术作品是潜在的审美对象这一观点不仅客观上是对形式主义文论的反驳，同时也是知觉现象学的深化。

艺术作品是艺术的具体化，它以物性的形式而客观存在着。艺术作品何以只是潜在的审美对象？杜夫海纳认为，作品被创作出来了，它虽然具有真理性和艺术性，并且是一种物的存在，但其自身并不能构成审美对象。艺术作品要成为审美对象必须经过主体的知觉和经验才能实现。因此，对于目不识丁的人，文学作品只是一纸乱七八糟的符号；对于不懂声律的人，乐谱只是潜在的审美对象。杜夫海纳说：“尽管创作行为赋予艺术作品的实在性是无可否认的，它的存在，却仍然可能模糊不清。因为它的使命是自我超越，走向审美对象，只有成为审美对象，它才能被观众接受，达到完全的存在。”[②] 所以说艺术作品是潜在的审美对象，审美对象是艺术作品的完成。艺术作品和审美对象互相参照、互相依赖才能更好地理解艺术作品。

---

① 杜夫海纳．审美经验现象学．韩树站，译．北京：文化艺术出版社，1992：39.

② 同①：29.

艺术作品又是如何成为现实的审美对象的呢？杜夫海纳提出艺术作品从潜在走向现实需要两个重要的因素，即表演和公众。

表演（exécution）使艺术作品呈现为审美对象，作品必须呈现于知觉才具有现实意义。杜夫海纳认为作品必须经过表演才可以说从潜在存在过渡到显势存在，呈现于人的知觉才能成为审美对象。杜夫海纳举例说："当我阅读剧本时，我就觉得缺少些什么。很可能，我会从我看戏中获得的习惯或多或少模糊地想象导演、姿态、声调来设法加以弥补。这是想象的表演，但它已经使剧本活跃起来，有时还阐明了剧本。"①

表演是杜夫海纳文艺观中非常重要的概念，其内涵和外延比我们通常理解的要广泛，大体相当于英加登的"具体化"的概念。杜夫海纳从表演的角度将艺术分为"表演者不是作者的艺术"和"表演者即作者的艺术"两类。譬如舞蹈就是表演者不是作者的艺术，画家绘画、雕刻家雕刻就是表演者即作者的艺术行为。而对于听众或观众来说，他们是通过"想象的表演"来知觉审美对象的。总之，艺术作品就是表演，作品正是要求表演才能把自己呈现为审美对象的。

公众（publique）使艺术作品得以确证，艺术作品不仅需要个体表演呈现为审美对象，而且有增加呈现次数的倾向，其目的是把自己付诸共鸣的欣赏和普遍的确证，从而实现艺术作品的永恒性。杜夫海纳说："艺术家创作出来的东西还不完全是审美对象，而是对这个对象来说，当感性通过观众的目光被承认为感性时，它的存在的一种手段。对象只有在观众的合作下才以自身的存在存在着。艺术家本人为了完成自己的作品，也要化为观众。"②

艺术作品需要公众，一方面是由于欣赏者或见证人需要公众所营造的艺术氛围，艺术作品只有在公众所营造的艺术氛围中才能更好地呈现自己，从而引起欣赏者的共鸣；另一方面则是由于艺术作品的内在需要。杜夫海纳认为，要求和挑起这个需要的是作品，作品需要公众。因为作品的含义是不可穷尽的，所以有众多的解释对它是有利的。由于对作品的阅读永无止境，因而公众永远需要扩大，不断形成新的阅读。艺术作品就是在公众中得到普遍确证的，并且由此得以实现永恒。

总之，艺术作品本身并没有独立自足的本体地位，它只是潜在的审美对象，是表演和公众使之得以呈现的。杜夫海纳消解艺术作品的本体性，其实是要凸显审美经验的本体地位——艺术作品只有被知觉了、经验了才能成为审美对象，否则只能是潜在的。艺术作品是潜在的审美对象这一文艺观是杜夫海纳审美经验现象学建构的逻辑起点，杜夫海纳不把艺术作品看作静止物，而是把它们看作动态生成的知觉物，这是比较符合艺术作品的实际的。

深度思考

杜夫海纳将公众视为艺术作品的确证，艺术作品又确证了什么呢？对此，黑格尔在较早时期有过论述，并明确提出了对象化的概念。他曾以小孩向水里

① 杜夫海纳．审美经验现象学．韩树站，译．北京：文化艺术出版社，1992：43.

② 同①：40.

抛石子激起波纹而愉悦为例来说明愉悦是小孩在对象化的波纹（作品）面前确证了自己的本质力量之故。后来，在黑格尔思想的基础上，马克思更为深刻地将对象化视为人类社会存在的基础，认为艺术作品是人的本质力量的确证。马克思很好地解决了人的本质力量确证问题，同时也为人的解放和艺术存在问题提供了理论启示。作品是人本质力量的确证，公众又是作品的确证，综合这两种观念，可以更为清楚地看出"确证"之于文学艺术的重要性：没有确证，就没有真正的创作，文学艺术正是在确证中实现自身的价值和意义的。当前人们时常说的文学危机，显然亦乃文学确证的危机。许多作品由于意义萎缩，不仅影响到作家本质力量的确证，也必会失去公众的确证。这样的作品自然也就失去了存在价值。

二、艺术不是语言

艺术与语言的关系关涉到艺术的本质、传播和接受等重大的理论命题，因而在文艺理论史上一直备受重视。尤其是20世纪语言学转向之后，语言的地位更加凸显，甚至僭越为本体，艺术是语言，似乎已成为不言自明的道理。对此，杜夫海纳的看法不同，他在《美学与哲学》中发问："艺术是语言吗？"杜夫海纳认为当人们把艺术看作语言时，总是想方设法通过语言去理解艺术。实际上应该相反，即应通过艺术去理解语言。

某些艺术，譬如文学艺术，当然离不开语言，但杜夫海纳的看法是：依靠语言的艺术不等于说艺术就是语言，就如同有青铜艺术不等于说艺术就是青铜。杜夫海纳进一步指出，艺术是语言这一思想是由索绪尔、巴特（又译为巴尔特）所开创的语言学和符号学的理论预设及偏见引起的，与之相关的见解是：其一，作品是设定某种代码的一种言语（discours）；其二，艺术家是通过作品说话的，而不是仅仅让人去看和听。杜夫海纳认为，这类观点看似成立，但不过是没有经过本质还原的理论独断和预设而已。为了说明自己的观点，杜夫海纳主要从语言学批判和现实艺术的实际两个方面驳斥了"艺术是语言"说，并在此基础上重新审视了艺术与语言的关系。

第一，对语言学的批判。杜夫海纳认为，自索绪尔以来，符号学呈现出授予语言尤其是语言学以巨大特权的趋势。在符号学看来，语言本身具有侵略性，语言学的概念装置也就具有了奇妙的力量。另外"一种新的学科正力求给它提供证明：这就是巴尔特花了许多气力画出第一幅草图的符号学（Sémiologie）"①。由于符号学的研究对象是各种意义整体，而艺术在这些意义整体中可与语言并列，这就造成了艺术是语言的错觉。杜夫海纳说："巴尔特为这些系统所举的例子是服装、食品，附带的还有汽车和家具（请注意，从来没有提过艺术），……人们总是根据语言的特殊模型去给意义整体下定义。……这种区分从索绪尔那时起一直统治着语言学的全部方法，保证了这方法的科学地位。"② 那么，如何粉碎语言的"侵略性"，杜夫海纳认为不

① 杜夫海纳．美学与哲学．孙非，译．北京：中国社会科学出版社，1985：73.
② 同①：74.

是语言制造意义，而是语言显现意义。如果语言只是在生成中显现意义，那么语言的暴力和侵略性就会自动消逝。杜夫海纳运用现象学方法理解艺术与语言的关系是具有启发性的，艺术是现“象”和显现抑或是语言的显现，而其本身并不是语言。

第二，现实艺术的实际。杜夫海纳承认，任何意识形态都想努力成为话语，艺术作品也不例外。但他进一步追问的是：在艺术作品中，是谁在说话？是作品自身说话，还是艺术家通过其作品说话？在现实艺术的实际中，说话是目的吗？交流是主要的吗？杜夫海纳联系音乐、绘画、电影、诗歌等现实艺术的实际，进一步阐明：艺术不是语言，譬如诗歌之所以能使人们相互交流，只是因为诗歌的语言让人们与事物交流，而这本身并不是艺术活动。他曾这样强调："也许我们过分拘泥于语言的诗歌起源和它的逻辑使命二者之间的对立了。因为，维特根斯坦提醒我们说，逻辑语言不仅说，而且还显示：在显示句子的内在结构时，它显示世界的逻辑形式。"① 在他看来，艺术的语言同样具有维特根斯坦所说的特征，并不真正是语言，它不断地发明自己的句法。它是自由的，因为它对自身说来就是它自己的必然性，一个存在的必然性的表现。现实艺术的实际亦正是"显示世界的逻辑形式"，而不是制造语言本身。也就是说，现实的艺术作品虽离不开语言，但并不能说明"艺术是语言"。

艺术与语言的关系，是文艺理论绕不开的一个理论问题。杜夫海纳在这方面的思考是具有启发性的。他关于艺术不是语言的解构性论证，以及艺术是显示或呈现的论断，是有理论创新意义的。

深度思考

在20世纪的语言学转向之际，杜夫海纳的质疑——艺术是语言吗——无疑是具有超越性和真理性的。艺术是语言，文学是语言之类的论断，其实是缺乏深度理论意义的，而只是更具命名和归类的意义。以文学来看，具有指称功能的语言符号，只是作为文学的承载和媒介而出现的，并非文学本身。如果说文学是语言，那么亦可说青铜艺术是青铜了。当然，亦不应否定文学是语言艺术应有的归类意义，亚里士多德在《诗学》中，就是依据媒介的不同，区分史诗、音乐及悲剧的。但归类判定并不等于作为某类艺术本质的"是"，而杜夫海纳将艺术的本质看作显现，是符合"是"之逻辑的。

三、艺术是知觉主体的呈现

杜夫海纳认为，艺术不是物，亦不是语言，而是呈现。那么，艺术是什么的呈现呢？杜夫海纳的看法是：艺术是知觉主体的呈现。其理由是：艺术作品虽然具有物性和对话性，但没有

① 杜夫海纳．美学与哲学．孙非，译．北京：中国社会科学出版社，1985：118.

知觉主体的呈现只能是潜在的审美对象而不能形成艺术。与之相关，审美对象实质上是知觉对象，它只有在知觉中才能自我完成，审美对象的完成也意味着艺术的呈现。所以说，艺术作品只有在知觉主体中呈现为审美对象时才能被称为艺术。

杜夫海纳所说的主体是现象学的知觉主体，而不是实践主体。知觉主体不是与客体对立而是结合的，它是以主体间性的形式存在的。杜夫海纳这一思想是在现象学意向理论的基础上形成的。杜夫海纳说："意向性是意识的那种周而复始的投射，通过这种投射，意识在任何思考之前便与对象配合一致。……知觉正是主体和客体结成的、客体在一种原始真实性的不可还原的经验——这种经验不能比作意识判断所做的综合——中直接被主体感受的这种关系的表现。"① 杜夫海纳正是据此认为，艺术既不存在于艺术作品这一客体中，也不存在于创作主体之中，而是存在于主客体的交互意向中，即知觉主体中。知觉主体作为间性主体是艺术的呈现者。

由于艺术作品只是潜在的审美对象，只有经过知觉主体的呈现才能成为实际的审美对象，因而在杜夫海纳看来，呈现了审美对象也就意味着艺术的生成，艺术就是审美对象呈现本身。作为艺术呈现物的这样一种审美对象，不仅摆脱了物的束缚，具有超越性、无功利性，而且具有"准主体"性。杜夫海纳说："再说，我们也有权把审美对象当作准主体来对待，……审美对象含有创造它的那个主体的主体性。主体在审美对象中表现自己；反过来，审美对象也表现主体。"② 审美对象作为艺术呈现物所具有的特质也给了艺术以超越性和主体性。

杜夫海纳进而指出，艺术作为呈现并不是主体对客体的任何反映，而是有条件的呈现。具体而言，"只有主体首先处于客体的水平，只有从自身深处为客体做准备，只有客体的全部外在性呈现于主体时，主体才能遇见客体。这种主客体的调和一直进行到主体自身"③。只有在这样的条件下，知觉主体才能把审美对象呈现出来，艺术才能呈现活动本身。反之，主体不能凌驾或臣服于客体的水平，主体主宰或委身于客体，客体就不能呈现于主体。从创作和阅读的维度看，只有主客体处于同一水平即同构相融的水平时才能实现真正意义上的呈现，否则艺术就不能呈现。

关于何谓艺术，以往的文艺理论常见两种看法：或将艺术视为客体存在，或视为主体意识。杜夫海纳则认为艺术存在于知觉主体所呈现的审美对象中，主体与对象都具有主体性。间性的知觉主体呈现不同于一般主体的表现或再现，更不同于简单的反映。杜夫海纳认为呈现都是被给予的，没有任何东西是已知的。因此，知觉对象不但是被"我"经验的东西，而且作为不依赖于"我"的东西而存在。

杜夫海纳运用现象学方法将主体还原为纯粹的知觉主体，克服了以往主客体对立的局限，尤其是呈现这一概念的引入，有助于更为深刻地理解人类艺术活动的奥妙。但现象学的主体观念后来也受到福柯、德里达等人的批判和解构，知觉主体被认为是意识的主体、大写的主体，缺乏历史的境域。自此，艺术是知觉主体呈现的连续性的观念式微，断裂、差异的艺术观念开始兴盛。

---

① 杜夫海纳．审美经验现象学．韩树站，译．北京：文化艺术出版社，1992：256.

② 同①：232.

③ 同①：255－256.

理论辨析

"呈现"不单是一个文论概念，它本身还构成了一个理论体系，它并不是杜夫海纳的独创。呈现一词源自拉丁语的 apparentem，有"相像""相近物"之意。柏拉图认为事物就是以它们对我所显现的那个样子而呈现的；黑格尔则提出了"美是理念的感性显现"；胡塞尔认为纯粹呈现者是纯粹意识对自身的呈现；海德格尔以及维特根斯坦等人都把语言看作呈现或显现。杜夫海纳提出艺术是知觉主体的呈现，不仅是受胡塞尔现象学的影响，亦与传统呈现理论的影响有关。呈现不同于反映，它不是主体的主动行为，而是主客体的给予行为；呈现也不同于再现，它是生成性的显现，而不是预设性的展示。杜夫海纳呈现思想的创新之处就是将知觉和间性引入呈现理论之中，使其更具有现代意义。

第三节 海德格尔的文艺观

海德格尔

马丁·海德格尔（Martin Heidegger，1889—1976），德国著名哲学家，在现象学、诠释学以及存在主义和解构主义方面都卓有建树。1889 年 9 月 26 日生于德国巴登邦梅斯基尔希，1976 年 5 月 26 日逝世，终年 87 岁。主要著作有《存在与时间》《形而上学导论》《林中路》《路标》《在通向语言的途中》《现象学之基本问题》等。在哲学观方面，海德格尔将胡塞尔的先验现象学转变为本体论现象学，由此创建了存在主义哲学体系。海德格尔的文艺观是其存在主义哲学的重要组成部分，主要见解有"艺术作品的本源是艺术"、艺术作品的存在就是"建立一个世界和制造大地"、"语言是存在的家"、"诗人要追踪远逝诸神的踪迹"等。这些见解标志着西方现代美学向后现代美学的转变。

一、艺术作品的本源是艺术

海德格尔从自己的存在主义哲学观出发，认为艺术不等于艺术作品。艺术乃"存在"，而艺术作品是"存在物"。二者当然又密不可分，其关系即：艺术作品的本源是艺术。海德格尔所说的“本源”是指“本质之源”，即“一件东西从何而来，通过什么它是其所是并且如其所是”[①]。海德格尔认为艺术的现实性是艺术作品，而艺术作品“是对物的普遍本质的再现”[②]。因此，海德格尔对艺术作品的本源研究是从“物”入手的。海德格尔首先批判了“物”的流俗认识：特征的载体、感官给予的统一体以及质料和形式结构。譬如艺术作品的本质之源是美就是流俗认识。美只是作品的特征和感官所给予的东西，根本不是作品中的“物”。物的流俗认识不仅扰乱了物的本性，还迷乱了艺术作品的本源研究。海德格尔认为物之为物是敞开的“聚集”和“在场”。

海德格尔认为，传统思路的错误在于：人们关注的还只是作为流俗“存在物”的“作品”，而不是作为“纯然物”的“艺术”。艺术作品的本源是艺术，而要正确地认识这一本源，当然还要追问：“艺术”本身是什么？对此，海德格尔的回答是：艺术是“存在者的真理自行置入作品”[③]。海德格尔所说的存在者就是无蔽的“纯然物”，它具有聚集和在场的意义。“物”的聚集和在场保证了真理自行置入。

海德格尔认为，艺术作品之生成，关键是因其中置入了“真理”。海德格尔这里所说的“真理”，不同于一般所说的“真理”，即既不是传统认识论所说的通过计算、实证之类自然科学方式得出的主客体相符合一致的真实，也不是经由命题、概念、论证的逻辑思维方式得出的理性哲学意义上的真理，而是指存在者之为存在者的无蔽状态、澄明状态，实际上也就是海德格尔心目中的“存在”。而真理又何以能自行置入作品？一方面，“物”的聚集和在场保证了真理置入，真理是被物给予的，这就保证了真理自行置入作品。另一方面，诗人的道说置入真理。海德格尔的解释是：诗人不受外在功利目的之类因素的干扰，以本真状态感悟世界、表现世界的时候，是对世界的敞开，在这敞开的过程中完成的作品，其中自然就包含了存在（真理）。用海德格尔自己的话说，在这样的作品中，“发挥作用的东西也几乎不露痕迹地显现出来，这就是存在者在其存在中的开启，亦即真理之生发”[④]。对此道理，海德格尔曾举例分析道：一双穿在脚上的农鞋，缘其实用性的阻隔，人们难以体悟其存在，而见之于画家凡·高笔下的农鞋，虽仍是存在物，但因失去了实用性，而呈现为敞开状态，故而作为艺术作品的“农鞋”，就“在作品中走进了它的存在的光亮里”[⑤]。

与“真理的自行置入”相关，海德格尔进一步指出，在真正的艺术创作过程中，甚至连艺术家本人都无足轻重了，“他就像一条为了作品的产生而在创作中自我消亡的通道”[⑥]。至此已可以看得清楚，海德格尔所说的“艺术作品的本源是艺术”，实际上是说“艺术作品的本源是存在（真理）”。

正是基于上述“本源”观，海德格尔提出了另一个一反传统见解的相关论断：艺术作品“不是被配置上审美价值的器具”[⑦]，而是能够显现存在（真理）的存在物。也就是说，艺术的本质不是美，而是存在的一种无蔽状态。海德格尔当然并不否定艺术作品能够给人美感，但他

---

① 孙周兴．海德格尔选集：上卷．上海：上海三联书店，1996：237.
② 同①：257.
③ 同①：256.
④ 同①：258.
⑤ 同①：256.
⑥ 同①：260.
⑦ 同①：258.

认为这种美感不是源于通常所说的“情感愉悦”之类，而是源于作品中的“存在之光”的照耀，来自面对敞开的澄明世界而得到的精神自由。故而他曾如此宣称：“美乃是作为无蔽的真理的一种现身方式。”①

自古对本源的探索都是两难之举，要么陷入无穷追问，要么堕入循环论证。海德格尔对艺术作品本源的研究采用的是循环论证，这一点与《存在与时间》中存在与存在者的论证方式相同。本源没有一个绝对的起点，犹如本事之前还有事件，但本源有研究的逻辑起点。海德格尔对此虽然感到无奈，但他坚信循环论证是现象学所允许的。海德格尔对艺术作品本源研究最大的贡献是还原了物和真理的源始意义，并悬置了“前见”预设，返回到事物本身，在敞开中让真理自行置入艺术作品。当然也有人指责海德格尔对形而上学批判得不彻底，导致对艺术作品本源研究的两可性。但海德格尔关于“艺术”不同于“艺术作品”的思辨是深刻的，关于“艺术的本质不是美”的论断是有独到之处的，有助于人们加深对艺术本质特征的理解。

深度思考

美是由于真而美，还是由于美而真？美与真是对立的还是统一的？这类问题一直为中外思想家、美学家所关注。老子曰：“信言不美，美言不信。”康德亦将美与真区别对待。黑格尔则较早从理论上将美与真统一起来，他认为“美是理念的感性显现”。黑格尔的理念是最高的真实，他的美也就可以理解为真理的显现。海德格尔实际上是沿着黑格尔的路标继续思考的，他明确提出“美乃是作为无蔽的真理的一种现身方式”。海德格尔将美与真统一起来，其实是将感性生存与理性生存统一起来，因而这种统一就不仅具有美学意义，更为重要的是具有实现“诗意栖居”的人生哲学意义。

二、建立世界和制造大地

在确认了艺术作品的本源是艺术的基础上，海德格尔更为深入地论述了艺术作品的存在特征，这就是“建立一个世界和制造大地，乃是作品之作品存在的两个基本特征”②。海德格尔认为作品被安放在博物馆或展览厅里，作品就被建立了。建立不同于雕塑作品的建造或诗歌的创作，“建立乃是奉献和赞美意义上的树立”③。作品的建立就意味着世界和大地的涌现。

海德格尔所说的“世界”是指，通过作品建立而成的能够显示存在的意义空间。他认为艺术的本质就在于非实在化，将一切世界化，成为某一作品，即建立一个世界。这个世界亦是对

① 海德格尔．林中路．孙周兴，译．上海：上海译文出版社，1997：40.

② 孙周兴．海德格尔选集：上卷．上海：上海三联书店，1996：268.

③ 同②：264.

人敞开的可以栖居之家园。他说过，一块石头是无世界的，植物和动物同样没有世界，农妇却有一个世界，因为她居留于存在者之敞开领域中。海德格尔又将世界划分为天、地、神、人四重结构，认为只有这四者和谐地构成一个统一整体，才会使世界成为人类的家园。

海德格尔所说的“大地”，原文是地球（erde）。海德格尔借用此语，主要是指伴随着世界出现的能够隐匿世界存在的物性材料及空间背景等，是作品在自身回归中让作品出现的东西，是世界的载体。用海德格尔自己的话说：“大地是一切涌现者的返身隐匿之所，并且是作为这样一种把一切涌现者返身隐匿起来的涌现。在涌现者中，大地现身而为庇护者。”① 海德格尔认为，是作品让大地成为大地的，大地的本质是自行锁闭的。“制造大地就是把作为自行锁闭者的大地带入敞开领域之中。”② 海德格尔进一步指出，这种对大地的制造是由作品来完成的，是作品把自身带到大地中。譬如画家和诗人并不消耗颜料和词语，而使“颜料得以闪耀发光”，使词语具有诗性。大地是作品回归中出现的“隐匿之所”，不制造大地，作品将失去“可靠性”。

关于世界和大地的关系，海德格尔认为是互相依存，但又对立争执的。其依存性表现在世界以大地为依托，大地借世界得以呈现。无大地即无世界，无世界也显不出大地。海德格尔说：“大地离不开世界之敞开领域，因为大地本身是在其自行锁闭的被解放的涌动中显现的。而世界不能飘然飞离大地，因为世界是一切根本性命运的具有决定作用的境地和道路，它把自身建基于一个坚固的基础之上。”③ 其争执性表现在世界虽立身于大地，但世界又力图超升于大地。因为世界是完全敞开的，它不允许大地的锁闭。但大地是庇护者，它总是倾向于把世界摄入它自身并扣留在它自身之中。于是世界和大地的对立就构成了争执。海德格尔认为争执与分歧、争辩不同，在本质性的争执中，一方超出自身包含着另一方，争执双方相互进入其本质的自我确立中，最后达到一种“宁静”状态。只有在作品的这种宁静中，真理才自行置入作品。

总之，世界趋向于去蔽，以显示自己的存在；大地则自行锁闭，以制造作品的隐匿之所。双方彼此有别，又相依为命，处于争执之中。艺术作品就是在世界与大地的争执中产生的，是争执与和谐、运动与宁静共存的同一体。

深度思考

艺术作品是建立世界和制造大地是海德格尔极具创造性的理论发现，但细究起来，我们发现海德格尔的见解与中国诗论中的虚境和实境有相似之处。海德格尔所说的大地是锁闭，是作品回归的地方，中国文论中所说的作品中的实境是由语词形成的空间境域，也是有限的锁闭，同时也是作品回归的地方。譬如《红楼梦》中的林黛玉绝不能被阅读成杨贵妃，这就是锁闭。海德格尔所说的世界是敞开的作品显示的意义空间，中国文论所说的虚境，亦是依存于实境

---

① 海德格尔．林中路．孙周兴，译．上海：上海译文出版社，1997：28.

② 孙周兴．海德格尔选集：上卷．上海：上海三联书店，1996：268.

③ 同②：269－270.

所开发的审美想象空间，是实境所显现的意义境域。优秀作品往往“言有尽而意无穷”，这当然亦是“敞开”。且中国文论亦强调虚境和实境在作品中既对立又依附的关系，这亦类乎海德格尔所说的世界与大地之间既相互依存又存在争执的关系。有证据表明海德格尔受中国老子有无相生之类哲学思想的影响，从其世界与大地的论述中，亦可窥见海德格尔思想与中国传统文化之间的关系。

三、在贫困时代里诗人何为

在海德格尔看来，随着现代理性对“上帝”“彼岸目标”之类超感性观念世界的冲击，越来越强盛的技术已将人类从地球上脱离开来而且连根拔起，致使人类已经深深陷入了精神迷茫的贫困时代。面对如此危局，海德格尔宣称：“只还有一个上帝能救渡我们。留给我们的唯一可能是，在思想与诗歌中为上帝之出现准备或者为在没落中上帝之不出现做准备。”① 与之相关，海德格尔深思了在贫困时代里诗人何为的问题。海德格尔的期望是：诗人应“吟唱着去摸索远逝诸神之踪迹”，“在世界黑夜的时代里道说神圣”②。

诗人何以能追踪诸神的踪迹？诗人缘何要道说神圣，又如何道说神圣呢？海德格尔的看法是：

其一，诗人是存在之家的看护人。在海德格尔看来，“诗”与“思”同源，本质上都是一种道说。“在思中，在成为语言。语言是存在的家。在其家中住着人。那些思者以及那些用词创作的人，是这个家的看家人。”③ 诗人就是要通过道说让人还乡，把自然完全敞开给人看。诗人是存在之家的看护者，故而诗人的道说能够把人引向诗意的栖居。海德格尔认为，在贫困时代里，作为这样一位存在之家的看护者的诗人，首先需要的就是坚守看护的立场，不能人云亦云、随波逐流。

其二，诗人的天职就是诗意的追问。海德格尔认为，在贫困时代里，诗意也是存在的，他曾举例说，盲人在本质上并不能说没有视力。而“在这样的世界时代里，真正的诗人的本质还在于，诗人职权和诗人之天职出于时代的贫困而首先成为诗人的诗意追问。因此之故，‘贫困时代的诗人’必须特别地诗化（dichten）诗的本质。做到这一点，就可以猜测到一种顺应世界时代之命运的诗人职权”④。在海德格尔看来，只有诗人坚守追问诗意的天职，神圣才能被道说，而神圣的道说也就能够照亮“世界的黑夜”，能够抗拒贫困时代的贫困。

其三，诗人是良知的呼唤者。海德格尔所说的“良知”并不是一个伦理学的概念，而是存在论的概念。海德格尔说：“首先应得把良知直追溯到其生存论基础和结构，使它作为此在的现

---

① 孙周兴．海德格尔选集：上卷．上海：上海三联书店，1996：1306.

② 同①：276.

③ Heidegger. Basic Writings. New York：Harper & Row Publishers，Inc，1977：24.

④ 海德格尔．林中路．孙周兴，译．上海：上海译文出版社，1997：284.

象而明显可见”①。海德格尔认为良知是存在的呼唤，呼唤是言谈的一种样式。良知的呼唤能使此在走出“被抛”“两可”和“烦”的困扰，从而走向最本己的存在。当然，诗人良知的呼唤并不是诗人的刻意行为，而是内在的本然行为，犹如“君子之德风，小人之德草，草上之风必偃”一样。诗人就是通过本然的良知呼唤，使万物回到本己而各得其所，消解了嘈杂，神圣就会到场。

荷尔德林

其四，诗人是无蔽的敞开者。海德格尔认为，诗人作为敞开者是自身本性的敞开，这种本性是无须引导的，但贫困时代的诗人易被遮蔽，所以需要去蔽敞开。首先，诗人要通过“沉入梦境”而敞开，“他们所为只是想象”，“这是诗人对现实闭上其双眼的方式”②，只有如此，诗人才能敞开。其次，诗人要作为善良的持续者来敞开。“只要善良的赋予持续着，人便长久地成功地幸福地运用神性度量自身。”③ 只有善良、纯真，诗人才能本真，才能敞开。最后，诗人如其所是地敞开，而不要刻意地为敞开而敞开。诗人虽然本身就是敞开无须引领，但诗人还要引领他人如其所是地敞开，这就要求诗人必须去蔽、道说神圣。作为无蔽的敞开者，诗人有着看护、追问和呼唤的责任。

诗人要坚守天职、看护存在、追问诗意、道说神圣，只有这样才能变世界黑夜为神圣之夜，才能撩开贫困时代的阴霾。海德格尔也许过分看重了诗之救渡人类的意义，但他对诗及诗人的看重是有道理的。回顾漫长的人类文明历程，可以发现，诗歌之类的文学艺术，作为重要的精神伴侣，一直在抚慰着人类的心灵，一直在激发着人类的希望与梦想。可以相信，在当今世界，真正的诗，亦会以自己神圣的理想与希望之光，继续导引人类的未来。

深度思考

20世纪以来，在整个世界范围内，文学虽然并不像海德格尔所忧虑的那样悲观，但的确越来越少见像荷尔德林那样能够痛切地体验黑夜时代的贫困、具有“神圣意识”的诗人了；越来越少见像雨果、左拉、托尔斯泰、陀思妥耶夫斯基那样勇于承担人类苦难的小说家了。相反，许多诗人、作家，以消解神圣、宣泄本能、玩弄技巧、故弄玄虚为荣耀、为新潮；或为文学工业的时代浪潮所挟卷，心甘情愿地沦为屈从于利润的市侩。如果连诗人、作家都丧失了对神圣的追求，那么，人类将只能坠入更为深重的黑夜。当然，诗人、作家也有选择沉入暗冥、漠视贫困的权利，但在历史上，在人类的心目中，永远被铭记与感念的，毕竟是海德格尔所论及的那些不甘沉沦的“道说”“神圣”者。

---

① 海德格尔．存在与时间．陈嘉应，王庆节，译．北京：三联书店，1987：322.
② 海德格尔．诗·语言·思．彭富春，译．北京：文化艺术出版社，1991：186.
③ 同②：200.

第四节
萨特的文艺观

萨特

让-保罗·萨特（Jean-Paul Sartre，1905—1980），法国著名的哲学家、文学家、戏剧家、评论家和社会活动家。出生于巴黎一个海军军官家庭，幼年丧父，从小寄居于外祖父家。中学时代即迷恋柏格森、叔本华、尼采等人的思想。1924年考入巴黎高等师范学校攻读哲学，后受胡塞尔现象学和海德格尔存在主义哲学的影响，创建了自己的存在主义哲学体系，提出了“存在先于本质”“自由选择”“世界荒诞”等重要哲学命题。在文艺观上，萨特认为“艺术是非现实存在”，主张文学介入说。主要著作有《想象心理学》《存在与虚无》《存在主义是一种人道主义》《词语》《辩证理性批判》《文字生涯》等，其中《存在与虚无》是其代表作，自传体小说《词语》获得诺贝尔文学奖。

一、文学就是行使自由

文学缘何而存在？文学之于人类的意义究竟是什么？是为抒情言志、抚慰心灵，还是为娱乐消遣，或载道育人？对此，萨特从自己的哲学观出发，提出了不同的见解：“文学是这样一种运动，通过它，人得以每时每刻从历史中解放出来；总之文学就是行使自由。”① 对此，萨特主要从以下几方面进行了论述。

首先，萨特所说的文学就是行使自由，是基于其存在主义哲学观念的。萨特存在主义哲学的首要原理是：存在先于本质，而存在之实质即自由。萨特说得很明确：“人的自由先于人的本质并且使人的本质成为可能，人的存在的本质悬置在人的自由之中。”② 可见，萨特所说的“自由”，既不是指对必然规律认识后的主体状态，更不是意志活动不受限制的权利，而是存在主义哲学意义上的人的本质自由。这种自由不是主体经过努力得到的，而是本质上就被给予的。萨特还指出，语言为人类提供了物的虚无和人的存在虚无这两种基本形式，自由就是在语言的虚无化中完成的。这样一来，文学作为一种语言存在，也就必然与自由和虚无联系起来，

① 萨特．萨特文论选．施康强，译．北京：人民文学出版社，1991：164.

② 萨特．存在与虚无．陈宣良，等，译．北京：三联书店，1987：56.

即文学是以虚无化的形式行使自由并展示自由的。

其次，文学就是行使自由是由意象的本性决定的。文学创作离不开意象活动，而在萨特看来，意象是对事物的想象和虚无化，而想象和虚无化又是完全自由的行为。因此，意象不是一个静止的概念，而是一种综合的自由创造活动。萨特曾明确强调："意象也就是一种纯粹的幻象，一种通过现象而得以实现的游戏。"① 意象的虚无、幻象、游戏等自由特性融入文学创作之中，必然给予文学先天的自由。所以说，文学创造意象的过程，也就是行使自由的过程。

最后，文学就是行使自由体现在作家的创作和读者的阅读过程中。萨特认为文学首先是纯粹的召唤，是纯粹的存在要求，只有当人们欣赏它的时候它才存在。与之相关，作家创作不是对阅读做出规定，而是让读者在期待中自由想象。正是由于作家"为诉诸读者的自由而写作"，因而"他只有得到这个自由才能使他的作品存在"②。也就是说，作家如果没有这种自由，不能行使自由，他的作品就不能存在。所以说，创作是自由的创作，阅读是自由的阅读，文学的整个活动就是行使自由。

总之，萨特认为，人的自由先于人的本质，因此，人生的一切选择都是"自由选择"。文学创作当然也是一种自由选择，故而文学行使自由，不是文学要争取或实现的状态，而是必然是的状态。萨特对自由以及对文学与自由之间关系的阐释，可以为我们理解文学的本质提供新的启示。

相关知识

萨特把意象理解成意识与对象的关系或现象活动，是动词性的概念，这种动词性保证了文学的自由性。康德在《判断力批判》中对"审美意象"也有类似的界定："我所说的审美意象是指想象力所形成的一种形象显现。"在中国古代文论中，意象也是一个重要概念。《周易·系辞上》已有"立象以尽意"之说；刘勰曾将意象视为艺术构思的标尺——"窥意象而运斤"；王廷相则把意象上升到诗歌的本体，认为"诗贵意象透莹，不喜事实黏着……言征实则寡余味也，情直致而难动物也，故示以意象，使人思而咀之，感而契之，邈哉深矣，此诗之大致也"。比较可见，与西方人不同，中国人对意象的理解多趋向于名词化，意象主要被视为表意之象。

二、艺术作品是非现实

我们一般认为艺术作品是现实的存在，萨特在《想象心理学》中却提出"艺术作品是一种非现实"。萨特认为作品的物质性存在并不是审美对象本身，甚至物性的东西有时还会阻碍审美对象的形成。如果我们将意向或知觉放在作为维纳斯雕像的物理基础的石头上，非现实性就不能展开，那么维纳斯就不是美的了。所以说维纳斯的美不在现实性上，而是非现实的东西。萨特还曾以查理八世的画像为例论证了物性对审美性的遮蔽，"在这里，使我们受蒙蔽的是画

---

① 萨特．想象心理学．褚朔维，译．北京：光明日报出版社，1988：69.

② 萨特．萨特文论选．施康强，译．北京：人民文学出版社，1991：125.

布上的某种现实的色彩所提供给我们的那种现实的和感性的愉悦”①。萨特认为审美的愉快是现实的，但它又不是自为地被把握的，非现实对象的具象化才是美的东西。所以说，艺术作品的物性并不能成为艺术作品是现实的基本依据，物性只是艺术作品的承载或潜能而已。

萨特的这一文艺见解虽然直接来源于他的想象心理学，但在深层意义上，仍是基于他的虚无存在论。萨特认为虚无是否定判断的概念性统一和基础，艺术作品是非现实这一否定性判断是虚无的现实判断，所以说艺术作品作为自为的存在，也必然通过虚无化的否定形成于世。萨特认为艺术家并没有完全使他的心理意象得到实现；他只是构成了一种物质性的近似物，而每一个人都可以在看着这个近似物的条件下把握到那个意象。萨特举例说：“小说家、诗人、剧作家正是借助于语词近似物构成了一种非现实对象的。”② 如黑格尔所说“这时是夜晚”的语词与阅读语词人的现实（譬如此刻是白天）是矛盾的。所以说对于文学艺术来说，语词是真实物的一种符号性替补，它本身不指向现实，而是指向自身的非现实。艺术作为替补真实物的非现实性恰恰是艺术的本性和优越性。

“艺术作品是一种非现实”也是由想象活动的本质决定的。萨特认为想象活动是一种变幻莫测的非现实活动，想象活动是一种假定活动。这种假定是从一种非现存的、不在现场状态向一种现存的、在现场状态的过渡。在这一过渡之中，现实性却是不存在的：作为意象的对象，虽然被假定是现存的，但还是非现实的。艺术作品的想象活动决定了艺术作品的非现实性。

萨特认为艺术作品是想象的替补物，因而是一种非现实。萨特对艺术作品的研究不同于海德格尔而同于英加登和杜夫海纳，海德格尔将物解蔽从而达到物与作品的源始同一，而萨特等人则悬置物，从活动和呈现中理解作品。这看似不同的路向，却殊途同归，都是基于现象学的方法。萨特的艺术观——艺术作品是一种非现实不仅具有理论价值，还具有方法论的意义。

理论辨析

萨特将艺术作品判定为非现实，并认为艺术作品只是近似物或替补物的思想是深刻的。“替补”是20世纪乃至当下的一个重要的关键词，它被广泛地运用到心理学、社会学、哲学、文学等领域，并在各个领域引起一场观念的革新。“替补”这一思想最早是卢梭在《忏悔录》中提出的，卢梭旨在说明不在场的“替补物”比在场的“真实物”更让人着迷。在精神分析领域，弗洛伊德将梦的象征符号视为被压抑欲望的替代者，提出文学就是“白日梦”。语言学家也从在场语词转向不在场语词研究，譬如“春风又绿江南岸”中的“绿”是经过多次替补而成为在场的，所以研究在场不如研究如何在场——替补。“替补”在德里达的解构思想中也占有非常重要的地位，他在《论文字学》中提出文字对于言语的“替补”思想。“替补”是对以往研究范式的革命，是从在场到不在场、意识到无意识的转向。“替补”是以假当真的游戏，具有延迟的时空距离感，所以说替补物

① 萨特．想象心理学．褚朔维，译．北京：光明日报出版社，1988：286.

② 同①：288.

比真实物更具有审美的自由。俗话说“看景不如听景”，语言的魅力恰恰就是它的替补性。从文学替补思想看，我们以前太关注在场的现实性，而忽略不在场的非现实性的研究，从而造成了文学研究的诸多局限。

三、文学介入原则

在萨特的存在主义文论中，“介入”是重要的关键词之一。萨特所说的“介入”既是一个哲学概念，又是一个政治学概念。“文学介入”是1945年萨特在《现代》杂志发刊词中正式提出的，它集中体现了萨特的文学创作原则以及文学存在的价值、功能等文学思想。从萨特“自由先于本质”的哲学观看，文学介入是指写作的必然行为，文学写作就是文学介入。萨特说：“写作，这是某种要求自由的方式；一旦你开始写作，不管你愿意不愿意，你已经介入了。”[①]从萨特的现实政治观来看，他所说的介入就是指文学要揭露现实、干预政治。一言以蔽之，在萨特看来，文学介入本质上是写作的必然，现实上是文学的干预。

由此我们得知，萨特主张文学介入主要基于以下两个原因：一是由于其哲学观，其文学主张是其哲学观的必然产物。萨特曾在《存在主义是一种人道主义》一书中宣称“存在主义是行动的哲学”。显然，正是其“行动哲学”的观点直接触发了他文学介入思想的生成，可以说没有萨特的存在论思想就没有文学介入的深层意蕴，就没有文学存在价值的现实思考。萨特集作家、哲学家于一身，他的富于人生与现实思考的小说与戏剧创作，即他介入主张的体现。二是与当时社会政治因素的推动有关。萨特说：“战争使我懂得了必须介入。”[②] 第二次世界大战后，萨特面对残酷的社会现实，也部分地调整了自己的存在主义思想，更为重视文学对现实政治的介入。所以第二次世界大战后，萨特更加强调作家要有责任感和时代紧迫感。

关于文学如何介入，萨特亦提出了一系列具体要求。第一，作家要不断地写作，因为作家写作就是介入。第二，对于一位作家来说，他一定要清楚“写什么”“为谁写”“写给谁看”。萨特自己的回答是：“写今天”“为今天而写”“写给多数人看”。第三，作家要敢于揭露现实，要有改变现实的责任感，要以解放人为使命来介入。萨特说：“对知识分子来说，介入就是表达他自己的感受……作家与小说家能够做的唯一事情就是从这个观点来表现为人的解放而进行的斗争，揭示人所处的环境、人所面临的危险以及改变的可能性。”[③]总而言之，萨特的文学介入就是要求作家、知识分子面对现实，担当责任，重视文学的社会现实功能。从中，我们可进一步看清萨特的文学观念：文学超越现实，又要服务现实。

萨特与波伏娃在天安门

---

① 柳鸣九．萨特研究．北京：中国社会科学出版社，1981：24.

② Jean Paul Sartre. Qu'est-ce que la littérature. Paris：Gallimard，1986：30.

③ 萨特．词语．潘培庆，译．北京：三联书店，1989：345.

文学究竟是要走向自足，还是走向介入？这也一直是文艺学研究中令人困惑的问题之一。自足，即意味着封闭，且会导致脱离现实、减弱价值的弊端；介入，又有可能使文学丧失自我，而沦为达到别的目的的工具。萨特所提出的文学介入原则，是以自由选择为前提的，是在强调哲学意义的介入基础上提出的，因而是更具合理性的。但萨特过分强调文学与现实斗争的关系，因而又很容易使文学介入滑向政治介入，故而萨特在晚年，明显地淡化了"介入"的政治色彩，将"介入"视野更多地转向了更具普遍意义的社会与人生等方面。

深度思考

目前，在我国，随着经济发展和媒体时代的到来，文学艺术呈现出另一种下移的"介入"趋势：介入经济，致使其商品气息加重，应有的独立价值与独立品格走向萎缩。文学艺术固然可以作为文化产业，"介入"经济发展，但无论何种"介入"，文学艺术都不能自我迷失。且作为一种精神生产活动，文学艺术毕竟还应承担养育人类灵魂，推动人类文明不断进步这一更为重要的使命。萨特的"文学介入"观，虽亦存在某种不足，但对启示作家的崇高责任感，仍是有重要现实意义的。

【本章关键词】

现象学（phenomenology）：由德国哲学家胡塞尔开创的关于纯粹意识的学说，其哲学意旨是：运用本质直观即现象学还原的方法解决人类认识如何可能的问题，要为人类提供一种新的认知方式和生活方式。现象学所说的"现象"，指的是人在直观外物时的"纯粹意识"。现象学认为这种"纯粹意识"才是关于事物的真理。

存在主义（existentialism）：20世纪影响比较大的一种哲学思潮，重视对人的生存及境遇的研究。其思想渊源可追溯到克尔凯郭尔的孤独个体、尼采的权力意志、胡塞尔的现象学等。重要代表人物是德国哲学家海德格尔、法国哲学家萨特。

意向性（intentionality）：现象学的重要术语，是胡塞尔在布伦塔诺意向性概念的基础上改造而来的，指的是意识的客体关联性，即主客体互动的意向选择。现象学认为，意识总是对某物的意识，此即意向性。

主体间性（inter-subjectivity）：胡塞尔是在描述自我与其他自我的关系时最早提出这一概念的，属于认识论的主体间性。海德格尔进而建立了本体论的主体间性。主体间性取消了二元对立的思维模式，注重主体间的平等对话，关注"我-你"的融合世界。

【推荐阅读】

英加登．对文学的艺术作品的认识．陈燕谷，晓未，译．北京：中国文联出版公司，1988.

杜夫海纳．审美经验现象学．韩树站，译．北京：文化艺术出版社，1992.

杜夫海纳．美学与哲学．孙非，译．北京：中国社会科学出版社，1985.
海德格尔．林中路．孙周兴，译．上海：上海译文出版社，1997.
海德格尔．存在与时间．陈嘉应，王庆节，译．北京：三联书店，1987.
萨特．想象心理学．褚朔维，译．北京：光明日报出版社，1988.
萨特．存在与虚无．陈宣良，等，译．北京：三联书店，1987.

【思考题】

1. 为什么说意向性客体是文学存在的方式？
2. 英加登是怎样论述文学作品的层次构成的？
3. 审美对象与艺术作品有何区别？
4. 如何理解杜夫海纳的艺术是知觉主体的呈现？
5. 如何理解艺术作品的本源？
6. 海德格尔是怎样论述“诗人何为”的？
7. 如何理解萨特所说的艺术作品是非现实这一命题？
8. 如何评价萨特的“文学介入”原则？

第十二章
阐释学与阅读接受文论

概　述

阐释学（德文为 hermeneutik，英文为 hermeneutics）是一门研究理解和解释的学问。西方阐释学的历史源远流长，其词源可以追溯到古希腊神话中的信使神赫尔墨斯（Hermes），赫尔墨斯的职责是通过解释而向凡间的人们传递诸神的消息，故而在西方历史上，早就存在专事注疏文献，诠释经典的“赫尔墨斯之学”。有关阐释学的系统理论，是由 19 世纪的德国哲学家施莱尔马赫提出来的，由狄尔泰进一步完善。至 20 世纪，在胡塞尔现象学、海德格尔存在主义哲学的影响下，阐释学在德国得以进一步发展，其集大成者是伽达默尔。伽达默尔在其 1960 年出版的名著《真理与方法》中，深入探究了人类一切理解活动得以实现的基本条件；人类以有限的历史性存在经验为基础，向可经验的世界整体拓展理解，理解就是人的存在本身；以及历史流传物需经由理解者参与解读才能获得存在的真相。此后，阐释学在欧美引起了更多人的重视，至 20 世纪七八十年代，相关研究达到高潮。

伽达默尔在自己的阐释学中，将作为阐释对象的一切文本都归于文学文本，因此，其阐释学的核心理论也是他文艺观的一部分。正是在伽达默尔的影响下，联邦德国康斯坦茨大学的中青年学者姚斯、伊瑟尔等人创立了以文学接受史、读者阅读反应为研究对象的接受美学学派。姚斯的“期待视野”理论以及将文学史研究聚焦于文学接受史研究的见解，伊瑟尔致力于探讨文本内部结构引起的读者阅读反应，以及对文本“召唤结构”和“隐含读者”等方面的现象学分析，都受到了伽达默尔哲学解释学的深刻影响。

从 20 世纪 60 年代西方文论的大背景来看，康斯坦茨学派的阅读接受理论研究是当时更为宽泛的读者反应批评中最为突出的代表。“读者反应批评”泛指 20 世纪 60 年代以来欧美文学界兴起的一批关注读者研究的批评理论；通常也特指美国的读者反应批评，因为它是与接受美学相汇合而成的一股最富活力的潮流。在美国本土文论界，读者反应批评的研究者很多，其中，斯坦利·费什以其观点鲜明、理论系统而最有代表性。他的“意义即事件”“解释团体”等理论，对传统的新批评理论极具批判力，影响很大。

总之，当代阐释学和读者反应批评对消解长期统治文学批评的作者中心论和文本中心论起到了颠覆性的作用，促进了文学理论研究范式从以作者、文本为中心向以读者为中心的转变，并以其消解中心和传统权威的思想力量，成为后现代解构主义思潮中的一抹亮色。同时，阐释学和阅读接受理论对读者的推崇，也为意义解读的主观主义和相对主义倾向，以及误读的泛滥打开了方便之门，并引发了文本解读限度与意义合法性的论争。阐释学和阅读接受理论的这方面的缺陷，在我们的理论学习和文本解读实践中，也是需要注意的。

第一节 伽达默尔的文艺观

伽达默尔

汉斯-格奥尔格·伽达默尔（Hans-Georg Gadamer，1900—2002），出生于德国黑森州中部的城市马堡，并于马堡大学攻读哲学、古典语言、艺术史和文学，22 岁获得博士学位。1929 年，在海德格尔主持下，其论文通过审核，他获得教授资格，并谋得马堡大学教席。后来，他曾在莱比锡大学、海德堡大学、法兰克福大学等多所大学任教，出任过海德堡科学院、雅典科学院、波士顿科学院、罗马科学院等院院士。1968 年退休之后，仍然勤力写作。伽达默尔的主要著作有《真理与方法》《科学时代的理性》《赞美理论》《柏拉图与诗人》《美学与解释学》《美的现实性》《诗学》等，其中《真理与方法》是阐释学的集大成之作，被誉为当代西方哲学发展史上堪与胡塞尔的《逻辑研究》和海德格尔的《存在与时间》相媲美的一部重要著作。其文艺思想即散见于以上各部著作之中。

一、艺术作品的存在方式是游戏

衡量一件器物是不是艺术作品的标准是什么？这个问题，如果放在康德或黑格尔的时代，一定不至于像在当代那样令理论家们感到纠结，因为两位先哲不曾面对 20 世纪以来渐渐大行其道却难以界定的现代艺术。在一个现代艺术与古典艺术杂陈的世界里，伽达默尔认为，只有返回到艺术经验的人类学基础，才能为艺术作品找到某种统合标准式的东西，弥合古典艺术与现代艺术的鸿沟，证明现代艺术的合法性，并理解它支离破碎的创作形式。伽达默尔找到的弥合点是“艺术作品就是游戏”①，并认为揭示了游戏的特征也就阐明了艺术作品的存在特质。

① 伽达默尔．真理与方法：上卷．洪汉鼎，译．上海：上海译文出版社，1999：158.

伽达默尔发现，对于游戏者而言，他有选择这种游戏或那种游戏的自由，但是他一旦参与、进入某种游戏，就必须遵守游戏规则，任何游戏者都无法以自己的意志控制游戏的进程，所以游戏者并不是游戏的主体。明确了以上前提，伽达默尔对游戏特质的探寻可以概括为四个方面：第一，游戏是不断的往复运动，这不是指游戏者在游戏中的重复动作，而是指不同游戏者总是可以重新开始参与同一个游戏，使游戏具有某种重复中的自我更新性。第二，游戏拥有自己的精神，这不是指游戏者参与游戏时的精神状态，而是指游戏能够界定出属于自己的时间和空间，使游戏者和观赏者仿佛从现实生活世界中抽身而出，被封闭到这个游戏空间中，从而拥有了不同的时间感受。第三，游戏是（被）表现出来的，并且只有通过游戏者才能得到表现，“游戏的人好像只有通过把自己行为的目的转化到单纯的游戏任务中去，才能使自己进入表现自身的自由之中”①。也就是说，游戏要存在就离不开游戏者参与其中使游戏（被）玩起来，而通过游戏，游戏者也得以自由地表现了自身。第四，游戏的表现在观赏者那里才获得了完满存在，这是指，最真实感受游戏表现意味的人乃是观赏者，所以游戏本身是由游戏者和观赏者组成的整体，游戏者和观赏者都是游戏的参与者。

伽达默尔认为，艺术作品的存在方式正类乎游戏：某一部艺术作品总是向不同的表演者、观赏者开放，如同被不同的游戏者不断重新开始的一个游戏一样，总能被再次表现、赏析出新意来。而艺术表演和欣赏的时空感受也像参与游戏一样，人们沉浸在艺术作品营造的时空范围里，摆脱了现实生活的角色使命和紧张感，获得了不同于庸常时间之流的时间体验。另外，文学艺术作品的真正存在不能与它的表现相脱离，戏剧、舞蹈、音乐的被表演、被欣赏等都是艺术作品的自我表现，不被表演、不被欣赏的艺术作品就没有真正实现其存在，没有被读者解读的文学作品就如同一部“死书”。所以伽达默尔说：“艺术作品的本质就包含对自我表现的依赖性。这意味着，艺术作品尽管在其表现中可能发生那样多的改变和变形，但它仍然是其自身。”② 但这并不是说，只有表演者没有欣赏者的作品就不归属于艺术了，而是说“艺术的表现按其本质就是这样，即艺术是为某人而存在的，即使没有一个只是在倾听或观看的人存在于那里”③。

理论辨析

在西方，将艺术与游戏相联系的说法早已有之，但多是以游戏的非理性和肤浅的快乐来贬低艺术。直到近代，康德才第一个从正面把这两种事物相类比，将艺术界定为“自由的游戏”。康德的意思是说，在艺术创造和审美欣赏活动中，主体可以不受束缚地实现想象力、知解力的自由协调，进入一种自由愉悦的情绪状态，犹如在游戏中一般。此后，席勒和斯宾塞进一步发挥演绎了康德的“游戏说”。席勒把康德的游戏理论和费希特的冲动理论结合起来，将人类艺术活动说

---

① 伽达默尔．真理与方法：上卷．洪汉鼎，译．上海：上海译文出版社，1999：138.

② 同①：158.

③ 同①：142.

成是人先天的“感性冲动”和“形式冲动”得以协调，并以“审美外观”为对象的游戏活动，并认为其有助于解放人性。斯宾塞则把游戏看成“剩余的精力”的虚拟转化，与之相同，艺术也是人的高级机能的消遣。他们的艺术游戏观强调的是人在艺术中解放主观能力或释放主体需求。这种强烈的主观主义倾向是伽达默尔所反对的。伽达默尔强调的是：游戏，是艺术作品的存在方式。

二、艺术作品的存在亦是象征与节日

伽达默尔在返回艺术经验的人类学基础时，同时并举了“游戏、象征、节日”三个概念，认为艺术作品不只是游戏，还是象征，是节日。它们虽然都能用来表征艺术作品的本质，但各有其擅长阐明的方面：游戏最能展现艺术作品的存在方式，象征有利于说明艺术作品的意义言说方式与交往理解需求，节日则更适合说明人参与艺术作品游戏的时间经验状态。

什么是象征？伽达默尔追溯它的古希腊词源意义——“作纪念用的碎陶片”①。在古希腊，好客的主人和客人在分别时会把一整块陶片分成两半，各自保存，以便几十年后他们的后代相逢时，作为故旧相认的凭证。所以，每一半作为信物的“陶片”都是有纪念意义的，同时期待和等待着复合为一个整体。伽达默尔还引用了柏拉图《会饮篇》中一个关于爱的本质的美丽的故事，更深入地阐明了这种象征情形：人类本来是球形的生物，后来他们的恶劣行径触怒神灵，于是被切成两半，从此，每个人都在寻找着他的另一半，“从而爱就是期待在机遇中实现与另一半相愈合”②，复合为一个完整的生命体。因此，象征并不单纯是指示出一种意义，而是它本身就体现着意义。而“体现”则意味着“非此则不能体现”，只有通过“这一个”艺术作品，某种意义整体才能体现出来。

伽达默尔认为，艺术作品的存在和意义言说方式在本质上就是象征。艺术品的意义并不能被直接地、一目了然地看清楚，并不是单纯从A（艺术作品）指向B（意义），只要发现B就能透彻理解A。也就是说，艺术作品并不是某种单纯的意义承担者，否则其意义也可以由其他承担者来承担了。一部艺术作品的意义是建立在它的自身存在之上的，是不可替代的，因为它本身是某个整体的一部分，并以其自身个别的、特殊的存在指示着、期待着那个整体。而对艺术作品这种“象征性的东西的感受，指的是如半片信物一样的个别的、特殊的东西显示出与它的对应物相契合补全为整体的希望”。因此“美的经验，特别是在艺术的意义上的美的经验，是对一种有可能恢复的永恒的秩序的呼唤”③。而人们的艺术审美和理解活动也始终要求着同样的愈合信息。

那么，艺术作品作为独特的“这一半”所期待的意义整体和能够前来契合从而补全整体的“另一半”究竟是什么呢？伽达默尔认为，它们乃是“可经验的世界的整体，以及人在世界中

---

① 伽达默尔．美的现实性．张志扬，等，译．北京：三联书店，1991：51.

② 同①：51.

③ 同①：52.

的存在位置，亦即人的与超越性相对的有限性”①。换言之，艺术品自身的意义将与人的意义理解相契合，呈现出的是一种具有完整性的世界经验，从而映照出人自身的有限存在样态，使人明确自我在世界中的位置，指示人由分裂回归整体。综合伽达默尔多部著作中的文艺思想来看，艺术品象征的整体意指，经理解者整合同时也整合理解者自身的历史文化传统，人的有限性就在于不可能超越自身有限的世界、历史经验去进行理解。

显然，艺术作品象征的意义言说方式是通过与人的交往理解而实现的。另外，人类期待与另一半复合的爱的故事有更深的寓指：爱与相聚乃是艺术作品象征的题中之意，“这种交往的特征是艺术向我们提出的要求，在其中我们人类得以统一起来”②。

节日的存在特征是对所有人开放，使人们聚拢而来，参与其中，进行庆祝。伽达默尔认为这些都明显地关涉艺术经验：第一，从艺术的人类学起源来看，艺术就是因分工而分散的人们自行聚拢并庆祝。古往今来，同一个节日不断地被人们庆祝着，正如同一件艺术品不断地被人们赏析。第二，从意向性来看，艺术品吸引人们聚拢而来正如节日吸引人们相聚，“这不单纯是为了聚会而聚会……（而是）要把一切统一起来，打破阻碍着聚合的个别的言谈，驱散个别的体验”③。第三，最重要的是，艺术品和过节的时间经验是完全类似的，都是一种“实现了的时间或叫作属己的时间”④。这种时间经验，不像用钟表计量的时间之流那样悄悄溜走而人却无知无觉。属于节日的时间由人们的相聚、庆祝来充实着，时间仿佛能够停留和延搁，人们可真切地体味幸福，体味生命。这样的时间，是作为时间本身被人们体验到的。因此，节日乃是与日常不同的生存方式，节日时间是从流俗时间上断裂下来的属于人们自己真正占有的时间，是“被激活的生命的时间经验”⑤。总之，艺术品就是节日，人接触、理解艺术品的经验状态乃是在过节，放弃奔忙与隔绝，相聚统一，激活生命，共享充实。

通过对“游戏、象征、节日”存在的探究，伽达默尔将对艺术品经验的人类学基础描述为：艺术的发生和存在乃是与人类原始就有的聚合、交往、沟通需求相同一的。从这个层面上来看，现代艺术和古典艺术基于共同的人类学基础，因为“现代艺术的基本动力之一是，艺术要破坏那种观众群、消费者群以及读者圈子与艺术作品之间保持的对立距离”⑥。这就是伽达默尔为现代艺术存在的合法性所做的辩护。

相关知识

伽达默尔区分了两种时间：一种是实现了的时间，另一种是日常的时间。过节和艺术欣赏的时间都属于实现了的时间，日常时间是人们日常支配用来干某些事情的时间。在日常时间经验里有两种极端的例子，一种是极端无聊，时间仿佛空虚难挨；一种是极端忙碌，时间被不断的企求充斥着，也就是从来没有时间。人们的日常时间经验就是在无聊与忙碌的区间里用什么东西填充着时间、排遣着时间，时间不是作为时间本身被经验到，而是作为被排遣、被填充的东西被经验到，这就是人们所经历的庸碌、流俗时间。

---

① 伽达默尔．美的现实性．张志扬，等，译．北京：三联书店，1991：53.
② 同①：64.
③ 同①：67.
④ 同①：70.
⑤ 同①：71.
⑥ 同①：38.

深度思考

人们面对一部艺术作品时，并不是主观上想参与作品游戏、想应和象征的意义期待、想经验属己的节日时间就能如愿以偿的，正如伽达默尔指出的，“这并不是说，一部作品富有意味地给我们带来的那种不确定的意义期待是肯定能兑现的”①。为什么呢？因为艺术作品的意义有机地构成和保存在它本身的内部层次中，如果我们不能通晓艺术语汇，不能学会在艺术品上做一种特殊的逗留，那些极致的艺术经验恐怕不会自动出现。所以“要投入我们自己的知识要求和选择能力的主动性，然后，我们才能感受到艺术”②。

三、人与文本之间的问答对话

伽达默尔的阐释学，并非是直接针对文学艺术作品的解读理论，而主要关注的是对历史流传物的理解。但他把所有的文字文本都归属于文学文本，因而他对读者理解历史流传物的理论阐述，是具有普遍意义的，他的阐释学的核心理论，自然也应该被看作其文艺思想的一部分。伽达默尔认为，文学文本也如同一个主体一样，在读者阅读文本的过程中，和读者进行着平等的主体间对话，文本理解过程就是发生在读者和文本间的问答对话事件。

在面对一部文本之前，理解者并不是空白，每个理解者都具有“效果历史意识”。所谓效果历史意识，首先是指人们在每一次新的理解之前就已经获得的理解，即前理解，是存留在人的意识中的经验效果，这些经验效果会积淀并构成效果历史。效果历史是人的思维背景，没有效果历史，人无法和文本对话，无法达成理解。其次是指在理解文本的过程中，理解者始终要保持历史意识，明白自己是在历史中存在的，能够体察到自己的有限性，即不可能站在历史之外再找到一个立足点来理解文本。

伽达默尔认为，历史流传物的（被）解读史也构成了它自身的效果历史。那么在人与文本相遇的时候，理解的发生就是他们立足于各自的效果历史而开始的问答对话：每一文本都被设想为一种回答——对产生该文本的那个时代历史语境中存在的普遍问题给出的回答。作为回答，文本必然包含问题本身，而理解者对问题的探寻以及求解的过程就是与文本展开问答对话的过程。通过问答对话，理解者得以重建文本对之做出反应的时代语境，从而整体性地、历史性地把握文本的意义倾向；同时，通过持续的问答对话，理解者的效果历史和文本及其效果历史相互交织，为文本创造出了新的解读效果，也就是观照着文本与读者双方历史性的对文本的意义解释出现了。可以看出，文本的真正存在乃是意义的显现，是文本通过不断被理解而获得的文本效果历史的存在及其延续，这种存在是通过打破主客二元对立的理解关系而获得的。

---

① 伽达默尔．美的现实性．张志扬，等，译．北京：三联书店，1991：53．

② 同①：87．

伽达默尔的见解，把读者效果历史带进了文本意义，为每一位读者的个性化解读和文本意义多样性提供了理论支撑。这种理论曾两面受敌：一方面，遭到了会导致文本意义主观主义和相对主义的指责。如意大利哲学家贝蒂和美国文论家赫施等人，都在力图维护文本意义唯一的合法性。但伽达默尔认为，文本意义不是一个固定值，而是一种方向——作为某个问题的回答，被该问题决定着意义方向；同时在问答对话中，读者应该抱着谦虚的态度倾听文本的诉说，从而避免误读，获得契合于文本的意义与真理。另一方面，法国哲学家德里达认为伽达默尔保守，因为他还依赖于存在、意义、真理这些概念，显示了形而上学立场。在德里达看来，人不能指望从作品中获得确定的意义和真理，因为理解就是随着语言延异，从一个符号漂移到另一个符号。事实上，人就是一种置身于历史传统中的寻找着某种意义和真理的存在，即使这种意义和真理充满了歧义和不确定性，但这对于作为一种精神性存在的人来说，确实是必要的东西。

分析举例

不同读者解读同一作品，总会得到不同的意义，正所谓“一千个读者有一千个哈姆雷特”，“每个人心中都有一个属于自己的林妹妹”，这是东西方普遍存在的文艺现象。因为读者生活在不同的时代环境中，有着各不相同的人生经历，或者说读者的效果历史千人千面，面对作品及对作品的相关解读，自然会产生独属于自己而不同于他人的思维状态和意义走向，所以作品意义总会处在变化流动之中。在伽达默尔之后的阅读接受理论学者那里，问答对话被发展成一种可以应用于文本阅读的方法。

四、人与文本之间的视域融合

视域，在德文和英文中都是“地平线”的意思，即天地交界之处。它表征着人目力所及的最大范围及界限。人的视域所及，使人能够认识到自身的存在处境。对于读者来说，效果历史就是他置身于其中的与文本对话时的阐释处境，效果历史意识就是读者对自己阐释学处境的意识。

视域的范围和界限是不固定的，是随着主体运动而变化的，主体前进，地平线也会不断后退，视域边界总是可望而不可即。对于读者来说，他的效果历史视域也是开放的，具有从有限趋向于无限的可能。也就是说，经由理解文本的过程，读者和文本都立足于自身的效果历史处境，向对方开放自己的视域，并经由问答对话实现二者视域之间的融合，所以，“理解其实总是这样一些被误认为是独自存在的视域的融合过程”①，当然，这是一个持续问答的渐进过程，

① 伽达默尔．真理与方法：上卷．洪汉鼎，译．上海：上海译文出版社，1999：393.

直到理解达成，视域融合得以完全地实现。视域融合意味着读者和文本双方的视域都得到拓展，同时双方的效果历史都得到了扩充和更新。因此可以说，理解是动态的效果历史事件，而意义是视域融合的动态事件的产物。

事实上，读者与作为历史流传物的文本的视域能够实现交融，是需要一个融通平台的，伽达默尔认为这个平台就是历史传统。读者与历史流传物的效果历史无不打上了历史的印记。视域融合，归根结底是个人视域与历史视域的融合，这也意味着个人向传统的一定程度的复归。

研究进行时

伽达默尔对读者理解文本的问答对话过程和视域融合结果的论述，内含着对社会-实证主义文学研究方法和以文本为中心的形式主义文学理论的批判。德国哲学家哈贝马斯认同伽达默尔的这一批判倾向，但同时又不满伽达默尔缺乏对历史传统和权威的批判而一味认同倾听和视域融合的做法。另有学者认为，伽达默尔的哲学解释学本身就是一种反思批判。因为他倡导理解者在对话和视域融合的过程中，要经由和对象的遭遇而相互镜照、相互检视，并不断互相修正以参与新一轮的对话和视域融合过程，直到理解实现，意义达成。在这样一种理解和获得意义的过程中，蕴含着变革传统的思想力量，所以，这并不是一味地倾听。

第二节
姚斯的文艺观

汉斯·罗伯特·姚斯（Hans Robert Jauss，1921—1997），德国美学家、文艺理论家，接受美学的主要创立者和代表者。姚斯早期以研究罗曼语文学见长，1953 年获得文学博士学位。在求学和早期的研究生涯中，姚斯曾师从伽达默尔，体察到了历史与现代之间不可回避的关系。1963 年他与伊瑟尔等大学同人共同创建了一个名为“诗学与阐释学”的研究小组。1967 年，姚斯应聘到新成立的康斯坦茨大学任教，创建了康斯坦茨学派。他的代表作主要有《文学史作为向文学理论的挑战》《文学范式的改变》《审美经验小辩》《审美经验与文学解释学》等，姚斯的文艺观主要体现在以下几方面。

姚斯

一、接受美学与重建文学史

在姚斯的时代，文学史研究日趋衰败，他认为其原因在于研究方法的失误，即原来以作者为中心、以文本为中心的研究方法，割裂了文学与历史的关系，忽视了文学史自身的生命力，导致文学史成为作家生平与作品编年排列的僵化集成。姚斯认为，要应对这种文学史研究行将消亡的危机，只有把接受美学作为文学史研究的方法论，重建一种以读者接受和作品影响为中心的文学史。

1967 年，姚斯发表题为《文学史作为向文学理论的挑战》（以下简称《挑战》）的就职演说，引起学界轰动，而此文也成为接受美学的宣言性文章。在《挑战》中，姚斯首先确立起读者在文学活动中的中心地位，认为“在这个作者、作品和大众的三角形之中，大众并不是被动的部分，并不仅仅作为一种反应，相反，它自身就是历史的一个能动的构成，一部文学作品的历史生命如果没有接受者的积极参与是不可思议的。因为只有通过读者的传递过程，作品才进入一种连续性变化的经验视野。在阅读过程中，永远不停地发生着从简单接受到批评性的理解，从被动接受到主动接受，从认识的审美标准到超越以往的新的生产的转换”①。也就是说，作品的生命是接受者赋予的，生活在历史生活中的大众乃是参与作品、接受影响、实现作品意义、更新审美标准从而促进新的文学生产的能动因素。因而，文学史应该是读者接受文学作品的影响史，文学史研究必须向以读者为中心的接受美学开放。只有这样才能真正填补文学与历史之间、历史方法与美学方法之间的裂隙。

姚斯所主张的从读者接受角度考察文学史的具体方法体现在三个方面。

第一，从文学作品接受的历时性方面探索文学演变，将个别作品置于它所在的“文学系列”中去把握其意义和地位。所谓文学演变，是姚斯从形式主义美学那里借鉴的概念，原义是指新的文学总是以先前的作品为基础实现形式的新旧更替。姚斯突破了“新形式的辩证自生”的封闭系统，把接受者的历史经验引入其中，即接受者从自己的历史经验出发，不仅体认文学形式的变革，而且发现“后继作品能够解决前一作品遗留下来的形式和道德问题，并且再提出新问题”②。这些问题影响新作品的走向，而新作品又会影响接受者期待视野的变化。所以，文学的创新和发展是作品与接受者相互作用的历史连续过程，文学史就是一个审美接受和审美生产的过程，文学文本的审美生产是由接受者、反思性批评家和连续生产性作者的审美接受催生的。

第二，从共时性方面考察。在一个历史的横断面上考察一部作品和同时代作品的关系，要求接受者“同等安排同时代作品的异质多重性，反对等级结构，从而发现文学的历史时刻中的主要关系系统”，再进一步，“每一共时系统必然包括它的过去和未来”。所以，“作为不可分割的结构因素，在时间中历史某一点的文学生产，其共时性横断面必然暗示着进一步的历时性以前或以后的横断面”③。也就是说，从共时性的历史横断面上考察作品的主要关系系统，然后对不同时代的作品共时性关系进行历时性的贯通，从而在作品的历时性接受过程和共时性的与环境系统关系的交叉点上动态地揭示文学演变的历史性。

---

① 姚斯，霍拉勃．接受美学与接受理论．金元浦，周宁，译．沈阳：辽宁人民出版社，1987：24.

② 同①：40.

③ 同①：47.

第三，从文学史与一般历史的关系方面考察。姚斯认为，无论是从文学接受历时性还是共时性方面考察，都仍是把文学史当作相对封闭的系统来看，而只有将其植入人类历史生活的一般历史进程中考察，才能使文学史获得生生不息的力量，只有“在‘文学演变’过程中发现准确的、唯属文学的社会构成功能，发现文学与其他艺术和社会力量一起同心协力将人类从自然、宗教和社会束缚中解放出来的功能，我们才能跨越文学与历史之间、美学知识与历史知识之间的鸿沟”①。姚斯因此考察了文学的社会功能，认为文学并不限于艺术的再现功能，也能打破占统治地位的道德禁忌，或者在生活实践中针对读者的道德疑问提供新的答案，并使这答案为包括所有读者的社会舆论所认可。

相关知识

姚斯总结了接受美学之前的文学史研究范式：第一，以古代经典为范本和依据的古典人文主义范式；第二，将文学史看成政治经济发展史的反映的历史实证主义范式；第三，将文学史看成文学形式内部演变史的形式主义范式。姚斯认为，上述研究范式均存在忽视读者阅读与接受效果的缺陷，因而导致了文学史研究的衰败。

二、文学接受与期待视野

“期待视野”是姚斯接受理论中的核心概念，指的是在文学接受活动中，读者由原先的各种经验、趣味、素养等综合形成的，对文学作品如何展现自身的一种潜在性、定向性审美期待。这种期待是一种视域界限，预示着读者理解文本的可能性和理解限度。读者的期待视野主要由两种途径构成：第一，在以往文学阅读经验（对文学类型、形式、主题、语言风格等方面的了解）基础上形成的较为狭窄的文学期待视野；第二，由既有的社会人生经历构成的更为深广的生活期待视野。这两方面因素融合在一起，共同构成了读者在文学接受过程中的期待视野。可见，期待视野既是读者展开阅读的经验前提，又可在某种程度上规范阅读，使之避免阅读理解的主观随意性。

姚斯认为，在阅读活动中，读者的期待视野可以被激活、被对象化，并实现调整。“一部文学作品，即便它以崭新面目出现，也不可能在信息真空中以绝对新的姿态展示自身，但它却可以通过预告、公开的或隐蔽的信号、熟悉的特点或隐蔽的暗示，预先为读者提示一种特殊的接受。它唤醒以往阅读的记忆，将读者带入一种特定的情感态度中，随之开始唤起‘中间与终结’的期待，于是这种期待便在阅读过程中根据这类本文［现一般译为‘文本’。——编者按］的流派和风格的特殊规则被完整地保持下去，或被改变、重新定向，或讽刺性地获得实现。”②即使就那些在历史中轮廓不清的作品而言，姚斯也对读者如何建构期待视野提出了建议。

姚斯进一步指出，读者能否理解作品，主要取决于读者的期待视野与作品之间的审美距离。一部作品，当它与读者的期待视野之间的审美距离为零，也就是它符合读者的期待视野

---

① 姚斯，霍拉勃．接受美学与接受理论．金元浦，周宁，译．沈阳：辽宁人民出版社，1987：56.
② 同①：29.

时，立刻就会被理解了。一般来说，期待视野遭遇通俗性、娱乐性的作品，情况就是这样的。当作品与读者的期待视野不一致甚至相对立时，作品就难以被接受，往往要等到能够与作品相匹配的新的期待视野出现时，该作品才会被理解，读者对一些在当时属于先锋艺术的作品的接受往往如此。从这一点上来说，文学作品接受史其实是读者期待视野的构成、实现和变化史，因此文学史的研究可以并且应该落实到对期待视野的历史性考察上。

姚斯还区分了文学社会学意义上的群体性期待视野与接受美学意义上的普遍性期待视野。前者是指某一时空范围内的读者期待视野。传统理论往往认为，作品的成功正是因为作者对某一读者群的期待有所考虑和把握，使得作品视野与读者群视野相契合，作品的流传也就得益于这种视野契合。比如，有人认为莫里哀的作品对于20世纪的法国人来说仍然是有活力的，因为莫里哀时代的文化、语言依然活着，而20世纪法国读者的期待视野与莫里哀时代相比并没有变化。然而，这就无法解释，莫里哀的作品为何能被异国读者理解并传播。

这个问题只有通过普遍性期待视野的形成才能合理作答。姚斯认为："作品在其诞生之初，并不指向任何特定的读者，而是彻底打破文学期待的熟悉的视野，读者只有逐渐发展去适应作品。因而当先前成功作品的读者经验已经过时，失去了可欣赏性，新期待视野已经达到了更为普遍的交流时，才具备了改变审美标准的力量。"① 换句话说，莫里哀作品在当代依然流传，乃是由于当代各国读者已经孕育出能够与莫里哀作品相匹配的普遍性期待视野。姚斯还以法国作家福楼拜的《包法利夫人》与费多的《范妮》为例指出：这两部小说的故事内容类似，但前者一出版就饱受争议，甚至惹上了有伤风化的官司，后者却大受追捧，一年内就再版了13次。但《包法利夫人》以其不动感情的叙述形式以及赋予人物尊严等方面的创新，终于成为文学史上的经典，而花哨时髦的《范妮》则只能沦为往日畅销书了。很显然，这是因为费多只是短视地迎合了当时读者的流行口味，而福楼拜却能超越一时的流行，使其作品涵纳并培育了更具普遍性的期待视野。

由此可见，姚斯所说的群体性期待主要是指与作者同时代、同文化空间的读者群所拥有的期待视野。满足了此类视野的作品可能风行一时，但往往难以经得起时间的考验。因此，姚斯推崇的是普遍性期待视野，这种期待视野能够实现审美标准的更新，能够保障作品久远的生命活力。

分析举例

文学史上常见这样一种现象：一部作品在诞生之初默默无闻甚至饱受诟病，但随着时代的变化，终于得到认可，以至于成为经典。这类作品，除了姚斯提到的《包法利夫人》之外，我们还可以举出司汤达的《红与黑》、惠特曼的《草叶集》、劳伦斯的《查泰莱夫人的情人》、福克纳的《喧哗与骚动》等。从文学接受期待视野的角度来看，这是因为最初的读者与作品之间是有审美距离的。后来，当读者慢慢消化了作品中那些新的元素，培养出了一种与该作品接受相适应的新期待视野时，作品被埋没或被误解的某些质素也就得以被理解了。

① 姚斯，霍拉勃．接受美学与接受理论．金元浦，周宁，译．沈阳：辽宁人民出版社，1987：33.

三、审美经验与艺术功能

姚斯后期侧重于审美经验研究。1970 年，法兰克福学派学者阿多诺的遗著《美学理论》出版，该书提出，只有当艺术对社会现实的否定导致其改变时才能显示出艺术的社会功能，因此，艺术的本质在于否定，与审美愉悦无关。姚斯在反思自己前期的理论缺陷和批判阿多诺否定性美学的基础上，对审美经验进行了深入探讨，指出审美经验中的否定性痛感只是一种特殊的艺术感受，审美感受的通常状态仍应是审美愉悦，而“逾越规范”与“改观社会”并不代表艺术具有否定性本质。

姚斯认为，审美经验“被用来使人们忆起超感觉的意义，它同时也使引发美感的外观臻于完善，并产生一种即刻得到满足的快感。审美经验的这种难以驾驭的性质具有一种奇特的两重性：它有逾越规范的作用，但反过来，通过使社会状况理想化又起着使其改观的作用”①。也就是说，审美愉悦是审美经验的一般表现，艺术的审美愉悦是具有社会功能的。姚斯据此维护了审美经验在文艺理论中的地位。

姚斯追溯历史，分析了愉悦性审美经验的三个基本范畴：审美创造（poiesis）、审美感受（aisthesis）和审美净化（catharsis）。审美创造是审美经验的生产方面，在古希腊，“poiesis”是诗，也指实践生活中的创造活动；从文艺复兴到 18 世纪，这一概念的内涵发生了变化，既指摹仿和再现真理的能力，也指能完成“审美外观”的能力；到了 20 世纪，审美创造意味着艺术家和艺术接受者双向的创造能力，艺术品因此是艺术家和接受者共同参与创造的产品，审美愉悦则体现为人实现审美的创造能力的愉快。姚斯对审美创造的历史性分析，旨在为接受美学寻找历史必然性的依据。

审美感受是审美经验的接受方面，即通过审美产生愉悦感。古代的审美好奇和认知好奇是混合的，审美感受因此是对形象与意义的混沌统一的把握。经过中世纪与文艺复兴，审美感受作为审美经验的接受方面，重要性日益提升。受近代自然科学发展以及浪漫主义思潮的影响，审美感受意味着整体性把握自然的方式和静观、复归自然，以及对逝去时光的思恋和回忆。到了现代社会，审美感受分成两脉：一脉以福楼拜、瓦莱里、贝克特等人为代表，其作品具有批判的语言学功能，破坏了人们既有的接受，潜在地取消了接受者产生审美愉悦的可能性；另一脉以波德莱尔和普鲁斯特等人为代表，他们的作品具有一种宇宙论功能，能够唤起读者的回忆，可使读者重获愉悦。姚斯对前者持否定态度，肯定后者的审美感受，并力图以此为基础，重振艺术欣赏的愉悦功能以及相应的社会功能，反抗文化工业社会中人的世界经验的萎缩。

审美净化体现为文艺作品的接受效果。“净化”一语，自从亚里士多德在《诗学》中提出之后，学者们对其所指一直存在纷争。姚斯在回顾了历时两千多年的论争的基础上指出，净化是艺术品对接受者心灵的解放和升华，所谓净化式认同是指已被亚里士多德描述过的那种审美态度。“它把观众从他的社会生活的切身利益和情感纠葛中解放出来，把他置于遭受苦难和困

---

① 姚斯．审美经验与文学解释学．顾建光，等，译．上海：上海译文出版社，1997：2.

扰的主人公的地位，使他的心灵与头脑通过悲剧情感或者喜剧宽慰获得解放。”①

姚斯分析了读者与作品主人公的五种交流模式，或者说是接受者的五种审美心理模式，其中之一即净化式认同。其他四种分别是：第一，联想式认同，起于比较原始的社会阶段，观赏者通过对祭祀、戏剧等活动的观赏，借助联想把自己置入活动中的角色，从而体验自由存在的喜悦。第二，钦慕式认同，观赏者对圣人、贤哲、英雄等完美主人公形成钦慕、仿效的审美态度。第三，同情式认同，观众或读者会在一种不完美的、寻常的主人公身上发现自己可能具有的种种特征，因而产生与其休戚与共、命运相关的审美情感。第四，反讽式认同，作品呈现给读者的东西，只是为了供人们拒绝或反讽，使观赏者与作品疏远、隔离、对立、失望，以至于期望破灭。姚斯认为这种模式在现代文学中表现得十分突出。正是基于对愉悦性审美经验的肯定，姚斯认为作为文学接受史的具体形态，净化式认同最为典型，也最值得推崇。

理论辨析

亚里士多德在《诗学》中所说的“净化”，主要是就悲剧效果而言的。姚斯认同亚氏的悲剧净化说，但又与之不同，认为不只是悲剧，喜剧亦有“净化”功能。在姚斯看来，“净化”的实质是让人获得某种解脱，以恢复高级的理智与选择的自由，喜剧无疑也能达到这种目的。在《审美经验与文学解释学》中，他曾引席勒的看法为佐证：“喜剧的令人羡慕的任务是在我们身上产生和滋养心灵与头脑的自由，正如悲剧的任务是在某种情感狂暴地破坏了人们的心灵与头脑的自由后，从审美的角度帮助他们恢复这种自由。”② 姚斯对“净化”内涵的扩展，是有助于理解其他类型的文学作品功能的。

第三节
伊瑟尔的文艺观

沃尔夫冈·伊瑟尔（Wolfgang Iser，1926—2007），出生于德国萨克森州的马里恩市，曾就读于莱比锡大学、图宾根大学。1950年，伊瑟尔获得博士学位后，曾执教于图宾根大学、科隆大学、维尔茨堡大学等。1966年，康斯坦茨大学成立，伊瑟尔应邀成为该校的首批教员，并和姚斯一起创立康斯坦茨学派，与姚斯并称为接受美学的“双子星”。1978年开始，伊瑟尔在美国加利福尼亚大学厄湾分校担任客座教授，每年约有三分之一的时间在美国讲学，所以伊

① 姚斯．审美经验与文学解释学．顾建光，等，译．上海：上海译文出版社，1997：270-271.

② 同①：271.

伊瑟尔

瑟尔的理论学说在美国影响很大。伊瑟尔的主要著作有《文本的召唤结构》《隐含的读者》《阅读活动》《怎样做理论》《虚构与想象：文学人类学疆界》等。

作为接受美学的另一位代表人物，伊瑟尔的研究重点与姚斯不同，正如伊瑟尔自己所总结的，接受美学包含了两种不同的研究方向：姚斯侧重接受研究，主要关注文学史上的读者阅读现象；而伊瑟尔本人则侧重效应研究，注重文本自身作为一种接受前提，具有发挥效应的潜能。他认为，接受研究强调历史-社会学的方法，而效应研究则突出了文本分析的方法，只有把两种研究结合起来，接受美学才能成为一门完整的学科。① 美国学者霍拉勃指出，姚斯和伊瑟尔的研究分属于接受美学的宏观和微观研究。具体来说，伊瑟尔的微观研究始终按照现象学的思路集中于这样两个中心："一、文学文本如何调动了读者的能动作用，促使他对文本中描述的事件进行个性加工？二、文学文本只有在何种程度上为这种加工活动提供预结构？"② 针对上述问题，伊瑟尔的文艺思想主要体现在以下两个方面。

一、文学文本与召唤结构

1969年，伊瑟尔发表了《文本的召唤结构》一文，与姚斯的《挑战》一样，引发了学界轰动，二者共同成为接受美学的奠基性著作。伊瑟尔区分了文本与作品，认为文学文本只有在读者的阅读过程中才能真正转化成文学作品，文本的潜在意义由于读者的参与才得以实现。因此，对阅读的研究不能脱离文本研究，而是必须将阅读的可能性作为文本的内在结构机制来加以研究。而文本的内在结构是具有一系列特征的。

首先，文本具有结构上的"空白"，空白就是文本召唤读者阅读的结构机制。伊瑟尔吸收了英加登的现象学理论，认为文学文本只是呈现在读者面前的图式化纲要结构，这个结构在各个方向和层次上都有很多空白，即文本不曾明确写出来的部分，它们是已经写出的部分对读者所暗示或提示的东西。这些空白部分，是一种寻求缺失能被连接起来的无言邀请，有待读者在阅读过程中给予填补和充实。文本在人物的性格、对话、心理描写等方面都要留有空白，尤其在情节方面更应如此，这许多的空白是激发读者想象、吸引读者来实现文学作品的动力因素。"如果读者已被提供了全部故事，没给他留下什么事情可做，那么他的想象就一直进入不了这个领域，结果将是当一切都被现成地设置在我们面前时，不可避免地要产生厌烦。"③

其次，文本结构还有"空缺"和"否定性"。伊瑟尔认为，句子作为文本的基本层次单位，

① 伊瑟尔．阅读活动．金元浦，周宁，译．北京：中国社会科学出版社，1991：作者序.

② 金元浦．接受反应文论．济南：山东教育出版社，1998：51.

③ Iser. The Implied Reader，Baltimore and London：The Johns Hopkins University Press，1974：275.

指向某个虚构世界的图景片段，而各图景片段间的不连贯形成了“空缺”，也就是说，空缺是由文本的语言结构造成的。对于空缺的填补与整合，伊瑟尔是通过“游移视点”予以说明的。伊瑟尔认为每一文本都存在着诸多视点，通常有叙述者视点、人物视点、情节视点、读者专设视点四种，各视点通过句子得到显示。随着阅读活动的展开和阅读时间的推进，读者的视点追随句子的叙述，游移转换于各视点，使得诸视点既相互区别又相互联系，文本的图景片段则由此不断展开、退后并成为新图景片段的背景。这些新图景与读者先前形成的图景视域连接、交织，从而整合出一个完整的文本图景系统。

关于文本结构的否定性，伊瑟尔是从内容与形式两方面给予说明的。内容方面的否定性是指文本内容可以否定和打破读者头脑中原有的政治、思想、伦理等意识规范；形式方面的否定性是指好的文本在唤起读者熟悉的视域的同时，总是继而否定它、打破它，而不是去证实它、实现它。否定性是文本的深层次的基本结构，是文学交流中的基本力量。

总之，文本的空白、空缺、否定性共同构成了唤起读者填补空白、连接空缺、否定旧视域、建立新视域的文本结构，伊瑟尔将其统称为“文本的召唤结构”。可以说，伊瑟尔所说的召唤结构，是文学文本最根本的结构特征，是读者参与意义解读活动的基本前提。

深度思考

姚斯和伊瑟尔都强调了读者与文学之间的相依关系，拓展了文学研究的新思路。但是，读者的阅读经验是极具个体性的，很难给予普遍性的考察，所以，接受美学的理论模式可操作性差，在具体的研究实践中很难实行。接受美学派本身也缺少运用接受理论进行文学史研究和文学批评实践的学术成果，至今仍较大程度地停留在理论探讨的层次，难以广泛应用。另外，接受美学并不能如其所倡导的那样，观照文学的整体研究；它对读者地位的过分强调，也有矫枉过正之嫌。

二、隐含的读者与读者发现

文本召唤结构与读者之间的关系实质上是一种交流关系，为了更为深入地揭示这种关系，伊瑟尔提出了文本“隐含的读者”（有的文章也译作“暗隐的读者”）概念。他强调，隐含的读者是一种文本结构，而绝不与任何真实的读者相同，“暗隐的读者包含着一部文学作品实现其效应所必需的一切规定。本文的规定取向并不是由某种外在的经验现实设制的，而是由本文自身设制的。暗隐的读者作为一种概念，深深地植根于本文的结构中……暗隐的读者概念设制了一个召唤反应的结构网，促使读者去把握本文”①。伊瑟尔又说，隐含的读者有两个相互关联

① 伊瑟尔．阅读活动．金元浦，周宁，译．北京：中国社会科学出版社，1991：43-44.

的方面：作为文本结构中的读者角色和作为结构活动中的读者角色。作为文本结构中的读者，如上所述，即文本的某种特定结构设制；而作为结构活动中的读者角色则意指这些结构设制的功能，即对真实读者读本作品时所产生的张力结构的一种制约力。现实中的读者视野不可能与文本视野完全重合，二者一定会有分歧并因此形成交流过程中的张力对峙。这时候，作为文本结构的隐含的读者就会发挥它的功能，吸引读者不由自主地进入文本结构，并对读者的想象力进行一定的规约和引导，引发读者再创造的能动性。这样一来，作为结构活动的隐含的读者的角色就实现了。隐含的读者的两个方面，正如同一枚硬币的两面。

隐含的读者与真实的读者的这种交互关系并不意味着隐含的读者代表着文本结构对文本意义的单一定向。因为，文本意义的实现有赖于读者经验为文本结构提供的参照系，读者不同，经验参照系不同，相互交流而生出的意义也就会有差别。而且“本文的结构允许有不同的实现方式。很明显，实现的过程总是选择性的。判断一种具体化，要根据读者角色所实现的本文结构中的其他潜在表现的背景。每一种实现，都代表着暗隐的读者的一种选择性的实现”①。隐含的读者因此表征着文本潜在意义得以实现的多种可能性，现实的读者的实际阅读是对文本隐含的读者某种程度的实现。总而言之，伊瑟尔想通过隐含的读者这一概念来描述文学文本的结构效应，“它标示出，读者的角色只有用文本的结构与有结构的活动才能予以解释。本文的结构通过创造出一个读者的立场，暗含了人类感知活动的基本原则，就如同我们的世界观总是一种观察世界的角度”②。

很显然，在伊瑟尔这里，空白、空缺、否定性、隐含的读者都是处于同一系列但不断深化的概念。如果说空白是“点”、空缺和否定性是“线”，那么隐含的读者就是“网”了，它们是文本的独特设置，是凝固的结构，同时又是对读者主动的召唤和引导。伊瑟尔借助这些概念想阐明的是文学文本的交流性结构以及读者如何通过阅读与文本交流并实现意义。

伊瑟尔进而探讨了读者在阅读中参与文本以及生成意义的再创造过程，他概括说这种再创造的实质是“发现”，即读者以否定作为其出发点，去发现一部作品中不同于自己的现实世界的艺术世界，继而能够发现现实社会流行的规范中及自己内在意识世界的缺陷。所以，“发现”可以说是审美愉悦的一种形式，它向读者提供了两种不同的可能性：第一，使读者感到自由，即使是暂时地从规范他自己的东西中解放出来，逃离他自己现实社会生活的束缚；第二，积极地培养读者的审美情感和审美认知能力，使读者在阅读过程中提高自我意识。

在《隐含的读者》中，伊瑟尔从读者“发现”的类型的角度考察了文学史，梳理了从班扬到贝克特的小说的发展演变，从中总结出“发现”内容的变化。17 世纪末，读者们发现文本能够重新提供保证，这缓解了严格规范的宗教教义导致的苦恼；18 世纪的小说力图使读者发现抽象的人性、道德、真实等事物；19 世纪的作品要发现对人的主体性的关注；20 世纪的发现则导向对人类个性的质疑。从这样一部审美愉快的发现史中，伊瑟尔还体察到，小说越来越不满足于建构一个有头有尾、曲折自足的故事了，而是越来越多地运用空白、空缺和否定性，现代小说就是最为典型的代表，因而也对现代读者的再创造和发现提出了越来越高的要求。

---

① 伊瑟尔．阅读活动．金元浦，周宁，译．北京：中国社会科学出版社，1991：47.

② 同①：48.

理论辨析

在伊瑟尔的理论中，“隐含的读者”的两方面——文本结构与结构活动，是理解这个概念的难点，其实这两方面就是指文本的结构设置以及结构设置的功能，即对读者的召唤和引导功能，或者说引导读者与文本结构进行交流的功能。另外有些人把“隐含的读者”等同于“理想的读者”，这是一种误解。所谓“理想的读者”，即那种能够全面深刻地理解作者的构思与设置，堪称作者知音的读者。伊瑟尔认为，这种读者是不存在的，只有作者能够成为自己作品的理想读者，他人对文本意图的完全实现是不可能的，如果存在这样的读者，也就是说读者视野与文本视野全面重合，那么读者和文本之间就没有了张力交流，也就取消了读者的地位和价值。另外，姚斯还列举并分析了文论史上各理论家处于各种视角而建构的各种读者角色，比如“真实的读者”“假设的读者”“超级读者”“精通的读者”“意向的读者”等；同时强调，“隐含的读者”与他们统统不同，并非指任何可能存在的读者类型，而是指表征一部文学作品发挥其效果所必不可少的所有那些内在布置。

第四节 费什的文艺观

斯坦利·费什（Stanley Fish，1936— ），美国当代著名文学批评家。出生于罗得岛州，1962 年获耶鲁大学文学博士学位，先后在加利福尼亚大学伯克利分校、霍普金斯大学任教，1985 年起被杜克大学聘任为英文系系主任兼法学系教授，至今仍在杜克大学任教。费什于 20 世纪 60 年代后期开始提倡读者反应批评。他思维敏捷、善于雄辩，理论观点独树一帜，是读者反应批评在美国的重要代表人物。主要著作有《为罪恶所震惊：〈失乐园〉中的读者》《自我消受的制品》《这门课里有没有文本》《读者反应批评：理论与实践》。费什的读者反应批评又称“感受文体学”，是通过对新批评的批判而展开的，他的主要观点如下。

一、文本意义是读者的阅读事件

人们往往把文本作为客体对象，读者面对文本，通常会问：“这句话是什么意思?”而费什则要用“这句话做了什么”来取而代之。他从文学作品中摘取了几个意义模棱两可的句子为例，对读者阅读这些句子所经历的细微经验做了细致的描述，如猜测、失望、怀疑、寻找、希望、困惑等等，由此得出结论：这些句子虽然没有提供陈述性的内容，也不是明确的信息载

费什

体，但它们仍有意义。这意义显然不是句子所直指的客观内容，而是事件——“它不再是一个客体，一个独立存在的事物，而成为一个事件，某种对读者来说已经发生而且有读者参与其中的事件，正是这事件，这发生的事情本身——绝不是其他任何对它所叙述的内容的评述，也不是读者从中得到的任何信息——在我看来，才是这个句子所表达的意思”①。换言之，意义就是读者的阅读事件。

“做了什么”的追问不仅可以用来解读句子意义，还适用于词、短语、段落、章节，乃至整个小说、剧本或诗歌。它们的意义，在费什看来，都是读者在书页翻动、词句推移的时候不断产生并发展着的反应。所以，文本的客观性只是一种幻象，实际上，文学需要阅读，阅读是读者随之一起运动着的活动，阅读活动才是真实的客观存在。因此，“阅读经验过程中所发生的事，即读者对这句话的反应这一事实，而且反应作为一种实际存在，正是理解作品得以产生的有效途径”②。据此，费什断言，意义产生与否以及意义是什么，都取决于读者的头脑（思考、反应），并不应该在印成的书页中寻找。

需要注意的是，在费什看来，意义即事件并不是一个固定的反应，而是读者在阅读活动中不断体验和反应的过程，是“阅读经验的时间流”，是“意义经验的‘运动性’”③。时间流中的这种“阅读经验”，或者说运动中的“意义经验”，才是费什的读者反应批评所分析的对象。

深度思考

费什的读者反应批评将关注的重点集中在描述读者的阅读经验上，且要求是“有知识的读者”，因为阅读过程中细微的经验过程只有读者自己才能深度把握。但“有知识的读者”也不易界定，因而费什的读者反应批评，实际上一直是在把自己的阅读经验作为研究对象，或是把类似于费什这样有知识的读者的阅读经验作为研究对象。如此一来，多样化的读者阅读经验的合法性，就被忽视甚至取消了。

① 费什．读者反应批评：理论与实践．文楚安，译．北京：中国社会科学出版社，1998：135.
② 同①：152.
③ 同①：159.

二、一致意义来自解释团体

费什重视读者，但对读者的要求极高，他认为读者应是“具有这样一种思维能力的人，是一个理想的，或理想化的读者，同沃德霍所说的‘成熟的读者’或者弥尔顿所称的‘有资格的读者’（fit reader）有某种相似之处”。或者按照他自己的术语，“这种读者是有知识的读者。他们须符合以下要求：（1）能够熟练地讲写成作品本文的那种语言；（2）充分地掌握‘一个成熟的……听者在其理解过程中所必需的语义知识’……（3）文学能力。这就是说，作为一个读者，他在将文学话语的特性，包括那些最具有地方色彩技巧（比喻等手法）以及全部风格内在化的过程中，具有丰富的经验”①。费什认为，在这些“有知识的读者”那里，意义的生成才具有某种程度的一致性，因为这些读者是“解释团体”的典型体现。

所谓解释团体，费什并不意指实际存在的读者解读团体，即便“有知识的读者”团体也不是。在费什看来，解释团体是一种构型性的文化存在，是读者在阅读文本之前就已存在的理解情势。具体说，“我们所进行的思维行为是由我们已经牢固养成的规范和习惯所制约的。这些规范习惯的存在实际上先于我们的思维行为，只有置身在它们之中，我们方能觅到一条路径，以便获得由它们所确立起来的公众普遍认可的而且合于习惯的意义”②。所以，“意义既不是确定的以及稳定的文本特征，也不是不受约束的或者说独立的读者所具备的属性，而是解释团体所共有的特性。解释团体既决定一个读者（阅读）活动形态，也制约了这些活动所制造的文本”③。例如，费什的学生们作为有知识的读者、有经验的阅读实践者，他们对作品的意义的理解就是受解释团体制约的。在《看到一首诗时，怎样确定它是诗》一文中，费什提到，自己上课时在黑板上竖排罗列了几个人名，告诉学生这是一首诗，不明就里的学生们解读得津津有味。“当我的学生们‘仅仅看到’一个实实在在的客体形态时，便紧接着根据他们碰巧所置身的情势去确定这一形态并赋予其某一意义。置身于情势中（这种或那种）意味着用目光去‘领悟’这一情势所涉及的利害、意图，被认可的惯例、价值以及规范，以便借这种领悟，而不是在领悟之后才赋予这一形态以某一意思。”④ 再比如费什描述自己的阅读经验，当他打开一本书看时，他觉得自己看到的是由他已经构成的观点写出的东西，也就是他 25 年来在文学团体中所形成的结构。事实上，每个读者阅读作品时，一种历史的、特定的阐释就会加入他的理解，这并不是说读者要把自己看成历史地进入这个团体，而是他已经和这个团体先在地融为一体，读者没有有意识地反应就这样做了。

费什认为，解释团体这一概念取消了“读者—文本”这一对所谓对手的独立性，“并重新把他们置于能够赋予他们活力的团体/体制的语境/情势之中，其结果是，文学批评史不会成为一种旨在对某一稳固的文本进行精确阅读的发展史，而会成为一种由团体/体制所制约的参与者为把某一文本置于其观照视野之内而不断努力的历史”⑤。

---

① 费什．读者反应批评：理论与实践．文楚安，译．北京：中国社会科学出版社，1998：164－165.
② 同①：57.
③ 同①：46.
④ 同①：60.
⑤ 同①：作者序，3.

研究进行时

费什把作品的意义导引到了读者的反应和经验上，将读者阅读经验视为文本意义的来源，并力图以“解释团体”来克服其中的主观主义倾向。但从他对“解释团体”的论述中，我们不难发现，作品是作为解释的、人造模式的后果而出现的，或者说是这些解释的模式引起作品的实际存在。这样一来，也就是说解释先于文本并在制造文本，而不是产生于文本。所以费什也受到了很多批评，无论是他对读者经验的关注，还是对解释团体的阐述，都被认为是把接受研究推到了极端。

【本章关键词】

期待视野（horizon of expectations）：指在文学接受活动中，读者原先的各种经验、趣味、素养等综合形成的，对文学作品如何展现自身的一种潜在性、定向性审美期待，通常由较为狭窄的文学期待视域和更为深广的生活期待视域组成。

召唤结构（communication structure of text）：指文本召唤读者阅读的结构机制。伊瑟尔认为文本中存在空白、空缺、否定性，它们共同构成了唤起读者填补空白、连接空缺、否定旧视域、建立新视域的文本结构，统称为“文本的召唤结构”。召唤结构是读者参与文学文本意义解读活动的基本前提。

隐含的读者（the implied reader）：意指文本的特定结构设置，以及这种结构设置所拥有的召唤读者参与文本、引发读者与文本交流、实现作品意义的功能。伊瑟尔借助这个概念想阐明的是文学文本具有交流性结构以及文本结构对读者解读意义的重要作用。

解释团体（interpretative communities）：在费什看来，解释团体是一种构型性的文化存在，是读者在阅读文本之前就已存在的理解情势。具体来说，我们所进行的理解、思维行为是由我们已经牢固生成的规范和习惯制约的。

【推荐阅读】

洪汉鼎．理解的真理：解读伽达默尔《真理与方法》．济南：山东人民出版社，2001.

金元浦．接受反应文论．济南：山东教育出版社，1998.

朱立元．接受美学导论．合肥：安徽教育出版社，2004.

刘小枫．接受美学译文集．北京：三联书店，1989.

约翰逊．伽达默尔．何卫平，译．北京：中华书局，2003.

姚斯，霍拉勃．接受美学与接受理论．金元浦，周宁，译．沈阳：辽宁人民出版社，1987.

伊瑟尔．怎样做理论．朱刚，等，译．南京：南京大学出版社，2008.

伊格尔顿．二十世纪西方文学理论．伍晓明，译．西安：陕西师范大学出版社，1987.

霍伊．批评的循环．兰金仁，译．沈阳：辽宁人民出版社，1987.

【思考题】

1. 伽达默尔是如何描绘艺术作品的存在方式的？

2. 怎样理解解释学的“视域融合”理论？

3. 接受美学的两个主要研究方向是什么？对文学理论研究有何影响？

4. 姚斯以接受美学重建文学史所依赖的最重要的方法是什么？这种方法对于文学作品的理解与接受有什么启示？

5. 姚斯所说的审美经验有哪些表现类型？

6. 什么是文本的召唤结构？它具有哪些层次？

7. 如何理解伊瑟尔所说的“隐含的读者”？

8. 怎样理解费什的“意义即事件”理论？

第十三章
西方马克思主义文论

概　述

“西方马克思主义”这一术语，最早见于德国学者卡尔·柯尔施（1886—1961）在1930年重版的《马克思主义和哲学》一书。在这部著作中，柯尔施用此术语指称的只是当时在国际共产主义运动内部出现的一些不同于俄国马克思主义的马克思主义思潮。而时至今日，人们使用这一术语时所指称的范围已大为不同，是对20世纪20年代至今，在欧美国家出现的许多马克思主义思潮的统称。这些思潮的共有特点是：与以列宁为代表的苏联模式的马克思主义不同，反对恪守马克思主义的信条，更注重用其思想方法分析现代社会问题，并力图结合现代社会状况，修正和发展马克思主义的有关原理。

从其发展过程来看，西方马克思主义的发展大致可分为这样三个阶段：早期西方马克思主义、兴盛期西方马克思主义与当代西方马克思主义。早期代表人物主要有奥地利著名政治评论家费歇尔（1899—1972）、德国哲学家布洛赫（1885—1977）等人。他们多是信仰共产主义的马克思主义者，但面对新的社会现实，他们较早对正统马克思主义的一些见解提出了质疑。兴盛期主要是以活跃于20世纪30—60年代的法兰克福学派为标志，代表人物主要有本雅明、阿多诺、马尔库塞、霍克海默、弗洛姆等人。这些学者的主要贡献是：运用马克思的批判思想，从否定的辩证法入手，对资本主义发达的科学理性、意识形态、大众文化、现代性以及国家理论等进行了激烈的批判。当代西方马克思主义（也有人称之为“后西方马克思主义”）是指20世纪70年代以来出现的西方马克思主义思潮，代表人物主要有英国的伊格尔顿、美国的詹姆逊、德国的哈贝马斯等人。这些学者虽关注的问题不同，理论见解各异，但都注重运用马克思主义思想方法，表现出的是共同的关注现实、批判现实的马克思主义立场。

由于文学艺术与社会现实及意识形态之间有着极为密切的关联，因而西方马克思主义亦十分重视文艺问题。如法兰克福学派的本雅明、阿多诺、马尔库塞等人，针对发达资本主义社会出现的新的异化现象，高度肯定了现代派艺术在抗拒现实、培育人的新感性等方面的积极意义，对以机械复制为标志的文化工业进行了批判，提出了本能解放与审美救赎的文艺主张；詹姆逊以晚期资本主义的文化逻辑为出发点，分析了后现代文艺的特征；伊格尔顿则从审美的角度，进一步探讨了在现代社会条件下，文学与意识形态的复杂关联。这些见解对于我们认识文学艺术与人类现代生活的关系，把握文艺发展的正确路径等，都是有重要意义的。本章主要介绍的即上述重要代表人物的文艺观。

第一节 本雅明的文艺观

瓦尔特·本雅明（Walter Benjamin，1892—1940），德国哲学家、美学家、文艺批评家，法兰克福学派的代表人物之一。1892年出生于柏林，家境殷实。曾在弗莱堡大学、慕尼黑大学、柏林大学、瑞士伯尔尼大学就读，并曾周游法国、意大利、俄国、丹麦等国家。由于受马克思主义、犹太神秘主义等多方面影响，其思想极为复杂。1940年9月27日，为避纳粹迫害，在逃亡途经法国和西班牙边境时，因担心被西班牙引渡回德国而自杀身亡。他的主要作品有《发达资本主义时代的抒情诗人》《机械复制时代的艺术作品》《单向街》《摄影小史》《德国浪漫派的艺术批评概念》等。本雅明在文艺理论方面的贡献主要体现在寓言式文艺批评观，以及对机械复制时代艺术状况的探讨上。

本雅明

一、寓言式文艺批评观

本雅明的寓言式文艺批评观极具独创性。在20世纪20—30年代，当马克思主义理论阵营内部还在对现实主义与现代主义的优劣长短争论不休的时候，本雅明独辟蹊径，将目光转向了对现代主义艺术规律的发现与解析。本雅明在卡夫卡、波德莱尔、普鲁斯特等现代主义艺术家的作品中发现了寓言的表现方式，这使他成为西方马克思主义美学家中最早对现代主义予以肯定的人。在本雅明看来，“寓言是波德莱尔的天才，忧郁是他天才的营养源泉”[①]。对于卡夫卡，本雅明同样挖掘出了其小说的寓言特质，认为“卡夫卡具有为自身创造寓言的罕见才能。然而，任何解释都不能穷尽他的寓言；相反，他采取一切可以想到的措施抵制对他的作品的阐释”[②]。在本雅明看来，现代主义艺术令人费解的特征、带给读者和观众的震惊经验，都源于文本所包孕的寓言特质。

本雅明的寓言式艺术批评理论，早在其研究17世纪德国巴洛克戏剧时即已提出，并在对波

① 本雅明．发达资本主义时代的抒情诗人．张旭东，魏文生，译．北京：三联书店，1989：189.
② 本雅明．本雅明文选．陈永国，马海良，译．北京：中国社会科学出版社，1999：245.

德莱尔等人的研究中进一步得以完善。在他看来，寓言是观察世界的普遍方式，它用破碎的、断裂的结构形式，以反讽和隐喻的艺术手法指向历史真实，揭示世界的阴暗、自然的颓败以及人性的堕落。在《德国悲剧的起源》一书中，本雅明曾集中研究了德国17世纪巴洛克时代的悲哀剧寓言风格，认为古典主义的象征所表现的是一个生机勃勃的、明白晓畅的世界，而巴洛克时代的艺术家面对的则是一个混乱不堪、残缺不全的社会，他们显然已意识到不能用认同现实、与现实同步的象征去表现，而只有选择寓言。寓言，在本雅明这里，内在地具有了同现实疏离、与现实社会悖逆的意义。在本雅明看来，现代社会在许多方面与17世纪的衰颓景象相似，而寓言作为社会衰败、理想失落的言说，是现代最有意义的思想形式，也是表现现代社会事物与意义、人与其本质相分裂的最有效方式。布莱希特的史诗剧、卡夫卡的小说、波德莱尔的抒情诗等现代主义艺术家的作品，都是当代社会的寓言：布莱希特的史诗剧以陌生化效果拉开了舞台情境与现实社会的距离，其寓言特征显示为人们对失去自我的惊恐和畏惧；卡夫卡作品的寓言性体现为现代人生存的绝望；而波德莱尔诗歌的寓言性则表现在诗人以异化者的目光凝视着巴黎，并在街头流浪者身上写出了当代社会无法排遣的忧郁。在对现代主义诸多艺术文本的思想解构中，本雅明确认了现代艺术的寓言表达方式，并将其延展为一种独到的具体批评观。

法国作家巴尔扎克是深受马克思与恩格斯推崇的现实主义小说大师。本雅明则从自己的寓言式文艺批评观出发，认为巴尔扎克虽然第一个在作品中展露资产阶级废墟，但只有超现实主义等现代艺术才能在这片废墟上自由巡视，表达其中隐藏的意蕴。① 本雅明正是经由对现实主义与现代主义作品的比较，进而提出了现代主义原则——残破性，以与卢卡奇的“整体性”原则相对立。他认为，现代艺术家已无法从残破的、废墟般的世界中看到和谐与意义，而只能以零散性、片段性、破碎性、不连贯的意象表现寓言。这类寓言式的表现，虽然消解了整体性及古典的象征美，呈现出阴郁的精神氛围，像波德莱尔那样“碾碎了理想”②，但能够赋予丧失意义的对象以意义，能够揭示废墟般的异化现实中隐秘的意义王国，并进而从废墟和死亡中寻求生命的救赎。由此可进一步看出本雅明寓言式文艺批评观的积极意义，即面对残破的世界，仍以勇敢与果决的辩证思索，在现实的黑暗中探寻获得拯救之路。

深度思考

本雅明化激进或锐利的政治与美学观念表达为艺术文本的细致解剖，注重从艺术作品中搜集意象，分析文本内涵，从中提取现代艺术所具有的多重意蕴。正如詹姆逊所说的那样，本雅明的实践提供了一种辩证批评称之为“居间”的方法，即在不同层次——经济的、政治的、文学的、语言的、心理的、空间的、社会的等——之间建立联系，这些层次既不能互相认同、互相合并，也不能取消任何一方。正是这种从大量孤立、具体、生动的事物、意象上升至综合、抽象观念的与众不同的思想过程，显示了本雅明借助文本批评介入社会批判的特殊态度与方式。

---

① 本雅明．发达资本主义时代的抒情诗人．张旭东，魏文生，译．北京：三联书店，1989：195.

② 同①：190.

二、机械复制与艺术灵韵

本雅明吸收了马克思生产力和生产关系学说中的相关理论，提出艺术生产力决定着艺术的前进与倒退的见解。本雅明所说的艺术生产力，主要是指与科学技术相关的某些艺术手段。他认为，正是现代科学技术，特别是机械复制技术的发展，大大解放了艺术生产力，改变了传统艺术的格局，使大规模的艺术成为可能；但他同时又慨叹这种机械复制技术直接导致了传统艺术灵韵（aura）[①] 的丧失。

何谓“灵韵”？本雅明自己的解释是：“时空的奇异纠缠：遥远之物的独一显现，虽远，犹如近在眼前。静歇在夏日正午，沿着地平线那方山的弧线，或顺着投影在观者身上的一截树枝，直到‘此时此刻’成为显像的一部分——这就是在呼吸那远山、那树枝的灵韵。”[②] 显然，本雅明所说的“艺术灵韵”，是在借喻意义上使用“灵韵”之语的，意谓传统的艺术作品，亦会呈现出类乎光线作用下的自然物那样的一种神秘莫测、令人心醉神迷乃至膜拜敬畏的特征。而传统艺术作品何以会有如此“灵韵”？本雅明认为，主要是因其即时即地性与独一无二性。所谓即时即地性，指的是艺术家是在特定的时间和空间范围内创作艺术品的，人们在欣赏时，亦必须联系原来的时空语境，才能圆满地阐释作品的意义；所谓独一无二性，指的是作品的与众不同，具有独创性与不可摹仿性。令人膜拜敬畏的艺术灵韵正是由此而产生的。

本雅明认为，现代机械复制技术不仅改变了艺术创作方式，也改变了人们对艺术品的接受方式。由于艺术品可以无限地被复制，不再具有即时即地性与独一无二性，可置于任何时间与地点被人们欣赏，因而传统艺术作品所拥有的那种令人膜拜敬畏的“灵韵”也就荡然无存了。

本雅明曾以电影和绘画为例，比较分析了欣赏传统艺术与现代艺术的差异：绘画可以“使观赏者凝神观照，面对画布，观赏者就沉浸于他的联想活动中；而面对电影银幕，观赏者却不会沉浸于他的联想，观赏者很难对电影画面进行思索，当他意欲进行这种思索时，银幕画面就已变掉了”[③]。在他看来，绘画代表了前现代社会的艺术特性，具有灵韵，人们在欣赏时进入的是一种凝神专注的膜拜状态；而电影则代表了现代社会复制艺术的特性，人们在欣赏时采取的仅仅是消遣散漫的方式。令本雅明感到悲哀的是，随着复制艺术力量及范围的日益扩大，这种心不在焉的消遣性接受方式越来越大行其道，越来越有从整体上颠覆传统欣赏方式的趋势。本雅明进而指出，“艺术作品的机械复制性改变了大众与艺术的关系”[④]。在本雅明看来，以往人们在欣赏艺术品时，抱着鉴赏和批判的态度；而在技术复制时代，这种鉴赏和批判态度的力度大大降低。如“在电影院中，观众个人的批判态度和欣赏态度已融为一体。这里，关键之处在于，没有什么地方比得上在电影院中那样，个人的反应从一开始就以他置身其中的群众化反应为前

---

① 译法不一，有灵韵、光韵、灵光、韵味等各种译法，本文将各处所引用的材料统一译为灵韵。

② 本雅明．迎向灵光消逝的年代——本雅明论艺术．许绮玲，林志明，译．桂林：广西师范大学出版社，2004：34－35.

③ 本雅明．摄影小史．王才勇，译．南京：江苏人民出版社，2006：142.

④ 同③：136.

提”①。在他看来，观看电影时，人们被强烈的情感反应所控制，而失去了理性的分析和判断能力，不知不觉地认同了电影作品所表达的情感和观点。也就是说，消费者在不知不觉中认同了电影产品中的意识形态。由以上论述明显可见本雅明对现代机械复制艺术的忧虑与不安。

值得注意的是，本雅明对待机械复制技术的态度又是暧昧的。他在哀叹传统艺术灵韵消失的同时，又高度肯定了机械复制技术带来的艺术进步。这就是：在前现代社会，从事艺术活动仅仅是一小部分人的专利，大多数人被排斥在艺术的大门之外，而在现代技术条件下，艺术家们进入艺术大门的门槛大大降低，艺术品不再仅局限于一小部分社会精英的范围内，普通人也可以创作、欣赏和收藏艺术品了；同时，在前现代社会中，由于传统作品的独一无二性，人们在欣赏评价时，往往予以仰视，而在现代社会条件下，艺术品也和其他商品一样，进入了交换市场，人们对其也就不再仰视，而是可以平视了；又由于前现代社会中的传统艺术作品具有神圣色彩，因此人们在对待艺术家时，往往会像尊重神职人员一样敬重他们，而在现代技术条件下，这种状况也难以存在了；另外，前现代社会中对传统艺术品的消费是呈现出等级差异的，因而有许多作品并非普通人能够得以欣赏的，而在现代社会中，人们可以同时大规模地平等地去消费艺术，而无须再遵循某种等级秩序。所有这些，自然都有利于艺术的发展及社会的进步。

正如有关研究者指出的：“本雅明对灵韵的关系极其矛盾和摇摆不定。一方面，他论述说其丧失作为艺术大众化的条件，可能会产生新可能性；但另一方面，悼念丧失的心情也是明显的。”② 但显然，正是这矛盾，体现了本雅明思想的深邃与辩证，亦决定了本雅明文艺思想的张力与深度。

研究进行时

本雅明生前寂寞，死后声名鹊起。阿多诺最早给予其高度评价，并亲自编辑了《本雅明文集》。继而本雅明得到了德里达、保罗·德·曼、朔勒姆、哈贝马斯等人的大力推崇。美国当代批评家弗·詹姆逊甚至认为：“从今天的眼光看，本雅明无疑是二十世纪最伟大、最渊博的文学批评家之一。”③ 本雅明的著作虽然不多，但缘其博学及思想之丰富复杂，学术界对其具体的阐释与评价纷纭不一。德国哲学家哈贝马斯的看法也许更为切合本雅明的实际。哈贝马斯将本雅明与马尔库塞进行了比较，认为马尔库塞的思想是意识形态批判，旨在揭露意识形态对人思想的控制和麻痹，以激发起人们对单面社会的超越，走向真正的自由；而本雅明的思想则是拯救性批判，他摒弃了自我反思，对批评对象心怀惋惜之情，其目的是在废墟的碎片中挖掘、整合已逝去的整体性。他运用辩证的意象，以体验的方式寻找新的统一。他的思想宛若星丛，引发了不同领域学者的好奇和关注，让他们在断裂的思想碎片中寻找穿引珍珠的金线。

---

① 本雅明．摄影小史 机械复制时代的艺术作品．王才勇，译．南京：江苏人民出版社，2006：136.

② 三岛宪一．本雅明：破坏·收集·记忆．贾倞，译．石家庄：河北教育出版社，2001：359-360.

③ 刘小枫．人类困境中的审美精神——哲人、诗人论美文选．上海：东方出版中心，1994：696.

第二节 阿多诺的文艺观

阿多诺

西奥多·阿多诺（Theodor Wiesengrund Adorno，又译为阿道尔诺，1903—1969），德国哲学家、美学家、社会学家、音乐学家，法兰克福学派重要代表人物之一。1903 年出生于德国法兰克福的一个犹太人家庭。自幼受过良好的音乐教育。1921 年进入法兰克福大学学习哲学、社会学、心理学、音乐学等。1924 年获得博士学位。1933 年德国纳粹上台后，阿多诺先后流亡瑞士、英国和美国，1949 年返回德国。阿多诺一生著述颇丰，在文艺理论方面的重要贡献是：以否定的辩证法阐述了艺术与社会之间的关系及现代艺术的本质，批判了文化工业对艺术的影响。主要代表作品有《启蒙辩证法》（与霍克海默合著）、《否定的辩证法》、《美学理论》、《新音乐的哲学》、《音乐社会学导论》等。

一、艺术的否定性

在阿多诺看来，艺术的否定性指的是艺术疏离社会，否定现实，以表现性的、虚幻的、容易逝去的艺术幻象来批判现实，以破碎的、非和谐的艺术形式来超越现实的特性。

艺术的否定性涉及艺术与现实之间的关系。阿多诺认为，艺术虽然要受到现实经验的束缚，但应具有很强的独立性、自律性，是不同于现实世界的幻象，是与现实世界相疏离的世界。其价值在于以与现实相对立的姿态反抗现实，超越现实。用阿多诺自己的话说，这就是："艺术之所以是社会的，……主要因为它站在社会的对立面。但是，这种具有对立性的艺术只有在它成为自律性的东西时才会出现。"①

在阿多诺看来，艺术的否定性首先是其哲学"否定的辩证法"中"非同一性"的具体化，是具有否定性、批判性和破坏性的精神内涵在审美艺术领域的展现。阿多诺认为，以往哲学所追求的往往是同一、整合、秩序和不变，这实际上是一种谬误，是不可能实现的，而可能实现的只能是连续的否定。否定的哲学要抵制的正是任何形式的"同一"企图。阿多诺将哲学思考现实化、美学化，他认为，审美的最高规则就是非同一性。他所说的艺术的否定性便正是这种否定性和非同一性在艺术领域中的体现。

正是与强调艺术的否定性相关，阿多诺更为明确地提出了"反艺术"的概念。阿多诺所说

① 阿多诺．美学理论．王柯平，译．成都：四川人民出版社，1998：386.

的反艺术，并非要消灭艺术，而是指具有迥异性的艺术形式，即打破了传统艺术完美、和谐、整体化的特点，具有破碎化、非和谐、审丑化特点的另一类艺术。其主要特征是“与世俗的现实不同，它否定性地体现了一种事物秩序，其中的经验存在将会获得应有的地位”①。在阿多诺看来，贝克特的荒诞派戏剧、卡夫卡的小说、勋伯格的无调性音乐淋漓尽致地展示了人性的扭曲、心理的变态以及精神的伤痕，体现的正是艺术的批判特点和否定性精神。显然，阿多诺所说的“反艺术”指的是通常所说的现代派艺术。由于现代派艺术背离了现实主义艺术追求和谐、强调摹仿的规则，因而看上去也就具有了反艺术的特征。

与马克思、恩格斯相同，阿多诺亦立足于对资本主义社会现实的批判。阿多诺认为，在资本主义体制下出现的现代工业社会，人的物质生活水平虽然提高了，但马克思当年批判过的人的“异化”现象仍然存在，只不过“异化”的原因不再是阶级压迫、经济剥削等，而是由启蒙“理性”所引发的日渐兴盛的科技理性以及商品拜物教意识等。在此情况下，现代社会已经发生了否定人性的严重病变，人类并没有进入一个真正的人的世界，反而陷入新的“异化”之中。阿多诺之所以肯定“反艺术”的现代派艺术，目的即在于通过对现实的离异和否定，唤醒人们麻木的心灵，使之恢复健康的人性。

应该说，阿多诺是最早肯定现代主义艺术，并充分认识到现代主义重要价值的理论家之一。他所指出的否定性、零散化、非和谐等特征，触及了现代艺术的本质问题。但他力图通过“反艺术”实现人性救赎、改变现实的主张，又具有浓厚的乌托邦色彩。在一个主流意识形态横行、文化工业与商业化占据主导地位的时代，否定性的现代艺术究竟能反叛到何种程度，能持续多长时间，会有多大的救赎效果，具有明显陌生化色彩的艺术形式能在多大程度上被普通大众接受，这一切都令人怀疑。

相关知识

阿多诺的艺术否定性遭到了许多人的质疑。如美国学者马丁·杰等曾指出，他的反体系会变为体系，否定的辩证法会变为总体性，艺术的否定性最终会变为艺术的肯定性。他对现实的完全否定，拒绝任何形式的中介与调和，可能会让他事与愿违，最终走向反面，导致“富有雄心的失败”②。阿多诺自己也承认，艺术很难否定和躲避现行的意识形态。“完全非意识形态的艺术很可能是完全行不通的。艺术的确不能仅凭与经验性现实的对立而成为非意识形态的。”他发现，“今天，在与社会的关联中，艺术发现自己处于两难困境。如果艺术抛弃自律性，它就会屈就于既定的秩序；但如果艺术想固守在其自律性的范围之内，它同样会被同化过去，在其被指定的位置上无所事事，无所作为”③。现代艺术无论采取哪种策略来完成自己的使命，都面临着极大的挑战。

---

① 阿多诺．美学理论．王柯平，译．成都：四川人民出版社，1998：388.

② 杰．法兰克福学派的宗师：阿道尔诺．胡湘，译．长沙：湖南人民出版社，1988：209.

③ 同①：405－406.

二、批判文化工业

随着现代科学技术的飞速发展，人类的物质生活水平得到了大幅度的提高，然而，令人忧虑的是，现代社会的物欲化态势越来越明显，就连人类的精神文化本身，也已成为以攫取利润为主要目的的文化工业。文化应有的启迪人类智慧的功能越来越微弱，而蒙蔽和欺骗大众的功能越来越强盛。阿多诺和霍克海默等人敏锐地觉察到了这种社会弊端，高举批判的大纛，无情地展开了对文化工业的批判。

"文化工业"一词，首见于阿多诺和霍克海默合著的《启蒙辩证法》一书。阿多诺在后来的《文化工业再思考》一文中，曾专门谈到关于文化工业的命名问题，"'文化工业'（culture industry）这个术语可能是在《启蒙辩证法》这本书中首先使用的。霍克海默和我于1947年在荷兰的阿姆斯特丹出版了该书。在我们的草稿中，我们使用的是'大众文化'（mass culture）。大众文化的倡导者认为，它是这样一种文化，仿佛同时从大众本身产生出来似的，是流行艺术的当代形式。我们为了从一开始就避免与此一致的解释，就采用'文化工业'代替了它。我们必须最大限度地把它与文化工业区别开来"[①]。由此可知，阿多诺所说的文化工业不同于一般所说的"大众文化"，指的是以精神符号生产为主，以工业化流水线的生产方式，以迎合文化消费者的需求与赚取利润为目的而大批量生产的文化产品。阿多诺认为，这样的文化工业对社会造成了严重危害。

其一，文化工业导致了文化的商业化。由于文化的工业化生产遵循的是利润最大化原则，因而资本和利润具有决定性的力量。"资本成了绝对的主人"[②]，决定着一个艺术品能否在市场上获得成功。一个水准高超的艺术作品如果难以获得投资家的青睐，就注定不会在市场上流通，也就根本不能使作为消费者的受众获得审美享受。只有那些能够获取巨额经济利益，能够占据更大市场的文化作品，才可能被纳入生产体系之中。而那些具有先锋性、探索性以及经典性的高雅作品，由于市场范围狭小，利润空间有限，自然只能被拒之门外了。所以，阿多诺曾不无感叹地说："美也是在商品中形成的。"[③] 他更曾愤怒地指出："文化工业的全部实践就在于把赤裸裸的赢利动机投放到各种文化形式上。"[④] 文化工业让艺术领域弥漫着浓重的铜臭气息。

其二，文化工业使很多艺术家失去了独立自主性及创作个性，变成了赤裸裸的利益追逐者。被抛到市场大潮中的艺术家，被牢牢地捆绑在了文化工业的战车上，他们已不再是有着独立个性的创作主体，而是成了整个文化工业机器上的螺丝钉；他们的创作也已不再依据自己的情感体验，而是依据市场需求；他们作品中的情节构建、矛盾冲突的设置、人物形象的塑造等，也都被纳入了标准化的工业生产流程之中。虽然许多人仍在宣扬推崇个性，但在阿多诺看来，这种标准化生产之下的所谓个性，只不过是一种虚伪的形式而已，是披着羊皮的狼。"在

① Adorno. The Culture Industry：Selected Essays On Mass Culture. J. M. Bernstein（ed.）. Routledge：Routledge Published，1991：98.

② 霍克海默，阿多诺．启蒙辩证法——哲学断片．渠敬东，曹卫东，等，译．上海：上海人民出版社，2003：139.

③ 同②：175.

④ Adorno. The Culture Industry：Selected Essays On Mass Culture. J. M. Bernstein（ed.）. Routledge：Routledge Published，1991：99.

文化工业中，个性就是一种幻象。”[①] 个性化只不过是使标准化得以推行的口号罢了。作品与作品之间的区别，也只不过是生产商和销售商故意夸大的噱头而已，而实质上是惊人的相似和同质化。如许多流行歌曲、电影以及电视肥皂剧等都是类型化的产物，其内容、题材、人物、情节、艺术表现手法等惊人地相似，只不过细节和表面略有差别而已。

其三，文化工业批量生产使艺术作品的质量下滑。阿多诺认为，面对文化工业已将艺术变成商品的现实，艺术家们不得不“以审美专家的身份去适应商业生活”[②]。在进行创作时，不得不更注重产品数量的最大化，而难以顾及艺术的质量，这自然是不利于优秀作品产生的。由于艺术家的创作冲动不是源于自己对生活的深刻体验，因而其作品中的情感是枯萎的、形式化的。这样的作品当然也是缺乏艺术生命力的。

其四，文化工业使受众的审美能力衰退，判断能力消失。在《音乐的拜物教特征和听觉的衰退》一文中，阿多诺以他所熟悉的音乐为例说明了标准化和商品化的音乐如何导致了人们听觉的退化。人们由于身处标准化和商品化的音乐之中，是难以对这些作品自身所达到的艺术水准进行判断的，久而久之，自然也就丧失了基本的判断能力。阿多诺还进一步指出，受众听觉的退化与聆听音乐的方式有关。在商品化的现代音乐中，受众的接受方式已经发生了很大的变化，心不在焉、漫不经心已经成为新的主导接受方式。音乐已经不是用来陶冶情操、提高音乐审美鉴赏能力的高雅途径，而只是被当作娱乐的工具，因而根本就用不着聚精会神地去聆听。在很多情况下，音乐已不再被当作艺术，而只是被当作一种音响背景，用来塑造氛围，刺激人们的听觉而已。这样的音乐，这样的聆听方式，当然无助于听众音乐水平的提高，只能导致听众音乐审美水平的倒退，乃至听觉的退化。

其五，文化工业中隐蔽着意识形态欺骗。阿多诺指出，在发达资本主义社会中，意识形态并没有消失，而是以更为隐蔽的方式在发挥着作用，它通过科学技术、大众传媒、文化产业等手段，继续维护着统治阶级的利益。阿多诺的具体分析是：文化工业主要采取了虚假承诺、欺骗消费者的方式来维护意识形态。“文化工业不断在向消费者许诺，又不断在欺骗消费者。它许诺说，要用情节和表演使人快乐，而这个承诺却从来没有兑现；实际上，所有的诺言都不过是一种幻觉。”[③] 文化工业常常在制造成功神话，迷惑大众。文化工业让人们相信，社会制度是公平的，通向上层社会的大门永远对社会中下层的人开放，只要通过自己的努力奋斗，社会中下层的人就可以成功地晋级成为社会的上层人物，实现自己的梦想。而实际上，这种成功的概率微乎其微。文化工业还通过提供自由娱乐的方式来麻痹消费者。文化工业以满足消费者的娱乐需求为目的，可使人们在娱乐的满足中，“什么都不想，忘却一切忧伤”[④]。但在阿多诺看来，这样一种看似自由的娱乐状态，实际上是一种孤立无助的状态，是一种逃避现实的状态。文化工业正是以如此方式，让人们认同现行的社会秩序，泯灭了反抗意识。这样的文化工业也就成了社会的“水泥”。

应该说，当许多学者在为资本主义的科学技术和文化繁荣大唱赞歌之时，阿多诺等法兰克福学派的学者们举起了批判的大纛，批判消费社会的科学技术与文化工业，尖锐地指出了文化工业欺骗大众，奴役人性之类的危害，显示了其远见卓识。其相关的见解与主张，对人类社会

---

① 霍克海默，阿多诺．启蒙辩证法——哲学断片．渠敬东，曹卫东，等，译．上海：上海人民出版社，2003：172.

② 同①：148－149.

③ 阿多诺．否定的辩证法．张峰，译．重庆：重庆出版社，1993：156.

④ 同③：161.

的现代发展有重要警示意义。

研究进行时

阿多诺对文化工业的批判，自身也存在着很大的问题。英国学者约翰·斯道雷指出，阿多诺经常以流行音乐为例来说明文化工业的标准化和伪个性化，但事实并不完全像他所说的那样：流行音乐并不是铁板一块，而是充满了多样性，且在不断地发展变化；流行音乐的消费，也并非像阿多诺所说的那样被动，而是主动得多，因为消费者亦口味挑剔，明鉴善辨；流行音乐亦并不是社会的胶合剂，他忽视了亚文化的存在。[①] 另有学者指出，阿多诺的理论虽头头是道，但他无法为自己的理论提供经验上的证据；他有着浓厚的精英主义情结；忽视了实用人工制品和文本人工制品的差异。[②] 在文化工业的商业化分析中，阿多诺有一个不证自明的前提，那就是大众是原子化的大众，这不符合真实状况。市场上的消费者并非都是傻瓜，他们有着积极的主动性。而且并非所有的文化产品都像阿多诺所说的那样，在推行统治阶级的意识形态。退一步讲，意识形态极为复杂，远非铁板一块。后来，阿多诺也意识到自己的问题所在，曾表示："确确实实，暂时还没有彻底的研究提供论证严密的材料来证明文化工业的特定产品造成了人们的心智衰退的效果。"[③]

第三节 马尔库塞的文艺观

赫伯特·马尔库塞（Herbert Marcuse，1898—1979），哲学家、美学家、法兰克福学派的代表人物之一。1898年出生于柏林一个犹太人家庭。1922年获得弗来堡大学哲学博士学位。纳粹上台后曾流亡瑞士和美国，后加入美国国籍。自1952年起，先后在哥伦比亚大学、哈佛大学、耶鲁大学、布兰迪斯大学、加利福尼亚大学等学校任教。在思想方面，他深受存在主义、黑格尔主义和弗洛伊德精神分析学的影响，并试图将这些思想与马克思主义结合。代表性作品有《黑

马尔库塞

① 斯道雷．文化理论与通俗文化导论：第二版．杨竹山，等，译．南京：南京大学出版社，2001：154.

② 斯特里纳蒂．通俗文化理论导论．阎嘉，译．北京：商务印书馆，2001：85－93.

③ Adorno. The Culture Industry：Selected Essays On Mass Culture. J. M. Bernstein（ed.）. Routledge：Routledge Published，1991：105.

格尔本体论与历史性理论的基础》《理性和革命》《爱欲与文明》《单面人》《论解放》《审美之维》等。其文艺观主要表现在以下几个方面。

一、为爱欲而战与塑造新感性

马尔库塞从社会批判理论出发，极为重视艺术的社会政治功能，认为现代艺术的重要功能在于解放人的爱欲，塑造人的新感性。

马尔库塞在马克思主义人道主义的基础上，发展了弗洛伊德的人性压抑观念，进而提出了“基本压抑”与“多余压抑”两种社会压抑形式。他所说的“基本压抑”是指适应较低生产力状况而不得已的压抑，是为了创造文化和保持文化而对人的本能的必要限制，如道德之类；“多余压抑”是指在富裕的现代社会条件下，超出了创造文化所必需的来自社会的附加压抑，如科技、某些法律制度之类。马尔库塞认为，在文明发展的进程中，“基本压抑”是合理的，而现代社会中的“多余压抑”则是有害的，它妨碍了人类本能力量的正常发挥。马尔库塞还结合马克思的人类苦难以及人类解放说，改造了弗洛伊德的本能说，提出了爱欲说。他所说的爱欲与弗洛伊德所说的性欲不同，指的是生命本能，它不仅包括人以爱为基础的性欲，也包括食欲、休闲等基本欲望。爱欲遍布人的全身，涉及人全部的身体器官，涵盖了人类的所有活动，是一种全面的、持久的快乐。在《爱欲与文明》1966 年版的序言中，马尔库塞宣称：“在今天，为生命而战，为爱欲而战，也就是为政治而战。”① 他将生命本能与爱欲同政治相提并论，他在此所说的“为爱欲而战”，也就是要反对“多余压抑”，解放人的生命本能。在他看来，只有解放被“多余压抑”束缚的本能，才能解放主体，走出异化。

与解放生命本能及“为爱欲而战”的主张相关，在《论解放》和《审美之维》等著作中，马尔库塞进一步提出了塑造“新感性”之说。他所说的新感性，“是一种广义的非暴虐。它反对现代文明的贫困、苦役、剥削、攻击性，为满足压抑的需求而改变自然以及令人难熬的枯燥等现象。它赞颂人的游戏、安宁、魅力、接受性质。只有通过这些性质，人际关系和人与自然的关系才会平静、和谐”②。马尔库塞认为，只有解放人的爱欲，塑造人的新感性，改变人的心理结构，才能摆脱资本主义的单面社会和单面人局面。

而如何才能塑造“新感性”呢？马尔库塞的看法是：以往的暴力革命之类的方式已经失效，新感情只能通过文学艺术领域的“审美之维”革命才能实现。因为“美的东西首先是感觉上的：它诉诸感官；它是令人愉快的，是未经理想化的本能冲动的对象”③。这样一种与本能冲动相关的审美活动，自然可以唤起主体对异化现实的反抗力量，唤起主体对工业时代“温和的”奴役所带来的虚假幸福的不满，可以激发主体对本能多余压抑的反抗以及对新的解放力量的寻求，可以通过解放潜能给企盼的灵魂以安慰，给身心带来无拘无束的自由。也就是说，只有通过审美，主体才能摆脱现实压抑，达到本能与爱欲的自由状态，才能以感性复归替代现实

---

① 马尔库塞．爱欲与文明．黄勇，薛民，译．上海：上海译文出版社，1987：11.
② 马尔库塞．审美之维．李小兵，译．北京：三联书店，1989：序言，12－13.
③ 马尔库塞．现代美学析疑．绿原，译．北京：文化艺术出版社，1987：63.

对立。马尔库塞正是在此意义上毫不含糊地宣称："美是一种解放的象喻。"①

马尔库塞之所以如此看重艺术对解放爱欲和塑造新感性的重要作用，就在于他看到，资本主义的社会结构、产业状态、意识形态统治方式，尤其是科学技术等，已经在危及人类文明的进步：人类改造自然的文明以及人类主体追求价值的文化已经发生分裂，人已成为被奴役的工具性存在；在技术理性的驱使下，主体身心依附于机器而转动，阶级意识与反抗性已丧失在自愿接受的肯定状态之中，文明的精神奴役已成为一种自愿的被奴役；本应是丰富多彩的人类社会，已成为缺乏生命活力的单面社会；主体意识已陷入一种历史的尴尬：人类陶醉于技术文明的喜悦，却不自觉地承担了精神异化的命运。在这种状态下，传统的暴力革命改变社会的方式不仅已经失效，且已经不再具有可能性。而只有通过他所说的"反艺术"的现代艺术形式，通过审美，通过变革主体，重塑人的新感性，社会变革才能发生。

马尔库塞致力于捍卫人的价值和尊严，以马克思主义所追求的人类解放为宏大目标，结合弗洛伊德的人性压抑理论，批判了现代资本主义社会单面化的病态，发掘了被正统马克思主义忽视的人的感性解放问题，提出了从艺术审美领域来解放人的新感性的主张，其思想价值不仅体现于艺术与审美，更体现于现实与政治。其理论视野不仅着眼于当下，亦指向了未来，正如有学者所指出的：马尔库塞"是一位面向未来的预言家"②。但审美领域的感性解放，是否能直接转化为变革社会现实的行动？马尔库塞本人似乎也有点迷茫。虽然他一生都在苦苦求索，力图找到能够引领人类走向光明未来的灯塔，但令人遗憾的是，由于忽视了马克思主义唯物论的实践观点，他终生也没有发现航行的路向究竟在何方。

研究进行时

马尔库塞的爱欲解放论时常遭人误解，尽管他早就明确指出，爱欲并不等同于性欲，爱欲的范围要广阔得多，包括了人的一切生理活动及相关社会活动，但20世纪60年代，在美国社会出现的性解放浪潮中，许多人竟奉马尔库塞为重要的理论导师，这种理论误读曾令马尔库塞尴尬不已。

二、社会批判性与艺术自律性

马尔库塞从变革现实的政治目的出发，特别重视文学艺术的批判功能以及与之相关的艺术形式创造。他认为艺术不应是对社会现实的反映和摹仿，而应遵从艺术自律性，通过具有疏离效果的审美形式，实现对现实的反抗，完成对社会的批判。

马尔库塞对"具有疏离效果的审美形式"的重视，与阿多诺"反艺术"的主张是基本一致的。意谓艺术要完成审美救赎的使命，就不能像传统艺术那样，亦步亦趋地反映社会、摹仿现

① 马尔库塞．现代美学析疑．绿原，译．北京：文化艺术出版社，1987：42.

② 马尔库塞．审美之维．李小兵，译．北京：三联书店，1989：序言，20.

实，而是应该采取疏远现实的自主存在方式。马尔库塞曾明确强调："艺术尽管有其肯定的意识形态性的特征，它毕竟是一个唱反调的力量"①，他认为艺术的基本品质，就是"对既成现实的控诉，对美的解放形象的乞灵"，"正是基于这样一些方面，艺术在这里超越了它的社会限定，摆脱了既定的言行领域，同时又保持其势不可挡的存在风貌"②。也就是说，艺术只有以反抗性面目出现，不听命于既定社会的现实，使艺术的虚构世界与现实的经验世界形成不可调和的对立与冲突，才能构成对压抑的现实的反抗，才具有社会批判功能。就艺术本身来看，也只有如此，才能构成"美的解放形象"。

马尔库塞进一步强调，要实现艺术的社会批判及反抗功能，艺术创作必须追求具有自律性的审美形式。他在《审美之维》中阐明，他的看法与正统马克思主义不同，"艺术的政治潜能在于艺术本身，即在审美形式本身"。此外，他还认为，"艺术通过其审美的形式，在现存的社会关系中，主要是自律的。在艺术自律的王国中，艺术既抗拒着这些现存的关系，同时又超越它们"③。马尔库塞对审美形式有着明确的定义：所谓的"审美形式"，指的是把一种给定的内容（即现实的或历史的、个体的或社会的事实）变形为一个自足整体（如诗歌、戏剧、小说等）所得到的结果。也就是艺术通过语言、感知、理解等方面的重组和变形，创造出来的一个完全陌生化的、异在的世界。④ 由此可见，马尔库塞所说的"艺术自律"，主要是就艺术审美形式的独立自足性而言的。

在马尔库塞看来，正统马克思主义文艺观存在着以下明显的问题：首先，正统马克思主义文艺观认为艺术是由外在于自身的物质力量决定的，并且艺术只能表现既定现实的阶级关系，这类见解使主体性没有得到应有的重视，而被熔铸到了"经济基础-上层建筑"之中，个体的意识和潜意识也被严重低估。其次，艺术的内在自律性被严重忽视，导致了艺术精神的丧失。马尔库塞认为，艺术是虚构的世界，它能超越某一具体的经济基础和意识形态，固守于人的心理，而不受外在世界的制约。艺术不是直接干预社会现实，而应以其自足性，以自身特有的异在语言形式来显示社会现实。对社会的批判、人的解放与自由等，正是借助异在形式得以实现的。故而在马尔库塞看来，艺术作品价值判断的重要准则正在于，内容是否变成了形式，以及艺术形式相对于现实的自足性。

正是依据上述准则，与阿多诺相同，马尔库塞极为推崇超现实主义、象征主义等现代派艺术，如抽象派绘画与雕刻、意识流小说、布鲁斯和爵士舞曲等，认为它们是"批判的审美超脱"：它们表现出来的是与现实格格不入的放纵姿态，它们运用的是打破现实常态的、与既成语言体系彻底决裂的"造反语言"，它们创造出来的是新的情感表达方式。在这样的现代主义艺术中，内容失去了自身的地位，而由艺术的独立审美形式保持了对社会的批判性，以自由的审美世界克服了现实的压抑状态。

从西方文学艺术发展史来看，马尔库塞对艺术自律性的强调，尽管并无太多新意，但对于过分强调艺术与社会生活关系的正统马克思主义文艺学而言，则是难能可贵的弥补。此外，应予肯定的是，在霍克海默、阿多诺等人已经退向保守的政治圈时，马尔库塞依然明知不可为而为之，为理想摇旗呐喊，坚持不懈地从艺术实践出发，试图在审美乌托邦中探寻人类自由与解

① 马尔库塞．现代美学析疑．绿原，译．北京：文化艺术出版社，1987：8.

② 同①：7.

③ 马尔库塞．审美之维．李小兵，译．北京：三联书店，1989：189－190.

④ 同③：196－197.

放的路径，这显示了一个思想家应有的人格风范。

深度思考

马尔库塞以审美改造现实的乌托邦理想与马克思改造世界的实践观念相距甚远。马尔库塞所重视的改造现实的革命，是在艺术审美领域进行的，是在精神的刀光剑影中进行着的缺乏实体对象的抵抗。他所理解的人性解放，只是精神意义上的解放。他力图在审美世界中建立的理想王国，也只能是头脑中的虚幻世界。这表明，即使身处自由解放的美国，马尔库塞的哲学依然停留在德意志民族的精神世界中，艺术的批判也难以走出象牙塔，变成真正的实践行动。

第四节 詹姆逊的文艺观

弗雷德里克·詹姆逊（Fredric Jameson，1934— ），美国著名文化批评家，被称为“当代欧美最重要的马克思主义知识分子”。他 1954 年毕业于哈维福德学院，之后在耶鲁大学获硕士和博士学位，并先后在哈佛大学、加利福尼亚大学、耶鲁大学、杜克大学任教。主要著作有《马克思主义与形式》《语言的牢笼》《政治无意识》《后现代主义或晚期资本主义的文化逻辑》《地缘政治美学》《时间的种子》《单一的现代性》《论现代主义文学》等。詹姆逊以文学批评为中心贯穿起跨学科的诸多学术前沿问题，其文艺观在中国学术界产生了重要影响。

詹姆逊

一、政治无意识与文学阐释

20 世纪人文社会科学呈现出跨越学科边界的综合发展趋势，詹姆逊的文化阐释理论就是在这样的背景下产生的。詹姆逊汲取弗洛伊德的精神分析学说、弗莱的神话原型批评等理论成果，将其与经典马克思主义的理论学说结合，提出了自己的文学阐释概念——政治无意识。在詹姆逊看来，弗洛伊德的精神分析学说作为阐释系统，理论重心是愿望的达成或被视为个体存在的原动力的欲望。结合弗莱将文学看作神话的弱形式或仪式的晚期发展的观点，詹姆逊做出了这样的论断："一切文学，不管多么虚弱，都必定渗透着我们称之为的政治无意识，一切文学都可以解作对群体命运的象征性沉思。"[①] 在《政治无意识》一书中，詹姆逊对巴尔扎克、乔治·吉辛、约瑟夫·康拉德的小说文本，进行了政治视域的文化解读，在扩展文化阐释中政治视域广度的同时，吸取弗洛伊德—拉康的精神分析理论，突显了政治无意识的深度阐释特征，以此挖掘文本的内在力量。

"意义何在"是有关文学存在价值的常态追问。詹姆逊认为，从历史、政治、文化角度切入文本阐释，使显在的文化现实意义与潜在的心理欲望相沟通，能够更为深入地揭示文学叙事背后隐藏的象征意蕴。在具体阐释活动中，詹姆逊没有局限于对现实主义文学的文本解析，而是把"马克思之后"的现代主义、后现代主义文学文本亦纳入阐释范围，认为经典马克思主义世界观中的资本主义社会批判主题，同样适用于当代资本主义跨国资本和消费社会的特点。有所变化的是，政治的否定批判不再显现为激烈的斗争或颠覆行动，而是意识领域的变革欲望，这种欲望为被物化的现实所遮蔽却始终存在，并随时会因某种外在刺激而被唤起。詹姆逊致力于阐释并发掘的，就是这种潜在的政治意识，它更多时候以无意识的方式存在，因而常易被忽略。

詹姆逊指明有三个"同心框架"共同构成文学阐释活动的整体。首先是政治历史观，关注狭义的定期发生的事件和颇似年代顺序表的系列事件；然后是社会观，关注已不太具有历时性和时间限制意义的社会阶级之间的构成性张力和斗争；最后是历史观，关注最宽泛意义上的一系列生产方式，以及从史前生活到未来历史各种不同的人类社会构造的接续和命运。[②] 詹姆逊倡导文学阐释的历史化方向，拓展文学阐释的文化空间，对文学阐释活动中可能的偏见和教条倾向保持警觉，突出强调辩证批评、辩证思维的重要性，致力于将理论分析模式与文本解读实践密切结合。虽然詹姆逊理论著述的语言风格有些晦涩艰奥，但他对马克思主义理论立场的自觉坚守以及对文学阐释活动的思维空间的拓展，留给了我们诸多启示。

深度思考

20世纪80年代以来，在我国，随着文学观念的不断更新、文学研究方法的日渐多元化，文学批评活动中的政治意义探究渐趋淡化。詹姆逊的"政治无意识"理论给予我们的启示是：第一，文学批评中的政治视角不仅依然有效，且有着极为宽广的研究空间；第二，文学阐释中的政治视角，不应像原来那样偏狭简单，不应对文学文本与社会现实关系进行机械对照和教条式分析，而是应开掘、揭示文学作品所蕴含的精神世界的隐蔽意义，并给出辩证、系统的解说。

① 詹姆逊．政治无意识．王逢振，陈永国，译．北京：中国社会科学出版社，1999：59．
② 同①：63－64．

二、第三世界文学与民族寓言

“第三世界文学”是詹姆逊文艺观中的重要概念之一。“世界文学”是一个涵盖范围极广的文学研究概念，其中的“世界”语义，包含诸多民族、地域上的经济、政治差异，“发达”“发展中”或“不发达”的生产力水平差距，以及宗主国与殖民地间的政治对立等。詹姆逊的“第三世界文学”概念，是从“世界文学”中特别提取出来的，指称那些遭受过侵略压迫、有过被殖民经历的亚洲、非洲和拉丁美洲各民族的文学状况。在西方文学理论话语中，人们在论及世界文学时，往往以欧美文学为中心，为典范形式，漠视第三世界文学，漠视世界文学的丰富性。詹姆逊关注的问题是：在跨国资本主义背景下，第三世界文学如何抵抗第一、第二世界强势的文化霸权？如何确立自身文学文本的典范形式？第三世界文学在生产方式、内在意蕴、阅读行为等方面都与其他两个世界不同，具有独立个性与价值。作为第一世界的学者，詹姆逊值得肯定之处在于：对于典范与非典范形式的限度有着可贵的自省，致力于推动世界文学走出“唯我独尊”的西方中心主义，把文学阐释的视野转向第三世界。

詹姆逊有关文本解读的论著，常以“寓言”为关键词，如探讨电影的有“希区柯克的寓言化”，探讨文学的有“跨国资本主义时代的第三世界文学”的“民族寓言”，甚至把技术也看作“作为社会关系的寓言”。寓言在这里已全然不是古老的文学作品类型的含义，也不是文体范畴，而是包含多义性的语言表达方式，以及包含矛盾性的思想表现形式。

詹姆逊借助对第三世界文学文本的民族寓言性质的分析，将文学的阐释活动延伸到变革现实、反抗文化霸权的政治层面上来。詹姆逊认为，不同地域、民族、时代的文本中，存在着深刻的社会机制与意识形态的差别。历经殖民统治与掠夺的亚洲、非洲、拉丁美洲的文学，具备独特生产方式与意识形态内容，它们各以其独立的文本形式，与以典范自居的第一、第二世界文本形成了对抗。这种对抗，不是文本典范地位的争夺，而是自身作为独立存在体的印证；不是世界文学的补充，而是不可或缺的文本形式构成。詹姆逊进而指出，第三世界的一切文本必然是寓言式的，其特殊形式都可作为民族寓言（national allegories）被解读。在资本主义世界的文化因素中，个人与公众、诗与政治之间存在着根本的分裂，个人存在的生命体验无法同经济、政治的社会力量相一致，西方现实主义与现代主义小说就是这种分裂形式的文本验证。与此相反，在第三世界中，公众与个人、诗与政治不是分裂而是一种完满的融合。因此，第三世界文本必然以民族寓言形式显示出政治倾向，即“个人独特命运的故事总是第三世界公众文化与社会严峻形势的一个寓言”①，第三世界文学之所以与西方读者疏远，重要原因在于这样的文本形式与西方阅读习惯存在差异，但这并不意味着存在价值高低之别。

詹姆逊对第三世界文本的民族寓言分析，本质上是对第一世界文化的批判性反思。詹姆逊对第三世界文本独立地位与价值的强调，也预示了世界文学未来的发展方向。在世界文学的领地上，每个民族既是创造者，同时又是裁判者，文学无法被垄断，也不应存在霸权。

---

① Jameson. Third-World Literature in the Era of Multinational Capitalism. Social Text，Volume 15，1986：69.

分析举例

关于第三世界文本的“民族寓言”说，詹姆逊举出亚洲、非洲、拉丁美洲的著名作家作品为例证，阐明这些不同文本何以与本民族的历史经历、政治意识乃至经济状态和谐一致，个人的奇特经历和命运怎样内在地展示出民族心灵。例如以西方读者的阅读习惯，中国作家鲁迅的《狂人日记》首先会被解读为一个心理妄想病患者的谈话录，他确信周围的人向他隐瞒着一个可怕的秘密，即他们是吃人的人。而实际上，作品中隐含着深广的民族寓言意义：“吃人”是一个超出文本字面层次的关于中国社会残酷现实的比喻，即在等级森严的中国社会中，从无业游民到农民直到官僚政治中最有特权的达官显贵，都在毫不留情地吞掉他人来保全自身的性命。“吃人”不仅是狂人所恐惧的个人梦魇，而且是与公众世界俱存的社会梦魇。

三、后现代主义艺术的美学特征

詹姆逊的后现代主义批评理论在国际学术界享有盛名。他 1984 年发表于《新左派批评》的长篇论文《后现代主义或晚期资本主义的文化逻辑》在西方学术界产生了很大影响，被视为论述后现代主义的经典之作。詹姆逊以马克思主义立场，从社会形态入手分析后现代主义特征。他借鉴比利时马克思主义理论家曼德尔《晚期资本主义》中有关资本主义的社会分期法，提出了“文化分期”的观点，认为资本主义已经历了三个阶段：第一阶段是国家资本主义阶段，是形成国家市场的阶段，是马克思写《资本论》的时代；第二阶段是列宁所说的垄断资本或帝国主义阶段；第三阶段则是第二次世界大战后的资本主义，其主要特征可概述为晚期资本主义，或跨国资本主义。与这三个阶段相关联的文化有其各自的特点。从文学艺术角度看，第一阶段的艺术准则是现实主义，可以巴尔扎克等人的作品为标志。但随着时间的流逝，时代的进步，许多现代主义流派不断萌生，于是第二阶段便出现了现代主义艺术的繁荣。而到第三阶段，现代主义成为历史，代之出现的是后现代主义，其特征是文化工业的出现。[①]“后现代主义”这个概念不是美学或艺术风格方面的专门术语，而是相应的社会经济发展阶段的产物，从根本上说，是“晚期资本主义的文化逻辑”。

詹姆逊认为，自 20 世纪 50 年代末以来，随着以信息工业为主导的后工业时代的到来，自由市场与跨国资本对经济的控制力量迅速提升，商品化进一步渗透到社会生活的各个角落，而这，正是发达资本主义进入晚期的标志。与之相关，相对于现实主义的鲜明的社会批判性及现代主义对普遍的社会焦虑的表达，后现代主义呈现出全然陌生的文化特征：由批判现实的精英

---

① 詹姆逊．后现代主义与文化理论．唐小兵，译．西安：陕西师范大学出版社，1987：5.

姿态退守于大众的“美感上的民本主义”；文化已经从过去那种贵族化的“文化圈层”中扩张出来，进入了人们的日常生活，成为消费品；原来的诸多学科边界越来越模糊，失去了“差异化”；高雅文化和通俗文化、纯文学与通俗文学的距离正在消失。

与后现代主义文化的总体特征相对照，詹姆逊提炼出后现代主义在艺术领域的种种表现和美学特征，概括说来主要包括以下几个方面：首先，“拼贴”成为后现代主义艺术的审美形式表现。有创造力的形象和风格被机器复制的类象（simulacrum）代替，能指与所指之间的示意链消失，文本成为一系列毫无关联的因素的拼贴。詹姆逊所说的拼贴，是指“对一种特殊或独特风格的模仿，戴着文体的面具，说着已死的语言；但是它是一种中性的模拟方式”①。比较而言，现实主义艺术形象化地展现出现实生活世界，现代主义艺术张扬个人的独特风格，而在后现代主义艺术中，现实的形象图景或作者个人风格的印记已被抹去。其次，意义与价值的消解构成后现代主义艺术独具的价值内涵，思想深度模式消失，内容走向平面化。如果说现实主义作品中的社会倾向性、现代主义作品中无言的焦虑和独特的对语言表达方式的探索，使这些作品在内在价值方面都有深层内涵的话，后现代主义作品则把一切都平面化，不再提供任何可以解释的深度模式。詹姆逊对比了乔伊斯的《尤利西斯》和品钦的《万有引力之虹》等现代主义与后现代主义作品，认为后现代主义艺术作品中历史感或是过去意识的消失，使得美学意义上的深度已不存在。后现代主义否定了深度模式，在创作活动中也不再重视想象与表达，而只是写下文字而已。

作为一位西方马克思主义文艺批评家，詹姆逊深入探讨晚期资本主义的时代特征和经济特征，其后现代文化的研究具备独到的视野，对后现代主义艺术美学特征的分析影响广泛。

分析举例

詹姆逊通过对比凡·高的《农鞋》和安迪·沃霍尔的《钻石粉末鞋》，解读了现代主义与后现代主义的视觉艺术语言差异。他认为凡·高的作品中包含一种乌托邦的姿态，唤起了人们对画面所蕴含的农民处身其中的整个客体世界的悲惨情景的想象；而沃霍尔的画作则受商品意识的支配，以一种直接性和浅显性创造广告形象，面对这类作品，人们不自觉地成为广告文化诱导下的消费奴隶。

相关知识

詹姆逊概括了后现代主义的构成特征：其一，后现代主义文化现象内含一种新的浅显性，缺乏深度，这种无深度感既在理论方面也在影像文化中表现出来；其二，后现代主义艺术表现为历史连续性的削弱，个人跟公众“历史”之间的关系越来越少，对“时间”的体验也因历史感的消退而有所变化，一种“精神分裂”式的文化语言已经形成，并且在一些以表现时间经验

① 詹姆逊．文化转向．胡亚敏，等，译．北京：中国社会科学出版社，2000：5.

为主的艺术形式里产生出新的语法结构及句型关系；其三，后现代主义文化带给我们一种全新的情感状态，情感的表达同时意味着情感的消逝，现代主义的焦虑在后现代主义文本中以言说的方式被排除；其四，所有这些与整个新技术的深层构成关系，其本身就是关于整个新世界经济体系的一个形象，后现代主义文化现象是资本主义时代发展的总体特征的折射；其五，与现代主义明显区分开来，后现代主义以空间性替代时间性，世界系统的空间化特征在建筑及诸多影像文化形式中表现出来。①

第五节 伊格尔顿的文艺观

伊格尔顿

特里·伊格尔顿（Terry Eagleton，1943— ），英国当代最有代表性的马克思主义文艺理论家、文化批评家，出生于工人家庭，早年曾就读于教会学校，中学时代开始接受社会主义思想。1961年考入剑桥大学，师从英国著名文学批评家利维斯及老一代左派批评家雷蒙德·威廉斯等人，毕业后留校任教。后在牛津大学、曼彻斯特大学任教。主要理论著作有《马克思主义文学理论》、《瓦尔特·本雅明或走向革命批评》、《克拉莉莎被强暴：塞缪尔·理查逊小说中的书写、性欲和阶级斗争》、《文学理论导论》（又译为《二十世纪西方文学理论》、《当代西方文学理论》）、《审美意识形态》、《希思克利夫与大饥荒：爱尔兰文化研究》、《甜蜜的暴力》等。在文艺学研究方面，伊格尔顿以锐利直率的批评风格以及对西方文论与美学发展进行历史的爬梳见长。他善于将马克思主义的批评观念融于经典文学文本的解读，从人物经历或性格心理分析中提取其暗含的社会意识形态因素，在看似熟悉的理论语词或话语中挖掘丰富的文化意蕴。

一、文学的意识形态特质

“文学是什么”是文学理论的基本问题，也是一个理论难题。伊格尔顿认为文学具有历史的特定性，“文学，就我们所继承的这一词的含义来说，就是一种意识形态。它与社会权力问题有着最密切的关系”②。在伊格尔顿看来，意识形态与社会现实、政治有着密切的联系，但文学作品不是占统治地位的意识形态的简单反映，也不是作家所属社会集团或阶级的意识形态的反映。

① 詹姆逊．快感：文化与政治．王逢振，等，译．北京：中国社会科学出版社，1998：158.

② 伊格尔顿．二十世纪西方文学理论．伍晓明，译．西安：陕西师范大学出版社，1987：25.

在这一意义层面，文学的内涵与价值尺度直接与社会历史的变迁相关联，属于意识形态范畴。

针对所处资本主义社会的生产方式的特点，伊格尔顿从艺术生产角度指出："文学可以是一件人工产品，一种社会意识的产物，一种世界观；但同时也是一种制造业。……艺术可以如恩格斯所说，是与经济基础关系最为'间接'的社会生产，但是从另一意义上也是经济基础的一部分：它像别的东西一样，是一种经济方面的实践，一类商品的生产。"[①] 在这一意义层面，文学又不仅仅是意识形态的关联物，它同样与社会经济发展进程密切相关，甚至就是商品生产的一种特殊方式，因此，文学批评必须从文学艺术的生产实践中进行意识形态分析。这一见解指出并强调了文学艺术内含的经济基础特质，是对文学的社会意识形态分析的扩展和补充。

在《批评与意识形态》中，伊格尔顿把涉及文学批评领域的意识形态分为一般意识形态、作者意识形态和审美意识形态。一般意识形态是指一定社会中占统治地位的社会意识形态，反映的是个人与其社会条件的体验关系，以价值话语形态体现出来；作者意识形态是社会的一般意识形态在作者个体身上的独特体现，指作者被置入一般意识形态这一符号秩序的特有方式，这一置入是由多元因素决定的，包括社会阶级、性别、民族、宗教、地区等；审美意识形态是一般意识形态中的文化意识形态的一部分，包含审美的价值、意义、功能等。在伊格尔顿看来，文学艺术是审美意识形态的组成部分，文学的话语、风格、传统、实践以及文学理论等，都属于审美意识形态。

文学从历史发展的角度可归入意识形态范畴，从艺术生产的角度可归入经济领域的生产活动，文学艺术与经济基础、意识形态决非简单的一对一的关系。伊格尔顿以一种辩证、开放的方式论述了文学的意识形态特质，系统阐述了文学批评领域的意识形态类型，强调了文学作为审美意识形态的根本属性。伊格尔顿把文学活动的整个过程与物质生产过程相对应，认为文学的意识形态意义也在这个动态过程中始终存在，并从作者、文本、读者的不同侧面体现出来，最终与社会意识形态相互贯通。结合文化生产的逻辑程序与现实可能，伊格尔顿着意要把迷路的文学拉回到意识形态的家园，促使文学承担起它所肩负的充实社会人生、帮助历史实现自我救赎的使命，从而实现更高的文化价值目标。

深度思考

在我国，由于过分强调政治意识形态，文学的发展曾长期被束缚，但完全回避政治，回避意识形态，同样也会影响文学的发展。以事实来看，文学艺术，不论如何界定其特性，如何论证其本体，从整体上说，毕竟是与社会生活密切相关的人类精神活动的产物。作为艺术活动，文学当然有其"自律性"，但古今中外的许多伟大作品，又往往与深刻的社会、政治问题相关。据此可进一步看出，伊格尔顿所强调的文学的审美意识形态特质，深入探讨意识形态与文学生产活动之间的关联，是有其辩证性与合理性的。

---

① 伊格尔顿．马克思主义与文学批评．文宝，译．北京：人民文学出版社，1980：65-66.

二、文化视野中的文学批评观

伊格尔顿的文化批评观以对资本主义的社会文化批判为基础，强调把文学置于文化的大语境中加以考察，体现着马克思主义批评观的延续。作为英国新左派知识分子阵营中的后来者，伊格尔顿以马克思主义理论立场明确定位文化的多层面意义，以文化研究方式剖析资本主义现实的不平等与压抑状态，深入考察探索文学文本与美学思想史，以及包含政治批评在内的文化批评的途径和方法。

伊格尔顿这样界定了“文化”的内涵，指出：“文化一词的当代用法似乎主要有三个意义，而且最重要的是三个意义相互关联。第一，文化可以指价值得到认同的具体的思想和艺术作品以及制作和分享该作品的过程。第二，由此扩展开去，可以指一个社会的所谓‘情感结构’，是社会的生活方式、习俗、道德、价值观等组成的不断变迁但无法触摸的综合体，是习得行为和信念所形成的渗透性氛围，它将自己相当含混地记在社会意识里……第三，进一步扩展开去，文化当然可以指制度意义上的社会的整个生活方式，包括艺术、经济、社会、政治和意识形态等相互作用的所有成分，它们构成生活经验的总体，决定了这样而不是那样的社会。”① 据此论述可以看出，伊格尔顿是由极为广博的视野着眼来把握文化概念的，他所说的文化，已涵盖了以人的活动为标志的几乎所有层面。在他看来，人的活动及其不同形式的结果代表着无限丰富的文化样态。

《呼啸山庄》书影

伊格尔顿将文学人物的个案情形与广泛的社会境况相联系，构建文学-美学、社会-政治相互沟通的理论场域，并具体将之用于文学批评活动。作为爱尔兰移民的后裔，伊格尔顿对处身英国资本主义社会中的边缘身份和底层民众的境遇有着深切的感受，他对文学文本的文化批评便常常聚焦于英国主流社会对爱尔兰人的歧视与压迫这一视点。例如对于唯美主义作家王尔德，伊格尔顿提醒人们关注他的爱尔兰人身份。他在评述作家“终其一生都表现出对被剥夺者的同情和怜悯”的思想特质后，痛切地指出：“爱尔兰人一定要记住自己的历史，因为英国人总在忘掉这一历史。西格蒙德·弗洛伊德提醒我们，没有真正记住的东西是注定要重复的。”② 在评论《呼啸山庄》的专著《希思克利夫与大饥荒：爱尔兰文化研究》中，伊格尔顿结合小说的情节材料与叙事结构，揭示了希思克利夫的身份及人物命运的深层意义，认为这是一部爱尔兰谱系的小说，其中希思克利夫集压迫者和被压迫者于一身，他身上体现了爱尔兰革命的各个阶段。伊格尔顿的文学批评活动以文化与社会做问题框架，把文学视为整个文化构成的一部分，从而凸显了文学的政治性与社会性。

① 伊格尔顿．历史中的政治、哲学、爱欲．马海良，译．北京：中国社会科学出版社，1999：129.

② 同①：326.

伊格尔顿的文化批评理论更为深入细致之处在于，他将文化区分为普世文明意义上的一般文化（culture）和各种各样的具体文化（cultures）。他认为，一般文化是人类生活的价值，植根于人类共同的审美和道德情感，是各种具体文化的监护者；各种具体文化反映人类生活的私人化领域，包含了多种矛盾和差异。一般文化在多样性中汇聚一致性，具体文化则强调个性、差异。伊格尔顿进一步用“文化战争”（culture wars）解说一般文化与具体文化之间的紧张关系，试图从文化角度阐释当今世界频发的地域冲突、民族冲突、宗教冲突等问题。在文学文本分析和文学理论中阐述的文化批评观念，属于伊格尔顿文化批评理论的一个部分，体现出他坚持文学批评的大视野、注重文学本身的外部性联系及其政治实践指向的理论立场。

综合看来，伊格尔顿自觉坚持将政治批评与历史分析、审美评价融为一体的批评观与批评方法，注重将马克思主义批评理论中鲜明的政治倾向性延伸到文学研究活动以及对社会现实的文化批判中。

相关知识

20世纪70年代以来的西方马克思主义理论成就，从整体上已缺乏法兰克福学派的群体思想冲击与集体性影响。但在英国，新左派批评仍在占据着思想界的显赫位置，利维斯（《细绎》之主编）、雷蒙德·威廉斯、佩里·安德森（《新左派评论》之主编）一直在带动和影响着激进的社会批评与文化批评的潮流。其中佩里·安德森的《西方马克思主义探讨》《当代西方马克思主义》等书，在将西方马克思主义学术成果引入英语世界方面起到了直接的推动作用。伊格尔顿的文化批评理论正是在英国的这样一种理论氛围中产生的。

【本章关键词】

否定的辩证法（negative dialectics）：阿多诺社会批判理论的核心概念之一。传统哲学讲究同一、共性、整合、和谐，而否定的辩证法则主张非同一性，强调差异化和异质性，强调个别性和特殊性，反对概念化和体系化，主张绝对的否定，反对综合统一，排斥肯定性，反对传统的否定之否定思想。

文化工业（culture industry）：阿多诺和霍克海默提出的理论概念，指的是伴随着现代传媒技术而生，以精神符号生产为主，采用了工业化流水线大批量的生产方式，迎合文化消费者的需求，重在赚取利润并以此为目的的产业。

寓言式批评（allegorical criticism）：本雅明的批评概念之一。本雅明认为，寓言是观察世界的普遍方式，它用破碎的、断裂的结构方式，以反讽和隐喻的艺术手法指向历史真实，揭示世界的阴暗、自然的颓败以及人性的堕落。寓言具有同现实疏离、与现实社会悖逆的意义。本雅明运用寓言理论批评了布莱希特的史诗剧、卡夫卡的小说、波德莱尔的抒情诗、普鲁斯特的意识流小说等现代主义艺术家的作品。

灵韵（aura）：本雅明的艺术批评概念之一。本雅明是在借喻意义上使用“灵韵”之语的，意谓传统的艺术作品，缘其即时即地性与独一无二性，会呈现出类乎光线作用下的自然物那样的一种神秘莫测，令人心醉神迷乃至膜拜敬畏的特征。而许多现代艺术品因其机械复制性，已丧失这种灵韵。

意识形态（ideology）：马克思主义最为重要的概念之一。最早由法国的特拉西提出，马克思、恩格斯和列宁等人均曾予以阐述。马克思和恩格斯认为，意识形态是统治阶层特定的观念体系，是为维护自身统治而编造的幻象、虚假意识，是上下颠倒的现实。但不同的西方马克思主义思想家对其看法大不相同，其中为更多人所认可的看法是：意识形态是某一社会群体所共有的观念体系，具有很强的社会阶层性。

异化（alienation）：马克思主义的哲学概念之一。马克思曾在《1844年经济学哲学手稿》中进行过详细阐述。他认为，随着私有制和社会分工的出现，人所从事的生产劳动已成为一种异己力量，成为统治人的工具。在异化劳动中，人丧失了自己的主观能动性，丧失了全面自由自觉发展的可能，只能得到片面的发展。资本主义社会是异化极为严重的社会，只有消灭了私有制，异化才能得到消除。西方马克思主义的众多学者认为，在发达资本主义时期，异化不仅没有减轻，反而加剧了。如科学理性便是资产阶级进行意识形态控制，实施异化的重要手段之一。

【推荐阅读】

陈学明．西方马克思主义教程．北京：高等教育出版社，2001.

阿多诺，德里达，等．论瓦尔特·本雅明：现代性、寓言和语言的种子．郭军，曹雷雨，译．长春：吉林人民出版社，2011.

徐崇温．西方马克思主义．天津：天津人民出版社，1982.

徐崇温．“西方马克思主义”论丛．重庆：重庆出版社，1989.

衣俊卿，等．20世纪的文化批判：西方马克思主义的深层解读．北京：中央编译出版社，2003.

赵勇．整合与颠覆：大众文化的辩证法．北京：北京大学出版社，2005.

张秀琴．西方马克思主义意识形态理论的当代阐释．北京：中国传媒大学出版社，2005.

张一兵，等．西方马克思主义哲学的历史逻辑．南京：南京大学出版社，2003.

周穗明．20世纪西方新马克思主义发展史：上、下．北京：学习出版社，2004.

阿格尔．西方马克思主义概论．慎之，译．北京：中国人民大学出版社，1991.

杰伊．法兰克福学派史．单世联，译．广州：广东人民出版社，1996.

安德森．西方马克思主义探讨．高铦，等，译．北京：人民出版社，1981.

【思考题】

1. 什么是文化工业？阿多诺认为文化工业对文化的发展有什么影响？
2. 怎样理解本雅明所说的寓言式批评？
3. 本雅明是如何看待机械复制对艺术的影响的？
4. 马尔库塞是如何看待现代艺术的？
5. 詹姆逊是怎样理解后现代艺术特征的？
6. 詹姆逊所说的民族寓言指的是什么？
7. 伊格尔顿是怎样论述审美意识形态的？

第十四章
形式主义与新批评文论

概　述

形式主义文论主要是指1914年至1930年在俄国盛行的文学批评思潮，它深受以索绪尔为代表的日内瓦语言学派、欧洲胡塞尔现象学哲学、俄国象征主义文学以及未来派诗歌等思潮的影响。其基本理论主张是：反对传统的摹仿说，重视文学形式的本体意义，强调文学研究的主体是“文学性”。其组织形式以1915年以罗曼·雅柯布逊为首成立的“莫斯科语言学学会”和1916年以什克洛夫斯基为首成立的“彼得堡诗歌语言研究会”（也常根据缩名称为“奥波亚兹”）为核心，其成员多为莫斯科大学和彼得堡大学的青年学生。前者包括维诺库尔、布里克、托马舍夫斯基等人，后者包括艾亨鲍姆、雅库宾斯基、鲍里瓦诺夫、特尼亚诺夫、日尔蒙斯基等人。20世纪20年代中后期俄国形式主义在国内遭到了批判而日渐销声匿迹。后来雅柯布逊、什克洛夫斯基以及艾亨鲍姆等人先后流亡到捷克，创立了布拉格学派。

“新批评”是在俄国形式主义影响下，于20世纪30年代形成于美、英诸国，并于四五十年代在美国文坛占据统治地位的一种文艺批评思潮，其理论基点亦是以文本形式为中心的。“新批评”一词源于美国文艺批评家兰色姆1941年出版的《新批评》一书，但学术界通常将T. S. 艾略特和I. A. 瑞恰兹视为这一流派的直接开拓者。艾略特在《传统与个人才能》一文中提出了文学创作“非个性论”的论断，这一论断构成了新批评文论的基石。英国文艺理论家瑞恰兹所强调的语义分析为新批评提供了基本的批评方法。在“新批评”学派中，有影响的人物还有美国文艺理论家韦勒克、威廉·K. 维姆萨特、蒙罗·C. 比尔兹利、克林斯·布鲁克斯、艾伦·退特，英国文艺理论家威廉·燕卜逊等人。兰色姆提出了“本体论批评”的口号，强调文学是一种封闭的、独立自足的存在，反对进行作家情感、历史内容、道德阐释等外在的研究。维姆萨特和比尔兹利则提出了“意图谬误”与“感受谬误”两个著名的概念。“意图谬误”指出：就衡量一部文学作品成功与否来说，作者的构思或意图既不是一个适用的标准，也不是一个理想的标准。其锋芒所向直指实证主义或浪漫主义文学批评。“感受谬误”是指：以读者情感波动弧度的大小评判作品的优劣，是将诗和诗的结果相混淆的谬误，最终会导致印象主义和相对主义。布鲁克斯提出了“细读法”，主张文学批评应是对批评对象的描述和评价，并对文学语言中的“悖论”（paradox）与“反讽”（irony）特征进行了论述，将之视为文学尤其是诗歌语言的基本特征。退特借用物理学的“张力”术语，燕卜逊从“复义”着眼，更为深入细致地分析了诗歌语言的特点。

20世纪50年代以来，俄国形式主义与新批评文论虽已先后衰败，但其基本理论观点与方法已在西方文学批评实践中留下了深刻的影响。本章主要介绍俄国形式主义文论的代表人物什克洛夫斯基、雅柯布逊与“新批评”开拓者艾略特的文艺观。

第一节 什克洛夫斯基的文艺观

《散文理论》书影

维克托·什克洛夫斯基（Виктор Борисович Шкловский，1893—1984）出生于彼得堡的一个普通中学数学教师家庭。他从小喜爱俄罗斯语言文学，尤其是普希金的抒情诗，青年时代在彼得堡大学历史语言学系学习，与马雅可夫斯基、赫列勃尼科夫等未来主义诗人相交甚密。1913年12月，当时是一年级大学生的什克洛夫斯基在未来派的一次讨论会上，做了题为“未来派在语言史上的地位”的报告，该报告1914年整理成著作《词语的复活》出版。后来他与一群立志“创造”新的诗歌语言的青年人一道成立了彼得堡诗歌语言研究会，什克洛夫斯基由此与俄国形式主义结下了不解之缘。他的《作为手法的艺术》一文被艾亨鲍姆称为形式主义学派的宣言。其著述另有《罗扎诺夫》《骑士运动》《文学与电影》《散文理论》《汉堡记分法》《托尔斯泰的小说〈战争与和平〉中的材料与风格》《赞成与反对：陀思妥耶夫斯基研究随笔》《列夫·托尔斯泰传》《关于小说的故事》等。

一、艺术是纯粹的形式

什克洛夫斯基有一句名言：“艺术永远是独立于生活的，它的颜色从不反映飘扬在城堡上空的旗帜的颜色。”① 他曾宣称：“艺术是超情绪的，艺术里没有爱，艺术是纯粹的形式。”② 何谓“城堡上空的旗帜的颜色”？它意味着现实生活当中最主流或者最庄重、最神圣等的精神意义取向。言外之意，文学艺术是独立于政治、道德和宗教等各类意识形态的，它具有自身的本

① 朱立元．当代西方文艺理论．上海：华东师范大学出版社，1997：44.

② 什克洛夫斯基．散文理论．刘宗次，译．南昌：百花洲文艺出版社，2010：80.

质和内部规律。他在其著作《散文理论》的前言中谈到，自己在文学理论中从事的是其内部规律的研究。如以工厂生产来类比的话，那么，他感兴趣的不是世界棉纱市场的形势，不是托拉斯的政策，而只是棉纱的支数和纺织方法。

基于这一立场，什克洛夫斯基对“艺术即形象思维”这一传统美学原则提出了批判。他认为在“诗是一种特殊的思维方式，即形象思维方式”这一命题背后，往往隐含着形象思维能在某种程度上节约智力，能产生“过程的相对轻松感”，“是吸聚多变的统觉经验的固定手段”，“是某种比被解释之物简单明了得多的事物”① 这类主张。他嘲笑上述见解的生硬性以及虚妄性。第一，按照这个原则，音乐、建筑艺术和抒情诗也会被理解为形象思维的削足适履式的荒唐，因为它们其实都是直接诉诸情绪的。第二，如果艺术即形象思维，那么艺术史就应该是形象变化的历史。但事实上，形象几乎固定不变。“形象从一个世纪到另一个世纪，从一个国度到另一个国度，从一个诗人到另一个诗人之间流动，毫无变化……你对一个时代知之愈深，就愈加相信，你原来认为系某个诗人独创的形象，实际取之别人，而且几乎原封不动。……形象是现成的，在诗歌里，对形象的回忆要大大超过用形象来思维。”② 故而在什克洛夫斯基看来，形象思维至少不是一切艺术门类的特点，甚至也不是一切种类语言艺术的共同点。一言以蔽之，形象的变化不是诗的运动的实质所在。第三，由于高超的文体妙在以最少的字数传达最多的思想，因而形象思维节约精神力量的见解是有一定道理的，“但由于不了解日常语言规律与诗歌语言规律的区别，这一思想也被推而广之于后者”③。在他看来，作为日常生活交际的语言，说话的意义是最重要的成分，其他的一切均是为其服务的手段，而文学语言的内容却没有它的语言外壳重要，表达（形式）就是目的。他举例说：“我们到处都可以遇到艺术的这样一个特征：它是有意地为那种摆脱接受的自动化状态而创作的……因而它‘人为地’创作成这样，使得接受过程受到阻碍，达到尽可能紧张的程度和持续很长时间，同时作品不是在某一空间中一下子被接受，而是不间断地被接受。‘诗歌语言’正好符合这些条件……这样我们就可以把诗歌确定为受阻碍的、扭曲的语言。”④

正是基于上述理由，什克洛夫斯基一反传统的形式与内容二分的理解，将文学艺术的自足性落实在“形式”乃至“词语”方面。在他看来，文学形式这个表述或者指称功能，不是相对于内容而言的，而是相对于文学的另一种模式而言的。“所有的艺术品都是作为一个现有模式的比较物和对照物而被创造出来的。一个新的形式不是为了表达一个新内容，而是为了取代已经丧失其艺术性的旧形式。”“文学作品是纯形式，它不是物，不是材料，而是材料之比。”⑤ 什克洛夫斯基进而指出，文学形式的自足性最终具体体现在文学语言的界定以及对文学语言特征的认识上。他的看法是：文学语言不同于作为交流、传达信息工具的一般语言，文学语言丧失了语言的社会功能，而只有“诗学功能”。因此，文学作品的独立自足性，从根本上来说，自然表现在文学语言的运用及修辞技巧的组织安排等方面。

---

① 什克洛夫斯基．散文理论．刘宗次，译．南昌：百花洲文艺出版社，2010：5.

② 同①：6.

③ 同①：6.

④ 朱立元，张德兴，等．西方美学通史：第六卷．上海：上海文艺出版社，1999：236，241.

⑤ 同④：236，241.

深度思考

俄国19世纪著名文艺理论家别林斯基在《1847年俄国文学一瞥》中，有一段关于“形象思维”的“经典性”论述：“哲学家用三段论法，诗人则用形象和图画说话，然而他们说的都是同一件事。……一个是证明，另一个是显示，可是他们都是说服，所不同的只是一个用逻辑结论，另一个用图画而已。”与什克洛夫斯基同时代的俄国学者波捷勃尼亚等人曾进一步宣扬了这类见解。考之人类的文学艺术实践，这样一种侧重于文艺认识功能的“形象思维”论，实在是太浅陋了。什克洛夫斯基从“形式”“文学语言”着眼，强调文学艺术的自足性，虽也有割裂了与现实生活联系的偏颇，但毕竟更为切合“文学是语言的艺术”这一基本特性。

二、“陌生化”的艺术手法

“陌生化”（又译为“反常化”“奇异化”）是什克洛夫斯基形式主义理论的核心概念，也是俄国形式主义文论的关键词之一。什克洛夫斯基所说的“陌生化”，指的是“把形式艰深化，从而增加感受的难度和时间的手法”，是“复杂化形式的手法”①。具体来说，是指通过情节构思、叙事方式、语言组合等特定艺术手段，给予读者新鲜审美感受的创作方式。什克洛夫斯基认为，在日常生活中，人们受制于传统认知，在许多方面已习惯化、自动化了，对周围世界已经麻木，缺乏新鲜感受，一生都在机械的应付中生活，艺术之于人类的意义正在于，以“陌生化”程序，增加人们感受事物的难度和时延，打破对事物的既成认知，唤起新的感受，“艺术更新人类的记忆”②。

什克洛夫斯基还在比较“视觉”与“认知”的基础上，进一步阐发了“陌生化”的美学原则，强调艺术应制造一种对事物的特殊感受，即产生“视觉”而非“认知”。他认为只有制造出新的“视觉”，才能“使石头更成其为石头”，才能“使你对事物的感觉如同你所见的视像那样，而不是如同你所认知的那样”③。正是在此意义上，什克洛夫斯基断言：“艺术是一种体验事物之创造的方式，而被创造物在艺术中已无足轻重。”④

在分析“陌生化”手法时，什克洛夫斯基曾以列夫·托尔斯泰的小说《霍尔斯托密尔》为例指出，该小说由一匹马出面来讲故事，于是事物就被马的感觉陌生化了。比如马对私有制的感觉：“……我怎么也不懂，把我称为某人的所有物是什么意思。‘我的’这几个词是针对我，

---

① 什克洛夫斯基．散文理论．刘宗次，译．南昌：百花洲文艺出版社，2010：10.

② 同①：6.

③ 什克洛夫斯基，等．俄国形式主义文论选．方珊，等，译．北京：三联书店，1989：6.

④ 同③：6.

一匹活生生的马说的。在我看来，这几个词和‘我的土地’、‘我的空气’、‘我的水’这些词一样奇怪。但这几个词却对我产生了巨大影响。我对这件事日思夜想，只是在和人们发生了各种不同的关系很久以后，我才终于明白人们赋予这些奇怪字眼的含义。这些词的意思是这样的：人们在生活中不是以做的事，而是以说的话为依据的。他们所热衷的与其说是能做或不能做什么事，不如说是能就各种东西讲一些他们之间约定的一些话。……他们约定，关于某一件事物只有一个人能够说：我的。谁按照他们之间规定的这种游戏能够把最多数量的东西称为‘我的’，谁就被他们认为是最幸福的人。为什么要这样，我不知道，但事情就是这样。原来在很长时间里我努力以有某种直接的好处来解释这事，结果这并不正确。”① 什克洛夫斯基认为，托尔斯泰正是通过如此的陌生化手法，打破了人们的寻常观感，创造出一个新奇的马眼睛中的人类世界，从而给人以新的审美感受。在他看来，这也就是艺术之为艺术的奥妙所在。

什克洛夫斯基还进一步指出：“艺术——是怜悯与残忍的代言人，是重新审理人类生存法则的法官。”② 在他看来，“陌生化”的艺术手法，恰可有助于实现艺术的这类功能，即不仅打破人们的习惯性认知，给读者以新的审美感受，且有助于借此重审人类的生存状况。他在分析托尔斯泰的小说《霍尔斯托密尔》时，即曾论及，托尔斯泰正是经由“马的眼睛与口吻”的陌生化手法，嘲讽了一个离奇而荒诞不经的人类社会。他又论及，正是这类“陌生化”手法，在更深层次上影响了托尔斯泰作品的价值，即“动摇了托尔斯泰的信仰，触及了他久久不愿触及的事物”③。由此可见，什克洛夫斯基在探讨艺术形式问题时，亦注意到了形式会反作用于作品的内容。

相关知识

俄国的形式主义者多数是语言学家，他们深受日内瓦学派尤其是瑞士语言学家索绪尔语言学思想的影响，索绪尔把言语活动分成“语言”（langue）和“言语”（parole）两部分。强调语言是言语活动中的社会部分，不受个人意志的支配，是社会成员共有的社会心理现象；言语是言语活动中受个人意志支配的部分，它带有个人发音、用词、造句的特点。索绪尔还提出，语言是由“能指”（signifiant）和“所指”（signifie）两部分组成的一种符号系统，具有符号的任意性与符号构成的线性序列。语言的含义要由它在系统里所处的地位决定，也即由它与其他要素的关系来决定。这个地位或关系就是它在系统中的“价值”。他特别强调语言的共时研究以区别于历时研究，认为语言学家必须排除历史，才能把语言的系统描写清楚。俄国形式主义将现代语言学的研究方法作为文艺理论研究的主导模式，注重文学语言与非文学语言的区分，强调在共时性的维度上关注文学艺术的形式。反对根据作家、环境、心理等外部因素来研究文学艺术作品。俄国形式主义存在的时间虽比较短暂，但这一思路影响深远。从其后的新批评、法国结构主义批评乃至布莱希特的“间离效果”等均可以看出俄国形式主义的先驱意义。

---

① 什克洛夫斯基．散文理论．刘宗次，译．南昌：百花洲文艺出版社，2010：12－13.

② 同①：84.

③ 同①：16.

第二节 雅柯布逊的文艺观

罗曼·雅柯布逊（Roman Jakobson，1896—1982，又译为雅柯布森、雅各布森），俄国语言学家、文艺理论家，俄国形式主义美学的主要代表人物之一，也是结构主义的奠基人之一。他1918年毕业于莫斯科大学。在莫斯科大学学习期间，他创建了莫斯科语言学小组，投入形式主义运动当中。1921年迁居捷克斯洛伐克，成为布拉格语言学小组最活跃的成员之一。1941年移民美国，先后在哥伦比亚大学、哈佛大学、麻省理工学院任教授，主要从事音位理论和理论语言学研究。主要著作有：《俄罗斯现代诗歌》、《言语分析初探》（合著）、《语言原理》（合著）等。罗兰·巴特曾评价道，雅柯布逊最杰出的贡献在于他运用自身深广的语言学修养，建立起一种语言学诗学批评方法。

一、文学研究的对象是“文学性”

雅柯布逊强调，任何一种文化形态都有其自身的具体特性，文学也同样应该有“文学性”。他明确提出文学科学的研究对象不是文学，而应是“文学性”。雅柯布逊所说的“文学性”，指的是使一部作品成为文学作品的东西，具体表现在文学作品的结构原则、构造方式、韵律、节奏及特定的语言组合等方面。在雅柯布逊看来，这样一种“文学性”，自然不能从社会生活、作品内容等方面去寻找，只能从构成文学作品的独特形式着眼。只有由形式着眼，才能准确地把握“文学性”，才能使文学研究达到科学的境地。在雅柯布逊看来，以往文学研究的失误正在于，文学史家们仿佛忘记了每一种对象都分别属于一门科学，而忽视了文学自身的特性。他们的研究往往无所不用，常常将诸如个人生活、心理学、政治哲学等，凑成一堆雕虫小技，而这显然已远离了文学科学，不可能真正把握到“文学性”。

雅柯布逊进而指出，文学性不存在于某一部文学作品中，它是一种同类文学作品普遍运用的构造原则和表现手段，因此，不能从单部文学作品中去寻找，而应从文学的整体着眼，探讨具有普遍性的原则与手段。雅柯布逊对形式主义文论的独特贡献，也是开启了结构主义文论的重要原因即在于：着眼于整体观，自觉将语言学引入诗学研究，力图以语言学的科学性来支撑、论证诗学研究的本体论追求。

语言学界一般认为语言交流包括三种功能：认知（指称）功能、呼吁功能、情感功能。雅柯布逊在《语言学与诗学》中则提出了著名的语言六要素、六功能说。他认为任何言语交际都包含语境、说话者、受话者、接触、代码、信息六个要素，与之相应，言语体现为六种功能，即侧重于语境的指称功能、侧重于说话者的情感功能、侧重于受话者的呼吁功能、侧重于接触的交际功能、侧重于代码的元语言功能、侧重于信息本身的诗性功能。在此基础上，雅柯布逊指明：文学语言的特征是“纯以话语为目的，为话语本身而集中注意力于话语——这就是语言的诗歌功能”[1]。在这样的诗歌功能中，“符号和指称不能合一”[2]。也就是说，在雅柯布逊看来，文学之所以成为文学，根本原因在于：在其话语中，诗性功能占据主导地位，而其他功能则降到最低限度。正因如此，文学语言与其他语言形式不同，是内指性的，不以传达信息为目的，而在于话语自身的构成，在于自己独特的语言表达形式。

由雅柯布逊的语言功能理论可知，在雅柯布逊看来，在人类的语言活动中，所有话语其实都是具有诗性功能的，只不过在文学活动中，诗性功能异常凸显而已，文学的独特价值正在于强化了其话语中的诗性功能。雅柯布逊所阐明的这样一种语言诗学观，无疑更具科学性与辩证性。文学，说到底，毕竟是人类的话语形式之一，但又是一种独特的话语形式。据此，我们可更为科学地认识文学性。

《俄国形式主义文论选》书影

分析举例

在论述语言的诗性功能时，雅柯布逊举过这样一个例子：“你为什么总说琼和玛杰里，而不说玛杰里和琼？这对双胞胎姐妹，你是不是更喜欢琼？”“没有的事，只不过这么说更顺耳而已。”[3] 当两个专名并列时，说话的人总是有意无意地先说较短的那个，这与话语的信息本身无关，并没有所谓隐秘或者复杂的缘由，完全是由这句话自身的结构（前短后长）形成的，是因这样说起来更为顺畅自然。雅柯布逊是要以此为例说明：正是语音、文字组合之类形式因素，体现了语言的诗性功能，并据此使诗歌语言区别于其他语言。雅柯布逊的分析论述可使我们联想到中国南北朝民歌《木兰诗》中关于木兰从军准备的叙述：“东市买骏马，西市买鞍鞯，南市买辔头，北市买长鞭。”这种“东、西、南、北”的敷陈及方位序列，其价值也显然不重在信息传达，而是在于强化语言的诗性功能。

二、诗性功能：隐喻和换喻

在探索文学语言的特征时，雅柯布逊以索绪尔语言学为依据，对隐喻和换喻（转喻）进行

① 波利亚科夫．结构—符号学文艺学．佟景韩，译．北京：文化艺术出版社，1994：181.

② 赵毅衡．文学符号学．北京：中国文联出版公司，1990：106.

③ 雅柯布森．雅柯布森文集．钱军，王力，译．长沙：湖南教育出版社，2001：56.

了深入研究，指出两者是一种二元对立的模式，代表了语言的共时性模式与历时性模式，并通过对具体文学作品的分析，揭示了隐喻和换喻对于不同文体、不同创作手法的意义。

雅柯布逊提出：话语段（discourse）的发展可以沿两条不同的语义路线进行，即一个主题通过相似性关系或者毗连性关系引导出下一个主题，前者可以用“隐喻过程”来称谓，后者可以用“换喻过程”来说明。雅柯布逊举了一个心理学测试的例子来加以说明：研究者将一个名词展示给儿童，然后要求他们说出头脑里最初的言语反应，发现所有的回答不是对刺激物的替换，便是对它的补足。如“棚屋”（hut）这个词，反应之一是“烧毁了”（burnt out）；反应之二则为“是一个简陋的小屋”（is a poor little house）。第一个反应制造出一个纯叙述式的顺序性语境（context），是对主语的补足；第二个反应产生位置上的毗连性和语义上的相似性，是对主语的替代。“替代”体现了语言的选择能力（纵聚合），而“补足”则体现了语言的组合能力（横组合）。选择具有共时性向度，组合具有历时性向度。在聚合轴上，许多意义相近甚至相反的词语垂直聚合在一起，构成对等关系，供人们在进行语言表达时选择。如对于“棚屋”来说，（hut）在聚合轴体现替换性功能的还有：同义词“窝棚”（cabin）和“茅屋”（hovel），反义词“宫殿”（palace）以及隐喻“山洞”（den）和“地穴”（burrow）等等。[①] 雅柯布逊指出：“特定的个人正是在其两个方面（位置和语义）——通过选择、组合或归类——运用上述两种类型的联系（相似性和毗连性），从而显示出个人风格、趣味和语言偏好的。”[②] 雅柯布逊在此提出个人语言风格的语言学分析方法。

雅柯布逊在阐述了普通语言学的理论分析方法后，进而指向语言学诗学分析，认为“诗歌功能就是把对应原则从选择轴心反射到组合轴心”[③]。这一见解当是理解雅柯布逊诗学理论的关键，其中包含三个重要概念：对等原则、选择轴、组合轴。所谓对等原则，是指在具体诗歌文本中，在组合轴上看似不相干的词，由于有聚合轴上的等值参照，在文本中的上下句、上下节之间进行选择与组合。在这一过程中，可实现意义的衔接或者渲染生成，表现在文本中就体现出功能或意蕴的等价关系，如诗句“那些寂寞的花朵/是春天遗失的嘴唇”（海子《历史》）。从日常语言来看，“花朵”与“嘴唇”毫不相干，它们只是在纵聚轴上的不同名词，但是在诗歌中由于采取“隐喻”的方式，看似不相关的意象，在组合的过程中就产生了难以“言”（日常语言）传的诗意。又如李商隐《锦瑟》中的诗句“沧海月明珠有泪，蓝田日暖玉生烟”则属于上下句之间的组合，两个用典似乎不相关，然而这两句对仗式的组接，经与后两句“此情可待成追忆，只是当时已惘然”的组合或者说破题，就营构出意象鲜明而又意蕴无穷的“惘然”之情怀。在雅柯布逊的诗学理论中，隐喻与换喻不再仅仅是两种孤立的修辞手法，而是构成既对立又相互连接的表意结构系统，是诗性功能得以实现的基本模式。隐喻以实在的主体同它的比喻式的代用词之间的相似性和类比为基础，换喻则以人们在实在主体和“邻近的”代用词之间的接近联想为基础。而它们须在对等原则下实现诗意功能。雅柯布逊认为，对等（或对应）原则是指诗歌的纯形式结构，而非话语意义。不但词语的选择应当遵从，诗歌的语音构成、格律、韵律（例如中国古典诗歌讲究的“平平仄仄平平仄，仄仄平平仄仄平”），句子与句子、段与段之间的组合亦是如此。对等原则也同时深入到艺术文本表达的深层结构中，尤其在抒情诗

① 伍蠡甫，胡经之．西方文艺理论名著选编：下卷．北京：北京大学出版社，1987：430.
② 同①：430.
③ 波利亚科夫．结构—符号学文艺学．佟景韩，译．北京：文化艺术出版社，1994：182.

歌中。总之，在雅柯布逊看来："诗歌语言与元语言截然相反，元语言是利用顺序构成的等式，诗歌是利用等式构成顺序。"[1] 元语言的"等式"意指解释性的、定义型的表达，如"牝马就是母马"；而诗歌"等式"则是其中基本的语言学诗学前提。

雅柯布逊将隐喻与换喻视为语言艺术中二元对立的两种基本手法，并应用这一观念来研究阐释不同创作风格、不同文体甚至其他艺术门类的艺术发展现象。如隐喻在浪漫主义和象征主义流派中占优势地位，换喻手法则支配了并且实际上决定了所谓"现实主义"的文学潮流。在俄国抒情诗里，占优势地位的是隐喻结构，而在英雄史诗中则是以换喻手法为主。在绘画史上，立体主义具有明显可见的换喻倾向——它把物体改变成一系列提喻；而超现实主义绘画则依据一种明确的隐喻态势做出了反应。电影艺术自从 D. W. 格里菲斯的影片以来，由于具有变换角度、景深和调节镜头的高度发展的技术能力支撑，便采用了诸如提喻式的特写镜头和换喻式的剪辑等前所未有的手法，并从此与电影中的舞台传统分道扬镳；而卓别林的电影通过"淡入淡出"这样一种全新的隐喻式的剪辑手法突破了格里菲斯以来的电影手法传统。[2] 雅柯布逊同时指出，在研究工作中，隐喻与换喻作为实际存在的两极结构往往人为地被残缺不全的单极模式取代，尤其体现为只注重隐喻而忽视换喻的这样一种毗连性障碍"失语症"。

深度思考

雅柯布逊的隐喻与换喻理论指明的不仅是诗歌创作的修辞特征，亦是诗人在创作过程中的思维方式，即突破日常语言文化心理积淀，打破日常思维习惯，借隐喻与换喻创造出新的感受维度与意义空间。与别林斯基的"形象思维"理论相比，雅柯布逊的见解无疑更为切合文学作为语言艺术的实际。

第三节 艾略特的文艺观

托马斯·艾略特（Thomas Stearns Eliot，1888—1965），20 世纪最有影响力的诗人和文学批评家之一，出生于美国密苏里州，1906 年就读于哈佛大学，受业于新人文主义者欧文·白璧德。白璧德的反浪漫主义思想深刻影响了艾略特的文学理论。其后又在法国巴黎大学和英国牛津大学深造，着重研究法国哲学家亨利·柏格森的思想与英国哲学家布莱德利的思想。1925 年以前艾略特在伦敦担任银行职员达 8 年之久。1927 年艾略特加入了英国国籍，并皈依英国

---

① 波利亚科夫．结构—符号学文艺学．佟景韩，译．北京：文化艺术出版社，1994：183.
② 伍蠡甫，胡经之．西方文艺理论名著选编：下卷．北京：北京大学出版社，1987.

国教。1922年发表长诗《荒原》，并于1948年获诺贝尔文学奖。主编过文学杂志《自我》《标准》。在文学批评方面的主要著述有《传统与个人才能》《玄学派诗人》《批评的功能》《诗歌的用途和批评的用途》等。1965年1月4日，艾略特在伦敦去世，葬于威斯敏斯特教堂“诗人之角”。

一、“文学传统”与“个性消灭”

艾略特

在文学研究中，当人们称赞一位诗人、作家时，往往会强调其个性、独创性，会津津乐道于这位诗人、作家与前人的区别，会努力去寻找能够被孤立出来加以欣赏的东西。对于这样一种惯常的研究方式，艾略特持明确反对立场，强调：“如果我们不抱这种先入的成见去研究某位诗人，我们反而往往会发现不仅他的作品中最好的部分，而且最具有个性的部分，很可能正是已故诗人们，也就是他的先辈们，最有力地表现了他们作品之所以不朽的部分。”[①] 也就是说，艺术家作品最好的部分，甚至最具个性的部分，其实就是最具传统的部分。这一判断显然很有一语惊人的意味。艾略特正是由此立场出发，对“传统”问题做出了重新诠释：传统不是亦步亦趋地从前人那里因循的成功诀窍。传统并不能继承，假若你需要它，你必须通过艰苦劳动来获得它。“传统是一个具有广阔意义的东西。”[②]

首先，它包括历史意识。艾略特半开玩笑地称，对于任何一个超过25岁还仍然想写诗的人来说，这种历史意识几乎是绝不可少的。这种历史意识包括一种感觉，即既要感觉到过去的过去性，也要感觉到它的现代性。换言之，一个人在从事创作时，既要对自己的时代了如指掌，同时也要对整个文学的历史及自己国家的全部文学有基本的感受，它们构成了一个同时存在的整体或体系。这种历史意识既意识到什么是超时间的，也意识到什么是有时间性的，而且还意识到超时间的和有时间性的东西是结合在一起的。如此一来，一个作家便成为“传统的”了——这使他能够最强烈地认识到他自己的历史地位和他自己的当代价值。

其次，“传统”意味着文学史的体系有机性。艾略特指出，从来就没有一位艺术家及其作品具备自身的完整意义，也不可能只就他自身做出评价。人们对他的评价或者重要性的认定，总是就他与已故艺术家之间的关系做出的。这是作为美学评论而不仅限于历史评论的一条基本原则。然而，“这种必要性并不是单方面的”[③]。艾略特的意思是说：通常关于这条美学原则的理解是单薄有限的。也就是说，往往会把文学艺术史作为一个既定不变的、意味着否定性的“旧框架”的参照系，来评判一个艺术家及其艺术作品。实际上，文学艺术史是在不断更新的，

① 艾略特．艾略特文学论文集．李赋宁，译．南昌：百花洲文艺出版社，1994：2.
② 同①：2.
③ 同①：3.

这不仅仅是指新作品数量增加意味上的延续，而亦指文学艺术史的意义维度是随着新作的诞生从整体上不断发生变化的。“当一件新的艺术品被创作出来时，一切早于它的艺术品都同时受到了某种影响。现存的不朽作品联合起来形成一个完美的体系。由于新的（真正新的）艺术品加入它们的行列中，这个完美体系就会发生一些修改。在新作品来临之前，现有的体系是完整的。但当新鲜事物介入之后，体系若还要存在下去，那么整个的现有体系必须有所修改，尽管修改是微乎其微的。于是每件艺术品和整个体系之间的关系、比例、价值便得到了重新的调整；这就意味着旧事物和新事物之间取得了一致。……即在同样程度上过去决定现在，现在也会修改过去。认识了这一点的诗人将会意识到任重道远。”① 我们可以尝试换一个“历史评论”的角度来理解艾略特的上述这段话。比如，有人声称进行了一项制度创新改革，论述的方式之一就是从具体细节上指出某些环节或者做法是旧制度从来不曾有过的，但这其实只是一种浮于皮相而琐屑的论证方式。真正的制度改革不是强调增加了什么，而是增加的举措使原有制度的整体关系、整体功能发生了新的变化。所以，论证一个改革举措的新意，是必须通过对原制度形成的整体功能性的改变进行分析才能确定的。所以，艾略特指出：“在某种特殊意义上，你也将会意识到人们不可避免地会用过去的标准评价他（指艺术家——作者注）。”② 如此一来，所谓的个性、独创性，也就值得怀疑了。

艾略特虽然强调“传统”的重要，但他同时指出：诗人对传统自然不可能原封不动地接受，不能完全依赖一两个私下崇拜的作家来塑造自己，也不能完全依赖一个心爱的文学艺术历史时期来塑造自己。第一条显然是行不通的；第二条只能是青年时期的一种经验；第三条虽然可取，但不是主流。艾略特认为，诗人获得传统的主流方式是体会到“思想的变化”——这个思想远比个人思想重要得多。在艾略特看来，正是与这样的“思想”影响有关，诗人会不断把自己交给某件更有价值的东西，因此，“一个艺术家的进步意味着继续不断的自我牺牲，继续不断的个性消灭”③。

理论辨析

西方现代、后现代的诗人、作家、艺术家们，往往追求与传统之间的革命性决裂，注重标新立异，推崇非理性、非意义等。作为一位著名现代派诗人，艾略特却强调文学传统、“思想”，反对个性化。其中的某些论证虽有牵强之感，但对于西方现代、后现代文艺思潮中的偏颇是有矫正意义的。

二、“非个人化”理论

抒发情感、表现个性，本是诗歌创作的基本信条，尤为各种现代主义文艺思潮所推崇。而

① 艾略特．艾略特文学论文集．李赋宁，译．南昌：百花洲文艺出版社，1994：3.

② 同①：3.

③ 同①：5.

身为现代诗人的艾略特则提出："诗歌不是感情的放纵，而是感情的脱离；诗歌不是个性的表现，而是个性的脱离。"① 这在新批评诸理论中堪称独树一帜。

艾略特宣称，成熟的诗人和未成熟的诗人之间的区别，并不在于"个性"之有无，并非是因这一个头脑较那一个更有趣，或有"更多的话要说"。言外之意，一般社会学意义上的"个性"优劣的评论方式，本来就不太可取，将其与艺术评价联系起来，更是可疑。那么怎么来看待艺术家个体在艺术创作过程中的地位呢？艾略特的看法是：艺术家个体只是"媒介"，"这个媒介只是一种媒介而已，它并不是一个个性，通过这个媒介，许多印象和经验，用奇特的和料想不到的方式结合起来"②。艺术家之间的区别就在于某"一个头脑是一个更加精细地完美化了的媒介"③。对此，艾略特还用催化剂作比，这样分析道：由于白金丝的存在，氧气和二氧化硫的混合气体产生化合作用，才形成硫酸。但在新形成的酸中并不含有丝毫的白金，显然白金本身并未受到任何影响：它保持惰性、中性，无变化。"诗人的头脑就是那少量的白金。这个头脑可能部分地或全部地在诗人本人的经验上进行操作。但是，诗人的艺术愈完美，在他身上的两个方面就会变得更加完全分离。"④ 艾略特还进一步将诗人的头脑表述为一个捕捉和贮存无数的感受、短语、意象的容器，诗的创作过程，即各类成分在容器中结合起来形成一个新的化合物的过程。

既如此，人们为什么又会痴迷于对艺术家"个性"的探讨呢？艾略特认为，这跟灵魂本质单一论的形而上学理论有关，即当人们在意识深处还相信灵魂的存在或者每一个个体有着不同于他人的本质性存在这样的观念及其变种时，或者说虽在显意识中已经质疑，但这种灵魂/本质唯一性的文化叙事习惯还在悄无声息地产生着影响时，人们就很容易选择或者认同艺术家"个性"这样的艺术解释方式。

与否定"个性"相关，艾略特认为，诗人在任何程度上的卓越或有趣，并不在于他个人的感情，不在于那些被他生活中某些特殊事件唤起的感情。诗歌中怪癖的错误之一就是寻求新奇的做法使诗歌暴露出违反常情的效果。诗人的任务并不是去寻找新的感情，而是运用普通的感情，将它们综合加工成诗歌。这样的感情，只能活在诗人完成的诗里，而不存在于诗人的经历中。总之，在艾略特看来，诗歌与诗人的个人感情无关，诗歌是一种集中，是这种集中所产生的新东西。

艾略特从他的"非个人化"理论出发，这样评价过俄国的芭蕾舞舞蹈家："在芭蕾舞中，演员唯一的活动余地就是该演员所应表演的角色。总的动作都为他规定好了。他只能做一些有限的动作，他只能表现有限程度的感情。人们不要求他表现他的个性。一位大舞蹈家和一个仅仅够格的舞蹈家之间的区别在于有无生命的火焰。这是一种非个人的，如果你愿意这样说，这是一种非人的力量，这种力量在这位大舞蹈家每个动作与下一个动作之间都发散了出来。"⑤ 他这样评价过莎士比亚：莎士比亚是在通过自己的作品，"把个人的和私自的痛苦转化成更丰富、更不平凡的东西，转化成普遍的和非个人的东西"⑥。尽管莎士比亚本人几乎完全没有觉

---

① 艾略特．艾略特文学论文集．李赋宁，译．南昌：百花洲文艺出版社，1994：11.
② 同①：9.
③ 同①：6.
④ 同①：6.
⑤ 同①：84.
⑥ 同①：163.

察到这一事实，但正因如此，他的作品才具有了时代性，他才成为16世纪末的代表人物。

相关知识

艾略特常用“惯例”这一范畴来解释他的“非个人化”理论。他曾以戏剧为例指出，在舞台设置、演员表演及剧本编写等方面，戏剧有它特殊的惯例。他虽不反对在题材、技巧或者结构等方面的全新选择，但他强调，在戏剧艺术中，关键要熟悉这些惯例，要懂得利用这些惯例，认为用一种牢固的惯例来表现某件事所收到的效果要比盲目追求个性所取得的效果好。艾略特的这类论述有助于我们进一步理解他所主张的“非个人化”的意旨。

三、面向事实的文艺批评观

艾略特沿着自己关于文学艺术创作特征的论述，在文艺批评的方式与标准方面也提出了相应的见解。他反对将“内心的声音”作为批评的标准，认为遵从批评家“内心的声音”的批评原则，犹如十个人挤在同一列火车的一节车厢内去斯旺西这个大城市看一场足球赛，如果说要倾听内心的声音，那么彼此的内心其实涌动着或是虚荣，或是恐惧，或是情欲等不同的情绪。或许有人说，要是对彼此不同的心态发掘得足够深的话，“他们将会发现一个具有普遍性的自我”①，艾略特调侃，这是我们的足球迷们的精力远远承受不住的一种锻炼，进而指出这种说法其实是某种形式的泛神论的残余。他还指出，如果依据所谓的“内心的声音”，结果只能是，如果有足够多的人都喜欢某一个东西，那么大家齐声呐喊，那些不喜欢的人也就只好接受了。这样，批评也就没有了原则，没有了客观性。他还嘲笑道，这样一来，批评家们赖以谋生的东西就是他对其他批评家进行反驳所达到的激烈程度和极端性，要不然就是依靠他自己的某些无聊的怪癖为一些老生常谈的意见增加乐趣。与此同时，更多的批评家则往往在忙于和稀泥，忙于调解、遮掩、抚慰、挤入、文过饰非、配置舒适的止痛药。

与“内心的声音”相反，艾略特认为批评的标准应当是“外部权威”，即文学“传统”或“体系”。他明确提出：批评的功能主要是一个“体系”的问题。“只有和体系发生了关系，文学艺术的单个作品，艺术家个人的作品，才有了它们的意义。因此艺术家必须效忠于他本身以外的某种东西，为之献身，放弃自己，牺牲自己，以便争取并获得自己的独一无二的地位。一份共同的遗产和一项共同的事业把艺术家们自觉地或者不自觉地联合在一起。”② 而二流的艺术家担负不起为了任何共同的行动而放弃自己的代价，因为他的主要任务就在于表现所有的那些构成他个人特征的不重要的区别。艾略特强调，如果我们对艺术抱有上述的观点，那么必然有理由对批评也持同样的要求。批评应该是一个进行安静的协作劳动的场地，批评家应该努力避免个人的偏见和怪癖，并且为了共同追求正确的判断，批评家应该努力取得尽可能多的同行的认同与理解。对于这样的批评家，艾略特提出的要求是：“必须具有高度发达的事实感。”——“这绝不是一个微不足道的或常见的才能。它也不是一种容易赢得大众称赞的才能。

① 艾略特．艾略特文学论文集．李赋宁，译．南昌：百花洲文艺出版社，1994：69.

② 同①：73.

事实感是一件需要很长时间才能培养起来的东西。它的完美发展或许意味着文明的最高点。那是因为有这么多的事实领域需要去掌握，而我们已掌握的最外面的事实领域、知识领域，以及我们所能控制的最外面的领域，将被更外面的领域用令人陶醉的幻想包围起来。”[①] 可见，在艾略特看来，正确的文艺批评必须坚守两条原则，一是摆脱个人心理主义，二是面向事实本身。

艾略特关于文艺批评的见解对于加强文艺批评的科学性、客观性是有重要意义的，但问题也是明显的。实际上，在文学批评活动中，必会伴随着批评家对作品的个人理解与阐释，力图彻底排除来自批评家的“内心的声音”是不可能的，亦是不利于文艺思想的活跃与发展的。20世纪60年代以来，在德国出现的“接受美学”、在美国出现的“读者反应批评”等，虽不无容易导致主观主义和相对主义的缺陷，但对于艾略特的批评观而言，是有补偏救弊之效的。

相关知识

关于文学作品的本体特征，“新批评派”的理论家们提出了许多值得重视的具体见解，如兰色姆“构架-肌质”（structure-texture）理论、布鲁克斯的“悖论”（paradox）与“反讽”（irony）理论、退特的“张力”说等。兰色姆所说的“构架”，是指诗的内容的逻辑陈述，“肌质”是指作品的个别细节。兰色姆认为，只有“肌质”才是诗的本质、诗的精华，只有“肌质”才决定了诗之为诗。布鲁克斯所说的“悖论”，指的是表面上荒谬而实际上真实的陈述。布鲁克斯认为诗的语言常见的正是悖论特征，诗人往往通过对词语的违反常规的扭曲来呈现诗意。布鲁克斯把“反讽”定义为语境的压力造成意义扭转而形成所言与所指之间的对立。布鲁克斯认为诗歌中的所有语词都受到语境的约束，其意义都受到语境的影响，因而都存在着一定程度的反讽性。退特的“张力”（tension）说认为，诗歌语言中有两个经常发挥作用的因素——外延（extension）和内涵（intension）。他从语义学角度指出，外延指的是词的“字典意义”，内涵则是暗示意义、感情色彩等延伸意义。所谓张力就是指诗歌当中由词的字典意义与延伸意义所产生的相互牵制、相互依托的关系。退特认为，若过分偏重于字典意义，诗便少了诗味；若过分偏重于隐喻意义，又常使诗晦涩难懂。因此，只有在两者的相互约束、相互限制中，使隐喻意义在尽可能理解的范围内发挥作用，使字面意思在尽可能暗示的范围内保持其意义的一致性，才能使诗意蕴生动。上述见解有助于我们从语言学的角度更好地认识文学艺术的特征。

【本章关键词】

形式主义（formalism）：形式主义作为一种文艺理论思潮，主要是指在1914年至1930年期间，俄国学者雅柯布逊、什克洛夫斯基等人提出的文艺见解。这些学者强调文学艺术的形式因素具有独立的审美意义，文学研究的主体是“文学性”，主张将文本的形式结构作为艺术批评的核心，反对从艺术家生平、时代环境、读者心理反应等被视为外部因素的角度来读解艺术作品。

陌生化（defamiliarization）：俄国形式主义的核心概念，是由俄国形式主义文论家什克洛

---

① 艾略特．艾略特文学论文集．李赋宁，译．南昌：百花洲文艺出版社，1994：74.

夫斯基提出的。具体见解是：艺术的作用在于不断更新我们对人生、事物和世界的习以为常、熟视无睹的感觉，从而把人们从狭隘的日常关系的束缚中解放出来。认为艺术创作就在于通过技巧使对象变得陌生，使形式变得困难，以增加文学作品本身的吸引力。

隐喻与换喻（metaphor and metonymy）：隐喻和换喻本来只是两种基本的修辞方式。隐喻又称暗喻，是指用一种事物暗喻另一种事物，是建立在两个事物之间某种相似性的基础上的。换喻又称转喻，是指一个词或词组被另一个与之有紧密联系的词或词组替换的修辞方法。换喻的重点不在“相似”，而在“联想”。雅柯布逊赋予这两种修辞方式更深层的普遍意义，把它们当作诗学分析的基本模式。他认为，在文学创作过程中，人们对语言符号的选择本身往往具有相似性和隐喻特征；在对语言符号的组合过程中具有毗连性和换喻特征。其具体使用情况又与文体相关，如诗歌中隐喻多于换喻，散文中换喻多于隐喻。

新批评（the new criticism）：20世纪英美文学批评中最有影响的流派之一，基本特点是：反对实证主义和浪漫主义的传统批评方式，强调以文本为中心。具体理论见解有：“构架-肌质”理论、“细读法”、“复义理论”、“张力”说、“悖论与反讽”等。“新批评”一词源于美国文艺批评家兰色姆1941年出版的《新批评》一书，但这一流派的起源则可追溯到艾略特和瑞恰兹。新批评派有几代批评家，第一代的代表人物有英国的休姆和美国诗人庞德，第二代的代表人物是燕卜逊和兰色姆，第三代的代表人物是韦勒克和维姆萨特等。

【推荐阅读】

什克洛夫斯基，等．俄国形式主义文论选．方珊，等，译．北京：三联书店，1989.

什克洛夫斯基．散文理论．刘宗次，译．南昌：百花洲文艺出版社，2010.

艾略特．艾略特文学论文集．李赋宁，译．南昌：百花洲文艺出版社，1994.

赵毅衡．新批评文集．天津：百花文艺出版社，2001.

韦勒克，沃伦．文学理论．刘象愚，等，译．北京：三联书店，1984.

【思考题】

1. 如何评价什克洛夫斯基的“陌生化”理论？
2. 怎样理解雅柯布逊的“文学性”概念？
3. 试评雅柯布逊的“隐喻与换喻”理论。
4. 如何评价艾略特的文学传统观？
5. 如何理解艾略特的“非个人化”理论？
6. 俄国形式主义与新批评文论有何异同？

第十五章

结构主义与后结构主义文论

概　述

结构主义是以索绪尔的语言学思想为源头，酝酿于20世纪初，兴盛于20世纪60年代的法国，并在欧美各国产生了深远影响的一种关于世界的思维方式。其基本观点是：存在于整个人类文化结构中的任何事物，其本质并不在于客观性自身，而是存在于与其他事物的关系之中。因此，人类对个别实体的完全客观的把握是不可能的，把握到的只能是事物与事物之间的关系，这种关系，也就是结构。其研究方法是：不再对社会或知识做本质主义的解释，而是注重从整体性系统性原则出发，对事物的内在结构或事物之间的结构关系予以探究。作为一种思维方式，结构主义在一定程度上规避了传统实证主义研究的本质主义倾向，具有重要的思想开拓价值，但也存在偏废历史、否定主体性和普适性人文价值的弊端。结构主义思潮的代表人物有法国的列维-斯特劳斯、路易·阿尔都塞、雅克·拉康、罗兰·巴特、A.J.格雷马斯、茨维坦·托多洛夫等。此外，苏联的著名学者巴赫金，由于在思想方法方面呈现出明显的结构主义特征，亦常被纳入结构主义思想家之列。

随着结构主义思潮的发展，许多学者发现：索绪尔关于语言和言语的分析只适用于静态领域的结构分析，而人类社会和文化领域的话语和符号是充满着不确定性与变动性的；在人类的社会历史及各种文化现象中，存在着众多结构，结构主义所注重的整体性原则难以贯彻。所有这些都从根本上对结构主义方法提出了挑战，于是，结构主义几乎必然性地转向了以解构为主旨的后结构主义。在由结构主义走向后结构主义的思想家罗兰·巴特那里，可以更为明显地看出结构主义与后结构主义之间的内在关联性与交错性。后结构主义的代表人物有法国的米歇尔·福柯、雅克·德里达、乔治·巴塔耶、吉尔·德勒兹以及活跃在美国文学批评界的保罗·德·曼、希利斯·米勒等。

本章所讲的结构主义与后结构主义文论，是结构主义与后结构主义思潮的重要组成部分，是其相关思维方式在文学研究领域具体运用的产物。从西方文论发展史来看，结构主义文论与此前的形式主义文论有着内在关联，都是得益于索绪尔的语言学思想。索绪尔创立的历时与共时、语言与言语、能指与所指以及系统差异决定语义的现代语言学观念，被形式主义批评家雅柯布逊、什克洛夫斯基用到了对文学语言的分析之中。但形式主义方法整体上存在只关注文字性或停留在封闭的、平面的语言分析之类的不足。结构主义文论则进一步扩大视野，突破了形式主义文论的局限，加强了对文学作品的符号结构、叙事结构、情节结构、文体结构的研究，并由此衍生出符号学、叙事学、文体学等。与后结构主义思潮相应，后结构主义文论否定文学作品存在具有中心意义的结构，认为任何文本都是一个"无中心""无终极意义"的符号系统，提供给读者与批评家的，是由各种语言符号组成的一个不断变换花样的网状物，存在意义阐释的无限可能性。这类主张虽然极大程度地开拓了文学作品的意义空间，但也走向了消解主体、否定文学，甚至自我否定的绝境。

本章拟重点介绍法国思想家罗兰·巴特、雅克·拉康、米歇尔·福柯、雅克·德里达及苏联思想家巴赫金的文艺观。

第一节 巴特的文艺观

罗兰·巴特（Roland Barthes，又译为罗兰·巴尔特，1915—1980），出生于法国西北部诺曼底海岸的港口城市瑟堡，由于身为海军军官的父亲在其 11 个月大时阵亡，巴特由母亲、姑姑以及祖母抚养长大。巴特在学生时代便表现出了过人的天赋，15 岁时对戏剧产生兴趣，并开始阅读纪德、瓦莱里和普鲁斯特的作品。1934 年通过大学的哲学专业入学考试，但因肺结核放弃，转而进入索邦大学学习古典文学。1942 年巴特开始正式发表文章，1953 年其第一部著作《写作的零度》出版，之后摆脱了肺结核与疗养院的巴特开始进入创作旺盛期。1976 年，巴特被聘为法兰西学院教授并开设文学符号学讲座。1980 年，巴特在与密特朗等政治家共进午餐后的归途中发生车祸，一个月后去世。

巴特曾经对自己的写作历程进行过划分：在马克思、萨特和布莱希特影响之下的"社会神话"写作时期，代表作是《写作的零度》与《神话学》；在索绪尔影响之下的"符号学"写作时期，代表作包括《符号学原理》《流行体系》；在索莱尔斯、克里斯蒂娃和拉康影响之下的"文本性"写作时期，其代表作为《S/Z》《符号帝国》《萨德、傅里叶、罗犹拉》；在尼采影响之下的"道德观"写作时期，代表作为《文之悦》和《罗兰·巴特自述》。巴特的文艺思想除集中见于《写作的零度》《作者的死亡》之外，也散见于他的其他著作之中。

一、"零度写作"与"语言乌托邦"

1945 年，法国文坛的重要人物萨特发表了《什么是文学》，以"什么是写作""为谁写作""为什么写作"三个问题为切入点，猛烈抨击"为艺术而艺术"的态度，号召作家通过写作介入生活，介入政治。几年后，巴特在《写作的零度》中对萨特做出了回应，提出"文学应成为

《罗兰·巴尔特文集》书影

语言的乌托邦”。在该书的结尾，巴特以一种近乎虔诚的态度描述着自己的语言理想国：“象征了一个新亚当世界的完美，在这个世界里语言不再是疏离错乱的了。写作的扩增将建立一种全新的文学，当此种文学仅是为了如下的目标才创新其语言之时：文学应成为语言的乌托邦。”[①] 巴特所谓的“新亚当世界”，正是其一生的写作实践所追寻的世界：在语言中摒弃意识形态性与常规化，从而创造出一个自由的“文学写作”空间。

巴特的主张是以对法国文学史进行新的价值评判为基础的。按照自己的方式，他将文学史还原为写作史，并对写作的历史演变进行了分析。他区分了几种类型的写作：一是政治写作，或称为价值式写作，如革命写作、马克思主义写作和思想式写作等。在这样的写作中，“似乎有一种意图的目光存在着”[②]，显然，“意图的目光”即意识形态。二是传统的文学写作，如 19 世纪的法国小说创作等。巴特认为，传统小说是统治阶级的普遍性的神话学，尤其是 19 世纪以来的资产阶级神话学。三是现代诗歌写作，如 19 世纪后期出现的象征主义诗人兰波的诗歌创作等。与对政治性写作和传统小说写作的冷静分析及批判相反，巴特将自己的理想放在了现代诗歌方面。他指出，古典诗歌与散文仅仅是数量上的差异，实际上同属于散文语言，而现代诗人兰波的出现，则使诗歌摆脱了散文而有了自己的结构和语言。与古典诗歌不同，现代诗的语言并不仅仅是一种表达、一种说明，字词与意义之间也并非能指与所指的固定对应关系，形式也不再依附于思想功能。也就是说，现代诗取得了自己的独立地位。显然，在巴特看来，在政治写作和传统小说写作中，由于注重价值评判与某些方面的功利目的，语言已沦为意识形态的工具；现代诗则相反，由于能指与所指之间的固定联系被打破，语言在多义性中获得了自由，文学才成为真正语言的艺术。也正是在这个意义上，文学才有可能成为语言的乌托邦。

在此基础上，巴特进而提出了“零度写作”这一全新的概念。所谓“零度写作”，巴特又称之为“白色写作”或“中性写作”，其特征是：“在其中一种语言的社会性或神话性被消除了，而代之以形式的一种中性的和惰性的状态。”[③] 也就是说，与政治写作和传统写作截然不同，在“零度写作”中，写作者不再扮演全知全能的角色，其主观意图以及固有的语言秩序一并隐身，剩下的只是客观、冷静、新闻式的陈述。“零度写作”这一概念与巴特后来的学术思想密切相关，无论是在“社会神话”写作时期，还是在“文本性”写作时期，“零度写作”都如一块基石，奠定了巴特对文艺“去政治化”的态度。他后来的符号学思想、解构主义转向，乃至“身体性”写作，都源于“文学应成为语言的乌托邦”及“零度写作”之类的主张。

巴特对“文学是什么”的探讨与结论是颠覆性的，无论是对旧有语言秩序的深刻认识与评判，还是对刚刚萌芽的现代主义文学的无限期望，他都表现出了异于常人的敏感性，其见解远远走在了时代的前列。但我们又应意识到，巴特所主张的“零度写作”，实际上是难以

① 巴尔特．写作的零度．李幼蒸，译．北京：中国人民大学出版社，2008：55.
② 同①：14.
③ 同①：48.

实现的。因为写作的主体以及作为写作媒介的语言都是社会性的，因此不可能存在完全中性的非感情化的写作。即如被他视为“零度写作”范例的《局外人》，也是充满意图和目的的。加缪的沉默与无动于衷正是其有意营造的冷漠情绪，故而就连加缪本人也不同意巴特将自己的作品判定为“零度写作”。有人甚至做过试验，即使是完全的电脑写作，最终“拼凑”出来的文字也带有感情色彩。此外，语言的历史性决定了创新的相对性，文学也只能不断接近而永远难以到达语言乌托邦。巴特本人对此似乎亦心知肚明，他曾说过，在语言中永远没有自由，唯一的逃避权势的策略只是用语言来弄虚作假和对语言弄虚作假，而这其中，仍隐含着意图与目的。

深度思考

“零度写作”虽然在《写作的零度》一书中所占位置极小，却是巴特最广为人知的概念之一，但到底什么样的写作才是“零度写作”，人们的理解并不一致。无论是盛行于20世纪90年代的先锋写作，还是一些不再承载某种主流意识形态、标榜无意义或消解中心的写作，抑或一些表现所谓后现代主义虚无态度的写作，都曾被称为零度写作。消解意义、反对权力中心的确是巴特一生致力的目标，其追求无论对认识文学艺术的特性还是促进历史进步，都是有重要意义的。但其弊端也是明显的：如仅就文学本身而言，极端化地否定意义，只能使文学成为语言的游戏。

二、“不及物写作”与“可写文本”

与“文学是什么”密切相关，巴特还论述了“什么是写作”这一问题。他认为，写作是一种形式的选择，是作家思考文学的一种方式。巴特首先从语言结构入手，敏锐地指出：“语言结构是某一时代一切作家共同遵从的一套规定和习惯。”① 这就是说，语言结构像是一种“自然”，它全面贯穿于作家的言语表达之中，却不赋予后者以任何形式，甚至也不包含形式。显然，巴特清楚地意识到了“语言结构”的力量，语言结构的顽固性和惰性制约着作家的创新欲望，对作家而言，语言结构是一个无法挣脱的牢笼，是一条界线，“越过了这条界线或许就进入了语言的一个超自然领域”②。既然语言结构是所有作家挣不脱的牢笼，区分不同作品的重任往往就落在了“风格”身上。巴特认为：“形象、叙述方式、词汇都是从作家的身体和经历中产生的，并逐渐成为其艺术规律机制的组成部分。于是在风格的名义下形成了一种自足性的

① 巴尔特．写作的零度．李幼蒸，译．北京：中国人民大学出版社，2008：7.

② 同①：8.

语言，它只浸入作者个人的和隐私的神话学中，浸入这样一种言语的形而下学中。”① 显而易见，在巴特看来，社会性的语言结构与个人性的风格共同形成了作品，古典式写作即是如此。巴特要进一步探寻的是：在语言结构与风格这二者之间，是否还存在决定文学的第三种因素？巴特找到了写作自由的可能性——形式。如果说语言结构与风格都是被动的选择，那么形式则是自主的选择，语言自由也随之产生。巴特关于写作的界定与萨特截然不同，政治、伦理等都被剔除于写作之外，他认为写作应偏离社会性目标而转变为一种纯粹形式上的探索。

“及物写作”与“不及物写作”这一对概念正是巴特上述写作观的延伸。所谓的“及物写作”，指的是传统意义上的写作方式，是工具性、他律性的写作；而巴特所推崇的“不及物写作”则致力于“怎样写作”，写作不再是通向另一个世界的通道，写作就是为了写作本身。“作家是劳动者，他加工他的言语（即便为灵感所启发），他在其著作中自我专注……作家是那种典型的在如何写作中探究世界为什么的人……作家视文学为目的。”② 也就是说，前者仅仅是一种工具性活动，后者才能将读者引向对符号与语言人为性的揭示，才能生产多元化的意义。与将写作定义为形式选择相比，巴特所主张的“不及物写作”，在探索的路上无疑走得更远，已将文本的开放性以及语言的多义性视为写作目的。从中我们可以看到“零度写作”的影子，也能够发现“作者之死”的萌芽。

通过对两种不同写作方式的区分，巴特又将目光投向了作品，并将其区分为“可读的文本”与“可写的文本”。对于那些“可读的”作品，巴特建议用传统的方法来阅读，而对于“可写的”文本，则主张读者参与式阅读。也就是说，这类文本是一个巨大的语言空间，到处充满了能指的符号，整个文本是开放性的。意义是在读者和作者的潜在交流之中产生的。而且，这种意义不是固定不变的，它处于不停的流动之中，不断地消除，又不断地产生。而这一切之所以能够产生的依据，则是语言本身的象征性和意义的含混性与多义性，语言本身因此既是自足的，又是开放的。

“不及物写作”抑或“可写的文本”是否就是语言的理想国？晚年的巴特又提出了两个新的概念：常论与反论。常论指的是易于重复的语言，反论则与其相反，它始终处于“漂移”状态而无法被固定与摹仿。在《罗兰·巴特自述》中，巴特对此做了进一步的阐述：“明显的东西是粗暴的，即便这种明显是被温柔地、放纵地和民主地表现出来的；反常的东西，不进入意义中的东西，就不太粗暴，即便它是被任意强加的。”③ 在此，“明显的东西”即常论，“反常的东西”即反论。早在《写作的零度》中，巴特便向往一个意义消除的世界，但如同消除意义与产生新义永远都在循环往复一样，常论与反论之间也是辩证的、相对的。常论在出现之初也是一种反论，它通常会处于边缘和受压抑的地位，而一旦确定了自己的权威地位，就会形成新的意义中心，它的任务也就由反对常论变为维护常论。对此，巴特的解决办法就是不断地提出反论，并在其即将成为中心的一刻坚决地转身离开。巴特后期的作品《文之悦》《罗兰·巴特自述》等无论在内容还是在形式上都是反“语言暴力性”的试验。从形式上看，这些作品采用了断片式写作方式，往往没有开头也没有结尾，每个句子似乎都是孤零零地站立在语言的丛林中，意义也因此而难以形成。此外，所有断片是随机排列的，没有任何层次之分，断片之间产

---

① 巴尔特．写作的零度．李幼蒸，译．北京：中国人民大学出版社，2008：8.

② 汪民安．罗兰·巴特．长沙：湖南教育出版社，1999：59.

③ 巴特．罗兰·巴特自述．怀宇，译．天津：百花文艺出版社，2002：54.

生着矛盾与碰撞，意义在未形成之际便被消解。与此特征相关，巴特采用的是一种完全与众不同的写作方式，在《文之悦》题为“新物”（Modenle）的一节中，他自述道：“我写作，因为我不想要我得到的词语：出于摆脱之因。”[①] 这也就是他所主张的“不及物写作”，此处的写作即一个完全不及物的动作，是一个过程而不是结果。因为在他看来，一旦形成了作品，语言也就成为陈旧之物了，而语言一旦被重复，也就立刻变成了“常论”。因此只能不停地写作，不断推翻自己来寻找“反论”，并借此逃避当代社会的异化。

文学与语言的中介是写作，写作可以自由地在二者之间跳跃、流动，但它始终不能摆脱语言的物质界限。巴特对“不及物写作”与“可写的文本”寄予厚望，认为通过二者，写作可以进入自由境地，固定意义也将不复存在。的确，“不及物写作”在一定程度上可以超越语言的物质界限，但如同“零度写作”一样，上述概念也是相对的、理想化的。此外，“不及物写作”与“可写的文本”难以避免的衍生物——过度的形式主义以及虚无主义，亦是巴特也无力解决的问题。

相关知识

巴特的经典之作《S/Z》正是对“不及物写作”与“可写的文本”这一理论的实践与探索。《S/Z》是巴特对巴尔扎克的小说《萨拉辛》的解读之作。在现实主义代表人物巴尔扎克那里，《萨拉辛》的意义是由整个文本产生的，即法国上流社会的荒淫与黑暗。也就是说，能指和所指是二元对立并且是单一对应的，整个文本是一个大的能指，它指向了单一的所指，意义因而是固定的。被巴特拆解过的《萨拉辛》就完全不一样了，大的能指被分成了无数独立的能指，而这些独立的能指又指向了无数的所指，而且，两者之间并没有确定的指向关系。显而易见，巴特力图突破语言结构的界线，想要探寻的正是“语言的超自然领域”。《S/Z》是巴特晚期的重要作品之一，也已被公认为其由结构主义走向解构主义的标志之作，其价值自然不仅在于它打破了意义中心，更在于它对语言与意义之间关系的探讨。

三、“自动写作”与“作者之死”

1968年，巴特在《占卜术》杂志发表了《作者的死亡》一文，其中提出的“作者之死”的思想，在文艺理论界产生了巨大反响。这篇文章亦被视为巴特由结构主义转向解构主义的重要标志之一。巴特关于“作者之死”的见解，主要包括以下内容。

首先，巴特批判了传统的作者观念。在他看来，作者的王国是十分强大的，在文学史教材、作家传记、各种文学杂志的采访录乃至私人日记中都可以寻觅到作者的影子，作者以各种各样的方式与作品密切相连。因此我们在解读作品时，往往从作者的经历、性格等出发，并得出如下结论，即“波德莱尔的作品是波德莱尔这个人的失败记录，凡·高的作品是他的疯狂的记录，柴可夫斯基的作品是其堕落的记录”[②]，而在巴特看来绝非如此。特别是现代以来，随

---

① 巴特．文之悦．屠友祥，译．上海：上海人民出版社，2002：51.

② 巴特．罗兰·巴特随笔选．怀宇，译．天津：百花文艺出版社，2005：295.

着权威颠覆，神话破灭，写作已是“主体在其中销声匿迹的中性体、混合体和斜肌”①，是任何外在因素都会在其中消失的“黑白透视片”，写作本身已成为新的主导。巴特的“作者之死”，显然与尼采的“上帝之死”以及福柯的“人之死”的论断有关。在巴特看来，作者亦类乎上帝，他们都是二元论哲学占支配地位的一方，因而宣判作者之死，同样是对专制和垄断的反抗。巴特不是一个严格意义上的哲学家，但他习惯于对哲学命题进行实际运用，而“作者之死”便正是尼采的哲学命题在文学领域中的具体运用。

其次，巴特从文学自身出发，并利用现代语言学，为自己的理论找到了有力的证明。他认为，从语言学上讲，作者只不过是一个写作的人，语言陈述的过程可以在不需要主体个人来充实的情况下出色地自行运转。巴特还在法国现当代文学史上为自己找到了同盟者。他认为第一个试图动摇作者王国的是诗人马拉美，马拉美早就意识到，在作品中“说话”的是言语活动本身而非作者；著名诗人及文艺理论家瓦莱里亦从修辞学与语言学本性出发，不曾停止过对作者的怀疑和嘲笑；小说家普鲁斯特也“以极端琐碎的方式明显地力求打乱作家与其人物的关系……不把自己的生活放入小说之中，而是彻底颠倒”②；超现实主义的作家们走得更远，他们崇尚“自动写作”，主张“让手尽可能快地写作连脑袋都不知道的事情”③。巴特正是联系法国文学的实际，更为充分地论证他的“作者之死”观的。事实上，如果不是1980年的那场车祸，巴特还将看到，言语活动是如何更为嘈杂而自由地表达自我，并有效地构筑了一个多元化时代的。

最后，巴特这样描述了作者死亡之后的文学面貌：“一个文本不是由从神学角度上讲可以抽出单一意思（它是作者和上帝之间的‘讯息’）的一行字组成的，而是由一个多维空间组成的，在这个空间中，多种写作相互结合，互相争执，但没有一种是原始写作：文本是由各种引证组成的编织物，它们来自文化的成千上万个源点。”④ 这样，单一文本就成为开放的、具有多重含义的互文本，这种文本的多重意义最终汇聚在读者的阅读之中。与此相对应，巴特还颠覆了传统的文学批评。他认为，古典主义批评的任务就是在作品中发现作者，并由此“说明”文本，在这一过程中读者完全被忽略而处于被动接受之中。而在“作者已死”的今天，我们再不能受这种颠倒的事实欺骗了，“为使写作有其未来，就必须把写作的神话翻倒过来：读者的诞生应以作者的死亡为代价来换取”⑤。巴特的《S/Z》一书显然就是这一批评观的产物。在这部著作中，通过巴特对文本的任意拆分，《萨拉辛》的原始创造者巴尔扎克已被屏蔽了，而读者的阅读则被无限放大，新的意义不断产生。

显然，巴特正是借助“作者之死”，更为尖锐而激烈地反叛了权威以及逻各斯中心主义，为后现代主义文学思潮提供了强劲的思想支撑。其见解，亦是“零度写作”“不及物写作”之类主张的延伸。但令人惊奇的是，在巴特最后留下的讲稿《小说的准备》中，“作者”又重新出现了，巴特还指出写作是出于作者体内的一种“疯狂”的欲望驱动。从讲稿来看，与其说这是一种退步，不如说是其螺旋式的回归，也是巴特在不断地反叛传统中，不时反叛自我，不断质疑世界的结果。

---

① 巴特．罗兰·巴特随笔选．怀宇，译．天津：百花文艺出版社，2005：294.

② 同①：296－297.

③ 同①：297.

④ 同①：299.

⑤ 同①：301.

深度思考

自20世纪80年代以来，与巴特有关的当代西方文艺思潮已在我国产生了重大影响。就诗歌、小说的创作而言，传统写作所注重的作品意义、“自我”以及主流话语等，常常成为被颠覆的对象。巴特“作者之死”的见解，也引起了许多批评家、理论家的共鸣。但不容忽视的是，许多学者及诗人、作家在接受西方当代文艺思潮的影响时，也存在一定程度的误读。例如，他们在接受巴特“零度写作”“作者之死”之类见解时，未能充分理解巴特当时的写作语境、意图以及后来的回归。因此，面对纷繁变幻的西方当代思潮，我们既要勇于汲取，亦需要理性与审慎。

第二节 拉康的文艺观

雅克·拉康（Jacques Lacan，1901—1981），法国思想家，弗洛伊德之后最具影响的精神分析心理学家。1901年出生于巴黎的一个富商家庭，大学学医，但醉心于哲学和文学，深受斯宾诺莎、黑格尔和中国道家思想的影响，1926年专攻精神病学，并对妄想狂症产生特别的兴趣，在其博士论文《妄想狂精神病及其与性格的关系》中，首次提出了重要的“镜像”理论，标志着他开始从精神病学走向精神分析学。后师从著名的精神病学家伽坦·德·克拉门波特，学会了观察技术，并从超现实主义者那里学会了自我表现技术。1936年拉康首次参加国际精神分析学会，并阐释了“镜像”理论，此后不断对其进行完善。1951年开始举办自己的“研究班演讲”，阐释自己的精神分析理论。这一系列演讲持续了29年，拉康的思想也随着演讲逐步深入和展开。1953年拉康创立了法兰西精神分析学会，首次在学会上讲述了《象征界、想象界和现实界的作用》；同年在罗马大学做了《精神分析学中的言语和语言的作用和领域》的报告，在报告中拉康将哲学和语言学融入精神分析学之中，并提出“回到弗洛伊德”的口号。这些成果成为结构主义精神分析学的奠基之作。1963年拉康将自己的论文结集出版，产生轰动效应，身边聚集了众多崇拜者。1964年，拉康在《精神分析学的四个基本概念》中，进一步阐释了无意识、重复、移情和冲动，将其作为对文本进行精神分析解读的重要概念。拉康的

《拉康选集》书影

精神分析学理论一改弗洛伊德思想中将人仅仅当作“性生物”来理解的局限性，融入了索绪尔、列维-斯特劳斯的结构主义思想和黑格尔思辨哲学的内容，将对精神无意识的分析引向对语言文化和社会关系的理解，从而在精神分析学领域里实施了一场结构主义转向。拉康最著名的对文学文本分析的论著有《关于〈失窃的信〉的研讨班演讲》和《〈哈姆雷特〉中的欲望及其解释》等。在这些论著中，拉康从结构主义精神分析学角度提出了自己的文艺见解。

一、“镜像”与“主体认同”

拉康的主体形成理论包含镜像阶段、俄狄浦斯阶段和他者自我三个阶段。镜像阶段理论是拉康精神分析学的出发点，论述的是6～18个月的儿童在能够说话、能够控制身体运动之前在镜子面前确认自己形象能力的有关情况。拉康认为，在前镜像阶段，儿童处于与周围世界浑然不分的状态，只能被动地接受外界的刺激，一个明显的例子是，这时的儿童看到红彤彤的火焰会用手去抓，因为他没有自我和外在世界的区分，所以也就没有外在世界危害自我身体的意识。一旦他发现镜中自己的形象，便会产生明显的兴趣，此时他意识到镜中的形象是可以被左右的，当这一点获得陪伴在身边人的目光肯定时，认同的过程会加快。通过动物对镜中形象的无视可以肯定这种认同是人所特有的。在拉康看来，这一认同发生于对一个虚幻对象的想象之中。一方面，他肯定了镜像阶段对于自我的形成具有重要意义，只有经历了这一阶段，婴儿才萌生自我意识，并进一步形成外在世界和内在世界之间的区分；另一方面，这一自我意识的诞生从一开始就是建立在幻象基础之上的，婴儿面对自己的镜中成像，误以为它就是自我，正是这种对象化的情境期待，使得自我后来在与客体辩证互动的认同行为中，会不断重复这种误认的模式，正如拉康所言：“一个尚处于婴儿阶段的孩子，举步趔趄，仰倚母怀，却兴奋地将镜中影像归属于己，这在我们看来是在一种典型的情境中表现了象征性模式。在这个模式中，我突进成一种首要的形式。以后，在与他人的认同过程的辩证关系中，我才客观化；以后，语言才给我重建起在普遍性中的主体功能。”[①] 拉康正是据此为自己的理论体系奠定了两个基点：自我认同是一种误认，语言为这种误认编织了一个存在于主体间的普遍性外衣。在以后的研究中，拉康对这两点不断进行拓展。

镜像阶段毕竟只是人生自我认同最初的序幕，镜中成像只不过是一个虚幻的客体，虽然婴儿也可以左右镜中形象，但这种操纵是单向的，和现实中真正的控制不同，所以当婴儿到了一定年龄，便会转向对身边物体的操纵和与他人的交流语言的兴趣之中。在拉康看来，镜像阶段是自我意识的开始，是脱离了子宫和母体的人第一次努力从外在世界重新获得一种统一感，它同时也是一切想象的自我认同的开端。当婴儿度过了镜像阶段之后又是如何获得自我认同的？拉康通过借助与重新阐释弗洛伊德的俄狄浦斯情结做出了分析，弗洛伊德赋予俄狄浦斯情结一种泛性论的解释，即恋母情结或恋父情结是个体性意识在童年期的症状，它会随着儿童的成长和对同性双亲的认同而结束，儿童成年后，超我即道德意识成为抑制恋父情结或恋母情结的重要心理力量。拉康认为，镜像阶段的自我认同存在于虚幻的想象中，而处于俄狄浦斯情结阶段的儿童则开始意识到自己、他者和外界的不同。拉康将俄狄浦斯情结分为三个阶段：一是儿童

---

① 拉康．拉康选集．褚孝泉，译．上海：上海三联书店，2001：90.

认同母亲的欲望；二是父亲介入，母亲、父亲和儿子统一阶段；三是儿子认同父亲法则的象征性，俄狄浦斯情结结束的阶段，在此阶段，儿童开始从自然状态进入社会文化象征状态。进入社会文化象征状态，自我意识需要同语言和象征的文化达成一致，即语言和象征的文化既是相对于自我的他者，同时又是构成自我的一部分。在此，拉康借鉴了黑格尔在《精神现象学》中关于主奴关系的辩证法思想来分析自我意识的形成。拉康从黑格尔主人和奴隶相互依赖、互为存在的思想中，悟出了自我意识的存在依赖于对另一个主体的认可，这种认可同时也是以主体间的语言活动为客观对象的，这就将弗洛伊德建立于生物学基础之上的自我意识形成转向了社会性的语言和文化领域。

拉康的主体形成理论是在儿童行为心理学、弗洛伊德的精神分析学、黑格尔的自我意识辩证法思想以及结构主义语言学等影响下发展起来的。它规避了弗洛伊德的泛性论倾向，将语言文化的象征内容纳入主体形成过程的解释之中，同时又不同于从笛卡尔到黑格尔一路强调主体认同的同一性。拉康强调主体意识是在认同作为他者的客观对象的前提下产生的，虽然这一主体的自我意识既独立又依赖他者，但在拉康那里这一矛盾并没有真正达到辩证统一，尤其是后期拉康更强调构成主体的他者的分裂和差异性，所以他又强调所有主体意识的认同都是一种异化。由于他坚信所有主体意识都建基于对他者的误认，实际上就使主体总是处于分裂状态，这一对主体意识的精神分析虽然能够消解传统认识论主体忽视差异性的弊端，但其完全否定主体的同一性，又走向了另一个极端。否认人类主体的同一性，也就否定了人类理性存在的价值，进而会有颠覆人类文明史上那些因理性而来的实质性进步的危险。而这正是拉康主体形成思想导向后结构主义消解主体的弊端所在。

拉康的主体认同理论深刻影响了文艺理论和批评。按照拉康的理解，镜像作为一种误认，实际上可以拓展到更为广阔的主体认同领域，自我对他者的不同阶段和程度上的疏离、依赖、断裂，都可以从镜像阶段、欲望和驱力的角度获得诠释。这些思想丰富了我们对诸多艺术作品人物、艺术家人格心理和读者阅读心理倾向的深层理解。另外，由于拉康的主体形成理论不再局限于泛性论，而是转换到了语言和文化领域，这也极大地拓展和丰富了精神分析学的文本分析视野。从本质上看，文学作品作为一种依赖于主体审美想象的语言行为，更加契合于拉康主体形成理论的分析领域。而拉康所说的镜像作为一种主体误认的必经阶段，以及主体认同和他者之间错综复杂的关系等，也为电影艺术分析提供了一种重要的理论视角。

分析举例

斯洛文尼亚理论家斯拉沃热·齐泽克曾用拉康的主体形成理论，对希区柯克的电影《惊魂记》做了精彩的解读。电影的情节分为前后两部分，前半部分讲述的是，携款外逃的房地产公司女秘书玛丽莲在一家偏僻的汽车旅馆内被杀。后半部分讲述的是，私家侦探、玛丽莲的姐姐和情人先后到汽车旅馆调查玛丽莲的死因。影片中的凶手——旅馆老板诺曼实际上是一个精神分裂症患者，早年他杀死了自己的母亲和母亲的情人，此后一直无法从母亲形象的认同中走出，从而使其以自己母亲人格的扮演者杀人。这部影片完全可以说是拉康镜像和主体形成理论的最好例证。诺曼的恋母情结导致其对母亲性别的镜像认同，又由于母亲的死去而无法走出这种认同，也就无法进入对父亲性别的主体认同，这是导致诺曼人格分裂的主因。而希望走出受作为他者的父亲形象认同支配阴影的玛丽莲，以为“出逃”就可以使自己摆脱这一认同，岂不知受欲望支配的主体仍然是一个他者。希区柯克还将这种作为他者的欲望主体上升到了普遍意义，即玛丽莲的世界象征着美国日常生活的世界（美国梦），诺曼则是这一世界的黑暗面，它们构成了一个莫比乌斯带的双面结构，处在任何一面都有误入另一面的可能。这就是诺曼在和玛丽莲聊天时强调的我们每个人都有滑向另一面的可能，换言之，每个人的主体认同都有可能被欲望的他者支配，从而变得歇斯底里、精神分裂，甚至走向犯罪。

二、“无意识”与“语言结构”

拉康在关于无意识理论的分析中融入了索绪尔的语言学思想，将弗洛伊德的个体无意识转化成了文化无意识。索绪尔关于能指与所指的任意关系理论以及把语言看作一个差异体系的观点启发了拉康，他指出，无意识具有类似语言的结构，当主体获得了语言能力之后，语言作为一种象征符号成就了主体的存在。用拉康的话说：“能指的移位决定了主体的行动，主体的命运，主体的拒绝，主体的盲目，主体的成功和主体的结局，而不管他们的才赋，他们的社会成就，他们的性格和性别。”① 由于能指与所指始终是分离的，因而它有着一种自律性，拉康颠覆了索绪尔在能指和所指之间划定的约定联系，强调其漂浮性，也即“能指相对所指来说的优先性”，“能指只能维持在移动之中”②，把能指理解为漂浮的，实际与将主体界定为一种想象中的存在有关。在拉康看来，能指的王国也就是象征秩序的王国，其中充斥着符号、象征、意谓、表征等各种形象，而主体正是通过这些形象才得以被建构的。

将无意识理解为一种语言结构，进而强调在这种语言结构中能指的优先性，在拉康看来，这一论点可以获得精神病患者语言障碍的佐证，那造成交流障碍的玩笑、口误、梦呓、省略、混淆、出神等正是在语言中体现出来的。弗洛伊德从中看出无意识，而拉康则认为语言先于无意识而存在，或者说那妨碍交流的并不仅仅是出于偶然的无意识，而是出于结构的规律。通过考察这些交流障碍的语言，可以窥测无意识中语言能指的结构性。在这里，拉康又引入了雅柯布逊的结构主义语言学观点，他把弗洛伊德的“浓缩”和“置换”概念和雅柯布逊的“隐喻”和“换喻”概念联系在一起，把隐喻界定为一个词被另一个词置换，而换喻则是词与词的连接。这一理解使得拉康把语言中无意识的“在场”与隐喻和换喻所产生的影响等同起来，类似于弗洛伊德将

① 拉康．拉康选集．褚孝泉，译．上海：上海三联书店，2001：22.

② 同①：21.

梦中出现的无意识证据与浓缩和置换联系在一起。这种联系与弗洛伊德的理论相比，显然更适合于对文本进行精神分析学的研究。拉康强调无意识具有语言的结构，虽与当时结构主义语言学的影响有关，但又不同于经典的结构语言学，他更强调的是语言对主体的支配性，而非人支配语言。在1953年的罗马演讲中，他曾明确指出，人之所以说话，那是因为象征符号使其成为人。

拉康运用自己的无意识理论，对爱伦·坡的短篇小说《失窃的信》进行过精彩解读。小说的情节是王后收到一封不能被国王看到的信，她将之藏在了显眼的位置，但大臣识破了并将其换走。大臣也将之藏到显眼之处，后来，受雇找回信件的侦探杜宾识破了也将其换走。故事没有继续讲下去，但按照拉康的理论，如果杜宾不愿将信归还，受共同的无意识心理结构支配的他仍会将其藏匿于显眼之处。在拉康看来，这一系列的相似行为印证的正是人类相同的无意识心理结构的存在。此外，藏信的行为作为一种能指，其所指即藏信的意图并不确定，而且信这一作为能指的象征符号，其所指即信的内容却始终没有交代，此中也隐喻着能指的不确定性。拉康认为，“信只有通过纯粹能指的最终指派才能作为权力手段存在”[①]，而这种状况只是发生在王后、大臣、杜宾的想象之中，并没有任何一个人将这种想象中的所指付诸实践。否则，信这一能指作为欲望（政治目的）的用途一旦固定（实施它即所指确定），便会不再存在了，这类乎中国道家有即无的辩证法。所以拉康最后断言：“真理还是留在阴影里好。”[②] 拉康对小说的分析充分体现了他的无意识理论和精神分析的辩证法。

由上述个案可见，拉康在对文艺作品进行阐释时，注重的是语言和无意识之间的同型同构关系以及语言实际运用（即言语）的修辞性与无意识之间的关联。这种方法既有结构主义发掘普遍联系和规律的优势，又能够充分发挥精神分析关注语言运用的细节和修辞特征的优势。这或许正是拉康的结构主义精神分析理论在文学艺术的批评阐释领域受到重视的原因。

理论辨析

无意识作为精神分析学的重要范畴，在不同的理论家那里有着不同的思想趋向。弗洛伊德的无意识具有潜在的性压抑的内涵，它是与意识相对而存在的；荣格的无意识则更多指向一种源于远古心理的集体积淀物；拉康将无意识视为一种语言结构，将弗洛伊德与性相关的无意识做了语言学的阐释，又兼容了荣格的集体取向，因而在揭示艺术创作、艺术接受中的深层心理，以及艺术形象的内涵方面，有着更为普遍的阐释力。

三、“三界说”与“三种欲望”

受弗洛伊德本我、自我和超我三重人格结构理论的影响，拉康也提出了建构主体秩序的三

① 拉康．拉康选集．褚孝泉，译．上海：上海三联书店，2001：25．

② 同①：31．

界说，即主体心理结构是由想象界、象征界和真实界构成的。想象界即人的主观领域，或者说是日常生活的话语层面。这一层面是主体误认象征符号之本质的场所，所以，拉康将想象界界定为幻觉的王国。但拉康认为，这一幻觉是必要的，如果没有这一幻觉的层面，就不会形成误认的自我意识。象征界则是语言符号的层面。拉康认为语言是先于主体的一种存在，人融入社会文化之中，也是经由语言的中介。在这个意义上，主体就是言语的主体，而且主体必须依赖其他主体的认可，好比婴儿看到镜中形象也要有身边母亲的点头确认。语言作为一种自我意识对他者认同的象征，同时又是自我意识发生的中介和见证。真实界被拉康理解为一种“在场”(in the place)，它是思维无法触及的神秘物，也不可用象征和想象来意指，类似于弗洛伊德的本我。

在这三个层次中，想象界虽然源于婴儿的镜像阶段，却深入到成人对其外部世界的经验之中，因而无论是在主体内部还是在主体和主体、主体和事物之间，都有可能发生想象层面的主体误认。任何处于语言文化之中（即象征界）的人，都必然会经受自我统一性的误认、发展和消解的过程。所以在拉康的思想中，主体是永远被流放的漂泊者。拉康对于欲望的理解也建基于这种漂泊之上，由于主体总是希望从他者那里获得承认和满足，因而主体的欲望也就变成了他者的欲望。主体从他者那里获得欲望，欲望本身又会成为支配主体的存在。拉康的这类见解亦与黑格尔主奴辩证法的思想影响有关。不过，拉康并不认为欲望的产生动力是绝对理念的召唤，而认为是先天的缺失性。婴儿从母体分娩出来后，会丧失其在子宫里的统一性，随着镜像阶段的到来，婴儿想象中的自我意识又会引发与母亲同一性认同的缺失。从性别意义上来看，不仅孩子从母亲那里分离会造成缺失，对母亲来说，孩子也会成为缺失的菲勒斯的替代，她会从与孩子的亲密关系中获得满足感。但如果没有分离，就会造成孩子语言形成的障碍。分离不仅伴随着缺失和孩子希望重新拥有统一性的欲望的诞生，还伴随着父亲的介入。这一介入不仅意味着象征界的诞生，还意味着性别差异和性别认同的产生。在拉康看来，母亲没有阴茎，这是她不可抹杀的差异性标志。阴茎的真实存在作为象征菲勒斯的能指，成为进入象征界和获得性别认同的个体追求性的结合的动力。

在拉康的三界说中，文学语言主要属于主体无意识心理的象征。由于象征是符号和语言结构化了的秩序，因此分析文学语言的修辞性也就是寻找一种主体的幻觉或欲望的他者的踪迹。拉康对三种欲望——“需求”“要求”“欲求”——做了区分，它们分别对应于想象界、象征界和真实界。“需求”是对客体的追求，在拉康那里是指性别的认同；要求是针对他人的，其本质目标是爱；欲求最难界定，它既不能化约为需求，也不能化约为要求，它是一种幻觉中的存在，是镜像理论中他者在语言文化领域的延伸。拉康所说的三种欲望，都可以构成文学分析的视角，尤其可用来分析叙事作品中情节发展驱动力的根源。显然，在拉康那里，“需求”是最为本体的，“要求”是文学艺术话语直接表现出来的，而“欲求”则是渗透在所有话语之中的一种潜在的“在场”，是艺术表达中所有言语未道出的事物，但它们又时时刻刻潜藏在表达背后。

相关知识

在20世纪50年代，拉康从菲勒斯象征的能指意义出发，指出世界意义和法律秩序实际上是父亲名义的具体化。与之相关，他进而提出了“女人不是整体”、“女性是男性的无意识”、性别总是一种能指的面具和伪装、“女人”并不存在、女性永远无法真实地表达自己、女性形象是否定性的等激进观念。这些观念进一步激发了女性主义文学批评，使女性主义文学批评更为注重分析渗透到文学艺术作品中的语言和人物性格中受菲勒斯中心主义支配的那些痕迹，并希望通过文学批评实践，发展出一种属于女性的言语方式，以反抗在拉康那里女性所遭到的贬损与压抑。

第三节 福柯的文艺观

米歇尔·福柯（Michel Foucault，1926—1984），法国当代著名哲学家、思想家和社会理论家，被誉为20世纪的康德和法兰西的尼采。出生于法国外省普瓦蒂埃的一个外科医生家庭，1945年进入巴黎亨利中学，受到当时学校哲学教师新黑格尔主义者伊波利特的影响，1946年进入著名的巴黎高等师范学校，曾师从阿尔都塞。他25岁通过教师资格考试，后曾在多所大学任教。1952年获得心理学学士学位，1959年在乔治·冈奎汉姆的指导下获得博士学位。1970年成为法兰西学院“思想体系史”教授直到去世。其代表著作有《疯癫与文明》《诊所的诞生》《词与物》《知识考古学》《规训与惩罚》《必须保卫社会》《性史》等。每一部著作都在西方知识界产生过轰动性的影响。

福柯一度醉心于哲学，由于自己身心的困惑，又对心理分析和精神病学感兴趣，这些学科的方法与资源均影响了福柯的思想取向。他将哲学理解为一种社会诊断活动，其思想上的奋斗目标是要揭示西方社会中理性兴起的社会条件，质疑西方现代社会精神中的普遍性和合理性的境况。他希望通过对现代性的质疑和批判，重新发现在科学、认识和人类知识的历史上被遮蔽着的无意识领域。在福柯看来，这一无意识的自主领域拥有自己的规定性。福柯的思想方法及相关理论深刻地影响了西方几乎所有人文社会科学领域。福柯直接关于文艺问题的思考并不多，在《疯癫与文明》《词与物》中，涉及诗歌、现代主义的绘画、音乐、小说的内容仅仅是用来印证其思想观点的。尽管如此，我们仍然能从其中归纳出其基本的文艺思想。

福柯

一、疯癫史与文学艺术中的非理性

福柯将自己研究历史的方法称为知识考古学，以区别于传统思想史研究方法。他认为知识考古学方法并非将已经获得经验验证的规律运用到知识的变化或科学的起源分析上，而是要在没有一种预先目的的限制之下对思想史做出不连续性的分析。换言之，也就是排斥对历史素材做简单的因果联系和线性时间的串联。用福柯的话说，就是“使思想史摆脱先验的束缚”①。福柯知识考古学方法的目的在于，从传统历史叙事的边缘，去发现那些被忽略的事物发生模式和形成规律。

正是运用知识考古学方法，福柯最先在其博士论文《疯癫与文明》中对历史上的疯癫现象进行了分析。在这部著作中，福柯考察了西方不同历史时期社会对待疯癫的不同态度，从而确立了一幅疯癫者形象的地图。按照福柯的考察，古希腊的疯癫者往往表现出一种不肯忍受社会压制的智者形象，比如苏格拉底。至中世纪，疯癫者被推到了社会的边缘，往往被视为同麻风病人一般的病患者，拘禁疯癫者的精神病院开始出现。至文艺复兴时期，由某些文学与绘画作品可知，疯癫者往往被塑造成一种流浪者形象，甚或是真理和智慧的化身，占据非凡的位置。17—18世纪，由于笛卡尔理性哲学思想的影响，疯癫者再度遭到鄙视，被视为放纵者、堕落者或巫师而被关押进医院、劳改营或监狱之中。直到19世纪，精神病才成为医生的诊断对象。福柯正是通过对疯癫史的考察，从一个侧面证明了历史的非连续性，并得出了连续性的历史（福柯又称之为大写的历史）只是一种人文学科的理性建构的结论。此外，他亦充分证明了理性和癫狂只不过是历史进程的后果，它们并非作为普遍的客观范畴一直存在。福柯这种考古学的分析明显具有相对主义色彩，它并非福柯所宣称的不带任何目的地考察历史。事实上，发现历史的非连续性本身也是目的。

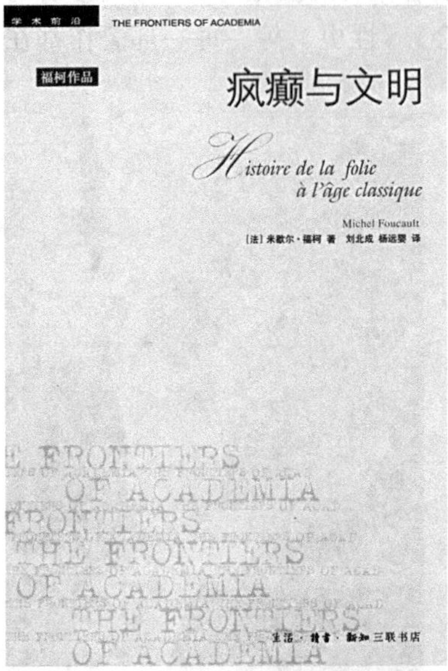

《疯癫与文明》书影

福柯在关于疯癫史的探讨中发现，由于西方文明中的理性对疯癫日益加剧的压制，自18世纪的西班牙画家戈雅和法国作家萨德开始，“非理性一直属于现代世界任何艺术作品中的决定性因素”②。由非理性着眼，福柯进而区分了存在于现代艺术中的两种真实性，并认为这两种不同的真实性是由现代艺术和疯癫之间的不同关系体现出来的：一种真实性是艺术所直接揭示出来的疯癫本身的真实性，它是艺术家疯癫的表现，作品中体现的是支配艺术家的无边黑暗和空虚的疯癫世界。这种疯癫和艺术既截然对立又紧密关联。对立是指处于这种疯癫状态下的创作往往会伤害艺术本身；关联是指艺术的创作由于受疯癫的支配，必然会暴露其非理性的本质和受压迫的真实境况。正如戈雅的绘画和萨德的小说所体现出来的那个真实的疯癫世界一样，它们既来源于人的自然欲望本身，又根源于非理性的现实本身。另一种真实性是被艺术净化之后的疯癫，这是一种无害的非理性，它集中体现在现代主义美学和艺术之中，如尼采、凡·高、阿尔托、荷尔德林等人的美学思想与作品中。福柯认为，正是现代主义艺术为疯癫提供了一块庇护的领地。在福柯看来，这种对疯癫瞬间表现的无害性升华处理的真实性，显然不同于直接表现疯癫的真实性。但这一改造不仅没有使艺术摆脱疯癫的包围，反而使

① 福柯．知识考古学．谢强，等，译．北京：三联书店，1998：261.
② 福柯．疯癫与文明．刘北成，等，译．北京：三联书店，2003：266.

疯癫与艺术更加紧密地联系在一起。疯癫并没有真正消失，反而不断重复出现在不同人的不同作品中。也就是说，福柯发现，疯癫不仅成为现代主义艺术的本质性因素，且是启蒙之后的现代社会中挥之不去的梦魇。福柯正是经由对疯癫史的分析，进一步揭示了现代艺术中非理性因素的强大力量，这有助于进一步看清非理性与文学艺术之间的关系。

相关知识

德国法兰克福学派的霍克海默和阿多诺在合著的《启蒙辩证法》中反思了启蒙理性对人性的压制，认为排斥或压制差异，追求同一性的启蒙理性走向了它的反面，其直接后果是人的非理性的异化。同样，在《疯癫与文明》中，福柯也将精神错乱等同于人的异化，认为这种异化亦是理性压制非理性的结果。福柯还认为知识变得越抽象复杂，产生疯癫的危险性也就越大。但在对待艺术中的非理性问题上，他们又有差异。如阿多诺更注重非理性艺术反叛现实的救赎意义，福柯更关注的是“非理性”本身的真实性问题。

二、文学是一种特殊的话语实践

在《词与物》中，福柯全面阐释了话语实践分析理论。其中，“实践”并非传统的“实践-理论”二分的含义，其意义本身就包含在“话语”之中。而话语，既不同于索绪尔所区分的言语，也不同于语言，指的是“实践的语言”，是一种更加广泛意义上的语言使用。因此，在福柯看来，话语实践并不受超越其上的静止的规律的支配，而是受蕴含于内部的规则的调节。正是在对历史上的话语实践予以分析的过程中，福柯论及了文学的话语实践问题。

首先，福柯在描述19世纪以来人文科学三个模式（生物学、经济学、语文学）的生成变化时，认为文学话语是体现语文学的意义指称体系的最好领域，由此可形成一种文本与作者关系的分析理论，即可通过不同文本中所体现的作者差异来了解文学话语所体现出来的意义指称特征。举例来看，在不同时代，作为话语生产者的作者，在其作品中所生产的话语具有不同的特征。比如古典时期的作者往往不在话语中现身，而现代主义作品则处处都会留下作者的个体痕迹。另外，作者与文学话语之间也具有一种相互指称的关系，作者往往是通过文学话语建构起来的，而话语的特征又体现出作者的建构。

其次，福柯认为文学语言是一种话语思维，它的核心是隐喻。福柯在对以法国作家格里耶为代表的新感觉派小说的批评中，提出了著名的文学语言也就是话语思维的观点。在他看来，“世界的语言就是隐喻”①，而隐喻并不是格里耶所理解的主体与世界的某种象征关系，也不同于在音乐里存在的类比关系，而是“语言内部的结构。……语言修辞最终只能从语言本身来理解，而不能从世界来理解”②。福柯实际强调的是：文学创作只不过是一种人在话语支配下的言语修辞行为。在这里，决定作品风格的只能是话语本身，因为主体是被话语支配的。从这种主体之死推导出来的自然是作者之死。福柯从新感觉派小说的知识考古中，还进而梳理出现代

① 包亚明．二十世纪西方美学经典文本：第四卷．上海：复旦大学出版社，2000：55.
② 同①：59.

主义小说的谱系：从普鲁斯特、卡夫卡、乔伊斯、伍尔夫，一直到格里耶等，他认为这些作家体现出同一种文学话语风格，又正是通过这种共同的话语风格，可进一步证明小说写作是一种被话语支配的行为。据此，福柯还提出一种通过话语风格来分析小说的“小说形态学”①。

最后，福柯认为文学话语作为一种独特的话语思维，其意义就是符号本身。他认为人类只能生活在语言的牢笼里，只能在语言内部说话。再加上语言能指的不确定性，基于主体与世界之间关系的意义不再存在，因而主体也就不再存在了。他认为在20世纪四五十年代，无论是文学（以萨特、加缪为代表）还是哲学（以梅洛-庞蒂为代表）都经历了一个人道主义“寻找意义”的阶段，但之后“出现了一种完全不同的东西，它仿佛是对意义的反抗，它就是符号，语言本身”②。至于这种话语存在的来源，福柯并没有将之归于人在世界中的实践活动，而是强调话语来自一个神秘的所在，“好像有一个藏匿处，有一个盲点，有某个东西，它从来不在那里，但话语又来自那里”③。由于话语的世界只不过充斥着结构、聚集、重复、变化，因而这个世界也就根本谈不上是喜剧还是悲剧。

在分析文学话语时，福柯虽然强调了其隐喻性的特征，但还是更侧重将其作为权力理论分析的工具，并没有将文学话语的特性上升到一种文学本体论高度来认识。而且其话语分析存在的最大问题是重视话语实践历史语境的外在效果，而忽视话语内涵的真理性。福柯将文学及所有人文学科不加区分地视为被控制的权力表达和修辞术，也就难免走向虚无与极端化的相对主义。

理论辨析

福柯用以区分三个不同时期（文艺复兴、古典、现代）的“认识型”范畴与库恩的“范式”有异曲同工之意：范式是库恩在科学领域里的发现，而认识型是福柯对人文社会科学领域里话语关系的概括；库恩所指出的范式，作为支配科学史根本变迁的主导概念，有助于认识某一时期的理论和陈述；福柯所说的“认识型”，有助于认识某一历史时期内文学与人文科学在观念及修辞方面的集体无意识，正如福柯自己所论述的：不同时期的文艺作品中对疯癫的不同表现，即与“认识型”的集体无意识的支配有关。

三、对抗语言堕落与现代主义艺术

福柯对现代主义艺术的批评集中在艺术表达问题上。他认为，自15世纪以来，西方语言经历了一个语言与相似性加剧分离的时期。最初词与物之间那种亲密无间的相似性被一种符号确定性的指称代替。正是为了对抗这一语言堕落取向，现代主义艺术尤其是绘画才开启了反再现

① 包亚明．二十世纪西方美学经典文本：第四卷．上海：复旦大学出版社，2000：48.
② 同①：56.
③ 同①：52.

的潮流。在对比利时的超现实主义画家雷尼·马格利特著名的《这不是一只烟斗》的分析中，福柯集中阐释了这一思想。画中的烟斗被语言表达成“这不是烟斗”，实际上开启了作为事物的烟斗和词语所指之间的断裂关系。原先事物和绘画具有的那种相似性在被符号化时，理应转移到语言领域。但马格利特的话断然决绝了这种相似性，这实际上只不过是拒绝符号的能指与所指之间的确定性，而非拒绝绘画的图形和其事物之间的相似性。在福柯看来，康定斯基的抽象派绘画则在确定性和相似性这两者之间都做出了决裂，所以抽象派绘画所呈现的空间世界才直达事物的神秘本质。同样，在勋伯格、斯特拉文斯基的音乐作品中，也体现出一种和意义相疏离的形式特征，其中艺术表达本身不再承载宗教、祭祀意义，音响所表达的只是音响本身的存在。

福柯认为，现代语言赖以建立的原则是将相似性作为确定性的囚徒，这就扼杀了相似性本身的丰富性，这正是一种语言的堕落。而现代主义艺术则通过消解相似性甚至确定性，对这种堕落做出了反叛，在重新开启人们思考语言原初相似性的开放空间的同时，也使现代语言变得支离破碎，意义只能处于不确定的漂泊状态。在概括马格利特《这不是一只烟斗》的意义时，福柯强调形与义相似性存在但确定性断裂所造成的张力“使书写立即解体和消失，仅留出虚位作为书写存在过的痕迹”①，这正是现代艺术对抗语言堕落的最好例证。可见，福柯并不关心现代主义艺术表达了什么，而是关注它拒绝古典主义艺术表达本身的意义。他也并不关注现代主义艺术触及存在的可能性，而是看重它拒绝表达的价值所在。

福柯关于现代主义艺术表达的分析表现出明显的解构主义倾向，为文艺批评提供了新的理论方法与视角，但也存在值得注意的问题：现代主义艺术的确破坏了古典主义绘画“语言符号和造型要素绝对分离，形似与确认等同”的原则，换而言之，古典主义绘画中存在的语言可以介入的可理解性，在现代主义绘画这里被清除了，但由此即断言在现代主义艺术中不存在确定性的意义并不准确。因为承认“这不是一只烟斗”，毕竟还是以有着语言能力的人理解了“这是一只烟斗”为前提的。

理论辨析

福柯对马格利特《这不是一只烟斗》的分析，可以和海德格尔对凡·高《农鞋》的分析相比较，海德格尔强调的是农鞋这一绘画造型所开启的存在世界，而福柯强调的是烟斗这一造型虽然具有原物的相似性，但与命名本身确定性的断裂，表明造型本身只不过是一个脱离语言世界的物。农鞋的相似性还包含着它对存在世界丰富性的开启，而马格利特的绘画则只不过表明了“‘这是一只烟斗’是否变成‘这不是一只烟斗’，简而言之，绘画是否已停止确认”②。从两位思想家对两幅绘画的解读中，不难发现存在主义与后结构主义之间的关联和差异性。它们思想的前提都是批判语言的堕落，差异是存在主义者仍然肯定表达和呈现世界的可能性，而后结构主义者显然是要否定这种可能性。

① 包亚明．二十世纪西方美学经典文本：第四卷．上海：复旦大学出版社，2000：21.

② 同①：22.

第四节 德里达的文艺观

德里达

雅克·德里达（Jacques Derrida，1930—2004），法国当代著名哲学家、美学家、思想家，解构主义思潮的主要创始人和代表人物。1930 年出生于法属阿尔及利亚的一个犹太裔家庭，1949 年回到法国，进入巴黎高等师范学院攻读哲学，后来又到哈佛大学继续深造。回国后，德里达成为杂志《太凯尔》的核心人物。1960 年，德里达任教于巴黎大学，1965 年开始在母校巴黎高等师范学院教授哲学，还担任过哲学系系主任。20 世纪 70 年代起，德里达定期赴美讲学，成为美国数所大学的访问教授。德里达的哲学思想在 20 世纪中后期的欧美学界产生了广泛影响，是后现代主义思潮最重要的理论源泉。

德里达的主要著作有《人文科学话语中的结构、符号和游戏》《论文字学》《声音与现象：胡塞尔现象学中的符号问题导论》《书写与差异》《哲学的边缘》《白色神话学：哲学文本中的隐喻》《绘画的真理》《明信片》《多义的记忆》《人的目的》《马克思的幽灵》等。德里达的理论在 20 世纪 80 年代中期开始陆续被介绍到我国，德里达本人也曾来我国进行过学术访问与交流，他的以“解构”为主旨的思想观点，在我国哲学、美学、文学、语言学等领域都产生了巨大影响。关于文学艺术，德里达的相关见解主要有以下几点。

一、解构逻各斯中心主义

德里达于 1967 年出版的《论文字学》被公认为解构主义思潮的经典之作，也被视为德里达最具代表性的成名之作。在这部著作中，德里达明确指出，“文字学”（grammtologie）应该被看作解构主义思潮作为一门正式科学的恰当名称，其终极目标在于消解西方传统形而上学的“逻各斯中心主义”，亦即意义中心主义。

德里达是以对自古希腊以降的语音中心主义的批判作为切入点的。德里达认为：逻各斯中心主义首先就表现为一种语音中心主义，因为逻各斯中心主义和语音中心主义共同享有一个拉丁词源“logos”。“logos”兼有“ratio”“oratio”两层含义，“ratio”意指人类主体的内在思考，“oratio”则指人类主体内在思考的外在表达，也就是说，“logos”同时具有“思考”和“言说”的双重含义。虽然“logos”被译为“理性”，但它的最初含义就是“语言”，“思考”和“言说”

共同构成了"logos"。这样，逻各斯中心主义与语音中心主义并无本质区别。德里达认为，自古希腊以降的逻各斯中心主义或语音中心主义的最大危害就在于一味强调作为"言语"的语音具有与生俱来的优越地位，片面认定绝对存在的意义不在文字能够把捉的范围之内，而在文字自身的界限之外，文字并没有自我存在的重大价值，不过是作为表达"言语"意义的一种普适工具。这样，作为直接表述人的思想的"活的声音"的言语必然成为真正把捉绝对存在的"本原"，而作为言语派生物的文字则只能成为一种可有可无的"补充"。简言之，逻各斯中心主义的别名就是语音中心主义。

德里达认为，西方传统形而上学对文字的专制统治由来已久。在《论文字学》题为"书本的终结和文字的开端"的第一章开篇之初，德里达就明确引用尼采的一句格言作为题记——"苏格拉底，述而不作"①，以此显现西方历史悠久的语音优越观。德里达凭借自身深厚的希腊学术功底细致地梳理了自古希腊以降的语音中心主义：柏拉图认为文字不过是幼稚孩童的小聪明式的发明，难以与代表成人智慧的语音相提并论；亚里士多德的《解释篇》则认为"言语是心境的符号，文字是言语的符号"，"言语，第一符号的创造者，与心灵有着本质的直接贴近的关系。作为第一能指的创造者，它不只是普普通通的简单能指。它表达了'心境'，而心境本身则反映或映照出它与事物的自然相似性"②。显然，亚里士多德认为作为"言语"的语音能够直接切近绝对存在，不但是对在场的存在者的真实描述，也是人类主体内心经验的本真表征，而作为"符号"的文字则仅仅是"言语"的派生物以及对语音的简单摹仿，不能真正切近人类主体的心灵本质。所以，"文字始终是派生的、偶然的、特殊的、外在的，它是能指即语音的再现。亚里士多德、卢梭和黑格尔将它称为'符号的符号'"③。

德里达的看法是：这种语音中心主义（亦即逻各斯中心主义）是错误的，语音与文字难以分离，语音与文字相同，亦呈现出所指的含混性、互文性，亦难以表达某种明确的中心意义。德里达正是据此进一步分析了文学的特征，认为由于文学语言根源于隐喻修辞手段，故而诗人的写作只能是"以不确切的方式与世界打交道"④。而且，在相关写作过程中，作者会缘此而生出别一番苦恼，他曾引卡夫卡的创作体会为证："隐喻是使我感到绝望的东西之一，写作不能独立于世界……写作是无助的，它不能独立生存，它既是游戏，也是绝望。"⑤ 如此生成的文学文本，其所指当然也只能游移不定、难以捉摸，令读者无法捕捉到意义中心。

德里达力图消解、批判逻各斯中心主义的最终目的不是重新构建后现代语境中的语言秩序，而是"试图提出一些批判性解读的问题"⑥，对自古希腊以降的西方传统形而上学予以彻底清算，力图从根本上消除任何中心、权威、本质的可能存在，以差异性、多元性、不确定性取代传统形而上学所重视的总体性、同一性与完满性。因为在德里达看来，传统语言观背后的逻各斯中心主义，是形而上学最后的亦是最隐秘的堡垒。

---

① 德里达．论文字学．汪堂家，译．上海：上海译文出版社，2005：7.
② 同①：14.
③ 同①：40.
④ 同①：403.
⑤ 同①：394－395.
⑥ 同①：1.

深度思考

德里达对“逻各斯中心主义”、对传统形而上学本质主义的彻底解构，对文字学、哲学及其他理论科学而言，未免片面与极端，但对于文学而言，无疑是更具真理性的。其相关见解与我国古代诗学早就强调的“诗无达诂”“言有尽而意无穷”之类主张是具有相通性的。从文学作品的实际来看，亦正如德里达所指出的：“文学只有超越自身，只有通过一种语言的形象才能生存。”①

二、打破哲学与文学的对立

根据西方传统形而上学“符合论”的真理观，凡是能与客观存在的实体相吻合的观念便可以被视为真理。自古希腊以来，哲学一直被看作一门关于概念、判断、推理的理性学科，其中内在地包含着一种对客观世界整体存在的价值判断或描述关系。由于哲学语言准确、冷静、理智地显现了人类世界整体存在的绝对本质，因而哲学向来被视为把捉终极真理、切近超验本体的唯一途径。也正是因为这个原因，哲学在西方文明发展史上一直处于高高在上的尊贵地位，人也被顺理成章地看作理性的动物。相反，由于文学更擅长天马行空、想象创造，难以洞见人类安身立命的存在意义，故而被认为与真理之间存在着阻隔。早在古希腊时代，柏拉图就已断言，以诗歌为代表的文学艺术与“理念”隔了三层，只能“分有”“摹仿”永恒绝对的理念，而自身永远不能真正洞见理念。而且，以诗歌为代表的文学艺术有着亵渎城邦的神灵、诱惑无知青年步入歧途、有伤社会风化的罪责，所以，像荷马这样的诗人也要被驱逐出理想国，要由拥有理性智慧的哲学家统治城邦。

德里达从自己的解构主义立场出发，认为这样一种哲学与文学的对立同样是荒谬的。在德里达看来，哲学与文学并无本质区别，都呈现为一种与隐喻相关的符号系统，都是植根于隐喻手段的。如果把哲学文本中的隐喻结构消除，哲学也就不存在了。实际上，哲学与文学的区别只在于：文学始终承认自身植根于、源起于隐喻之中，而哲学则否认自身依赖隐喻手段，总是宣称彻底超越了文本的隐喻结构，从而是在一个更加本真的维度与世界进行交流沟通。哲学总在不遗余力地倾向于构建一套自足自明的概念体系，幻想仅仅通过自身创造的自足概念就可以直接洞见绝对真理，最终把捉超验世界的本体存在。德里达认为，这不过是一种一厢情愿的自我安慰，是用一种“白色神话”的自我欺骗方式掩盖了哲学存在的本真面目。

德里达所说的“白色神话”一词具有双重含义。其一，指构成哲学自身存在基础的隐喻结构，好像是用白色墨水书写的文字，虽然眼睛无法看到，但作为一种潜在文本，只要置于特殊

① 德里达．论文字学．汪堂家，译．上海：上海译文出版社，2005：394.

的境况之中就可明显看出。其二，指欧洲白种人的传统形而上学。德里达指出："形而上学，这白色神话反映并且重组了西方的文化：白种人把他自己的神话，印欧语系的神话，他自己的逻各斯，即他自己的方言的'范式'，当成了他必须依然希望称作'理性'的普遍形式。"① 这里，德里达是将"形而上学""白色神话""逻各斯"以及"理性"当作相同意义的概念使用的，认为正是作为"白色神话"的"逻各斯"或"理性"构成了西方文明的真正底色与价值原则，最终只能不可避免地形成一味强调总体、整体、同一的僵化思维模式以及生存模式。后现代语境中的解构主义，正是要彻底清算、颠覆这种传统形而上学，真正实现多元共生的繁荣局面。

理论辨析

传统的文学理论认为，文学与哲学是有本质区别的，前者是形象的、感性的，后者是抽象的、理性的。德里达从解构逻各斯中心主义、解构形而上学思维方式、解构二元对立思维模式的立场出发，从隐喻修辞的角度强调哲学与文学之间的同一性。虽然不无道理，但他完全否认二者之间的区别则是不切实际的。更令人难以接受的是，他在打破哲学与文学二元对立的同时，不仅解构了哲学，也解构了文学。

三、阅读策略与写作思想

德里达明确宣称：他的文字学一旦建立，即从根本上意味着逻各斯中心主义的瓦解。自此之后，所需要做的就是竭力凸显文字、张扬"文本"。与此相应，也就形成了德里达解构主义的阅读策略与写作思想。

在阅读策略方面，德里达认为，由于文本之外一无所有，因此，在阅读过程中，既无须致力于还原作者的原意，也不必追溯文本存在的缘由，同时也不必关心阅读之后的所思所想，应该关注的只是文本自身的内部矛盾，隐而不显的零乱性、不确定性、多元性等。这样一来，传统意义上封闭自足的"作品"，也就转化为变动不居的文本（text）；文本也已不再是一个拥有确定意义与在场真理的自足系统，呈现出的只是含混、重复、转义、情感碎片、意义痕迹之类的文本性。与之相关，对文本的每一次阅读，也都只能是一次不无主观误读性的个体体验。德里达认为，这是一种我们必须接受的自然阅读状态，应予以坦然承认。

在写作方面，德里达认为，由于文字符号本身的含糊、多义与晦涩，文本只能呈现为一种歧义的蔓延，因而即使同一写作者面对同一写作母题，在不同的时间、地点等条件下，亦可能写出截然不同甚至相互矛盾的文本。由于作品的终极意义难以确定，写作也就不可能实现传统理论所说的某种意义的表达，而只能是一个制造踪迹的活动过程，在这个过程中，作者实际上

① 蒋孔阳，朱立元．西方美学通史：第七卷．上海：上海文艺出版社，1999：397.

也就不存在了。德里达的这类见解，与法国另一位著名解构主义思想家罗兰·巴特所宣称的“作者已死”是相通的。

德里达创造了不少新名词来表达他的思考，如“印迹”“分延”“播撒”等等。“印迹”(trace)，或译为“痕迹”或“踪迹”，指的是文本中的文字符号并不具有稳定的在场意义，而只是符号的符号，是指向另一个词的踪迹。德里达认为，文字符号不是孤立的，都必有其他符号的痕迹，并指向其他符号。“分延”(la différance)，又被译作“异延”或“延异”，指的是由于文字符号难以表现在场意义，而只能呈现为踪迹性，故而其意义也就只能在时间过程中一环环地向后无限延宕。用德里达自己的解释，是指“在场/不在场这一对立基础上不可想象的结构和运动”，“是差异、差异之踪迹的系统游戏”①。“播撒”(dissémination)，或译为“播散”，指的是文字符号所呈现的不确定的、多样的状态。据德里达本人解释，这种状态与一般所说的一词多义不同，一词多义之意义尚可予以集中整体化，而“播撒”的意义则总是片段的、零乱的、散开的。德里达正是借助这类专创术语，更为彻底地割裂了作者与文本之间的联系，也更为彻底地解构了逻各斯中心主义。

深度思考

德里达对西方传统形而上学的思维模式，对一味追求整体、总体的逻各斯中心主义的颠覆与消解，对多元性、开放性、差异性思维方式的推崇，是极具思想进步意义的。他所揭示的文本符号的踪迹性，阅读过程的个体性，写作活动的非意义性等，也是发人深省的。但其极端化又必然性地使其走入绝境，最终只能被他所竭力推崇的“解构”策略解构。

第五节 巴赫金的文艺观

米哈伊尔·米哈伊洛维奇·巴赫金(Михаил МихаЙлович Ъахтин，1895—1975)是20世纪苏联最著名的思想家、美学家以及文论家之一。他出生于奥勒尔的一个濒临破落的贵族家庭，其父是一家银行的高级职员，幼年时生活尚称优裕，受到过良好的教育，但患有严重的骨髓炎。他自小聪慧过人，迷恋哲学、文学，十一二岁就熟读陀思妥耶夫斯基的作品，十二三岁就开始阅读包括康德的《纯粹理性批判》在内的哲学著作。1915年他从诺沃罗西斯克大学转入彼得堡大学历史语文系读书，大学期间，积极参加各类文化讨论与学术研究的社团活动。

---

① 德里达．一种疯狂守护着思想：德里达访谈录．何佩群，译；包亚明，校．上海：上海人民出版社，1997：76.

巴赫金

1920年到维捷布斯克市任教，在师范学院讲授文学课程，在音乐学院讲授音乐史与音乐美学。1924年到列宁格勒（现为圣彼得堡）的艺术史研究所工作，其好友云聚，不断进行哲学、美学、文学的讨论，被人称为“巴赫金小组”。1928年年底，因其学术团体活动被视为非法而遭逮捕，并被判刑流放五年。1936年他到萨兰斯科市莫尔多瓦师范学院任教，此后不久迫于政治气候的压力离职，一度靠亲友接济生活。1941年至1945年，至莫斯科郊区中学教书谋生。1945年复往莫尔多瓦师范学院任教，一直工作到1965年退休。

巴赫金一生虽历经坎坷，但始终笔耕不辍，著述浩繁，他思想独特，在人文学科诸多领域都提出了创造性的思想见解。代表性著作有《论行为哲学》（手稿，20世纪20年代）、《弗洛伊德主义》（与沃洛希诺夫合著）、《马克思主义与语言哲学》（与沃洛希诺夫合著）、《文艺学中的形式主义方法》（与梅德韦杰夫合著）、《小说的时间形式和时空体形式》、《言语体裁问题》、《陀思妥耶夫斯基诗学问题》、《拉伯雷的创作与中世纪和文艺复兴时期的民间文化》等。由于各种社会压力，巴赫金的很多著述都是托友人之名发表或者合作完成的，故而其人其说直到20世纪50年代末才被“发现”，并迅速为国际学术界所关注，目前，对他的研究已经成为一门专门的学问——巴赫金学。文艺学是巴赫金关注的重要领域之一，其相关见解也已在世界上产生了重大影响。

一、复调小说理论

复调小说理论是巴赫金在《陀思妥耶夫斯基诗学问题》中提出的见解。在这部著作中，巴赫金在细致解读陀思妥耶夫斯基小说中的诸多人物与情节的基础上，认为陀思妥耶夫斯基的卓越贡献是：“他创造出一种全新的艺术思维类型，我们把它权且称为复调型。这一艺术思维的类型，体现在陀思妥耶夫斯基的小说作品中，然而它的意义却不仅仅局限在小说创作上，并且还涉及欧洲美学的一些基本原则。甚至不妨这么说，陀思妥耶夫斯基简直是创造了世界的一种新的艺术模式；在这个模式中，旧艺术形成中的许多基本因素都得到了根本的改造。”[①] 显然，在巴赫金看来，陀思妥耶夫斯基的“复调型”小说已经超出了文学层面而达到了美学观念革新的意义。

巴赫金这样概括了陀思妥耶夫斯基“复调”小说的特征：“有着众多的各自独立而不相融合的声音和意识，由具有充分价值的不同声音组成真正的复调——这确实是陀思妥耶夫斯基长篇小说的基本特点。在他的作品里，不是众多性格和命运构成一个统一的客观世界，在作者统一的意识支配下层层展开；这里恰是众多的地位平等的意识连同它们各自的世界，结合在某个统一的事件之中，而互相间不发生融合。陀思妥耶夫斯基笔下的主要人物，在艺术家的创作构

① 钱中文．巴赫金全集：第五卷．白春仁，顾亚铃，译．石家庄：河北教育出版社，1998：1.

思之中，便的确不仅仅是作者议论所表现的客体，而且也是直抒己见的主体。”① 在《关于陀思妥耶夫斯基一书的修订》中，巴赫金更为深入地指出：第一，复调小说创造着独立于作者之外的有生命的东西——没有嵌入作者意识的框架之内的他人意识。它们在作者意识之外与之平起平坐，作者无力完成它们。第二，复调小说发现如何描绘自我发展的思想（与个人不可分割的思想）。思想成为艺术描绘的对象，但这思想不是从理论体系，而是从人间事件方面揭示出来的。第三，复调小说创造了在地位相等、价值相当的不同意识之间，以对话性为标志的彼此相互作用的特殊形式。上述三点实质上是同一现象的不同侧面。

要理解复调理论，首先要了解巴赫金以托尔斯泰等人的小说为例所总结的与之相对的“独白型”小说的传统。巴赫金认为，独白型的小说只有一个声音，即作者的声音。作者是全知全能的，一切主人公的话语、心理和行为都被纳入作者的意识。在这样的小说中，主人公是封闭式的，“整个是稳固坚实的存在，就像一座优美的雕塑”②。其活动、感受、思考和意识往往有着严格的限定，都不能超出作者所设定的“他的为人”，他只能永远是作者自己本人，也就是不超出作者自己的性格、典型、气质，否则便要破坏作者对他的独白型构思。小说之所以呈现出这样的形象塑造倾向，是因为它们是牢固地建立在作者的世界观里的，或者说外在的稳定的作者立场和作者视野是小说创作的前提，主人公的自我意识不能从内部突破作者意识的框架。而陀思妥耶夫斯基的“复调”小说则不同，其主人公“是永无完结的功能”，“没有一时一刻与自己一致”③。

要理解复调理论，还要进一步了解巴赫金的对话思想与交往美学。巴赫金始终强调，他不是文艺学家，而是一名哲学家。言外之意，就是要求人们应在更深层面思考他的文学理论，即文艺学语境下的哲学话语。巴赫金把“对话”看作人类基本的生存方式，认为两个声音才是生命的最低条件，生存的最低条件。对话无处不在，广泛而深入，在人们的每一句话、每一个手势、每一次感受中，都有对话的回响。人是作为一个完整的声音进入对话的，不仅是以自己的思想，而且是以自己的命运、自己的全部个性参与对话的。思想不可能存在于孤立的个人意识之中，如果仅仅停留在这里，就会退化以至死亡。“思想只有同他人别的思想发生重要的对话关系之后，才能开始自己的生活，亦即才能形成、发展、寻找和更新自己的语言表现形式、衍生新的思想。人的想法要成为真正的思想，即成为思想观点，必须是在同他人另一个思想的积极交往之中。这他人的另一个思想，体现在他人的声音中，就是体现在通过语言表现出来的他人意识中。恰是在不同声音、不同意识互相交往的联接点上，思想才得以产生并开始生活。”④ 巴赫金认为：所谓话语的公共空间，正是由各种差异和不同声音汇聚而成的一个充满张力的复合体。在巴赫金看来，陀思妥耶夫斯基的小说呈现出的正是这样一种对话性结构，具体表现为两种基本方式：一种是人物之间的对话，另一种是人物自身内心的对话。在小说中可以看到：“到处都是公开对话的对语与主人公们内在对话的对语的交错、呼应或交锋。到处都是一定数量的观点、思想和语言，合起来由几个不相融合的声音说出，而在每个声音里听起来都有不同。作者意图所要表现的对象，绝不是这些思想本身，绝不是这种不带感情色彩、局限于自身的东西，不是的。他要表现的，恰恰是一个主题如何通过许多不同的声音来展示；这可以称作

① 钱中文．巴赫金全集：第五卷．白春仁，顾亚铃，译．石家庄：河北教育出版社，1998：4-5.

② 同①：66.

③ 同①：66.

④ 同①：114.

主题的根本性的、不可或缺的多声部性和不协调性。”① 巴赫金认为，陀思妥耶夫斯基正是通过这样一种复调结构，深刻把握并揭示了社会现实的多元性和矛盾性，使小说具有了更为丰富的社会内涵。

在充分肯定“复调型”小说的同时，巴赫金亦指出，“独白型”小说（包括自传体小说、历史小说、风俗小说及史诗小说等）仍有自己的独特价值，有进一步发展的需要。因为人和自然的一些生存领域，恰恰需要一种面向客体的和完成论定的艺术认识形式，也就是独白形式，而这些生存领域将会存在下去并不断扩大。不过，要充分认识到：思考着的人的意识——这一意识生存的对话领域及其一切深刻和特别之处，都是独白型艺术视角无法企及的。另外，在审美思维上不要习惯于把独白形式绝对化。这种倾向表现为在分析作品时，总企图给主人公做出完全论定式的评价，总力图找到作者某种独白型的思想，总要设法到处寻找肤浅的与生活形似的逼真，从而忽视或否定陀思妥耶夫斯基艺术世界对生活本质的暗示——原则上不可能完成对生活的论定以及对话的开放性等。

深度思考

通过对复调理论的阐释，巴赫金主张在艺术及审美活动中，应加强自我与他者的积极对话，应重视主体之间的互动、冲突、互补，因为这一切构成了生命存在的生动活泼的进程。在巴赫金看来，无论是创作者、欣赏者还是批评者，所发出的都只能是众多独立平等的声音之一，他没有任何特权垄断一切，更没有权力统治他人的声音。在巴赫金的这类主张中，实质上隐含着解构主义的思想质素，其意义显然不仅在于文学艺术活动，更在于人类思想的解放，在于进一步冲破了主客二元对立的传统思维模式，在于对权力话语的警惕，在于对统一性的意识形态话语的解构等。

二、“狂欢化”理论

在《陀思妥耶夫斯基诗学问题》中，与复调小说理论相关，巴赫金还提出了业已引起广泛关注的“狂欢化”理论。此后，他在《拉伯雷的创作与中世纪和文艺复兴时期的民间文化》中，结合对拉伯雷作品的重新解读，对此进行了更为深入全面的阐释。巴赫金指出，由于人们习惯于文艺复兴以后的占主导地位的思维模式——如高扬理性、精神、理想，强调高雅、规范、标准语言等，以及所谓“美的美学”原则，拉伯雷的作品未能得到真正理解，乃至遭到了错误的贬低。在他看来，拉伯雷小说的怪诞、幽默、讥讽、粗鄙之类特征，代表了欧洲文学的另一传统，即民间狂欢的笑文化。其中表现的是实存的另一方面的现实生活，传达的是另一种

① 钱中文．巴赫金全集：第五卷．白春仁，顾亚铃，译．石家庄：河北教育出版社，1998：359.

世界感受，因而是一种重要的文化遗产。

何谓狂欢的笑文化？巴赫金通过对文化史的研究指出，这样一种笑文化，最为集中地见于人类节庆活动之中的“狂欢节”。“狂欢节，这是人民大众以诙谐因素组成的第二种生活。这是人民大众的节庆生活。”① 巴赫金认为，狂欢节的笑，是全民的笑、普天同庆的笑。它包罗万象，以万事万物取笑；它是正反同体的，是狂喜的，又是冷嘲热讽的，是既肯定又否定、既埋葬又再生的笑。“在这种节庆诙谐中，在本质上重新认识的意义上，依然存在着最古老的诙谐性仪式对神灵的嘲笑。在这里，一切祭祀性和限定性的成分都消失了，但全民性的、包罗万象的和乌托邦的成分却保存了下来。”② 也就是说，正是在“狂欢节”的笑声中，此时此刻的人回到自身，解去了种种束缚，异化消失，乌托邦的理想与现实暂时融为一体；人与人不分彼此，相互平等，不拘形迹，自由来往，从而形成了一种真正属于人的存在形态。巴赫金强调，这样一种“狂欢节的世界感受”，与人类生存的最高目的、与再生和更新，有着最为密切的联系。

巴赫金进而具体分析了“狂欢化”的下列特征：

亲昵的接触——凭此，可取消人与人之间的等级差别，以及与它有关的各种形态的畏惧、恭敬、仰慕、礼貌等，亦即人们不平等的社会地位（包括年龄差异等）所造成的一切现象。凭此，人们可以呈现自由随便的姿态，可以具有坦率的语言，人与人之间的任何距离都不再存在。

插科打诨——它同亲昵的接触这一特征是有机联系着的。通过插科打诨，人与人之间的关系以半现实半游戏的形式表现出来，从而打破得体、礼仪之类的普通生活的逻辑，而得享人性解放的快乐。

俯就——在狂欢节中，一切为狂欢体以外的等级世界观所禁锢、所分割、所抛去的东西，复又产生接触，互相俯就结合，从而使神圣与粗俗、崇高与卑下、伟大与渺小、明智与愚蠢等接近起来，结成一体。

粗鄙——即狂欢式的冒渎不敬，即在狂欢节中，人们可用与世上和人体生殖能力相关联的不洁秽语，可用对神圣文字和箴言的摹仿讥讽等一整套降低格调的言行，使人生转向平实。

加冕和脱冕仪式——此乃狂欢式的世界感受的核心所在。这个核心便是交替和变更的精神、死亡与新生的精神。它表现出新旧交替的创造意义；它还说明任何制度和秩序，任何权势和地位（指等级地位），都具有令人发笑的相对性。

巴赫金还以“怪诞现实主义”的称谓来描述狂欢理论，认为在怪诞现实主义中，物质-肉体自然因素是深刻的积极因素，这种自然因素在这里完全不是以个人利己主义的形式展现出来的，也完全没有脱离其他生活领域。在这里，物质-肉体的因素被看作包罗万象的和全民性的。它同一切脱离世界物质-肉体本源的东西相对立，同一切自我隔离和自我封闭相对立，同一切抽象的理想相对立，同一切与世隔绝、无视大地和身体的重要性的自命不凡相对立。巴赫金不断强调，物质-肉体因素的体现者不是孤立的生物学个体，也不是利己主义的个体，而是人民大众，而且是不断发展、生生不息的人民大众。在所有这些物质-肉体生活的形象中，主导因素都是丰腴、生长和情感洋溢，具有节庆的、欢宴的、欢乐的因素。而营造这一性质的怪诞现

① 钱中文．巴赫金全集：第六卷．李兆林，等，译．石家庄：河北教育出版社，1998：10.

② 同①：15.

实主义的主要特点是降格，即把一切高级的、精神性的、理想的和抽象的东西转移到整个不可分割的物质-肉体层面、大地和身体的层面。怪诞现实主义具有戏仿化、贬低化、世俗化和肉体化的特点。怪诞使人摆脱深入到占统治地位的世界观念中的那一切非人的必然性的形式——它们总是表现为某种坚如磐石的严肃的、无条件的和不可克服的东西。

巴赫金正是依据“狂欢化”理论，重新解读并高度评价了拉伯雷小说的独特魅力，并进而指出，中世纪以及文艺复兴之后，由于古典主义美学和官方文化的合谋，人类的狂欢化精神遭到了压抑、鄙视乃至弱化。巴赫金之所以特别推崇陀思妥耶夫斯基的小说，亦正是因为，与“复调”特征相关联，陀思妥耶夫斯基的小说堪称狂欢化式世界感觉的历史复现。联系巴赫金曾经遭遇的政治迫害与身心压抑，读者不难进一步体悟到，其上述理论见解决非仅针对文学，而是深隐着更为重要的对人性自由、人间平等的向往与呼唤。

相关知识

巴赫金在论述民间节庆活动时，作为比较，亦分析了官方节日的特征，并对其进行了尖锐的批判，认为官方节日“实际上，只是向后看，看过去，并以这个过去使现有制度神圣化。官方节日有时甚至违背节日的观念，肯定整个现有的世界秩序，即现有的等级、现有的宗教、政治和道德价值、规范、禁令的固定性、不变性和永恒性。节日成了现成的、获胜的、占统治地位的真理的庆功式，这种真理是以永恒的、不变的和无可争议的真理姿态出现的。所以，官方节日的音调气氛只能是死板严肃的，诙谐因素与它的本性格格不入。正因此，官方节日违反了人类节庆性的真正本性，歪曲了这种本性。然而，这种真正的节庆性是无法遏止的，所以官方不得不予以容忍，甚至在节日的官方部分之外，部分地把它合法化，把民间广场让给它”①。通过这类比较分析与批判，我们可更为清晰地看出巴赫金推崇民间狂欢节文化的思想内涵。

【本章关键词】

零度写作（zero degree writing）：来源于法国文学理论家罗兰·巴特1953年发表的一篇文章《写作的零度》。现在，零度写作方式多指作者在文章中不掺杂任何个人的想法，完全是机械地陈述。零度写作并不是缺乏感情，更不是不要感情；相反，是将澎湃饱满的感情降至冰点，让理性之花升华，从而使写作者得以客观、冷静、从容地抒写。

结构主义（structuralism）：结构主义是酝酿于20世纪初，兴盛于20世纪60年代的法国，并在欧美各国产生深远影响的一种关于世界的思维方式。结构主义者认为存在于整个人类文化中的任何事物，其本质并不在于其客观性自身，而是存在于与其他事物的关系之中。其研究方法是，不再对社会或知识做本质主义的解释，而是注重从整体性系统性原则出发，对事物的内在结构或事物之间的结构关系予以探究。结构主义影响到了文学中关于叙事结构、情节结构、文体结构等方面的研究。

后结构主义（post-structuralism）：后结构主义是在对结构主义的批判中发展起来的一种文化思潮。后结构主义者认为人类社会和文化领域的话语和符号，是充满着不确定性与变动性的，结构主义所注重的整体性原则难以贯彻，这就从根本上对结构主义方法提出了挑战。后结

① 钱中文. 巴赫金全集：第六卷. 李兆林，等，译. 石家庄：河北教育出版社，1998：11.

构主义文学批评强调通过对文本的话语分析，解构人物、情节、主体中存在的本质主义的结构特征。代表人物有罗兰·巴特、德里达等。

镜像（mirror image）：法国精神分析学家拉康提出的关于主体形成理论的重要概念，指的是6～18个月的儿童在能够说话、能够控制身体运动之前在镜子面前确认到的自己的形象。镜像阶段对于自我的形成具有重要意义，但这一自我意识的诞生是建立在幻象基础上的。拉康正是据此为自己的理论体系奠定了两个基点：自我认同是一种误认；语言为这种误认编织了一个存在于主体间的普遍性外衣。

话语实践（discursive practice）：法国思想家米歇尔·福柯提出的一个理论范畴。话语指的是"实践的语言"，是一种更加广泛意义上的语言使用。福柯认为，话语分析与社会的政治、经济、文化、制度等息息相关。话语实践既是知识的对象，又是知识的形式，它并不受超越其上的静止规律的支配，而是受蕴含于其内部的规则的调节。

复调小说（polyphonic novel）：复调小说是苏联学者巴赫金提出的概念。"复调"也叫"多声部"，本为音乐术语。巴赫金借用这一术语来概括陀思妥耶夫斯基小说的诗学特征，以区别于他称为"独白型"的欧洲小说模式。巴赫金认为"独白型"小说的特征是：众多性格和命运构成一个统一的客观世界，人物言行均出于作者统一意志的支配。复调小说则有着众多的各自独立而不相融合的声音和意识，是由具有独立价值的不同声音组成的。作者意识与小说主人公意识亦处于平等地位。

"狂欢化"理论（carnival theory）：苏联学者巴赫金提出的另一文艺见解。巴赫金研究了欧洲自古以来尤其是中世纪和文艺复兴时期的狂欢节文化，并以拉伯雷的文学作品为主要例证，从中总结出一种与官方或者教会文化相对立的狂欢文化，其特征是突破种种社会等级、秩序、制度的束缚与隔膜，以插科打诨、粗鄙世俗的语言及形式，戏仿嘲弄一切所谓高贵的、精神性的、理想的、庄重的文化。巴赫金认为，这种诙谐文化是真正人民大众的文化，是与人类生存的最高目的、与再生和更新有着最为密切联系的文化。

【推荐阅读】

汪民安．罗兰·巴特．长沙：湖南教育出版社，1999.

李钧．二十世纪西方美学经典文本：第三卷．上海：复旦大学出版社，2001.

包亚明．二十世纪西方美学经典文本：第四卷．上海：复旦大学出版社，2000.

哈贝马斯．现代性的哲学话语．曹卫东，等，译．南京：译林出版社，2004.

福原泰平．现代思想的冒险家们：拉康——镜像阶段．王小峰，等，译．石家庄：河北教育出版社，2002.

拉康．拉康选集．褚孝泉，译．上海：上海三联书店，2001.

福柯．知识考古学．谢强，等，译．北京：三联书店，1998.

福柯．疯癫与文明．刘北成，等，译．北京：三联书店，2003.

福柯．词与物．莫伟民，译．上海：上海三联书店，2001.

巴赫金．陀思妥耶夫斯基诗学问题．白春仁，顾亚铃，译．北京：三联书店，1988.

托多罗夫．巴赫金，对话理论及其他．蒋子华，张萍，译．天津：百花文艺出版社，2001.

董小英．再登巴比伦塔：巴赫金与对话理论．北京：三联书店，1994.

德里达．一种疯狂守护着思想：德里达访谈录．何佩群，译；包亚明，校．上海：上海人民出版社，1997.

德里达中国讲演录．杜小真，张宁，译．北京：中央编译出版社，2003.

【思考题】

1. 如何评价巴特所主张的“零度写作”?
2. 如何评价巴特的“作者之死”这一观点?
3. 如何评价拉康的“镜像”理论?
4. 如何理解拉康的“三界说”?
5. 如何评价福柯关于疯癫与文艺之间关系的观点?
6. 如何理解福柯的文学是一种特殊的话语实践的观点?
7. 如何评价德里达对逻各斯中心主义的批判?
8. 谈谈德里达基于解构立场对文学性的理解。
9. 如何理解与评价巴赫金的复调小说理论?
10. 结合当代审美文化现象谈谈对巴赫金“狂欢化”理论的理解。

第十六章

后现代主义文论

概　述

20 世纪 50 年代以来，后现代主义思潮逐渐在欧美各国出现，成为一种极其重要的社会文化现象，并扩散到全球各大文化圈之中。后现代主义思潮广泛涉及哲学、社会学、美学、文艺学、建筑学等诸多领域，对文艺理论的发展产生了重大影响，赋予其全新的当代形态，使得它与文艺传统的联系几乎仅存一种批判的关系。

由于“后现代主义”是一个巨大的能指，囊括了 20 世纪后半叶的各种思想理论与各类思想家，同时又似乎在排斥着这一切，因而对它的界定一直存在争议。但是，无论后现代主义的面相如何复杂斑驳，它的总体特征还是为人们所承认的，即它具有本能式的反叛与怀疑精神，反同一性与整体性，反主体性，全面消解传统价值，姿态较为激进，有时表现出虚无主义的倾向。

最早使用“后现代主义”这一术语的是 20 世纪 30 年代的西班牙哲学家乌纳穆诺与弗雷德里科·德·奥尼斯，他们用这个词来描述现代主义内部的某种反叛现象，但影响不大。在 1951 年和 1952 年，美国诗人奥尔森也开始使用“后现代”这一词语。1954 年，英国历史学家阿诺德·汤因比在其出版的《历史研究》第八卷中将普法战争之后的时期称为“后现代时代”，这里的“后现代”只是用来表示历史分期，尚不具有文化内涵，更不属于美学、文艺学范畴。到了 20 世纪 50 年代末，美国社会学家 C. 赖特·米尔斯和文学批评家欧文·豪也都使用“后现代”一词，但是他们都是在负面意义上来使用的，借以表达他们对自由的现代理想的一种怀旧与乡愁。进入 20 世纪 60 年代，在对冷战时期美国青年一代人的新感知力的政治赞美中，另一位美国批评家莱斯利·菲德勒较准确地描绘了后来人们称之为后现代文学的诸多品质：如对文学体裁的混用，充满否定精神的反讽和严肃，对高雅与低俗之分的消弭，大胆自由的戏仿等。但在上述情形中，人们对“后现代”的使用也还是比较模糊或随意的，尚乏理论内涵。

进入 20 世纪 70 年代，后现代的观念才真正传播开来并形成系统理论。1972 年，杂志《疆界 2》在美国出版，其副标题直接是“后现代文学与文化杂志”。杂志创办者威廉·斯潘诺斯有感于美国霸权在越战中的崩溃，要让文学回到现实世界中，要证明“后现代主义是对新批评的美学形式主义和保守政治观的抛弃、抨击和颠覆”[①]。而作为该杂志的早期撰稿人之一的伊哈布·哈桑就是对后现代理论做出重要贡献的一位理论家。20 世纪 70 年代中期，美国建筑界的实践和理论探讨使得“后现代”观念进一步深化。1977 年，批评家查尔斯·詹克斯在专著《后现代建筑语言》中，认为后现代的特征是“混合运用现代语沿袭传统相联系的风格体系，既迎合高雅品位又投合大众感受力。正是这种新与旧、高雅与通俗的自由混合把后现代主义界定为一场运动，并确定了它未来的状况”[②]。至此，后现代主义的理论内涵才渐趋明晰。1979 年，法国思想家让-弗朗索瓦·利奥塔在巴黎出版了《后现代状况》，提出后现代的本质在于对赋予知识合法性的各种宏大叙事进行消解，并将“后现代”作为人类文化的整体存在与普遍状态来研究。利奥塔的这类见解与相关研究，标志着后现代主义的真正成立。

从现有的研究状况来看，后现代主义的理论视域具有极大的开放性，广义上可以包括解构主义、新历史主义、女性主义、后殖民主义等思潮流派。狭义上亦涉及众多领域，如后现代科学、后现代道德、后现代宗教等。就后现代理论家来看，亦人数众多。除了哈桑和利奥塔以外，重要代表人物还有法国哲学家让-鲍德里亚，美国著名学者丹尼尔·贝尔、弗雷德里克·詹姆逊、大卫·雷·格里芬等人。被称作“后现代主义大祭司”的鲍德里亚提出了“消费社会”、“符号交换”和“拟像”等重要概念，将后现代社会定性为“消费社会”；贝尔提出了“后工业社会”概念，并分析了现代主义向后现代主义转变，以及打破艺术与生活的界限之类后现代主义艺术的特征等相关问题；詹姆逊认为，后现代主义体现了晚期资本主义的文化逻辑；格里芬则提出了建构性后现代主义的理论主张。

无论就社会文化现实还是理论反应来看，20 世纪 60 年代以来，后现代主义思潮在西方的兴盛都是无疑的，然而这并不意味着它所向披靡。德国哲学家哈贝马斯即对后现代思潮提出了尖锐的批评。1980 年哈贝马斯在德国法兰克福市接受阿多诺奖时发表了题为《现代性：一个未完成的规划》的演讲，该演讲无论是在现代性还是后现代的理论话语中都具有重要地位，尤其对后者来说，它还成了“一篇标准的参考文献”[③]。一年之后他在慕尼黑所做的演讲《现代和后现代建筑学》以及 1985 年的《现代性的哲学话语》都坚持了他对后现代的批判精神。哈贝马斯认为后现代是不可能的，因为作为现代性基本原则的主体性在现代仍未充分发展和实现，整个现代性规划还有待于实现。哈贝马斯的这种为现代性卫道的精神使之恰好成为利奥塔的天然论敌。[④] 因为利奥塔认为后现代的本质就是对包括启蒙话语在内的各种现代的宏大叙事进行消解。哈贝马斯和利奥塔之间的论争不但是两人的理论之争，更是现代性与后现代性这两大话语阵营之争的缩影。

如果仅就后现代主义在文艺理论领域的影响来看，特别值得重视的有利奥塔、哈桑与苏珊·桑塔格等人的见解。利奥塔对康德“崇高”美学的后现代解读以及对先锋艺术的研究，哈桑对后现代文艺特征的分析，苏珊·桑塔格的“反对阐释”与“新感受力”等文艺命题，都在一定程度上推动了后现代文艺理论的形成。

---

① 安德森．后现代性的起源．紫辰，合章，译．北京：中国社会科学出版社，2008：16.

② 同①：23－24.

③ 同①：38.

④ 利奥塔对哈贝马斯现代性规划的批判可参见《后现代状况》（岛子，译．长沙：湖南美术出版社，1996）第 15 章。

第一节 利奥塔的文艺观

利奥塔

让-弗朗索瓦·利奥塔（Jean-Francois Lyotard，又译为利奥塔尔，1924—1998），法国著名哲学家、后现代理论家。先后在中学和大学任教，曾支持阿尔及利亚反殖民斗争等政治活动。但学生运动的失败等政治现实粉碎了利奥塔力图通过自由、民主的启蒙解放运动达到公正的幻想，使他逐渐从左派转变为一个反马克思主义者，并走上后现代的道路，对各种启蒙和解放的话语进行批判。利奥塔的主要理论著作有《后现代状态：关于知识的报告》《力比多经济》《非人：时间漫谈》《差异》《现象》《崇高分析讲演：康德〈判断力批判〉23-29节》等。其中《后现代状态：关于知识的报告》一书将后现代命题提升到了哲学范畴，使之成为研究这一课题的经典著作。

《后现代状态：关于知识的报告》一书源于为魁北克政府的大学委员会做的一个关于当代知识状况的报告。在书中，利奥塔给后现代下了一个经典的定义："简化到极点，我们可以把对元叙事的怀疑看作'后现代'。"[①] 而所谓元叙事，也被称为宏大叙事，是指具有合法化功能的叙事，也就是指具有将知识合法化功能的叙事。虽然利奥塔后来承认，他在将后现代与宏大叙事联系起来的问题上走得太远了，但是对宏大叙事的话语霸权的批判是利奥塔一直强调的后现代基本精神，因此他也认为应当区分不同的用语体系和不同的话语样式[②]，其中包括与宏大叙事相对的小叙事，因为"小叙事是保持想象创造最基本的形式"[③]。从正面来说，后现代知识最为推崇的就是想象力，它追求的是一种"不稳定性"与多元化，排斥稳定系统和决定论，它包容了整个后现代的知识领域。基于后现代的这样一种品质，利奥塔又强调后现代不是现代的对立面，而是现代的一部分。他认为："在现代中已有了后现代性，因为现代性就是现代的时间性，它自身就包含着自我超越，改变自己的冲动力。现代性不仅能在时间中自我超越，而且还能在其中分解成某种有很大限度的稳定性。""现代性是从构成上，不间断地受孕于后现代性的。"[④] 因此，他反对将后现代性看作一个时间观念，主张重写现代性。在这一点上，他似乎与他所批判的哈贝马斯站到了同一立场，因为后者也主张现代性是一未竟事业。

---

① 利奥塔．后现代状态：关于知识的报告．车槿山，译．北京：三联书店，1997：2.

② 利奥塔．后现代性与公正游戏：利奥塔访谈、书信录．谈瀛洲，译．上海：上海人民出版社，1997：167-169.

③ 安德森．后现代性的起源．紫辰，合章，译．北京：中国社会科学出版社，2008：27.

④ 利奥塔．非人：时间漫谈．罗国祥，译．北京：商务印书馆，2000：26.

在这一独特的后现代视野下，利奥塔的文艺思想主要集中在关于后现代文化状态下文艺的生产与生存、崇高美学的现代性重写以及相关的先锋派艺术等问题的研究方面。他这方面的著作有《杜尚的变压器》《非人：时间漫谈》《崇高分析讲演：康德〈判断力批判〉23－29节》等。

一、叙事危机：传统规则的颠覆

利奥塔认为，后现代精神的重要标志就是对元叙事的怀疑，而科学真理与人文话语都只不过是一种叙事，随着叙事合法性的丧失，在后现代社会中，科学知识与叙事知识也就不再具有元叙事所生产的绝对真理的价值。因此，利奥塔强调异质多元性，主张建立多声部话语的“语用学”。这也就构成了利奥塔对哈贝马斯进行批判的起点，并进而引发他探讨了处在元叙事危机之下的后现代文艺的生产及其存在问题。

在利奥塔看来，哈贝马斯的现代性规划就是要从改善美感经验的地位出发，并使这种美感经验和人类的生存发生联系，参与认知过程和规范的期待，从而通过艺术去弥合认知、道德和政治话语之间的分歧，形成个体人性与社会伦理的修整统合。利奥塔质疑哈贝马斯设想的这种社会文化的统一体，并将这种同一性思维归咎于黑格尔的辩证法统一经验。与哈贝马斯相反，利奥塔认为现代性无法规划出一个真正的社会统一体，或者即便存在这样一个统一体，那么通往这个统一体的道路也必须是一种在异质混合的语言游戏规则中产生的认知的、伦理的和政治的语言游戏，而这些游戏规则却可能属于另一种不同层次的秩序，同样是应当批判的。①

在以哈贝马斯观点为代表的追求秩序与同一性的现代性哲学话语中，出现了要求停止艺术实验、铲除先锋主义的共识，这种共识要求艺术家和作家回到大众中，担负起治疗社会的责任。利奥塔认为这种主张导致文艺走上了作为庸俗折中主义的“现实主义”（写实主义），而这种现实主义的写实模拟与再现在后现代社会中已经没有真实性了，只剩下怀旧与讥讽。利奥塔明确指出：“在这个世界里，古典主义全然没有存在的必要了。现实如此支离破碎，除了畅销书和实验作品，现实似乎无法提供经验给人们。”② 他进而断言，得益于发达的后工业社会的机器与技术条件而出现的畅销书与实验作品并非艺术的灾难，相反，它大大提高了艺术的生产力与生产效率。更值得肯定的是，对于先锋艺术家来说，他们不会迎合大众传媒与大众欲望，他们不愿苟活于旧有的艺术规则之下，相反，他们是在颠覆传统规则的同时，不断创新着艺术。利奥塔还指出，在这种工业化的现实主义和大众传媒的双重挑战下，先锋艺术已形成了自己的辩证法，如杜尚的“现成品艺术”已经将后现代美学的中心问题从“什么才是美”扭转为“什么才可以称为艺术”。

利奥塔认为艺术应是独立存在的，它不代表任何东西，也不为其他东西而存在，它的力量全在它的表面上，且只有表面，是“这里-现在”。而现实主义（写实主义）却“回避艺术问题内部的现实性”，为他者与他物而存在。利奥塔进而分析了在外部权力支配下的这样两种典型的现实主义：一种是政治的现实主义，一种是拜金的现实主义。当权力来自政治权力时，现实

① 利奥塔．后现代状况．岛子，译．长沙：湖南美术出版社，1996：196.

② 同①：198.

主义（政治的现实主义）总是“提供符合政党所要求、所选择、所宣传倡导的‘正确’意象、叙事和形式”[1]；当权力来自资本时，艺术就成为拜金的现实主义，其特征是一味追逐流行口味和市场销路，从主题选择到制作包装，都在迎合大众和艺术赞助者的品位，变成了“什么都行”式的庸俗的时尚之物，艺术价值的评判也就只剩下了利润这一标准。

在以上关于现实主义文艺的分析中，利奥塔出色而合乎语境地融合了权力分析与文化研究的理论资源，但是他并没有止步于这种理论的视野之内，而是进一步使之与他自己的叙事合法性问题联系起来。他指出，关于工业复制的文艺与现实主义问题的阐释不能仅仅停留在狭隘的社会化和历史化状态，必须超越本雅明和阿多诺的理论模式，去质疑科学与工业的叙事合法性，“科学和工业无法逃脱像艺术和文学一样的质疑，我们决不能不加分析地相信科学与工业。否则，就会助长科技实用主义的恶魔品性这一过火的人文观念”。[2] 利奥塔认为当今科技的绝对支配优势是不可否认的，认知性的陈述要服从于科技标准，在科学知识和资本经济的背后有一套知识与承诺上的共识，而且只有通过这种共识的考验，现实才能存在。这条原则对科学与资本主义的诞生具有决定意义，因为现代性的出现总是伴随着对传统规则与信仰的颠覆，即，如果“现在”的位置上存在着的依然是传统规则的话，那么也就意味着“现在”这种现实还只是“过去”，现实还是匮乏的，还未到来的，所以现代性的出现也总是伴随着对现实之中“现实的匮乏”的发现以及对各种现实的创造，否则就没有任何现实可言。利奥塔指出，这种“现实的匮乏”在某种程度上意味着尼采所说的那种虚无主义，而尼采用以克服这种虚无主义的透视主义方法在康德的崇高美学里已经完成，现代艺术尤其是先锋艺术正是在这种崇高美学里找到了自己的逻辑。

《后现代状况》书影

相关知识

利奥塔在 1983 年发表的《回答该问题：何为后现代主义?》一文中对哈贝马斯进行了直接批判，二人之间的著名论争由此开始。论争本身并没有结果，因为在思想领域中，一种立场并不是为了被打败才出现的。美国哲学家理查德·罗蒂对这场论争采取了一种折中的态度，他认为我们确实已不再需要元叙事，但利奥塔的不足也是明显的，会使人类陷入干枯的窘境；哈贝马斯的那种超历史的主体间的交往理性对增强人们的社群认同感亦并无裨益，但认同感和共识对于人类而言仍是重要的。

二、崇高：表现不可表现之物

“崇高”自朗吉努斯时代成为一个重要的美学范畴以来，经过英国哲学家柏克与德国哲学

---

① 利奥塔．后现代状况．岛子，译．长沙：湖南美术出版社，1996：201.

② 同①：203.

家康德的建设，似乎已是一个完成了的封闭遗产。利奥塔重拾这个概念，对康德的崇高美学进行了批判性考察，使之与20世纪下半叶的艺术实践和后现代理论视域结合了起来，赋予了它新的理论维度。

利奥塔继承和阐发了柏克和康德的崇高理论，形成了自己关于崇高的思想。他认为崇高在柏克那里由古代道德情操问题转化为情感紧张化的问题，它是一种由于不会到来的威胁而形成的恐惧与愉悦的融合，这就提供了将文艺作品从经典的摹仿原则中解放出来的可能。对于康德，利奥塔则主要注重他关于想象力与理性相对立的观点。康德认为，一方面，崇高感的生成是由于数量或力量上无限大的对象对想象力施暴，使之无能而受挫，觉得对象是无形式的，是不可把捉与无法完整呈现的；另一方面，对象的威力对于主体来说又处在一个安全的距离，不会实际带来威胁，于是主体就产生了一种来自心灵中某种理性观念的自豪感，这就是崇高感。利奥塔继承了康德理论中未定性、呈现的无形式性、对无限的超越性等观点。在此基础上，利奥塔认为崇高是对一种不可表现的事物的表现，是要表现出这种不可表现的事物的存在。

但与康德将绝对大的、想象力所不可表现的对象主要局限于自然事物不同，利奥塔认为不可表现的东西乃是观念的绝对事物，例如人性、正义、宇宙、善等，这些东西都无法用事例或象征去说明，无法表现出来。尽管如此，它们的存在仍然是可以证明的，这就是通过抽象的艺术作品去表现，但是这种表现是消极的、否定性的表现，是“避免形象或是再现的”，“它将通过禁止让人们看，来使人们看见”①。这种否定性的表现就是新的崇高美学的特征。这样就出现了一个矛盾：既然作为观念的这些绝对事物是不可表现的，却又不得不去表现，于是只好“动用感官功能或想象官能，用可感知的去表现不可言喻的——即使失败，即使产生痛苦，一种纯粹的满足也会从这种张力中油然而生”。② 因此，崇高不是简单的满足，而是在努力去表现不可表现的事物的张力中的生动的满足。同样，对于艺术欣赏者来说，他也“不是体验到一种简单的愉悦，他不是从与作品的接触中获得伦理的教益，他希望从作品中得到感受和理解能力的加强，一种矛盾的情感乐趣”③。

这样一来，“这种崇高本质上是快感和痛苦的结合，即理性超越任何表现的快感，和想象力或敏感性无法等同概念的痛苦”④。无论是主体的那种“不得不去表现”，还是欣赏者的矛盾的情感乐趣，都是这样的快感和痛苦的结合，都打破了康德“美的分析”理论中想象与知性的和谐，“这种美的结婚或至少是订婚被崇高打碎了”，“崇高只不过是美学领域中伦理的牺牲征兆。因为它要求想象的实物（精神内外的）牺牲在实用理性的利益中（涉及崇高情感在伦理上的评价时，还会有一些特殊问题）。这样就宣告了一种美学的终结，即美之美学的终结。这是以精神的最终目的即自由的名义宣告的”。⑤ 利奥塔由此将康德的崇高感解读为伦理固有的一种超验性的、道德和自由法则的美学标志，并进一步宣称“崇高不可能成为一种人文艺术的事，甚至不能称为某种可能是‘智慧地’和我们的情感相通之自然的事”⑥。也就是说，利奥塔从康德的静观美学中发现了它自身的悖论，即当代的美学不可能是纯粹艺术，当然更不可能

① 利奥塔．后现代性与公正游戏：利奥塔访谈、书信录．谈瀛洲，译．上海：上海人民出版社，1997：137.

② 利奥塔，等．后现代主义．赵一凡，等，译．北京：社会科学文献出版社，1999：23－24.

③ 利奥塔．非人：时间漫谈．罗国祥，译．北京：商务印书馆，2000：113.

④ 同①：140.

⑤ 同③：151.

⑥ 同③：150.

是纯粹自然的形式美学，它已现实地成为一种关乎自由与理念的伦理事业。利奥塔将康德美学中“美”与“崇高”的共时结构更改为历时结构，并用后者终结了前者。所以，利奥塔对19世纪末期之后100年间的艺术做出这样的判断：“一个世纪以来，艺术不再以美，而是以隶属于崇高的某种东西为其主要赌注。”[①]“现代艺术（包括文学）正是从崇高的美学那里找到了动力。”[②] 由于利奥塔将崇高视为对不可表现的事物的存在的表现，同时认为现代艺术是崇高的，因而现代艺术也就是致力于表现某种不可表现的东西的存在的艺术。例如，他认为现代绘画的任务就是表现存在着某种我们可以构想却既不能看见也不能表现的东西。

利奥塔对“崇高”逻辑的运用并没有到现代艺术这里就结束，相反他一步步地放大了“崇高”范畴的透视范围。继将现代艺术视为崇高的艺术之后，他又认定整个现代美学也是崇高的美学[③]，进而又将崇高当作构成现代性特征的艺术感觉模式[④]，最后，他宣称资本主义的诗学是天才的诗学，资本主义的美学不是美的美学，而是崇高的美学。因为资本主义的最终目标不是根据标准建造起来的一个技术、社会或科学的创造物，资本主义的创造不屈服于标准，它创造标准。[⑤] 至此，“崇高”已成为利奥塔对整个资本主义制度及其文化状态、美学、艺术的整一的定性。

略显矛盾的是，利奥塔一方面认为现代美学是崇高的美学，一方面又认为现代美学的崇高不是真正的崇高，因为“它是怀旧的；它只允许那不可表现的作为匮乏的内容被唤起，但是形式，由于其可辨认的一致性，继续给读者或观众提供安慰和快感的材料”[⑥]。真正的崇高不具有可辨认其一致性的形式，它所提供的也不是单纯的安慰和快感，而是理性超越任何表现的快感与想象力的无能的痛苦这两者的结合。面对这一矛盾，利奥塔将后现代和崇高结合起来试图予以解决。以艺术领域为例，利奥塔认为：“塞尚挑战的是什么样的空间？印象主义者的空间。毕加索和布拉克挑战的是什么样的物体？塞尚的物体。杜尚在1912年与何种预先假定决裂？与人们必须制作一幅画——即便是立体主义的画——的想法。而布伦又检验了他认为在杜尚的作品中安然无损的另一预先假定：作品的展示地点。‘一代一代’以令人吃惊的速度闪过。一部作品只有首先是后现代的才能是现代的。这样理解之后，后现代主义就不是穷途末路的现代主义，而是现代主义的新生状态，而这一状态是一再出现的。”[⑦] 在这一意义上，利奥塔认为后现代主义是现代主义的一部分，它也是崇高的，它拒绝形式的安慰，拒绝“允许产生对不可能事物的怀旧感的共同体验”的品位的共识，通过表现召唤那不可表现的事物，积极探索新的表现方式，以便“显示更好地产生存在着某种不可表现的事物的感觉”。因此，后现代艺术家都处于哲学家的位置上，他们的创作与作品不受既成规则主宰，他们在没有规则的情况下通过他们的作品探讨和创造新规则。这与利奥塔资本主义的崇高风格是不屈服于标准、创造标准的观点是一致的。

到这里我们可以看到，利奥塔对崇高的阐释与他的后现代艺术理论在精神上是完全相通

---

① 利奥塔．非人：时间漫谈．罗国祥，译．北京：商务印书馆，2000：149.
② 利奥塔．后现代性与公正游戏：利奥塔访谈、书信录．谈瀛洲，译．上海：上海人民出版社，1997：135.
③ 同②：140.
④ 同①：105.
⑤ 同②：148.
⑥ 同②：140.
⑦ 同②：138.

的。无论是对崇高的论述还是对后现代艺术的论述，他都坚持未定性的原则，反对形式或规则上的共通感，追求当下的瞬时呈现，通过成为“后现代的”而成为“现代的”。

理论辨析

利奥塔对“崇高美学”的褒扬是与他对“优美美学”的批判相联系的。他首先批判了鲍姆加登以二元对立的模式将审美判断归于概念判断，从而把艺术作品看作是被概念化地决定着的观点；同样，针对康德的优美美学承认想象力（被给定物的到来）与概念力（在主体能力中的展开）的和谐统一，认可被给定物能够在形式中得到再现的观点，利奥塔认为在这种可通约的时空形式中，美的判断只是对作品是否符合美的公共标准做出判决的活动，这样一来它就成了规定性的判断而非反思性的判断，容易导致对真实的掩盖。

三、先锋艺术：交流性的悖论

在崇高美学理论的逻辑之下，利奥塔对西方先锋派艺术极为赞赏。如前所述，他认为现代艺术在崇高美学里找到了动力，而先锋派也从那里找到了自己的原则。所以他说：“必须重温康德在《判断力批判》中对崇高的分析，如果人们想对现代性和被人们称为绘画或音乐领域的先锋派的事有所了解的话。”① 在利奥塔看来，因为现代艺术连同资本主义本身也都是崇高的，所以先锋派艺术与资本之间也存在着一种默契，就是资本主义所激发起来的怀疑和破坏力量鼓励艺术家拒绝陈规，不断实验新的表现方式、风格和材料；在这一意义上，利奥塔认为先锋派运动的真正过程实际上是“一种长期的、执着的、有高度责任感的工作，目的在于研究现代性隐含的假设”②。这是利奥塔对先锋派艺术社会价值的基本观点。

在利奥塔看来，作为崇高美学的先锋派艺术是关于美的美学的颠覆和终结，它反对康德关于美的共通感的假设，强调表现的否定性。他说：“当再现那无法显示的东西时，再现本身遭到牺牲。”③ 所以先锋派艺术对于公众来说就显得是怪异、无形式、纯粹否定性的东西，它不是公众交流的语言；先锋派艺术使表现与被表现者的冲突总是无法解决，从而赋予了表现规则和形式上的巨大自由，使艺术成了一种规则和形式不断创新、变更的“享乐”。利奥塔指出，先锋派艺术就是作为享乐的这种“发生”，通过形式上的不断更新来维持这种“发生”，侧重于“这里-现在”的即时性，侧重于瞬时感悟中的呈现。

利奥塔认为最能代表这种崇高风格的先锋派艺术是极简主义（minimalism），这是一种因形式极其简单而产生崇高的先锋派艺术。因此，利奥塔将纽约的先锋派画家巴内特·纽曼看作

① 利奥塔．非人：时间漫谈．罗国祥，译．北京：商务印书馆，2000：149.

② 利奥塔．后现代性与公正游戏：利奥塔访谈、书信录．谈瀛洲，译．上海：上海人民出版社，1997：146.

③ 利奥塔，等．后现代主义．赵一凡，等，译．北京：社会科学文献出版社，1999：23.

现代崇高艺术的代表。他认为先锋派艺术摆脱了时间问题的困扰，纽曼的画作表明了时间就是作品本身；纽曼的作品并不展示时间绵延的那种意识，而是使作品成为际遇本身，成为那一个特定的瞬间："它说'我在这儿'，也就是说'我是你的'，或'到我这儿来吧'。这两个请求：我，你，是不可替代的，它们只在'这里-现在'的急迫中发生。"① 利奥塔认为"现在"是一个不可预料的降临或到达的瞬间，是意识无法意识到的东西，它启示着"这里"（此在），但又不是"这里"。纽曼的作品呈现的只是呈现本身，而且在这瞬间，人也呈现出来了。利奥塔分析了柏克的崇高理论对纽曼的影响，认为柏克在论述崇高起源于恐惧的时候，就暗示着在那种虚无的威胁中将要见识某物的到来，在那瞬间到来的时候，呈现所呈现的是一种不可能，人们感到自身被呈现了。

使先锋派艺术与崇高联系在一起的，正是这种对"这里-现在"和瞬间的追求。"先锋派试验艺术则将敏感的此刻的际遇当作不能被表现的又仍在表现性的伟大绘画的衰退中表现的东西来记录。""先锋派艺术不致力于在'主题'中的东西，而致力于'在吗'和致力于贫乏。它就是以这种方式归属于崇高美学的。"② 这样，利奥塔就将先锋派艺术视为对瞬间性、未定性的否定性表现，解放了艺术创造的规则与形式，使之成为一种不断变化的享乐，并以"这里-现在"感悟维持这享乐的发生，将先锋派艺术与人的存在本身打通了。而这种"这里-现在"的瞬间感悟是一种深刻的孤独、悲剧性的存在感，成为一种抗争性的崇高。

与利奥塔对先锋派艺术的褒扬不同，有一种批评意见认为先锋派艺术仅仅是一种不断玩弄花招的形式主义而忽视对对象的表现，因此这种意见将先锋派艺术看作艺术的终结。对此，利奥塔首先认为艺术的终结是可能的，当表现成为概念化的再现时，艺术就会终结。他指出源自黑格尔的艺术终结论属于作为元叙事的同一性与逻各斯中心主义所遭遇的危机的一部分，而再现的现实主义艺术工业（尤以摄影为甚）间接地属于这种终结艺术的方式。虽然如此，利奥塔认为先锋派艺术不但不是艺术终结的标志，反而是对这种终结危机的反抗；先锋派艺术家都是"聆听者"，他们"听"那些不可表现的东西，他们利用多变的艺术探索，赋予各种艺术形式以权利，使它们成为多元并生的"微逻辑"与"小叙事"，从而使所"听"到的那种不可表现的东西在艺术中"发生"。

利奥塔关于崇高和先锋派艺术的论述是和他的后现代理论相联系的。由于利奥塔将后现代视为宏大叙事的终结，他就从另一方面强调各种独立的、异质的"小叙事"。他认为语言不是一个交流工具，而是用语的领域形成的复杂的群岛，这些用语源于各自不同的体系，这些体系相互之间是无法翻译和转换的。哲学领域里的许多理论，如德里达的"延异"、福柯的"话语"、列维纳斯的"他者"、德勒兹的"游牧"等都强调了不可通约性；艺术领域中的杜尚、格特鲁德·斯坦因，以及他们之前的拉伯雷和斯特恩，都是后现代主义者，因为他们也都通过强调矛盾从而证明了这种不可转换性。利奥塔认为之前一个世纪里面的所有先锋派艺术的研究都趋向于去发现各种用语体系之间的不可转换性。而崇高对美的共通感的否决，对呈现的否定性的追求，都是在拒绝交流与转换，只求那一瞬间"这里-现在"的存在感悟。因此，利奥塔关于崇高与先锋派艺术的思想也是他后现代理论的重要体现、构成与实践。

---

① 利奥塔．非人：时间漫谈．罗国祥，译．北京：商务印书馆，2000：89.

② 同①：115.

相关知识

利奥塔是在后现代主义语境下论及先锋派艺术的，其实先锋派艺术与现代主义的联系更为紧密。雷纳托·波焦利在 1963 年出版的《先锋派理论》中即将先锋派艺术纳于现代主义名下，约翰·韦特曼在 1973 年出版的《先锋派的概念：对现代主义的探索》中采取了同样的态度。德国学者彼得·比格尔的《先锋派理论》尽管没有明确将先锋派与现代主义相提并论，但明显的是，他也是把整个讨论放在现代主义的范围内进行的。唯独美国学者卡林内斯库在《现代性的诸副面孔》中将后现代主义作为先锋派的一个亚范畴的做法与利奥塔相近，但他的这个观点后来也发生了变化。

理论辨析

利奥塔之所以将先锋派艺术与崇高联系起来，是由于先锋派艺术正是通过它的此时此地性来呈现不确定性与不可表现性的。在此过程中先锋派艺术必须抛弃优美美学所要求的审美判断上的“共通感”，抛弃时空表象的形式，专注于对不可表现之物的呈现的瞬间际遇。因此在利奥塔看来，先锋派艺术家的任务就是拆散与时间相关的精神推断，否定时间的连续性，而这正是崇高的要义。

第二节 哈桑的文艺观

伊哈布·哈桑（Ihab Hassan，1925—2015），当代著名的埃及裔美国文艺理论家，后现代理论的先驱与主要开创者之一。1925 年出生于埃及开罗，从开罗大学毕业后到美国宾夕法尼亚大学就读电子工程专业，1948 年取得硕士学位。此后对文学产生浓厚兴趣，又修读了文学硕士和英文博士的学位，曾先后在伦斯勒理工学院、威斯康星大学任教。伊哈布·哈桑的著述丰富，出版专著 13 部，其著述被翻译为 16 种语言。其中最重要的是关于后现代主义的评论，以《后现代的转向》最为著名。

伊哈布·哈桑

与利奥塔和鲍德里亚等后现代理论家的思想历程不同，哈桑是从文学艺术批评进入后现代研究的，并据之形成了关于后现代的整体认识。早在 1967 年，哈桑就在文学研究中提出了“沉寂的文学”的概念，用以描述当代西方文学中的某种“反文学”的现象；在 20 世纪 70 年代初，哈桑开始使用“后现代主义”一词，逐渐认为 20 世纪后半叶的西方世界出现了整体性的

“后现代转向”。虽然哈桑不认为后现代主义是一种原型知识，但是他认为这对当代世界仍然有重大的修订意义。总体上，哈桑认为后现代除了具有强烈的解构、反讽、不确定性精神之外，也并非与现代性追求完全对立，它也有着对总体感性、抹平差异性的追求。哈桑的文艺批评活动开始于早期关于“沉寂的文学”的研究，其后转入对后现代文艺的多元化及先锋派艺术的理论探讨。

一、沉寂的文学

哈桑在1967年发表他的后现代主义的观点之前，已经发表了《沉寂的文学》一文，探讨了当时文学中的难以命名的现象，他称之为“反文学”或“沉寂的文学”。1970年他又发表了《批评的前沿：沉寂的隐喻》一文，进一步分析了这种沉寂的文学，认为这种文学反对自身，渴望沉默，其特征在于自我消解。也就是说，这种文学是反文学（自身）的，它不仅用符号表现形式的颠覆，而且象征着意志和力量的颠覆，是对文学观念自身和整个社会的怀疑与质问。

在1971年的专著《肢解俄尔普斯：走向后现代文学》中，哈桑分析了希腊神话中的俄尔普斯的故事，并将俄尔普斯视为后现代沉寂的文学的原型。传说中俄尔普斯是乐神缪斯之子，擅长竖琴和歌唱。他的歌声吸引了整个自然界的山石、鲜花、大海，他的妻子欧律狄克也因为他的音乐而嫁给他。后来欧律狄克被毒蛇咬死，俄尔普斯发誓要下到地狱追赶欧律狄克。看管欧律狄克的守护神们这一次同样被俄尔普斯的音乐慑服，便同意解除死亡之约，并将他的恋人送回人间。但是俄尔普斯违反天条，在通过地狱之界时，偷看了欧律狄克一眼，因此永远地失去了自己的妻子。最后，俄尔普斯因为拒绝参加酒神狄俄尼索斯的节日，被酒神的侍女们撕成了碎片，但是他的头颅和竖琴被扔进河流之后仍然在水流中歌唱。哈桑将俄尔普斯的故事看作后现代文学的一个隐喻，即文学虽然像俄尔普斯一样被肢解了，但是依然在残琴断弦上继续歌唱，亦毁灭亦创造。

所以，在哈桑看来，文学的沉寂并不是文学的死亡，而只是文学对待自身的一种态度。他将先锋文学作为后现代沉寂的文学的典型代表，指出其“沉寂”具有复杂的意义。首先，沉寂是先锋文学“反文学”传统的表现，这个传统从萨德一直延续到贝克特；其次，沉寂是对理性和历史的分离，是颠覆生命的过程；再次，沉寂是文学否定自身的艺术，是对形式和语言的颠覆，形成了自己的反语言；然后，沉寂使生活世界不再真实，而表现为虚无、疯狂、恍惚等极端的歇斯底里式的情感状态；最后，沉寂还表现在自我意识的反省之中，预示着某种启示。简言之，哈桑所谓的沉寂的文学带着明显的反艺术、反语言和反意识的色彩。

这种沉寂的反叛精神是达达主义等先锋派文学的特有气质，哈桑认为它们把生活和艺术中所有的虔诚的东西都彻底颠覆了，但是沉寂不是否定生命本身，而是要解放生命力和情感。虽然先锋文学使用奇特的非日常语言，其目的却在于生活本身和进步。在巨大的沉寂中，有时会包含“愤怒的叫喊和启示的声音”，亨利·米勒和塞缪尔·贝克特的作品即是如此。

在哈桑提出“沉寂的文学”20多年之后，他把“沉寂的文学”看作“后现代主义的序曲”，“它们自我质疑，又相互反诘，于是呈现出语言、文化以及意识的种种复杂性”①。虽然如此，哈桑认为“沉寂的文学”“这种怪诞的音乐可能产生后现代主义的一种经验，一种直觉，却无法得出它的概念或定义”②。也就是说，哈桑认为，“沉寂的文学”虽已呈现出后现代主义

① 利奥塔，等．后现代主义．赵一凡，等，译．北京：社会科学文献出版社，1999：111.

② 同①：111.

的某些经验性特征，但尚不过是后现代主义的“序曲”，凭此还无法在理论上予以界定。20世纪80年代之后，哈桑对后现代主义文艺的探讨，显然正是在上述基础上进行的。

分析举例

美国作家亨利·米勒与旅法爱尔兰作家塞缪尔·贝克特被哈桑看作先锋派的两位大师，他们的作品的共同特征是：规避社会、历史和美学标准，其中包含着的巨大的躲避或缺失的力量，足以影响文学的根基，从而成为一种隐喻意义上的巨大的沉寂。这种力量也会发出混乱的音调，或是愤怒的叫喊或是启示的声音。米勒和贝克特就是用这种方式表现了文学的“沉寂”，从而成为时代想象力的一面镜子的。

二、不确定的内在性

20世纪80年代，哈桑出版了他研究后现代主义的代表性著作《后现代的转向》，该书是哈桑的论文合集，反映了他20多年中对后现代主义潮流的不断探索与思考。在其中《后现代主义概念初探》一文中，哈桑反思了10个既遮蔽着也构成着后现代主义的概念性问题，比较了后现代主义与现代主义的辩证关系，并对后现代主义提出了自己的界定。

首先，他认为后现代主义有着语义的不稳定性和敞开性，它召唤出了它试图超越或压抑的现代主义本身，两者之间并没有一层铁幕隔开，它们之间的差异不断地在滑动，逐渐变得难以辨别。同是先锋派，有些批评家认为是后现代主义，而另一些批评家则认为是现代主义。他指出，一个作家完全可以轻易地写出一部既是现代主义又是后现代主义的作品来，比如乔伊斯的《一个青年艺术家的画像》或《芬尼根的守灵夜》。①

其次，他强调后现代主义这个“时期”根本不是一个时期，而是历时兼共时的建构。从历时上来讲，它没有一个确定的开始日期，甚至时常“提前发生”。如卡夫卡、乔伊斯、霍夫曼斯塔尔、兰波、萨德、斯特恩等作家，他们都可谓提前发生的后现代派。从共时上看，哈桑列出了一张蔚为壮观的现代主义与后现代主义关键词的对比图表②，该表涉及修辞学、语言学、文学理论、哲学、人类学、精神分析学、政治学、神学等各个领域的共33对概念，例如现代主义是形式的、预谋性的、等级序列的、有中心的、附属结构的、隐喻的、深度的、阐释/阅读的、所指的、宏观历史的、形而上学的、确定性的、超越性的等，而后现代主义则相应是无形式的、偶然性的、无序的、扩散的、并列结构的、换喻的、表面的、反阐释/误读的、能指的、微观历史的、反讽的、不确定性的、内在性的等；尽管如此，哈桑还是强调这种两分法是

① 利奥塔，等．后现代主义．赵一凡，等，译．北京：社会科学文献出版社，1999：116－118.

② 同①：123－125.

不稳定的，二者的这些差异对立往往会变化和相互错置。

最后，哈桑用自己造出的一个新词来界定后现代主义的特征：不确定的内在性（indetermanence）。该词由“不确定性”（indeterminacy）和“内在性”（immanence）二词拼合而成，哈桑尤其强调前者，他认为“不确定性”是含混、间歇性、多元论、反叛性以及畸形变形等概念所形成的综合所指，它影响着社会政治、认知情欲系统、个人精神和心理等整个话语领域。“内在性”是“表示人具有用象征符号进行归纳总结的思维能力，它能逐渐介入自然，通过它自己的抽象活动反作用于自身，而这一切又越来越直接地变成了它自身所处的环境”①。

从1980年的《超传记：批评经验种种》一文开始，哈桑就开始要求批评话语应当尊重自由宽容的原则，开放其对各种文化置换的可能性，并逐渐将政治感赋予文学批评。② 1986年，哈桑在《后现代视野中的多元性》一文中更为明确地提出了后现代文艺批评观的多元论，认为多元论已经成为后现代所表征出的躁动不安的境况。此时的哈桑依然认为后现代主义是很难严格定义的，但在要将它理论化和历史化的时刻，这种为它下定义的错误和苦恼依然存在，其原因正在于批评话语本身。尽管如此，哈桑还是归纳了后现代主义的几个重要特征，从而勾画出一个后现代“不确定的内在性”的区域，正是在这个区域中，批评的多元论得以形成。后现代主义的第一个特征是不确定性，包括影响知识与社会的各种模糊性、断裂性和移置，它渗透我们的行动和思想并构成我们的世界。第二个特征是零乱性，它诅咒整体化，隔断联系，喜欢组合拼凑，往往诉诸悖论、反批评等，这一点是在呼应利奥塔对整体性所进行的批判。第三个特征是非原则化，它消除文化与知识的神秘性，消解权力与欲望语言的结构，这一点也是对利奥塔元叙事非合法性批判的继承。第四个特征是无我性与无深度性，它取消了传统的自我主体，或者鼓动自我抹杀或者鼓励自我增殖与反省。第五个特征是卑琐性与不可表现性，它反现实，反偶像崇拜，它拒绝摹仿，与自己的表现模式相较量，在绝对的无形与虚无上兴盛。第六个特征是反讽或透视，它带有游戏的意味。第七个特征是种类混杂或体裁的变异摹仿，它包括滑稽性摹仿诗文、谐摹诗文、仿作杂烩等。第八个特征是狂欢，它包括了前几种特征，同时还传达了喜剧式甚至荒诞的精神气质。第九个特征是行动参与，后现代文本都欢迎参与行动，它需要被书写、修正、回答、演出。第十个特征是构成主义，它维持了从固定真理的世界向冲突或创造中的世界的多样性过渡的运动。第十一个特征是内在性，指心灵通过符号而概括自身的不断增长的能力。③

哈桑认为他所描绘的这个后现代主义文化领域深深地受到批评多元论的影响，同时批评多元论也是对后现代相对主义与不确定内在性的一种反应，一种试图包容它们的尝试。因此，哈桑认为“必须简明地将批评看成体裁、权利和欲望”，以此来“关注那些以认识、政治或情感的约束来限制我们后现代境况的无政府状态的尝试”④。首先，哈桑认为，在后现代社会里关于文学类型同一性的假设已经不可能，文学、文艺理论和批评的结构已变成本质上有争论的概念。例如德里达等解构主义者和其他一些学者，他们或者主张取消体裁，或者认为批评的理论没有任何方法论上的结果和意义，应当摒弃；哈桑将这些激烈地反对批评理论的人称为“自我毁灭的理论家”，坚持认为必须把批评看成一种体裁，它遵从人的律令并不断被其重新界定。其次，在后现代语境下，哈桑进而认为“批评是一种语言、权力和欲望的功能，历史和事件的功能，目的和利益的功能，价值的功能”⑤。他同时指出，由于文学批评的原则是历史的，所

① 利奥塔，等．后现代主义．赵一凡，等，译．北京：社会科学文献出版社，1999：126.

② 伊哈布·哈桑．后现代转向：后现代理论与文化论文集．刘象愚，译．上海：上海人民出版社，2015：262－288.

③ 同②：291－297.

④ 王岳川，尚水．后现代主义文化与美学．北京：北京大学出版社，1992：133.

⑤ 同④：136.

以在不确定的后现代时期里批评必然是多元论的。

关于批评与权力的关系，哈桑指出，权力是对后现代主义相对性的制约，也是划定批评多元论边界的因素。他认为在自柏拉图开始的关于权力对知识的束缚问题的所有研究中，福柯奉献出了最奇妙的思考，他深刻地揭示了话语的权力与权力的话语。另外，像詹姆逊这样的新马克思主义者则从政治和意识形态的立场展开“积极阐释学”，并使自己的理论区别于那种局限于个体主体和经验的无政府主义范畴的“消极阐释学”，哈桑认为“必须对政治表示敬意，因为它构造了我们理论上的一致，文学的遁辞、批评的抗拒——形成了我们多元论的思想”①。

关于批评与欲望的关系，哈桑指出，从赫西俄德、荷马到尼采、弗洛伊德，这些作家都在探讨作为广义的欲望的个体和集体的生命力，而罗兰·巴特的批评则集中于一种特殊的欲望，即快乐原则，尤其是在他后期的著作中，快乐已经成为一条本质的批评原则：“在巴特看来，文本的欢欣是邪恶的，而且呈现出多种形式，它产生于不仅仅是心灵的更是身体的节律。错位同裂断、撕裂、裂变一样加强了那种快乐。”② 哈桑并非只将批评理论看成欲望的一种功能，他的根本观点是：“许多当代的批评将语言和文学视为欲望的器官，对此，批评试图从情欲文体乃至认识上遵循不悖。”哈桑最后的结论是：“批评的多元论发现自身蕴含在我们的后现代境况中，在它试图去限制的相对性和不确定内在性中。而认识的、政治的，以及情感的制约依然只是部分的，它们终未能为批评的多元论划界，未能创造一致的理论或实践。”③ 而哈桑对批评的多元论如何避免陷入一元论或相对主义中，对赋予文学或批评理论对于世界的威势并无确知。他虽然描绘了一个神奇奥妙的天人交感的未来世界，然而他最终又悲观地自问：“当今世界，对此又有谁相信呢?”④

相关知识

在《超批评：关于时代的七种思考》一书中，哈桑就已开始对批评的边界及多样性问题进行讨论。他认为批评应该具有沉寂和否定的形式，要拒绝墨守成规，可以即兴发挥，应该关注文学的自我毁灭和自我消解，从而使批评从一元论走向多元论。在《正义的普罗米修斯之火》一书中，哈桑更是以消解和调侃的方式实践了这种批评的多元论，文章中穿插着他渔村度假日记的片段和他阅读德勒兹、巴塔耶等人的著作时的灵感，或者以戏剧的方式行文，以达到让声音与声音对立、文本与文本对立，从而表现后现代的种种不确定性。

三、后现代文艺的歧路

从哈桑后现代思想的发展过程来看，他对后现代基本上抱一种积极的态度和期望，把后现代精神看成对生活和人自身的某种促进因素，认为“后现代主义的学说锤炼了我们的感性，使

① 王岳川，尚水．后现代主义文化与美学．北京：北京大学出版社，1992：141.
② 同①：142－143.
③ 同①：144.
④ 同①：148.

之善于感受事物的差别，使我们更能包括诸多无常规、无标准的宇宙事物”①。他同时强调，后现代主义的多元论批评“是一种信仰的功能或权威的功能，既赋予权力又约束权力，理性地表达这种信仰并赞同这种信仰”②。由于哈桑的后现代文艺思想起源于先锋文学的研究，从本质上说，他的后现代主义理论关怀多少与现代主义精神气质相通，“尽管它具有一种盲目的消解一切的意图，它仍然包含着发现一种‘统一的感受力’的需要”，并且“跨越界限，封闭缝隙，这样就可以获得我们所提出的那种话语的内在性”③。

随着各种艺术潮流和惊世骇俗的艺术家的纷至沓来，哈桑从文学现象起步的后现代研究也渐渐扩大到了整个艺术乃至文化领域。哈桑的考察对象似乎无所不包，例如“从宇宙飞船似的地球到地球村，纪实小说和偶生艺术，偶然音乐的简编曲谱和对传统形式的夸张戏仿，暂时性特征和综合性艺术”等，哈桑认为它们“戏谑性地颠覆了现代主义的超然离群的真实性”④，并将它们概括为精神无政府状态。

随着时间的推移，这种与哈桑最初关注的贝克特式先锋艺术气质相反的新先锋艺术越来越为哈桑所重视，他认为它们标示的才是后现代的真正方向。但在 1985 年巴黎大王宫举行的设计展览中，哈桑看到了大量形态各异的后现代主义作品，他这样描述当时的感觉：“从璀璨的大杂烩、占地几公顷的智慧结晶、戏仿、插科打诨性质的展品中间走过，我感觉到嘴唇上的笑意凝结了。”⑤ 这种无所不为、“什么都行”的艺术使得哈桑对后现代的发展产生了质疑，他说：“后现代主义本身已发生改变，就我所见，已经误入歧途。后现代主义陷入了意识形态粗暴和平淡无奇的琐碎无聊之间，沉溺于自身的矫揉造作而无法自拔，成了一种五花八门的戏谑，一种从借来的快感那里获得的精致淫乱和琐细的怀疑。”⑥

最终，在《意义的形成：后现代话语的尝试》与《回顾与展望》两篇文章中，哈桑对“意义的形成”这一已经无意义的难题感到厌倦，认为后现代主义文艺及其理论中虚幻和政治成分已基本消失，“这一片满是精彩的垃圾和可笑的破烂的文化园地它们最美妙的时光已被消费至上的资本主义变成了‘才智被压抑’的时刻”⑦。这使得哈桑对后现代的前景失去信心，并在 20 世纪 80 年代末期离开了后现代的研究领域。

深度思考

哈桑赋予了后现代主义一种异议批判的价值和精英的意识形态，在他看来，要成为后现代的，必须先成为现代的。那种“璀璨的大杂烩、占地几公顷的智慧结晶、戏仿、插科打诨性质”的作品在哈桑看来是后现代主义的“歧途”，

① 朱立元．当代西方文艺理论．上海：华东师范大学出版社，2005：383.

② 王岳川，尚水．后现代主义文化与美学．北京：北京大学出版社，1992：136.

③ 利奥塔，等．后现代主义．赵一凡，等，译．北京：社会科学文献出版社，1999：120.

④ 安德森．后现代性的起源．紫辰，合章，译．北京：中国社会科学出版社，2008：18.

⑤ 同④：21.

⑥ 同④：21.

⑦ 同③：133.

然而，如果从詹姆逊的后现代观点来看，这些作品恰恰是后现代主义的"正道"。因此，必须区分两种对后现代主义的使用：一种是用作描摹，用它来概括某种特定的现实状况，比如贝尔的后工业社会、鲍德里亚的消费社会、詹姆逊的晚期资本主义文化逻辑等"后现代主义"；另一种是用作批判，用它来指某种批判精神，而且批判的就是前者所描摹的那种"后现代状况"，比如在哈桑和利奥塔那里就是这样。这种批判是狂想，是怒吼，是暴走，但是后现代的这种"状况"本身罩住了他们，他们的这种狂想、怒吼、暴走都被弄得只不过像一次玩世不恭的可悲表演。

第三节 桑塔格的文艺观

苏珊·桑塔格（Susan Sontag，1933—2004），出生于纽约，毕业于芝加哥大学。美国著名的女权主义者，有重要影响的小说家、评论家。1993 年当选为美国文学艺术学院院士，2004 年因乳腺癌在纽约病逝，享年 71 岁。著有小说《恩主》《死亡之匣》等；理论著作有《反对阐释》《激进意志的样式》《论摄影》《疾病的隐喻》等。由于其敏锐的批判意识与思想成就，桑塔格和西蒙娜·波伏娃、汉娜·阿伦特被并称为西方当代最重要的女知识分子，得享"美国公众的良心"之誉。桑塔格自称是一个好战的唯美主义者，她以这种精神姿态广泛地论及文学、戏剧、电影等众多领域的论题，尤其是对 20 世纪初到中叶间的西方大众文化进行了深刻而独特的解读，提出了"反对阐释"与"新感受力"等激进的著名命题，形成了独具特色的形式主义美学风格，"为后现代做出迄今最为强劲的辩护"①。

桑塔格

一、反对阐释

"反对阐释"是桑塔格最有影响的理论主张。表面看来，这一主张十分激进决绝，但其中包含着她对艺术的真诚思考。桑塔格认为，自古希腊开始的艺术摹仿现实的理论影响深远，限

① 赵一凡．西方文论讲稿：从胡塞尔到德里达．北京：三联书店，2007：38.

定了西方对艺术的全部意识和思考，而它带来的最大后果就是艺术的形式被从内容中分离开来，内容被作为艺术的本质，形式被当作附属。这种后果在当代仍然影响着批评家们的活动，使他们认为一定存在着艺术作品的内容这种东西，而且艺术作品就是其内容，他们通常的表述模式是："X说的是……"，"X想说的是……"，或"X说过……"等等。与之相关，批评阐释的工作也就变成了转换的工作：X其实意味着A，Y其实是B，或Z其实是C。桑塔格将批评阐释中的内容说看成"一种妨碍，一种累赘"，认为其"是一种精致的或不那么精致的庸论"[①]。

从这个角度出发，桑塔格提出了"反对阐释"的口号。但是，必须明确的是她并非反对阐释本身，正如她自己曾特别强调的："我并没有说艺术作品不可言说，不能被描述或诠释"，"问题是怎样来描述或诠释"。[②] 实际上，她所反对的阐释并不是广泛意义上的阐释，不是尼采所谓的"没有事实，只有阐释"的那种阐释，而是指"一种阐明某种阐释符码、某些'规则'的有意的心理行为"[③]。她认为马克思和弗洛伊德的学说是这种有意阐释的典范，是侵犯性的、不虔敬的阐释理论，它们是挖掘，是破坏，企图发现作为真实文本的潜文本，从而找到一个对等物。这样的阐释不是解放，而是僵化的，"像汽车和重工业的废气污染城市空气一样，艺术阐释的散发物也在毒害我们的感受力"，"阐释是智力对艺术的报复"，"阐释还是智力对世界的报复，去阐释，就是去使世界贫瘠，使世界枯竭"。[④] 这种阐释，通过把艺术简化为作品的内容，然后对内容予以阐释，使作品被驯服和控制了，"把艺术变成了一个可用的、可被纳于心理范畴模式的物品"，"是对艺术的冒犯"。[⑤] 桑塔格举例说，将卡夫卡的作品解读为影射现代官僚体制的社会寓言、对父亲恐惧的心理寓言或宗教寓言，将贝克特的作品解读为现代人对意义或上帝的疏离的寓言等，即属此类。在她看来，这样的批评家都是"吸血鬼般的阐释者"，她要反对的就是这种阐释。

桑塔格指出，这种寻找"内容"的阐释虽然有一定的效果，却同时也会引发艺术对阐释的逃避，而这种逃避是完全可能的。艺术可以通过"创作一些其外表如此统一和明晰、其来势如此快疾、其所指如此直截了当以至只能是……其自身的艺术作品"[⑥] 来躲开阐释，这样就使艺术变成了戏仿和抽象的东西、装饰性的东西或非艺术，例如现代抽象绘画和电影就是逃避阐释的产物。以电影《去年在马里昂巴德》为例，桑塔格认为关键不在于其中的寓意，而在于"其中一些意象的那种纯粹的、不可替换的、感性的直接性以及它对戏剧形式的一些问题提供的生动的即便失之狭隘的解决方式"[⑦]。

由此，桑塔格认为，为了抵制艺术中的内容的诱惑，阐释需要更多地关注艺术中的形式，并构建了一套阐释学的形式主义话语。她认为最好的批评就是把对内容的关注转化为对形式的关注，对形式的广泛而透彻的描述将消除对内容过度强调而引起的阐释的自大，罗兰·巴特的《论拉辛》和瓦尔特·本雅明的《讲故事的人》这两个批评文本就是杰出典范。桑塔格指出，这种对艺术作品外表进行精确、犀利、细致描述的批评阐释同样有价值，因为它们揭示了艺术的

---

① 桑塔格．反对阐释．程巍，译．上海：上海译文出版社，2003：5.
② 同①：14.
③ 同①：6.
④ 同①：9.
⑤ 同①：12.
⑥ 同①：13.
⑦ 同①：12.

感性表面，显示了“它如何是这样，甚至是它本来就是这样，而不是显示它意味着什么”[①]，因为艺术作品自身是一个充满魔力的物品，“它使我们以某种更开阔、更丰富的方式重返世界”[②]。

深度思考

桑塔格在20世纪60年代反对对艺术作品进行政治、道德、心理等层面的阐释，并否定这些因素在作品中的必然性与真理性，因此她提倡批评应当关注艺术作品的形式要素。但是她所谓的这个“形式”与俄国形式主义者什克洛夫斯基视艺术为单纯方法技巧的形式观点有别，因为在她看来，艺术家风格的技艺不是寻找技巧，而是回避技巧，艺术作品中最有力的因素常常是沉默。[③]

二、新感受力

与注重形式批评相关，桑塔格并不认为艺术作品只是某些思想或道德情感的表达，相反，应被看作对情感的命名，“被命名为情感、渴望、抱负的东西，实际是被艺术发明出来的”。[④]因此，艺术作品的主要价值是以其形式引起人们对世界的感受，培养人们的一种新感受力，它“首要地是一个更新我们的意识和感受力、改变（不论这种改变如何轻微）滋养一切特定的思想和情感的那种腐殖质的构成的物品”。因为“感觉，情感，感受力的抽象形式与风格，全都具有价值。当代意识所诉诸的正是这些东西。当代艺术的基本单元不是思想，而是对感觉的分析和对感觉的拓展”[⑤]。由此，桑塔格指出，在科学文化极度线性发展的情况下，文学-艺术文化并没有故步自封，也在不断变化，它越来越变成了专家们的领域；虽然如此，但艺术并没有消亡，而是转换了它的功能，“艺术如今是一种新的工具，一种用来改造意识、形成新的感受力模式的工具”。[⑥]

桑塔格认为这种新感受力植根于人类的体验，尤其是在历史上不断出现的新体验，其中就包括对那种因艺术品的大规模再生产而成为可能的艺术的泛文化观点的体验。在这种泛文化观点看来，科学文化与文学-艺术文化、艺术与非艺术、高级文化与低级文化之间的界限都受到挑战而趋于融合，“艺术家不得不成为自觉的美学家：不断地对他们自己所使用的手段、材料和方法提出质疑”，“对取自‘非艺术’领域——例如从工业技术，从商业的运作程序和意象，从纯粹私人的、主观的幻想和梦——的新材料和新方法的占用和利用，似乎经常成为众多艺术

① 桑塔格．反对阐释．程巍，译．上海：上海译文出版社，2003：17.
② 同①：33.
③ 同①：42.
④ 同①：37.
⑤ 同①：348.
⑥ 同①：343.

家的首要的工作”。[①] 这就导致了能培养新感受力的当代艺术典范不再是文学作品，尤其不是小说，而是那种非文学的文化，是那些内容少得多、道德评判方式冷静得多的艺术，包括绘画、雕刻、建筑、社会规划、电影制作、电视技术、音乐、电子工程、舞蹈等，这些艺术理所当然地大量吸收科学和技术的因素——在桑塔格看来这才是培养和形成新感受力的核心所在。新感受力把艺术理解为对生活的一种拓展，而且它使高级文化与低级文化之间的区分越来越没有意义。

桑塔格认为艺术的目的就是提供快感，尽管由于技术复制时代的艺术形式花样繁多而且日新月异，感受力要花一些时间才能赶得上这些提供快感的形式，但是新感受力总是要求艺术具有更少的内容，更多关注形式和风格的快感，少一些势利和道学气。这种要求在现实中的表现就是众多的年轻艺术家和知识分子更喜欢流行艺术，但桑塔格特别强调，这种喜爱之情作为新感受力并不是追求浅薄或是虚无主义，这种喜爱之情“并不是一种新的平庸作风（如人们常常指责的那样），或某一类型的反智主义，或对文化的某种放弃行为，理解这一点非常重要”[②]。

根据以上论述，桑塔格认为新感受力是多元包容的，它的贪婪的兴趣来得很快而且非常活跃，既有严肃性和历史意识，又富有机智和怀旧意味。对于具有这种特征的新感受力来说，“一部机器的美、解决一个数学难题的美、雅思贝·约翰斯的某幅画作的美、让-吕克·戈达尔的某部影片的美以及披头士的个性和音乐的美，全都可以同等接纳”。[③]

《反对阐释》书影

桑塔格在发表提倡新感受力的《一种文化与新感受力》一文之前，已在《关于“坎普”的札记》一文中探讨了作为一种感受力的“坎普”的问题，而“坎普”正可以作为她的“新感受力”的一种具体表征。首先，作为感受力，“坎普”是一种生动的感受力，但它不是自然形态的感受力，而是对非自然之物的热爱，对技巧、夸张、奇异的热爱。因此它倡导游戏精神，习惯于将严肃的东西转化为琐碎的东西，是道德的溶解剂。“坎普”也特别欣赏粗俗的艺术风格，并不厌恶那些艺术复制品，之所以如此，是因为它“纯粹是审美的”，“在审美层面上体验世界”。[④] 其次，桑塔格也将“坎普”作为一种艺术类型来论述，在她看来，“坎普”主要是注重表面装饰性的艺术，它常常牺牲艺术的内容以便突出艺术的材料、感性表面和风格，这一界定也正与她反对阐释中的形式主义主张相暗合。

深度思考

马尔库塞也曾提出过一个著名的“新感性”的口号，他的“新感性”固然也追求在艺术形式中的感性的解放，但他的思想资源主要来自德国的席勒、

---

① 桑塔格．反对阐释．程巍，译．上海：上海译文出版社，2003：343.

② 同①：351.

③ 同①：352.

④ 同①：334.

黑格尔与马克思，因此他的“新感性”较之于桑塔格的新感受力还多了一层更深刻的社会理想，那就是要通过艺术与审美途径培养新感性，以此来调和人与自然、人与理性世界之间的关系，从而培养新的社会历史主体，希望最终改变世界，所以他的新感性实质上是一种“实践感性”。而桑塔格的新感受力则更多带有英美分析哲学和唯美主义的思想色彩，体现在艺术作品方面止于形式，体现在主体方面止于审美快感。

【本章关键词】

元叙事（metanarrative）：利奥塔对后现代的核心定义就是对元叙事的怀疑，而元叙事又被他称为宏大叙事，是指具有合法化功能的叙事。利奥塔认为典型的元叙事有两种：一是关于人类解放的法国启蒙叙事，二是关于总体精神的德国思辨叙事。

崇高（sublime）：西方美学的重要范畴，由朗吉弩斯最早提出，用来指思想情感与修辞风格方面的慷慨、严正、高雅等特点。柏克最早将之与优美相提并论，认为它产生于自我保全的冲动，康德进一步深化了这个范畴，认为它是生命的想象力在受到施暴之后又很快地强烈迸发进而引发的间接的愉快感，分为数学的崇高与力学的崇高两种。利奥塔在康德的基础上将崇高运用到艺术领域，视之为对不可表现之物的瞬间呈现，通过对“此处-此时”的揭示而揭示出人的存在，具有不可交流性。

不确定的内在性（indetermanence）：哈桑自造的一个词，由“不确定性”（indeterminacy）和“内在性”（immanence）二词拼合而成，“不确定性”是含混、间歇性、多元论、反叛性以及畸形变形等概念所形成的综合所指，“内在性”是指人具有用符号进行归纳总结的思维能力，它能逐渐介入自然，使之变成人自身所处的环境。

沉寂的文学（literature of silence）：哈桑早期的文学批评概念，用以概括西方自萨德到贝克特的先锋文学现象。它具有拒绝理性、颠倒生命、否定自我、反形式、反语言、反意义等特征，是哈桑后现代主义理论研究的重要起点。

坎普（camp）：原意有时髦、时尚之意，桑塔格从主客体两方面赋予它新的含义。主体方面指一种新的感受力，如对游戏、技巧、夸张、玩笑、粗俗之物的喜爱；客体方面指大众流行文化中的一种艺术风格，重装饰性的形式而不追求内容与思想。

【推荐阅读】

利奥塔．后现代状态：关于知识的报告．车槿山，译．北京：三联书店，1997.

利奥塔．后现代性与公正游戏：利奥塔访谈、书信录．谈瀛洲，译．上海：上海人民出版社，1997.

利奥塔．非人：时间漫谈．罗国祥，译．北京：商务印书馆，2000.

哈桑．后现代的转向．刘象愚，译．台北：时代文化出版社，1993.

哈桑．当代美国文学：1945—1972. 陆凡，译．济南：山东人民出版社，1993.

王岳川，尚水．后现代主义文化与美学．北京：北京大学出版社，1992.

利奥塔，等．后现代主义．赵一凡，等，译．北京：社会科学文献出版社，1999.

安德森．后现代性的起源．紫辰，合章，译．北京：中国社会科学出版社，2008.
桑塔格．反对阐释．程巍，译．上海：上海译文出版社，2003.
桑塔格．论摄影．黄灿然，译．上海：上海译文出版社，2008.

【思考题】

1. 利奥塔是如何论述“后现代主义”精神的？
2. 怎样理解利奥塔关于“崇高”的文艺思想？
3. 举例说明哈桑的“沉寂的文学”思想。
4. 如何理解哈桑的批评多元论？
5. 怎样理解桑塔格的“反对阐释”的含义？
6. 辨析桑塔格“新感受力”与马尔库塞“新感性”的异同。
7. 怎样看待先锋派、现代主义与后现代主义三者之间的关系？

第十七章

文化批评文论

概　述

文化批评文论是20世纪70年代以来在西方社会，尤其是美、英、法、德等发达国家率先兴起的一种文艺批评思潮。这一思潮在文艺批评观念上强调应该在与广阔的社会文化现象的联系中重新考察和界定文学艺术，突破长久以来将文艺限定在形式主义牢笼中的做法。由于社会生活的广阔性和多样性，文化批评内部包含众多流派，其中女性主义批评、后殖民主义批评、新历史主义批评和生态批评等最具影响力。它们分别从性别、民族、历史和生态等角度切入对文艺的重新审视之中。但文化批评对形式主义文艺观的反驳并不是要重新返回传统的社会学研究思路，而是对后者的一种再造与提升，是一种否定之否定后的丰富与深化。这种深化具体表现为，文化批评文论广泛吸收了后现代主义以及解构主义的语言学成果，尤其是拉康的镜像理论、福柯的话语理论和权力思想、德里达的延异思想等。在对形式主义和传统社会学思路的双重扬弃中，文化批评得出了许多与众不同的文艺见解，诸如双性同体写作、含混叙事、历史也是一种诗学文本、绿色写作模式、对位阅读、文艺的环境性等概念和命题，所有这些都对重新理解文艺具有启发性。从总体上看，文化批评文论具有强烈的社会关怀特色，尤其注重为底层代言，着眼于人类的整体解放，并对各种形式、各个层面的文化霸权和中心主义立场展开了不遗余力的批判。可见，这种理论姿态与马克思主义的社会批判精神有着内在的相通之处。但是，由于文化批评往往将其批评与颠覆限定于语言和话语层面，这就不免削弱了其现实意义，这也正是文化批评遭遇非议之处。

第一节 女性主义文艺观

克里斯蒂娃

女性主义文艺批评是西方女权主义运动向文艺领域延伸的必然结果。女权主义运动不仅是一项争取性别平等和女性权利的政治运动，在文艺领域也产生了重大影响。尤其是在20世纪70年代，女权主义运动在借鉴新马克思主义、精神分析、解构主义和后现代主义等理论学说的基础上，发展成为女性主义文艺批评，对原有的文艺批评疆域形成了巨大冲击，文艺理论的性别格局得到了史无前例的调整。女性主义文艺批评的代表人物主要有美国的凯特·米利特、桑德拉·吉尔伯特、苏珊·格巴、伊莱恩·肖尔瓦特，法国的茱莉亚·克里斯蒂娃、埃莱娜·西苏等人。重要的理论代表作有《性政治》《文学妇女》《她们自己的文学》《阁楼上的疯女人》《美杜莎的笑声》《妇女小说中的原型模式》和《独自一个女人》等。女性主义文艺观具有鲜明的反叛倾向，其矛头直接指向父权制文化及其文艺观念。人们一般将女性主义文艺批评分为英美学派和法国学派，这既是一种地域上的分类，也是学术倾向上的区别。前者侧重对女性形象、女性文艺传统进行研究，对文艺作品进行社会历史的分析；后者更注重女性写作的语言和文本，力图从语言学角度颠覆男权的语言象征系统，建立更具包容性的文艺写作范式。作为一种极具颠覆性的文艺批评潮流，女性主义从性别角度对文艺的形象、写作、体裁、阅读和功能都进行了独特的审视，提出了诸多别开生面的观点。

一、男性笔下的“天使”与“妖妇”

女性主义批评的首要工作是对父权制文艺传统中的文学形象进行清理，尤其瞩目那些被奉为文学经典的男性作家作品。在女性主义看来，那些出于男性之手，至今仍光彩夺目，以自由、平等为主题的文学经典，在女性形象塑造上却具有性别之间的深刻不平等性。通过对此类文学形象的挖掘，女性主义批评对父权制文化进行了深刻的批判。

女性主义批评认为，传统文学经典对女性形象的塑造主要表现为两种类型，即“天使”与“妖妇”。尽管这两类形象性质相反，但它们都是男性欲望的产物，反映着女性被压制和扭曲的现实。前者如莎士比亚笔下的奥菲莉娅，歌德笔下的玛甘泪等，她们被赋予年轻、美丽、忠贞、多情和温柔等特质；后者如莎士比亚笔下的丽甘、高奈瑞尔，萨克雷笔下的贝基·夏普等，她们则是丑陋、嫉妒、淫乱和暴躁的象征。在吉尔伯特看来，将女性塑造为天使，貌似是对女性的赞美，但实际上是对女性的理想化与抽象化。她们是按照男性意志创造的关于女性的幻象，是对女性真实生存特质的抽离与剥夺。在吉尔伯特看来，在这种理想化中，女性所过的

“是真正的死亡的生活，是生活在死亡中”①。女性主义批评还挖掘出一类与天使形象相近的圣母形象。在圣母形象中，女性似乎被赋予了无上的母性力量和权威，但在克里斯蒂娃看来，这些形象依然是男性欲望的象征，其权威只不过是“家庭和社会中有效权力的代用品，是属于阳具力量阴影中的副本”②。与天使形象相反的是妖妇形象，这些妖妇形象乃是出于男性作家对某些女性气质的厌恶与恐惧，是父权文化体制下男性对那些不肯俯首帖耳、不肯放弃自我的女性进行妖魔化处理的结果。它所反映的是一种更加根深蒂固的男权中心主义思想。

在女性主义批评看来，这些女性形象不仅是父权制社会中不平等的性别关系在文艺作品中的反映，也是男性借助文艺作品对女性进一步实施控制与压迫的形式。通过小说等作品的创作，男性以话语的方式将扭曲的女性形象强加于现实中的妇女，以巩固和强化父权制在社会生活中的统治地位。对此，苏珊·格巴和吉尔伯特认为，父权制本身就是一部“小说”，父权制的存在与维护总是需要相关的自我解释和论证，这些解释与论证显然带有小说和故事的性质。所谓的文艺作品也只不过是保证这种解释顺利进行的更好方式，“某种讲故事的方式暗含着一种忧虑，它不但迫切需要厌女症父权制观念显示的男人优越论给他消弭疑虑，而且还需要得到塞德描述的系统意象中包含的诸如词的补偿小说的保证”③。女性主义批评的这种认识同时表明，在文艺与社会生活的关系上，她们更倾向于认为，两者之间是一种多层次的互动关系，而非单纯的隔绝与对立，也不限于反映与被反映。

相关知识

西方女性主义批评所指出的文艺作品对女性的歪曲现象，在中国文学中也是突出的。中国传统文化尽管在理念上强调两性之间的阴阳互补，但在现实生活中女性依然备受压制，文艺创造权也被男性所垄断。中国古代文艺中的女性形象也不可避免地成为男性欲望的产物。参考相关学者的研究，中国古代文艺中的女性形象大体可以划分为补天型、尤物型、祸水型和夜叉型。补天型是指那些具有非凡能力、勇气和智慧的女性，但她们的价值都在于奉献自己，成就男性。如《李娃传》中的李娃、《杨家将》中的穆桂英等形象。尤物型是指那些天生丽质、风情万种的女性，但她们最后往往被男性始乱终弃，如《金瓶梅》中的潘金莲、唐代诗人元稹笔下的崔莺莺等。这些形象都是男人玩弄的对象，是男性淫乱意识的集中体现。祸水型如《封神演义》中的妲己、《长恨歌》中的杨贵妃，她们被视为男性事业失败、江山倾覆的罪魁祸首。这一类形象是男性推脱责任的借口、自卑懦弱心理的替罪羊。夜叉型则是那些在性格、作风和能力上具有男性特质的女性，如《水浒传》中的孙二娘，它所反映的是男性对女性颠覆潜能的恐惧戒备心理。这几类女性形象在本质上都是男性欲望的体现，因此，也是对女性自身的象征性歼灭。

二、“双性同体”写作

女性主义认为，写作作为人类审美地把握现实的主体能力，并不是一种无性别的人类主体

① 张岩冰．女权主义文论．济南：山东教育出版社，1998：66.

② 罗婷．边缘与颠覆：克里斯特瓦的女性主义诗学．外国文学评论，2001（3）．

③ 伊格尔顿．女权主义文学理论．胡敏，等，译．长沙：湖南文艺出版社，1989：116.

活动，而是有着深刻的性别属性的。在现实生活中，尤其表现为男性对女性写作权利的历史性剥夺以及对女性形象的多重歪曲。就此，女性主义不仅主张女性必须写作，争取话语权，通过写作显身于人世与历史，而且提出一种颇富创意的写作方式，即“双性同体”写作。女性主义对这种写作方式寄予厚望，力图以此从内部打破男权话语对写作领域的垄断，更新人类的写作心态和话语模式。

伍尔夫

“双性同体”写作最初由英国小说家弗吉尼亚·伍尔夫（又译为伍尔芙）提出，后来由法国女性主义文艺理论家埃莱娜·西苏进一步深化丰富。这一写作方式既对长久以来统治文坛的男性霸权提出抨击，也对欲将女性写作加以本质化的做法保持警惕。究其实质，就是要打破单一性别视角对写作的垄断，主张男女双性力量在大脑与心灵中的自由合作。伍尔夫认为只有在这种合作中，人类的创作潜能才能真正得到激发。在谈到这一问题时她曾说，“在脑子里男女之间一定先要合作然后创作的艺术才能完成。男女之间必须先完成一段婚姻”①。只有这样创作出来的作品才能“是纯粹的，无沾染的，像人们所说的天使那样无性别可言”②。伍尔夫在这里所说的“无性别”就是指超越性别之间的僵硬界限，实现性别的合作、交流。对此，西苏也认为，写作是一个不同主体之间相互了解并且重新开始的过程。

在更深刻的意义上，双性同体写作所要求的是一种不同性别力量的“差异化共存”。在西苏看来，双性同体并不是要求两性力量像相反的化学成分一样经过化合成为无性别的第三种物质，而是指写作主体凭借其热情可以激活身体中的各种性别潜能，进入其中并占有它，但又不画地为牢、固守一种，而是不停地跨越边界、穿梭于各种性别力量之间。正如她所谈论的，写作应当“从不记下或者辨别外围轮廓。写作敢于旋风般地跨越一切，短暂而热情地在他、她和他们中间逗留。写作在他们之中徘徊直到他们醒来之前”③，“在飞行中，她不固守自我。她可以消散，巨大惊人，充满欲望。她有能力成为其他人，化为其他女人，成为与她不同的其他女人，成为他，成为你”④。可见，与伍尔夫相比，西苏更倾向于强调性别力量共存中的差异性以及写作主体对不同性别力量的自由驱遣，而不希望主体被某一力量所局限。在女性主义看来，只有在“潜入/出离”的自由转换中，文艺写作才能既对男权主义故步自封的写作态度形成颠覆，从内部“炸毁它、扭转它、抓住它、变它为己有，包容它、吃掉它”⑤，又不至于落入女性本质主义立场而重蹈男权写作在思维模式上的覆辙。

女性主义认为，由于历史和文化的原因，这种充满活力的“双性同体”写作最先向女性敞开大门，并使之受益。拯救文学的重任，也因此历史性地落在女性身上。女性之所以能与双性同体写作建立起更为紧密的联系，是因为女性在身体上不同于男性。在女性主义的解读中，男人突起的阳物很容易使他们将快感集中于一点，将其本质化、抽象化，而女性性器官的隐没状

① 伍尔夫．一间自己的屋子．王还，译．北京：三联书店，1989：128.
② 伍尔芙．伍尔芙随笔集．孔小炯，等，译．深圳：海天出版社，1995：129.
③ 张京媛．当代女性主义文学批评．北京：北京大学出版社，1992：205.
④ 同③：206.
⑤ 同③：202.

态反倒使其具有走向多元、流动的可能。正如西苏所表白的，“妇女的身体带着一千零一个通向激情的门槛”①，妇女的身体“是一个运动着的、无穷变化着的集合体，一个爱神不知疲倦地横贯其中的宇宙，一个巨大的星际空间，其结构并不是以任何一个比其他星球更成其为星体的太阳为中心的”②。在女性主义看来，正是女性在身体上的这种无中心状态使她们具有更为广阔而多元的体验与感受，从而最有可能率先实现双性同体写作。

女性主义认为，双性同体写作是一种变革和颠覆行为，它可以使妇女解除对自身女性存在的抑制，促成她对本原力量的接近。在写作中，她可以重新解放曾长久被封锁着的身体领域，重回未被父权文化扭曲的前俄狄浦斯阶段，在与母亲合二为一的过程中，感受并体验生命的存在与欢乐。

理论辨析

女性主义提出来的“双性同体”，是一个很容易引起争议的概念，即便是在女性主义内部也存在不同的理解。伍尔夫侧重这一概念的超性别含义，西苏则更注重双性共存中的区分和转换。在女性主义之外的很多学者看来，这一概念至少存在两个方面的问题。首先，有学者认为，双性同体是一个过于理想化的概念，它不可能出现在任何人身上。因此，所谓的双性同体写作也只能是一种价值主张，而没有现实的实践意义。其次，即便果真存在一种双性同体的写作心态，那么，将这种写作与女性捆绑在一起的做法也将落入本质主义和中心主义的牢笼。与此前不同的只是用女性中心代替了男性中心。实际上，即便是极力倡导双性同体写作的西苏，也不确定自己能否在某一时刻体验到男性特质并诉诸笔端，“我从未敢在小说中创造一个真正的男性形象，为什么？因为我以躯体写作。我是女人，而男人是男人，我对他的快乐一无所知。我无法去写一个没有身体、没有快感的男人”③。上述质疑对全面认识女性主义批评有很大助益。

三、小说样式的性别内涵

在女性主义者看来，写作体裁绝不仅仅是一个可以盛放任何东西的中性容器，作为历史性成果，体裁也内蕴着性别的含义。她们指出，在西方，妇女在创作时喜欢采用自传、日记和书信体，关注的大多是日常生活中的琐事。在众多文体中，18、19 世纪的女性尤其喜欢小说这种文体。在她们看来，小说无论是在艺术地位、写作条件和叙述方式上，都与妇女有着天然的亲近性。小说具有很强的女性性别内涵。

---

① 张京媛．当代女性主义文学批评．北京：北京大学出版社，1992：201.

② 同①：204－205.

③ 同①：232－233.

在女性主义批评看来，女性对小说的青睐，首先是因为小说在文学中的地位较为低下，一般的男性作家不愿意着手创作，这恰恰给社会地位较低的女性留下了介入空间。自18世纪以来的很长一段时间内，小说一直被视为低俗的文学样式，“甚至不被当作文学来看”，“这种低下的文学样式，正好同地位低下的妇女相应”①。那些以高雅自居的男性因此对小说极为排斥，他们更乐意去创作有着悠久历史传统的诗歌。小说之所以受到贬斥，大概和小说的出身相关。她们列举的事实是，小说这种文体“是伴随17世纪妇女所写的自传而开始的，尽管有几位著名的男小说家，但绝大部分早期小说乃是妇女所做”②。

其次，小说在日渐商业化的社会环境下，也是女性寻求经济独立的一个重要手段。埃伦·莫尔斯在她的《文学妇女》中曾谈到，妇女在当时很难有机会在社会上谋得工作岗位，即便有幸得到一个，薪酬也十分低。相比较而言，小说在社会上逐渐有了阅读群体，可以带来丰厚的收入，“19世纪的哈里特·玛蒂诺坚守年薪15英镑的编辑岗位，而她的第一部小说《政治经济故事》就挣得两千多英镑。她只不过花了两年多的时间”③。由于收入可观，写作小说逐渐成为一种职业，这反过来进一步促进了小说的繁荣。正因如此，小说的诞生和职业文学妇女的诞生，这两种现象不能分而论之。④

最后，小说这种样式“允许甚至鼓励社会传统在妇女身上所形成的那种避免抛头露面的撤退”⑤。也就是说，对于小说而言，它在写作上要求的是一种客观冷静的立场，女性的主体意识和深厚情感可以被很好地掩藏起来，这样就可以避免因情感过于外露而遭受种种尴尬和指责。与小说的客观性相比，诗歌有着明显的抒情特征，带有强大的自我肯定色彩。在女性主义看来，过于强烈的情感流露和自我意识很可能带来严重的后果，“她的神召和她的性别之间的种种矛盾有可能变得难以容忍，迫使她要么否定这个要么否定那个，甚至会使得她去自杀”⑥。当然，小说所具有的那种客观性并不是取消文艺女性的特有意识，而是将其转变为小说中的深层声音，比如她们通过塑造“疯女人”来抗拒父权文化的压制，从而将表面看来是父权制的文本转换为潜在的女性文本。由此可见，文艺的体裁并不是形式的篓筐，也不是单纯的技巧问题，而是有着鲜明的性别属性或者政治属性等内容。女性主义对这一问题的研究进一步深化了人们对文艺与社会之间关联性的深刻认识。

深度思考

关于文艺体裁等形式因素与意识形态的关系，文艺批评史上大致有这样几种认识。一种认为，在文艺的本体存在中，素材和内容占据核心位置，形式只是内容的附庸，不具独立性。因此，文艺的倾向性和意识形态性只能从它的素

---

① 张岩冰．女权主义文论．济南：山东教育出版社，1998：96.
② 伊格尔顿．女权主义文学理论．胡敏，等，译．长沙：湖南文艺出版社，1989：180.
③ 同②：174.
④ 同②：175.
⑤ 同②：198.
⑥ 同②：198.

材和内容中来看。另一种认识认为，对文艺来说，形式才是其本体存在的核心，如俄国的新批评就认为文艺的本质在于形式层面的“陌生化”。与第一种认识相比，这种认识强化了文艺形式在作品中的地位，但取消了文艺与社会生活以及意识形态之间的关联，将文艺的功能限定为感觉层面的更新。女性主义批评对文艺形式的认识与上述两种都不同。一方面不同于第一种认识，女性主义批评家认为文艺形式在文艺创作中具有重要位置；另一方面又不同于第二种认识，她们认为文艺形式并不局限于形式自身，而是包含着性别、权力和斗争等意识形态属性。女性主义对文艺形式的这种认识与马尔库塞等人的形式观念可谓遥相呼应。

四、“空白”阅读

女性主义批评家认为，写作固然对于女性的解放具有重要价值，但更多的女性还只能作为阅读者存在。如何在阅读中为女性提供一种颠覆男权、识破父权文化阴谋的策略也就显得意义非常了。就此，她们提出一种在“空白”和“断裂”之处进行阅读的策略。对于“空白阅读”，可以从以下几个方面加以了解。

首先，空白阅读所强调的是一种特有的女性阅读方式，只有如此，才能重建女性的意义体系。正如卡罗琳·赫尔布鲁恩所说的，“我们第一次被要求作为女人去阅读文学作品，而从前，我们，男人们、女人们和博士们，都总是作为男性去阅读文学作品”①。只有通过一种有别于父权文化的视角，才可能破除阅读过程中的压制和痛苦。这就需要“把新的（或许是不同的）意义从这些相同的本文中解放出来；同时，还用这种权力，去选择她所认为的本文的相关特点”②。

其次，空白阅读的实质在于，去讨论那些男性话语没有写和不能写的东西，对这些空白的填充和释义可以击溃传统的阅读方式，使女性重新发出声音。在女性主义批评看来，传统叙事往往将女性关系及其能量在文本中略去，或者贬低为不能发声的道具，由此形成文本中的“空白”。如莎士比亚《暴风雨》中，母亲这一人物在叙述中被降格为子宫，一旦为家庭提供了嫡系继承人，就被剥夺了出场权，由此造成叙述中的“空白”或者“断裂”。而空白阅读就是要在空白处挖掘出女性遭受压迫的事实，并给予痛快的回击。在女性主义看来，使潜在意义从文本空白之处呈现的过程，就是对男权话语和父权文化的解构、颠覆的过程。

最后，空白阅读有时是作品尤其是女性作品故意追求的阅读效果，它通过空白之处的模棱两可性，为女性释意提供更为自由的空间。苏珊·格巴在她的《“空白之页”与女性创造力问题》一文中认为，文本的空白正是女性拒绝父权塑造、反抗预定角色的宣言，它可以为更加富有潜能的阅读抵抗行为提供支持。③ 由此可见，空白阅读实质上是要求文艺阅读从前台的显性文本转移到后台的社会历史关联上去，从而突破文本的局限，使潜在的颠覆能量释放出来。

---

① 张京媛．当代女性主义文学批评．北京：北京大学出版社，1992：50.

② 伊格尔顿．女权主义文学理论．胡敏，等，译．长沙：湖南文艺出版社，1989：326.

③ 同①：177.

分析举例

《空白之页》是出自女作家伊萨克·迪尼森的一篇小说。这篇小说写的是，在葡萄牙某地的一处修道院中，陈列着国王新婚之夜用过的床单，每一块床单都被精心镶嵌在镜框中。床单中央的血迹表彰着皇后作为处女的荣耀。但偏偏有一块床单的中央是一片空白，下面也没像其他床单那样标上姓名。在作品中，这处空白也许本来是用作对这个皇后的批判，维护的是父权文化秩序。但在女性主义批评家苏珊·格巴的阅读中，这处空白却意义非凡，“这个无名皇后在她的新婚之夜已不是处女？或者她从婚床上逃掉，保护自己的处女之身不受玷污？或者她像山鲁佐德那样，用给国王讲故事的方法消磨掉这段时光，逃避前面那些可怜的女人们的悲惨命运？或者这块无名氏的床单讲的是一位年轻欲盛的女人和一个无能丈夫的故事？或者是一个会使用别的性爱方式（避免流血）的女人的故事？或者是一个虽结了婚，但仍像修女那样洁身自好的女人的故事？”① 在格巴的解读中，此处的空白恰恰具有了无穷的颠覆意味，其中的每一种解释都是女性反抗力量的释放。

第二节 后殖民主义文艺观

萨义德

后殖民主义文艺观兴起于20世纪70年代，是后殖民主义文化思潮的重要组成部分。其特征是：通过文学艺术批评，从西方资本主义内部对西方殖民传统和帝国意识展开批判与解构，具有鲜明的政治和文化批判色彩，表现出令人敬佩的学术良知和理论勇气。其代表人物主要有萨义德、霍米·巴巴和斯皮瓦克等。这些人大多执教于英美大学，并拥有这些国家的国籍，但在民族身份上则都是亚裔。后殖民主义批评的主要理论代表作有萨义德的《东方学》《文化与帝国主义》，霍米·巴巴的《叙事与民族》和斯皮瓦克的《后殖民理性批判》等。后殖民主义注重文本细读，尤其致力于对那些包含殖民地内容的西方作品进行重新阅读与评价，以便挖掘作品中宗主国与殖民地之间不平等的话语关系，从而对既往的文学经典进行重审，对帝国

① 张京媛．当代女性主义文学批评．北京：北京大学出版社，1992：177－178.

中心主义的文化霸权进行抨击。但在未来世界文化格局的设计上，后殖民批评并不主张一种彻底的反帝姿态，而是主张文化的重叠、融合与包容。这种主张也许正与后殖民批评理论家在民族身份上的多重性紧密相关。在具体的文艺观念上，后殖民批评理论家强调文艺与社会现实的关联性，尤其注重对文艺的意识形态解读，这促使他们在文学意象、文艺特征、叙事功能、文本特色和阅读方式等问题上提出了新的见解。

一、“东方”：妖魔化的文学镜像

在文艺批评领域，后殖民主义的贡献首先表现在：从西方文学名著中挖掘出一类具有原型意义的东方形象。这些形象存在于但丁、福楼拜、歌德、狄更斯、司各特、叶芝等人的作品之中，但长久以来一直为批评家所忽视。后殖民批评理论家借助对东方形象的深入挖掘与分析，阐述了帝国文化的运行逻辑以及潜藏于叙述话语背后的深层规则，并揭示出东方形象实际上是西方人对东方的扭曲，是帝国欲望的镜像化显现。

后殖民主义批评认为，西方帝国文学在描述东方世界时或者寥寥数笔、漫不经心，或者将其奇观化、神秘化和妖魔化。对此，萨义德曾详细分析《名利场》《简·爱》等知名小说，并总结说，这些小说在描写东方殖民地时总是一笔带过，“通常是为了移民、敛财、流放犯人之类的相对简单的目的”①。有些作品则相反，对东方世界表现出相当强烈的兴趣，并详加描述，但这些描述在萨义德看来依然存在问题。在此类作品中，东方世界往往被“奇妙地等同于异国情调的、深奥的、含蓄的”② 景观。如此，具有悠久历史与文化传统的东方世界被简单化为满足西方观看欲望的视觉奇观。不仅如此，有些东方民族如信仰伊斯兰教的民族，甚至被妖魔化为“恐怖、毁灭、邪恶、乌合的野蛮人的象征”③。萨义德认为，所有这些呈现都遵循同一条原则，即“东方以及东方的一切，如果不明显地低西方一等的话，也需要西方的正确研究（才能为人们所理解）”④。另一位后殖民主义的女性学者斯皮瓦克也这样分析过《简·爱》：在作者笔下，那位被妖魔化的来自西印度群岛的土著伯莎，亦正是殖民帝国意识的产物。

在后殖民批评看来，帝国文艺之所以如此想象东方，是因为即便主张独立写作的作家在实际上亦不能摆脱帝国意识的影响，而帝国意识在本质上则是掠夺、占有和控制的强烈欲望，这就决定了帝国文艺对东方的想象必然基于自身的欲望，而如此生成的东方形象也就沦为帝国欲望的化身，成为一种背离地理东方的镜像化形象。萨义德进一步指出：“即使是某一时代最具想象力的作家，比如福楼拜、内瓦尔或司各特，都会受到他们对东方所能经历或是所能说的东西的限制。”⑤ 因此，在帝国意识弥漫的时代，文学家对东方世界的呈现也就成了“欧洲对东方的集体白日梦”⑥，“一种关于东方的特定的写作类型”，“一种关于东方的自由弥散的神

① 萨义德．文化与帝国主义．李琨，译．北京：三联书店，2003：102.

② 萨义德．东方学．王宇根，译．北京：三联书店，1999：64.

③ 同②：75.

④ 同②：50.

⑤ 同②：54.

⑥ 同②：65.

话”①。且至今，西方作家心目中仍然存在着对东方的深重偏见，比如在一些作品中出现的阿拉伯人，往往要么与好色，要么与残忍和不诚实联系在一起。萨义德曾将西方世界中包括文艺在内的所有对东方世界进行想象、界定与约束的研究统称为“东方学”。在他看来，这样的“东方学”绝非一种客观求真的学说，而是“一套具有限制或控制作用的观念”②。

后殖民主义进一步认为，这种欲望化、镜像化的东方形象不仅是对西方世界的一种情感满足，而且已参与到欧洲向外扩张与殖民的历史进程中，表现出鲜明的意识形态功能。萨义德曾直言不讳地说：“文学时常表明，它以某种方式参与了欧洲在海外的扩张……支持、表现和巩固了帝国的实践。”③ 而文学之所以具有这样的能力是因为两点：通过类型化的叙事，使奇观化、妖魔化的东方形象深入人心；以“共同视角”互相交叉，综合造成了西方世界关于东方的一致观念和刻板印象。这样一种强大的精神气候，当然会推动西方世界打着解放、拯救或者替天行道的旗号对东方民族进行堂而皇之的殖民侵略。萨义德等人对西方文学这种意识形态功能的揭示是深刻的，也是符合实际的。当下，西方发达国家在政治、经济、科技诸领域的强权态势，仍在印证着其相关判断。而美国特朗普政府的“美国利益优先”政策，进一步将帝国主义的侵略本性鲜明地揭示出来。这也势必会深刻影响帝国主义文学在新世纪对东方形象的重新书写。

分析举例

在国内，后殖民主义批评最早被运用到对张艺谋电影的分析中。20 世纪 80 年代以来，张艺谋接连拍摄了《红高粱》《菊豆》《大红灯笼高高挂》和《秋菊打官司》等一系列电影。这些电影虽在国际电影节上屡捧桂冠，但在国内却遭到了尖锐的批评。国内许多学者正是从后殖民理论出发，认为张艺谋之所以得到西方人的喝彩，重要原因是：作品中奇幻、愚昧和神秘的东方形象，迎合了西方世界对东方文化的刻板印象和文化偏见。这类评判也许失之偏颇，但以后殖民主义文化视野来看，又是不无道理的。

二、含混叙事：世界性的写作模式

在世界交往日益深入的后殖民语境中，后殖民主义着重思考的另一问题是文艺写作如何才能走出狭隘的民族主义牢笼。对于这一问题，萨义德、斯皮瓦克和霍米·巴巴等人都认为应当

① 萨义德．东方学．王宇根，译．北京：三联书店，1999：66.
② 同①：52.
③ 萨义德．文化与帝国主义．李琨，译．北京：三联书店，2003：16.

从二元对立的思维框架中超越出来，既不迷恋于高人一等的宗主国意识，也不沉沦于自卑压抑的殖民地情绪。对于这样一种"非此非彼""既此又彼"的写作态度和策略，霍米·巴巴称之为含混叙事。对于这种叙事方式和策略，我们可以从以下几个方面来加以了解。

首先，艺术家应该自觉地站到一种"离家"（unhomed）的立场上。这里所谓"离家"，在文化意义上是指：艺术家不应以某一特定的民族、文化身份为宗旨，而应移居到各民族和文化的交叉、重叠地带，以一种摆动于东方与西方之间、殖民地与被殖民地之间的流动视角进行写作。在霍米·巴巴看来，只有如此才能使作品超越狭隘的民族立场和对抗意识，避免文艺继续破坏本已沟壑纵横的民族关系。霍米·巴巴将创作这种文艺作品的厚望更多地寄托在徘徊于不同国度的"流散者"身上。这些人游刃于两种甚至多种文化之间，因此拥有更宽阔和多元的视角。① 他们在参与文化创造时也最有可能兼顾各种文化和民族视点，超越简单的对抗模式。从国际流动日趋增强的当下趋势来看，这种写作拥有乐观的前景。

其次，后殖民主义还从身份构成的延异性来确认含混叙事的必然性。在霍米·巴巴看来，即便是那些自以为代民族立言的作家，也无法完成纯粹的民族寓言写作。这是因为，民族身份并不是一个先验、完成的东西，它的构成需要与一个"他者"进行区分与否定。霍米·巴巴认为，这种区分与否定实际上已经把"他者"引入自身，"否认总是一个反作用的过程；是对已经留下创伤标记的那个他性的一半认可"②。这意味着，任何以民族艺术家自诩的人，其民族身份早已是混杂的、分裂的。因此，他的叙述话语也无法保持纯粹的民族形式，必然会走向一种含混状态。这种关于身份的认识，显然会对那种高高在上，自以为纯粹、崇高的帝国写作形成一种内部颠覆。

最后，后殖民主义还将含混叙事与言语表意的延宕性联系起来。在霍米·巴巴看来，包括文艺作品在内的文化文本，其意义不可能是自足的、完满的。这是因为，"文化的发布行为（言说地点）被书写的'异延'所涂划……正是语言过程中的这种差异成为意义生成中的关键并确保意义永远不是简单的模仿，永远不是简单透亮的东西"③。换句话说，文艺创作总是一个"书不尽言，言不尽意"的过程，但这不仅仅是指表意符号的匮乏和不足，更是指作为符号的文字往往流连于能指层面的游戏，而使作为所指的意义处于闪烁和滑动之中，并由此造成了叙述中意义的不确定性和含混性。很显然，霍米·巴巴在这里借鉴了德里达关于文字与语言关系的理论，并将德里达的延异思想引入其中。

从精神实质上看，霍米·巴巴的这种含混叙事既是一种客观求实的学术分析，同时也是一种热情呼吁的价值倡导。其最终目的就是超越狭隘的种族或民族主义叙事方式和策略，进而代之以一种更为宽容的、包含差异的世界性写作模式。

相关知识

对于后殖民主义提出来的这种含混叙事以及世界性写作立场，学术界存在着很大争议。在有些理论家如阿罕默德看来，这种叙事策略尽管打着关注底层、反对殖民的旗号，但在本质上

① 生安锋．霍米·巴巴的流亡诗学．文艺研究，2004（5）．

② 罗钢，刘象愚．后殖民主义文化理论．北京：中国社会科学出版社，1999.214.

③ 同②：198.

却有利于帝国主义力量在世界上的进一步扩张。这是因为，当把所有的问题都转换为话语实践之后，也就取消了现实斗争和革命运动的必要性和合法性。一旦殖民地人民或第三世界人民力图用民族精神来叙述历史、凝聚国民的时候，就马上会被后殖民主义理论家视为本质主义行径而遭到批评。这样一来，这种反本质主义的立场尽管也能对西方种族中心主义形成颠覆，但更会消解殖民地和第三世界人民反抗霸权的民族热情和现实行动。这也许正是霍米·巴巴等人因其对后现代理论的熟练运用而备受第三世界学者追捧，而同时又因其理论所掩藏的犬儒主义精神而备受指责的原因。

三、对位阅读：破除帝国话语的坚冰

对于文艺作品尤其是小说应该如何阅读，后殖民批评提出一种很有创见的阅读方式，萨义德称之为“对位阅读”。尽管这种阅读方式是针对西方帝国时期的小说作品提出的，实质上却具有较强的普适性，既可以运用于非欧国家作品，也可以运用于其他类型的文艺。

所谓“对位阅读”，主要是指既要从叙述主导者的角度去阅读和审视，也要从被主导叙述所压制的从属话语和视角去阅读作品。也就是说，在阅读过程中，要注意发现文本的多重性，要用一种回溯性阅读的方式穿透文本的各个层面，要捕捉到文本背后所隐含的殖民帝国的指称物。对于帝国文艺来说，萨义德所说的对位阅读至少应考虑两个过程，即“帝国主义和对它的抵抗”。也即，在意识到作品所叙述的主流历史的同时，也意识到被支配话语压制并与支配话语携手合作的其他历史。萨义德认为，这种阅读具有重要的作用，它可以使备受主流话语压制的边缘声音以及被排斥于文本之外的内容显现出来，从而实现意义的增殖和多元；这种阅读可以“把这些著作中沉默无声的、在意识形态中被作为边缘的东西挖掘出来，加以伸张、强调，使它发出声音”①。由此可见，对位阅读既是如何阅读的问题，也是阅读什么的问题，表现出强烈的颠覆精神和解构意图。

在后殖民主义看来，这种阅读之所以是必要的，是因为每一篇文字、每一部小说在内部话语构成上，都不是纯粹单一的声音，而是交叠着复杂的意识和多样的情绪。作为帝国文化一部分的小说和帝国主义本身是相互扶持和渗透的，对它们的阅读如果缺少任何一方都是不可想象的，因为“阅读其一时不能不以某种方式涉及另一个”②。即便是小说的叙事结构本身，也关联着特定历史时代的思想观念和历史史实。因此，要想对小说及其他文本有更好的了解，就需要读者拥有更渊博的社会历史文化知识，同时能自如地变换阅读视角，更多地从被叙述者的角度切入，以便破除帝国话语的坚冰，为边缘话语和殖民地声音求得伸张的机会。

对于这种阅读可能导致的抽象化、教条化倾向，后殖民主义也有充分的自觉。他们强调：“任何阅读都不应试图过分一般化，以致使某一具体的文字、作者或情节失去其特性。”③ 因此，他们又主张小说的阅读不能失去审美的维度，在保持批判激情的同时，还应注意对小说的享受。用萨义德的话说：“我们的任务是既不失去真实的历史感，也不失去对小说的充分享受

---

① 萨义德．文化与帝国主义．李琨，译．北京：三联书店，2003：89－90.

② 同①：96.

③ 同①：90.

或欣赏，而将二者结合在一起看待。”① 但遗憾的是，后殖民主义并未把这种结合的途径进一步阐释出来。

分析举例

萨义德用对位阅读方法仔细分析过英国作家吉卜林的著名长篇小说《吉姆》。从表面上看，这部小说描写了一个白人男孩自由自在又充满刺激的青春生活。但萨义德认为，掩藏在这部小说背后的却是一种优越的宗主国意识。男孩吉姆之所以在印度生活得无忧无虑，畅行无阻，恰是因为作为白人的他在英属殖民地有着种种特权，体现的恰是英国与其殖民地印度之间的等级关系。小说中描写了一次印度人叛乱，作品将这次叛乱定性为丧心病狂，又以叛乱最终被清算作结。对此，萨义德通过对历史材料的考察进行了逆向阅读，认为这次事件实有其事，而叛乱的真正根源在于印度本土士兵对统治他们的英国军官极为不满，他们的叛乱是维护种族自尊的英勇行为。很显然，这种对位阅读的确可以深化、丰富对作品及其社会意义的了解。

第三节 新历史主义文艺观

新历史主义批评兴起于20世纪80年代。它是继后现代主义、解构主义之后，在欧美产生重大影响的文艺批评思潮。新历史主义批评的重要理论家及著作包括美国的斯蒂芬·格林布拉特及其《莎士比亚的自由》《文艺复兴时期的自我塑造》，海登·怀特及其《元史学：十九世纪欧洲的历史想象》《话语的转义》，以及英国的多利莫尔及其《激进的悲剧》等。新历史主义批评家主张对文艺进行一种以历史分析与社会批判为核心的外部研究，他们对形式主义、新批评和结构主义等文论斩断历史的行为十分不满。但新历史主义批评的外转，并不是要恢复传统的带有实证色彩和还原倾向的社会历史批评范式，而是力图以“复数的”“小写的”后现代历史观为依托，从历史与文

海登·怀特

① 萨义德．文化与帝国主义．李琨，译．北京：三联书店，2003：134.

艺、文艺与人性、文艺与政治之间互为背景、相互塑造的关系出发，揭示各类文本中复杂的权力运作方式，以便对扭曲人性、压制心灵的社会体制和社会关系进行批判。这种理论倾向使新历史主义批评对文艺的特性、运作方式和功能等问题的认识都呈现出较为鲜明的意识形态化倾向。

一、历史也是一种诗学文本

新历史主义之“新”首先在于它对历史的有别于传统的理解。海登·怀特提出了“元历史”概念，蒙特洛斯提出了“历史的文本性”概念，目的都在于解构历史的实体性、客观性，力图恢复历史的虚构化和诗意化本质，甚至明确主张历史也是一种诗意文本。这样一种认识不仅可以扩大文艺文本的指涉范围，也可以深化对文艺特性的认识。具体说来，新历史主义的历史观包括：

第一，客观的历史并不存在，只存在一种语言学层面的历史叙事或者历史修撰，历史在本质上是虚构与诗意的。海登·怀特就将历史作品视为“以叙事性散文话语为形式的一种言辞结构”①。新历史主义者并不否认历史事件的实存性和客观性，但他们认为，这些已经消失于历史时空的事件只有通过历史学家的叙述才能把握到。在叙述中，历史将不可避免地带有史学家对事件的主观阐释，抑或是为填平历史事件之间的鸿沟而加入的想象与虚构。正因如此，怀特对“史学家发现故事，小说家创造故事”的说法并不满意，他认为，“在史学家的工作中，‘创造’也起部分作用”②。历史因此不可避免地带有文艺的虚构性和创造性特征，历史也就成了一种诗学文本。

第二，历史文本还存在一个深层结构，它在本质上也是诗意化的，是审美的或者道德的维度，而非认识的维度。这个深层结构就是怀特提出来的“元历史”。怀特认为，史学家要想对具体的历史事件进行贯通和阐释，他就不得不借助一些更为深层的概念和模式，“在这个层面上，史学家表现出一种本质上是诗性的行为”③。怀特将这些深层的阐释模式具体区分为三种。其一，情节化阐释模式，将历史事件按照某一特定类型编排成故事，比如“在叙述故事的过程中，如果史学家赋予它一种悲剧的情节结构，他就在按悲剧方式‘解释’故事”④。其二，形式论证式阐释模式，是指为历史事件的阐释提供特定的推论前提，比如马克思的经济基础决定上层建筑，以及中国历史小说开篇的“话说天下大事，分久必合，合久必分”等，都可视为推论前提。其三，意识形态蕴涵式的阐释模式，指历史学家在对历史事件进行阐释时所持有的价值立场，怀特将其归纳为无政府主义、保守主义、激进主义和自由主义四种。怀特认为，在历史的实际撰写中，没有哪一种阐释模式比另一种更能接近历史真实，它们在逻辑上都是平行的。由此推论，“选择某种有关历史的看法而非选择另一种，最终的根据是美学的或道德的，而非认识论的”⑤。这样一来，任何关于历史的叙述都将是美学的、诗性的。

---

① 怀特．元史学：十九世纪欧洲的历史想象．陈新，译．南京：译林出版社，2004：导论，2.
② 同①：8.
③ 同①：序言，2.
④ 同①：9.
⑤ 同①：序言，4.

第三，文本化的历史将不可避免地带有多元性、开放性和发展性，其内部将不再是严整、统一的，而是充满着各种差异和断裂。在新历史主义看来，历史内部充满各种对立的权力话语，尤其表现为正史与野史的分裂、中心与边缘的对立等。正是基于对历史的这种认识，新历史主义批评在具体的批评中，总是喜欢挖掘那些为正史所压制的边缘话语、逸闻趣事、偶然事件和异乎寻常的外来之物，并详加阐释，以期重建历史踪迹，恢复历史的多元性、开放性，对主流历史形成颠覆效果。格林布拉特曾将新历史主义的这种批评模式概括为“逸闻主义”。在新历史主义看来，历史的这种开放性、流动性进一步表明了它的美学性质和虚构特色。正因如此，格林布拉特强调，在文学的传统边界之外，还有其他的技巧和文本，它们拥有堪与文学媲美的强大力量。[①] 他主张文艺批评不应画地为牢，而是应该将触角同时伸向包括历史在内的所有人类“叙述”领域。

相关知识

新历史主义的形成与后现代主义思想家福柯的影响有关。福柯在《知识考古学》中集中提出了他对历史的看法，认为历史既不是客观的，也不是整体的，当然也不存在决定历史发展方向的必然规律和终极目的。福柯认为，任何历史学家所宣称的客观历史在本质上都来自话语的构造，将不可避免地带有差异性和断裂性。尽管表面上看，历史学家的话语是自由的，但实际上却受制于特定时代的各种话语规则，不能逾越。比如，谁来书写历史，写什么，怎么写，以及什么是真，什么是伪，等等，都已经经过了特定历史时代话语规则的过滤和选择。由于不同时代的话语规则各有不同，那么历史必定是差异的、断裂的。那些宣称历史具有客观性、连续性和目的性的见解只能是痴人说梦或是别有用心。因此，福柯断定，作为话语实践结果的历史只能是一种虚构，而非客观实在。如此，历史的实在性在福柯这里得到消解，其虚构性和诗意想象性得到了强调。这一认识为新历史主义将历史视为诗学文本奠定了理论基础。

二、文艺也是一种“社会能量”

文艺具有怎样的性质，它与社会、历史之间又是何种关系，这些都是文艺批评界用心思考并力图回答的重要问题。对于这些问题，新历史主义在扬弃前人成果的基础上集中提出了一个富有启发性的命题——文艺也是一种“社会能量”。在新历史主义的界定中，社会能量是指在社会生活中一切能激起不安、痛苦、欢乐、紧张、恐惧和惊讶等普遍情绪的东西，这种东西具有产生、塑造和组织集体身心经验的力量。[②] 这种能量存在于社会生活的一切领域，文学艺术也是这种能量交会、流通的重要场所。立足于这样一个带有物理学性质的“社会能量”概念，新历史主义批评对文艺特性的认识就有了新颖性，并具体表现在两个方面。

首先，文艺世界并不是一个独立自足、完满纯粹的唯美空间和精神领域，不仅其内部交织着各种现实具体的历史、文化和权力因素，而且它们本身就是这些现实社会力量的组成部分。

① 张进，高红霞．论新历史主义的逸闻主义．兰州大学学报，2002（2）．
② 张昕．关于新历史主义的文学意识形态功能论．西南民族大学学报，2005（10）．

在新历史主义看来，文艺作品与充满权力纷争的社会生活并无本质的不同，它们都是社会能量的聚集场所和表现形式，体现着复杂的意识形态内涵，文艺也是“力量的场所，是意见纷争与利益变更的地方，是正统力量与反对势力相冲突的场合”①。在这种文艺观念指导下，新历史主义批评始终注意“对文学文本世界中的社会存在以及社会存在之于文学的影响实行双向调查”②。如新历史主义在对莎士比亚的戏剧进行解读时，总是倾向于将戏剧内容还原为现实社会中的政治、经济和文化之间的纷争与和解。此外，新历史主义者认为，甚至文艺作品的形式也是社会能量的载体，带有鲜明的意识形态内涵。他们分析说，文艺复兴时期戏剧的露天演出模式更容易使大众将虚构的戏剧内容认同为社会现实，从而激发出更大的颠覆潜能，并造成统治者的恐慌。蒙特洛斯提出来的“文本的历史性”这一概念也指向对文艺的这种认识。显而易见，新历史主义的这种文艺观直接挑战了将文艺视为独立自足领域的唯美主义和形式主义文艺观。

其次，从社会能量可以在不同领域之间相互周转、流通这一特性出发，新历史主义批评认为，文艺与社会历史之间不是反映与被反映的认识关系，而是相互作用、彼此塑造的实践关系。蒙特洛斯就曾直接提到，文艺“不仅与别的话语模式和类型相联系，而且也与同时代的社会制度和其他非话语性实践相关联”③。为了适应文艺与社会历史之间的这种实践关系，新历史主义批评特意采纳了很多经济学术语来把握，如“流通”“周转”“谈判”和“交易”等，都是新历史主义批评家所乐于使用的概念。葛林伯雷对“谈判”一词就情有独钟，他说：“艺术作品本身并不是位于我们所猜想的源头的纯清火焰。……艺术作品是一番谈判以后的产物，谈判的一方是一个或一群创作者，他们掌握了一套复杂的、人所公认的创作成规，另一方则是社会机制和实践。”④ 在新历史主义看来，对这些概念的使用更能突出文艺作为社会力量之一种与政治、经济、权力和宗教等社会力量之间那种相互缠绕、彼此影响的复杂多向关系。如“谈判”一词就很能凸显文艺与社会之间的这种复杂关系。基于这种认识，新历史主义在批评实践中不再把社会历史单纯地视为文艺的背景，而是以一种“互文性”的态度，打破文艺与历史、社会与文化、物质与精神、审美与经济等之间的界限，在往复观照、相互提喻的基础上，挖掘被主流话语压制的边缘声音，促成意义的增殖和对历史的重审。在这一点上，新历史主义批评又可以被视为对传统反映论文艺观的反驳。

理论辨析

对文艺与社会及历史关系的探讨可以上溯到古希腊时期。这一时期的柏拉图和亚里士多德都曾属意这一问题，尽管具体结论不同，但他们总体上都是从反映论、认识论角度看问题的。其相关见解影响深远，曾在西方文论史上长期占据主导地位。20世纪以来，随着文学的独立和审美意识的日渐自觉，有许多学者力图

① 张京媛．新历史主义与文学批评．北京：北京大学出版社，1993：148.

② 中国社会科学院外国文学所，《世界文化》编辑委员会．文艺学和新历史主义．北京：社会科学文献出版社，1993：80.

③ 同①：101.

④ 同①：14.

割断文艺与历史、社会的联系，从文艺的纯形式中寻找文艺的本质，如俄国形式主义就认为文艺从来不反映城头旗帜的颜色，文艺的本质在于形式。显然，新历史主义批评对上述两种观点都不满意，即既反对反映论、认识论，也不赞同形式主义论，主张既要重新恢复文艺与历史的关系，又强调要超越反映论、认识论模式，希求在动态、开放的社会实践领域把握文学艺术的特点。

三、颠覆与抑制的文艺功能

在新历史主义批评看来，文艺与社会历史之间的联系并非反映与被反映的认识关系，而是相互影响、彼此塑造的实践关系。一切表达行为都处于物质实践的网络之中。作为现实生活横向组成部分的文艺，也必然受制于实践领域的权力运行规则。文艺的意识形态功能就此也就成为一个无法回避的重要问题。但相比于此前的相关论述，新历史主义似乎更能揭示文艺作品在意识形态功能上的复杂性和辩证性。

新历史主义批评将文艺的意识形态功能细化为颠覆、抑制与强化等多种情况。从性质上来看，强化与抑制方向一致，可以合二为一。在通常的意义上，新历史主义批评家主要使用“颠覆”与“抑制”这一对概念。其中，颠覆是指受压迫群体或边缘群体对代表统治秩序的社会意识的破坏与反叛，抑制则是指主流话语对这种破坏性力量的压制和阻挠。在对文艺复兴时期莎士比亚戏剧的分析中，新历史主义批评家主要使用的就是这对范畴。

新历史主义批评更为深刻的地方在于，认为文艺介入社会的这两种政治效应并非简单的对立关系，而是存在互补甚至合谋的关系。格林布拉特在分析莎士比亚《亨利四世》中哈尔王的统治手段时认为，统治者有时不仅会允许甚至会故意制造大众的颠覆情绪，但此时的颠覆实际上正是一种更为高明的抑制手段。在不危及统治秩序的情况下，如果大众的不满情绪能得到及时释放，恰可以使真正具有颠覆性的破坏力量被抑制在安全范围内。在这里，格林布拉特既是在谈哈尔王的统治手段，也是在谈文艺活动的政治效能。在新历史主义看来，文艺活动本身对于社会统治秩序来说，或者是一种颠覆中的抑制力量，或者是一种抑制中的颠覆力量。尽管在新历史主义内部，格林布拉特更倾向于强调抑制，而多利莫尔认为颠覆力量占主导位置，但是这种争论只是就颠覆与抑制之间的比率展开，都没有要脱离这种二元辩证框架的意思。以往，文艺与政治之间的关系一直被简单化为或敌或友，比较而言，新历史主义的认识要深刻得多，也更有启发意义。

此外，新历史主义批评认为，颠覆与抑制在具体的文艺作品中又有三种具体的实现方式，即“实验”“记录”和“解释”。简单来说，所谓“实验”，是指通过揭示边缘群体在意识上的荒诞和虚妄，来暗示主流文化自身在信仰、意识等各个层面上也极有可能是虚妄和不可靠的，这属于抑制中的颠覆。所谓“记录”，是指文艺作品在记录主流意识形态的声音并美化其存在时，也会记录下种种边缘和底层的声音。在新历史主义看来，这些底层的对抗性话语意在诱使观众接受当时的权力结构。这属于颠覆中的抑制。所谓“解释”，是指当主导权力发现自身的局限性时，往往会通过解释来修复自己的权威。但在新历史主义看来，这时的解释反倒会像一把双刃剑，将需要被粉饰的缺陷再一次暴露出来，这属于抑制中的颠覆。从总体上看，这三种方式都服务于揭示统治权力的虚伪，有助于唤醒人们对权力的质疑，进而产生颠覆效果。新历史主义批评家对文艺政治效能的分析，既表现出他们摒弃形式、追求意义的学术理想，也展示出他们优良的文本细读能力。

深度思考

新历史主义批评对文艺政治效能的深刻阐释独树一帜，发人深省，但也存在着将政治效能放大为文艺唯一功能的弊端。在新历史主义的解读中，富有社会、人文内涵的莎士比亚戏剧被简化为单一的权力斗争空间，成为意识形态纷争的场所，这显然失之偏颇。有时为满足意识形态解读的胃口，新历史主义甚至不惜对历史材料进行有意曲解，这尽管较符合新历史主义的历史观，但很难保证研究的有效性。对政治效能的片面强化，使新历史主义批评也没有给文艺的娱乐、审美价值留有足够的空间，对于文学艺术来说，后者显然应占据更为核心的位置。此外，谈论文艺的功能不能脱离对读者接受心理的实证考察，如果仅停留于文本分析，无疑会陷入另一种形式主义操作方式，这也是新历史主义批评的一个缺憾。

第四节 生态批评文艺观

斯科特·斯洛维克

“生态批评”是于20世纪70年代最先发端于欧美发达国家的一种文艺批评观。经过40余年的发展，生态批评现已成为一种世界性批评潮流。其中，较富盛名的批评家有美国的彻丽尔·格罗特费尔蒂、斯科特·斯洛维克、劳伦斯·布伊尔、帕特里克·墨菲，英国的乔纳森·贝特以及德国的约翰·霍尔姆等人；影响较大的生态批评著述有《生态批评读本》《大地之歌》《寻找美国自然书写的生态意识》《浪漫主义的生态学：华兹华斯与环境的传统》《环境批评的未来：环境危机与文学想象》《走出去思考：入世、出世及生态批评的职责》《实用生态批评：文学、生物学及环境》《绿色研究读本：从浪漫主义到生态批评》《环境美学》等。作为具有跨学科性质的“生态批评”，它既是对生态写作的回应，也是批评家生态意识和社会责任的理论表现。从构成上看，生态批评内容丰富，包含诸多不同的理论话语，如深层生态批评、生态女性批评、环境正义批评等，但从总的批评意旨来看，这些流派又有大致相同的理论诉求：都力图深刻挖掘、揭示文艺作品中人与自然之间的关系，揭示当下生态危机的思想文化根源，最终引导文艺与人类社会走上绿色生态之途。在这种绿色视野的主导下，生态批评提出了许多别开生面、发人深省的文艺、美学观点。

一、绿色写作范式

从本质上来看，生态批评是一种价值批评、伦理批评，其终极目的是促成人与自然生命的和谐共生。在生态批评看来，在生态危机日益严重的当下，文艺应当承担起更新人类体验世界的方式、唤醒大众关爱自然的意识等功能，否则文艺在今天将失去它最为重要的社会价值。基于此，生态批评提出一种以生态中心主义为核心的绿色写作范式。

首先，绿色写作要求文艺走进自然、亲近自然，更多地以自然为写作对象。在很多欧美生态批评家看来，随着消费社会的到来，文艺正以个性自由为旗号，堕落为消费狂欢的鼓吹者，这必将加剧当前的生态危机。有鉴于此，美国的桑德斯就对本国的大众文学，尤其是影视、小说忽视自然的倾向提出了激烈的批评。他认为不管当下的文艺如何精确地表现了这个时代的表面，如果它从不审视人类之外的自然，那么它就是“病态”[①] 的。布伊尔也对当代艺术完全无视自然环境问题表示过很大的不满。[②] 以倡导大地伦理而知名的利奥波德也明确表示，“当一个事物有助于保护生物共同体的和谐、稳定和美丽的时候，它就是正确的，当它走向反面时，就是错误的”[③]。在这种认识的引导下，很多生态批评家对那些倾向于展现、亲近自然的作品报以热烈欢迎的态度。与之相关，以讴歌自然为主题的 18、19 世纪的欧美浪漫主义文学成为生态批评家所着意推举的绿色文本。

其次，在生态批评家看来，将人类视为世界的中心和目的而将自然视为陪衬和手段的人类中心主义意识，是造成当今生态危机的深层原因。因此，他们所重视的绿色写作，要超越人类中心主义，要立足于生态中心主义立场。美国生态批评家布伊尔就曾强调，真正的生态文学不仅能将自然环境作为手段来展现，而且还应将其作为具有独立生命价值并对人类历史产生影响的对象来看待。[④] 这实际上要求艺术家尽量避免将自然事物仅作为人物内心世界的情感寄托和人格象征，而从自然事物的独立价值和本原生命来看待和描写自然事物。在人物与自然事物之间，前者应放弃君临万物的姿态，俯身为自然一员，两者之间也不再是统治与被统治的关系，而是彼此独立、相互影响、整体协调的主体关系。生态批评家们立足于这种视野，发现在人类文学艺术史上，即使是狄更斯、奥斯丁、爱默生，甚至雪莱那样的诗人、作家，虽钟情于讴歌自然，但仍不过是将自然作为人类生活的陪衬，算不上绿色写作，其中流露的仍是人类中心主义意识。

最后，要更新话语方式，架起艺术与科学、想象与求真之间的桥梁。如何使绿色写作既能

---

① 斯洛维克．走出去思考：入世、出世及生态批评的职责．韦清琦，译．北京：北京大学出版社，2010：145－146.

② 布伊尔．环境批评的未来：环境危机与文学想象．刘蓓，译．北京：北京大学出版社，2010：66.

③ 利奥波德．沙乡年鉴．侯文蕙，译．长春：吉林人民出版社，1997：213.

④ 刘蓓．生态批评的“环境文本”建构策略．云南社会科学，2008（4）．

将大众意识引向对环境危机的关注、对生态和谐的渴慕，又能使绿色写作不堕入空洞的说教、刻板的写实，生态批评进一步探讨了沟通想象与沉思、艺术与科学的话语写作策略。生态批评一度青睐写实主义，认为如此才能准确反映当下危机重重的生态境况，但这一主张在后来受到质疑，比如希尔考认为，逼真的现实效果未必就是一种生态效果；布伊尔认为，写实主义的冗长刻板很可能会抵消文艺作品的感染力，削弱作品的生态效果。[①] 他们认为，艺术家应放开想象，运用原始艺术家式的奇思妙想构筑让人可以反思、追慕或者栖居的自然生态世界。布伊尔正是据此对一度被生态批评所忽略的科幻类小说和电影极为推崇。从审美角度讲，想象力的介入是保证艺术作品具有审美价值的核心要素。但是，生态批评又同时认为，仅有美丽的语言和出奇的想象并不够，“还要能够达成一种关于人类社会与这个星球的现状之间的关系的理解”[②]。后者的达成恰恰需要艺术家对自然、世界的感知不能仅仅停留于表面的观察，还要能深入生态系统的内部和深层，对生态科学、地理知识、自然科学有较好的理解和把握。正如斯洛维克所言：“任何一件环境文学作品都应植根于最即时、最准确的科学资料，这很重要。”[③] 只有如此，绿色写作才能激发起读者对生态问题更大的惊奇与关切。从实际情况看，那些较早体现出生态意识的诗人如华兹华斯、雪莱、柯勒律治，以及散文家怀特、梭罗等，都有着自然科学的、生物学的或者生态学的知识背景；写出了经典生态文本《沙乡年鉴》的利奥波德，亦曾受过林业科学知识的系统训练。生态批评强调艺术想象与科学知识相结合的最终目的，就是使生态艺术作品有效地促成大众对环境问题的关注，对生态意识的培养。

相关知识

关于生态批评所依赖的生态中心主义存在很多争议。在有些生态批评家看来，生态中心主义超越人类中心、为自然代言的努力尽管包含着高尚甚至崇高的因素，但受制于人类语言、文化的限制，没有任何一个人可以作为环境、自然或者一个非人类动物来说话。如果人类不能谨慎地对待人类为自然代言的能力，那么人类很可能就会坠入堂·吉诃德般的自以为是，甚至发展为生态法西斯主义。此外，也有生态批评家认为，生态中心主义与现代社会所倡导的自由主义价值观念相悖，前者很容易以宏大叙事的面目对个人自由、私人生活造成侵犯。生态中心主义对这些指责也都做出了回击。对于前者，生态中心主义认为不能因为“实然”意义上无法完全代自然立言，就放弃应然意义上的主观努力；对于后者，生态中心主义则认为，在人类自由直接导致生态危机的情况下，必须限制人类的某些自由。时至今日，这些讨论仍然在生态批评领域进行，而如何解决这些矛盾甚至悖论，也考验着生态批评的理论活力。

二、“环境性”是文艺的深层特质

在生态批评看来，任何文艺作品都无法摆脱环境对它的影响，从体裁到文本、从文本的生

① 布伊尔．环境批评的未来：环境危机与文学想象．刘蓓，译．北京：北京大学出版社，2010：46.
② 斯洛维克．走出去思考：入世、出世及生态批评的职责．韦清琦，译．北京：北京大学出版社，2010：164.
③ 同②：165.

成再到文本的接受等各层面、各环节，都包含着环境内容。文艺作品深受环境影响的这种特性，就是生态批评所认定的文艺的“环境性”。美国生态批评家布伊尔曾说：“一个文本个体，从生成到接受的任何阶段，都必须被看作包含着环境内容。”“既然存在之所在先于社会实践之内容，那么环境无意识就比‘政治无意识’更为深刻地嵌入一个文本。”① 生态批评认为除了在文本层面对自然、环境的直接描述或潜在暗示之外，文艺的环境性还表现在其他几种模式之中。

其一，修辞模式。修辞问题一直备受生态批评家关注，这是因为，恰当的话语修辞方式不仅意味着对语言再现能力的超越，实现审美潜能，而且也决定着内在生态思想的有效传达。如将地球称作“家园”“救生船”就很能激起人保护地球、维护自然的情感倾向。布伊尔认为，“一个以地方为基础的墨西哥裔美国农耕者社团用‘我们的血液’来隐喻水，比一个矿业公司反对他们这种对水权利的传统理解时所采用的论据更有说服力”②。比较而言，文艺作品在修辞的运用上要远比政治学、经济学和法学等更为灵活、丰富，因此很多生态批评家认为他们有责任帮助这些领域中的学者“走出这些领域里的约束性话语并能够欣赏价值含义丰富的故事与想象的语言”③。从总体上看，不论是倡导环境正义，还是主张物种和谐，生态批评家都倾向于认为环境修辞的正当性是建立在道德的，尤其是审美的而不是科学的基础之上的。对修辞模式的关注使生态批评家得以跨越各种体裁，最大限度地扩大生态批评的对象。

其二，表演模式。在生态批评看来，环境修辞不仅是文本问题，也总含表演之意，并经常要求生动的表演行动，如法庭、会议室、礼堂等公共场所的辩论。他们相信，经由身体的现场表演，绿色言说会获得更好的成效。这种可感知的诚挚可以“加强话语与世界的联系”，会获得更为丰富的意义。④ 此外，相比于法庭辩论等非虚构性生态话语，戏剧艺术尤其是生态戏剧被认为更能表现文艺的环境性特质。这除了指戏剧在文本层面的环境主题，更指戏剧演出作为一种现实活动总是要求物理环境，也对物理环境进行再创造。如布伊尔认为，尽管普通阅读也有物理空间的需求，但戏剧演出中的环境性尤其突出。他举例说，贝克特《等待戈多》中那棵光秃秃的枯树在不同的演出地点会有不同的意义，在现实情境中生成的这些意义“都比印在纸上供人阅读的文字承担着更多的意义”⑤。生态批评家们也注意到一个更为现实、复杂的问题，有些弘扬生态观念的田园剧反倒有可能对现实环境产生很大的破坏作用。比如某地为推出一个田园剧，为建舞台征用一大片土地，这种做法就很有可能是对当地居民安置模式和经济的一种破坏。生态批评对文艺与环境之间关系的这种认识，显然已经超出了文本的层面，进入更为现实、深刻的层面，发人深省。

其三，重建世界。生态批评认为，真正优秀的文艺作品不仅能间接或直接地将环境、自然设定为作品主题的一部分，而且能够将阅读欣赏者带入文艺作品之中，仿佛作品本身就是读者生活的环境和世界。在这种情况下，读者不再仅仅停留于对文本世界的认知和认同，而是以一

---

① 布伊尔．环境批评的未来：环境危机与文学想象．刘蓓，译．北京：北京大学出版社，2010：51.

② 同①：53.

③ 斯洛维克．走出去思考：入世、出世及生态批评的职责．韦清琦，译．北京：北京大学出版社，2010：143-144.

④ 同①：53.

⑤ 同①：56.

种自然合奏的方式栖居在文本世界之中，成为其中的一部分。① 生态批评所谈论的这种可以栖居的文本世界，实际上就是要求文艺作品在“可观”“可想”之外，还能达到“可游”的境界，这恰恰也是中国传统文论所强调的理想艺术境界。在生态批评看来，能够“创造世界”的体裁并不限于诗歌和非虚构环境文学，已经流行半个世纪之久的科幻小说在这一方面更有潜力。科幻小说一方面通过融入尖端科技，为人们提供关于地球的反面乌托邦形象；另一方面则能够在更为开阔的行星层面反思地球上的“环境”问题。科幻小说往往利用在叙事上的这种优势重建世界，并唤起人们挽救世界、珍爱地球的强烈意愿。

分析举例

自然山水实景演出正成为世界范围内的新兴文艺活动，这在中国尤其兴盛。以《印象刘三姐》《风中少林》《天门狐仙》《夜泊秦淮》和《长恨歌》为代表的山水实景剧目与真实的自然山水有紧密的关系，具有突出的“环境性”。但这些实景剧目的环境性在内容上具有多重性甚至矛盾性。从艺术欣赏的角度来说，这些实景剧将真实的自然山水构造为剧目的元素，从而使对艺术的观赏过程也同时成为与自然山水亲近的过程，而且这种亲近是一种无中介的直接交流，是一种真实生命之间的相互渗透和没入，其积极的生态意义是相当明显的。但是，如果从演出活动需要的物质、技术等条件来看，这种演出形式与其他艺术形式相比，对自然生态又有巨大而明显的破坏性。为搭建水上舞台而灌入水底的混凝土、打在岸边的木桩，为营造迷离惝恍的氛围而安置在林杪、山峰上的灯光声影设备等，无不对当地的自然山水以及飞鸟游鱼造成巨大的生态影响甚至破坏。但因受制于强烈的经济冲动，社会各界对此似乎还缺乏必要的反思。

《印象刘三姐》剧照

三、自然是现成的“绿色文本”

生态批评有宽阔的文本视域。在他们看来，除了诗歌、小说和电影等人工制品外，以物质形态存在的非人类自然也是一种绿色文本，而且是天造地设的现成品。不仅作家，而且读者，甚至批评家都应该走出狭小、封闭的书斋，到大自然中去。正如斯洛维克所强调的，人们“不

① 布伊尔．环境批评的未来：环境危机与文学想象．刘蓓，译．北京：北京大学出版社，2010：57.

仅要去接触文学，不仅要相互接触，还要接触大自然"①。生态批评的这种自然文本观包含以下这样几个内容。

在生态批评看来，自然是一种文本，并不存在纯粹的自然。凡是自然，都已经经过了人类劳动或者意识的加工，都或多或少地是一种人工制品。在这里，生态批评理论家吸收了后结构主义和新历史主义的方法，他们认为，对自然的任何发现和描述都将在人类的语言网络中进行。通过人类的意义之网，人类所谈论的任何自然都将包含着人类的主体意识。无论是城市绿地、郊区景观，还是人迹罕至的"荒野"，都是渗透着主体意识的自然，是一种包含着意义并围绕人类而存在的准文本。正是在这个意义上，生态批评家布伊尔才主张将生态批评进一步推向环境批评，后者更能突出自然与人文相互交织和缠绕的状态。布伊尔认为，只有认识到并尊重这一点，人类才可能避免因对自然的过分偏执而落入另一种本质主义立场。这是因为，"没有一个人可以作为环境、作为自然、作为一个非人类动物来说话"②。

生态批评认为，自然这样一种准文本具有积极的审美价值，它具有"全美"的特性，可以激发更为强烈的自然保护意识。美国生态批评家卡尔松认为，自然在本质上都是美的，具有积极的肯定价值。自然在总体上是优美的、精致的、统一的和有序的。有些批评家甚至认为，自然总是美的，自然从来就不丑。人们之所以在某些时候觉得某一自然物是丑的，那是因为还没有找到恰当地欣赏这一自然物的视角和范畴。比如对泥炭沼泽或者蜣螂，人们大多会本能地因其形式而产生厌恶之情，觉得根本谈不上审美。但如果从生态学出发，考虑到泥炭沼泽对于候鸟迁徙的意义，蜣螂对草原粪便的净化作用，这些本来令人生厌的自然事物也会赢得人们的尊重，从而具有美的光辉。在生态批评看来，只要能够把自然事物置于恰当的视角，任何自然事物都将是美的。当然，这将需要人们在自然欣赏中"将科学知识置于一个最为密切、实际上也最为本质的位置"，如此就可以保证"欣赏是严肃的欣赏而非肤浅的欣赏"③，也将激起人们对自然世界更为深沉的热爱和欢欣。

生态批评还认为，自然环境是构成人类地方意识的核心因素，后者也是文艺作品的重要表现对象。生态批评十分看重"地方"这样一个概念。他们认为，人类不仅是时间中的存在，更是空间中的存在。但只有当虚空的空间转变成一个"能够被见到、被听到、被闻到、被想象、被爱、被恨、被惧怕、被敬畏"④ 的空间之后，它才能被称为"地方"。换句话说，地方就是与主体生存建立起意义关系的亲密空间，只有建立起这种关系，人类的生存才能具有实在性，带有诗意栖居的性质。而当地的自然环境就是帮助主体建立起地方意识和地方归属感的重要而恒定的因素。这也许正是人们在怀念家乡时，其情感指向总是离不开家乡的山水草木、飞鸟游鱼的重要原因。生态批评认为，地方也是一种相对的概念，其范围可以小到一张桌子、几株花草，也可以大到一个区域，或者一个国家，甚至可以在宇宙的层次上将地方意识扩大到整个地球。在生态批评看来，随着世界的日益工业化、信息化、虚拟化，"地方"在人类生活中有了越发重要的情感价值。因此，生态批评主张文学艺术在写作中应当树立起自觉的地方意识，为人类的地方认同和诗意栖居提供更为广阔的空间。

---

① 斯洛维克．走出去思考：入世、出世及生态批评的职责．韦清琦，译．北京：北京大学出版社，2010：31.

② 布伊尔．环境批评的未来：环境危机与文学想象．刘蓓，译．北京：北京大学出版社，2010：9.

③ 卡尔松．自然与景观．陈李波，译．长沙：湖南科学技术出版社，2006：51.

④ 同②：70－71.

分析举例

在中国当代文学史上，那些能够占据一席之地的作家，其作品往往自觉或不自觉地表现出较为鲜明的地方意识。甚至可以说，正是其中一草一木总关情的地方意识成就了这些作家。如贾平凹之于陕南山地、路遥之于陕北高原、陈忠实之于关中平原、张炜之于胶东半岛、莫言之于山东高密、迟子建之于东北黑土地、苏童之于江南水乡、王安忆之于上海小胡同等，他们的作品都让人在鲜明的地方意识中体味到深邃浑厚和绵延不息的生命意志。相反，那些钟情于机场、咖啡厅、宾馆、游乐场和歌舞厅等“非地方”的作品，往往只能获得一时的喧嚣，很快就趋于沉寂。这也许正说明了，在现代化程度日益加深，人们普遍被抛离原生地进入“脱域化”状态的情势下，对地方意识的描绘与弘扬正代表着文艺未来发展的主要趋势。

【本章关键词】

女权主义（feminism）：又译为女性主义。女权主义诞生于20世纪30年代的欧美诸国，是西方国家妇女在政治权利、社会生活等领域追求性别平等的社会理论和政治运动。后来，西方女性将对性别平等的吁求引申到文学艺术领域，探讨女性遭受压迫的文化心理和话语模式。女权主义的最终目的是构建男女平等的信念，反对一切形式的性别歧视。

双性同体（androgyny）：最早是生物学用语，是指同一生物个体身上同时具有成熟的雄性性器官和雌性性器官。后来该词被运用于人类心理，指同一个体同时具备明显的双性性格特征，如强悍与温柔、外向与内敛、活跃与安静等。再后来，该词被女性主义学者用来指称一种理想的文艺创作心态，其主张用双性同体的方式来消解片面的单性写作。

东方主义（orientalism）：又称东方学，是指西方对东方国家诸如中国、印度、埃及和伊朗等国家的社会、语言和文化所进行的分类、描述和界定。这种描述和界定并非一种客观知识，而是西方中心主义的体现，隐藏着西方国家力图对东方国家进行控制和统治的逻辑。

新历史主义（new historicism）：这一概念最早由美国学者格林布拉特提出，体现在文学艺术领域即主张重建文艺与历史之间的关系。新历史主义认为，这两者之间并非反映与被反映的认识关系，而是相互作用、彼此制约的实践关系。在对文艺的考察中，新历史主义着重考察文艺与权力、政治之间的复杂关系，注重挖掘被压制的边缘声音。

自然写作（nature writing）：一种以大自然及生态整体系统为主要写作对象的写作方式。这种写作通过对自然的描写与赞颂，旨在唤起人们热爱自然、保护环境的诸种意识。

环境无意识（environment writing）：最早由美国生态批评家劳伦斯·布伊尔提出并使用，意指人类与其生存环境之间的一种无法割裂和拆除的关系，但这种关系更多时候是以无意识的方式存在于人类感知系统之中的。

【推荐阅读】

张岩冰．女权主义文论．济南：山东教育出版社，1998.

张京媛．当代女性主义文学批评．北京：北京大学出版社，1992.

罗钢，刘象愚．后殖民主义文化理论．北京：中国社会科学出版社，1999.

王岳川．后殖民主义与新历史主义．济南：山东教育出版社，1999.

党圣元，等．生态批评与生态美学．北京：中国社会科学出版社，2011.

伍尔夫．一间自己的屋子．王还，译．北京：三联书店，1989.

萨义德．东方学．王宇根，译．北京：三联书店，1999.

怀特．元史学：十九世纪欧洲的历史想象．陈新，译．南京：译林出版社，2004.

布伊尔．环境批评的未来：环境危机与文学想象．刘蓓，译．北京：北京大学出版社，2010.

【思考题】

1. 女性主义是如何评价男性文艺作品中的女性形象的？
2. 什么是“双性同体”写作？
3. 怎样理解女性主义提出的“空白阅读”？
4. 对西方文艺作品中的东方形象，后殖民批评是如何认识的？
5. 如何理解后殖民批评提出的“含混”叙事？
6. 谈谈你对“对位阅读”这一主张的理解。
7. 如何理解新历史主义的“历史也是一种诗学文本”这一命题？
8. 如何理解文艺也是一种“社会能量”这一命题？
9. 谈谈你对绿色写作范式的理解。
10. 文艺作品的“环境性”包含哪几方面的内容？

第一版后记

本教材是应中国人民大学出版社刘汀先生之约，由我组织山东高校讲授过西方文论课的部分教师编写而成的，在此，首先感谢刘汀先生及中国人民大学出版社的信任。

与已有同类教材相比，本教材力图体现的特点是：第一，从高校本科教学的实际出发，将西方历史上最有代表性的理论家的最有价值，尤其是至今仍具理论活力与思维空间的见解予以归纳评述，不求面面俱到，但求所涉及的每一问题都能使学生有切实的收获。第二，文字力求简明扼要，清晰易解，以便学生自学。第三，按出版社设计的体例，每一问题之后附加了“深度思考”“理论辨析”“相关知识”等栏目，意在启发学生对相关问题的进一步思考，希望有助于拓展学生的文艺学视野。

虽历时一年，各位作者尽了最大努力，文稿均经反复修改，但因我们的能力与水平所限，肯定会存在不少问题，祈盼读者多加批评指正，以便于我们进一步修订完善。

具体撰稿情况如下：

杨守森：导论、第一章、第五章

田智祥：第二章

孙书文：第三章

杨黎红：第四章

刘　志：第六章、第十五章第二、三节

吴承笃：第七章

王永豪：第八章

李萌羽：第九章

夏　秀：第十章

殷学明：第十一章

陈鸥帆：第十二章

李　辉、孙盛涛：第十三章

刘家亮：第十四章、第十五章第四、五节

郑　艳：第十五章第一节

王广州：第十六章

李红春：第十七章

杨守森

2011年5月30日于山东师范大学

第二版后记

2011年的春天，我们怀着复杂的心情把《新编西方文论教程》的书稿送交中国人民大学出版社。当过老师的人都知道，编写一本好教材就是一项大工程，需要付出的智慧、努力与心血丝毫不亚于撰写一部高质量的学术著作，并且，使用教材的老师和学生的研读，是对教材水平、质量的极为严格的审查。因此，当听到出版社反馈说，这本教材出版以来，反映良好，已多次加印，被二十余所高校选用为本科教材时，我们的心才稍稍放下了一些，觉得我们的努力与付出没有愧对"教材"这两个字。

本次修订，指导思想不变，大的框架不变，主要是结合学术界最新的研究成果对某些内容进行了深化，阅读书目做了更新，校正了发现的问题，进一步打磨字句。

修订过程中，孙书文、李辉、李红春在统筹、统稿等方面做了大量工作，孙书文列为主编，李辉、李红春列为副主编。

因撰写者的能力与水平所限，本教材虽经修订，一定还存在有待完善之处。期待读者多多批评指正。

感谢刘静编辑细致、耐心、卓有成效的工作！

感谢各位读者的鼓励与支持！

杨守森

2018年12月12日

图书在版编目（CIP）数据

新编西方文论教程/杨守森，孙书文主编．—2版．—北京：中国人民大学出版社，2019.8
新编21世纪中国语言文学系列教材
ISBN 978-7-300-27216-0

Ⅰ.①新… Ⅱ.①杨… ②孙… Ⅲ.①文学理论-西方国家-高等学校-教材 Ⅳ.①I109

中国版本图书馆CIP数据核字（2019）第158016号

新编21世纪中国语言文学系列教材
新编西方文论教程（第二版）
杨守森　孙书文　主　编
李　辉　李红春　副主编
Xinbian Xifang Wenlun Jiaocheng

出版发行	中国人民大学出版社		
社　　址	北京中关村大街31号	**邮政编码**	100080
电　　话	010－62511770（总编室）		010－62511770（质管部）
	010－82501766（邮购部）		010－62514148（门市部）
	010－62515195（发行公司）		010－62515275（盗版举报）
网　　址	http://www.crup.com.cn		
经　　销	新华书店		
印　　刷	固安县铭成印刷有限公司	**版　　次**	2011年12月第1版
开　　本	787 mm×1092 mm　1/16		2019年8月第2版
印　　张	21.5	**印　　次**	2025年10月第4次印刷
字　　数	537 000	**定　　价**	48.00元

关联课程教材推荐

书号	书名	作者	定价
978-7-300-27217-7	马克思主义文艺论著选讲（第六版）	陆贵山	59.80 元
978-7-300-24346-7	文学理论实用教程（第二版）	杨守森	34.00 元
978-7-300-16758-9	西方文论概览	杨慧林 耿幼壮	49.00 元
978-7-300-08052-9	西方文艺理论史——从柏拉图到尼采	章安祺 等	35.00 元
978-7-300-12114-7	西方文艺理论史精读文献（第三版）	章安祺	48.00 元
978-7-300-14072-8	新编马克思主义文论	冯宪光	38.00 元
978-7-300-24495-2	新编文学理论（第二版）	童庆炳	45.00 元
978-7-300-20878-7	中文学科论文写作（第二版）	卢卓群 普丽华	39.00 元

配套教学资源支持

尊敬的老师：

衷心感谢您选择使用人大版教材！相关的配套教学资源，请到中国人民大学出版社网站（www. crup. com. cn）免费下载，或是直接与我们联系。

样书申请及课件处理，请联系：

龚洪训

电话：010-62515637

电子邮件：6130616@qq. com

选题策划及出版，请联系：

刘　静

电话：010-62513587

电子邮件：12918646@qq. com

地址：北京海淀区中关村大街 31 号

邮编：100080